Knaur.

Knaur.

*Über die Autorin:*
Judith Kern, 1968 geboren, studierte Politische Wissenschaften, Germanistik und Romanistik in Paris und Tübingen, bevor es sie in den hohen Norden zog, wo sie seitdem als Journalistin, Texterin und Autorin in Hamburg lebt. Zahlreiche Aufenthalte auf Rügen haben ihre Liebe zu dieser Insel geweckt und vertieft und sie zu »Das Leuchten des Sanddorns«, ihrem ersten Roman, inspiriert.

JUDITH KERN

# Das Leuchten des Sanddorns

*Roman*

Knaur Taschenbuch Verlag

**Besuchen Sie uns im Internet:**
**www.knaur.de**

Originalausgabe Mai 2009

Ein Unternehmen der Droemerschen Verlagsanstalt
Th. Knaur Nachf. GmbH & Co. KG, München

Redaktion: Dr. Gisela Menza
Umschlaggestaltung: ZERO Werbeagentur, München
Umschlagabbildung: LOOK/Konrad Wothe
Satz: Adobe InDesign im Verlag
Druck und Bindung: Norhaven A/S
Printed in Denmark
ISBN 978-3-426-63987-0

2 4 5 3 1

# *Erster Teil*

# 1

Es war ein herrlicher Sommertag Anfang Juli im Jahre 1909 auf Rügen. Nicht eine Wolke war am Ostseehimmel zu entdecken, die Luft flirrte in der Mittagshitze, und ein kaum spürbarer Wind trug den beruhigenden Klang des sanften Meeresrauschens vom wenige Meter entfernt liegenden Sandstrand herüber zur Hotelterrasse, auf der zahlreiche Badegäste unter einer hohen Buche Schatten fanden. Kinder tollten um die eng stehenden Stühle und Tische herum, Damen in langen hellen Kleidern und mit großen Hüten fächerten sich frischen Wind zu, während sie sich mit ihren Ehemännern und mit neuen Urlaubsbekanntschaften lautstark und quer über alle Tische hinweg darüber unterhielten, ob sie am Nachmittag lieber in die Granitz zum Jagdschloss wandern, eine Kutschfahrt in die Umgebung machen oder sich einfach dem Müßiggang hingeben sollten. Erst als auch die letzte Bestellung aufgetragen war, wich das wilde Stimmengewirr einem gleichmäßigen Klappern der Messer und Gabeln gegen das Porzellan, nur manchmal unterbrochen von Ermahnungen an die Kinder, doch nun endlich still zu sitzen.

Marie Dahm trat aus der mit Rosen und Wicken umrankten Tür, die zur Terrasse führte, und setzte sich zu ihrem Mann Franz und Klara, der kleinen Tochter, an den runden Tisch, der etwas abseits der Gästetische direkt an der Hauswand stand. Auf ihrer blassen Stirn standen Schweißperlen, die sie mit dem Handrücken fast entschuldigend abwischte. Die Hitze, die Aufsicht der Mädchen, damit auch alles seinen ordentlichen Gang ging, das Aushelfen in der Küche bei Hanna, Besorgungen machen, im angeschlossenen Kolonialwarengeschäft verkaufen, kurzum, das ganze Hotel und den Laden am Laufen halten, das alles forderte seinen Tribut. Doch Marie beklagte sich nicht. Beim Anblick der zufriedenen Gäste huschte ein Lächeln über ihr schmales Gesicht. Keine Frage, es war eine anstrengende Arbeit, die sie hier seit nunmehr fast zehn Jahren, neun davon als Hausherrin, verrichtete, aber es war eine, die sie zufrieden stimmte. Und manchmal dachte sie sogar, sie sei glücklich. So wie jetzt, als sie sich für Sekunden und im Glauben, unbeobachtet zu sein, auf dem Holzstuhl rekelte, ihren Kopf in den Nacken legte und die warmen Sonnenstrahlen auf ihrem Gesicht spürte.

»Was für ein prächtiger Tag«, raunte Franz ihr ins Ohr. Er hatte seine Anzugjacke neben sich gelegt und saß, nur mit einem weißen Hemd und einer Anzugweste bekleidet, schon seit einiger Zeit hier im Freien. Wenn das Wetter es erlaubte, nahm er seine Papiere mit nach draußen, um sie dort durchzuarbeiten. Die Seeluft sog er dabei jedes Mal aufs Neue so tief ein, als gälte es, einen Vorrat anzulegen. »Prächtig, nicht«, seufzte er noch einmal zufrieden, und sein Blick wanderte zu den Möwen, die über ihren Köpfen kreisten. »Hör nur die Schreihälse, klingt nicht sogar ihr Kreischen heute wie Freudengesänge?«

»Hm«, murmelte Marie in Gedanken versunken und schlug erst erschrocken die Augen auf, als Franz ihr mit seiner weißen Leinenserviette einen Schweißtropfen von der Wange wischte.

»Nicht«, zischte sie und machte unwillkürlich eine abweisende Handbewegung. Doch sofort tat es ihr leid. »Franz«, flüsterte sie so leise, dass es ihre Tochter nicht hören konnte, »entschuldige bitte, du weißt doch, dass …«

»Schon gut«, unterbrach Franz sie und strich im Schutz der Tischdecke mit seiner Hand für einen kurzen Moment sanft über ihr Knie. »Schon gut.«

Das Haus, auf dessen Terrasse sie saßen, war eines jener Häuser, die wie auf einer Perlenkette aufgereiht dicht an dicht an der Binzer Strandpromenade standen. Es gab welche, die mehr Erker und mehr Türme, mehr Balkone und mehr Veranden aufweisen konnten, welche, die vornehmer und mondäner waren, aber es gab nur wenige Häuser, die vor der Villa Luise so dicht am Strand erbaut worden waren. Franz, der, wie er oft sagte, »aus Sentimentalität und Heimatverbundenheit« nach dem Tod seiner Eltern seine Kapitänsmütze an den Nagel gehängt und seine ganzen Ersparnisse und sein Erbe in den Bau dieses Hauses gesteckt hatte, ließ es 1899 am äußersten Rand des Ortes, östlich des Flüsschens Ahlbeck, das den Schmachter See mit dem Meer verbindet, errichten.

Den Platz hatte er mit Bedacht gewählt. Die Eingangsseite zum Meer gerichtet, »atmete« das Haus »die Unendlichkeit des Wassers«. So zumindest hatte er sich ausgedrückt, als er Marie gleich nach Bauende als Hausmädchen eingestellt und sie voller Stolz durch seine Villa Luise – benannt nach seiner verstorbenen Mutter – geführt hatte. Es war die Sehnsucht nach Weite, die eines ehemaligen Kapitäns, die damals noch aus ihm gesprochen hatte. Doch mit dem Alter war der Wunsch nach Sicherheit mindestens genauso stark geworden.

Als Marie damals zum ersten Mal in dieses Haus gekommen war, war es nicht die Lage, die sie besonders beeindruckt hatte. Ihre ganze Bewunderung hatte den weiß getünchten Holzschnitzereien gegolten, mit denen jede einzelne Veranda verziert war. Diesen feinen Ornamenten, die sich zwischen den Holzbalken wie Blumen rankten. Sie hatte diese Schönheit und Reinheit von Anfang an gemocht, vielleicht auch, weil sie sich so sehr von dem unterschied, was sie bislang gekannt hatte.

»Denkst du an die Einladung heute Abend?«, fragte Franz unvermittelt, ohne den Blick von seinem Suppenteller zu heben.

»Natürlich.« Marie nickte, während sie die beiden Mädchen beobachtete, die sich bereits darangemacht hatten, die Tische der Gäste abzuräumen. »Du entschuldigst mich?«

»Nie hat sie Zeit für uns, was, Klärchen?« Franz zwinkerte seiner Tochter verschwörerisch zu und lehnte sich zufrieden auf seinem Stuhl zurück. Dann sah er seine Frau aufmunternd an, und sein Blick folgte der zarten Gestalt, wie sie im Haus verschwand.

Von der Binzer Seebrücke ertönten noch die letzten Takte eines Operetten-Potpourris, das die sechzigköpfige Kapelle zum Abschluss ihres Kurkonzertes spielte, als Franz und Marie am Abend auf dem Vorplatz des Kurhauses eintrafen.

Marie trug ein ins Altrosa changierendes, mit Spitzen an Kragen und Armen besetztes weit schwingendes Kleid aus Chiffon. Eine Schneiderin aus Bergen, die in einem Hinterhof ihr kleines Atelier betrieb, hatte es ihr für einen Neujahrsball vor vier Jahren genäht. Seitdem zog sie es zu festlichen Anlässen an, und bislang hatte sie nie daran gedacht, sich ein anderes Kleid schneidern zu lassen.

Mit Franz und Marie waren zahlreiche andere Gäste eingetroffen. Die Damen in eleganten und reichlich verzierten Kleidern, die Herren in schwarzen Anzügen und mit schwarzen Hüten. Auch Franz machte da keine Ausnahme. In der rechten Hand schwenkte er zudem einen Stock mit silbernem Knauf, den er zum Gruß steil nach vorne streckte.

»Wetter auch!«, dröhnte es von hinten. »Nee, ist das der Franz?« Ein kräftiger Schlag traf ihn auf der Schulter. »Der Franz. Was tust du hier unter all den feinen Leuten? Nimmst mich mit rein zu die Herren und Damen? Da wird doch wohl noch ein Plätzchen sein für einen kleinen Mann wie mich, oder?«

Franz blickte in das vom Wetter zerfurchte Gesicht von Fischer Harksen, das einer Gebirgslandschaft mit Krater glich. Ein Geruch aus Fisch und Schnaps umhüllte ihn, und Marie machte unwillkürlich einen Schritt zurück.

»Vornehm, vornehm.« Harksens Blick glitt von oben nach unten langsam über Franz hinweg, Marie ignorierte er. »Meine Hochachtung, Franz, meine Hochachtung. Wenn du zu mir kommst, dann trägst du nie deinen feinen Rock. Meinst wohl, ich wäre es nicht wert, was?« Er versetzte Franz wieder einen kräftigen Schlag auf den Rücken und verzog diesmal seinen Mund zu einem breiten Grinsen. Wie ein Mahnmahl enthüllte er seinen schwarz verfärbten Schneidezahn.

»Ist gut, Harksen, geh jetzt nach Hause, ich schau morgen mal bei dir rein.« Rasch fügte er noch hinzu: »Hast wohl heute geräuchert, was? Lass mir was übrig. Du weißt ja, ich esse nur deinen Räucheraal und sonst keinen.«

Harksen lachte laut auf und nickte wild mit dem Kopf. »Zu Recht, Franz, zu Recht. Da, siehst du den? Der war neulich auch bei mir. Extra aus Berlin ist der gekommen.« Er zeigte auf einen Mann in einem weißen Frack, der gerade im Begriff war, in der Eingangstür des Kurhauses zu verschwinden. »Rosi, komm rüber.« Harksen hatte Rosmarie Carl erspäht, die neben dem Eingang ihren Fotoapparat aufgebaut hatte und im Auftrag der Kurdirektion die Gäste fotografierte. »Rosi!«, schrie er noch einmal über den halben Platz hinweg, so dass sich auch diejenigen nach ihm umdrehten, die bislang noch nicht auf ihn aufmerksam geworden waren.

»Komm, Franz, lass uns endlich reingehen«, drängte Marie.

»Rosi, ein Foto, bitte, bitte. Du bist doch meine liebste Kleine«, tönte es in voller Lautstärke über den Platz. Doch Rosmarie Carl winkte nur lachend ab, während Franz die Gelegenheit nutzte und Marie sanft Richtung Eingang schob.

Der große Saal war festlich geschmückt. Unter der Decke spannte sich ein Meer aus deutschen und schwedischen Fahnen, und auf den langen Tafelreihen blitzten die dreiarmigen Leuchter und silbernen Platzteller im warmen Kerzenlicht. Ehrfürchtig strich Marie über die Besteckreihe aus großen und kleinen Löffeln, Messern und Gabeln, bevor sie neben Franz Platz nahm.

»Erstklassige Arbeit von Frauenhänden«, raunte ihr eine Frauenstimme von hinten ins Ohr.

Erschrocken drehte sich Marie um und blickte in ein ihr unbekanntes braungebranntes Gesicht mit großen dunklen Augen und vollen roten Lippen, die sich in diesem Moment verschmitzt kräuselten. Doch noch ehe Marie etwas erwidern konnte, bahnte sich die Unbekannte bereits ihren Weg durch die enge Stuhlreihe weiter fort. Ungläubig schüttelte Marie den Kopf. Sie sah zu Franz, doch der ließ sich gerade von seinen Tischnachbarn, einem Gutsherrn und dem fürstlichen Sekretär, zu seiner erst wenige Tage zurückliegenden Wahl zum Vorsitzenden des Rügener Seebäderverbandes gratulieren und hatte nichts von dieser kurzen Begegnung mitbekommen.

Als die Kapelle auf die Bühne trat, wurde das Stimmengewirr langsam leiser. Kurz darauf erklang die Kaiserhymne, und manch einer der Gäste legte sich dabei die Hand aufs Herz, während er lautstark mitsang.

Franz bewegte seine Lippen kaum, und Marie blickte verstohlen die Tischreihe entlang, auf der Suche nach der ihr unbekannten Frau, deren Bemerkung sie noch immer irritierte.

Das Fest wurde aus Anlass der jüngst eröffneten Eisenbahn-Fährverbindung zwischen Saßnitz und Trelleborg gegeben, und so spielte die Kapelle auch noch die schwedische Nationalhymne, in die sich bald erst zaghafte, dann immer lauter werdende Stimmen mischten, bis schließlich beim Schlussakkord ein so helles Geraune durch den Saal flirrte, das selbst der Applaus nicht übertönen konnte.

»Das Gesicht sollten Sie sich gut einprägen«, flüsterte Franz' Tischnachbar ihm ins Ohr und zeigte auf einen ganz in Weiß gekleideten Herrn mittleren Alters, der sich gerade zum Ortsvorsteher Sander hinüberbeugte. »Ernst von Blankenburg, Bankier aus Berlin, hat gerade ein Stück Land gekauft, zwischen Saßnitz und Binz«, sagte der Gutsherr knapp. »Will dort einen Palast errichten.« Er legte seine ganze Betonung in dieses eine Wort, während er ansonsten eher

monoton vor sich hin knatterte und mehr zu sich selbst zu sprechen schien als zu Franz.
»Einen Palast?« Franz konnte sein Erstaunen nicht verbergen. »Für wen? Für den Kaiser? Will der Kaiser hier an unserer Küste eine Sommerresidenz errichten?«
Die Vorstellung amüsierte den bis dahin so reservierten Gutsherrn. »Stellen Sie sich vor, der Kaiser stolziert hier den ganzen lieben Sommer lang herum in seiner Uniform. Jeden Tag in einer neuen. Das wäre doch eine echte Touristenattraktion, nicht, Herr Dahm?«
Er gluckste vor Freude, während er aus seiner Anzugjacke ein hellgraues Einstecktuch fingerte, mit dem er sich Schweißperlen von der Stirn wischte. »Nicht für den Kaiser, natürlich nicht«, fuhr er mit ernster Stimme fort, »für sich und seine«, er räusperte sich, »verrückte Frau. Schauen Sie sich die beiden doch einmal an. Ganz in Weiß gekleidet. Beide. Berliner. Der bringt uns die Berliner Unart nach Rügen. Glauben Sie mir, solche Menschen begnügen sich nicht mit einem Haus.«
»Ein neues Hotel, meinen Sie das?«, fragte Franz so ruhig wie möglich, während er innerlich bereits vor Wut schäumte. Wie konnte Sander es nur wagen, ihn über derart wichtige Ereignisse nicht in Kenntnis zu setzen?
Der Gutsherr zuckte mit den Achseln. »Möglich. Vielleicht baut er aber auch ein kleines Lustschloss für seine Frau. Oder ein …«, er hielt inne. »Man erzählt sich ja einiges.«
Franz nickte wissend, auch wenn er nicht die leiseste Ahnung hatte, wovon sein Tischnachbar sprach.

## 2

»So allein?« Sophie von Blankenburg setzte sich neben Marie. Sie ließ sich mehr fallen als dass sie sich setzte, und es sah nicht gerade elegant aus. Seit Tagen quälte sie sich schon mit einer Erkältung, und für einen kurzen Moment schien ihre Kraft verbraucht. Marie war ihr nicht erst vorhin beim Betrachten des blankpolierten Besteckes aufgefallen. Bereits auf dem Vorplatz hatte sie gedacht, was für eine außergewöhnliche Erscheinung sie doch sei. Jemand, der auf merkwürdige Weise Vergangenes und Zukünftiges in sich zu vereinen schien. »Sicher langweilt Sie diese Walzerseligkeit auch ganz fürchterlich«, fügte sie mit einem Lächeln rasch hinzu, nachdem sie auf ihre Frage keine Antwort erhalten hatte.

»Langweilen? Nein, nein, ganz und gar nicht.« Marie musterte die fremde Frau mit einer Mischung aus Neugierde und Sorge. Während des Essens, bei dem zu Franz' Leidwesen auch Steinbutt mit Kapernsoße gereicht worden war, hatte sie schon so manche Gerüchte über Sophie von Blankenburg gehört. Verrückt sei sie, man müsse sich unbedingt vor ihr in Acht nehmen, ja, man solle alles daransetzen, sie so schnell wie möglich wieder von der Insel zu vertreiben, hatte es geheißen. Allen voran war es Hotelier Freeses Frau gewesen, die nichts unversucht gelassen hatte, Sophie von Blankenburg in den grellsten Farben als eine Bedrohung für Rügen auszumalen.

»Entschuldigen Sie, ich habe mich noch gar nicht vorgestellt, Sophie von Blankenburg«, sagte sie und reichte Marie die Hand.
»Marie Dahm«, kam die Antwort zögerlich und für einen kurzen Moment fühlte sie alle Blicke auf sich gerichtet. »Mein Mann und ich, wir führen die Villa Luise …«
»Ich habe sie schon beobachtet«, unterbrach Sophie von Blankenburg sie abrupt. »Vorhin beim Tanz. Ihr Mann sah mir nicht danach aus, als hätte er den Ausflug aufs Parkett genossen.«
»Sie haben uns beobachtet?«, fragte Marie erstaunt, als fühlte sie sich ertappt.
»Ich kann Ihren Mann gut verstehen. Sich wieder und wieder im Kreis zu drehen, kann einen schließlich zur Verzweiflung bringen.« Sie lachte kurz auf. »Ist es Ihnen unangenehm, beobachtet zu werden?«
»Nein, ja, vielleicht, ich weiß nicht …«, stammelte Marie, und eine beschämende Röte schoss ihr ins Gesicht. »Es ist nur … ungewöhnlich.«
»Sie finden es ungewöhnlich, beobachtet zu werden? Das nehme ich Ihnen nicht ab. Sagen Sie nicht, Sie hätten das noch nie getan.«
»Sicher. Nein, das wollte ich damit auch nicht sagen. Es ist nur«, Marie zögerte, »es ist nur, dass man eben nicht so offen darüber spricht. Das ist ungewöhnlich.« Sie fühlte sich unwohl. Alles, was sie sagte, erschien ihr nicht richtig. Ihr fehlte etwas, woran sie sich hätte festhalten können, ein Thema, das unverfänglich war. Aber Marie fiel nichts ein. »Ich weiß nicht«, fuhr sie daher fort, »vielleicht haben Sie ja auch recht. Vielleicht ist das ja auch ganz selbstverständlich. Nur, wissen Sie, wir hier auf Rügen, wir kennen uns

damit nicht so aus.« Was redete sie da? Es war, als machten sich die Worte selbständig.
Zum ersten Mal nahm sie Sophie von Blankenburgs vom Fieber gerötete Augen wahr, die sie für die Augen einer Verrückten hielt. Marie fürchtete einen Gefühlsausbruch, wagte jedoch nicht, noch mehr zu sagen. Beinahe krampfhaft presste sie ihre Lippen aufeinander. Kein unbedachtes Wort sollte ihr mehr entwischen.
Doch Sophie von Blankenburg geriet nicht außer sich. Stattdessen nieste sie dreimal hintereinander ziemlich laut und undamenhaft, was einige Gäste mit einem mürrischen Kopfschütteln kommentierten. Marie hingegen entwich ein erlösendes Lächeln. Noch nie hatte sie eine Frau in der Öffentlichkeit so schamlos niesen hören. Sie konnte zwar nicht behaupten, dass sie daran Gefallen gefunden hätte, aber die Art, wie Sophie von Blankenburg es tat, mit einer Selbstverständlichkeit und Unbekümmertheit, entband sie in ihren Augen jeglicher Schuld. Sie reichte Sophie von Blankenburg ihr Taschentuch. Es war aus rosafarbenem Leinen und mit weißen Spitzen verziert, und in einer Ecke waren die Initialen ihrer Mutter eingestickt. Vom vielen Waschen hatte es etwas Zerbrechliches an sich.
Das Niesen verfehlte seine befreiende Wirkung nicht. Mit einem Mal wirkte Sophie von Blankenburg nicht mehr wie eine unergründliche Bedrohung auf Marie, sondern wie eine zarte, kränkelnde Frau. Ihr fielen die feinen Gesichtszüge auf, die schmale Nase, die jetzt leicht gerötet war, die kaum erkennbaren Fältchen an den noch immer blutunterlaufenen Augen. Sie sah, wie die halblang geschnittenen, leicht gewellten dunklen Haare die weiche Haut auf ihren Wangen umspielten. Sie fand, es war das Gesicht

einer schönen Frau und nicht das Gesicht einer Verrückten.

»Wie haben Sie das eigentlich vorhin gemeint mit den Frauenhänden?«

»Frauenhände? Ach das. Machen Sie sich mal keine zu großen Gedanken darüber. Eine kleine Neckerei, nicht viel mehr. Manchmal kann ich einfach nicht widerstehen.«

»Aber was ist so unwiderstehlich daran, wenn man hervorragend poliertes Besteck bewundert?«, fragte Marie.

Sophie von Blankenburg tupfte sich die Nase. »Gut«, sagte sie schließlich, »ich will versuchen es zu erklären. Natürlich ist daran erst einmal nichts Außergewöhnliches. Obwohl, Ihr verzückter Gesichtsausdruck …« Sie lächelte in sich hinein. »Nein, im Ernst. Sie sollen nicht denken, dass ich Sie auf den Arm nehmen will. Sie haben doch sicherlich schon davon gehört, dass mich viele hier für verrückt halten. Es würde mich zumindest wundern, wenn das bis zu Ihnen noch nicht vorgedrungen wäre. Und ich kann Ihnen versichern, die Leute haben recht damit. Ja, ich bin verrückt, aber eben nicht so, wie Sie vielleicht denken. Ich bin so verrückt, mich für Dinge zu interessieren, denen die meisten Menschen keine Beachtung schenken. Nehmen Sie das Besteck. Wer bewundert schon mit einer solchen Hingabe die Arbeit von wildfremden Menschen, wie Sie es heute getan haben. Für die meisten ist es doch ganz selbstverständlich, dass das Besteck ordentlich poliert vor ihnen auf dem Tisch liegt. Sie haben der Arbeit durch Ihre Aufmerksamkeit Respekt gezollt. Und so etwas Ähnliches mache ich auch.« Sophie von Blankenburg hielt kurz inne, um sich erneut zu schneuzen. »Langweile ich Sie?« Ihr forscher Blick streifte Maries Gesicht, die energisch den Kopf schüttelte.

»Nein, im Gegenteil, Sie machen mich neugierig.«
»Das freut mich. Um es kurz zu machen, ich versuche dafür zu kämpfen, dass allen Menschen der Respekt gezollt wird, der ihnen gebührt. Respekt zollen heißt aber eben nicht nur, seiner Bewunderung Ausdruck zu verleihen für eine Arbeit, die man selber vielleicht nicht so gut hätte verrichten können, sondern auch dafür einzustehen, dass es Rechte für alle gibt. Finden Sie das merkwürdig?«
Sophie von Blankenburg erwartete keine Antwort auf ihre Frage, aber die kleine Pause, die sie einlegte, zwang Marie zu einer Reaktion. Mehr als ein verlegenes Lächeln brachte sie allerdings nicht zuwege.
»Gut, Sie könnten sagen, dass das verrückt ist. Und vielleicht liegen Sie damit gar nicht so falsch. Schließlich muss man ziemlich verrückt sein, wenn man sich vorgenommen hat, sich dafür einzusetzen, dass nicht nur Männer, sondern auch Frauen zu ihrem Recht kommen. Und dass es ziemlich verrückt ist, sich von diesem Weg nicht abbringen zu lassen, auch wenn einem immer wieder scheinbar unüberwindliche Hindernisse in den Weg gestellt werden. Aber um ehrlich zu sein, finde ich es viel verrückter, dass Frauen für einen kärglichen Lohn arbeiten müssen, dass sie zwar die Kinder gebären und den Haushalt verrichten, aber von Gesetzes wegen nicht über ihre Finanzen bestimmen dürfen, wenn sie verheiratet sind.« Marie schaute Sophie von Blankenburg mit großen fragenden Augen an. »Sagen Sie es ruhig, wenn Sie anderer Meinung sind.«
»Ich weiß nicht«, entgegnete Marie leise. »Darüber habe ich mir noch nie Gedanken gemacht.«
»Nein? Bin ich hier auf der Insel der Glückseligkeit gestrandet? Sagen Sie nicht, dass Frauen und Männer hier gleich-

berechtigt behandelt werden, oder dass man gar schon das Wahlrecht klammheimlich eingeführt hat, ohne den Rest des Kaiserreiches zu informieren.«

»Ja, aber ...« Marie versuchte einen klaren Gedanken zu fassen, doch alles, was ihr in den Sinn kam, entglitt ihr auch wieder, so dass sie nur in einem etwas trotzigen Ton, als hätte Sophie von Blankenburg sie persönlich angegriffen, sagte, dass das eben schon immer so gewesen sei und dass man daran wohl nichts ändern könne und dass sie sich im Übrigen daran auch nicht störe, denn sie habe ein Haus, einen Mann und eine Tochter und jedes Jahr zahlreiche Gäste, und mehr brauche sie nicht, denn so, wie es sei, so sei sie glücklich. Außerdem laste schon genügend Verantwortung auf ihren Schultern, und dass sie durch ein Wahlrecht nur noch eine zusätzliche Bürde aufgebrummt bekommen würde. Sie sei schließlich froh um jede Entscheidung, die sie nicht zu fällen habe.

Je länger sie sprach, desto sicherer fühlte sich Marie, und irgendwann glaubte sie sogar, dass das Leben, so wie sie es lebte, zumindest für sie genau das richtige war, und dass sie unter keinen Umständen irgendeine Veränderung wünschte.

»Wie wollen Sie es denn erreichen, dass die Frauen mehr Rechte bekommen?«, fragte Marie schließlich, nachdem sie für sich beschlossen hatte, dass sie davon nichts abbekommen wollte.

»Na ja, das wird mühsam werden, keine Frage«, sagte Sophie von Blankenburg sichtlich amüsiert darüber, dass Marie hartnäckig an dem Thema dranblieb. »Aber je mehr Mitstreiterinnen wir haben, desto größer sind die Chancen, dass wir uns zum Schluss durchsetzen werden. Einiges wurde ja auch schon erreicht. Seit diesem Jahr dürfen Frauen in

Preußen studieren, aber das ist nur der Anfang. Schauen Sie sich die Engländerinnen an. Die haben uns da einiges voraus. Die gehen auf die Straße und schrecken vor nichts zurück. Die kämpfen, wenn es sein muss, mit den gleichen Mitteln wie die Männer. Zur Not auch mit Gewalt.«

»Aha, mit Gewalt.« Marie lächelte Sophie von Blankenburg mit einer Güte an, die diese für einen kurzen Moment irritierte.

»Ja, wenn es keine andere Möglichkeit gibt, dann eben auch mit Gewalt«, wiederholte sie und ließ keinen Zweifel daran, dass sie es ernst meinte.

»Gut, dann mit Gewalt. Wie stellen Sie sich das vor. Sollen wir Frauen hier auf Rügen die Dorfkrüge stürmen, sollen wir die Fischer aus ihren Booten stoßen, sollen wir den Bauern den Dreschflegel entreißen? Mir ist rätselhaft, was Sie damit erreichen wollen.«

»Sie machen sich lustig über mich, Frau Dahm«, entgegnete Sophie von Blankenburg und tat so, als wäre sie beleidigt, aber das Leuchten in ihren Augen verriet das Gegenteil. »Ja, machen Sie sich nur lustig über mich, aber ich warne Sie, das spornt mich nur noch mehr an. So schnell werden Sie mich jetzt nicht mehr los.«

## 3

Der Wind fegte die Wolken über den Himmel, als gelte es, nach einer langen Periode des Stillstandes, wieder an Fahrt zuzulegen. Mit gewaltiger Kraft brauste er über das Land, und Marie sah in ihm so etwas wie einen von Gott gesandten Beistand. Die tosende Natur, so hoffte sie, würde dafür sorgen, dass sie ihr Versprechen, in diesem Herbst nach Mönchgut zu fahren, nicht einlösen musste. Marie stand in ihrem kleinen Laden hinter der Theke und wartete auf Kundschaft. Der Raum war so klein, dass kaum mehr als drei Kunden gleichzeitig darin Platz fanden. In den Regalen, die bis zur Decke reichten, fand sich alles für den täglichen Bedarf, von Garn und Seife über Butter und Kartoffeln bis zu Korn und Wein. Feine Schokolade gab es ebenso zu kaufen wie Ölsardinen, und zu Franz' Verdruss lagen manchmal auch Ananas, Weintrauben und Pekannüsse in dem Regal, das direkt hinter der Theke angebracht war. Franz hatte kein Verständnis für diese »feinen Sitten«, die, seitdem betuchte Urlauber aus Berlin zum ersten Mal danach gefragt hatten, auch bei einigen Damen der Binzer Hotelbesitzer hoch im Kurs standen. Marie störte sich nicht daran, auch wenn sie es noch nie gewagt hatte, selbst davon zu kosten.

Der Laden, den Franz und Marie erst zwei Jahre zuvor eröffnet hatten, lag auf der vom Wasser abgewandten Seite des Hauses, gleich neben dem Dienstboteneingang. Der Raum hatte zuletzt als Vorratsraum gedient, bis Franz auf den Gedanken gekommen war, ein kleines Geschäft daraus zu machen, das ihnen helfen würde, über die kargen Herbst- und Wintermonate zu kommen. Marie erschrak, als die Tür aufging. Es war drei Uhr am Nachmittag und eigentlich die Zeit, die sie ganz für sich alleine hatte. Es kam selten vor, dass sich jemand zu dieser Stunde in dieser Jahreszeit, im November, in ihren Laden verirrte. Die meisten Kunden waren am Vormittag schon da gewesen, und die anderen würden erst am späten Nachmittag kommen, kurz vor dem Abendessen, bei dessen Zubereitung sie merkten, dass ihnen noch etwas fehlte. Klara war für gewöhnlich in der Schule und Franz beschäftigt. Für Marie war es jedenfalls die Zeit, in der sich der kleine Gemischtwarenladen in ihren ganz persönlichen Raum verwandelte, so wie Binz jeden Herbst aufs Neue wieder zu einem beschaulichen Ort für seine Bewohner wurde. Niemand flanierte mehr auf der Strandpromenade, stattdessen eilten nun die Dienstmädchen über den sandigen Weg nach Hause zu ihren Herrschaften, vorbei an alten Männern mit noch älteren Holzkarren, in denen sie Strandgut abtransportierten.

»Was für ein Schietwetter«, schimpfte Rosmarie Carl, deren Mantel vor Nässe nur so triefte, ja, die überhaupt so aussah, als hätte sie gerade in ihrer Kleidung ein Bad in der See genommen. Es hatte zu regnen begonnen, und auf dem kurzen Weg zwischen Wilhelmstraße und Strandweg war ihr der Regen unbarmherzig von vorne entgegengeschlagen.

»Keinen normalen Menschen treibt man bei diesem Wetter raus«, polterte sie weiter. »Nur ich, ich dumme Nuss, habe mal wieder geglaubt, ich könnte die Naturgesetze überwinden. Komisch, nicht, Marie? Geschieht mir doch ganz recht, dass ich jetzt durchweicht bin. Soll mir eine Lektion sein, vielleicht lerne ich ja noch was daraus.« Sie schüttelte sich, und es sah aus, als wollte sie einem Hund Konkurrenz machen. Marie musste lachen.

»Komm, wärm dich erst einmal auf. Ich hol dir einen heißen Tee.«

»Danke, das ist lieb von dir, aber ich bin in Eile.«

»Ich habe auch Rum da.«

»Nein, nein, wirklich nicht. Ich muss gleich wieder weg.«

Rosmarie Carl nestelte nervös an ihrer Manteltasche. Sie war immer in Eile. Wenn sie nicht gerade in ihrem Fotostudio war, war sie auf dem Sprung. Meistens machte sie sich dann auf die Suche nach einem neuen Motiv, einem neuen Platz, an dem sie ihre schwere Plattenkamera aufstellen konnte. Kaum einer im Ort verstand, was das sollte. Auch Marie nicht. Das Meer, die Kreidefelsen, die Wälder und Äste, Muscheln und Möwen, all das sah sie tagtäglich, wozu das Ganze also in einem Bild festhalten? Menschen, ja, Menschen, die man liebt und schätzt und die man vermisst. Aber sie mochte Rosmarie Carl dennoch. Diese große Frau mit den dunklen Locken, die Franz mit ebenso viel Ironie wie Herzlichkeit eine »stabile Person« zu nennen pflegte.

Für Marie war sie so etwas wie eine Freundin geworden, auch wenn sie sich damals noch kaum Gedanken über Freundschaften machte. Zu sehr war sie in den vergangenen Jahren damit beschäftigt gewesen, von der jungen Mönchguter Fischerstochter zu einer respektierten Hoteliersgattin in Binz zu werden. Es war nicht einfach, sich an der Seite eines um gut dreißig Jahre älteren Mannes zu behaupten, aber noch viel schwieriger war es, Anerkennung von den Einheimischen zu erhalten. Jetzt, mit 26 Jahren, spürte sie zwar noch immer die Kluft, die sich zwischen ihr und den meisten Binzern auftat, aber in der Villa Luise fühlte sie sich längst zu Hause. Rosmarie Carl nestelte noch immer an ihrer rechten Manteltasche, während sie mit der linken Hand vergeblich versuchte, sich den Regen aus dem Gesicht zu wischen. Alles an ihr tropfte ohne Unterlass, so dass sich auf dem steinernen Fußboden bereits eine kleine Lache bildete. Schließlich zog sie aus ihrer Manteltasche einen

Umschlag aus cremefarbenem Büttenpapier. Er sah aus, als hätte sie ihn bereits mehrfach zusammengeknüllt, um ihn wegzuwerfen, und es sich dann doch immer wieder anders überlegt. Sie hielt den Umschlag in der Hand und fluchte. Es war unmöglich zu entziffern, was einmal darauf gestanden hatte. Aus der Anschrift in schwarzer Tinte war ein großer dunkler See geworden. Sie fischte einen Briefbogen mit geprägtem Wappen aus dem Umschlag und stellte mit Erleichterung fest, dass die Schrift noch halbwegs leserlich war.
»Hier, lies.« Sie reichte Marie das feuchte Papier. »Und sag mir, was du davon hältst. Ich habe irgendwie ein ungutes Gefühl.«
Marie machte ein fragendes Gesicht. Sie verstand nichts, beugte sich aber Rosmaries Wunsch. »Sehr verehrte, liebe Frau Carl«, stand da, »mit großer Bewunderung habe ich Sie im Sommer bei Ihrer Arbeit beobachtet. Mit wie viel Leidenschaft und Hingabe Sie sich der Fotografie widmen, hat mich sehr berührt. Hätten doch alle Menschen nur die Hälfte Ihrer Entschlusskraft, die Welt sähe anders aus!« Der Satz war mit einem dicken Ausrufungszeichen versehen. Marie blickte kurz auf, und über ihr Gesicht huschte ein anerkennendes Lächeln. Dann las sie weiter. »Da man auch mir nachsagt, ich sei mit einer großen Portion Hartnäckigkeit gesegnet, richte ich folgende Frage an Sie: Besitzen Sie eine Fotografie der reizenden Frau Dahm, die ich im Juni im Kurhaus kennengelernt habe? Wenn ja, so möchte ich diese Fotografie gerne erwerben. Der Preis spielt keine Rolle. Ich bitte um rasche Antwort. Herzlichst, Sophie von Blankenburg.«
Marie legte den Brief vor sich auf die Theke, ehe sie ungläubig und fragend Rosmarie Carl ansah.

»Und? Was meinst du?«

Marie zuckte mit den Schultern. Sie war sprachlos. Den Abend im Kurhaus hatte sie längst vergessen, aber die Erinnerungen daran kamen schnell zurück. Unwillkürlich musste sie bei dem Gedanken an Sophie von Blankenburg lächeln.

»Du lächelst. Heißt das ja, ich soll ihr eine Fotografie von dir schicken?«

Marie blieb noch immer stumm. Die Frage kam ihr einerseits völlig abwegig vor. Warum sollte sie es zulassen, dass eine ihr fast fremde Frau eine Fotografie von ihr besaß. Andererseits spürte sie, wie Sophie von Blankenburgs Anfrage ihre so gut und so oft versteckte Eitelkeit berührte. Marie hätte es niemals vor Rosmarie Carl zugegeben, aber sie fühlte sich geschmeichelt.

»Wer weiß, wofür sie das Bild braucht«, hakte Rosmarie Carl nach. »Ich wäre an deiner Stelle vorsichtig. Du hast doch sicherlich auch gehört, was man über sie im Sommer geredet hat. Einige haben behauptet, sie sei verrückt. Ich fand immer, dass das Blödsinn war, aber jetzt. Mir kommen doch Zweifel. Sie soll ja für eine Zeitung schreiben. Nein, Marie, mein Bauch sagt, dass das nicht gut ist.«

Rosmarie Carl machte ein ernstes Gesicht, während Marie ihr Lächeln, so sehr sie sich auch bemühte, nicht niederzuringen vermochte. Selbst die Vorstellung, dass ihr Gesicht, ihr unscheinbares Rügener Insel-Gesicht, wie sie dachte, fernab in irgendeiner ihr vollkommen unbekannten Zeitung gedruckt werden könnte, jagte ihr zu ihrem größten Erstaunen keinen Schrecken ein. Es schien ihr eher ein Abenteuer ohne großes Risiko zu sein.

Als Franz zwei Tage später die Pferde vor die Kutsche spannte, hatte es zu Maries größtem Bedauern aufgehört zu regnen. Es war Ende November, und der Himmel präsentierte sich als eine endlos hellblaue Fläche, über die ein frostiger Wind hinwegfegte. Franz hatte seine Fellmütze weit über die Ohren gezogen. Wollene Fäustlinge und der dicke, um seinen Bauch zu eng anliegende Wollmantel zwangen ihn zu behäbigen Bewegungen, so dass er nur langsam vorankam. Doch das störte ihn nicht. Er pfiff eine muntere Melodie vor sich hin, die Marie noch in ihrem Ankleidezimmer hörte.
Seit Franz schon vor Sonnenaufgang bei Fischer Harksen gewesen war, um ihm zu helfen, Heringe, die dieser in der Nacht gefangen hatte, auszunehmen und in einer Salzlake einzulegen, war er bester Laune. Es war sein Rezept gegen gedrückte Stimmung, und es zeigte meistens Wirkung. Harksens Hütte lag nur wenige Schritte von der Villa Luise entfernt Richtung Teufelsschlucht direkt am Strand. In der Hütte, die nur aus einem Zimmer bestand, gab es vor lauter Netzen und Reusen und Bottichen und anderen Gerätschaften gerade noch Platz für einen Tisch und zwei Stühle. Auf einen dieser Holzstühle, die so aussahen, als hätte sie Harksen aus dem Wasser gefischt und als könnten sie allenfalls noch eine leichte Last tragen, hatte sich Franz mit einem lauten Stöhnen fallen lassen.
»Zieht ganz schön in die Knochen, die Kälte, was?«, hatte er gestöhnt und seine Arme fest um seinen Oberkörper geschlungen.
»Ach was, Franz, du solltest mal wieder raus aufs Wasser, bist ja nichts mehr gewohnt an deinem Schreibtisch in der warmen Stube. Kalt, kalt war es im Winter 1903/1904.

Erinnerst du dich, wie bitterkalt es damals war? Eisschollen haben sich überall getürmt. Und da zitterst du, weil ein bisschen Wind geht. Das Haus bekommt dir nicht. Das habe ich von Anfang an gesagt. Das Haus ist Gift für dich.«

So oder so ähnlich begannen die Gespräche zwischen Franz und Harksen in dessen Hütte fast immer. Franz sagte etwas, meistens über das Wetter, doch Harksen winkte stets ab und bescheinigte ihm, er sei eine Memme, seitdem er nicht mehr zur See fahre. Kein Mann mehr, nur noch ein »Fettsack« ohne Biss und Mumm in den Knochen. Wenn Harksen ihn einen »Fettsack« schimpfte, dann tat er das mit einer Inbrunst, als gelte es, die größte denkbare Katastrophe abzuwehren. Er stieß das Wort regelrecht aus seinem Mund hervor, vorbei an dem einen Schneidezahn, der ihm noch verblieben war, und zusammen mit einer Speichelfontäne, die sich auf den Tisch ergoss. »Du bist ein Kapitän. Ein Kapitän braucht ein Schiff, eine Mannschaft, eine Ladung und ein Ziel«, schimpfte Harksen regelmäßig. Es waren immer dieselben Ausdrücke, die er benutzte, und immer sprach er davon, dass Franz vom Kurs abgekommen sei und dass er trudle und dass es für einen Kapitän nur eine Route geben könne, die über das offene Meer. Und wenn er dazu nicht bereit sei, so Harksen, dann solle er sich doch bitte gleich zu den Toten auf den Friedhof legen. Denn er sehe nicht, was er wolle mit diesem »widerwärtigen Haus«, wie er die Villa Luise immer nannte, und vor allem mit diesen »aufgeblasenen Touristen«, die nichts einbringen würden außer Scherereien und Dreck. Marie erwähnte er bei seinen Attacken nie. Es war, als ob sie für ihn gar nicht existieren würde.

Außer einem gegrummelten »Hm« sagte Franz so gut wie nie etwas zu Harksens Tiraden. Und dennoch waren sie für

ihn reine Medizin. Er saugte sie auf wie eine lange entbehrte Nahrung, wie Matrosen ihre Zitronen gegen Skorbut. Harksen war sein Freund, es war der einzige Freund, den er hatte, auch wenn es so aussah, als würde es sich um eine ungleiche Freundschaft handeln.
An diesem Sonntagmorgen hatte sich Franz seine Öljacke übergezogen und war zu Harksen gegangen, weil er seit Wochen das Gefühl nicht loswurde, dass er überflüssig geworden war. Neue Hotels wurden geplant und gebaut, eines größer und pompöser als das andere, und alle mit Berliner Kapital. Es gab kein Konzept und keine Idee, es gab nur den einen Wunsch, noch mehr Touristen nach Rügen und nach Binz zu locken. Es sei eine Schande, hatte er immer wieder auf Versammlungen gesagt, die Einheimischen auf diese Weise auszubooten, doch er hatte nur Schulterzucken geerntet – vom Ortsvorsteher, von Freese sowieso, der sein größter Widersacher war, sogar von Bensheim, seinem Kollegen, der ihm bislang immer wohlgesinnt gewesen war. Er solle doch froh sein, dass man hier investiere, bekam er zu hören, schließlich profitiere auch er von den Gästen, die ihr Geld in den Ort bringen würden. Doch Franz hatte nur sein Haus untergehen sehen in der Flut des Angebots.
Mit hängenden Schultern und schweren Schrittes war er an diesem frühen Sonntagmorgen zu Harksen gegangen. Nach dessen Tiraden und nachdem sie die letzte halbe Stunde stumm, als wäre alles gesagt, den Fisch am Strand ausgenommen hatten, hatte er, wie ihm schien, um Jahre verjüngt den Heimweg angetreten. Ja, er war ein Kapitän, und ein Kapitän ließ sich sein Schiff nicht wegnehmen. Und sein Schiff war sein Haus, seine Mannschaft seine Familie, seine Ladung seine Gäste, nur das Ziel hatte er aus den Augen

verloren. Jetzt sah er es wieder vor sich liegen: »Ich sollte anbauen«, hatte er sich auf dem Rückweg erst zögernd, dann immer deutlicher gesagt. »Ich sollte anbauen, ich werde anbauen. Ja, ich werde anbauen.«
Wie er so am Wasser entlanggegangen war, auf dem vom Wind hart gewalzten Sand, konnte er seine Villa Luise leicht versteckt hinter den niedrigen, mit wenig Gras bewachsenen Sanddünen liegen sehen. Die aufgehende Sonne hatte das makellos weiße Haus in ein orangerotes Licht getaucht, so dass Franz sich für einen kurzen Moment nicht des Eindrucks hatte erwehren können, es empfange ihn mit Zornesröte. Ein Gedanke, der ihm im nächsten Augenblick schon wieder lächerlich erschienen war, und so hatte er seine Schritte beschleunigt, um in aller Ruhe noch seine Pferde versorgen zu können, die ihn, Marie und Klara an diesem Tag nach Mönchgut bringen sollten.

## 4

Frisch gestriegelt warteten die beiden Stuten mit bräunlich glänzendem Fell darauf, den Sonntagsausflug antreten zu können, während Franz noch immer pfiff und trällerte. Zwar nicht mehr ganz so laut, aber laut genug, so dass Marie, die bei Hanna und Klara in der Küche war, es hörte und sich schließlich nicht mehr beherrschen konnte und leise zischte: »Nun ist aber genug.« Die ganze Zeit über hatte sie sich keine Verstimmung anmerken lassen. Nun, da es kurz nach halb neun war, sie bereits viermal die Toilette aufgesucht hatte und die Abfahrt unmittelbar bevorstand, fiel es ihr immer schwerer, nach außen gelassen zu erscheinen.

Nun gab es kein Zurück mehr. In den letzten Monaten hatte sie nichts unversucht gelassen, Franz und Klara von ihrem Vorhaben, gemeinsam mit ihr nach Mönchgut zu fahren, abzuringen. Ohne Erfolg. Viel zu versessen war Klara darauf, endlich ihren Großvater kennenzulernen, der dort lebte und von dessen Existenz sie nie etwas erfahren hätte, hätte Franz nicht eines Tages aus einer Laune heraus von ihm erzählt. Seit zehn Jahren, seitdem sie in Binz war, hatte Marie ihren Vater nicht wieder gesehen, aber der Abschied von ihm schien ihr erst wenige Tage alt, so laut hallten seine letzten Worte in ihrem Gedächtnis noch immer nach. In Binz seien »Laster« und »Sucht« zu Hause, und wenn sie dorthin ginge, wo der Gestank des Geldes den Geruch des Meeres verdrängt habe, sei sie für ihn als Tochter gestorben, denn dann werde auch sie von dem »Fluch« ereilt, der auf diesem Ort laste, hatte er ihr hinterher gerufen und damit die Tür, wie Marie glaubte, für immer zugeschlagen. Franz war da anderer Meinung, und er bestand auf Klaras Recht, ihren einzigen noch lebenden Großvater endlich besuchen zu dürfen.

Mit kritischem Blick sah Marie an ihrem bodenlangen dunkelblauen Rock hinunter. Eine Stunde hatte sie im Ankleidezimmer verbracht, bis sie sich schließlich für dieses schlichte Kleidungsstück entschieden hatte. Ihren Kopf bedeckte ein kleiner unauffälliger schwarzer Hut, den sie ebenso gut auf einer Beerdigung hätte tragen können.

Die Fahrt verlief ruhig. Zuerst steil den im November lichten Granitzwald hinauf und vor Sellin wieder hinunter, vorbei an dem Örtchen Baabe, wo sie eine kleine Rast einlegten, um dann frisch gestärkt weiterzufahren. Die letzten Kilometer trieb Franz die Pferde dicht am Wasser entlang, bevor er, fast an der Mönchguter Spitze angelangt, die Kutsche rechts Richtung Groß Zicker lenkte. Marie saß die ganze Zeit über nahezu regungslos, die Hände in ihrem Schoß vergraben, auf ihrem Platz, während Klara es nicht lange auf ihrem Sitz hielt und sie schon bald von der einen Seite auf die andere sprang, um ihre Nase an den beiden kleinen Fenstern platt zu drücken.

Anfangs war Marie froh gewesen, dass Franz nicht mit in der Kutsche saß, doch je länger die Fahrt dauerte, desto mehr vermisste sie seine Gegenwart. Nicht nur, dass es dann wärmer gewesen wäre, sie hätte sich wohl auch besser ablenken können. Zumindest auf eine andere Art, als sie das für sich alleine tat.

Sie hatte nicht an ihren Vater gedacht, sich nicht ausgemalt, wie es sein würde, ihn nach dieser langen Zeit wiederzusehen. Sie hatte keine Vorstellung davon, wie es sich anfühlen würde, wieder an demselben Tisch zu sitzen, an dem sie nach dem frühen Tod ihrer Mutter allein mit ihrem Vater und den älteren Geschwistern gesessen hatte. Die ganzen Wochen über hatte sie die Gedanken daran verdrängt, und als sie am Morgen nicht mehr aufzuhalten gewesen und in ihr Bewusstsein gestürmt waren, hinterließen sie nichts als Leere. In diesem Moment wusste sie, es wäre ihr lieber gewesen, sie hätte sich fürchten können. Die Leere hatte ihren ganzen Körper erfüllt. Wäre Franz anfangs neben ihr in der Kutsche gesessen, sie hätte es nicht gewagt, sich an ihn anzulehnen, auch wenn sie vor Kälte gezittert hätte. Sie hätte gefürchtet, dass er sie nicht würde spüren können. Den

Blick starr nach vorne gerichtet, eine kleine Unebenheit auf der gegenüberliegenden ledernen Sitzbank fixierend, war sie dagesessen und hatte sich gewundert, dass sie, obwohl sie sich nur als Hülle fühlte, Klaras Stimme hörte.
Im Nachhinein konnte sie nicht sagen, wann sie wieder, wie sie es nannte, »zu sich gekommen war«. Wäre außer Klara noch jemand mit in der Kutsche gesessen, dann hätte er allenfalls bemerkt, dass sich ab einem bestimmten Moment ihr Blick verändert hatte, dass wieder etwas Lebendiges in ihn zurückgekehrt war. Denn auf einmal war er da gewesen, der Gedanke an Sophie von Blankenburg und an das Foto. Auf einmal spürte sie wieder das Blut in ihren Adern pulsieren, auch wenn sie regungslos sitzen blieb. Das Foto. Sie hatte Rosmarie Carl tatsächlich erlaubt, ein Porträt von sich an Sophie von Blankenburg zu schicken. Es lief ihr heiß und kalt den Rücken hinunter bei dem Gedanken, dass Sophie von Blankenburg vielleicht im selben Augenblick ihr Bild in Händen hielt. Vielleicht war es doch nicht richtig gewesen, ihr das Foto zu geben, dachte sie zum ersten Mal und wünschte, Franz würde jetzt neben ihr sitzen. Sie hatte ihm gegenüber Rosmaries Besuch mit keinem Wort erwähnt und hatte auch nicht vor, daran etwas zu ändern, aber wenn er neben ihr gesessen hätte in dieser bitterkalten Kutsche, so dachte sie, dann hätte er ihr sicherlich Geschichten erzählt oder mit Klara gespielt, jedenfalls sie beide bei Laune gehalten, so dass sie gar nicht erst an das Foto und Sophie von Blankenburg hätte denken müssen, um sich von dem bevorstehenden Besuch auf Mönchgut abzulenken. Noch nie hatte sie Franz so sehr vermisst wie in diesem Moment.
Zu Maries Verwunderung sah Groß Zicker aus wie immer. Nirgends erblickte sie ein neu gebautes Haus, stattdessen

säumten noch immer vor allem weiße Fischerkaten mit Rohrdächern den schmalen Weg, der durch das Dorf führte. Ein backsteinernes Fachwerkhaus mit Stallungen, das schräg gegenüber dem Pfarrwitwenhaus lag, wirkte neben den Katen noch größer, als es ohnehin schon war. Franz hielt die Pferde auf dem kleinen Dorfplatz an. Auf einer Anhöhe unweit des Wassers stand das reetgedeckte Fischerhäuschen ihres Vaters. Es war, wie alle anderen Häuser auch, umringt von Fischernetzen, die sich wie ein Spinnennetz um die weiß getünchte Fassade spannten. Die letzten Meter bis zum Haus gingen Franz, Marie und Klara zu Fuß. Der Weg war zu schmal und zu steinig für die Pferde, so dass Franz die Tiere an der Wassertränke zurücklassen musste. Maries Knie zitterten, und obwohl der kalte Wind hier unbarmherzig über die Landschaft pfiff, war ihr viel zu warm unter ihrem dicken Wollmantel. Sie hatte sich nichts vorgenommen für dieses Wiedersehen mit der Vergangenheit, und so tat sie alles aus einer spontanen Eingebung heraus.

Nach wenigen Schritten blieb sie stehen, schloss die Augen und reckte die Nase in die Luft. Es roch anders als in Binz, frischer, unverbrauchter, und gleichzeitig roch es nach mehr Arbeit, nach Fisch und Schafen. Sie öffnete die Augen und blickte um sich. Erst jetzt nahm sie den hölzernen Glockenturm der Backsteinkirche wahr, an der sie kurz zuvor vorbeigekommen waren. Stählerne Kreuze, vor allem aber verwitterte Grabsteine umschlossen die Kirche, und auf einem der Steine stand auch der Name von Maries Mutter. Sie schloss erneut die Augen, und sie hatte das Empfinden, als würde sie dem vertrauten Glockengeläut aus Kindertagen lauschen. Aber es war still im Dorf. Niemand war zu sehen,

und die Häuser lagen wie verlassen vor ihr, nur aus einem hinteren Winkel, einem hölzernen Verschlag, drang das Blöken einiger Schafe.
Klara drückte sich halb ängstlich, halb schüchtern an die Seite ihres Vaters und griff nach dessen Hand, als plötzlich ein Mann in abgewetzter dreiviertellanger dunkelblauer Hose und mit einer ebenso dunklen und gezeichneten Jacke vor ihnen stand, nur wenige Schritte von der Eingangstür entfernt. Schlohweißes, krauses Haar lugte unter seiner Schiffermütze hervor. Auf seinem Gesicht, das durch den fein ziselierten grauen Backenbart breiter wirkte, als es tatsächlich war, waren keine Gefühlsregungen abzulesen. Stumm und starr blickte er nach vorn, geradewegs in das Gesicht von Franz. Marie, die kurz nach Franz und Klara das Haus erreicht hatte, stand etwas versteckt hinter den beiden. Nach wenigen Sekunden, die Marie wie eine Ewigkeit erschienen waren, machte Karl, der die drei erwartet hatte, schließlich mit dem Kopf eine Andeutung, ihm zu folgen.
Im Holzofen brannte Feuer. Karl machte Tee, während Franz, Marie und Klara sich auf die Stühle setzten, die für sie schon bereitstanden. Ihre dicken Wintermäntel behielten sie an. Niemand sprach ein Wort, auch Klara nicht, die sich jedoch neugierig in dem kleinen Raum umschaute. Es roch nach Fisch, aber es sah ordentlich aus, kein Werkzeug lag herum, keine anderen Gerätschaften, die Karl zum Fischen brauchte, sogar das Bettzeug war fein säuberlich zusammengelegt. Marie irritierte diese Ordnung. Als sie noch bei ihrem Vater lebte, war der ganze Raum meistens mit kaputten Netzen zum Flicken ausgelegt gewesen. Sie fröstelte. Karl stellte vier bauchförmige, aus stabilem

Steingut gefertigte Becher auf den Tisch. Er schwieg noch immer. Alle schwiegen sie, und außer dem Klappern eines einzelnen Löffels, mit dem Karl Zucker in seinen Tee rührte, und dem Knistern des Feuers war kein Geräusch zu vernehmen. Die Stille hatte etwas Lärmendes und drang in Maries Glieder.

»Was wollt ihr?«, fragte Karl schließlich grimmig und starrte dabei unentwegt auf seine Tasse.

»Klara wollte dich kennenlernen«, antwortete Franz so heiter wie möglich. »Du bist der einzige Großvater, den sie noch hat. Und außerdem ist sie dir ziemlich ähnlich, wenn sie etwas will, dann lässt sie sich davon nicht mehr abbringen. Ein Dickschädel eben, eine echte Mönchguterin«, fügte er schmunzelnd hinzu, doch Karl brummte nur etwas Unverständliches vor sich hin. »Klara ist jetzt acht. Da könnte sie einen Großvater gut gebrauchen, einen, der was vom Leben versteht«, fuhr Franz fort, aber Karl reagierte noch immer nicht.

»Vater, bitte«, zischte Marie, »Klara hat sich so auf den Besuch bei dir gefreut.«

»Ich hab euch nicht eingeladen«, brummte ihr Vater und warf ihr einen giftigen Blick zu.

»Aber Marie und ich, wir brauchen dich auch«, sagte Franz unvermittelt mit einem Pathos in der Stimme, als ginge es um Leben und Tod. Marie standen die Tränen in den Augen. Karl blickte wieder in seine Teetasse, Klara wackelte auf den Knien ihres Vaters unruhig hin und her, und Franz wischte sich mit einem Taschentuch den Schweiß von der Stirn.

»Brauchen wollt ihr mich, die feinen Herrschaften brauchen mich. Ist es denn nicht gutgegangen mit dem Hotel, bist pleite, Franz, was? Und dann kommt ihr hierher und redet etwas von einer Familie, und dabei wollt ihr doch nur Geld. Aber schaut euch nur um, bei mir gibt es nichts zu holen. Machen den weiten Weg aus Binz völlig umsonst. Ha, zum Lachen ist das.«

Karl klopfte sich mit der Hand auf seinen Schenkel, als wollte er in lautes Gelächter ausbrechen. Aber er tat es nicht. Franz schwieg. Er hatte seinen Schwiegervater, dessen zweiundsechzigjähriges Gesicht durch Wind und Wetter gezeichnet war, falsch eingeschätzt.

»Erst gehen wollen und dann wiederkommen und betteln, das haben wir gern.« Karl blickte Marie grimmig an. »Wer gehen will, der muss auch durchhalten. Da gibt es kein Zurück. Das habe ich dir gesagt, Marie. Du kannst gehen, aber dann musst du auch nie wiederkommen. Hab ich das nicht gesagt? Das habe ich immer gesagt. Und nun kommt ihr und tut so, als gäbe es eine Familie. Es gibt keine Familie. Basta. Es gibt keine Familie. Nein, es gibt schon lange keine Familie mehr.« Den letzten Satz sprach Karl leiser als die davor, dafür blickte er Marie und Franz umso herausfordernder an.

Auch Marie stand mittlerweile der Schweiß auf der Stirn, aber sie machte keine Anstalten, ihn sich wegzuwischen. Sie gab sich größte Mühe, ruhig zu erscheinen. »Komm«, sagte sie zu Franz mit einer bemüht beherrschten, aber dennoch leicht zittrigen Stimme, »wir gehen. Das hat keinen Sinn hier, ich habe es ja gleich gesagt.« Ihren Vater würdigte sie dabei keines Blickes. Sie griff nach Klaras Arm und zog ihre Tochter mit einer kräftigen Bewegung von Franz' Schoß, nahm sie fest an die Hand und stand auf. »Einen Moment noch«, sagte Franz forsch und hielt sie zurück. »Ich habe deinem Vater noch etwas zu sagen. Du bist noch sturer als ich dachte. Die einsame Mönchguter Luft bekommt dir wohl nicht. Mich kannst du nicht beleidigen, aber die eigene Tochter so zu behandeln ...« Er schüttelte den Kopf. »Muss hier ganz schön langweilig sein, wenn du immer noch nicht darüber hinweg bist, dass dich Marie verlassen hat und nicht deine Ehefrau gespielt hat, so wie du dir das wohl vorgestellt hast. Eine Tochter, immer zu Diensten, aber ohne Ansprüche. Ja, schade Karl, sehr schade. Aber einen Großvater wie dich braucht Klara wohl nicht.« Er stand auf und wischte sich ein letztes Mal den Schweiß von der Stirn. »Kommt, wir gehen.«

»Mistkerl«, fluchte Karl und ballte seine Hände zu Fäusten. »Mistkerl. Dir werde ich noch zeigen, was ein Mann ist. Du hast nicht einen Funken Mumm in den Knochen. Nicht einen Funken. An der Nase lässt du dich herumführen von der.« Er zeigte mit dem Finger auf Marie und spuckte auf den Boden. »Ja, geht nur, geht, und dass ihr mir ja nicht wiederkommt. Ich möchte euch hier nie wieder sehen. Verstanden. Nie wieder.«

# 5

In den darauffolgenden drei Jahren sprachen weder Marie noch Franz über das, was sich an diesem kalten Novembertag 1909 auf Mönchgut abgespielt hatte. Das Leben nahm seinen gewohnten Gang. Im Frühjahr und Sommer kamen die Gäste, im Herbst und Winter blieb Zeit für Reparaturarbeiten am Haus. Im März 1912 konnte sogar der von Franz so sehnlichst gewünschte Anbau fertiggestellt werden, so dass die Villa Luise für die Urlaubssaison 1912 über sechs weitere, teilweise mit kleinen Kochgelegenheiten ausgestattete Gästezimmer verfügte. Das dreigeschossige Gebäude lag nach hinten zur Putbuser Straße hin und war wie das Haupthaus mit kunstvoll verzierten Holzveranden versehen. Das spitze Giebeldach rundete das Bild ab. Es formte mit den beiden quer zueinanderstehenden Dächern des Vorderhauses ein Kreuz. Das Haus sah jetzt vollkommen aus, was sogar Marie wohlwollend zur Kenntnis nahm, obwohl sie sich aus finanzieller Sorge lange gegen diese Vergrößerung gesträubt hatte. Aber jetzt, da die Zimmer in einem hellen Weiß erstrahlten und die dunklen Eichenmöbel, die sie in Stralsund erstanden hatten und die denen ähnelten, die sie auch im Vorderhaus in den Gästezimmern stehen hatten, in dieser Umgebung sogar etwas von ihrer Schwere verloren zu haben schienen, war sie zufrieden. Ohnehin blieb nicht mehr viel Zeit, sich Sorgen zu machen. Die Buchungen für die Saison waren komplett, und Marie hatte mit den Zimmermädchen und Hanna alle Hände voll zu tun, den rund dreißig Gästen, die im Durchschnitt bei ihnen wohnten, einen angenehmen Urlaub zu bereiten. Den freien Tag, den sie sich Ende Juli 1912 gönnte, war der erste seit langer Zeit. Hanna hatte sich bereit erklärt, nach dem Rechten zu schauen, aber wie es schien, konnte auch sie es etwas ruhiger angehen lassen, denn an diesem Sonntag kannten fast alle nur ein Ziel – den Binzer Rennplatz.

Dort fand das traditionelle Pferderennen statt, für das auch zahlreiche Tagesgäste extra mit Dampfern aus Greifswald und Swinemünde angereist gekommen waren. Binz, das um diese Jahreszeit ohnehin mehr einem geschäftigen Bienenschwarm als einem beschaulichen Inseldorf am Ostseestrand glich, verwandelte sich an diesem Tag zusätzlich in ein prächtiges Blütenmeer. Mit Kornblumen und roten Rosen geschmückte Landauer, mit Margeriten überreich bestückte Kutschen und Wagen mit Schilfbaldachinen, über die sich ein dichter Teppich aus roten und weißen Nelken legte, bestimmten das Bild. Marie hatte für ihren Kutschenschmuck ausschließlich weiße Rosen gewählt, die sich in einem verschlungenen Band um den offenen schwarzen Wagen zogen. Sie lächelte zufrieden, als sie sich neben Franz und Klara auf die rot gepolsterte Bank setzte. Hätte sie nicht ein lindgrünes Kleid gewählt, man hätte fast meinen können, sie feierten noch einmal Hochzeit, so festlich und rein sah ihre Kutsche aus. Und tatsächlich schienen an diesem Tag alle Sorgen und Nöte der vergangenen Jahre nicht mehr von Bedeutung zu sein.

»Schau mal, da steht Rosmarie mit ihrer Kamera«, sagte Marie und lenkte Klaras Blick sanft in Richtung der Fotografin, die ihr Stativ an der Ecke Putbuser Straße und Bahnhofstraße aufgestellt hatte. Es war das Nadelöhr, durch das alle mussten, die mit ihren festlich geschmückten Wagen zum Rennplatz wollten. Und kaum einer ließ es sich nehmen, einen kurzen Halt vor Rosmarie Carls Kamera einzulegen und davor winkend und lachend zu posieren, bis die Fotografin mit einer zackigen Handbewegung das Zeichen zum Weiterfahren gab. Auch Franz, Marie und Klara lächelten an diesem warmen Sommertag in den klobigen Kasten, ehe sie den vor Menschenmassen heillos überfüllten Bahnhof passierten und schließlich nach links zum Renn-

platz abbogen, wo sich bereits zahlreiche Besucher eingefunden hatten.
Idyllisch, am Rand des Granitzwaldes gelegen, herrschte an diesem sonst ruhigen Ort geschäftiges Treiben. Während Kinder in Matrosenanzügen zwischen den abgestellten Kutschen, die so dicht standen, dass es aus der Ferne aussah, als läge ein großer Blütenteppich über dem Platz, Fang-mich spielten, hasteten ihre Väter eilig Richtung Tribüne, um vor dem ersten Rennen noch rechtzeitig ihre Wetten abzugeben. Ihre Frauen steckten unterdessen die Köpfe zusammen, soweit das bei den großen, mit allerlei Federn und Bändern geschmückten Hüten, die sie trugen, überhaupt möglich war, und tuschelten über die Neuankömmlinge.
Als Franz Marie aus dem Wagen half, verstummten die in der Nähe stehenden Hoteliersgattinnen für einen Augenblick. Maries lindgrünes Kleid und der gleichfarbige Hut adelten die Blässe ihrer Haut. Kein Schatten lag unter ihren Augen, keine Falte um ihren Mund. Sie sah aus wie einer Traumwelt entstiegen, und so bewegte sie sich auch. Beinahe schwerelos glitt sie auf den sandigen Boden, und hätte sie sich danach nicht bei Franz untergehakt, man hätte Angst haben können, sie würde jeden Moment in die Lüfte abheben. Ihr Lächeln, mit dem sie jeden, den sie kannte, auf dem Weg zu ihrem Tribünenplatz bedachte, schien aus einem entlegenen Winkel ihres Innersten zu stammen, so gleichbleibend wohlwollend legte es sich über ihr Gesicht.
»Was wollte eigentlich Rosmarie vorher von uns?«, fragte Franz seine Frau, nachdem sie sich gesetzt und der Trubel um sie herum sich etwas gelegt hatte. »Sie sah so aufgeregt aus.« Franz, der seit zwei Jahren zunehmend darunter litt, dass sein Hörvermögen merklich nachließ, gab nicht gerne

zu, dass er etwas nicht verstand. Aber Rosmaries merkwürdig fuchtelnde Geste, die sie ihnen vorher hinterhergeschickt hatte, begleitet von einem Rufen, hatte ihn beunruhigt.

»Rosmarie? Ach nichts«, sagte Marie beschwichtigend. »Ich glaube, sie wollte uns nur einen schönen Tag wünschen.«

»Nein, irgendetwas stimmte da nicht, da bin ich mir sicher. Sie hat doch etwas gerufen. So etwas wie«, Franz hielt inne und überlegte kurz, »wie Burg. Ja, genau, Burg. Ich konnte Burg verstehen. Hast du das nicht gehört?«

»Nein, Franz. Ich glaube, du täuschst dich. Ich habe nichts gehört.« Marie bemühte sich, ihre Stimme ruhig und sachlich klingen zu lassen, was ihr auch gelang. Aber ihr entrücktes Lächeln war einem angespannten Gesichtsausdruck gewichen. »Sie hat uns nur hinterhergewinkt, mehr nicht. Du kennst sie doch. Sie wirkt immer etwas aufgeregt. Rosmarie gehört zu der Sorte Mensch, die immer in Bewegung ist. Das ist ihre Art, uns zu sagen, dass sie sich freut, uns wiederzusehen. Immerhin war sie für ein halbes Jahr in Berlin und ist erst kürzlich zurückgekehrt.«

»Hm. Du hast wohl recht«, murmelte Franz. »Aber ich hätte schwören können, dass sie ›Burg‹ gerufen hat.« Er schüttelte den Kopf und zog seine rechte Augenbraue nach oben, so wie er es immer tat, wenn er sich über sich selbst ärgerte. »Diese Ohren, diese verdammten Ohren. Wenn das so weitergeht, dann treiben die mich noch in den Wahnsinn.« Unwillkürlich legte er seine Hände auf beide Ohren und rieb sie mehrmals kräftig, bis sie ganz rot wurden. Dann schüttelte er sich erneut, als könnte er so sein lästiges Übel loswerden oder zumindest eine Zeitlang vergessen, während Marie ihn mit besorgter Miene beobachtete. Als Franz ihren sorgenden Blick bemerkte, zischte er leise: »Denen zeige ich schon noch, wer hier Herr im Hause Dahm ist. Keine Angst, die werden es nicht wagen, mich im Stich zu lassen.« Marie musste lachen. »Ich weiß, Franz, ich weiß«, sagte sie. »Um dich muss man sich keine Sorgen machen.«

»Nein, wahrlich nicht. Wer hat es schließlich geschafft, eine schier ausweglos scheinende Situation in einen Triumph zu verwandeln. Kannst du dich noch an das Gesicht vom Freese erinnern, als ich dem unseren Anbau gezeigt habe? Vor Neid geplatzt ist der beinahe. Und als sie mich danach wieder zum Vorsitzenden gewählt haben, einstimmig, jawoll, einstimmig, wie er mir mit zusammengekniffenem Mund gratuliert hat. Nein, um mich muss man sich wahrlich keine Sorgen machen. Schließlich habe ich ja auch noch Augen im Kopf. Und die funktionieren blendend. Mir entgeht nichts. Nein, mir entgeht nichts.« Stolz reckte er den Kopf empor und blickte durch das kleine Fernglas, das er extra für das Pferderennen erstanden hatte. »Blankenburg«, murmelte er, und seine Stimme klang, als käme sie von weit her, »sie hat Blankenburg gesagt.«

»Wo?«, rief Marie, und sie verfluchte sich im selben Augenblick für ihre Unbeherrschtheit. Doch Franz hatte sie nicht gehört.

»Ach, sieh mal an, der alte Bensheim ist auch da und immer schön in der Gefolgschaft von Sander. Und an seiner Seite der Freese. Und der Pahlke steht auch nicht weit entfernt.« Franz zählte eine ganze Litanei an Namen auf, alle mehr oder weniger Konkurrenten, die er durch sein Fernglas erblickte. »Um wen scharen sie sich denn da? Das hätte ich mir ja denken können. Der fürstliche Sekretär, natürlich.« Noch während er so vor sich hin sprach, erhob er sich, das

Fernglas fest vor seine Augen gepresst, um noch besser sehen zu können, was sich unterhalb der Tribüne, am Rande der Rennbahn, abspielte. »Blankenburg«, sagte er jetzt wieder, und Marie erschrak erneut. Doch diesmal hatte sie sich im Griff. »Da, Blankenburg. Wusste ich es doch. Meine Ohren sind eben doch nicht so schlecht, wie Dr. Hansen meint. Das ist er, ganz sicher, dieser Berliner Großkotz. Den erkenn ich auf fünf Seemeilen Entfernung beim größten Unwetter. Da steht er, neben dem Sekretär, und alle schauen bewundernd zu ihm auf, diese Heuchler. Ernst von Blankenburg. Das Phantom ist wieder aufgetaucht, das können sie morgen im *Rügenschen Kreis- und Anzeigenblatt* bringen. Das Gesicht zum Gebäude. Oder so etwas in der Art. Marie«, Franz drehte sich zu seiner Frau um und hielt ihr das Fernglas hin, »sieh nur, ich hatte recht. Blankenburg. Sie hat Blankenburg gesagt.«
Marie nahm das Glas widerwillig entgegen und sah zögerlich durch das Okular. Sie erkannte ihn auf Anhieb, auch wenn er diesmal statt eines weißen Anzugs, so wie bei ihrem letzten Treffen vor drei Jahren, wie alle anderen auch einen dunklen Gehrock trug. Da sie es jedoch nicht wagte, ihren Blick etwas schweifen zu lassen, reichte sie Franz das Fernglas zurück.
Mit ganzer Verachtung stieß er erneut den Namen Blankenburg aus. Blankenburg, immer wieder Blankenburg. Der Name dröhnte in seinem Kopf wie Stahlräder auf Kopfsteinpflaster, als er sich einen Weg zur Wettannahmestelle bahnte, und auch dann noch, als er sich dort in die lange Schlange einreihte.
Marie ließ er leicht benommen zurück. Franz hatte sie mit seinem kompromisslosen Sinn für die Realität jäh aus ihrem

traumähnlichen Zustand gerissen. Tatsächlich hatte ihr Rosmarie noch zugerufen, sie müsse dringend mit ihr über Sophie von Blankenburg sprechen, aber statt sich Sorgen zu machen, war sie im ersten Moment in diese für sie unerklärliche wundersame Verzückung geraten. Doch der Name Blankenburg hinterließ jetzt auch bei ihr, da ihn Franz ausgesprochen hatte, einen ungeahnten Nachhall und jagte ihr Schauer über den Rücken. Franz hatte unterdessen seinen Wetteinsatz gemacht und ausschließlich auf ein Pferd namens Herr von Balbek gesetzt, bevor er zwar äußerlich missmutig, aber nicht weniger neugierig ruhigen Schrittes die wenigen Stufen hinabging, die ihn von der Stelle trennten, an der noch immer seine Binzer Hotelierkollegen mit Ernst von Blankenburg, dem fürstlichen Sekretär und Ortsvorsteher Sander zusammenstanden. »Meine Herren«, sagte Franz mit ernster Miene und zog dabei seinen Zylinder, bevor er sich zu ihnen in die Runde stellte.
»Ah, unser Vorsitzender«, ergriff Bensheim gleich das Wort, der als Einziger etwas außerhalb des Kreises stand, abgedrängt von Freese, der seinen schmächtigen Körper vor ihn und damit näher an Ernst von Blankenburg geschoben hatte. »Gut, dass Sie da sind. Der verehrte Herr Bankier von Blankenburg unterrichtet uns gerade über seine Bautätigkeit und seine Pläne.«
Franz nickte gerade interessiert in Richtung Ernst von Blankenburg, als der Startschuss für das erste Rennen an diesem Tag fiel. Tausendvierhundert Meter ohne Hindernisse. »Sagen Sie«, warf Franz in die Runde, noch bevor einer von den Herren mit seinen Erörterungen fortfahren konnte, »Balbek hatten Sie doch empfohlen, nicht wahr, Herr Sander, Herr von Balbek?«

»Ja, das habe ich«, erwiderte Sander, der leicht errötete.
»Das haben Sie getan?«, fragte Ernst von Blankenburg belustigt, nachdem er an seiner Zigarre gezogen und den Rauch über ihre Köpfe hinweg ausgeblasen hatte. »Sie haben tatsächlich Herr von Balbek angepriesen? Wer hat Ihnen denn diesen Tipp gegeben?«
Sander senkte den Kopf, doch er fasste sich schnell wieder, und mit Blick in Richtung Franz sagte er: »Darf ich vorstellen, Herr Dahm, unser allseits geschätzter Vorsitzender des Bäderverbandes.« Franz verzog keine Miene.
»Erfreut, sehr erfreut.« Ernst von Blankenburg lächelte freundlich. »Herr von Balbek, verzeihen Sie, Herr Dahm, aber ich hoffe, Sie haben nicht auf ihn gesetzt. Das Pferd ist keinen Heller wert, selbst als Ackergaul wäre es wohl ungeeignet. Meine Frau wollte sich nur einen Spaß erlauben. Wer sonst käme auf die Idee, sein Pferd auf diesen Namen zu taufen – Herr von Balbek.«
Ernst von Blankenburg brach in schallendes Gelächter aus, in das Freese als Einziger einstimmte, während die anderen ihn leicht irritiert anblickten. »Verzeihen Sie, meine Herren«, fuhr der Bankier fort, der sich nur langsam wieder beruhigte. »Verzeihen Sie, ich wollte Ihnen nicht den Tag verderben. Herr Dahm, erlauben Sie mir, Ihren Wetteinsatz zu übernehmen. Weder meine Frau noch ich hatten vor, uns an unseren zukünftigen Nachbarn zu bereichern.«
Franz machte eine abwehrende Handbewegung. »Aber sehr verehrter Herr Bankier von Blankenburg«, sagte er mit tiefer, fester Stimme, »natürlich habe ich nicht auf Ihr Pferd gesetzt. Ich würde doch nie auf ein Pferd setzen, das einen solchen Namen trägt.« Und mit Blick in Richtung des wol-

kenlosen Himmels fügte er hinzu: »Ist doch ein herrlicher Tag heute für Binz und für unsere Gäste.«
Innerlich schäumte Franz, aber er wollte sich keine Blöße geben, und so blieb er in der Runde derer stehen, die nach anfänglichem Schweigen das Gespräch dort fortsetzten, wo Franz sie jäh unterbrochen hatte. Zu jedem anderen Zeitpunkt hätte Franz Ernst von Blankenburgs Ausführungen sicherlich mit Wohlwollen vernommen, doch in diesem Moment verstärkten sie nur seine ohnmächtige Wut. Kein Hotel hatte Ernst von Blankenburg bauen lassen, sondern eine Residenz für sich und seine Frau, mit Ländereien und Viehwirtschaft. Als Ausgleich zum Großstadtleben, wie er betonte, das immer hektischer wurde. »Nervosität«, sagte er, »Nervosität legt sich wie ein Flächenbrand über Berlin.« Das hektische Treiben um sie herum schien ihn dabei nicht zu stören. Franz jedoch hätte ihm gerne entgegengeschleudert, dass Rügen nicht mit dem Paradies zu verwechseln sei, aber er verhielt sich still. Noch eine Demütigung, und er hätte sich nicht zu beherrschen gewusst.

## 6

Marie wurde langsam unruhig. Franz war noch immer nicht an seinen Platz zurückgekehrt, und das fünfte Rennen des Tages war gerade mit einem Sieg für Stern zu Ende gegangen. Von rechts dröhnte schon der Radetzkymarsch in ihre Richtung, was bedeutete, dass mit einer längeren Pause zu rechnen war, denn auf der Rennbahn hatten bereits die Umbauarbeiten für die später am Tag stattfindenden Hindernisrennen begonnen. Marie nahm das Fernglas zur Hand, das die ganze Zeit über unberührt neben ihr gelegen hatte, und versuchte ihren Mann ausfindig zu machen – ohne Erfolg. Rund um die Rennbahn herrschte mittlerweile ein so dichtes Gedränge, dass Marie in diesem wogenden Meer aus Hüten nichts erkennen konnte.

»Suchst du mich?«, fragte jemand von hinten, und an dem energischen Ton erkannte Marie sofort, dass es Rosmarie war.

»Rosmarie!«, rief Marie, während sie sich zu ihr umdrehte, und ihre Stimme klang etwas zu laut und zu spitz, was sie sofort bemerkte und ihr prompt die Schamesröte ins Gesicht trieb. »Rosmarie«, wiederholte sie daher, diesmal bemüht unaufgeregt, »schön, dich zu sehen. Wie lange ist es her? Wie lange warst du in Berlin? Ein halbes Jahr? Die kurze Begegnung von vorhin, die zähl ich mal nicht. Da warst du ja hauptsächlich hinter deinem Kasten versteckt.«

»Gut, dass ich dich endlich gefunden habe«, erwiderte Rosmarie Carl etwas außer Atem, aber sichtlich erleichtert. »Die ganze Zeit suche ich schon nach dir, aber hier in dem Durcheinander kommt man ja einfach nicht voran. Alle wollen sie heute plaudern, als hätte sich die Welt im letzten halben Jahr in rasender Geschwindigkeit gedreht. Dabei haben sie sich gar nicht verändert, diese Tratschweiber. Gehässig wie eh und je. Lass dich anschauen.« Sie machte einen Schritt zurück und musterte mit ihrem Fotografenauge die Freundin. »Gut siehst du aus. Ein bisschen blass um die Nase vielleicht. Aber in Berlin würde man sagen très chic. Dort trägt man die Blässe wie eine Trophäe. Du glaubst nicht, wie laut Berlin ist. Tag und Nacht, nicht eine Sekunde zum Durchatmen. Ach herrje, wie habe ich Rügen vermisst. Schön, dich wiederzusehen«, sagte sie fröhlich und umarmte Marie herzlich. »Hm, wie herrlich«, stieß sie voller Inbrunst aus und legte ihren Kopf in den Nacken. »Riechst du es, Marie? Riechst du das Meer? Das ist es, das Meer. Es schluckt den ganzen Lärm um uns herum, es hält uns die Welt vom Leib. Da können noch so viele Gäste zu uns auf die Insel kommen, das Meer beschützt uns. Wie frei das macht«, jauchzte sie. »Du kannst dir gar nicht vorstellen, wie froh ich bin, endlich wieder zu Hause zu sein.« Sie hielt kurz inne. »Ich muss dir unbedingt etwas Wichtiges erzählen«, sagte sie und sah dabei ernst aus.

»Sophie, ich hab sie getroffen. Sophie von Blankenburg, du erinnerst dich? Das Foto?«

»Ihr duzt euch?«, fragte Marie erstaunt.

»Sie ist so, wie soll ich sagen, unkonventionell, dass man gar keine andere Wahl hat. Aber das tun die meisten in Berlin, sich duzen. Ist das denn wichtig?«

»Du mochtest sie doch nicht«, sagte Marie. »Du wolltest doch nicht, dass sie das Foto von mir bekommt. Ich wundere mich eben.« In ihrer Stimme schwang ein ungewohnt trotziger Unterton mit, aber Marie bemerkte ihn nicht.

Rosmarie hingegen entging er nicht. »Das habe ich nie gesagt«, verteidigte sie sich. »Ich habe mir nur Sorgen gemacht. Und wie sich herausgestellt hat, zu Recht. Du …«

»Weshalb?«, unterbrach Marie sie wirsch. »Ist etwa ganz Berlin mit meinem Gesicht plakatiert?«

»Was ist los mit dir?«, fragte Rosmarie besorgt und wollte ihre Hand auf Maries Arm legen, doch die entzog sich ihr mit einem schnellen Rückwärtsschritt. »Beruhig dich. So kenne ich dich ja gar nicht.«

Wie gelähmt stand Marie Rosmarie gegenüber. Ihre Wangen waren längst nicht mehr von vornehmer Blässe, sondern rot vor Aufregung. Sie wusste nicht, was mit ihr los war, sie spürte nur dieses Brodeln in ihrem Inneren, das sie nicht unter Kontrolle bekam.
»Nichts«, stammelte sie, »nichts ist mit mir los«, und umklammerte das Fernglas wie einen Rettungsring. »Nichts. Die Hitze. Ich weiß es auch nicht. Erzähl weiter, bitte.«
»Gut. Ich hatte mir ja Sorgen wegen des Fotos gemacht. Und natürlich hat Sophie es nicht für Plakate verwendet und es auch sonst nirgendwo publiziert, soweit ich jedenfalls weiß. Das heißt, ich bin mir ziemlich sicher, dass sie das nicht getan hat, sonst hätte sie es mir gezeigt. Sophie hält mit nichts hinterm Berg. Mit nichts. Ich meine …« Rosmarie stockte. »Marie?«
Urplötzlich hatte sich Maries Ausdruck verändert. Von dem Lebendigen in ihren hellblauen Augen war nichts mehr geblieben. Panik sprach jetzt daraus. Panik und Entsetzen hatten ihr die ganze Röte aus dem Gesicht getrieben. Schweiß lief ihr die Schläfen hinunter, und ihre Hände zitterten. »Was ist nur los mit mir?«, flüsterte sie mehr zu sich selbst als zu Rosmarie. »Ich versteh das nicht. Was ist mit mir?«
»Setz dich«, sagte Rosmarie bestimmt und drückte sie sanft auf die gepolsterte Holzbank. »Ich hol dir ein Glas Wasser. Die Hitze, das ist bestimmt die Hitze. Hier unter dem Dach ist es aber auch besonders heiß. Hast du denn heute schon etwas gegessen?«
Marie nickte. »Erzähl weiter, bitte. Ich will wissen, was mit meinem Foto passiert ist.«
»Bist du sicher? Soll ich nicht lieber Franz suchen?«
»Bitte, Rosmarie, was ist mit meinem Foto passiert?« Sie

griff nach Rosmaries Arm und zog sie näher zu sich heran. »Bitte, mir geht es gut. Sag mir nur, was mit meinem Foto passiert ist. Muss ich mir Sorgen machen?«

»Nein, nein, du musst dir keine Sorgen machen. O Marie, wenn ich geahnt hätte, wie sehr dich das mitnimmt, dann hätte ich nichts gesagt, und alles hätte sich wahrscheinlich in Wohlgefallen aufgelöst. Glaub mir, kein Grund zur Sorge, wirklich nicht. Ich war einfach nur erstaunt, dein Foto umrahmt von Sanddornzweigen in ihrem Arbeitszimmer zu endecken. Aber wahrscheinlich hat das gar nichts zu bedeuten. Sophie ist einfach eine unkonventionelle Frau, das haben alle gesagt, mit denen ich gesprochen habe, glaub mir … Mach dir keine Sorgen, Marie, ja?«

»Ja, nein, keine Sorgen«, murmelte Marie, die gerne noch gefragt hätte, was Sophie von Blankenburg denn nun wirklich so unkonventionell machte, aber alles an ihr, an ihrem Körper fühlte sich merkwürdig taub an. »Marie, ich bin mir sicher, es wird sich alles in Wohlgefallen auflösen«, fügte Rosmarie rasch hinzu. »Du wirst sehen, schon heute Abend. Da kommt sie nämlich mit dem Dampfer aus Greifswald, sie hat mich gebeten, sie abzuholen.«

»Heute?«, fragte Marie erschrocken, aber langsam fand sie ihre Fassung wieder. Noch etwas unsicher auf den Beinen stand sie auf und strich ihren Rock glatt. »Danke, Rosmarie«, sagte sie leise, »ich schätze dich sehr.« »

Rosmarie Carl, die sonst nicht so leicht aus dem Gleichgewicht zu bringen war, machte Maries Ernsthaftigkeit für einen kurzen Moment verlegen, und fast schüchtern verabschiedete sie sich. Nach wenigen Schritten besann sie sich jedoch, kehrte um und flüsterte, als sie sah, dass sich drei Hoteliersgattinnen von hinten Marie näherten, kaum hörbar, aber umso eindringlicher: »Gib auf dich acht, Marie. Sophie ist eine Spielerin.«

Als Franz, Marie und Klara nach Hause zurückkehrten, lag vor ihnen der Strand in dämmriges Abendlicht getaucht. Wie kleine Trutzburgen standen dort die verlassenen Strandkörbe, bereit, für den Ansturm am nächsten Tag. Eng umschlungen spazierten zwei Liebespaare am Wasser entlang, und wäre das Stimmengewirr von der Seebrücke nicht bis zur Villa Luise geschwappt, man hätte meinen können, der Trubel des Tages sei hier wie von Zauberhand weggewischt worden. Still lag es da, das Meer, und Marie musste an Rosmaries Worte denken. Zwar wäre sie nie so weit gegangen zu sagen, dass das Meer den Menschenlärm schlucke, aber es schien ihr zumindest in diesem friedlichen Augenblick so zu sein, dass die Stille des Wassers lauter war als alles Geschrei, das die Urlauber in Erwartung der Kronprinz Wilhelm veranstalten konnten – des Dampfers, mit dem auch Sophie von Blankenburg nach Rügen kommen sollte.
Franz wusste nichts davon. Weder hatte sie mit ihm über Sophie gesprochen noch er mit ihr über seine für ihn demütigende Begegnung mit deren Mann.
Ein ohrenbetäubendes Krachen schreckte sie plötzlich hoch. Für den Bruchteil einer Sekunde legte sich eine Stille über den Ort, dass es beängstigend war. Erst danach gellten die panischen Hilferufe in alle Himmelsrichtungen. Kinder schrien nach ihren Müttern, Mütter nach ihren Kindern, Männer nach ihren Frauen und Frauen nach ihren Männern. Die Brücke bot ein verheerendes Bild, selbst von der mehrere hundert Meter entfernten Villa Luise aus. Ohne ein Wort zu wechseln rannten Franz und Marie wie auf Kom-

mando zeitgleich los. Je näher sie kamen, desto grauenvoller wurde der Anblick. Ein Teil des Brückenkopfes war eingestürzt und hatte unzählige Menschen mit sich ins tiefe Wasser gerissen. Als Marie den nur wenige Meter davon entfernt schwimmenden heillos überfüllten Dampfer aus Greifswald entdeckte, ergriff auch sie die Panik. Plötzlich glaubte sie Rosmaries Schreie aus der Masse herausgehört zu haben, aber sie täuschte sich.

Marie und Franz halfen, die Verletzten zu versorgen. Rosmarie war nicht darunter, und immer wieder hielt Marie Ausschau nach der Freundin, die doch hätte hier sein sollen, um Sophie abzuholen. Sie befürchtete das Schlimmste, aber die Panik um sie herum ließ ihr vorerst keine Zeit für eigene Sorgen. Franz hatte sie längst aus den Augen verloren, als wie aus dem Nichts mit einem Mal Sophie von Blankenburg neben ihr auftauchte, einen der Verletzten an der Schulter packte und ihm half, aus dem Gewühl zu kommen. Kurz darauf kehrte sie zurück und kniete sich wie selbstverständlich neben Marie, die gerade dabei war, eine große klaffende Wunde abzutupfen.

»Haben Sie Rosmarie gesehen?«

Sophie von Blankenburg schüttelte den Kopf. »Nein, ich habe sie auch schon überall gesucht. Aber in diesem Chaos hier ist es unmöglich jemanden zu finden. Kann ich helfen?«

Marie reichte ihr einen Eimer mit lauwarmem Wasser, das vor lauter Blut dunkelrot eingefärbt war und zeigte auf die Verletzten, die überall am Boden lagen. Fast ohne Worte, wie ein gut aufeinander eingespieltes Paar, versorgten sie bis zum frühen Morgengrauen die Wunden. Manche der Opfer waren so schrecklich verstümmelt, dass Marie einmal beinahe in Ohnmacht gefallen wäre, hätte Sophie sie nicht gestützt. Immer wieder drang die Nachricht von Toten bis zu ihnen durch, und Marie hoffte inständig, dass Rosmarie nicht darunter sein würde. Aber als sie schließlich erschöpft in ihr Bett fiel, hatte sie die Hoffnung fast schon aufgegeben, sie jemals wiederzusehen.

## 7

Du?« Hanna stieß einen spitzen Schrei aus. Vor der Tür der Villa Luise stand Rosmarie und wusste nicht wie ihr geschah, als die Haushälterin ihre mächtigen Arme um sie schlang. Es war noch still im Haus und außer Hanna hatte niemand ihr Klopfen gehört.

»Min Kind«, stieß Hanna laut schnaubend aus, »min Kind. Dem Herrgott sei Dank, er hat dich noch einmal freigegeben.« Mit einer Geste, die keinen Widerspruch duldete, hieß sie Rosmarie, ihr durch den dunklen Flur, vorbei an der menschenleeren Rezeption, in die Küche zu folgen.

Zwei Stunden später versammelten sich dort auch Franz, der sonst nie einen Schritt in Hannas Reich setzte, Marie und Klara. Klara wirbelte wie ein Derwisch um Rosmarie herum, während sie die anderen immer wieder umarmten. Sogar Franz drückte sie einmal flüchtig an sich. Dunkle Ringe unter den Augen verrieten bei allen die kurze Nacht. Nur Marie war als Einzige bereits frisiert und angezogen. Die straff nach hinten gekämmten Haare, der strenge Knoten, verrieten nichts mehr von der Aufregung am Vortag.

Und doch zeichnete sich in ihrem Gesicht eine Verletzlichkeit ab, die sie nicht verbergen konnte.
Auf den langen Holztisch, der in der Küche stand und an dem normalerweise die Mädchen saßen, stellte Hanna eine große Kanne Kaffee und einen Korb mit noch warmen Honigbrötchen. Ein Duft von Geborgenheit lag in der Luft.
Rasch war Rosmaries Verschwinden aufgeklärt. Der Besitzer des Gutes Boldevitz hatte sie überraschend für einen Auftrag engagiert, und das Telegramm, in dem sie Sophie über ihre Abwesenheit unterrichtet hatte, schien nicht mehr rechtzeitig angekommen zu sein. Erst spät in der Nacht, als sie zurückgekehrt war, hatte sie von dem Unglück erfahren.
»Es tut mir leid, dass ich euch solchen Kummer bereitet habe«, schloss Rosmarie ihre Erzählung und wandte sich an Marie, der Tränen in die Augen geschossen waren. »Ich hatte ja keine Ahnung, was für eine Katastrophe ... Weiß man schon ...« Sie stockte, als die Tür aufging und Sophie von Blankenburg in die Küche eintrat, das *Rügensche Kreis- und Anzeigenblatt* in der Hand.
»Vierzehn Tote«, rief sie, »vierzehn Tote und noch etliche, die vermisst werden. Hier.« Sie wedelte mit der Zeitung und hielt sie in die Runde, bevor sie wie selbstverständlich gegenüber von Marie Platz nahm. Franz schaute sie fragend an, und auch Rosmarie machte ein nicht minder erstauntes Gesicht.
»Frühstück gibt es im Speisesaal«, raunzte Franz Sophie von Blankenburg an, als er auf seine stumme Frage keine Antwort bekam. Erst da begriff Marie, dass Sophie kein Mitglied der Familie oder eine enge Freundin war.
»Entschuldige bitte, Franz. Darf ich vorstellen, Sophie von Blankenburg. Wir haben gemeinsam die Verletzten versorgt

und nach Rosmarie gesucht. Ich hatte ihr angeboten, bei uns zu übernachten.«

»Von Blankenburg? Frau Ernst von Blankenburg?«, fragte er, und ihm dämmerte langsam, dass er sie vor einigen Jahren schon einmal flüchtig gesehen hatte. Sophie nickte und nahm erst jetzt zur Kenntnis, dass auch Rosmarie am Tisch saß.

»Rosmarie!«, rief sie erstaunt aus, tänzelte um den Tisch und legte ihr von hinten die Arme um den Hals. »Meine Güte, und ich dachte schon, ich müsste für den Rest meines Lebens Buße tun. Lass dich anschauen. Ist alles in Ordnung mit dir? Du siehst gut aus. Etwas übernächtigt. Puder unter den Augen hilft gegen die unfeinen Ränder. Was für ein Glück«, flötete sie, als sie zu ihrem Platz zurückging, ehe sie die Tonlage wechselte und mit ernster Stimme, die Faust zum Sieg geballt, über die Köpfe der Anwesenden hinweg rief: »Freispruch für Sophie von Blankenburg.« Erst danach setzte sie sich.

Franz verbarg seinen Unmut nicht. Kopfschüttelnd reichte er Hanna seine leere Kaffeetasse. Für einen Moment war es totenstill in der Küche. Rosmarie rang sich zwar ein Lächeln ab, aber Marie blickte, als hätte man sie bei einem Vergehen ertappt, verschämt auf ihr Brötchen, das noch unangetastet vor ihr auf dem Teller lag. Selbst Klara machte keinen Mucks. Mit weit aufgerissenen Augen saß sie regungslos auf ihrem Platz.

»Es ist alles in Ordnung, Sophie«, versuchte Rosmarie als Erste, die Situation zu retten. »Du siehst ja, mir geht es gut. Aber wo ist eigentlich dein Mann?«

»Ernst? Mal überlegen ... Vermutlich reitet er gerade auf Herr von Balbek aus und ist auf der Suche nach Landarbeitern für sein neues Hobby, die Landwirtschaft. Ehrlich, Rosmarie, ich weiß es nicht, wo er steckt, aber du kennst mich doch. Er hier, ich dort, manchmal zusammen. Jeder auf seine Art. So ist das doch auch in Berlin. Warum soll das hier anders sein?«

»Das heißt, Sie gedenken uns noch länger zu beehren?«, brummte Franz dazwischen.

»Wenn Marie nichts dagegen hat. Du hast doch nichts dagegen, oder?« Sophie blickte Marie dabei so treuherzig an, dass diese einmal mehr aus lauter Verlegenheit die Augen senkte.

»Aber dein Mann, erwartet er dich denn nicht?«, flüsterte sie.

»Der kommt gut ohne mich aus. Aber du brauchst mich doch. Vier Verletzte unter den Gästen, dazu diejenigen, die noch unter Schock stehen, du wirst alle Hände voll zu tun haben.«

»Danke, aber das schaffe ich schon«, sagte Marie leise.

»Ja, das denke ich auch«, warf Franz grimmig ein. »Außerdem haben wir ja auch noch Hanna und die beiden Mädchen, nicht?« Franz fühlte sich, als würde er von der Familie von Blankenburg verfolgt. Erst Ernst, jetzt Sophie, er hatte Mühe, sich zu beherrschen. Etwas unbeholfen tätschelte er Maries Knie. »Du siehst blass aus. Geht es dir nicht gut?«, sagte er plötzlich, als er bemerkte, wie abgekämpft und müde Marie ausschaute. »Soll Hanna dir einen Tee machen?« Seine Stimme ließ echte Sorge erkennen, doch auf Marie wirkte sie wie ein unerwarteter Adrenalinschub. Sie wollte nicht die Rolle derjenigen übernehmen, der als Einziger die Situation über den Kopf wuchs.

»Wir sind doch alle übermüdet«, sagte sie daher energisch,

»und du sicherlich am meisten, Franz. Schließlich hast du bis zum Umfallen geholfen und bist als Letzter nach Hause gekommen. Ich denke, Sophie hat recht. Wir können noch gar nicht abschätzen, was noch alles auf uns zukommen wird. Da ist jede helfende Hand willkommen.« Als hätte sie Angst, ihre Worte allein seien noch nicht überzeugend genug, streckte sie ihren Rücken gerade und verschränkte die Arme vor der Brust. Und zu Sophie gewandt sagte sie mit warmer Stimme: »Es wäre eine große Hilfe, wenn du noch ein paar Tage bleiben würdest. Vorausgesetzt, dein Mann ist damit einverstanden.«

»Natürlich ist er das. Gerne. Ich helfe dir gerne. Vorausgesetzt«, fügte sie hinzu, »dein Mann hat nichts dagegen, dass ich hier wohne.« Den spitzen Ton hatte Franz nicht überhört, aber er wollte sich von einer von Blankenburg nicht provozieren lassen.

»Herzlich willkommen in der Villa Luise, Frau von Blankenburg«, sagte er daher förmlich. »Fühlen Sie sich als mein Gast. Sie können bleiben, solange es Ihnen beliebt.« Ein kurzes Nicken von Sophie, eines von Marie, und das Thema schien erledigt.

Rosmarie Carl hatte das Gespräch stumm verfolgt. Wohl war ihr nicht bei dem Gedanken, dass Franz, Marie und Sophie die nächsten Tage unter einem Dach verbringen würden. Sie traute Sophie nicht, und sie hatte eine Ahnung, was diese mit ihrer Hilfsbereitschaft bezwecken wollte. Aber mehr als Marie warnen konnte sie nicht, und das hatte sie beim Pferderennen bereits getan. »Vierzehn Tote«, murmelte sie. Und um das Gespräch wieder auf das eigentliche Thema zu lenken, fragte sie Franz, ob er wisse, wer unter den Opfern sei.

Franz schüttelte den Kopf, während er Klara anwies, die Küche zu verlassen und Hanna beim Tischdecken im Speisesaal zu helfen. »Kinder«, flüsterte er, als Klara außer Hörweite war, »sie haben reihenweise Kinder so alt wie Klara aus dem Wasser getragen. Ich weiß nicht, ob sie tot waren, aber«, er schluckte, »es war ein grauenvoller Anblick. Und Frauen, so viele Frauen. Sander hat mir gesagt, dass sein Gemeindediener vermisst sei, aber ich weiß nicht, ob er auch tot ist. Vierzehn Tote, das kann ich gar nicht glauben angesichts des Grauens von gestern. Ich dachte, wir hätten mindestens dreimal so viele Tote zu beklagen.«
»Hier schreiben sie, dass ein Balken gebrochen sei, weil zu viele Menschen auf dem Brückenkopf waren, und dass es mit Sicherheit noch mehr Tote gegeben hätte, wenn nicht die Marine gerade zufällig in der Nähe gewesen wäre. ›Unseren treuen Kameraden, Offiziere wie Matrosen, sind wir zu großem Dank verpflichtet. Ihr umsichtiges Handeln hat noch Schlimmeres verhindert‹«, las Rosmarie vor.
»Es lebe der Kaiser und seine Flottenpolitik«, fuhr Sophie in feierlichem Ton fort. »Ein Hoch auf Eure Majestät, auf dass Ihre Durchlaucht auch weiterhin so viel Geld und Anstrengung in den Aufbau einer Flotte stecken möge, die einer Weltmacht wie Deutschland gebührt. Auch der letzte Zweifler wird angesichts dieser herausragenden Leistung überzeugt sein von der kaiserlichen Marine. Die Flotte ist unsere Lebensretterin. Quod erat demonstrandum. Amen.« Sie brach in schallendes Gelächter aus. Die anderen hüllten sich in Schweigen.
Nur Rosmarie warf ihr ein kurzes, zwischen Verständnis und Ablehnung pendelndes Lächeln zu. Franz erhob sich wortlos, aber an den festen Schritten, mit denen er die Holz-

treppe nach oben polterte, war zu erkennen, dass er Mühe hatte, seinen Ärger zu bändigen.

Sophie zuckte mit den Schultern. »Tut mir leid«, sagte sie, ohne eine Spur der Reue zu erkennen zu geben. »Wie es scheint, muss ich mich erst noch an das Leben hier gewöhnen.«

»Hm. Das musst du wohl«, murmelte Marie in Gedanken versunken. Wenn sie in diesem Moment einen Wunsch frei gehabt hätte, sie hätte sich weit weg gewünscht. Weg von Sophie, die sie durch ihre Art immer wieder verwirrte, und weg von Franz, der sie mit seiner Fürsorge immer öfter erdrückte. Mit ihren Augen suchte sie Halt bei Rosmarie, aber die blätterte in der Zeitung und mied jeden Blickkontakt.

Acht Frauen, vier Männer und zwei Kinder waren tot geborgen worden, zahlreiche Verletzte wurden im Kreiskrankenhaus in Bergen versorgt, die Kaiserin hatte ein Beileidstelegramm geschickt, der Arbeitsminister war vor Ort gewesen, und jeder schob jedem die Schuld zu an dem tragischen Unglück. Von unbeschwerter Sommerfrische am Strand war in diesen Tagen in Binz nicht mehr viel zu spüren, auch wenn es auf den ersten Blick den Anschein hatte. Bereits am Tag nach der Katastrophe flanierten die Gäste wieder über die Strandpromenade, aber man unterhielt sich im Flüsterton. Die Brücke bot ein verheerendes Bild. Steil in die Luft ragende Holzbalken standen wie ein Mahnmal im Wasser. Statt mit dem Schiff kamen und gingen die Gäste jetzt mit der Bahn, was zu erheblichem Chaos führte.

Marie war froh, dass in diesen Tagen Sophie an ihrer Seite war. Die aufgewühlten Gäste sorgten auch in der Villa Luise für ein Durcheinander, und ein normaler Urlaubsalltag schien in weite Ferne gerückt. Mit Franz konnte sie nicht rechnen. Eine Versammlung jagte die andere, und lange war nicht klar, wer für den Schaden aufkommen würde. Einig war man sich nur darin, dass ein Ostseebad ohne funktionierende Seebrücke unvorstellbar war.

Nach langem Tauziehen hatte sich Ernst von Blankenburg dazu bereit erklärt, einen Teil der Kosten für die Reparaturarbeiten zu übernehmen, was auf Franz' Initiative zurückgegangen war. Zwar wäre der Ort durchaus in der Lage gewesen, mit Hilfe des Landkreises das Geld dafür aufzubringen, doch in den allgemeinen Schuldzuweisungen, die über lange Zeit die Entscheidungsfindung blockierten, wurden auch alte Begehrlichkeiten wieder an die Oberfläche gespült. Zu Franz' großem Erstaunen hatte er schnell die Mehrheit auf seiner Seite, sogar Sander und auch der Landrat unterstützten seinen Vorstoß, die von Blankenburgs zur Kasse zu bitten. Die Begründung war denkbar einfach: Es sollte ein nachträgliches Tauschgeschäft sein. Man wollte auf diese Weise Ernst von Blankenburg doch noch für das Stück Land bezahlen lassen, das er von dem Fürsten aus alter Verbundenheit, wie es hieß, erhalten hatte und auf dem mittlerweile ein prächtiger Palast nebst Stallungen stand. Die von Blankenburgs nahmen diese Forderungen anfänglich nicht ernst, aber als sich auch noch der Landrat in die Auseinandersetzung eingeschaltet hatte, wurde beiden klar, dass sie nur zwischen Krieg und Frieden zu wählen hatten. Ernst, der von Haus aus Pazifist war und sich auf Rügen vor allem seinen Traum vom Landleben erfüllen wollte, wäre bereit gewesen, bedingungslos zu akzeptieren. Sophie hingegen wollte nicht so leicht beigeben, auch wenn sie wusste, dass rein rechtlich gesehen ihr Mann allein hätte

entscheiden können. Dennoch gelang es ihr, erst Ernst und schließlich auch die Binzer Gemeindeverwaltung davon zu überzeugen, dass sie nur unter einer Bedingung auf die Forderungen eingehen würden. Mit knapper Mehrheit sprach man den von Blankenburgs einen ein Kilometer langen Strandabschnitt vor ihrem Haus als Eigentum zu.
Mitte August orderte Sophie bei sämtlichen Gärtnereien des Landes große Sanddornsträucher und Wacholderbüsche, die sie als Sichtschutz um ihren frisch erworbenen Privatstrand pflanzen ließ.
Franz' Rachefeldzug gegen die von Blankenburgs hatte mit einem Machtkampf im eigenen Haus begonnen. Nichts konnte Franz an Sophie gelten lassen. Nicht ihr Haar, das sie, auf Kinnlänge geschnitten, offen trug. Nicht ihre eng die Beine umschmeichelnden Röcke. Nicht den roten Lippenstift, den sie benutzte. Und schon gar nicht ihre heitere Gelassenheit, die er als Angriff empfand. Es gab nichts an ihr, was ihn versöhnlich hätte stimmen können, noch nicht einmal ihre offensichtliche Hilfsbereitschaft. Im Gegenteil, es war genau ihre, wie er fand, zur Schau gestellte fröhliche Güte, die ihn am meisten erregte. Es war ihm nicht entgangen, dass Marie öfter als sonst lachte, dass ihre Augen heller glänzten, dass sie beschwingter ihre Arbeit erledigte, ja, dass sie sogar mit Klara scherzte und spielte, was sonst allein ihm vorbehalten war. Als »Rattenfängerin« hatte er Sophie von Blankenburg gegenüber Harksen bezeichnet, aber der mochte kein böses Wort über sie verlieren. Zu ihm war Sophie immer äußerst zuvorkommend gewesen. Selbst Klara, seine Tochter, die immer auf seiner Seite stand, hatte nichts gegen den neuen Gast vorzubringen. Zu spannend fand sie die Geschichten, die Sophie zu erzählen hatte. Nur

Hanna schimpfte noch lauter als er über die Berlinerin, wie sie sie nur nannte, und ließ die Wäscherinnen und Bügelhilfen ebenso wie die Bäckersfrau und die Bäuerin an ihrem Gezeter teilhaben.

Dass Franz tagelang grummelnd durch die Gegend lief und mit niemandem mehr als das Nötigste redete, das kannte Marie an ihrem Mann. So wie er sich aber in diesen Tagen benahm, offenbarte ihr eine neue Seite an ihm. Auch sie war Ziel seiner Angriffe geworden. Wenn sie lächelte, ermahnte er sie zu mehr Ernsthaftigkeit, schließlich habe man vierzehn Tote zu beklagen. Wenn ihre Augen im Abendschimmer leuchteten, giftete er, ob sie nichts Besseres zu tun habe, als einen langweiligen Sonnenuntergang zu bestaunen. Wenn sie mit federnden Schritten durch die Zimmer ging, hieß er sie stärker auftreten, da ihn sonst das Gefühl beschleiche, mit einem Geist zusammenzuleben. Marie verstand nicht, wie ihr geschah. Aber nach wenigen Tagen begriff sie, dass es nur eine Lösung gab.

Nachdem Sophie die Villa Luise verlassen hatte, besserte sich Franz' Stimmung allmählich. Aber erst der Erfolg in der Gemeindeversammlung machte ihn wieder zu dem, der er vor seinem Zusammenstoß mit den von Blankenburgs war. Er nahm Klara wieder mit in die Waldhalle zum Eisessen. Mittags setzte er sich wieder zu Marie auf die Terrasse und strich ihr flüchtig durchs Haar und manchmal auch über die Beine, während sie Suppe oder Eierkuchen oder gebratene Speckkartoffeln aßen. Am späten Abend, wenn alle Arbeit erledigt war, gesellte er sich wieder öfter zu Marie auf die Veranda und blickte gemeinsam mit ihr übers Wasser. Seine Umarmungen wurden sicherer und fester, und Ende August begegnete er Marie mit der

gleichen Nachsicht, mit der er sie sonst auch behandelt hatte.
Marie hatte seine Wandlung mit Erstaunen verfolgt. Und es dauerte nicht lange, da nahm auch sie wieder alte Gewohnheiten an. Ihr Lächeln wurde das einer Gastgeberin, und Auszeiten von den Pflichten im Haus gönnte sie sich nur noch selten. Wenn Franz sich ihr in der Öffentlichkeit näherte, dann verweigerte sie sich dezent, wenn sie sich hingegen unbeobachtet wähnte, ließ sie ihn gewähren. Bevor sie sich schlafen legte, umarmte sie ihn flüchtig, und bevor sie sich im Bett zur Seite drehte, gab sie ihm einen kurzen Kuss, als gelte es, eine Vereinbarung zu besiegeln. Dass sie etwas vermisste, hätte sie vermutlich trotzdem nicht bemerkt, wenn nicht Anfang September eine Einladung von Sophie eingetroffen wäre.
Mit geschwungener Schrift, schwarzer Tinte auf cremefarbenem Büttenpapier, bat Sophie von Blankenburg Marie zu einer Zusammenkunft in ihrem Haus. Marie zögerte nicht, die Einladung anzunehmen, was Franz wider Erwarten mit achselzuckender Gelassenheit zur Kenntnis nahm. Seit seinem Sieg über die von Blankenburgs wähnte er sich unverwundbar, bereit, jeder Gefahr zu trotzen. Und dennoch gab es ihm zu seinem eigenen Erstaunen einen Stich, als er Marie an einem Sonntag Ende September in Sophies weißes Automobil einsteigen sah.

# 8

Der Herbstanfang war erst wenige Tage alt, und doch hätte man an diesem Sonntag meinen können, er habe sich über Rügen bereits häuslich eingerichtet. Graue und schwarze Wolken schoben vorüber, nur selten unterbrochen von freundlicheren Formationen, die wie eine schale Erinnerung an den Sommer wirkten. Noch war die Zeit der Herbststürme nicht gekommen, aber man spürte schon deren Ankündigung. Es war ein träges Schauspiel, das sich da am Himmel abzeichnete, ein langsames Verweben und wieder Auseinanderstreben, Bewegungen in Zeitlupe, die an Tempo zuzunehmen drohten.

Kirchenglocken läuteten in der Ferne und übertönten das Rascheln der Ahornbäume, als Marie zögerlich die Stufen der Freitreppe zum Hauseingang nahm. Den Blick nach unten gerichtet, wagte sie es kaum, weiter als bis zur nächsten Stufe zu schauen. Zwei achteckige Türme schraubten sich am Nord- und Südflügel des Hauses in den Himmel, und Marie schien es, als könnten sie jederzeit über ihr zusammenstürzen. Sophie schritt die Treppe mit der Selbstverständlichkeit einer Hausbesitzerin nach oben und klopfte bereits an das schwere Eingangsportal, als Marie erst die Hälfte der Stufen überwunden hatte. Dieses Haus, das aussah, als wären seine Mauern zwei Meter dick und als würde darin ein königliches Familienmitglied mit seiner Entourage wohnen, erhob sich vor ihr wie eine Festung.

Marie stützte sich auf die steinerne Brüstung auf dem Vorplatz zum Hauseingang und blickte sich um. Vor ihr lag ein zum Wasser hin abfallendes, erst mit Buchen und Ahornbäumen, dann mit Sanddorn- und Holundersträuchern und Wacholderbüschen dichtbewachsenes Gelände, das zu seinem Ende hin immer lichter wurde und nur noch gelegentlich von Dünengras durchsetzt war, bis schließlich ein makellos heller Sandstreifen im Meer verschwand. Der Himmel drückte auf das sich leicht kräuselnde Wasser, und ihr war, als wäre sie auf die Hälfte ihrer Größe geschrumpft. Doch ihr blieb nicht viel Zeit, darüber nachzudenken, was sie an diesem Ort, der ihr den Boden unter den Füßen wegzuziehen schien, tat. Sophies Drängen wurde immer energischer, und Marie gab sich einen Ruck und folgte ihr durch die drei Meter hohe Eingangstür.

Bedächtig einen Schritt vor den nächsten setzend, war ihr, als träte sie in ein neues Leben. Die mit hellem Travertin ausgelegte Halle, in der ein großer Kronleuchter von der Decke hing, empfing sie in freundlichem Licht. Ein erleichtertes Lächeln legte sich über Maries Gesicht. Insgeheim hatte sie mit der Hölle gerechnet, aber was sie sah, glich mehr einem Paradies. Marie erkannte eines der Dienstmädchen als die Tochter ihrer Wäscherin, und auch das Gesicht des Butlers, der ihr aus dem Mantel half, kam ihr bekannt vor.

»So viel Personal«, flüsterte Marie, die sich angesichts der vielen Augen, die ihnen überallhin zu folgen schienen, verunsichert fühlte.

»Mein Mann«, raunte Sophie zurück. »Der gute Mensch aus Berlin. Will so vielen Menschen wie möglich Arbeit geben. Lass dich davon nicht irritieren. Später, wenn die anderen kommen, können wir die zahlreichen Hände gut

gebrauchen.« Dann führte sie Marie in den Salon, in dem schon der Tee aufgetragen war.
Marie nahm auf einem roten Kanapee Platz, das schräg zu einem mächtigen Sofa mit braunem Lederbezug stand. In dem Raum gab es zwei kleinere Erker und hohe Fenster, die den Blick aufs Wasser und den Himmel frei gaben. Die mit hellem Holz vertäfelten Wände hatten nichts gemein mit der Schifffahrtsromantik jener Holzverkleidung, die Marie aus der Villa Luise kannte. Während bei ihnen auf dem dunklen Holz alte Kompasse, Barometer oder eine in Öl gemalte sturmtosende See zu sehen waren, hingen bei den von Blankenburgs vor allem farbenfrohe Gemälde in schmalen Rahmen an der Wand. Landschaften, die als solche auf den ersten Blick nicht zu erkennen waren, und Frauengestalten in wallenden glitzernden Gewändern. Über dem Kaminsims neigte sich ein in leuchtendes Blattgold eingefasster Spiegel leicht nach vorne, so dass er zum Teil das großzügige Kastenmuster des Holzfußbodens reflektierte. Zwischen Sofa und Kanapee standen drei arabisch anmutende runde niedrige Tische, und etwas abseits bot ein mit orangefarbenem Leinen bezogener Sessel einen weiteren Platz. Außer einem schlichten Musikschrank war kein weiteres Möbelstück mehr im Raum, so dass der Salon trotz des vielen Holzes nicht erdrückend wirkte.
Die Beine übereinandergeschlagen, saß Marie auf der Kante des Kanapees und nahm einen Schluck Tee. Schräg zu ihrer Seite hatte Sophie auf dem Ledersofa Platz genommen. Ihr auberginefarbenes Kleid wirkte, als wäre es farblich mit dem dunklen Braun des Leders exakt abgestimmt. Und auch das tiefe Rot des Kanapees schien nur eine Nuance entfernt von der Farbe ihres Kleides zu sein.

»Welche anderen?«, fragte Marie schließlich, nachdem sie sich eine Weile im Raum umgeschaut hatte.
»Die anderen Frauen, die ich zu unserem Zusammentreffen gebeten habe. Rosmarie wird kommen, die Baronin von Lankenstein, die Gräfin von Bobbin und Heide Schult. Du kennst sie vermutlich nicht. Sie ist Lehrerin in Bergen. Ich habe sie über eine Freundin in Berlin kennengelernt.«
Marie machte ein verständnisloses Gesicht.
»Erinnerst du dich nicht mehr. Ich habe dir doch von meiner Frauenvereinigung in Berlin erzählt und von unserer Arbeit. Und so etwas Ähnliches möchte ich auf Rügen auch initiieren. Heute soll sozusagen das Gründungstreffen stattfinden.«
»Aber davon wusste ich nichts«, erwiderte Marie erschrocken. »Du hast mir nichts gesagt. Ich ...«, sie zögerte und nahm einen Schluck Tee, »ich bin dafür, glaube ich, nicht die Richtige.« Sie dachte an Franz und daran, wie er vermutlich toben würde, wenn sie ihm davon erzählte, und wie sie versuchen würde sich zu rechtfertigen, aber es nicht konnte, weil sie sich nicht sicher war, ob es tatsächlich sie war, die das wollte, oder ob sie es nur Sophie zuliebe tun würde, oder ob es einen Wesenszug in ihr gab, der ihr bislang noch gänzlich fremd geblieben war. »Du weißt doch, dass ich so viel Arbeit mit der Villa Luise habe«, fügte sie daher schnell hinzu, »und dass mir kaum Zeit für etwas anderes bleibt. Noch nicht einmal für meine Tochter.«
»Aber heute hattest du doch auch Zeit, hierherzukommen«, sagte Sophie mit leicht schelmischem Unterton. »Du hast Zeit, weil du sie dir genommen hast. Weil es dir wichtig war, zu mir zu kommen. Das kannst du nicht abstreiten, oder?«
Verlegen senkte Marie den Blick. Sie fühlte sich ertappt. Es

stimmte, sie hatte nicht eine Sekunde gezögert, sich für den heutigen Tag freizunehmen. »Das ist eine Ausnahme«, erwiderte sie nach kurzem Schweigen so leise, dass Sophie sie kaum verstand. Es war mehr ein Krächzen, das aus ihrem Mund drang, einem Flehen gleich, das sich noch auf der Suche nach dem richtigen Adressaten befand. »Normalerweise«, fuhr sie wieder sicherer geworden fort, »habe ich nicht so viel Zeit, und das weißt du auch. Du hast ja selber gesehen, wie viel es zu tun gibt. Und so ein Frauenverein, ich meine, das erfordert doch auch viel Arbeit. Ich sehe das doch an Franz mit seinem Verein. Ständig ist irgendetwas. Da kann ich doch nicht auch noch plötzlich mit diesen Spinnereien anfangen.«

Sophie konnte sich ein Lächeln nicht verkneifen. Sie spürte, wie Marie mit sich und Franz und ihr kämpfte, aber sie dachte nicht daran, sie zu erlösen. Stattdessen sagte sie: »Aber wer einmal eine Ausnahme macht, kann vielleicht öfter eine machen, wenn er merkt, dass es sich lohnt, von der Regel abzuweichen, und dass dies nicht einem Verlust, sondern einer Bereicherung gleichkommt.« Sie sprach wie eine Lehrerin zu ihrer Lieblingsschülerin, wohlwollend, aber unnachgiebig. Und so war auch ihr Blick, immer auf Marie geheftet, auch dann noch, als sie ihren Kopf auf der rechten Couchlehne abstützte, um dichter an Marie heranzurücken.

»Regeln«, sagte Marie nach längerem Zögern, »Regeln haben doch ihr Gutes. Würde sich zum Beispiel Hanna nicht an die Regel halten, dass sie die Verantwortung für das Essen trägt, dann käme es schnell zu einem unsagbaren Durcheinander in der Villa Luise. Einmal könnte man das vielleicht noch überbrücken, vielleicht auch zwei- oder dreimal, aber öfter nicht, weil jeder andere ja auch seine Regeln hat, in deren Rahmen er sich bewegen muss, um den Betrieb am Laufen zu halten. Verstehst du? Wenn ich die Regeln verletze, dann zwinge ich alle anderen dazu, ihre Regeln ebenso zu verletzen. Hier geht es doch um Verantwortung, der man gerecht werden muss, auch wenn einem das vielleicht nicht immer gefällt.« Zum ersten Mal an diesem Tag fühlte sich Marie in Sophies Gegenwart ebenbürtig. Alles, was sie über Regeln und Verantwortung gesagt hatte, hatte sie vorher noch nie so klar gedacht, sondern einfach getan. Jetzt aber schien ihr Leben plötzlich einen ganz neuen Sinn zu bekommen, da sie glaubte zu verstehen, warum sie so lebte, wie sie es tat. »Auf Rügen«, fuhr sie fort, »da sind Regeln überlebenswichtig. Wenn hier jeder machen würde, was ihm gerade so einfällt, dann würde die Natur uns Menschen irgendwann bezwingen. Hier muss man zusammenstehen und sich respektieren und die Aufgaben übernehmen, die einem aufgetragen werden. Oder aber man wird zum Außenseiter, so wie mein Vater.« Erschrocken hielt Marie den Atem an. Sie blickte irritiert zu Sophie, und es schien, als wollte sie noch etwas sagen, doch sie schwieg.

»Dein Vater?«, versuchte Sophie ihr zu helfen. »Was ist mit deinem Vater?«

»Ach, entschuldige, ich glaube, das gehört nicht hierher. Es ging gerade alles so schnell in meinem Kopf.« Marie rieb sich die Schläfen. »Ich wollte nur sagen, dass man, wenn man sich nicht anpasst und nicht das tut, was die anderen von einem erwarten, schnell alleine dasteht. So wie mein Vater eben. Dann ist man nicht gut für die anderen, weil man so eigenbrötlerisch wird. Der lebt nur noch für seine Fische und für sonst niemanden.«

»So ähnlich wie Harksen vielleicht? Deinen Vater kenne ich nicht, aber ich glaube, dass Harksen glücklich ist mit seinem Leben. Nur sich alleine verpflichtet. Dem ist es egal, was andere über ihn denken, und dennoch nimmt er auf seine Weise Teil am Leben anderer. Dein Mann ist doch gut mit ihm befreundet.«

»Das habe ich nie verstanden, was Franz an ihm findet. Aber gut, das ist seine Sache.« Marie spürte, dass sie aus dem Tritt gekommen war. Was ihr eben noch klar erschienen war, verschwamm mehr und mehr zu einer konturlosen Masse. »Aber es gibt doch Regeln«, sagte sie, als müsste sie sich verteidigen. »Oder willst du mir da etwa widersprechen?«

»Nein, natürlich gibt es Regeln«, sagte Sophie ruhig, »aber es kommt doch darauf an, wer sie aufstellt. Und nicht alle Regeln, die irgendjemand irgendwann einmal aufgestellt hat, müssen für alle Ewigkeit Gültigkeit haben. Darum geht es doch. Von wem lasse ich mir meine Regeln diktieren und welche gebe ich mir selber. Und etwas weiter gedacht geht es natürlich auch darum, sich darüber bewusst zu werden, welche Regeln man gerne für eine größere Gemeinschaft aufstellen würde, für die es sich dann auch zu kämpfen lohnt. Aber um bei dir zu bleiben, heute hast du eine Ausnahme gemacht, und die Regel von der Ausnahme lautete: Sophie ist mir an diesem Sonntag wichtiger als alles andere an diesem Tag.«

Marie schluckte. »Ja, heute. Gut, wenn du so willst, für heute stimmt das. Aber doch nicht für morgen und übermorgen.« Als wäre sie auf dem Sprung, rutschte sie auf dem Kanapee immer weiter nach vorn.

»Lass uns deswegen nicht streiten«, sagte Sophie, beugte sich über die Couch und griff nach Maries Arm. »Ich will dich doch zu nichts zwingen. Ich hätte mir einfach gewünscht, dass du dabei bist.«

»Aber warum? Warum ich? Warum ausgerechnet ich?«, fragte Marie der Verzweiflung nahe, den Blick starr Richtung Fenster und auf den düsteren Himmel gerichtet.

»Weil du etwas ganz Besonderes bist«, sagte sie mit einer Selbstverständlichkeit, die keinen Widerspruch duldete, auch wenn sie fast beiläufig und im Begriff, aufzustehen, hinzufügte: »Hat man dir das noch nicht gesagt?«

Stumm, als hätte sie die Frage nicht gehört, blickte Marie noch immer den grauen Wolken nach. Sophie gönnte ihr die kleine Unterbrechung. Sie ging zum Musikschrank, um das Grammophon zu bedienen, das darin zum Vorschein kam. Als aber aus dessen Trichter, der sich wie eine Lilie in den Raum hineinstreckte, die ersten Takte aus Richard Strauss' Oper *Salome* ertönten, ging Sophie nicht wieder zu ihrem alten Platz zurück, sondern setzte sich neben Marie auf das Kanapee.

»Sophie, bitte, warum ich?«, bettelte Marie wie um Befreiung aus einer Falle, in die sie gelockt worden war.

»Weil du schön bist, weil du so zart und zerbrechlich bist und so darauf bedacht, es niemandem zu zeigen. Weil du dich versteckst und darauf wartest, dass dich jemand findet. Deshalb, Marie.« Ihre Stimme klang sanft, aber ihr Gesicht verriet die Ungeniertheit derjenigen, die keine Zweifel kennt. Es war, als hätte sie ihr das Natürlichste der Welt gesagt, etwas, was nicht mit Druck nach außen strebt, sondern was fast nicht wert ist, gesagt zu werden, da es längst Gültigkeit erlangt hat.

Erneut verfiel Marie in eine stumme Regungslosigkeit. Doch bald schon kräuselte sich ihre Stirn zu einer tiefen Nachdenklichkeit. »Woher nimmst du …«, setzte sie an und unterbrach sich ebenso schnell, ehe sie nach kurzem Zögern im Flüsterton fragte: »Das Foto, hast du es deshalb bei dir aufgestellt? Um nach mir zu suchen?« Es war nicht die Frage, die sie all die vergangenen Wochen über hatte stellen wollen, aber sie spürte bereits, dass die Empörung angesichts der Bemächtigung nichts weiter als Maskerade war.

»Ich hatte dich ja schon an dem Abend im Kurhaus gefunden. Ich wollte dich vor allen Dingen bewahren, um dich nicht zu verlieren, dich in mich aufnehmen mit deinem Bild, es in mir spüren, dich ausgießen lassen in mir wie Blut, das durch Adern zirkuliert.« Sie griff nach Maries Hand und rückte dichter an sie heran. »Kannst du das nicht verstehen? Ich wollte dich streicheln und berühren. So wie jetzt«, hauchte sie und strich Marie sanft über deren kreidebleiches Gesicht.

»Nicht«, presste Marie heraus und wich mit dem Oberkörper zurück, aber ihre Hand lag noch immer unter der von Sophie. »Warum«, stammelte sie hilflos, »warum glaubst du … warum glaubst du, dass ich entdeckt werden will?«

»Willst du das denn nicht?«

»Ich weiß nicht, ich weiß es nicht«, sagte sie mit erstickter Stimme.

»Aber jeder will das.«

»Aber warum dann von dir? Warum nicht von Franz? Er ist mein Mann.«

»Weil ich weiß, dass du das willst, und er weiß es nicht.« Sophie strich erneut über Maries Wangen, und diesmal entzog sie sich nicht.

Kurz darauf hörten sie Schritte auf der Treppe, und das Dienstmädchen führte Rosmarie in den Salon. Nur wenige

Augenblicke später hatten sich dort auch die Baronin, die Gräfin und die Bergener Lehrerin eingefunden. Als Marie am Abend, es war schon dunkel, neben Rosmarie in deren Kutsche saß und sie sich auf den kurzen Heimweg machten, war ihr, als würde sie aus einem Traum erwachen. Ein Traum, an den man sich kaum erinnern konnte und der dennoch tiefe Spuren hinterließ. Wenig von dem, was am Nachmittag besprochen wurde, hatte Marie mitbekommen. Es war die Rede gewesen von der Gründung eines »Vereins zur Förderung der selbstbewussten Rüganerin«, das war ihr im Gedächtnis haftengeblieben, allein schon wegen des Namens, der ihr lang und umständlich erschienen war. Worin die Förderung bestehen sollte, das wusste sie nicht mehr. Aber all das war nicht wirklich wichtig für sie. Dem Verein konnte sie beitreten oder nicht, die Veränderung, die sie in sich spürte, schien ihr hingegen nicht beeinflussbar. Und das beunruhigte Marie.

## 9

Ende Oktober kündigten sich die ersten Herbststürme an. Dunkle Wolken fegten über den Himmel wie Boten aus einer anderen Welt, und der Wind rüttelte an den Häusern, als wollte er verhindern, dass sie sich zum Winterschlaf bereitmachten. Das Holz ächzte unter der Natur, und der weiße Anstrich zeigte erste Risse. Nur noch an wenigen Tagen ging die Sonne als strahlende Siegerin hervor. Dann schimmerten am Morgen die Tautropfen der Nacht auf den

Spinnennetzen, die sich von einer Veranda zur nächsten woben, und die Beeren der Sanddornsträucher, die Marie in jedes Fenster gestellt hatte, entfalteten ihr orangerotes Licht. Es waren jene Tage, die Marie mit einer ihr unbekannten Sehnsucht erfüllten. Und es war einer dieser Tage, an dem Sophie unerwartet zu ihr in den Laden gekommen war und sie überredet hatte, das Geschäft zu schließen.

Seit ihrem Treffen im September waren sie sich zwar mehrfach begegnet, aber allein hatten sie sich nicht mehr gesehen. Es lag erst wenige Tage zurück, dass Marie mit Franz bei einer der Soireen gewesen war, die die von Blankenburgs im Oktober veranstaltet hatten. Es wurde Geld »zum Wohle der Opfer des Brückenunglücks« gesammelt, wie es auf der Einladungskarte gestanden hatte, und Franz war nur deshalb bereit gewesen, der Einladung Folge zu leisten, weil er wusste, dass er einer der wenigen seiner Binzer Kollegen war, die überhaupt eine erhalten hatten.

An diesem Abend hatte sich seine Abneigung gegen Sophie unwiderruflich zementiert. Unverhohlen hatte sie für die Ziele ihres neuen Vereins geworben. In einer kurzen Ansprache, die vor allem dazu dienen sollte, noch einmal das Brückenunglück ins Gedächtnis der Anwesenden zu rufen, hatte sie die These vertreten, dass es vermutlich nicht zu diesem »tragischen und bis dato noch nie da gewesenen Unglück« gekommen wäre, wenn auch Frauen zu entscheiden gehabt hätten. »Rationaler Sachverstand und nicht allein der Wille zur Macht« würden die Frauen auszeichnen, deren »kompetentes Urteil« in Zukunft unverzichtbar sein werde, will man nicht in einer Katastrophe enden.

Aus allen Ecken des großen Speisesaals waren Zwischen- und Protestrufe zu hören gewesen, die Sophie nur mit einem

Lächeln quittiert hatte. Ebenso wie den kurzen Applaus, den ihr einige wenige gespendet hatten. Die weitaus größere Zustimmung hatte jedoch einer der anwesenden Gutsbesitzer geerntet, der sich bedächtig erhoben und ebenso langsam mit seinem Silberlöffel mehrfach gegen das kristallene Weinglas geklopft hatte, ehe er in dem mit Wandteppichen geschmückten Saal umhergeblickt und schließlich mit Bassstimme das Wort ergriffen hatte. »Ein von mir geschätzter Historiker sagte sinngemäß einmal Folgendes.« Er hatte eine kurze Pause gemacht, um die Spannung zu steigern. »Gibt man den Frauen das Wort, so erklärt man die Revolution in Permanenz. Denn Frauen sind ausschließlich an den Zufällen des Lebens interessiert. Mit anderen Worten: Regiert die Frau, regiert der Bauch.« Gelächter war aufgebrandet. »Und mit Gefühl«, war er fortgefahren, das Publikum mit einer Handbewegung zur Geduld mahnend, »mit Gefühl, wenn ich mir diese abschließende Bemerkung noch erlauben darf, hat noch niemand eine Brücke gebaut. Sicherlich auch nicht bei Ihnen in Berlin, Frau von Blankenburg.« Ein Sturm des Beifalls hatte sich erhoben, dem sich auch Franz johlend angeschlossen hatte, während Marie stumm Sophie bedauerte, die jedoch keines Mitleids bedurfte. »Ohne Revolution kein Fortschritt und ohne Fortschritt keine Veränderung«, hatte sie kühl, aber freundlich gekontert, ehe sie einen guten Appetit und einen anregenden Abend gewünscht hatte, der dann ruhig und kurz verlaufen war.

Seit diesem Abend spürte Marie noch deutlicher als zuvor diese Veränderung in sich, über die sie keine Macht mehr zu haben schien. Mit dem Unterschied, dass das, was vorher einer diffusen Bewunderung geglichen hatte, mehr und

mehr an Konturen gewann. Es war so etwas wie eine tiefe Verbundenheit, die sie wahrnahm, und in manchen Augenblicken dachte sie gar, Sophie sei ihr Spiegelbild. Sie fühlte sich an das Unbehagen erinnert, das sie verspürt hatte, als sie bei ihrem Vater auf Mönchgut lebte. An ihren Wunsch, Altes hinter sich zu lassen und Neues zu wagen. Und daran, dass niemand sie an ihrem Entschluss hatte hindern können. Die Ahnung, dass Sophie ihr ähnlicher sein könnte, als sie jemals gedacht hatte, nahm ihr die Angst vor ihr. Die Schauer, die jetzt durch ihren Körper tobten, wenn sich Sophie in ihre Gedanken schlich, waren warm und manchmal sogar zärtlich und nicht mehr von dieser furchterregenden Kälte, die Schreckliches anzukündigen schien.
Dass Marie den Laden am hellen Nachmittag schloss, ohne wenigstens eine Nachricht der Entschuldigung an der Tür zu hinterlassen, war noch nie geschehen. Niemals zuvor hatte sie ihre Verantwortung hingegeben an eine Laune. Doch an diesem Nachmittag, an dem die Sonne zwar nicht mehr mit kräftigen Strahlen auf die Erde traf, ihr Herz aber dennoch erwärmte, zögerte sie nicht einen Moment, mit Sophie zum Strand zu gehen. Ihr kurzer Blick nach oben in Richtung Franz' Arbeitszimmer war nicht mehr als ein Reflex. Aber Franz war nicht zu sehen, wie überhaupt Binz nahezu menschenleer schien. Von Ferne hörte man eisenbeschlagene Holzräder über das Kopfsteinpflaster poltern. Kohlehändler, die ihre Kundschaft für den bevorstehenden Winter versorgten. In dicke Mäntel gehüllt, eilten vereinzelte Gestalten von der Strandpromenade in die Putbuser Straße oder nahmen die andere Richtung zur Wilhelmstraße hin. Der Ostwind gab schon einen Vorgeschmack auf die große Kälte, die der Winter bald bringen würde. Er fraß

sich durch Mäntel und Pullover, er machte keinen Halt vor Fenster und Türen. Noch drang er nur durch alle Öffnungen, die sich ihm boten, doch schon bald würde er sich auch dort einen Weg suchen, wo man ihn nicht einlud, hindurchzukommen.

Marie und Sophie stemmten sich gegen den Wind, der den Himmel so rein erscheinen ließ wie ein frisch gewaschenes Laken. Der zarte blaue Ton reichte bis zum Horizont, doch darunter wogte das dunkle Meer in eifrigen Schlägen dem Ufer entgegen. Ihren Weg kreuzte der Geruch von geräuchertem Fisch. Harksen stand an seiner Hütte gelehnt im Freien und träumte in die Ferne. Marie und Sophie, die direkt am Ufer entlanggingen, schien er nicht zu sehen. Jedenfalls würdigte er sie keines Blickes und grüßte nicht, auch dann nicht, als ihm Sophie ein »Gu'n Dag« zurief und »was für ein köstlicher Duft« in den Wind schrie. Es war der Moment, der Marie eine Wimpernschlaglänge zögern ließ, ob es nicht besser wäre, umzukehren. Der unumstößliche knorrige Harksen rief ihr für diesen kurzen Augenblick Franz ins Gedächtnis zurück. Aber er erschien ihr nur als Bild, das sich nicht bewegte, statisch und leblos, und es verschwand ebenso schnell wieder, wie es gekommen war.

Das Gekreische der Möwen konkurrierte mit dem pfeifenden Wind und der stürmischen See um die lautesten Töne, so dass Marie und Sophie sich hätten anschreien müssen, hätten sie ein Wort miteinander wechseln wollen. Stumm, aber schnellen Schrittes, als wüssten sie beide, wohin der Weg sie führen würde, gingen sie Richtung Osten. Immer häufiger mussten sie jetzt auf umgestürzte Baumstämme und Äste achten, die der Buchenwald freigegeben hatte und die sich ihnen in den Weg legten. Zu ihrer rechten Seite er-

hob sich die Granitz, an deren steilen Hängen sich der tosende Lärm brach. Hier war keine Menschenseele mehr zu sehen. Die letzten Häuser lagen in sicherer Entfernung, und vor ihnen war nichts als Wasser und ein dünner Streifen steinigen Strandes, über den sich vereinzelte Buchen schützend beugten. Als sie in die schmale Schlucht einbogen, die zur Anhöhe des Waldes führte, nahm der Geräuschpegel leicht ab. Die Natur offenbarte ein sanfteres Gesicht, und um sie herum breitete sich das Laub in all seinen Gelb-, Rot- und Braunschattierungen aus. Marie hob ihren dunkelblauen Rock und watete durch das tiefe Laub, das ihre Schnürstiefel bedeckte und ihr fast bis zu den Waden reichte. Wie ein Kind stieß sie die Blätter in die Luft.
»Wohin gehen wir?«, fragte sie Sophie auf halber Höhe der Schlucht, und ihre Augen strahlten im Glanz des Laubes. Sie keuchte, aber es war mehr ein Keuchen vor Freude denn vor Anstrengung.
»Ich weiß nicht. Lassen wir uns doch einfach treiben«, antwortete Sophie, und es war ihr, als sähe sie sich in Maries Augen leuchten.
Marie bückte sich, nahm die Arme voll Laub und schmiss sie in die Luft. »Am liebsten«, sagte sie, »am liebsten würde ich ein Bad aus Blättern nehmen. Spür doch mal, wie warm es darunter ist.« Sie ging in die Hocke und griff mit beiden Armen unter die Blätter. Sophie tat es ihr gleich und suchte nach Maries Hand unter dem Laub. Als sie sie fand, rieben sich ihre Knie bereits aneinander. Wäre der Wind nicht durch die Baumkronen gerauscht, man hätte in diesem Augenblick meinen können, die Erde stehe still. Es war, als würden beide gleichzeitig den Atem anhalten und auf ein Zeichen warten, das ihnen die Erlaubnis zum Luftholen

gab. Sophie hielt Maries Hand fest umschlossen, und Marie bewegte sie nicht. Noch immer saßen sie nebeneinander und sagten nichts. Vergeblich suchte Sophie die Augen von Marie, die den Blick starr auf das Laub gerichtet hielt und es nicht wagte, der Freundin in die Augen zu sehen. Doch als ergäbe sie sich, ließ Marie sich auf die Knie fallen. Und Sophie küsste Marie. Erst auf die Stirn, dann auf die Wange und schließlich auf den Mund. Der Kuss auf die Stirn war nur gehaucht, und auch den auf die Wange trug der Wind mit sich fort. Reglos kniete Marie auf dem feuchten Waldboden, aber sie zuckte nicht zurück. Auch dann nicht, als Sophies Lippen die ihren sanft massierten. Marie zitterte, und Schweiß lief ihr den Rücken hinunter. Sie hielt die Augen geschlossen, und ihr war, als würde die ganze See durch ihren Körper wogen, deren entferntes Rauschen sie wie durch einen Schleier vernahm.

Es war nur ein kurzer Moment des Glücks, nicht länger als eine Minute, bevor sich das Pochen in Maries Schläfen zu einem mahnenden Klopfen erhob und sie sich mit einem Ruck von Sophie abwandte, aufstand und versuchte, ihr Kleid vom Laub zu befreien. Aber in dieser Minute vergaß sie alles um sich herum. Sie vergaß, dass sie in der Teufelsschlucht war, nur gut einen Kilometer entfernt von der Villa Luise. Sie vergaß, dass vor verschlossener Tür ihres Ladens vielleicht Kundschaft stand. Sie vergaß sogar, dass sie Marie Dahm war, verheiratet mit Franz und Mutter von Klara, in Binz zudem ein Hotel betrieb und auf einer Insel wohnte, die trotz ihrer Größe viel zu klein war, um lange ein Geheimnis zu bewahren. In dieser Minute, in der Sophie sie küsste und sie Sophie, offenbarte sich ihr eine andere Marie. Eine, die eins wurde mit dem Wind und sich über die

Baumwipfel erhob, eine, die frei war von Angst und der niemand etwas anhaben konnte. Es war ein Moment des Glücks, der sich tief in ihr Innerstes grub, auch wenn sie ihn am liebsten von sich abgeschüttelt hätte wie die Blätter aus ihrem Haar.

## 10

»Was soll das, Marie?«, herrschte Franz sie an, als sie zurückkam. Er stand in der Tür des kleinen Ladens, und alles an ihm verriet seine Verärgerung. Seine Augen, die zu schmalen Schlitzen geworden waren, seine Stirn, auf der tiefe Furchen zu sehen waren, und seine Arme, die er wie Schutzschilde in die Hüften gestemmt hielt. »Vor einer halben Stunde hat mich Frau Sievers vom Schreibtisch weggeholt, weil sie Butter brauchte, aber vor verschlossener Tür stand. Vor verschlossener Tür, Marie«, wiederholte Franz, und seine Stimme bebte vor Wut. »Zugemacht hast du das Geschäft einfach. Zugemacht, ohne eine Nachricht zu hinterlassen. Marie, was soll das? Das ist doch nicht deine Art. Was hast du dir dabei gedacht? Wo warst du?«
»Es tut mir leid«, sagte Marie zögerlich und so leise, dass Franz sie kaum verstehen konnte. »Es ist kalt hier draußen. Lass uns reingehen.«
Nur widerwillig trat Franz einen Schritt zur Seite, damit Marie an ihm vorbei ins Ladeninnere schlüpfen konnte, und nach kurzem Zögern folgte er ihr. Da standen sie nun, Franz, der über seinem weißen Hemd nur eine Anzugweste

trug, und Marie, in ihren warmen Mantel gehüllt, der fast bis zum Boden reichte. Noch immer lag der Butterblock auf dem Tresen. »Die schmilzt sonst«, murmelte sie, wickelte die Butter in Papier und legte sie an ihren Platz. Franz folgte ihr mit glitzernden Augen.

»Ich will wissen, wo du warst«, fauchte er. Seine Wangen waren rot vor Zorn. Marie stand mit dem Rücken zu ihm vor dem Tresen und schob das Einwickelpapier zur Seite. »Wo warst du?«

»Am Strand«, flüsterte Marie. »Ich war am Strand. Mir ging es nicht so gut, und da dachte ich …« Sie hielt kurz inne, schluckte kaum hörbar und fuhr dann fort: »Ich dachte, dass etwas Luft mir guttun würde. Hanna sagt doch immer, der Wind bläst einem alles Schlechte aus dem Körper.«

»Aber warum hast du nichts gesagt?«, fragte Franz mit etwas versöhnlicherer Stimme und machte einen Schritt auf Marie zu. »Warum hast du einfach abgeschlossen, ohne etwas zu sagen?« Bei dem Gedanken daran, dass man ihn von seiner Arbeit weggeholt hatte, stieg ihm wieder die Zornesröte ins Gesicht. »Denkst du«, polterte er daher erneut, »denkst du, ich habe nichts zu tun? Du glaubst wohl, ich drehe Däumchen an meinem Schreibtisch und warte darauf, bis es Abend wird. Und schau mich an, wenn ich mit dir rede.« Er machte einen weiteren Schritt in ihre Richtung, und erst da bemerkte er, dass noch vereinzelte Blätter an ihrem Mantel hingen. »Hast du dich im Laub gewälzt?«, fragte er halb belustigt, halb irritiert.

Abrupt drehte Marie sich um. Sie errötete. »Nein, Franz, natürlich nicht«, stammelte sie. »Der Wind, du weißt doch, der Wind. Es tut mir leid. Ich habe einfach vergessen, dir

Bescheid zu sagen. Es tut mir leid«, flüsterte sie noch einmal, den Blick auf den Boden geheftet.

Franz legte eine Hand auf Maries Schulter und zog sie zu sich. Erst jetzt spürte er die Angst, die er um sie gehabt hatte. »Entschuldige bitte, aber ich habe mir Sorgen gemacht. Du warst wie vom Erdboden verschluckt, und ich dachte, dir sei etwas zugestoßen«, sagte er, und es fiel ihm schwer, seine brüchige Stimme zu beherrschen. Marie schauderte. Diese Hilflosigkeit hatte sie an Franz noch nie zuvor bemerkt.

»Es kommt nie wieder vor«, entgegnete sie und versuchte, sanft dabei zu klingen, aber sie fand, ihre Stimme hörte sich metallisch an. Wie aus weiter Ferne drang sie an ihr Ohr, und es kam ihr vor, als hätte sie sich selbständig gemacht. Franz zog sie noch enger an sich, die Arme um sie geschlungen. Und da Marie es nicht wagte, noch etwas zu sagen, legte sie ihren Kopf an seine Brust. Für Sekunden bewegten sie sich im Gleichklang. Es war, als wiegte eine Mutter ihr Kind in den Schlaf. Nur zu gerne hätte Marie sich diesem Takt hingegeben, doch die Tür öffnete sich, und herein trat das Hausmädchen der von Blankenburgs in Begleitung des Zimmermädchens von Hotelier Freese.

»Frau Dahm, Frau Dahm!«, rief das Hausmädchen aufgeregt, während es einen Knicks andeutete. »Wissen Sie, wo ich meine Herrin finde, Frau von Blankenburg?«

»Frau von Blankenburg?«, fragte Marie irritiert, und im selben Augenblick wich die Röte aus ihrem Gesicht, und ihr wurde schwindlig.

»Ja, Frau von Blankenburg. Man hat mir gesagt, dass ich sie hier bei Ihnen finden würde. Ihr … ihr Mann«, stotterte das Mädchen, »ihr Mann ist … Das Herz, verstehen Sie, sein Herz. Ist sie denn nicht hier? Sie ist doch hier bei Ihnen. Der Butler …« Ihr aufgeregtes Gestammel brach ab, als sie Marie vor sich zu Boden sinken sah. Im letzten Augenblick konnte Franz noch ihren Körper auffangen, so dass ihr Kopf sanft auf seinen Händen lag.

Die Ohnmacht war nur von kurzer Dauer. Als Marie wieder zu sich kam, spürte sie ein feuchtes Tuch auf ihrer Stirn. Franz kniete neben ihr und tätschelte ihr Gesicht. Die beiden Mädchen, die wie angewurzelt vor ihr standen, nahm sie als zwei Säulen wahr.

»Geht jetzt«, zischte Franz ihnen zu und wies mit dem Kopf zur Tür. »Ihr seht doch, dass es meiner Frau nicht gutgeht.«

»Aber«, protestierte das Mädchen, »meine Herrin, sie war doch hier. Ich muss sie finden.«

»Raus!«, fauchte er. »Hast du keine Augen im Kopf. Hier ist keine Frau von Blankenburg. Oder glaubst du etwa, sie hält sich in der Vorratskammer versteckt, du dummes Ding.«

»De oll Knecht soll ihn holen«, raunte das Mädchen ihrer Freundin zu, als sie die Tür des Ladens hinter sich geschlossen hatten. »Dummes Ding, was glaubt der eigentlich, wer er ist. Der wird sich noch umgucken.«

»Umgucken?« Freeses Zimmermädchen verstand nicht.

»Jawoll, umgucken. Glaubt der, ich habe keine Augen im Kopf. Und wie ich die habe. Die sehen besser, als mancher glaubt. Und Ohren habe ich auch.« Sie machte ein bedeutungsvolles Gesicht. »Ich habe sie gesehen, die beiden, meine Herrin und die Frau Dahm. Mit meinen eigenen Augen. Ganz dicht saßen sie neulich im Salon beieinander. Wundert mich ja nicht, bei allem, was man über die so erzählt. Der arme Herr von Blankenburg. Kein Wunder, dass da sein Herz schlappmacht.«

Gegen den Willen von Marie holte Franz noch am selben Abend den Arzt ins Haus. Marie war noch immer bleich im Gesicht, und sobald sie aufstehen wollte, war ihr, als würde der Boden unter ihren Füßen ein Eigenleben führen. Alles um sie herum geriet in Bewegung, und sie war mittendrin. Bettruhe hieß das Medikament, das der Arzt verordnete, und Schonung. »Sie dürfen sich nicht aufregen«, mahnte Dr. Hansen Marie noch, ehe er ging, und blickte Franz dabei streng an. »In einer Woche komme ich wieder.«

Jeden Tag brachte Hanna eine klare Hühnerbrühe an Maries Bett, von der sie jedoch nie mehr als zwei Löffel zu sich nahm. Es hatte den Anschein, als würde sie nicht gesünder, sondern immer kränklicher. Partout wollte keine Farbe in ihr Gesicht zurückkehren, und an Aufstehen war überhaupt nicht mehr zu denken. Franz tat, was er konnte. So oft wie möglich saß er bei Marie und versuchte herauszufinden, was seiner Frau fehlte, aber er kam nicht dahinter. Marie sagte so gut wie nichts, und ihm war, als unterhielte er sich mit einem Gespenst. Nur einmal fragte sie nach Ernst von Blankenburg und seinem Gesundheitszustand, und Franz fand heraus, dass er in Bergen im Krankenhaus lag. Daraufhin kehrte Marie für einen kurzen Moment ins Leben zurück. Sie richtete sich auf, sagte in festem Ton, man müsse ihm Blumen ans Krankenbett schicken, doch wenig später verfiel sie wieder in ihren Dämmerzustand. Rosmarie kam zu Besuch. Sie war die Einzige, die ahnte, was Marie bedrückte. Stumm hielt sie Maries Hand, so, als wollte sie sagen: Ich weiß, wie schlimm es ist, wenn einen die falschen Gefühle überrollen. Aber Marie entzog sich ihr und drehte sich um. Auch Klara war besorgt. Statt wie üblich die Nachmittage am Strand oder am Schmachter See oder in den angrenzenden Wäldern mit ihren Freunden zu verbringen, blieb sie am Bett ihrer Mutter und erzählte ihr Schulgeschichten. Die meiste Zeit berichtete sie von ihrem Lehrer, und es machte ihr sichtlich Freude, seine tiefe Stimme und seine Art, die Wörter in die Länge zu ziehen, nachzuahmen. Doch Klara konnte sich noch so viel Mühe geben, ihre Mutter zeigte keine Regung.

»Mutter, Mutter«, kam sie eines Tages aufgeregt in das Krankenzimmer gestürmt, »weißt du, was Herr Harms uns heute erzählt hat. Er hat gesagt, dass wir alle einen Platz an der Sonne bekommen werden. Ist das nicht toll. Wir alle sollen den bekommen – Papa, du, ich. Der Kaiser hat es versprochen, hat Herr Harms gesagt. Wir müssen nur weiterhin fleißig sein und mithelfen, dass der Kaiser noch mehr Schiffe bauen kann.« Vor Begeisterung hatte Klara diesmal ganz vergessen, die Wörter nach Art ihres Lehrers auszusprechen. Zu schön schien ihr die Verlockung, dass auch für ihre Mutter wieder die Sonne scheinen sollte. Aber es zeigte sich kein Lächeln auf deren Gesicht. »Alles wird gut, hat Herr Harms gesagt«, versuchte Klara es noch einmal und rüttelte sanft an Maries Arm. »Alles wird gut«, flüsterte sie den Tränen nahe. »Ich muss nur fleißig sein.«

Maries Zustand blieb bis zu dem Tag unverändert, an dem ein Bote einen Blumenstrauß für sie abgab. Es war einer jener Blumensträuße, für die selbst die größte Vase viel zu klein war – eine bunte Mischung aus weißen Lilien und rosa Nelken, aus orangeroten Sanddornzweigen und gelben Stockrosen. Mit dem Strauß war auch eine Nachricht von Sophie gekommen.

»Danke für den Blumengruß für meinen Mann«, stand darauf. »Es geht ihm besser. Der Arzt hat ihm jedoch Ruhe verordnet, so dass ich länger als geplant auf Rügen bleiben werde. Sophie.«

Franz hatte Marie die Nachricht vorgelesen und konnte seine Verwunderung über den vertrauten Ton und über die Tatsache, dass Sophie von Blankenburg nur mit ihrem Vornamen unterzeichnet hatte, nicht verbergen. Doch Maries Gesundheitszustand schien sich zu bessern, und so beließ er es erst einmal dabei und nahm sich vor, Marie später darauf anzusprechen. Der Nebel, der über ihren Augen lag, begann sich als Erstes zu lichten. Und weil sie nun auch Hannas Hühnerbrühe vollständig auslöffelte und dazu sogar noch ein Stück Brot aß, kam sie langsam auch wieder zu Kräften. Als der Arzt seine Patientin erneut untersuchte, konnte er Franz eine gute Mitteilung machen. Zwar dauerte es noch fast eine Woche, bis Marie wieder die Alte war, bis sie wieder im Haus herumwirbelte und nachmittags wie gewohnt im Laden stand, aber sie erholte sich so gut, dass Franz in kürzester Zeit vergaß, wie schlimm es um sie gestanden hatte.

Es schien, als hätte Marie zu ihren alten Kräften noch neue dazubekommen. Ihre grazile Figur wirkte nicht mehr zerbrechlich. Mit einer Beiläufigkeit trug sie Kartoffelsäcke in die Speisekammer, als gäbe es nichts, was zu schwer für sie wäre. Sie wirkte frischer und fröhlicher, als sie es jemals zuvor gewesen war, sie scherzte mit Hanna und spielte mit Klara, sie plauderte mit der Kundschaft und umsorgte Franz, so wie er es noch nie erlebt hatte. In ihren Berührungen lag nicht mehr die Anstrengung einer Pflichterfüllung, sondern die Gewissheit einer Selbstverständlichkeit. Sie legte ihre Hand auf seine Schulter, wenn er vor ihr am Tisch saß, sie ließ sich umarmen, ohne innerlich das Ende herbeizusehnen, und sie küsste ihn jeden Abend, bevor sie sich im Bett zur Seite drehte. Es waren keine großen Gesten, aber Franz erlebte ein neues Glück. Als Marie zur Schere griff und ihre hüftlangen Haare auf Kinnlänge schnitt, stutzte er nicht. Im Gegenteil, ihm gefiel, was er sah. Das kinnlange Haar umspielte ihr schmales Gesicht und nahm ihm die letzte Strenge. Anfang Dezember war Maries Verwandlung vollendet, und sie verfehlte ihre Wirkung nicht.

Zunächst wurde nur über ihren, wie die Leute sagten, »ungewohnten Stil« getuschelt, diesen »neumodischen Kram«. Es gab nicht eine Frau in ganz Binz, die nicht mindestens einen Kommentar zu Maries neuer Frisur abgegeben hätte, und außer Rosmarie war keine darunter, die Gefallen an ihr fand. Es war eine Mischung aus Neid und Häme, die die Frauen antrieb, über Marie herzufallen wie über ein angeschossenes Tier. Über diese Frau vom Ende der Welt, wie sie den äußersten Zipfel Mönchguts nannten, auf dem Marie groß geworden war. Aber Marie machte das nichts. Sie fühlte sich auf magische Art unangreifbar, seitdem Sophies Mann auf dem Weg der Besserung war.

Franz ignorierte die Ratschläge, die man ihm gab. Egal, ob beim Bier im Wirtshaus oder auf einer seiner zahlreichen Versammlungen, es trat immer jemand an ihn heran, den Blick milde gesenkt, und flüsterte ihm zu, er müsse besser durchgreifen in seinem Haus.

»Eine harte Hand, Franz, das braucht das Weib«, sagten sie zu ihm und pafften dabei den Rauch ihrer Pfeifen in die Luft.

»Ich habe doch alles im Griff«, erwiderte Franz daraufhin

regelmäßig und verwies auf die vorbildliche Arbeitsmoral von Marie. »Wo ist das Problem, wenn sie ihre Haare anders trägt als eure Frauen?«, fragte er nicht ohne Stolz in der Stimme. »Ihr seid doch nur neidisch, weil sie schön und tüchtig gleichzeitig ist und weil ihr euch nur mit der Tüchtigkeit begnügen müsst.«

»Der Anfang vom Ende ist das«, schlug es ihm mit einer Kraft entgegen, als hätte Marie ein furchtbares Verbrechen begangen. »Weißt du denn, was sie morgen tut, wenn sie sich heute die Haare abschneidet?« An dieser Stelle winkte Franz jedes Mal ab, nahm seinen Bierkrug zur Hand und prostete den Umstehenden freundlich zu. Er fühlte sich ihnen überlegen, aber er bemühte sich, es vor ihnen zu verbergen.

An einem dieser Tage Anfang Dezember, als die ersten Schneeflocken fielen und die Straßen und Felder mit einem weißen Flaum bedeckten, kamen Franz zum ersten Mal Zweifel. Er hatte ein Bier im Wirtshaus getrunken und war statt wie üblich die Putbuser Straße entlang über die Wilhelmstraße zur Strandpromenade gegangen, um das Rauschen des Meeres besser zu hören. Es war bereits spät am Abend, und da kaum Sterne am Himmel zu sehen waren und der Mond sich hinter dicken Wolken versteckte, war es schwer, in dieser Dunkelheit überhaupt etwas zu erkennen. Harksen aber erkannte er schon von weitem an dessen Geruch.

»Wie geiht di dat?«, rief Franz ihm freudig zu. »So spät noch auf den Beinen.«

»Dag, Franz«, antwortete er kurz und wollte, ohne noch ein Wort zu wechseln, weitergehen.

»Was ist los?«, fragte Franz verwundert und hielt seinen

Freund an der Schulter fest. »Redest du nicht mehr mit mir?«
»Doch, Franz, doch, doch. Der Durst, weißt du«, sagte er und machte eine Geste, als hätte er eine ausgetrocknete Kehle. »Der Durst treibt mich ins Wirtshaus.«
»Das erzähl mal wem anders, mir machst du nichts vor. Seit Wochen schon gehst du mir aus dem Weg. Glaubst du, ich merke das nicht. Dreimal schon war ich bei dir und wollte mit dir reden, aber der Herr hat ja keine Zeit für seinen Freund.«
»Freund? Seit wann brauchst du denn einen Freund?«, erwiderte Harksen unwirsch und zog seine Schulter weg, auf der noch immer Franz' Hand gelegen hatte. »Ich muss los. Wir sehen uns.«
»Nein, mein Lieber, so leicht kommst du mir nicht davon«, entgegnete Franz und packte Harksen mit beiden Händen. »Was soll das? Du sagst mir jetzt sofort, was das soll? Hast wohl heute beim Räuchern danebengegriffen. War das Holz zu feucht?«
»Pah, feuchtes Holz. Du solltest mal lieber deine Frau nach der Feuchtigkeit des Laubs fragen, als mir zu unterstellen, ich könne nicht ordentlich räuchern. Meine Fische, Franz, meine Räucherfische sind sogar in Berlin eine Delikatesse.«
»Immer Marie, Harksen, immer Marie. Wann kommst du eigentlich darüber hinweg, dass ich sie geheiratet habe und glücklich mit ihr bin. Es ist ja nicht meine Schuld, dass sie dich nicht haben wollte. Aber wer nimmt schon einen, dem die Fäulnis aus dem Mund kriecht? Geh nur, geh und sauf dir den letzten Verstand aus deinem lütten Hirn, dann muss ich mir diesen Quatsch nicht mehr anhören. Geh«, wieder-

holte er, und der Zorn blitzte aus seinem Gesicht. »Einen Freund wie dich brauche ich wirklich nicht.«

»Blief gesund, Franz, blief gesund un pass up di up«, sagte Harksen und entschwand in der Nacht. In seiner Stimme lag nichts, was Franz signalisierte, dass er seinen Angriff auf Marie bedauerte, und dennoch lag so viel Wärme und echte Anteilnahme darin, dass es Franz schwerfiel, weiterhin auf Harksen wütend zu sein. Ihn, dem sonst nie kalt war, fröstelte, als er durch die Tür der Villa Luise trat. Im Ofen glimmte noch ein kleines Feuer, und Franz legte Holz nach. In dieser Nacht ging er nicht zu Bett, sondern blieb bis in die frühen Morgenstunden am warmen Ofen sitzen.

Die Gerüchteküche brodelte immer heftiger. Schnell ging es nicht mehr nur um Maries neue Frisur, die bei den Einheimischen nach wie vor einem Verstoß gegen die guten Sitten gleichkam, sondern immer öfter brachte man Marie jetzt auch mit Sophie in Verbindung. Mit Sophie, die mit ihrem neuen Frauenverein bereits seit Wochen für Aufregung in der Bevölkerung sorgte. Zwar gehörte es schon fast zum guten Ton, wenn Frauen sich einsetzten, wenn sie Basare oder Feste veranstalteten, um etwas Geld für Pflegestationen oder andere soziale Einrichtungen zu sammeln, so, wie es der Vaterländische Frauenverein seit einem Jahr auf Rügen tat, aber Sophies Verein war anders. Sie und die beiden Adelsfrauen sowie die Bergener Lehrerin brachten Unruhe auf die Insel. Mit Flugblättern riefen sie die Mädchen in den Schulen zum Kampf für mehr Bildung auf. Und auch wenn die Dorflehrer prompt reagierten und dafür sorgten, dass diese »schmutzige Propaganda« schnurstracks in den Ofen wanderte, so ließen sich die vier Frauen davon nicht beirren und passten die Mädchen nach Schulschluss ab. Eine ihrer

Forderungen lautete, dem Königlichen Pädagogium in Putbus, der einzigen höheren Schule auf der Insel und nur den Söhnen vorbehalten, eine gleichwertige Mädchenschule anzugliedern.

Rosmarie hielt sich bei den Aktivitäten im Hintergrund und verstand sich mehr als stille Unterstützerin. Angst vor Ausgrenzung trieb sie allerdings nicht zu diesem Schritt. Nur sah sie sich weniger als eine intellektuelle denn vielmehr als eine künstlerische Kämpferin. Der Beitrag, den sie zu Sophies Arbeit leistete, bestand darin, einige der Mädchen, die sie um sich versammelt hatte, in starken Posen abzulichten. Viele waren es nicht, die es wagten, mit Sophie von Blankenburg zu sprechen, aber die wenigen, die es taten, kamen immer wieder zu ihren sogenannten Mädchennachmittagen. Man munkelte, auch Marie sei mit Klara dort einige Male gewesen, was aber nicht der Wahrheit entsprach, so dass Marie, als das Gerücht bis an Franz' Ohren drang, wenig Mühe hatte, ihn zu besänftigen. Dass Klara allein zu Sophie ging, ahnten zu dem Zeitpunkt beide nicht.

Initiativen wurden ergriffen, die von Blankenburgs von der Insel zu jagen, doch das Geld, das das Paar nach Rügen brachte, wog schwerer als Sophies umstürzlerischer Einsatz. Eingaben beim Landrat scheiterten am Votum der Oberen, die sich von Ernst von Blankenburg viel für die Insel versprachen.

An einem verschneiten Nachmittag im Dezember lieferte das Hausmädchen der von Blankenburgs beim Teekränzchen im Hause Freese Stoff für neue Gerüchte. Sie wisse, sagte sie im Flüsterton, warum sich Marie Dahm so verändert habe. Der Grund sei Sophie von Blankenburg. Fast jeden zweiten Tag sei sie bei den von Blankenburgs zu Gast,

und nie dürfe sie, das Hausmädchen, den beiden zu Diensten sein. Ihr sei dann streng verboten, den Salon zu betreten. Und man könne sich ja leicht vorstellen, was da hinter verschlossener Tür vor sich gehe. »Bei dieser Frau«, fügte sie empört hinzu. Das Getuschel, das folgte, war groß. Und man beschloss, die beiden genauer zu beobachten, was der strenge Winter erst einmal verhinderte.
Es schneite ohne Unterlass, und schon bald war nicht mehr daran zu denken, größere Strecken mit der Kutsche oder dem Automobil zurückzulegen. Wer konnte, blieb in seiner warmen Stube, nahezu ausgeschlossen von der Welt. Der Blick aus dem Fenster war durch Eiskristalle erschwert. Auch Marie zwang die Kälte ins Haus, aber nicht in alte Gewohnheiten zurück.
Fast unnatürlich heiter und gelassen meisterte sie ihre Arbeit, die sie jeden Morgen mit dem gleichen Ritual begann. Sie schrieb einige Zeilen an Sophie und übergab sie dem Boten, noch bevor Hanna auf den Beinen war, der seinerseits Nachrichten von Sophie überbrachte, die sie kurz überflog und anschließend im Ofen verbrannte. Dies war die einzige Form des Kontakts, den sie seit dem Nachmittag im Laub miteinander pflegten, auch wenn das Hausmädchen anderes erzählte.
Anfänglich wollte Marie vor allem mehr über den Gesundheitszustand von Sophies Mann in Erfahrung bringen. Sie fühlte sich verantwortlich für dessen Zusammenbruch. Je besser es Ernst von Blankenburg ging, desto besser ging es auch ihr. Ihr war, als wären sie auf magische Weise miteinander verbunden und als würde ihr seine wiedergewonnene Gesundheit eine bislang unbekannte Kraft verleihen. Eine, die sie stärker und sicherer machte, ja, fast unangreifbar,

wie sie erst hoffte, mit der Zeit aber glaubte. Einmal schrieb sie Sophie, dass sie denke, dass sie Ernst krank gemacht habe und dass er ihr nun zur lang ersehnten Gesundheit verhelfe. Dass sie sicher sei, längst unter der Erde zu liegen, hätte er seine Herzattacke nicht überlebt. Sophie spottete ob so viel mystischer Logik, Marie aber baute darauf. Sie hielt sich daran fest wie an einem Rettungsring, als würde sie in ihrem Innersten spüren, dass der Untergang näherrückte, und als könnte sie ihm nur auf diese Weise entgehen. Je fester sie in ihrem Glauben wurde, desto intimer wurden auch die Nachrichten, die sie an Sophie schickte.

## 11

Nach dem Brückenunglück blieb Rügen von weiteren Katastrophen nicht verschont. In der Silvesternacht zum Jahr 1913 brach eine gewaltige Sturmflut über das Eiland herein. Zahlreiche Menschen ertranken, vor allem Fischer, die versuchten, ihre Boote in Sicherheit zu bringen. Harksen überlebte schwerverletzt und musste wochenlang das Krankenbett hüten, Maries Vater verlor sein Boot in den Fluten. Franz und Marie hatten Glück im Unglück. Einzig die Räume im Erdgeschoss, vor allem der Gästesalon, hatten Schaden genommen und verlangten nach einer Renovierung. Sophie und Ernst von Blankenburg verbrachten Neujahr in Berlin und hatten erst Tage später von der Naturkatastrophe erfahren. Ihr Haus, das auf einer kleinen Anhöhe stand, war unbeschadet davongekommen, die Stal-

lungen und vier der kleinen Remisen, die Ernst von Blankenburg für seine Landarbeiter hatte bauen lassen, waren jedoch nahezu zerstört.
Hätte Rosmarie in den Tagen nach der Katastrophe keine Aufnahmen gemacht, so hätte man im Frühjahr meinen können, alles wäre nur in einem bösen Traum geschehen. Als die ersten Gäste auf die Insel kamen, waren sämtliche Spuren der Verwüstung beseitigt. Wofür vor allem Franz und die anderen Mitglieder des Seebäderverbandes gesorgt hatten, da sie aufgrund einer rückläufigen Gästezahl den Winter über in Berlin noch einmal kräftig die Werbetrommel gerührt hatten. Es kamen zwar nicht mehr Gäste als zuvor, aber es kamen so viele, vor allem nach Binz, in das »elegante Bad von Weltruf«, wie es sich selbstbewusst nannte, dass das Jahr 1913 noch einmal ein gutes Jahr für Rügen wurde. Das letzte für lange Zeit.
Für Franz und Marie war das Jahr 1913 ebenfalls ohne größere Sorgen verlaufen. Zwar kursierten nach wie vor Gerüchte über Marie und Sophie, aber Franz überhörte sie, oder zumindest tat er so, als gingen sie ihn nichts an. Denn schließlich gab es nichts an Marie, was ihm ungewöhnlich erschien. An Maries verlässliche Zärtlichkeitsbeweise hatte er sich längst gewöhnt. Wäre er aufmerksamer gewesen, dann wäre ihm nicht entgangen, dass seine Frau so manche Nachmittage nicht in der Villa Luise verbrachte, aber Franz war zu beschäftigt, als dass er dem Beachtung schenkte. Es schien, als würde sich die Welt unbemerkt von ihm verändern.
Ernst und Sophie von Blankenburg verbrachten die meiste Zeit des Sommers auf Rügen, und Sophie widmete sich neben ihrem Frauenverein vor allem Marie. Der kleine Pri-

vatstrand, den sie den Binzern nach dem Brückenunglück abgetrotzt hatte und der dicht umringt war mit Sanddorn- und Wacholdersträuchern, erwies sich als idealer Zufluchtsort für die beiden. Vor allem am frühen Nachmittag, in der Zeit der Mittagsruhe, wenn die Gäste schliefen und Franz in seinem Arbeitszimmer am Schreibtisch saß und Klara, die mittlerweile in Bergen zur Schule ging, noch nicht wieder zu Hause war, schnappte sich Marie sooft es ging ihr Fahrrad und radelte zu Sophie. Es waren kurze Momente der Verbundenheit, nie länger als eine Stunde, die sie miteinander teilten, aber nachdem Marie ihre Schüchternheit überwunden hatte, waren es Momente voller Leidenschaft. Noch Stunden danach spürte Marie Sophies zarte Hände auf ihrer Haut, glaubte sie, den Duft des Wacholders zu riechen und das strahlende Leuchten der orangeroten Sanddornfrüchte zu sehen. Es waren unbeschwerte Augenblicke, so fern von Maries Alltag, dass man fast meinen konnte, es handle sich um ein anderes Leben einer anderen Marie in einer anderen Welt.
Immer öfter kam es jetzt vor, dass Marie regungslos vor einem der zahlreichen Sanddornzweige saß, die sie im ganzen Haus aufgestellt hatte. Und wenn Franz sie fragte, was sie da mache, antwortete sie mit einer Stimme, die er sonst nicht an ihr kannte, dass sie versuche, etwas von der wunderschönen Natur, in der sie lebe, in ihre Seele aufzunehmen.
»Schau doch nur, das Leuchten, dieses orangerote Leuchten«, rief sie ihm dann zu und zeigte dabei auf einen mit Früchten übervollen Zweig, der durch die Reflexionen des Lichts besonders glanzvoll strahlte. »Ist es nicht herrlich?«
Und an manchen Tagen fügte sie mit kaum hörbarer Stimme hinzu, dass sie es ganz traurig mache, dass sie für diese

Wärme keine Worte finden könne. Aber Franz murmelte nur etwas von »Weibern«, bevor er kopfschüttelnd weiterging und dachte, dass allenfalls der Schnaps daraus ihn zum Strahlen bringen könnte. Maries andächtige Haltung mit den Gerüchten über Marie und Sophie in Verbindung zu bringen, die jetzt unüberhörbar wurden, kam ihm nicht in den Sinn. Nach wie vor gab er sich der Überzeugung hin, es handle sich dabei um üble Nachrede, entsprungen einem unbändigen Neid auf ihr gemeinsames Glück. Hätte er es in dieser Zeit nur einmal gewagt, sein Innerstes zu befragen, es wäre ihm vielleicht gelungen, eine größere Katastrophe zu verhindern. So aber steuerte er direkt auf sie zu.
Es war eine merkwürdig leichte Atmosphäre, die in diesem Jahr 1913 in der Villa Luise herrschte. Eine Atmosphäre ähnlich jener Stille, die einer Explosion voranzugehen pflegt. Auch diejenigen unter den Gästen, die alljährlich die Dahms in Binz besuchten, spürten die Veränderung, die sich wie ein Nebel über alle Räume des Hauses legte. Dabei schien auf den ersten Blick alles unverändert. Frühmorgens zog der Kaffeeduft durch die Flure, mittags stand das Essen pünktlich auf dem Tisch, kein Staubkorn wurde vergessen, jedes Laken glattgestrichen. Durch die geöffneten Fenster drang der Duft der Ostsee ins Haus, und die Wicken und Rosen und Margeriten verwandelten die Terrasse wie jedes Jahr in ein kleines Blumenmeer. Die Luft flirrte, und die Bienen ließen sich fröhlich von einem Kelch in den anderen treiben. Und fast so schwerelos wie die Insekten schien sich auch Marie durch die Villa Luise zu bewegen. Das Lächeln, das sie dabei auf den Lippen hatte, war von unerschütterlicher Beständigkeit, und vielleicht war es das, was den ein oder anderen Urlauber irritierte. Es schien nicht ihnen zu gelten,

auch wenn sie ihnen stets jeden Wunsch erfüllte. Es war ein Lächeln, das von weither zu kommen schien und sich in die Weite erstreckte, eines, das seinen Glanz aus der Tiefe zog und bis zum Horizont reichte, das auf den Wellen tanzte wie Licht bei Sonnenschein. Es war ein Lächeln, das nicht Marie gehörte.

So wie der Sanddorn zu einem Symbol des Glücks geworden war, so maß Marie dem Meer die Bedeutung eines treuen Beschützers zu. Dieses die Insel umspielende und in sie eindringende Gewässer, von Geburt an ihr stetiger Begleiter, wurde ihr zur heimlichen Gewissheit ihrer Unverwundbarkeit. Hätte Maries Vater in diesen Monaten ihre Gedanken lesen können, er hätte, wie auch Harksen und all die anderen Fischer, verständnislos den Kopf geschüttelt. Das Meer war sein Element. Er lebte mit dem Wasser wie mit einer Geliebten, die es stetig zu erobern gilt. Nie müde, sie zu verführen, aber stets auf der Hut. Marie war nicht mehr auf der Hut. Das Meer hatte für sie die Gestalt einer schützenden Hülle angenommen, die sie und Sophie und Franz und Klara sanft umschloss. Es war an einem Mittag im Frühjahr, auf dem Weg zu Sophie, als aus dem bloßen Gedanken eine Erkenntnis erwuchs. Sie fuhr von Binz Richtung Saßnitz, und wie seit Hunderten von Jahren schon lag auch an diesem Tag die Ostsee zur Rechten. Aber für Marie war es, als sähe sie die See zum ersten Mal, als würde sie endlich die Bedeutung dieser unumstößlichen Wahrheit erkennen. Seitdem war sie sicher, dass in dieser Unverrückbarkeit das Versprechen auf Ewigkeit enthalten war. Selbst Hanna, nie verlegen, höhere Kräfte anzurufen, hätte sich vor Schreck bekreuzigt, hätte sie von Maries mythischem Glauben gewusst. Aber Marie fühlte sich beschützt. Und so glitt sie sanft durch den Sommer hinein in den Herbst und Winter, von der Leidenschaft mit Sophie zu der Sicherheit mit Franz sich hin- und herbewegend wie ein Schiff, das raus auf die See fährt, aber beständig zurück in den Hafen findet.

## 12

Kurz nach Ostern, im April 1914, an einem Tag, an dem es nicht hell werden wollte über Rügen und der Nieselregen einen feuchten Film über die Äcker, Wiesen und Wälder legte, schmiss Klara ihr Fahrrad neben die Eingangstür der Villa Luise, als wollte sie sich eines lästigen Gefährten entledigen, und stürmte ins Haus. Ihr Gesicht pochte vor Anstrengung, Schweiß rann ihr über die Stirn, und die vom Regen durchnässten blonden Zöpfe hingen schwer von ihrem Kopf. Auf dem Weg von Sophie von Blankenburg nach Hause hatte ihr der Fahrtwind die schützende Mütze vom Kopf geweht. Vorbei an der in dieser Jahreszeit noch leeren Rezeption eilte sie die Treppe nach oben in ihr Zimmer, knallte die Tür so laut zu, dass Hanna in der Küche vor Schreck zusammenfuhr, pfefferte ihren feuchten Mantel in eine Ecke und schmiss sich bäuchlings auf ihr Bett. Was sie vor wenigen Augenblicken gesehen hatte, nahm ihr den Atem. Sie wusste nicht, ob sie weinen oder schreien sollte, und so lag sie reglos auf der schweren Federdecke, als Hanna vorsichtig die Tür öffnete und ihren Kopf in das Zimmer streckte.

»Klärchen«, flüsterte sie, »welche Laus ist dir denn heute über die Leber gelaufen?« Sie schrieb Klaras Gefühlsausbruch ihrer in letzter Zeit rasanten Entwicklung zu. Es war nicht mehr zu übersehen, dass aus dem Kind langsam eine junge Frau wurde, was sich auch in ihren Launen bemerkbar machte. Schon mehr als einmal war Klara türenknallend in ihr Zimmer gerannt, und schon mehr als einmal hatte Hanna sie wieder beruhigen können. »Klärchen«, flüsterte Hanna daher erneut und setzte sich auf die Bettkante. »War etwas in der Schule? Hat dich jemand geärgert? Komm, min Lütt, du kannst es mir doch erzählen.« Sanft strich sie über Klaras Rücken, aber die gab keinen Mucks von sich. »Gut«, sagte Hanna schließlich, »dann leg dich wenigstens ordentlich hin. Was soll denn das, mit den Schuhen aufs Bett«, tadelte sie sie liebevoll und zog ihr die Schnürstiefel aus. »Und rubbel mal deine Haare trocken. Du erkältest dich sonst noch.« Als sie merkte, dass sie so bei Klara nicht weiterkam, sagte sie schließlich in dem für sie typischen Ton, der keinen Zweifel daran ließ, dass sie jede Aufgabe bewältigte: »Dann mach ich uns jetzt erst einmal einen schönen heißen Kakao. Und dann sieht die Welt schon wieder ganz anders aus. Das kannst du deiner alten Hanna glauben.«

Nachdem Hanna ihr den Kakao auf den kleinen Nachttisch neben ihr Bett gestellt hatte, fegte Klara die Tasse wütend auf den Boden. »Ich bin doch kein Kind mehr«, schrie sie und verbarg ihr Gesicht im Kissen.

»Klara!«, rief Hanna erschrocken aus. »Was soll das?«

»Lass mich, lasst mich alle in Ruhe.« Ihre Tränen rannen in das dicke Federbett.

»Wie du willst, mein Kind, wie du willst«, murmelte Hanna verärgert und verließ Klaras Zimmer. Im selben Augenblick

fiel unten die Tür ins Schloss. Marie war nach Hause gekommen.
»Ist etwas passiert?«, fragte sie Hanna, die polternd und vor sich hin schimpfend die Treppe herunterkam.
»Keine Erziehung«, blaffte sie Marie wütend an und schien zu vergessen, dass sie nur die Haushälterin und Marie die Hausherrin war. »Keine Erziehung. Das Kind hat keine Erziehung. Ist ja auch kein Wunder.«
»Hanna«, Maries Stimme klang fest und eindringlich, »was ist mit Klara?«
Statt zu antworten stapfte Hanna noch immer den Kopf schüttelnd und »kein Wunder« murmelnd an Marie vorbei in ihre Küche. Marie blieb wie angewurzelt stehen. Der Wunsch, Hanna zu folgen und sie zur Rede zu stellen, war für einen Moment ebenso groß wie der Drang, nach oben zu Klara zu eilen. Ein lautes Scheppern aus der Küche, das klang, als hätte Hanna alle Töpfe auf einmal mit aller Macht auf den Holzofen gestellt, riss sie aus ihrer Regungslosigkeit.
Ohne zu klopfen öffnete sie die Tür zu Klaras Zimmer, und ihr fiel zuerst die bräunliche Pfütze ins Auge, die sich auf den breiten Holzdielen vor Klaras Bett gebildet hatte. Ein henkelloser Becher lag daneben.
»Lass mich«, schluchzte Klara mit erstickter Stimme unter ihrem Kissen hervor. »Ich hab doch gesagt, du sollst mich in Ruhe lassen.«
»Ich bin es«, sagte Marie sanft. »Ich bin es doch.«
»Du?«, rief Klara entsetzt und richtete sich mit einem Ruck auf. Aus ihren verquollenen und rot geweinten Augen funkelte der Hass. »Du? Du wagst es, hierherzukommen?«, schrie sie ihrer Mutter wütend entgegen und verschränkte

die Arme vor der Brust, als Marie einen Schritt auf sie zumachte. »Fass mich nicht an. Fass mich nicht an«, sagte sie wieder und wieder. Marie setzte sich an das Fußende von Klaras Bett. Wie zwei Fremde blickten Mutter und Tochter einander an. Marie rang nach Fassung.

»Was ist passiert?«, fragte sie schließlich bemüht ruhig.

»Das fragst du noch?«, schrie Klara, und Tränen der Wut rannen ihr übers Gesicht.

»Ich weiß nicht, was du meinst.« Marie reichte Klara ihr Taschentuch.

»Lass mich«, schluchzte Klara erneut. Sie schlug mit der Hand nach dem Taschentuch.

»Klara«, versuchte Marie es sanft, »willst du mir nicht sagen, was du hast?« Sie rutschte näher zu ihrer Tochter und legte ihre Hand vorsichtig auf deren Schulter. Den Kopf in die verschränkten Arme gebeugt, saß Klara mit angewinkelten Beinen auf ihrem Bett. Für den Bruchteil einer Sekunde ließ sie die Berührung zu, dann schnellte sie mit ihrem Oberkörper nach vorne, während sie wild um sich schlug und Marie dabei einen Schlag gegen den Oberarm versetzte.

»Es reicht!«, schrie Marie jetzt ihrerseits vor Wut. »So nicht! Du sagst mir sofort, was los ist, oder du bleibst für die nächsten zwei Wochen auf deinem Zimmer.«

»Du hast mir gar nichts mehr zu sagen«, kreischte Klara mit ihrer hohen Mädchenstimme. »Gar nichts. Ich sag alles Vater. Alles sag ich ihm.« Ihr ganzer Körper bebte.

»Was sagst du deinem Vater, Klara? Was?«

Mit weit aufgerissenen Augen blickte sie Marie ins Gesicht und presste die Lippen dabei fest aufeinander, als hätte sie Angst, die Wörter könnten gegen ihren Willen aus ihrem Mund entweichen.

»Was?« In Maries Stimme machte sich ein leichtes Entsetzen bemerkbar. »Was, Klara?«
Klara blieb stumm.
»Sprich mit mir«, stieß Marie hervor und schüttelte ihre Tochter an den Schultern. Panik breitete sich auf ihrem Gesicht aus, und an der Art, wie sie an Klara rüttelte, war abzulesen, dass sie nicht gewillt war, ohne eine Antwort das Zimmer zu verlassen. »Du machst jetzt sofort deinen kleinen Mund auf«, brüllte sie und packte Klara noch fester.
»Du tust mir weh«, jammerte Klara, aber ihre Tränen hatten aufgehört zu fließen.
»Sprich!«
»Frau von Blankenburg«, antwortete sie schließlich so leise, dass Marie, hätte sie nicht geahnt, was Klara sagen würde, sie nicht verstanden hätte. »Frau von Blankenburg und du. Ich hab euch gesehen.« Klara vergrub ihr Gesicht in den Händen und ließ sich aufs Bett zurückfallen. Sie weinte nicht. Stumm und regungslos lag sie, zur Wand gedreht, die Augen geschlossen. Und so sah sie nicht, wie das Blut aus Maries Gesicht wich, wie sie unter ihrem langen schweren Mantel fröstelte. Marie spürte nichts außer Kälte. Ihr war, als würde eine eisige Leere den Raum erobern, als würde dieses unsagbare Nichts alles hinwegwischen, was jemals von Bedeutung war. Ihre Augen krallten sich an den Wurzelstöcken und abgerissenen Planken fest, Strandgut, das Klara wie Trophäen in ihrem Zimmer aufbewahrte. Das Meer hatte sie ausgespuckt, herausgeschleudert aus der weichen Umklammerung, der harten Erde überlassen. Der Anblick trieb Marie Tränen in die Augen. Ohne etwas zu sagen, ging sie aus dem Raum.
In den darauffolgenden Tagen war es noch stiller im Haus

als sonst um diese Jahreszeit. Auf die wenigen kläglichen Versuche von Marie, ihrer Tochter näherzukommen, antwortete Klara mit hasserfülltem Schweigen. Auch bei Tisch sprach sie kein Wort mit ihrer Mutter. Und so kam es vor, dass Franz, Marie und Klara stumm beieinandersaßen und nichts außer einem dröhnenden Geklapper zu hören war. Franz, der noch nicht wusste, was vorgefallen war, bemühte sich redlich, die Wand zwischen Mutter und Tochter zu durchbrechen. Fragte er jedoch Marie, was sich ereignet habe, antwortete sie nur: »Du weißt doch, das Alter.« Fragte er Klara, schüttelte diese mit aufgerissenen Augen und zusammengepressten Lippen stumm den Kopf. Zwei Tage lang versuchte er es mit Zärtlichkeiten auf beiden Seiten, ohne Erfolg. Am dritten Tag brachte er das *Rügensche Kreis- und Anzeigenblatt* mit zu Tisch und verschanzte sich hinter der Zeitung. »Weibergedöns«, murmelte er verständnislos und schwieg fortan die meiste Zeit. Hätte ihn das, was er dort las, nicht beunruhigt, er hätte vermutlich noch wochenlang so weitergemacht. Doch die Anzeichen für einen Krieg verdichteten sich. Und das bedeutete für Franz keine Urlauber und damit auch keine Einnahmen. Schließlich gehörte er nicht zu denen, die sich von der Großmachtsucht des Kaisers hatten anstecken lassen und sich von einer neuen Stärke ein aufregenderes Leben versprachen. Seines gefiel ihm. Zumindest so lange, wie er keine Überraschungen zu fürchten hatte.

»Herrgott noch mal«, brüllte er daher nach einer Woche des Schweigens und schlug mit der Faust auf den Tisch, »es reicht! Schluss jetzt mit diesem Theater. Klara, reiß dich zusammen. Was auch immer vorgefallen ist, ich will es nicht wissen. Aber ich erwarte, dass du dich wieder wie ein ganz normaler Mensch benimmst und mit deiner Mutter sprichst. Haben wir uns verstanden?« Klara blickte ihren Vater ungläubig an, aber sie antwortete nicht. »Was glaubst du eigentlich, wer du bist, mein Fräulein?« Seine Augen funkelten wütend, während er erneut mit der Hand auf den Tisch schlug. »Hier, lies«, er hielt ihr die Zeitung vors Gesicht, »die Russen machen Front gegen uns. Die wollen Krieg. Krieg, verstehst du? Mann gegen Mann. Und du glaubst, ich und deine Mutter lassen uns weiterhin von den Launen eines dreizehnjährigen Mädchens tyrannisieren.« Sein Blick wanderte zu Marie, die mit gesenktem Kopf, die Hände im Schoß, regungslos auf ihrem Stuhl saß. »Komm zur Vernunft, Klara. Komm endlich zur Vernunft.«

»Lass sie doch«, flüsterte Marie, »sie ist doch noch ein Kind.«

»Nein. Ich dulde dieses Verhalten nicht länger in meinem Haus. Ich erwarte von meiner Tochter Respekt. Respekt, nicht mehr, nur Respekt. Ich war viel zu lange viel zu nachsichtig. Aber das wird sich ändern.« Seine Stimme klang bedrohlich, und Marie wich vor Schreck zurück. Den Oberkörper weit über die Tischplatte gebeugt, schien es, als wollte Franz seine Tochter durch seine schiere Präsenz zur Vernunft bringen. Im Gegensatz zu Marie hielt Klara ihm jedoch stand. Zumindest bewegte sie sich nicht. Wie festgefroren saß sie auf dem Korbgeflecht des Stuhls, die Augen geweitet, die Arme an ihren Körper gepresst.

»Das ist ungerecht«, stammelte sie nach einer kurzen Pause, in der alle auf etwas zu warten schienen.

»Ungerecht?«, fragte Franz ärgerlich.

»Ja«, antwortete Klara trotzig und blickte ihre Mutter wütend an. »Ich hab nichts getan. Nichts habe ich getan.

Nichts«, wiederholte sie mit erstickter Stimme, während sich Tränen in ihren Augen sammelten. »Du bist so ungerecht.«

»Willst du wissen, was ungerecht ist!«, brüllte Franz, dem jetzt endgültig der Geduldsfaden riss. »Ungerecht ist es, wenn in Harksens Netz weniger Fische gehen als in das seines Kollegen, wenn die Gäste bei Freese für den Kaffee zwei Pfennig mehr bezahlen müssen als bei uns und zu uns trotzdem weniger kommen, wenn ein Kind einfach so stirbt wie die Tochter von Bauer Niklas oder wenn die in Berlin meinen, sie könnten Schnaps höher besteuern, damit wir, die kleinen Leute, den Größenwahn des Kaisers bezahlen. Das ist ungerecht. Aber nicht, wenn ich von dir verlange, dass du aufhörst, dich zum Mittelpunkt der Welt zu machen, und dass du mir und deiner Mutter Respekt zollst.«

»Aber …«, unterbrach ihn Klara.

»Schluss jetzt. Keine Diskussion mehr. Geh auf dein Zimmer.« Franz' Arm schoss in Richtung Tür. Als er sah, dass Klara ihm nicht folgte, zögerte er nicht lange, stand auf, packte seine Tochter am Arm und schleifte sie, ohne ein weiteres Wort zu verlieren, raus aus dem Salon zum Treppenaufgang.

»Vater«, schluchzte Klara verzweifelt, aber Franz war nicht gewillt, sich erweichen zu lassen. Mit einem sanften Stoß in den Rücken wies er seiner Tochter den Weg nach oben. Auf halber Treppe machte Klara halt. Sie sah gerade noch, wie ihr Vater in der Tür zum Salon verschwand.

»Willst du wissen, was ungerecht ist?«, schrie sie ihm mit feuerrotem Kopf hinterher. »Dass Mutter Frau von Blankenburg küsst. Das ist ungerecht.« Dann polterte sie die restlichen Stufen in einer Lautstärke nach oben, dass man meinen konnte, Franz' Befürchtungen wären wahr geworden und eine Armee Russen wäre gerade einmarschiert. Marie war kreidebleich, noch bleicher als die Tage zuvor. Starr, die Augen weit aufgerissen, saß sie am Tisch. Nur ein leises Atmen verriet, dass sie noch am Leben war. Unter dem Vorwand, das Geschirr abtragen zu wollen, steckte Hanna neugierig den Kopf in die Tür, wurde aber von Franz, der unruhig hin und her ging, unverzüglich des Raumes verwiesen. Es war kühl im Salon, auch wenn sich auf Franz' weißem Hemd Schweißflecken abzeichneten. Sie schwiegen, doch die Ruhe war lauter als jeder Schrei. Schließlich setzte sich Franz, beugte sich über den Teller, der noch immer auf seinem Platz stand, und löffelte den Rest Aalsuppe, als gelte es, sich für eine Schlacht zu stärken, deren Ausmaße er noch nicht einmal erahnen konnte. In Maries Ohren hörte sich Franz' Schlürfen wie Donnergrollen an. Sie wartete auf das Gewitter, aber es schien, als wollte das Grollen kein Ende finden.

»Stimmt das, was Klara sagt?«, fragte Franz schließlich mit leiser Stimme und in einem Ton, der Angst und Ärger gleichermaßen verriet. Maries blutleere Lippen bewegten sich stumm auf und ab wie die eines Fisches, der nach Luft schnappt. Bei diesem Anblick hätte Franz zu fast jedem anderen Zeitpunkt schallend losgelacht, aber in diesem Moment war ihm nicht danach. »Stimmt das?«, fragte er noch einmal, diesmal noch leiser als zuvor, da ihn die Ahnung beschlich, dass an den Gerüchten, die seit Monaten kursierten, etwas Wahres war. »Stimmt das, Marie?« Er wagte es nicht, Klaras Worte zu wiederholen.

Marie blickte noch immer starr vor sich hin ins Leere, doch langsam erwachte sie aus ihrer Reglosigkeit. Als läge alle

Kraft in ihren Armen, rieb sie ihre Handflächen über ihre Oberschenkel, so dass sie ganz rot wurden. Mit der Zeit zeichnete sich aber auch auf ihren Wangen wieder etwas Farbe ab. »Ja«, hauchte sie nach einer Weile und lächelte Franz schüchtern zu. »Ja, es stimmt. Ich habe Sophie geküsst.« Ihre Stimme klang erstaunlich fest, und sie blickte ihrem Mann direkt in die Augen. Und auch wenn sie sich noch immer nicht wie von dieser Welt fühlte, so begriff sie doch, dass ihr Doppelleben in diesem Moment ein Ende nahm. »Klara hat recht«, fügte sie hinzu. »Du solltest dich bei ihr entschuldigen. Sie kann nichts dafür.«

»Marie!«, rief Franz entsetzt aus. »Wie … wie kannst du das sagen? Du küsst doch keine Frau. Meine Frau küsst doch keine Frau. Das kann unmöglich sein. So etwas gibt es doch gar nicht. Wo ist meine Pfeife?« Er sprang auf, machte zwei große Schritte zur Anrichte, fand sie dort nicht, ging am Ofen vorbei zur Fensterbank, wo auch keine Pfeife lag, dann zurück zum Tisch, rief nach Hanna und verscheuchte sie sogleich, ohne einen Grund zu nennen, griff schließlich nach seiner Weste, die über der Stuhllehne hing, und kramte aus einer der Taschen eine Pfeife hervor, die er mit Wucht auf den Tisch pfefferte und dort liegen ließ, als würde sie in ihm heftigste Abscheu erregen. »Nein«, brüllte er, »nein, das kann nicht sein. Das glaube ich nicht. Ich kenne dich doch. So etwas würdest du nie tun. Du würdest mir so etwas nie antun. Nicht, Marie? So etwas würdest du nie tun. Nie.« Seine Stimme verebbte.

»Es tut mir leid, Franz«, sagte Marie leise. »Es tut mir aufrichtig leid.«

»Was, was, was tut dir leid?«, schrie er. »Was? Das ist doch nur ein dummer Mädchenstreich, ein dummer Mädchenstreich. Das ist das Alter. In dem Alter ...« Franz stockte. Zum ersten Mal blickte er Marie in die Augen, aber er sah dort nichts. Ihre hellblauen Augen, die Augen, die ihn seit vierzehn Jahren täglich begleiteten, mal liebevoll, mal auch im Zorn, waren ihm fremd geworden. Noch nie hatte er in ihren Augen diese Mattigkeit gesehen. Er machte einen Schritt auf seine Frau zu, besann sich wieder, kehrte um und ging zu einem der Fenster. »Warum?«, flüsterte er, den Blick starr aufs Wasser gerichtet. »Warum, Marie?«

»Ich weiß es nicht«, antwortete sie mit gedämpfter Stimme.

»Du weißt es nicht?«, fauchte Franz und drehte sich wütend um. »Du weißt noch nicht einmal, warum du alles kaputtmachst?« Die Wut kroch ihm in alle Poren. Schnaubend bewegte er seine massige Gestalt auf Marie zu und packte sie an den Schultern. »Sag mir nicht, dass du es nicht weißt«, brüllte er erneut und rüttelte an ihrem schmalen Körper wie an einem Obstbaum zur Erntezeit. »Ich will wissen, warum«, wiederholte er immerfort. Marie ließ Franz' Wutanfall über sich ergehen. Ihre Augen suchten die ihres Mannes, als könnte sie darin die Antwort auf seine Frage finden, aber er wich ihr aus.

»Ich weiß es wirklich nicht«, flüsterte sie immer wieder. In ihrem Kopf herrschte gähnende Leere.

»Gut«, schnaubte Franz und ließ von ihr ab, »wie du willst. Aber merk dir eins. Ich lasse mich von dir nicht länger zum Gespött machen. Verteidigt habe ich dich, die ganze Zeit habe ich dich verteidigt, immer war ich auf deiner Seite. Hast du das etwa vergessen? Und wie dankst du es mir? Du machst mich vor allen lächerlich. Aber das hat ein Ende jetzt, verstehst du?« Die Arme vor der Brust verschränkt, stapfte er im Salon auf und ab. »O nein, meine Liebe, o nein.« Er spie die Worte regelrecht aus. »So leicht kommst du mir nicht davon.«

## 13

Am darauffolgenden Nachmittag schien zum ersten Mal seit Wochen wieder die Sonne. Der Himmel wirkte fast jungfräulich, so rein präsentierte er sich, und der Duft, der in der Luft lag, versprach das Ende der kalten Jahreszeit. Dicke Mäntel wurden jetzt eingetauscht gegen dünnere Bekleidung, und es schien, als würden die meisten Binzer mit leichterem Gang über die Strandpromenade spazieren. Als hätten sie nur darauf gewartet, sich endlich befreien zu können von einer kaum mehr zu ertragenden Last. Franz' Gang hingegen wirkte schwer, als er sich auf den Weg zum Ortsvorsteher machte. Mit hängenden Schultern, die Hände in den Jackentaschen versteckt, trat er einen Weg an, an dessen Ziel er hoffte, die von Blankenburgs für immer von der Insel vertrieben zu haben.

Marie war den ganzen Vormittag über nicht aus der Küche gekommen. Sie hatte Hanna fortgeschickt, nach Stralsund, Besorgungen machen und ihr drei freie Tage gegeben, in denen sie ihre kranke Schwester besuchen sollte, die dort in einem Pflegeheim lebte. In einem der großen Messingtöpfe kochte schon seit Minuten das Wasser, bereit, Petersilienwurzel, Karotten und Hecht aufzunehmen, doch Marie stand nur verträumt davor, das Messer in der Hand, mit dem sie zuvor das Gemüse in grobe Stücke geschnitten hatte. Sie malte sich aus, wie es gewesen wäre, wenn sie statt Hanna nach Stralsund gefahren wäre. Wie sie jetzt durchgeschüttelt werden würde vom Rasenden Roland, der dampfenden Bahn, wie sie in Putbus umsteigen würde in einen bequemeren Zug, dessen Endstation Berlin oder Hamburg war, wie sie mit der Fähre hinübergleiten würde über die schmale See, die Rügen vom Festland trennte, und wie sie sich noch einmal umblicken würde nach ihrer Insel in dem Gefühl, es wäre das letzte Mal. Sie träumte davon, weiterzufahren, bis nach Berlin oder Hamburg, aber für sie war es, als führe sie bis nach Bangkok oder Tanger. So fremd, so beängstigend und doch so verlockend war dieser Traum. Schauer liefen ihr über den Rücken. Sie wollte weg. Weg aus dieser Küche, aus diesem Haus, weg von Franz, weg von Binz, von all den Menschen, die besser über sie Bescheid zu wissen schienen als sie selbst, weg von Sophie, auch von Rosmarie. Es schien ihr unmöglich, jemals wieder mit irgendjemandem zu reden, ihm in die Augen zu sehen. Sie dachte, dass die Strafe, die sie erwartete, eine ihr für alle Ewigkeit auferlegte Sprachlosigkeit sei.

Marie nahm den Topf von der Kochstelle, legte das Messer zur Seite und streifte sich ihre weiße Schürze ab. Aus einer der Taschen flog eines jener Briefchen von Sophie, die sie in den vergangenen Monaten nicht mehr im Ofen verbrannt hatte. Sein cremefarbenes Schimmern auf dem matten Steinboden ließ sie erröten. Wie ein Bote aus einer längst vergangenen Zeit lag es da, mahnend und gierig zugleich. Für einen Moment war sie versucht, es liegenzulassen, doch dann griff sie mit spitzen Fingern nach dem festen Papier und steckte das Briefchen, ohne es zu lesen, in ihre Rocktasche.

Als sie aus dem Haus trat und der wärmende Frühjahrswind ihr das halblange blonde Haar aus dem Gesicht wehte, hielt sie in einer Hand eine kleine Reisetasche. Vor ihr lag der glänzend weiße Strand, von Möwen und Strandläufern bevölkert, aber menschenleer, dahinter die zufrieden vor sich hin plätschernde See, die nur wenige Boote zu tragen hatte. Dieser Tag im April war einer jener Tage, an denen sie sonst mit Franz glücklich gewesen wäre. Dieser sanfte Wind, der die Haut mit seiner Zartheit bedeckte, dieser Duft von erwachenden Gräsern, der den Sommer im Gepäck hatte, aber noch nicht die Gästeschar dazu. Das Möwengeschrei am Himmel, die tänzelnden Vögel auf dem Sand, das Gluckern des Wassers, wenn es sich über den Sand ergoss und wieder zurückzog, all das hatte ihr bislang immer wieder das Gefühl gegeben, doch am richtigen Ort zu sein. Marie hielt kurz inne, aber in ihr regte sich nichts. Auch der Glaube, das Meer trage sie und Franz und Sophie sicher über alle Klippen hinweg, war längst aus ihrer Vorstellungswelt verschwunden. Auf Franz' Schreibtisch hatte sie eine kurze Nachricht hinterlassen. »Ich gehe, es ist besser so. Mach Dir keine Sorgen. Marie.« Für Klara hatte sie eine Kette mit einem Amulett hinterlegt, das einmal ihrer Mutter gehört hatte.

Bedächtig, als ginge sie zum ersten Mal in ihrem Leben aus diesem Haus, setzte sie einen Schritt vor den anderen, vorbei an den Malvenstauden, die links und rechts des kurzen Schotterwegs zum Eingang standen. Sie passierte die Linde zu ihrer Linken und bog in die Putbuser Straße ein. Den Blick starr nach vorn gerichtet, nahm sie kaum etwas von dem wahr, was um sie herum geschah. Zu sehr musste sie sich darauf konzentrieren, nicht ihr Gleichgewicht zu ver-

lieren auf dem kurzen Weg zum Bahnhof. Ihre Beine fühlten sich wie im Wind wippende Dünengräser an.
Als sie dennoch Rosmarie erblickte, die ihr auf dem Fahrrad entgegenkam, rief sie ihr mit einer Stimme, die von weit her zu kommen schien, zu: »Du hast dich geirrt. Sie ist keine Spielerin. Ich bin eine.«
»Was hast du gesagt?« Der Wind hatte Maries Worte davongetragen. Rosmarie trat kräftig in die Pedale, bis sie neben Marie zum Stehen kam, doch diese beachtete sie nicht. Marie ging mit gleichmäßigen Schritten weiter, als hätte sie längst vergessen, dass sie soeben noch der Freundin etwas zugerufen hatte. »Marie«, sagte Rosmarie erstaunt, »ich habe dich gerade nicht verstanden. So warte doch.« Ihr Blick streifte die Reisetasche. »Wo willst du hin?« Marie antwortete nicht. »Warte, was hast du vor?«, rief sie jetzt entsetzt, nichts Gutes ahnend. Doch Marie ging weiter die Putbuser Straße entlang, als wäre sie allein auf dieser Welt. Sie kam zur Kreuzung, an der Putbuser und Bahnhofstraße sich begegneten, und bog nach links ab, die Augen noch immer starr nach vorne gerichtet, als fände sie dort einen Halt. Auf der Ecke thronte die erst vor wenigen Monaten eingeweihte Backsteinkirche auf einem kleinen Hügel, und es schien, als würde sich Marie unwillkürlich ducken, als sie das Bauwerk passierte. Noch nahezu unberührt von Wind und Wetter glänzte das Gotteshaus in der Sonne. »So halt doch endlich an!«, rief Rosmarie wieder und wieder, jedoch ohne Erfolg. In gleichmäßigem Tempo setzte Marie Schritt vor Schritt. Finster wirkende Kormorane, jederzeit zum Sturzflug bereit, flogen, vom Schmachter See kommend, über ihre Köpfe hinweg Richtung offenes Meer. Als sie den kleinen mit zahlreichen

Holzschnitzereien verzierten Bahnhof erreichten, hielt Marie abrupt inne.

»Geh jetzt bitte«, sagte sie mit ruhiger Stimme. »Du kannst mir nicht länger folgen. Aber eines solltest du wissen: Was auch immer geschieht, du darfst nicht denken, sie sei eine Spielerin. Das war sie nie. Nie, hörst du, Sophie war nie eine Spielerin.« Sie blickte in Rosmaries entgeistertes Gesicht.

»Was ist nur mit dir los, Marie? Ich verstehe dich nicht. Hat Franz Wind bekommen von der Sache zwischen dir und Sophie? Aber da kann man doch reden. Reden, Marie«, stammelte Rosmarie. »Du musst mit Franz reden. Dein Mann ist doch ein guter Mann, er wird darüber hinwegkommen. Er liebt dich über alles, das weiß ich, da hast du doch nichts zu befürchten. Warum redet ihr nicht miteinander? Und mit der Zeit, du wirst sehen, ist alles vergessen, als wäre nie etwas geschehen. Als wäre nie etwas geschehen, Marie. Verstehst du. Rede mit ihm. Du kannst nicht einfach so gehen und alles hinter dir lassen. Du nimmst davon immer etwas mit.« Sie sprach, ohne Luft zu holen, als hätte sie Angst, Marie könnte sich heimlich davonstehlen, würde sie eine Pause einlegen. »Glaubst du etwa, du schließt die Tür hinter dir zu, und alles Unangenehme würde für ewig dahinter verriegelt bleiben? So naiv kannst du doch nicht sein. Das glaub ich einfach nicht. Marie, schau mir in die Augen. Glaubst du das wirklich? Glaubst du, du könntest fortgehen und irgendwo ganz neu anfangen? Nein, das kannst auch du nicht. Marie!« Rosmarie packte die Freundin an der Schulter. »Wach auf. Das hier ist kein Traum. Und Klara, wie kannst du einfach dein Kind zurücklassen? Marie, das bist nicht du. Ich erkenne dich nicht wieder. Du hast doch noch nie so leicht aufgegeben. Erinnere dich doch an deine ersten Jahre in Binz. Da hast du doch auch gekämpft. Warum kämpfst du nicht? Oder willst du zu Sophie? Ist es das? Willst du ein Leben mit Sophie? Sophie ist verheiratet, die würde nie ihren Mann für dich verlassen. Die brauchen sich. Das weiß ich, das kannst du mir glauben. Das weiß ich besser als du. Komm zur Besinnung, Marie, kämpfe, gib nicht auf. Das mit Sophie, das war vielleicht ein schöner Traum, aber nun ist es Zeit, aufzuwachen. Schau dich doch einmal um.« Sie zeigte mit dem Arm auf die Bahnhofsstation, die Wartenden, die Fuhrwerke, die sie passierten, die dampfende Lok, die gerade einfuhr. »Das ist das Leben, jeden Tag aufs Neue. Man muss es nur mit den richtigen Augen sehen, dann ist es schöner als jeder Traum mit Sophie, weil es Wirklichkeit ist, weil du es berühren kannst, wann immer du willst, und weil es dich berührt. Es ist immer da und verflüchtigt sich nicht wie eine Luftblase. Manchmal ist der eine stärker, so wie der Mann, der sich gerade in der Schlange an den beiden Mädchen vorgedrängelt hat, hast du das gesehen? Und vielleicht sind die Mädchen beim Aussteigen ja schneller als er. Aber was wären sie ohne einander? Der eine wüsste gar nicht, dass er stärker ist, und die anderen nicht, dass sie vielleicht schneller sind. Marie, allein überlebst du vielleicht, aber mehr auch nicht. Und aus einem Traum wachst du auf, ob du willst oder nicht. Nimm das Leben, wie es ist, mit all seinen Schwierigkeiten, und du wirst sehen, wie schön es ist, wenn du wirklich bereit bist, es zu sehen. Marie, du brauchst das, glaub mir. Wir alle brauchen das. Rede mit Franz, mach den ersten Schritt«, beschwor Rosmarie sie mit eindringlicher Stimme. »Du brauchst dieses Leben hier. Bitte, bleib hier.«

»Ich würde dich gerne um einen Gefallen bitten«, sagte Marie scheinbar unbeeindruckt von Rosmaries Gefühlsausbruch nach einer kurzen Pause des Schweigens. »Du würdest mir eine große Last abnehmen, wenn du dich ein bisschen um Franz und Klara kümmern könntest.«

»Marie«, entgegnete Rosmarie jetzt sichtlich verärgert, »du kannst mich doch nicht einfach so stehenlassen.« Aber Marie ging mit der Selbstverständlichkeit derjenigen, die nichts mehr zu fürchten hat, zum Kassenhäuschen, das nur wenige Meter entfernt stand. Rosmarie blickte ihr mit hochrotem Kopf hinterher. Kurze Zeit später sah sie Marie in einen der Waggons einsteigen. Die Lokomotive ächzte, und aus ihrem Schornstein drängte der Dampf, der, je weiter sich der Zug entfernte, immer flüchtigere Spuren in der Luft hinterließ.

## 14

Als Franz von Ortsvorsteher Sander zurückkam, war seinem Gesicht anzusehen, dass das Gespräch nicht nach seinen Vorstellungen verlaufen war. Falten gruben sich tief in seine Stirn und um die Augen, seine Haut wirkte fahl, sein Gang schleppend, und sein Kopf hing so weit nach vorn, dass man fast meinen konnte, aus dem stolzen kräftigen Kapitän von einst sei binnen weniger Stunden ein buckliges Männlein geworden. Zwei Briefumschläge, die vor der verschlossenen Tür der Villa Luise lagen, stieß er wie lästige Hindernisse mit seiner Stiefelspitze zur Seite, geradewegs in die Malvenrabatten. »Schietkrom«, fluchte er, machte kehrt und ging zum Strand. Albrecht, der Fuhrmann, rief ihm ein »'n Dag, Herr Dahm« von seinem Kutschbock aus hinterher, aber das ignorierte er. Auch den Gruß des Milchmanns erwiderte er nicht. Nur die Wäscherin, die an diesem Tag schon zweimal vergeblich versucht hatte, saubere Wäsche in der Villa Luise abzugeben, baute sich vor ihm auf, die Arme in die fülligen Seiten gestemmt, und fluchte etwas von »Unverschämtheit«, »keen Minschenseel to Hus« und dass sie nicht gedenke, noch ein weiteres Mal vorbeizuschauen. Die gereinigten Laken lägen zum Abholen bei ihr bereit. Franz' Blick, der für einen kurzen Moment nur Unverständnis verriet, verdüsterte sich blitzartig. »Scher dich zum Teufel«, brummte er in seinen Bart, ohne noch einmal aufzuschauen, und setzte seinen Weg unter wüsten Beschimpfungen Richtung Granitzwald fort.

»Mensch, Franz«, rief Harksen ihm zu, als er auf Höhe der Räucherei war, »lange nicht gesehen, was? Wollte gerade auf 'nen Korn.«

Franz brummte etwas Unverständliches, aber Harksen schloss daraus, dass er ihm Gesellschaft leisten würde.

»Was'n los, Franz?«, fragte Harksen und klopfte ihm zweimal kräftig auf die Schulter. »Wohl einen schlechten Tag gehabt heute, was? Macht nichts, Franz, macht nichts. Hier, iss.« Er hielt ihm einen frisch geräucherten Aal hin. »Heute Morgen aus dem Jasmunder Bodden geholt und jetzt schon in deinem Maul. Das nenn ich frisch, was?«

Es war drei Uhr nachmittags, aber im Goldenen Anker herrschte bereits geschäftiges Treiben. Auf jedem der acht Holztische standen mindestens vier Steinkrüge, gefüllt mit Bier, daneben bereits das ein oder andere volle oder leere

Glas Korn. Franz' Blick streifte die wettergegerbten Gesichter der Fischer und Bauern. Viele nickten ihm durch den dichten Rauchschleier hindurch zu, und er grüßte zurück. Erleichtert registrierte er, dass keiner seiner Kollegen unter den Wirtshausgästen war.

»'n Doppelten und 'n Bier!«, rief er Trude, der Wirtin, zu, ehe er sich mit Harksen an den Tisch am Eingang setzte.

»Hast Durst heute, Franz? Bei dem Trubel«, schrie sie zurück und machte dabei ein vielsagendes Gesicht. Das Bier und die Klaren in der Hand, presste Trude ihre Leibesfülle durch die eng gestellten Tische. Die Messingdeckel schepperten, als sie die Krüge auf den Tisch stellte, aber ihr herzliches Lachen übertönte den kalten metallenen Klang. »Wo ist denn Marie heute hingefahren?«, fragte Trude, die sich so weit nach vorne beugte, dass ihre massigen Brüste beinahe auf der Tischplatte zum Liegen gekommen wären. »Direkt hier unterm Fenster ist sie vorbeigegangen, sie und Rosmarie, mit einer Reisetasche in der Hand. Marie«, schrie sie gegen den Lärm in dem kleinen Gastraum an, nachdem sie von Franz nur ein Schulterzucken als Antwort erhalten hatte, »man hat sie in den Zug steigen sehen.«

Harksen sprang Franz zur Seite. Seine Augen unverwandt auf den prallen Ausschnitt geheftet, zog er »Trudchen«, wie er sie nannte, zu sich auf den Schoß, kniff beherzt in ihre wie immer rot glänzenden Wangen und flüsterte ihr durch seine Zahnstumpen hindurch ein »später bei mir« so laut ins Ohr, dass am Nachbartisch seine Annäherung mit einem schallenden Johlen quittiert wurde. Aber Trude genoss die Aufmerksamkeit und ließ sich von Harksen noch mehrfach in die Seiten zwicken, bevor sie quietschend vor Freude aufstand und ihren Körper zurück zum Tresen schob.

Franz leerte seinen Krug in einem Zug. Harksen bestellte ihm einen neuen, und auch den trank Franz schneller aus, als ihm guttat. Mit grimmiger Miene saß er am Tisch, die Pfeife im Mund, und sagte kein Wort.

»Schluss jetzt. Ick heff nicht bet morgen Tied«, raunzte Harksen ihn schließlich nach dem dritten Bier und dem vierten Korn an. »Wat is mit diene Frau, wech, up und davon? In die große weite Welt hinaus? Gaut so, Franz, gaut so, wech, wech mit de Wiefe, heff ick ümmer secht, wech«, wiederholte er und schlug Franz mit voller Wucht auf den Rücken. »Prost.« Er hob seinen Krug und prostete Franz zu. »Prost, min Freund, Prost. Auf das Weib«, brüllte er mit schwerer Zunge in den Wirtsraum, »es lebe das Weib«, dann ließ er seinen Kopf auf die Tischplatte sinken. Als Klara wenige Sekunden später zur Tür des Goldenen Ankers hereingestürmt kam, drang nur noch ein gleichmäßiges Röcheln aus seinem Mund.

Klaras Atem ging schnell. In der einen Hand baumelte eine Kette, die andere umklammerte einen Briefumschlag. Hastig drängte sie sich an den verschwitzten Gesichtern vorbei zu ihrem Vater. »Komm«, flüsterte sie ihm zu, als sie neben ihm an seinem Tisch stand, und griff nach seiner Hand. »Wir müssen nach Haus.«

»Was'n los, Klärchen?«, fragte Franz mit schleppender Stimme. »Was'n los? Was bist du denn so aufgeregt.« Er hatte Mühe, die Worte aus seinem Mund zu bringen. »Nich so hastig, min Kind. Nich so hastig mit deinem ollen Vater. Setz dich zu mir.« Er legte seinen Arm um Klaras Taille und zog sie auf seinen Schoß.

»Vater«, drängte Klara und hielt ihm den Brief hin, »der ist von Rosmarie. Sie wartet auf dich bei uns. Komm schon,

lass uns gehen«, forderte sie ihn erneut auf, während sie sich aus seiner Umklammerung befreite und aufstand.
»Rosmarie?« Franz lachte laut auf und klopfte sich auf die Schenkel. »Habt ihr das gehört?« Seine Stimme erstreckte sich über den ganzen Raum. »Was will denn dieses elende Weibsbild. Rosmarie«, stieß er erneut aus und sah seine Tochter mit großen, leeren und rot unterlaufenen Augen an. »Bewirbt sich wohl um die gerade frei gewordene Stelle, was? Sag ihr, kein Interesse, dankend abgelehnt.«
»Vater«, zischte Klara, während sie etwas hilflos an seinem Arm zerrte, und versuchte ihn vom Stuhl hochzuziehen, aber Franz bewegte sich nicht einen Millimeter.
»Lass ihn doch«, brüllte einer der Gäste, und ein anderer rief: »Noch 'n Bier für Franz.« Die Menge johlte und fing an, rhythmisch in die Hände zu klatschen. »Franz, Franz, Franz«, skandierten binnen Sekunden fast alle der Anwesenden und hoben ihre Krüge in die Luft.
»Trude«, rief Franz, den leeren Krug über seinem Kopf schwenkend, »Nachschub.« Sein Gesichtsausdruck verriet Übermut und Angst zugleich.
Klara blickte ihn verstört an, und über ihre Wangen flossen Tränen. »Vater«, wisperte sie, »Mutter ist weg. Du musst sie finden.«
»Einen Teufel werd ich tun«, brummte er und versuchte Klara erneut auf seinen Schoß zu ziehen, doch sie wand ihren schmalen Körper aus seiner Umarmung, blickte wütend in die noch immer »Franz, Franz, Franz« skandierende Runde und stapfte, nachdem sie noch einmal vergeblich versucht hatte, ihren Vater zum Gehen zu bewegen, unverrichteter Dinge zum Ausgang. Als sie aus der Tür ins Freie trat, rannen die Tränen unaufhaltsam über ihr gerötetes Gesicht.

# 15

An diesem Abend wie auch an den folgenden Abenden im Frühjahr 1914 kam Marie nicht nach Hause. Blass und mit zitternden Knien hatte sie ihr Weg nach Mönchgut zu ihrem Vater geführt. In dem Haus, das sie nicht wieder hatte betreten wollen, wusch sie nun Hemden und Hosen, kochte schwere Eintöpfe und briet Heringe und Flunder, half Netze zu flicken und Schafe zu füttern und sprach nicht mehr als das Nötigste. Eigentlich sprach sie so gut wie nie. Die Verständigung mit ihrem Vater schien über Blickkontakt zu funktionieren, in dem für persönliche Fragen kein Platz vorgesehen war. Und auch sonst fragte niemand, warum Marie zurückgekommen war, weder ihr Bruder, Anführer der Reusenkompanie, noch ihre Schwester, die sieben Kinder, zehn Schafe und einen Mann zu versorgen hatte. Groß Zicker war ein Ort, so weit von Maries bisherigem Leben entfernt, dass man meinen konnte, er liege auf einer Insel, auf der es weder Strom noch fließendes Wasser noch Badegäste, Hotels und Tanzveranstaltungen gab.

Bei Sonnenuntergang legte sich Marie schlafen, und bei Sonnenaufgang stand sie auf. Aber die Nächte schienen lang wie kleine Ewigkeiten zu sein. Den Blick auf die niedrige Decke geheftet, lag sie Nacht für Nacht unterhalb des Fensters, wo sie sich aus Tüchern und Decken notdürftig ihre Schlafstätte errichtet hatte, und fand nicht in den

Schlaf. Ihre Gedanken wanderten unaufhaltsam im Kreis herum, um Franz und Klara, um ihre Gäste in der Villa Luise und um Hanna und natürlich um Sophie. Es waren Gedanken ohne Anfang und Ende, die kamen, ohne dass sie sie gerufen hätte, und die nicht gehen wollten, auch wenn sie inständig darum bat. Mal leistete sie bei Franz Abbitte, mal tat sie es nicht und fing stattdessen mit Klara ein neues Leben irgendwo fernab von Rügen an, mal war die Sehnsucht so groß, dass ihr ein Leben mit Franz wie die Erfüllung ihrer Träume erschien, dann reiste sie wieder mit Sophie nach Berlin und hoffte dort eine neue Existenz zu finden. In besonders schlimmen Nächten änderten sich ihre Wünsche im Sekundentakt. Diese Unentschlossenheit lähmte Marie. Manchmal hoffte sie, Franz möge kommen und sie mitnehmen, aber er kam nicht. An anderen Tagen war sie froh, ihm nicht in die Augen blicken zu müssen. Als Sophie eines Tages unerwartet an die Tür der kleinen Fischerhütte klopfte, just an einem Tag, an dem sie heimlich auf ein Lebenszeichen von Franz gewartet hatte, geriet sie in eine noch tiefere Verwirrung.

Sophie, deren Automobil bis unters Dach vollgepackt war mit Kisten und Koffern, war auf dem Weg nach Berlin. Sie wolle, nein, sie könne nicht länger warten, sagte sie ihr, noch bevor Marie sie gebeten hatte, einzutreten. »Kommst du mit mir?«, fragte sie mit ernster Stimme, fest entschlossen, Marie eine Antwort abzuringen. »Du musst dich entscheiden, bitte. Das ganze Land ist in Aufruhr, und hier zu warten, auf dich, auf den Krieg, das macht mich ganz verrückt. In Berlin ist Platz genug. Und«, fügte sie hinzu, »Ernst bleibt hier. Er will nicht mehr zurück. Aber ich muss. Ich muss nach Berlin. Marie, die Welt verändert sich.

Verstehst du, endlich verändert sie sich. Ich kann nicht auf Rügen bleiben. Hier«, sie stockte kurz, »hier zieht alles mit einem Gleichmut an einem vorüber, dass es unerträglich ist. Ich will kämpfen, für uns, für dich und mich, für Klara, für uns Frauen. Das ist auch unsere Chance. Unsere Chance, Marie.«

Marie blickte Sophie erschrocken an. »Chance?«, flüsterte sie kopfschüttelnd und mit fast tonloser Stimme. »Was für eine Chance, wenn alles in Trümmern liegt?«

»Wach auf, nichts liegt in Trümmern. Wir fangen doch gerade erst an aufzubauen. Die Zeit des Wehklagens ist vorüber, jetzt wird angepackt. Ach, Marie, hör doch auf, dich zu zerfleischen. Komm mit mir, lass diese Insel hinter dir, fang mit mir in Berlin neu an. Das hier ist doch kein Leben für dich.« Sophie blickte sich in dem spärlich eingerichteten Raum um, in dem es nach Fisch und Feuchtigkeit roch. »Du wirst sehen, die Großstadt wird dir guttun. Da wird nicht so viel getratscht wie hier. Dort werden wir viel ungestörter sein.«

»Und Franz? Und Klara? Wie stellst du dir das vor? Soll ich so tun, als gäbe es sie nicht?« Marie wurde schwarz vor Augen. Es gelang ihr gerade noch rechtzeitig, sich auf den wackligen Hocker zu setzen, der vor dem Ofen stand. Dass Sophie ihr sagte, dass sie sich nicht sofort entscheiden müsse, dass sie nachkommen könne, dass sie nun aber fahre und Marie wisse, wo sie sie erreichen könne, hörte sie nur noch wie durch eine dichte Nebelwand.

An diesem Tag war der Krieg auch nach Groß Zicker zu Marie gekommen. Der Krieg, der unausweichlich schien und der Sophie euphorisierte, bescherte Marie nicht nur weitere schlaflose Nächte, sondern von da an auch kaum noch ruhige Tage. Bislang hatte sie sich nicht dafür interessiert, und auch Franz' Befürchtungen hatte sie nie ernst genommen. Krieg, das war kaum mehr als eine Worthülse ohne Inhalt gewesen, weit weg, etwas, das die in Berlin anging, doch nicht sie auf Rügen. Jetzt aber verband sich für sie mit diesem Wort auch die Vorstellung von einem neuen Leben. Gewehrläufe, Schützengräben und Stahlhelme vermischten sich in ihrem Kopf mit zerwühlten Laken, der zarten Haut von Sophie und einem leidenschaftlichen Hochgefühl. Schüsse, Küsse, in Maries Welt wurden sie eins.

Als die Zeitungen Ende Juni den Tod des österreichischen Thronfolgers Franz Ferdinand vermeldeten, war Marie mit ihren Kräften am Ende. Nachts wälzte sie sich unruhig von einer Seite auf die andere, tagsüber war sie unentwegt in Bewegung. Ihr Körper zitterte, und auch bei den hochsommerlichen Temperaturen, die auf Rügen in diesen Tagen herrschten, fror sie noch. Anfang August, am Tag der Mobilmachung, als der einzige kriegstaugliche junge Mann in Zicker mit stolzgeschwellter Uniformbrust von seiner weinenden Mutter verabschiedet wurde, packte Marie ihre Reisetasche und verließ das Haus ihres Vaters. In der Hoffnung, bei Franz Frieden finden zu können, fuhr sie nach Binz.

Vor der Villa Luise ging es turbulent zu. Fuhr die eine Kutsche weg, stand schon die nächste parat, um die überstürzt abreisenden Gäste zum Bahnhof oder zum Dampfer zu bringen. Und auch im Haus war es nicht ruhiger. Männer gratulierten sich lautstark zum Kriegsbeginn wie sichere Sieger, und Kinder machten aus Holzdielen Schützengräben und schossen mit imaginären Gewehren auf alles, was sich bewegte. Als Marie durch die Tür trat, bäumte sich ein kleiner

Junge im Matrosenanzug mit ausgestrecktem Arm und gespreiztem Daumen und Zeigefinger vor ihr auf und zielte mitten auf ihren Körper. Er starrte in ihr kreidebleiches Gesicht, aber der Schrecken, den er in ihren Augen sah, ließ ihn schnell zurückweichen. Bekannte Gesichter stellten sich ihr in den Weg und grüßten sie mit Erstaunen, doch Marie hatte nur ein angedeutetes Kopfnicken für sie übrig und ging ohne stehenzubleiben an ihnen vorbei Richtung Treppe.
Sie hatte weder Hut noch Mantel abgelegt, und auch die Reisetasche hielt sie noch immer fest umklammert in ihrer Hand, als sie an Franz' Arbeitszimmer klopfte und nach kurzem Zögern eintrat. Franz war nicht da. Auf dem Schreibtisch lagen Papiere in einem wilden Haufen durcheinander, als hätte er überstürzt das Haus verlassen. In Maries Nase stieg ein altbekannter Geruch. Kalter Rauch bedeckte den Raum, aber ihr schien, als läge er schwerer als sonst auf den Wänden und Möbeln. Sie setzte sich in einen der beiden dick gepolsterten Ohrensessel, die gegenüber des Schreibtisches dicht an der geschlossenen Balkontür standen. Draußen schien die Sonne, aber in Franz' Arbeitszimmer, auf das nur am Vormittag die Sonnenstrahlen fielen, war es merkwürdig lichtlos. Sie stellte die Tasche neben sich auf den Boden und ließ den Blick über die gegenüberliegende Regalwand schweifen. Die Bücher, die Modellschiffe, die Masken, sie alle waren ihr vertraut, es war nichts verändert, und doch war ihr, als träfen ihre Augen zum ersten Mal auf diese Gegenstände.
Der in festes Leder gebundene große Weltatlas ragte leicht über den Regalboden hinaus. Daneben stapelten sich alte Seekarten, darunter nach Jahrgängen sortiert der *Rügensche Heimatkalender*. Goethes gesammeltes Werk in einer

Ausgabe mit Goldschnitt stand neben einem Modell von Franz' letztem Schiff, auf dem er die halbe Welt umsegelt hatte. Die Stralsund, ein imposanter Viermaster, mit dem er bis ans Kap Hoorn gekommen war. Der Goethe stammte aus dem Erbe seiner Eltern, aber nachdem er die Bücher bei sich ins Regal gestellt hatte, hatte er sie nicht wieder angerührt. Reiseberichte, Gesetzestexte, Landverordnungen, dazwischen ein Gedichtband von Ernst Moritz Arndt, ein Buch von Gerhart Hauptmann, das Geschenk eines Gastes, sie alle standen wie eh und je in einem geordneten Durcheinander auf den dunklen Regalbrettern hinter Franz' Schreibtisch, unterbrochen von kleineren und größeren Masken oder Skulpturen, die von seinen Afrikareisen stammten.

Der wuchtige Sessel verschluckte schier Maries zierlichen Körper, nur die leicht abgewetzten Armlehnen, auf denen ihre Arme wie schmale Striche lagen, schienen sie davor zu bewahren, ganz in die Tiefe dieses dunkelgrün gepolsterten Möbelmonstrums zu versinken. Regungslos blieb sie darin sitzen und wartete auf Franz. Für ihre erste Begegnung seit Monaten hatte sie sich keine Worte zurechtgelegt. Die Abreise aus Groß Zicker war auch für sie überraschend gekommen, so dass sie nun in diesem ihr vertrauten fremden Zimmer mit einem Gefühl von unbestimmter Erwartung saß. Von draußen brach immer wieder Kindergeschrei und Stimmengewirr in ihre Stille ein, ab und an hörte sie es auf der Treppe poltern, aber Franz' schwere Schritte erkannte sie nicht. Es war das Zimmermädchen, das die abgezogene Bettwäsche aus den Gästezimmern nach unten trug. Des wilden Durcheinanders müde, entlud sich einmal Hannas ganze Wut. »Krieg könnt ihr noch lange genug spielen, hier drin herrscht Ruhe«, schrie sie in die lärmende Gästeschar, und für Sekunden war es danach tatsächlich totenstill im Haus. Als Marie hörte, wie sich Klaras Zimmertür öffnete und kurz darauf wieder schloss, zuckte sie zusammen. Aber auch sie näherte sich nicht Franz' Arbeitszimmer.

Erst als es bereits anfing zu dämmern, kam auch Franz nach Hause. Seinem geröteten Gesicht war anzusehen, dass er sich geärgert hatte. Mit einem heftigen Ruck öffnete er die Tür zu seinem Arbeitszimmer und schloss sie mit ebensolcher Wucht, bevor er das Licht anknipste und Marie erblickte. Vor Schreck fasste er sich ans Herz. Ungläubig starrte er auf seine Frau, die ihn aus müden Augen verlegen anlächelte.

»Franz«, flüsterte sie, »endlich.« Dann versagte ihr die Stimme.

Etwas von »schlechter Luft« murmelnd, ging er an Marie vorbei und öffnete die Balkontür. Minutenlang stand er an die Brüstung gelehnt und hatte nichts als das Rauschen des Meeres im Ohr. Am Abend war ein starker Wind aufgezogen, der die Wellen so kräftig gegen das Ufer schlagen ließ, dass sie auch das Möwengeschrei übertönten. Sein Blick hielt sich an einem schwach blinkenden Licht fest, das sich immer weiter entfernte. Es gehörte zu der Eisenbahnfähre, die sich auf dem Weg nach Schweden befand. In kräftigen Schüben bewegte sich sein Brustkorb auf und ab. Als müsste er so viel Luft wie möglich in seine Lungen saugen, um wieder zu Atem zu kommen, stand Franz mit geöffnetem Mund auf dem Balkon und wagte es nicht, einen Blick zurück in sein Arbeitszimmer zu werfen. Dort saß Marie mit dem Rücken zu ihm. Ihren Hut hatte sie mittlerweile auf dem kleinen mit Intarsien verzierten Tisch abgelegt, der

zwischen den beiden Ohrensesseln stand. Ihren Mantel hatte sie jedoch noch immer an.
Marie tat das, was sie schon die letzten Stunden getan hatte – sie wartete still. Es kam ihr noch nicht einmal in den Sinn, aufzustehen und nach Franz zu sehen oder ihn gar zu sich zu rufen. Vielmehr verspürte sie so etwas wie Erleichterung darüber, dass Franz sie noch einmal warten ließ, dass er ihr noch einen kleinen Aufschub gewährte. Noch immer fröstelte sie, und auch die laue Brise, die durch die offene Balkontür ins Zimmer wehte, konnte sie nicht erwärmen. Aber sie versuchte, nicht mehr dagegen anzukämpfen. Sie ließ ihren Körper das tun, was er glaubte tun zu müssen, und so zitterte sie, als Franz, die Arme vor der Brust verschränkt und sie keines Blickes würdigend, durch die Balkontür trat, an ihr vorbei und um den Schreibtisch herum ging und sich schließlich mit einem lauten Seufzer setzte. Getrennt durch den mächtigen Tisch, saßen sie sich gegenüber, Franz auf seinem ledernen Schreibtischstuhl, Marie in einiger Entfernung in dem tiefen Sessel.
»So«, brummte Franz und blickte seine Frau kurz in die Augen, »soso. Das nenn ich eine Überraschung. Noch eine heute.« Er lehnte sich auf seinem Stuhl zurück und fuhr sich über den Bart. Sein Blick wanderte musternd von Maries Gesicht bis zu ihren Fußspitzen und zurück.
»Ja, eine Überraschung, ich weiß. Franz, bitte …«, Marie stockte.
»Franz, bitte«, äffte er ihren wispernden Ton nach. »Was willst du hier? Ausgerechnet heute?« In seiner Stimme schwang ein scharfer, unerbittlicher Ton mit.
»Zurück, Franz, ich will zu dir und Klara zurück. Ich will euch helfen. Jetzt, wo wir im Krieg sind, da müssen wir

doch zusammenstehen«, sagte sie mit leiser Stimme, ihn unverwandt anblickend.

»Du sprichst von Zusammenstehen? Du wagst es, von Zusammenstehen zu sprechen?« Franz schüttelte verständnislos den Kopf. »Wie sollen wir zusammenstehen nach allem, was du uns, Klara und mir, angetan hast?« Er lachte. »Zusammenstehen. Da lern ich doch noch was auf meine alten Tage. Freunde trotz Verrat, das ist gut. Das muss ich Harksen erzählen, der wird seine Freude daran haben. Verraten und verheiratet, was?« Seine Augen blitzten vor Hohn und Wut.

»Ich weiß, es ist schwer für dich, Franz. Denk nicht, dass ich das nicht wüsste.« Marie fühlte, wie eine erstaunliche Ruhe ihren Körper ergriff. »Aber ich bin mir sicher, dass es das Beste für uns alle ist, wenn wir wieder wie eine ganz normale Familie zusammenleben.«

»Seit wann weißt du denn, was gut für uns ist? Das hast du doch vorher auch nicht gewusst. Oder glaubst du etwa, dass es gut für uns war, dass du mit dieser von Blankenburg ein, ja, wie soll ich das überhaupt nennen, ein ... ein ... was weiß ich, was ihr da miteinander gemacht habt. Ich will es gar nicht wissen.« Franz hielt kurz inne und beugte sich nach vorne auf seinen Schreibtisch. »Wie die Aasgeier sind sie über mich hergefallen, der Freese und die anderen«, brach es wütend aus ihm heraus. »Das war nicht gut für mich, Marie, nein, ganz und gar nicht. Meinen Posten als Vorsitzender des Seebäderverbandes bin ich jedenfalls los. Die wollten keinen auf diesem Posten haben, der noch nicht einmal seine eigene Frau im Griff hat. Und du wirst es kaum glauben, aber ich konnte sie sogar verstehen. Ich an ihrer Stelle hätte das Gleiche getan. Einer, dessen Frau sich eine

Gespielin hält, als Kopf einer so wichtigen Organisation, die über die wirtschaftlichen Geschicke des Ortes mitbestimmt, ist undenkbar. Sag doch selbst, das ist doch unvorstellbar, oder?« Sein herausfordernder Blick traf Maries erschrockenes Gesicht.

»Das tut mir leid«, flüsterte sie. »Ehrlich. Das wollte ich nicht.«

»Aber jetzt willst du zurückkommen und so tun, als wäre nie etwas geschehen? Wie stellst du dir das vor?«

»Nein, natürlich nicht. Natürlich weiß ich, dass ich nicht so tun kann, als wäre nie etwas geschehen. Aber«, sie stockte, »wir sind doch trotz allem eine Familie. Ich will bei euch sein, euch unterstützen.«

»Eine Familie, eine Familie«, schrie er aufgebracht, »die hintergeht man nicht so einfach. Und man lässt sie auch nicht im Stich.«

Marie schwieg und starrte auf den Atlas in der Regalwand, während Franz weitertobte und Wörter wie »Ehrverletzung«, »Verrat«, »Betrug«, »Sittenverfall« hinausschleuderte wie scharfe Geschosse. Sie wusste, dass der Zeitpunkt gekommen war, einen Fehler einzugestehen, darum zu betteln, wieder aufgenommen zu werden, aber sie konnte nicht. Sie konnte sich nicht für Gefühle entschuldigen, die sie so plötzlich und unvorbereitet überwältigt hatten. Sie hatte es bereits einmal getan, spontan, unüberlegt, aus einer Verzweiflung heraus, und jetzt, da sie zurückgekommen war, zurückwollte zu Franz und Klara, um ihrem eigenen Krieg zu entgehen, da wollte sie keinen Frieden aufgrund eines Eingeständnisses, das nicht ihr eigenes war. Für einen kurzen Moment zweifelte sie daran, ob sie tatsächlich zurückwollte nach Binz, ob diese Heimkehr nicht eine Flucht vor der Flucht war, aber bei dem Gedanken an Zicker erstarrte sie, und bei dem Gedanken an Sophie begann sie wieder zu zittern. Marie hatte Angst, und zum ersten Mal in all den Wochen und Monaten konnte sie sich diese Angst eingestehen. Leise stöhnend lehnte sie sich in dem großen Sessel zurück. Hier war es sicher, hier bei Franz fühlte sie sich trotz allem sicher, hier hörte ihr Körper auf zu protestieren, da konnte Franz noch so toben und brüllen. Mit einem Mal schien alles glasklar, sie spürte, dass sie keine Wahl hatte, dass es nicht mehr darum ging, sich für oder gegen etwas zu entscheiden, sondern dass Franz ihre Bestimmung war und dass sie lernen musste, diese Bestimmung anzunehmen.

»Ja, vermutlich tut man das nicht«, sagte Marie, nachdem Franz sich wieder etwas gefasst hatte. »Nein, du hast recht«, fügte sie hinzu. »Sicherlich tut man das nicht, wenn man eine gute Ehefrau ist. Aber das heißt doch nicht, dass man deswegen nicht trotzdem eine Ehefrau sein kann. Ich weiß, dass ich dir keine gute Ehefrau war, und du kannst mir glauben, ich wünschte, es wäre nicht so, aber es ist nun einmal passiert, und ich kann das, was geschehen ist, nicht rückgängig machen, und«, sie zögerte kurz, »ich will es auch nicht.« Marie knöpfte ihren Mantel auf. Sie fühlte sich jetzt vollkommen ruhig und sicher. »Aber was ich kann, ist zu versuchen, dir in Zukunft eine bessere Frau zu sein. Franz«, sagte sie mit einer Stimme, in der schon wieder so etwas wie Zärtlichkeit zu erkennen war, »ich weiß, dass ich zu euch gehöre, dass ich zu dir gehöre, zu Klara und in dieses Haus.«

»Das hättest du dir früher überlegen müssen«, polterte Franz drauflos. »Jetzt plötzlich weißt du das. Wer sagt mir denn, dass du deine Meinung nicht morgen schon wieder änderst? Woher nimmst du denn diese Gewissheit? Das würde ich wirklich gerne wissen. Und versuchen«, fügte er hinzu, »versuchen, das reicht nicht.« Er griff nach seiner Pfeife und schob so lange Tabak nach, bis er über den Pfeifenrand stand und sich beim Anzünden in einer kleinen Stichflamme entlud. »Schietzeuch«, fluchte er, aber das Rauchen beruhigte ihn. Mit der Pfeife im Mund lehnte er sich auf seinem Stuhl zurück und schwieg. Wie oft hatte er sich ausgemalt, wie es sein würde, wenn er Marie zum ersten Mal wiedersehen würde, wie er sie mit seinem Zorn vernichten würde, und nun tobte er und wütete, aber seine Wut verhalf ihm nicht zum Sieg. Ja, er wusste noch nicht einmal, was für einen Sieg er überhaupt erringen wollte. Wollte er, dass sie ging, dass sie blieb, dass sie bereute, vor ihm auf die Knie ging, dass sie flehte und bettelte? Er wusste es nicht. Seine Unsicherheit machte ihn rasend. »Ich will dich nicht mehr sehen!«, schrie er plötzlich mit feuerrotem Kopf. »Geh, geh, verschwinde aus meinem Haus!«

»Nein, Franz, ich bleibe«, erwiderte Marie scheinbar ungerührt. Sie wusste, dass es keinen Sinn hatte, mit Franz weiter über ihre gemeinsame Zukunft zu streiten, aber sie wusste auch, was sie wollte.

Franz starrte seine Frau fassungslos an. »Du bleibst? Ich habe hier das Sagen, ich!«, brüllte er immer wieder. »Ich bin hier der Herr im Haus.«

»Du wirst sehen, es wird das Beste sein.« Sie stand auf, nahm ihren Hut vom Tisch und ihre Reisetasche in die Hand und ging Richtung Tür.

»Das dulde ich nicht!«, schrie Franz. »Verlass sofort mein Haus.«

Aber Marie ließ sich nicht aus der Ruhe bringen. Als sie

schon im Begriff war, den Raum zu verlassen, drehte sie sich noch einmal um, lächelte kurz und sagte: »Ich werde eines der frei gewordenen Gästezimmer im Anbau für mich herrichten.«

Franz blickte Marie ungläubig hinterher. »Das wirst du nicht!«, tobte er, und der Zorn ließ seinen ganzen Körper vibrieren. »Ich ... ich ...«, schrie er außer sich vor Wut und sprang auf, aber es fehlten ihm die Worte. Marie machte die Zimmertür hinter sich zu, fest entschlossen, Franz' Zorn standzuhalten.

Als Klara ihren Vater zum Essen rief, ging Franz noch immer hinter seinem Schreibtisch auf und ab. In der einen Hand hielt er seine Pfeife, mit der anderen strich er sich verstört über seinen Bart. »Wir sind im Krieg«, murmelte er immer wieder fassungslos vor sich hin. »Im Krieg.« Und er begann zu ahnen, dass er sich seines Schmerzes nicht mit Gebrüll würde entledigen können.

## 16

Was geht uns das an, wenn der österreichische Thronfolger ermordet worden ist?«, schimpfte Harksen tags darauf. »Kannst du mir das erklären? Die wandern doch alle direkt auf die Schlachtbank. Schau sie dir doch an, die jungen Milchgesichter. Aber nein, die sind auch noch stolz darauf. In ihrer Uniform glauben sie, sie wären was Besseres. Widerlich.« Er erhöhte die Schlagzahl und trieb sein kleines Ruderboot in die Mitte des Jasmunder Boddens.

»Hier, schau, das können sie nicht zerstören, die Herren aus Berlin.« Harksen zeigte auf das sich kräuselnde Gewässer, das ihn und Franz umgab. »Das bleibt, das nimmt uns keiner. Und zum Trotz macht es gerade, was es will. Heute ist es so friedlich, findest du nicht? Hör doch mal, wie es singt. Ein Wiegenlied.« Mit seinem Oberkörper schaukelte er versonnen hin und her, seinen fast zahnlosen Mund leicht geöffnet, was ihm einen noch verrückteren Gesichtsausdruck als ohnehin schon verlieh. »Die spielen jetzt alle verrückt, Franz, alle, die Mütter, diese kreischenden Milchkühe, und ihre Söhne, diese Lackaffen. Da musst du aufpassen, dass bei dir da oben«, er drehte sich zu Franz um und tippte sich auf die Stirn, »alles beisammen bleibt. Ja, du lachst. Ich mein es ernst, es ist verdammt ernst. Ob die Kraniche wohl diesen Herbst wiederkommen? Was meinst du? Das sind doch schlaue Vögel, wie sie aufgereiht wie auf einer Perlenschnur jedes Jahr aufs Neue den Weg hierher finden. Franz, wenn die Kraniche wiederkommen, dann melde ich mich freiwillig an die Front.«
Franz lachte laut auf. »An die Front, du? Harksen, du bist wohl nicht mehr recht beisammen. Ehrlich, ich würde mir ja Sorgen machen, wenn du dreißig Jahre jünger wärst. Was soll denn das?«
»Du wirst schon sehen. Die machen einen ganz verrückt mit ihrem Krieg. Das ist wie mit dir und Marie. Die bringt dich doch auch ganz durcheinander. Geht und kommt, wie es ihr gefällt. Und du lässt das einfach so zu. Aber ich schaue nicht tatenlos zu, wenn diese Vögel uns den Krieg auf die Insel bringen. Die bringen das Verderben, das sach ich dir, den Geruch, den schlechten Geruch.«
»Wie kommst du auf so etwas? Die Kraniche waren uns

doch immer treue Begleiter. So etwas wie Glücksboten, weißt du nicht mehr? Wie oft haben wir ihren Trompetenklängen gelauscht und sie dafür beneidet, dass sie so mühelos so weite Wege zurücklegen können. Harksen, wenn jemand nichts für den Krieg kann, dann die Kraniche, das weißt du genauso gut wie ich. Also hör auf mit dem Quatsch und lass uns deine Netze einholen.«

»Aber die Massen, Franz, die Massen. Diese Abertausende Vögel, das ist wie eine Invasion, verstehst du das denn nicht?«

»Schluss jetzt«, erklärte Franz ernsthaft verstimmt. »Diesen Unfug höre ich mir nicht länger an. Aber ich sag dir was, wenn im Herbst die Kranichzeit anbricht, dann spricht ohnehin keiner mehr von Krieg. Das ist ein kurzes Zähnefletschen, nicht mehr, um die Russen in ihre Schranken zu weisen. Glaub mir, ein deutsches Säbelrasseln, und der Russe schreckt zurück und aus und vorbei. Hier«, er zeigte auf das weite Boddengewässer und das dicht gewachsene Schilf, »der Ruhe wegen bin ich hier mit dir rausgefahren, damit ich mal rauskomme aus meinem eigenen Tollhaus, und du erzählst mir etwas von Kranichen, die den Krieg bringen. Harksen, lass uns nach deinen Netzen sehen, und dann bring mich zurück.« Tränen stiegen ihm in die Augen. Rasch zog Franz ein Taschentuch aus seiner Hosentasche und wischte sie weg. Aber auch wenn Harksen nicht mit dem Rücken zu ihm gesessen hätte, bei dem Dämmerlicht hätte er sie ohnehin nicht bemerkt.

»Es sind doch nur Weiber, Franz, nur Weiber«, versuchte Harksen seinen Freund zu trösten, während im selben Augenblick ein ganzer Schwarm von Schwänen auf dem Weg zu ihren Schlafplätzen dicht über ihre Köpfe hinwegflog.

»Weiber«, sagte Franz verächtlich, nachdem der letzte Hall der Flügelschläge verklungen war, »als ob du etwas von Weibern verstehen würdest. Du wolltest es ja noch nie begreifen, aber Marie ist meine Frau.«
»Jau, Franz, jau«, winkte Harksen ab und ließ einen dicken Spuckeklumpen ins Wasser fallen. »Jau.«

Auf der Terrasse flackerte ein dünnes Licht, als Franz in dieser lauen Sommernacht nach Hause kam. Eine fast unheimliche Stille lag in der Luft. Selbst das Meer schien seinen Betrieb in dieser Nacht auf Sparflamme zu halten und meldete sich nur mit einem schwachen, gleichmäßig bedächtigen Rauschen zu Wort. Mütter, die am Tag noch laut weinend ihre Söhne in den Krieg verabschiedet hatten, lagen nun unruhig im Bett, das Echo der kampfeslustigen Lieder im Ohr. Es war eine schlaflose Nacht, und die schmale Sichel des Mondes spendete nur spärliches Licht. Dafür flackerten die Sterne am Firmament wie ein Meer aus Kerzen im Wind.
Marie saß in eine dünne Decke gehüllt auf der Terrasse der Villa Luise, eine Tasse Tee in der Hand, und beobachtete das himmlische Schauspiel. In ihrer zweiten Nacht in Binz konnte auch sie keine Ruhe finden, während sie noch in der ersten, erschöpft von der Aufregung, in einen tiefen Schlaf gefallen war. Ihr Entschluss zu bleiben stand fest, auch wenn sie von niemandem, auch nicht von Klara, herzlich aufgenommen worden war. Noch nicht einmal eine kühle Umarmung hatte ihre Tochter ihr gegönnt. Aber sie wollte durchhalten. Sie wollte beweisen, dass sie in dieses Haus gehörte, dass ihr Platz hier war, auch wenn sie ahnte, dass sie Franz nie auf dieselbe intensive Art würde lieben können wie So-

phie. Aber gerade das beruhigte sie in diesem Moment. Ihre Zuneigung zu Franz umgab sie wie eine eng umgelegte Decke, eine schützende Hülle mit klar umrissenen Grenzen. Marie seufzte. Franz gab ihr das Gefühl, nicht fallen zu können, nicht einer Haltlosigkeit ausgeliefert zu sein, die sie herausforderte, sich selbst näherzukommen. Den Kopf in den Nacken gelegt, die blinkenden Sterne vor sich, richtete sie ein Stoßgebet in die Weite, das ihr wie Frevel erschien. Sie dankte für den Krieg. Für einen Krieg, der ihr den Weg zurückgewiesen hatte an den Ort, an dem sie glaubte die Sicherheit zu finden, die sie so lange vermisst hatte.
Franz blieb vor dem Haus im Dunkeln stehen und blickte unverwandt auf Maries schattenhafte Umrisse, die im Kerzenschein zu erkennen waren. Für Bruchteile einer Sekunde, wenn die Flamme günstig stand und er ihre blauen Augen blitzen sah und ihre spitze Nase mondscheinfarben leuchten, dann lief ihm ein Schauer über den Rücken, als sähe er Marie zum ersten Mal. Tränen, die ihn vorher auf Harksens Boot noch überrascht hatten, stiegen ihm erneut in die Augen. Doch diesmal wischte er sie nicht weg. Der ganze Schmerz, der sich in den letzten Monaten in ihm angestaut hatte, schien nun nach außen zu drängen, und Franz ließ es geschehen. Nicht einmal hatte er sich eingestehen können, dass er Marie vermisste, auch nicht in den zahllosen Nächten, in denen er sich unruhig von einer Seite auf die andere gewälzt hatte und in denen seine Hand, als wäre sie abgetrennt vom Rest seines Körpers, in dem kalten und leeren Bett neben seinem Maries warme Gestalt gesucht hatte. Seine Wut, sein Hass waren grenzenlos gewesen, die Demütigung beinahe unerträglich. Auch jetzt mischten sich in seine Trauer laute Wuttiraden als Stimmen in seinem Inneren,

und er war sich noch immer nicht im Klaren darüber, wie er sich verhalten sollte. Weder im Hass noch im Schmerz erkannte er sich wieder, und er wünschte sich nichts sehnlicher, als die Zeit zurückdrehen zu können zu dem Moment, als alles begonnen hatte.

Die schlimmste Frage, die sich ihm stellte und die er sich nur in dieser Nacht stellte und danach nie wieder, war die, ob er, der ehemalige Kapitän, tatsächlich ein echter Mann war. Keiner von der Sorte, wie Harksen ihn propagierte, frei von Sentimentalitäten und ungebunden. Aber doch einer, der in allen Lagen das Ruder in der Hand behielt und immer eine Handbreit über dem Kiel schwamm. Der leiseste Zweifel daran jagte ihm einen gehörigen Schrecken ein. Für einen Moment glaubte er, davonfließen zu müssen, so weich und konturlos fühlte er sich. Ein Mann, raste es in seinem Kopf, und er sah all die jungen Burschen in ihren Uniformen vor seinem inneren Auge in den Krieg ziehen. Scheinbar ohne Angst und stolz darauf, kämpfen zu dürfen fürs Vaterland. Hatte er gekämpft? Hatte er genug gekämpft? Wollte er überhaupt kämpfen? Lohnte sich der Kampf? Eine Frage jagte die nächste, und sie machten ihn ganz schwindlig. Kämpfen, nein, er hatte nicht gekämpft. Blind war er gewesen, viel zu lange, und danach war die Zeit abgelaufen gewesen für den Kampf. Die Zeit, in der er meinte, gekämpft zu haben, die Zeit ohne Marie, in der er ebenso viele mitleidige Blicke wie spöttische Kommentare geerntet hatte, sie schien ihm nun nicht mehr als der hilflose Versuch einer Fahnenflucht gewesen zu sein, ein Eingeständnis seiner Feigheit.

Als er erneut in der Dunkelheit die Umrisse von Marie zu erkennen versuchte, fand er sie nicht mehr. Die Terrasse war leer und das Kerzenlicht erloschen. Franz ballte die Hände zu Fäusten. Sein Körper bebte vor Anspannung, und er hätte schreien mögen, um sich seiner Erregung zu entledigen. Stattdessen tat er einen Schwur. Mit zitternder Stimme, den Blick unverwandt auf die menschenleere Terrasse gerichtet, stieß er Wort für Wort seines Gelöbnisses hervor: »Kampflos werde ich nicht untergehen.«

## 17

»Hoch soll sie leben, hoch soll sie leben, dreimal hoch. Sie lebe hoch, hoch, hoch. Alles Gute zum Geburtstag, min Deern«, sagte Franz und zog Klara sanft an sich.

»Auch von mir, Klärchen, alles Liebe zu deinem Ehrentag. Lass dich drücken von deiner dicken Hanna.« Und noch ehe Klara etwas erwidern konnte, rang sie auch schon in Hannas fester Umklammerung nach Luft.

»Alles Gute, Klara«, flüsterte schließlich Marie, unternahm aber gar nicht erst den Versuch, ihre Tochter, die sie mittlerweile um einen halben Kopf überragte, in den Arm zu nehmen. Stattdessen überreichte sie ihr einen Kuchen, dessen zu braune Färbung die dünne Zuckerschicht auch nicht verdecken konnte. Die Zutaten für Klaras Kuchen hatte Hanna mühsam zusammengekratzt, aber es mangelte trotz allem an ausreichend Eiern und Butter, um ihm seinen gewohnt goldgelben Glanz zu verleihen. Und auch die übliche Kerze, die sonst bei allen Geburtstagen zuvor auf Klaras

Geburtstagskuchen gesteckt hatte, fehlte. Klaras sechzehnter Geburtstag im April 1917 hätte kaum spärlicher ausfallen können, aber im Vergleich zu der Not, die im ganzen Land herrschte, kam ein Geburtstagskuchen, auch wenn er aus kaum mehr als Mehl und Wasser bestand, einem unermesslichen Luxus gleich.

Klaras Augen strahlten im Glanz des Kaminfeuers, das Franz ihr zu Ehren an diesem Tag entzündet hatte. Die Eisenbeschläge, die noch bis vor einem Jahr den gemauerten Kamin wie Blüten umrankt hatten, waren längst zu Kriegsmaterial verarbeitet worden. Noch immer hatte sich Marie an den Anblick des nackten und, wie sie fand, verstümmelt wirkenden Kamins nicht gewöhnt, aber sie hatte nie etwas gesagt, und auch an diesem Tag schwieg sie. Die anderen störten sich längst nicht mehr daran. Einträchtig saßen Klara, Franz und Hanna im warmen Salon und warteten darauf, dass Marie ihnen heißen Tee zum Kuchen servierte. Es war Maries Idee gewesen, für Hanna an Klaras Geburtstag deren Küchenarbeit zu übernehmen. Ihre Arbeit sollte ihr Geschenk für Klara sein. Aber als sie mit der dampfenden Teekanne in der Hand zurück in den Salon kam und die drei vertraut beieinandersitzen sah und hörte, wie sie lachten, da fühlte sie sich auf einmal wie eine törichte Dienstmagd, eine, die mehr sein wollte, als sie war. Fast kam es ihr vor, als wäre nicht sie, sondern Hanna Klaras Mutter, und auch wenn für sie dieses Gefühl nicht neu war, so empfand sie es diesmal stärker als sonst. Eilig schenkte sie reihum Tee in die Tassen, bevor sie die Kanne vorsichtig und darauf bedacht, keine Aufmerksamkeit auf sich zu lenken, auf den Tisch stellte und rasch wieder verschwand. Ihre Augen füllten sich mit Tränen, aber sie ließ es nicht zu, dass sie über

ihr Gesicht liefen wie ein klägliches Rinnsal. Als Klara aus dem Salon trat und ihren Mantel über ihre Krankenschwesteruniform zog, hatte sie ihre Gefühle wieder im Griff.
»Warte, ich habe noch etwas für dich. Nimm das Brot«, sagte sie zu Klara und hielt ihr einen halben Brotlaib hin, »du kannst es mit deinen Kameradinnen teilen oder den Verwundeten geben, wie du möchtest. Sie sollen ja auch etwas von deinem Geburtstag haben.«
Etwas Unverständliches murmelnd, nahm Klara das Brot entgegen, steckte es in ihre Manteltasche und ging hinaus in den Regen. Vor einigen Wochen erst hatte sie sich freiwillig für den Dienst im Lazarett gemeldet, aber seitdem verging kein Tag, an dem sie sich nicht um die Verletzten gekümmert hatte. Das in Saßnitz notdürftig eingerichtete Krankenlager war so etwas wie ihre neue Heimat geworden. Hier fühlte sie sich ernst genommen und wurde gebraucht, während die Atmosphäre zu Hause immer unangenehmer wurde. Marie bewohnte nach wie vor eines der Gästezimmer im Anbau, während Franz alleine im gemeinsamen Ehebett schlief. Bei Tisch wurde selten gesprochen, und wenn, dann erzählte Franz meistens von Harksen, der bereits vor einem Jahr in die Irrenanstalt eingeliefert worden war.
Im Herbst 1916 hatte Klara die Schule beendet und seitdem so gut es ging in der Villa Luise mit angepackt. Aber da seit Kriegsbeginn nur noch wenige Gäste die Insel besuchten und die, die kamen, hauptsächlich in den großen Hotels abstiegen, wurde ihre Hilfe eigentlich nicht gebraucht. Ihr Plan, einmal in die Fußstapfen ihres Vaters zu treten und die Villa Luise zu übernehmen, schien in weite Ferne gerückt. Stattdessen lernte sie nun, Verbände anzulegen und Spritzen

zu geben, vor allem aber den teils aufs schrecklichste entstellten Soldaten zuzuhören.
Zwar hätte Marie es lieber gesehen, Klara wäre auf die höhere Schule nach Stralsund gegangen, aber Franz wollte seine Tochter in seiner Nähe haben, und auch Klara hatte genug davon, die Schulbank zu drücken. Sie fand, das war »Kinderkram«, während an den Kriegsfronten die Soldaten für ihren Kampf mit dem Leben bezahlten. Wer Söhne hatte in Binz, hatte meist auch einen Toten zu beklagen, und wenn nicht einen Toten, dann doch einen Sohn, Bruder oder Ehemann mit zerfetzten Armen oder Beinen.
»Willst du tatsächlich halb totgeschundene Menschen wieder lebendig und gesund machen, um sie abermals den gleichen oder schlimmeren Qualen auszusetzen?«, hatte Marie Klara gefragt, als diese ihr ihren Entschluss mitgeteilt hatte, im Lazarett als Schwesternhelferin zu arbeiten. Aber Klara hatte nur verächtlich gelacht. Sie wusste, woher ihre Mutter diese Meinung nahm. Mehr als einmal hatte sie Marie dabei erwischt, wie sie in Gedanken versunken in der Zeitschrift *Die Frau* las, bevor sie das Papier den Flammen im Ofen übergab. Klara erinnerte sich gut an die Zeitschrift. Sie hatte bei Sophie von Blankenburg auf dem Wohnzimmertisch gelegen, und Sophie hatte bereits damals ihre Artikel darin publiziert. Schon immer hatte die radikalste Meinung ihr gehört, und auch wenn Klara als zwölfjähriges Mädchen Sophies Ausführungen an deren Mädchennachmittagen mit hochrotem Kopf gelauscht hatte, so spürte sie jetzt nur noch Verachtung für alles, was »diese Frau«, wie sie sie nannte, vertrat. Vielleicht wäre Klara, wenn alles anders gekommen wäre, Sophie tatsächlich gefolgt. Vielleicht hätte sie tatsächlich die höhere Schule

besucht, studiert und eben nicht dabei geholfen, bedauernswerte Soldaten wieder kriegstauglich zu machen. Ihren Wunsch, Kriegsversehrte zu versorgen, allein mit dem Trotz eines verletzten Kindes zu begründen, wäre dennoch falsch gewesen. Viele Mädchen und junge Frauen taten genau das, was Klara in diesem Frühjahr 1917 tat.

»Mutter!«, schrie einer der Soldaten, als Klara sich seiner Pritsche näherte. »Mutter!«, rief er immer wieder und wälzte sich dabei unter seinem dünnen Laken so sehr hin und her, dass sein Beinstumpf offen vor Klaras Augen lag. Vorsichtig zog sie die Decke darüber und versuchte mit einem feuchten Tuch den Schweiß von der Stirn des Soldaten zu wischen. Aber der wehrte sich mit aller Macht. »Mutter!«, brüllte er wild um sich schlagend, während seine Augen die ganze Verzweiflung offenbarten. Es waren nicht mehr die Augen eines erwachsenen Mannes, es waren die eines verängstigten Kindes, das vergeblich den Schutz seiner Mutter suchte. Klara zeigte keine Gefühlsregung. Mit versteinerter Miene und ohne ein Wort des Trostes drückte sie den Mann an den Schultern zurück auf sein Kissen und benetzte seine trockenen Lippen mit Wasser. Wenn ein Soldat im Todeskampf nach seiner Mutter schrie, dann erstarrte sie. Gerade Soldaten mit Eheringen an den Fingern, die wie Kinder schrien, jagten ihr die größte Angst ein. Noch immer beide Arme gegen die Schultern des Mannes gedrückt, stand sie neben dem Bett des Sterbenden, als sie spürte, wie sich von hinten eine warme Hand auf ihre Schulter legte.

»Kommen Sie«, flüsterte eine Stimme, »Sie können ihm nicht mehr helfen.« Sie blickte in das Gesicht eines großgewachsenen Mannes mit gepflegtem Vollbart und schmalen, wässrigen Augen. Behutsam schob er Klara zur Seite und setzte sich auf die Bettkante. Die Hand des Soldaten umklammert, sprach er mit beruhigender Stimme zu dem Todgeweihten. »Nicht mehr lange, Hinrich, dann wirst du unsere Mutter wiedersehen. Ich bin sicher, sie wartet schon auf dich.« Wie in Trance stand Klara daneben. Nichts von dem, was um sie herum geschah, hatte in diesem Moment irgendeine Bedeutung. Nicht die lautstarken Rufe nach Brot oder Wasser anderer Verletzter, nicht das Gewimmer, das aus dem Bett nebenan drang, nicht die Aufforderung der Oberschwester, ihr zu helfen, einen Patienten umzubetten. »Gehen Sie ruhig«, sagte der Mann, »ich kümmere mich um ihn, er ist mein Bruder.«

Als sie mit einem Becher heißen Tees in der Hand nach draußen ins Freie trat, zitterte Klara am ganzen Körper. Der Regen prasselte unaufhörlich auf das schmale Vordach der ehemaligen Bootslagerhalle, in der das Lazarett untergebracht war und das direkt an den Hafen grenzte. Dort lagen zwei Kriegsschiffe, aber ansonsten war es ruhig. Längst war der Hafen für die noch verbliebenen Fischer im Ort gesperrt. Sie mussten den alten Hafen nutzen, der sich etwas außerhalb von Saßnitz, in unmittelbarer Nachbarschaft der dort beginnenden Kreideküste, befand. Am Horizont entdeckte Klara zwei patrouillierende Boote und eines, das sich Saßnitz näherte, vermutlich mit neuen Verletzten an Bord. Ein Pfiff schreckte sie aus ihren Gedanken. Auf der Mole gegenüber stand ein junger Matrose und gestikulierte wie wild mit seiner Mütze. Über ihr Gesicht huschte ein Lächeln. Sie kannte ihn nur vom Sehen, aber sie mochte sein verschmitztes Lachen und winkte zurück.

»Kalt!«, schrie sie ihm zu und hüpfte von einem Bein auf das andere.

Der Matrose schlang seine Arme um seinen Körper und wiegte sich sehnsüchtig hin und her. »Warm!«, rief er zurück und deutete auf sein Herz.
Klara musste lachen. »So ein Spinner«, flüsterte sie und tippte sich mit einem Finger an die Stirn.
»Ihnen scheint es ja wieder besserzugehen«, sagte eine Stimme, die von hinten an Klaras Ohr drang. Sie erkannte sie sofort. Abrupt drehte sie sich um.
»Entschuldigung«, stammelte sie und wippte erneut von einem Bein auf das andere. »Es tut mir leid, aber …« Weiter kam sie nicht.
»Nichts muss Ihnen leidtun«, unterbrach sie der groß gewachsene, elegant gekleidete Mann. »Ich freue mich immer, fröhliche Menschen zu sehen. Gerade in diesen Zeiten. Ich habe mich noch gar nicht bei Ihnen vorgestellt. Johannes Kerk«, sagte er förmlich und hielt ihr seine breite Hand hin.
»Klara Dahm«, erwiderte sie schüchtern. »Ihr Bruder, ist er, ist er tot?«
»Ja, er wurde erlöst«, sagte Johannes Kerk leise. »Es ist besser so, glauben Sie mir. Was hätte ihm das Leben denn noch zu bieten gehabt? Ein Leben als Krüppel? Oder vielleicht sogar wieder zurück auf die Schlachtbank? Es ist besser so, wirklich. Außer mir hatte er ja niemanden mehr.«
Klara blickte ihn erstaunt an. »Und seine Frau?«, fragte sie und dachte dabei an den Ehering, den sie an seinem Finger bemerkt hatte.
»Tot, schon seit einigen Jahren. Ja, mit manchen meint es das Leben nicht gut. Was ist mit Ihnen? So jung und schon so viel Leid. Ich bewundere alle, die diese Arbeit hier verrichten. Wie schaffen Sie das?« Seine Augen musterten

Klaras ebenmäßiges weiches Gesicht, das noch das Kind in ihr verriet, aber bereits die erwachsene Frau andeutete, die sie bald sein würde. Unter ihrer Schwesternhaube versteckten sich hellblonde Locken, von denen einige ihre zarten, von der Kälte leicht geröteten Wangen umspielten.

»Es ist doch gut, wenn man gebraucht wird«, sagte sie bestimmt und nahm einen Schluck Tee. »Ich helfe gerne.«

Johannes Kerk lächelte. Klaras jugendlicher Elan tat ihm gut.

»Ich muss wieder rein«, sagte sie nach kurzem Schweigen. Und fügte dann mit leiserer Stimme hinzu: »Noch mal mein Beileid.«

»Nein, warten Sie«, bat Johannes Kerk und hielt sie am Arm fest. »Bleiben Sie noch ein bisschen, mir zuliebe.«

In diesem Moment sah Klara zum ersten Mal die Angst in Johannes Kerks Augen. Der große Mann, der fast doppelt so alt war wie sie, schien plötzlich ein kleiner Junge zu sein. Er tat ihr leid.

»Das geht nicht«, sagte sie so sanft wie möglich. »Die Oberschwester sucht bestimmt schon nach mir.«

»Natürlich, ja, entschuldigen Sie, ich will Sie nicht von der Arbeit abhalten«, erwiderte er in einem Ton, der verriet, dass er sich für sein kindisches Verhalten schämte. Klara blickte ihn mit ernstem Gesicht an. »Gehen Sie ruhig«, sagte er und zeigte mit dem Kopf auf den Matrosen, der noch immer gegenüber auf der Mole stand und unverwandt zu ihnen herüberblickte. »Ihr Freund?«

Klara errötete. »Nein«, antwortete sie verlegen, »ich habe keinen Freund.«

»Schade, ein so schönes Mädchen wie Sie sollte einen

Freund haben«, sagte er versonnen. »Aber nun gehen Sie, ich will Sie nicht länger aufhalten.«
In den darauffolgenden Wochen besuchte Johannes Kerk so oft es ihm möglich war das Lazarett. Er brachte Decken für die Verletzten, plauderte mit den Schwestern und verpasste nie eine günstige Gelegenheit, um mit Klara allein zu sein. Zwar gönnte sie ihm nie mehr als ein paar Minuten, aber für ihre Kameradinnen war das Anlass genug, sie mit vielsagenden Blicken zu bedenken und in lautstarkes Getuschel auszubrechen, wenn sie schon von weitem Johannes Kerks Wagen hörten. Und Klara stimmte oft in ihr Gelächter ein. Sie genoss die Aufmerksamkeit, die ihr Johannes Kerk schenkte, aber sie hatte keinen Grund, verlegen zu sein. Die Zeit, die sie mit ihm verbrachte, verlief in den ersten Wochen immer gleich. Sie gingen ein paar Schritte am Hafen entlang, und er erzählte ihr aus seinem Leben.
So erfuhr sie nach und nach, dass er dreißig Jahre alt war und von seinem Vater ein Kreidewerk geerbt hatte, für das er seit dessen Tod verantwortlich war, dass er zwei Haushaltshilfen beschäftigte, mit denen er in einem großen Gutshaus lebte, das aus mindestens zwanzig Zimmern bestand, und dass er nicht nur Kreideabbau betrieb, sondern auch noch zehn Hektar Land bewirtschaftete. Nie wurde er müde zu betonen, dass es ihm an nichts mangele, und stets forderte er Klara am Ende des Gesprächs auf, ihm offen und ehrlich zu sagen, was sie in der Villa Luise am nötigsten brauchten. Denn, und mit diesem Satz schloss er fast jeden ihrer Spaziergänge, er wisse ja, »dass die Zeiten hart geworden sind und dass nicht jeder das Glück haben kann wie er, so reich an Gütern beschenkt zu sein«.
Klara scheute sich nicht, ihn um Eier, Butter oder Speck zu

bitten, und als sie eines Tages erzählte, dass es ihnen vor allem an Mehl fehle, lud Johannes Kerk am nächsten Tag einen Zehn-Kilo-Sack mit feinstem Roggenmehl in seinen Wagen und brachte ihn in die Villa Luise. Vor allem Hanna freute sich über die unerwarteten Gaben aus Sagard, während Franz Johannes Kerks offensichtliches Werben anfangs mit leichtem Stirnrunzeln betrachtete.

»Ich kümmere mich um die Kranken, und er kümmert sich eben ein bisschen um mich«, entgegnete Klara ihrem Vater meist trocken und ungerührt, wenn der sich mal wieder Sorgen um sie zu machen schien. Aber seine Ermahnungen fielen ohnehin nur halbherzig aus, zu sehr profitierte er von der Bekanntschaft seiner Tochter mit Johannes Kerk, der ihm im Sommer auch Geschäftskunden aus Berlin als Gäste für die Villa Luise vermittelte. Franz hätte es nie zugegeben, doch ohne die Hilfe von Johannes Kerk wäre er früher oder später bankrott gewesen. So aber gelang es Franz, das Hotel und seine Familie gerade so durch den Krieg zu bringen, und es dauerte nicht lange, da malte er sich im Geheimen sogar das Leben seiner Tochter als Frau Kreidewerksbesitzer aus.

Marie verfolgte Franz' und Klaras Leben wie durch eine dicke Milchglasscheibe. Wenn Johannes Kerk kam, was er jetzt immer öfter tat, dann bediente sie ihn wie jeden anderen Gast auch. Wenn er mit ihrem Mann in dessen Arbeitszimmer verschwand, servierte sie ihnen Tee und manchmal auch etwas Brot, das im letzten Kriegsjahr Hannas bewährte Hefeküchlein ersetzte, da es keine Hefe mehr gab. Rosmarie Carl, die nur noch selten zu Besuch kam und die meiste Zeit als Fotografin in Berlin arbeitete, da auf Rügen die Aufträge rar geworden waren, bezeichnete Maries Leben als »Schattenexistenz«. Aber zum Missfallen ihrer Freundin störte sich Marie noch nicht einmal daran. Zumindest so lange nicht, wie sich Deutschland im Krieg befand. Solange konnte sie es ertragen, dass Franz im Ton eines Befehlshabers mit ihr sprach, dass in Klaras Worten die Verachtung nicht zu überhören war und dass Hanna sie behandelte wie eine bessere Dienstmagd. Nur selten vergoss sie eine Träne, und wenn sich ihr Innerstes doch einmal unerwartet meldete, so wie an Klaras Geburtstag, hatte sie gelernt, sich taub zu machen für den Gefühlsandrang. Es reichte ihr, sich Bilder von toten Soldaten oder hungernden Kindern ins Gedächtnis zu rufen, und ihr eigenes kleines Elend verschwand ebenso schnell, wie es gekommen war. Denn an einem hatte sie in all den Kriegsjahren nie gezweifelt – nirgendwo auf der Welt fühlte sie sich sicherer als in der Villa Luise, egal, ob Franz nun herrschsüchtig, abweisend, zuvorkommend oder gar liebevoll war.

## 18

An einem schwülen Augusttag 1917 hatte Marie gerade den Waschzuber mit Wasser gefüllt und ein Stück Seife in der Hand, als es hinter ihr schrillte. Ein lauter, durchdringender Klingelton breitete sich in der ganzen Waschküche aus und bedeutete ihr, dass Franz nach ihr verlangte. Kurz nachdem Marie wieder in die Villa Luise eingezogen war, hatte Franz im ganzen Haus eine Art Rufanlage installieren lassen, um seine Frau jederzeit und überall von seinem Schreibtisch aus erreichen zu können. Und jetzt, da ihm sein Rücken immer größere Probleme bereitete und ihn das Gehen anstrengte, bediente er sich nur noch dieses Mittels, um Marie zu sich zu bestellen. An manchen Tagen klingelte er bis zu fünfzehnmal nach ihr, meistens wegen Nichtigkeiten. Wenn ihm zu heiß war, verlangte er von ihr, dass sie die Tür zur Veranda öffnete, wenn er geraucht hatte, rief er sie, damit sie den Aschenbecher leerte, wegen jedes Staubkorns, das er entdeckte, klingelte er, und wenn er baden wollte, dann bestand er darauf, dass Marie ihm das heiße Wasser brachte und ihm den Rücken schrubbte. Marie hatte sich längst an die Klingel gewöhnt, so dass sie der schrille Ton zu keiner Eile mehr veranlasste. Zwar ließ Franz keine Gelegenheit aus, sie herumzukommandieren, aber Angst hatte sie deswegen noch lange nicht vor ihm. Hinter seinem rüden Ton meinte sie an manchen Tagen sogar noch immer den alten Franz zu erkennen, der, der zärtlich und liebevoll und stets um sie besorgt war. »Sklavenhalter« hatte Rosmarie ihn einmal in Anwesenheit von Marie wütend beschimpft, aber Marie hatte mit einem entrückten Lächeln im Gesicht nur mit dem Kopf geschüttelt und »ist schon gut« gemurmelt. Nein, sie fühlte sich nicht wie Franz' Sklavin, sie dachte vielmehr, dass Franz Sklave seines Stolzes war. Die Erklärung half ihr jedenfalls dabei, sich nach außen hin klein zu geben, sich aber in ihrem Innersten unangreifbar zu fühlen.

»Marie!«, brüllte Franz bereits, kaum dass sie die Tür zu seinem Arbeitszimmer geöffnet hatte. »Was soll das? Überall stehen schon wieder diese Sanddornzweige herum. Du weißt doch, dass ich diese Dinger hasse. Sanddorn, pah«, er rümpfte die Nase, »das ist doch was für alte Waschweiber.«

»Das wäre mir neu, aber wenn du meinst«, sagte Marie ruhig, im Begriff, auf dem Absatz kehrtzumachen. Beide wussten sie ganz genau, welche Bedeutung Sanddorn in diesem Hause hatte. Die Frucht erinnerte sowohl sie als auch ihn an Sophie, aber keiner von beiden hatte diesen Namen in den vergangenen Jahren jemals wieder in Anwesenheit des anderen erwähnt. Und so war für Franz Sanddorn zum Synonym für ungebührliches Benehmen geworden, das sich Marie zu seinem Ärger jedes Jahr aufs Neue im August, wenn die Zweige ihre ersten Früchte trugen, leistete.

»Nein, warte«, rief er, »deswegen wollte ich dich nicht sprechen. Der Sanddorn ist mir egal, mach damit, was du willst«, schnaubte er verächtlich. »Harksen ist tot. Lungenentzündung.«

»So, eine Lungenentzündung hat ihn dahingerafft. Der arme irre alte Harksen«, spöttelte Marie. »Ein Verrückter weniger, tut mir leid, Franz.«

»Tut dir leid, tut dir leid, begreifst du denn nicht? Harksen, mein Freund Harksen ist tot. Tot. Tot.«

»Und? Wir alle müssen irgendwann sterben«, sagte sie ungerührt. Marie empfand weder Mitleid noch Trauer, im Gegenteil, es kam ihr fast wie die gerechte Strafe Gottes vor, dass Harksen, dieser bärbeißige Fischer, der dachte, er sei zäh wie Leder, vor ihr unter der Erde liegen würde. »Das Hirn weggesoffen hat er sich, das weißt du ebenso gut wie ich. Oder was glaubst du, warum man ihn zu den Irren gebracht hat?«

»Der Krieg, das war der Krieg, den konnte er nicht aushalten, deswegen ist er jetzt tot. Und dabei war er zehn Jahre jünger als ich und immer draußen auf dem Wasser. Marie,

ich glaube, ich sterbe auch«, flüsterte er, und seine Stimme klang jämmerlich.
Marie blickte ihn ungläubig an. So hatte sie Franz schon lange nicht mehr erlebt und in den letzten Jahren ihres kleinen privaten Hauskrieges ohnehin nicht. Sie wusste nicht, ob sie in lautes Gelächter ausbrechen sollte oder ob sie sich Sorgen machen musste. Aber keines von beidem entsprach ihrer inneren Einstellung zu Franz. Nüchtern, ohne den geringsten Anflug eines Gefühls, fragte sie ihn: »Bist du krank?«
»Ich bin mir nicht sicher«, murmelte er fast geistesabwesend. »Aber das Atmen fällt mir schwerer in letzter Zeit, und der Rücken.«
»Was sagt Dr. Hansen dazu?«
»Nichts, er meint, das sei das Alter, ganz normal.«
»Dann ist doch alles in Ordnung. Also, ich habe noch zu tun.«
»Nein, warte, ich wollte mit dir über Klara sprechen«, rief er erregt.
Marie zuckte zusammen. Wenn sie noch etwas erschüttern konnte, dann war es Klara, das wurde ihr in diesem Moment schmerzlich bewusst. Sofort kam die Erinnerung an Klaras Geburtstag im April zurück, und ein Unbehagen stieg ihr in die Glieder. Der Krieg mit Franz ähnelte eher einem Spiel mit stumpfen Waffen, der mit Klara schien ihr hingegen ein Kampf auf Leben und Tod zu sein. »Klara?«, fragte sie so gelassen wie möglich und blieb in Türnähe stehen.
»Hab ich doch gesagt«, erwiderte Franz barsch. »Du kennst doch Johannes Kerk, der sich so redlich um sie bemüht. Er hat um ihre Hand angehalten.«

Marie schluckte. »Sie ist gerade erst sechzehn geworden«, sagte sie und fröstelte mit einem Mal, auch wenn draußen die Wärme die Luft zum Flirren brachte. »Klara hat doch noch gar nichts erlebt. Weiß sie überhaupt davon?«
»Noch nicht. Er wollte es ihr in den nächsten Tagen sagen. Aber ich will mit dir hier keine Diskussionen über Klara führen«, erklärte er unwirsch, und seine Stimme verriet nichts mehr von der Unsicherheit, die wenige Augenblicke zuvor noch zu erkennen gewesen war. »Ich weihe dich auch nur ein, weil ich erwarte, dass du ihr zu dieser Ehe rätst, sollte sie dich je fragen, was ich zwar nicht glaube, aber man weiß bei diesen Dingen ja nie. Immerhin bist du ihre Mutter.«
»Zuraten? Warum? Sollte sie das nicht lieber ganz alleine entscheiden?«
»Vielleicht muss man ihr ja auf die Sprünge helfen. In dem Alter, da wechselt die Stimmung schnell. Johannes Kerk ist eine gute Partie, und wenn ich dann mal nicht mehr bin, dann muss sie sich keine Sorgen machen.«
»Du scheinst mir ganz gesund zu sein.«
»Der Krieg frisst uns auf. Merkst du das denn nicht?«, schleuderte er ihr mit zornigen Augen entgegen. »Und jetzt geh, ich hab dir nichts weiter zu sagen.«
»Der Krieg«, entgegnete Marie ruhig und fast beschwichtigend, die Türklinke bereits in der Hand, »ist bald vorbei. Hast du nicht von dem Friedensaufruf im Reichstag gehört?«
»Pah!«, rief Franz verächtlich, »Was weißt du schon. Diese Parlamentarier, die haben doch nichts zu melden. Ich sag dir eins, das ist noch lange nicht ausgestanden.«
Als Marie Franz' Arbeitszimmer verließ und auf dem Weg

zurück in die Waschküche war, durchfuhr sie auf der Treppe erneut ein kurzer Schauer. An der Rezeption standen Klara und Johannes Kerk, und offensichtlich scherzte sie mit ihm, zumindest breitete sich ihr offenes Lachen im ganzen Haus aus. Der Speck, den Johannes Kerk mitgebracht hatte, lag noch auf dem Tresen, daneben Klaras Schwesternhaube, die sie eilig abgenommen hatte. Ihre zerzausten blonden Locken fielen nun ungebändigt auf ihre Schultern hinunter. »Baden« hörte sie Klara sagen und fast zeitgleich sah sie Johannes Kerk erröten. Wild gestikulierend schüttelte er den Kopf, und sie hörte, wie er etwas von »Arbeit« und »Verpflichtung« stammelte, und nur wenig später, als Marie die beiden an der Rezeption passierte und begrüßte, war er bereits dabei, sich zu verabschieden. Mutter und Tochter nickten sich nur flüchtig zu, aber Johannes Kerk überschlug sich fast vor Höflichkeit.

Barfuß tänzelte Klara hinter ihm nach draußen ins Freie und drückte ihm zum Abschied einen flüchtigen Kuss auf die Wange, bevor sie zum Strand ging, ihre Schwesterntracht achtlos in den Sand fallen ließ, unter der ein Badeanzug zum Vorschein kam, und mit Schwung in das sanft vor sich hin plätschernde Wasser sprang. Sie war eine der wenigen, die sich an diesem heißen Spätnachmittag im August im Meer erfrischte. Das nur wenige Meter entfernte Familienbad wirkte fast ausgestorben, und die, die trotz Krieg den Weg an den Binzer Strand gefunden hatten, hielten sich vorwiegend in ihren Strandkörben auf.

Mit kräftigen Kraulbewegungen schwamm sie weit aufs offene Meer hinaus, und erst als sie kaum noch Luft bekam, hielt sie für einen Moment inne. Rings um sie herum schaukelten Mücken und Wespen im Rhythmus des Wassers, und über ihr kreisten zwei Möwen, die sich lautstark bekriegten. Klaras Blick streifte die Silhouette von Saßnitz. Die kleine Stadt lag im Schatten und erinnerte in diesem Moment von weitem an eine zu dicht am Wasser errichtete Sandburg, deren Fundament jederzeit weggespült werden konnte. Ihr Herz pochte wie wild. Sie war zwar eine geübte Schwimmerin, aber sonst schlenderte sie eher durch das Wasser, als dass sie sich bis zur Erschöpfung verausgabte. Doch ein kaum zu bändigender Drang, sich Luft zu verschaffen, hatte sie diesmal immer weiter und immer schneller vorwärts getrieben. Schon als Johannes Kerk sie im Lazarett abgeholt hatte, wäre sie am liebsten die zehn Kilometer im Laufschritt nach Hause gerannt, statt mit ihm bequem im Wagen sitzend nach Binz zu fahren. Die Schreie der verletzten Soldaten verfolgten sie an manchen Tagen unerbittlich, auch wenn sie sich niemals beklagte. Es waren entsetzliche Schreie voller Schrecken und Verzweiflung, und jeder Schrei bohrte sich so tief in ihre Eingeweide, dass sie manchmal, wenn sie sich ungestört wähnte, rüber zur Mole ging und dort ihr ganzes Entsetzen in den Wind schrie. Auch jetzt wütete das Grauen der anderen in ihr, aber die Anstrengung hatte es erträglicher gemacht. Klara zählte ihre Herzschläge, und langsam entspannte sich ihr Gesicht. Das Möwengekreische, das sich vor wenigen Augenblicken in ihren Ohren noch wie Kriegsgeschrei angehört hatte, schien ihr nun eher liebestolle Neckerei zu sein. Mit einem Lächeln ließ sie sich von den sanften Bewegungen des Wassers langsam an den Strand tragen.

# 19

Solange es das Wetter erlaubte, schwamm Klara fast täglich aufs offene Meer hinaus und kam erst wieder ans Ufer zurück, wenn kein fremdes Unglück mehr in ihr sein Unwesen trieb. Und so verging der Sommer schneller, als ihr lieb war, denn im Herbst musste sie sich erst daran gewöhnen, dass ihr das Meer nicht mehr als Auffangbecken für all das Elend zur Verfügung stand. Aber sie fand rasch eine Lösung. Sie verbot Johannes Kerk, sie weiterhin mit seinem Wagen abzuholen, und fuhr stattdessen täglich mit dem Fahrrad von Binz nach Saßnitz und wieder zurück. Auf diese Weise strampelte sie sich nicht nur frei, sondern auch den letzten Rest ihres Kinderspecks weg. Als Rügen im Januar unter meterhohem Schnee begraben lag und sich die Eisschollen am Ufer zu spitzen Klippen türmten, war aus dem jugendlichen Mädchen eine junge Frau geworden. Ihre rosige Gesichtshaut spannte sich nun fester als bisher um ihre ausgeprägten Wangenknochen, und unter ihrer Schwesterntracht war kein kindlicher Bauchansatz mehr zu sehen. Ihr siebzehnter Geburtstag war der erste, an dem außer Franz, Marie und Hanna mit Johannes Kerk noch eine weitere Person zu Gast war. Als Geschenk überreichte er ihr ein seidenes Tuch, das er sich extra aus Berlin, aus dem ehrwürdigen Kaufhaus des Westens, hatte schicken lassen. Es war in dreierlei Rottönen gehalten und zeigte Rosenblüten in Hülle und Fülle.

»Ein Rosenstrauß für die Ewigkeit«, sagte Johannes Kerk ernst und legte Klara den Stoff um den Hals. Franz beobachtete das Schauspiel mit Stolz. Er war sich sicher, dass der Kreidewerksbesitzer nun endlich die Gelegenheit nutzen würde, die bevorstehende Verlobung zwischen ihm und Klara zu verkünden. Doch noch ehe Johannes Kerk etwas hätte sagen können, wenn er denn gewollt hätte, sprang Klara von ihrem Stuhl auf und drehte sich kokett im Kreis.

»Na, gefalle ich dir?«, fragte sie ihren Vater mit kessem Augenaufschlag, dessen musternder Blick ihr nicht entgangen war. Als trüge sie keine Schwesterntracht, sondern ein elegantes Kleid, schritt sie mit ausladendem Hüftschwung durch den Raum und strich verführerisch mit dem Tuch über ihre Wange.

»Diese Rosen stechen ja gar nicht, mein Verehrtester«, flötete sie und blickte ihren Gast aufreizend an. »Wo sind denn die Dornen geblieben?« Um Johannes Kerks Augen war ein leichtes Zucken erkennbar, aber er sagte nichts.

»Ach, Kindchen«, entfuhr es Hanna, »was für ein Glück du hast. So ein schönes Tuch und so ein feiner Stoff.« Versonnen strich sie über die Seide, und es schien, als wäre sie für einen kurzen Augenblick selbst wieder siebzehn Jahre alt. Klara kannte Hannas sehnsüchtigen Blick, und so band sie ihr kurzerhand das Tuch um den Hals und nahm es auch unter Hannas größtem Protest nicht zurück. Erst als sie in Johannes Kerks Blick einen leisen Anflug von Ärger ausgemacht hatte, nahm sie es an sich und legte es neben sich auf den Tisch.

»Schon gut«, flüsterte sie ihm ins Ohr, »keine weiteren Späße mehr heute.« Sie aß ein Stück ihres Geburtstagskuchens. Das Tuch rührte sie nicht mehr an. Als sie sich wenig später

zu ihrem Lazarettdienst verabschiedete, ließ sie es achtlos neben ihrem Kuchenteller liegen.
Klara trat schneller als sonst in die Pedale, und erst als sie kurz vor den Feuersteinfeldern, die zwischen Binz und Saßnitz lagen, ihren Namen rufen hörte, verlangsamte sie ihr Tempo etwas.
Lennart, der kleine Matrose von der Mole, stand zwischen zwei Wacholderbüschen und winkte sie eilig zu sich. »Endlich«, rief er erleichtert, »ich dachte schon, du kommst überhaupt nicht mehr.« Hastig nahm er Klara an die Hand und zog sie mit sich hinter die Büsche. »Nicht, dass uns noch jemand sieht. Ich müsste eigentlich längst wieder im Hafen sein.«
»Was machst du hier?«, fragte Klara verwundert.
»Ich habe auf dich gewartet. Hier«, sagte er schüchtern und reichte ihr ein in Zeitungspapier eingewickeltes Geschenk. »Für dich zum Geburtstag. Alles Gute.«
»Für mich? Woher weißt du?«
»Ist doch egal. Nimm.«
Behutsam entfaltete sie das Papier, bis ein kleines Stück Treibholz zum Vorschein kam, das an einer dünnen rostigen Kette hing.
»Gefällt es dir?«, fragte Lennart verlegen. »Ist selbstgemacht. Leider habe ich keine bessere Kette gefunden, aber hast du schon die Form des Holzes gesehen? Wie ein schiefes Herz, findest du nicht auch?«
Gerührt ließ Klara ihren Blick über das feine Stück Holz wandern, das in ihren kalten Fingern lag. Es sah tatsächlich aus wie ein zu lang gezogenes Herz, das auf der linken Seite einen ordentlichen Schlag abbekommen hatte, so dass dort, wo eigentlich eine Ausbuchtung hätte sein sollen, nur noch

eine Delle zu sehen war. »Danke«, flüsterte sie. »So etwas Schönes habe ich noch nie geschenkt bekommen.« Und sie gab Lennart einen schüchternen Kuss. »Legst du es mir um?«
Stolz verriegelte er seinen selbst gebastelten Verschluss und betrachtete Klara zufrieden. »Steht dir gut. Wenn ich eine bessere Kette finde, dann bekommst du die, versprochen. Aber das Herz ist schön. Es passt zu dir.«
Klara ertastete das Herz, das nun auf ihrem Brustkorb lag, und ein wohliger Schauer lief ihr über den Rücken. »Es ist wunderschön, Lennart, danke, wunderschön. Und die Kette auch. Ich mag es, wenn nicht alles so sauber ist.«
Ihrer beider Augen strahlten um die Wette.

»Woher hast du das?«, rief Franz entsetzt aus, als er am Abend das hölzerne Herz um Klaras Hals hängen sah.
»Von einem Freund«, sagte sie stolz. »Gefällt es dir?«
»Nein«, antwortete er unwirsch. »Es ist lächerlich. Nimm es ab. Was soll denn Johannes denken, wenn er dich mit einem Stück Treibgut um den Hals sieht. Du solltest dir sein Tuch umlegen und nicht diesen Unrat.«
»Das ist ein Geschenk. Das nehme ich nicht ab«, sagte Klara entschieden.
»Das Tuch ist auch ein Geschenk, und du hast es heute Morgen einfach achtlos auf dem Tisch liegenlassen. Hast du nicht bemerkt, wie du Johannes damit verletzt hast?«
»Ach der«, winkte Klara ab, »der kann das schon aushalten.«
»Du solltest etwas netter zu ihm sein. Schließlich hilft er uns, wo er nur kann.«
»Ja, ich weiß, aber manchmal langweilt er mich so.«

»Klara«, ermahnte Franz seine Tochter, »wir haben doch eine Vereinbarung.« Er legte seine Pfeife hin, beugte sich zu Klara hinüber, die auf der anderen Seite des Tisches saß, und streichelte ihr sanft über die Wange. »Du hast doch unsere Vereinbarung nicht vergessen, oder?« Seine Stimme klang jetzt weich, aber nicht weniger bestimmt. »Wenn wir die Villa Luise erhalten wollen, dann brauchen wir die Unterstützung von Johannes. Und du willst doch auch, dass das Haus weiterhin uns gehört?«
»Natürlich will ich das, was für eine Frage. Natürlich. Niemals könnte ich mir vorstellen, die Villa Luise herzugeben, und wenn nicht dieser abscheuliche Krieg dazwischengekommen wäre, dann wäre ich schon längst hier die Chefin im Haus, und du hättest Mutter erst gar nicht mehr aufnehmen müssen, das weißt du ganz genau«, erwiderte sie trotzig.
Franz atmete tief durch. »Aber es ist nun einmal, wie es ist. Und wer weiß, vielleicht stünde es ja auch ohne Krieg schlecht um die Villa Luise. Ich kann nicht mehr so, wie ich gerne würde. Jede Bewegung schmerzt, und mein Gedächtnis lässt nach. Ich bin alt, Klara. Du brauchst jemanden an deiner Seite, auf den du dich verlassen kannst, wenn du die Villa Luise erhalten willst. Und Johannes ist jemand, auf den man sich verlassen kann. Warum zögerst du so lange? Heirate ihn. Einen Besseren findest du nicht.«
»Aber …«, setzte Klara an.
»Kein Aber, es gibt kein Aber. Punkt. Aus. Schluss. Heirate Johannes, und alles wird sich zum Guten wenden. Ich versprech dir das. Ich liebe dich doch, Klara. Ich würde dich doch niemals in dein Unglück rennen lassen.«
Mit leerem Blick saß Klara ihrem Vater gegenüber und hielt

sich mit einer Hand an dem herzförmigen Treibholz fest. »Ich liebe dich doch auch«, sagte sie schließlich mit erstickter Stimme. »Ich liebe doch nur dich.«

## 20

Ein Lächeln huschte über Maries Gesicht, als sie am Neujahrstag 1919 unvermittelt auf Sophies Foto stieß. Ein Gast, hochrangiges Mitglied der SPD, hatte in Vorbereitung auf die Reichstagswahlen im Januar einige ungestörte Tage kurz vor Weihnachten in der Villa Luise verbracht und einen Stapel an Zeitungen und Zeitschriften zurückgelassen. *Vossische Zeitung*, *Berliner Tageblatt* oder die *Pommersche Tagespost* waren längst als Toilettenpapier in Gebrauch, aber die Zeitschrift *Die Frau*, die hatte sich Marie, ohne lange darüber nachzudenken, für sich aufbewahrt. Beim Blick auf das Titelblatt hatte sie für einen kurzen Moment ein Hauch von Wehmut erfasst. Doch bei all dem Trubel, den die Wochen nach Kriegsende mit sich gebracht hatten, blieb keine Zeit für weitere Sentimentalitäten, und Marie hatte die Zeitschrift fast achtlos in ihre Nachttischschublade gelegt und erst am Morgen des neuen Jahres wieder herausgeholt.

Es war noch dunkel draußen, nur die Eiskristalle, die sich rund um die beiden Fenster in ihrem Zimmer rankten, glitzerten im Kerzenschein, als Marie Sophies Antlitz zum ersten Mal seit Jahren wiedersah. Sie saß vor ihrem kleinen Schminktisch mit dem Rücken zum noch warmen Bett und

hatte sich zum Schutz vor dem kalten Wind, der durch die Fensterritzen drang, in eine wollene Decke gehüllt. Sophie sah auf dem Foto aus, wie Marie sie in Erinnerung hatte. Die dunklen lockigen Haare zu einem Bubikopf geschnitten, blickte sie mit einer Mischung aus Ernst und Trotz in die Kamera. Das Bild war so etwas wie ihr offizielles Bewerbungsfoto für die Wahl zur Nationalversammlung am 19. Januar als Kandidatin der Deutschen Demokratischen Partei, abgedruckt neben einem kurzen Artikel über sie und ihre Ziele für die neue Republik sowie einem Aufruf an alle Frauen, von ihrem Wahlrecht Gebrauch zu machen.
Nun hat sie es doch noch geschafft, dachte Marie und strich nicht ohne Stolz über die Zeitschriftenseite. »Möge alles Glück dieser Welt bei dir sein«, flüsterte sie. Versonnen kämmte sich Marie ihr schulterlanges glattes Haar und betrachtete sich im Spiegel. Sie gefiel sich. Auch die vielen Fältchen, die sich unübersehbar um ihre hellen Augen gelegt hatten und über die sie nun vorsichtig mit ihren Fingerspitzen strich, fand sie schön. In ihnen sammelten sich zwar all die Sorgen der vergangenen Jahre, aber sie standen auch für die unerschütterliche Gewissheit, älter geworden zu sein, und damit auch für die Hoffnung, an ebendiesen Ängsten gewachsen zu sein.
Der Neujahrstag war für viele in diesem Jahr ein besonderer Neuanfang. Vor wenigen Wochen erst war der Krieg zu Ende gegangen, und es schien, als würde der 1. Januar 1919 in besonderer Weise diesen Start in ein neues Leben unterstreichen. Marie durchströmte eine tiefe unbekannte Wärme, die ihr so viel Sicherheit verlieh, dass sie kurze Zeit später Franz mit einem Lächeln Tee und Brot ans Bett stellte, als würde sie ihm Champagner und Kaviar zum Früh-

stück servieren und als läge Franz nicht missmutig und geschwächt von einem Rückenleiden im Bett, sondern als säße er mit ihr gutgelaunt und voller Zukunftspläne am Frühstückstisch.
»Wo ist Klara?«, brummte Franz aus seinem tiefen Kissen heraus und würdigte Marie keines Blickes. Marie zuckte mit den Schultern, nicht gewillt, sich von Franz den Start in das neue Jahr verderben zu lassen. Sie war bereits wieder auf dem Weg zur Tür, als Franz sich mühsam aufsetzte und mit hochrotem Kopf schrie: »Klara, ich will sofort Klara sprechen.«
»Wahrscheinlich schläft sie noch«, sagte Marie ungerührt, »das heißt, wahrscheinlich hat sie bis eben geschlafen, und du hast sie jetzt aufgeweckt. Wenn du also noch etwas lauter schreist, dann hört sie dich bestimmt.«
»Schick mir Hanna, ich will aufstehen«, brummte er.
»Hanna ist in Stralsund bei ihrer Schwester, seit Weihnachten schon. Das hast du doch nicht schon wieder vergessen, Franz?«
»Ach was, Schwester, Stralsund, was geht mich das an. Klara!«, brüllte er so laut, dass Marie meinte das Licht der Petroleumlampe auf seinem Nachttisch flackern zu sehen. »Klara!«, rief er erneut, aber zwei Zimmer weiter rührte sich nichts. »Dieser Matrosenlümmel«, erregte sich Franz jetzt, »wenn sie bei diesem Matrosenlümmel ist, der ihr dieses alberne Holzstück geschenkt hat, dann gnade ihm Gott. Der wird mich kennenlernen. Wo steckt sie nur? Klara!«
»Franz, beruhig dich«, sagte Marie bemüht sanft. »Trink deinen Tee. Ich schau solange nach ihr.«
Klaras Bett war unberührt, und für einen kurzen Augenblick durchzuckte Marie so etwas wie Sorge um ihre Toch-

ter. Aber der Gedanke, dass Klara etwas zugestoßen sein könnte, verschwand ebenso schnell, wie er gekommen war. Klara nicht hier zu wissen, sondern irgendwo anders, vielleicht auf dem Weg, ein eigenes Leben zu beginnen, erfüllte sie vielmehr mit Erleichterung. Marie atmete tief durch, und Klaras junger, jugendlicher, frischer lebensfroher Duft machte sich in ihr breit. Sie lächelte. So nah wie jetzt war sie Klara schon lange nicht mehr gekommen, und zum ersten Mal spürte sie so etwas wie Stolz auf die eigene Tochter. Wäre in diesem Moment nicht Franz' anklagendes Gebrüll durch alle Ritzen des Hauses gedrungen, Marie hätte sich vermutlich auf Klaras Bett gesetzt und sich mit liebevollem, unaufdringlichem Blick im Zimmer ihrer Tochter umgeschaut, so aber schloss sie die Tür leise hinter sich und tat so, als schliefe Klara noch. Auf eine Konfrontation mit Franz wollte es Marie an diesem Morgen nicht ankommen lassen.

In der Küche wartete schon Rosmarie Carl auf Marie. Sie sah mitgenommen aus von einer langen Nacht, aber ihre Augen sprühten vor Energie.

»Du glaubst nicht, was ich heute Nacht erfahren habe«, sprudelte es aus ihr heraus, während sie Marie eine Tasse mit dampfendem Tee hinhielt. »Sie lassen sich scheiden, ist das zu glauben. Nach so vielen Jahren lassen sie sich doch noch scheiden.«

»Wer lässt sich scheiden?«, fragte Marie, deren Gedanken noch immer Klara galten, geistesabwesend.

»Ernst und Sophie. Ernst hat die Scheidung eingereicht«, erklärte Rosmarie fast triumphierend und sah Marie herausfordernd an. »Na, was sagst du dazu?«

Marie blickte sie mit leeren Augen an.

»Marie, aufwachen. Hast du mir überhaupt zugehört?«

»Ja, ja«, antwortete sie mit tonloser Stimme. »Ernst lässt sich scheiden.«

»Und? Interessiert dich das denn gar nicht?«, fragte Rosmarie sichtlich enttäuscht.

»Doch, doch, ich musste nur eben an Klara denken. Aber ich freue mich für Sophie.«

»Du freust dich für Sophie?«

»Na ja, so ist sie frei. Das hat sie doch eigentlich immer schon gewollt«, sagte Marie ernst, während sie ihre kalten Hände um die heiße Teetasse legte. »Sie kann tun, was sie will. Nicht, dass sie das vorher nicht auch schon getan hätte, aber vielleicht braucht sie jetzt auch nicht mehr das Geld von Ernst. Das ist doch für beide eine gute Lösung.«

»Du tust gerade so, als wäre diese Scheidung das Selbstverständlichste auf der Welt«, sagte Rosmarie sichtlich erstaunt.

»Ist sie das denn nicht?«

Rosmarie zuckte mit den Schultern. »Und warum lässt du dich dann nicht scheiden?«, fragte sie schließlich nach einer längeren Pause, leicht verärgert darüber, dass ihre Neuigkeit so wenig Resonanz erfahren hatte.

»Ach, Rosmarie«, sagte Marie mit einem sanften Lächeln. »Ich weiß, dass du Franz für einen Tyrannen hältst, aber glaub mir, ich bin hier schon richtig. Außerdem, und das weißt du ebenso gut wie ich, selbst wenn ich wollte, das Geld fehlt an allen Ecken und Enden, und momentan gibt es wirklich Wichtigeres zu tun, als mich um Franz und seine Launen zu kümmern. Es wird Zeit, dass es mit der Villa Luise wieder aufwärtsgeht. Das ist meine Zukunft und nichts anderes.«

Draußen dämmerte es mittlerweile, und erst jetzt sah Marie, dass es die ganze Nacht über geschneit haben musste. Dicke Flocken fielen noch immer vom Himmel und türmten Schicht um Schicht weißes Nass im Gemüsegarten auf, der direkt neben der Küche lag. Der Sanddornstrauch, den Marie wie eine Wegmarkierung in die hinterste Ecke des Beetes gepflanzt hatte und der direkt an den Hintereingang grenzte, ließ seine Äste unter der schweren Last wie lahme Flügel hängen.

»Du und deine Villa Luise«, sagte Rosmarie. »Pass bloß auf, dass du dich da mal nicht verrennst. Soweit ich weiß, mischt sich dieser Johannes Kerk ganz schön in eure Angelegenheiten ein. Und drängt nicht Franz auch darauf, dass Klara und er endlich heiraten? Was wird dann aus dir? Du glaubst doch nicht tatsächlich, dass die beiden, wenn Franz erst einmal nicht mehr ist, dich hier dulden werden?«

Marie zuckte kaum merklich zusammen. Was, wenn Klara die Nacht über doch bei Johannes Kerk geblieben war und nur wegen des Schnees nicht nach Hause kommen konnte und sich nicht, wie sie vermutet und gehofft hatte, mit Lennart oder irgendeinem anderen dieser »Matrosenlümmel«, wie Franz Klaras Verehrer verächtlich nannte, amüsierte?

»Aber Klara ist nicht mit Johannes verheiratet«, sagte sie fast trotzig, als müsste sie sich selbst beruhigen. »Und ich glaube auch nicht, dass sie das möchte.«

»Unterschätz deine Tochter nicht. Sie ist zwar genau so ein Dickkopf wie ihr Vater, aber die Villa Luise aufgeben, das würde sie nie, da bin ich mir sicher.«

»Niemand von uns würde die Villa Luise aufgeben.« Maries Augen funkelten. »Niemals werde ich die Villa Luise aufgeben. Sie ist schließlich so etwas wie mein Baby, auch wenn

Franz sie gebaut hat und sie auf dem Papier ihm gehört. Aber wer hat sich denn all die Jahre um die Gäste gekümmert und sich abgerackert?«

»Ich weiß«, sagte Rosmarie besänftigend. »Das sollte kein Vorwurf sein. Ich mache mir nur etwas Sorgen. Alles ist eben so ungewiss zurzeit.«

»Sicher, niemand weiß, was kommen wird, jetzt, wo der Krieg vorbei ist. Aber schlechter kann es ja wohl kaum werden«, sagte Marie bestimmt. »Und eines kannst du mir glauben, ich bin doch nicht vor Jahren hierher zurückgekommen, um mir nun das nehmen zu lassen, woran mein ganzes Herz hängt. Nein, Rosmarie. Auch wenn vielleicht die ganze Welt in Ungewissheit versinkt, ich tue es nicht. Die Villa Luise bleibt, ich bleibe, und das Geld eines Johannes Kerk, das brauche ich nicht. Das brauchen wir nicht.«

»So denkst du, aber was ist mit Klara? Vielleicht denkt sie ganz anders darüber. Vielleicht denkt sie so wie Franz, der ja meint, ohne Johannes' Hilfe nicht über die Runden kommen zu können.«

»Ach, Klara«, seufzte Marie und strich sich eine Haarsträhne aus dem Gesicht. »Klara ist mit ihren siebzehn Jahren doch fast noch ein Kind. Und ich werde mir doch von einem Kind keine Angst einjagen lassen.«

Nachdenklich stellte Rosmarie ihre Teetasse zur Seite und griff über den breiten Küchentisch nach Maries Händen. Ihre Handrücken fühlten sich von der schon seit November währenden Kälte rauh an, aber die Innenflächen, die Marie nach kurzem Zögern auf Rosmaries ebenso kalte Hände legte, waren weich und warm. Ohne ein Wort zu sagen, saßen sich die beiden Freundinnen gegenüber und blickten sich mit ernsten Gesichtern an. »Ich weiß es zu schätzen, dass du dich sorgst«, sagte Marie schließlich mit fester Stimme, »aber ich bin nicht mehr die Marie, die ich vor dem Krieg war. Ich weiß jetzt, was ich will.«

»Gut«, gab sich Rosmarie geschlagen, »aber wenn du Hilfe brauchst, du weißt, wo du mich findest. Sag mal«, fuhr sie unvermittelt und ohne Unterbrechung fort, »hast du gehört, dass Sophie fürs Parlament bei der Wahl zur Nationalversammlung kandidiert? Ganz schön mutig, findest du nicht auch? Aber das ist eben Sophie, die schreckt vor nichts zurück.«

Marie nickte nur, doch Rosmarie erwartete offensichtlich auch keine Antwort auf ihre Frage, denn noch während sie sprach, war sie schon im Begriff, ihren Mantel überzuziehen. Lange nachdem Rosmarie in der ihr üblichen Eile das Haus verlassen hatte, saß Marie noch immer in der Küche, den Stuhl mittlerweile dicht an den wärmenden Ofen herangerückt, und blickte unverwandt auf die sich unermüdlich aufbäumenden Flammen, die sich am Inneren des Ofenfensters entlangschlängelten.

## 21

Als Johannes Kerk zur Tür hereintrat und Marie ein frohes neues Jahr wünschte, war sie gerade dabei, die Reste der Brotsuppe vom Vorabend für Franz aufzuwärmen. Alles an ihm triefte vor Nässe, und wenn Marie es nicht besser gewusst hätte, so hätte sie annehmen müssen, er hätte den Weg von Sagard nach Binz zu Fuß zurückge-

legt, so mitgenommen sah er aus. Seine Nase leuchtete rot vor Kälte, und in seinen sonst wässrig-blauen Augen schimmerte die Eiseskälte wie auf einem zugefrorenen See. An seinem schmalen hellen Oberlippenbärtchen, das er sich vor einem halben Jahr hatte wachsen lassen, hingen halbgefrorene Wasserperlen wie tropfende Tränen.
Auf dem Weg vom Hauseingang in die Küche hatte er eine nasse Spur hinterlassen, und auch jetzt klebten noch immer Schneereste an seinem festen Schuhwerk. Bevor er mit einer Selbstverständlichkeit, als würde er längst zur Familie gehören, Hut und Mantel auf dem Küchentisch ablegte, überreichte er Marie noch ein kleines Stück geräucherter Rinderwurst und deutete dabei mit einem Nicken Richtung Suppentopf. Dann zog er nach kurzem Zögern seine nassen Schuhe aus und stellte sie zum Trocknen vor den Ofen. Marie konnte sich ein Lächeln nicht verkneifen, als sie den sonst so distinguiert wirkenden Johannes Kerk in Strümpfen vor sich stehen sah. Jeden Blickkontakt vermeidend, die Augen auf das flackernde Feuer im Ofen gerichtet, fragte er schnell und mit einer etwas zu lauten Stimme, die seine ganze Verunsicherung angesichts dieses ungewöhnlichen Aufzugs verriet, ob Klara zu Hause sei.
»Ich habe nämlich gute Nachrichten«, fügte er schnell hinzu, so dass Marie eine Antwort schuldig blieb. Und als spräche er mehr zu sich selbst als zu Marie, fuhr er murmelnd fort: »Vielleicht ist es besser, ich gehe erst einmal zu Franz hoch und bespreche alles mit ihm.«
»Wollen Sie nachher mit uns essen?«, fragte Marie noch, bevor er nach oben ging, aber da war Johannes Kerk mit seinen Gedanken schon ein Stockwerk höher, so dass ihre Frage nicht mehr bis zu ihm durchdrang. Marie sah ihm

hinterher, wie er auf Strümpfen über den Dielenboden an der verwaisten Rezeption vorbeischlich und lautlos und fast so, als hätte er etwas zu verbergen, die mit schwerem Teppich ausgelegte Treppe nach oben ging. Eigentlich hätte sie ihm noch ein Paar Pantoffeln von Franz anbieten wollen, aber er hatte es zu eilig gehabt, sich von ihr zu entfernen, so dass er nun mit dicken wollenen Socken an den Füßen in Franz' schwerem tiefem Sessel vor dessen Schreibtisch saß und erst einmal dankend den Whisky annahm, den Franz ihm zur Begrüßung reichte. Franz hütete seinen edlen schottischen Tropfen wie einen Schatz, so dass er auch während des Krieges und jetzt in der Zeit danach noch immer einen kleinen Restbestand aus früheren guten Tagen übrig hatte.

»Köstlich, was?« Franz prostete Johannes zu, und auf seinem Gesicht zeigte sich so etwas wie ein Lächeln, auch wenn es in den letzten Jahren eigentlich nur noch schmerzverzerrt aussah. Marie war sich nie sicher, ob es tatsächlich an den Schmerzen in seinem Rücken lag oder an einer anderen Verstimmung.

Gurgelnd schwenkte Franz den edlen Whisky in seinem Mund hin und her, bevor er ihn mit einem lauten Seufzer seiner Kehle überließ. Johannes Kerk hingegen versuchte beim Trinken keine Geräusche zu machen und nippte lautlos an seinem Glas. Dass ihm jedoch nach der Kälte draußen der Alkohol das Blut in den Kopf schnellen ließ, als hätte es einen Staudamm durchbrochen, konnte er nicht verhindern. Mit glühendem Kopf saß er Franz gegenüber und versuchte, sich seine Verlegenheit nicht anmerken zu lassen.

»Herrlich, ja.« Er nickte Franz zu. »Bei der Kälte kann ich

mir nichts Besseres vorstellen. Wie du das immer machst, Franz.« Er schüttelte bewundernd den Kopf. »Nie um einen guten Tropfen verlegen, selbst in der größten Not.«
»Nur nicht unterkriegen lassen, Johannes, nur nicht unterkriegen lassen. Mit diesem Motto bin ich noch immer gut gefahren. Und man muss natürlich seine Quellen haben.« Franz fühlte sich geschmeichelt und vergaß dabei fast, dass er sich vor wenigen Minuten noch vor Schmerzen kaum auf seinem Schreibtischstuhl hatte halten können. Als hätte er nie Probleme mit seinem Rücken gehabt, beugte er sich nun in fast jugendlicher Manier über seinen Schreibtisch, griff nach seiner Pfeife, die in der äußersten linken Ecke lag, und zündete sie sich genüsslich an. »Nu erzähl aber, was gibt es so Wichtiges, dass du bei diesem Schneetreiben den Weg nach Binz auf dich nimmst?«
»Gute Neuigkeiten, sehr gute Neuigkeiten sogar«, sagte Johannes mit verschwörerischer Stimme. »Einer meiner Berliner Kunden hat Pläne geschmiedet und sich entschlossen, groß einzusteigen in das Reisegeschäft. Er meint, man könne damit in Zukunft Millionen machen, wenn man es nur richtig anpackt, denn der Bedarf an Erholung nach diesen schrecklichen Kriegsjahren sei ja nicht von der Hand zu weisen. Franz, kurzum, er will sich bei dir mit einem schönen Sümmchen beteiligen.«
»Hm«, grummelte Franz. Er zog an seiner Pfeife und sah dem Rauch nach, der sich langsam im Raum auflöste. »Hm, Geld investieren ist natürlich eine hübsche Sache. Nichts dagegen, Johannes, aber von nichts kommt nichts, das weiß ich aus Erfahrung. Also, was will dieser Berliner Krösus für sein Sümmchen haben?«
»Natürlich müsste umgebaut werden. Ihm schwebt so etwas

wie eine Heilbad-Atmosphäre vor mit Massagen und Wasserkuren und Ruhezonen für wohlhabende Menschen.«

»Wohlhabende Menschen? Wo will er die denn hernehmen in diesen Zeiten? Schau dich doch um, alle schlagen sich mehr schlecht als recht durch, selbst du, Johannes, hast ja auch wahrlich schon bessere Zeiten gesehen. Oder etwa nicht? Heilbad, wenn ich das schon höre, sehe ich den Tod ja förmlich vor meiner Tür stehen. Brrr.« Franz schüttelte sich und spülte seinen Ekel mit einem kräftigen Schluck Whisky hinunter.

»Aber überleg doch, Franz. Natürlich wird es anfangs schwierig werden, finanzkräftige Urlauber zu finden, doch man muss es nur richtig anpacken. Und du wirst sehen, die Wirtschaft ist früher auf den Beinen, als wir uns das jetzt vorstellen können. Und ganz abgesehen davon, dass du das Geld wirklich bitter nötig hast, wäre das auch eine sehr gute Gelegenheit für mich, zu meiner üblichen Kundschaft neue hinzuzugewinnen. Früher haben die Menschen schließlich der Kreide heilende Wirkung nachgesagt, und was zu Wilhelms Zeiten gut war, kann heute ja nicht schlecht sein. Stell dir vor«, redete sich Johannes jetzt in Schwung, »deine Villa Luise würde mit Hilfe meiner Kreide den Gästen einen erholsamen Urlaub bereiten. Was glaubst du, wie schnell sich das herumspricht, und im Nu wollen die in Berlin nur noch mit meiner Kreide baden. Und nicht nur in Berlin, in Hamburg, Stettin, Greifswald, überall benützen die Menschen nur noch meine Kreide für ihr Badewasser. Ist dir klar, wie viel Geld man damit machen kann?« Johannes' Augen sprühten vor Erregung. »Geld, Franz, das selbstverständlich auch Klara zugute kommen würde und natürlich dir und mir und vielleicht ja auch deinen zukünftigen Enkelkindern«, fügte er etwas leiser hinzu.

Franz sog erneut an seiner Pfeife und sah dabei nachdenklich aus. »Was macht dich so sicher, dass meine Villa Luise nicht in die Hand eines Spekulanten gerät? Wer jetzt Geld zu verschenken hat, der hat doch etwas zu verbergen, Johannes.«

»Nicht verschenken, Franz, investieren. Du warst doch auch einer der Ersten, der an der Strandpromenade sein Haus gebaut hat, und schau dich mal heute um. Überall stehen sie längst, die Hotels und Logierhäuser. Man muss schnell sein, früher wie heute, und gerade jetzt gilt es, mutig zu sein. Nur so haben wir«, er hielt kurz inne, »ich meine du und Klara, nur so habt ihr eine Chance, eines Tages die Ernte einzufahren. Du denkst doch nicht im Ernst, dass jetzt alles so weitergeht wie vor dem Krieg. Es sind neue Zeiten, die da anbrechen.«

»Hm«, murmelte Franz, »ich denk darüber nach. Vielleicht hast du ja recht.«

»Aber lass dir nicht zu viel Zeit damit«, mahnte Johannes, »er hat noch andere Objekte im Visier, mit denen er sein Projekt verwirklichen will. Und stell dir vor, der Freese würde plötzlich Heilbäder anbieten und die Urlauber würden bei ihm Schlange stehen, dann würdest du doch schäumen vor Wut.«

»Ich denk darüber nach«, sagte er erneut, und er klang diesmal ernster und in sich gekehrter als sonst. Wie Franz so dasaß hinter seinem Schreibtisch auf seinem mit Leder gepolsterten mächtigen Schreibtischstuhl, sah er zwar noch immer aus wie der unangefochtene Chef im Haus, aber er spürte, wie ihm die Kräfte schwanden, und für einen kurzen

Augenblick dachte er, er falle in sich zusammen. Fast verzweifelt versuchte er sich an seiner Pfeife festzuhalten und hoffte, dass Johannes nichts von seiner Schwäche bemerkte. Aber der schien so von seiner Idee begeistert, dass sein Blick versonnen nach draußen ging und man meinen konnte, seine Wünsche hätten sich bereits erfüllt. Erst als er Franz' Stimme hörte, fuhr er erschrocken hoch und setzte sich so gerade wie möglich in dem tiefen Sessel wieder auf.

»Weißt du, Johannes«, sagte Franz mit betont kräftiger Stimme und als hätte er lange über das, was er nun sagen würde, nachgedacht, »ich weiß deinen Einsatz für meine Villa Luise wirklich sehr zu schätzen, und ich wüsste nicht, wie wir ohne deine Hilfe durch den Krieg gekommen wären, aber ich werde älter, und ich weiß nicht, ob ich noch einmal die Kraft haben werde, ganz von vorne anzufangen. Wir sollten Klara darüber entscheiden lassen. Sie ist mittlerweile erwachsen genug, und sie soll schließlich das Haus übernehmen, wenn ich mal nicht mehr kann.«

»Klara?«, rief Johannes entsetzt aus und vergaß für einen Moment, wo er sich befand. »Du willst doch nicht ihr eine so wichtige Entscheidung überlassen.«

»Warum nicht?«, fragte Franz kühl. »Immerhin ist sie meine Tochter, und sie kennt das Haus.«

»Sicher, ja, entschuldige bitte«, sagte Johannes nun etwas verlegen. »Natürlich, natürlich, aber sie ist doch noch recht, nun ja, unbeständig. Außerdem, glaubst du nicht auch, dass so etwas unter Männern geregelt werden sollte?«

»Das heißt doch nicht, dass ich nicht auch meine Meinung dazu haben werde. Aber was nützt mir die, wenn Klara strikt dagegen wäre und irgendwann vielleicht sogar das Interesse an der Villa Luise verlieren würde. Dann würde doch Marie triumphieren und könnte endlich das Haus an sich reißen. Und das will ich mit allen Mitteln verhindern. Verstehst du? Darum geht es. Die Villa Luise soll in den Händen meines eigen Fleisch und Blut bleiben und nicht in die Hände einer dahergelaufenen Fischerstochter fallen, die es mit den Pflichten einer Ehe nicht so genau nimmt.«

Johannes schluckte.

»Was hat sie denn dazu gesagt?«

»Wer?«

»Na, Klara.«

»Nichts. Sie weiß noch nichts davon.«

»Ihr verbringt einen ganzen Abend miteinander, und du sprichst mit ihr nicht über deine Pläne? Was bist du für ein Mann, Johannes? Wieso hast du nicht schon längst für Klarheit gesorgt und sie geheiratet? Etwas mehr Mumm hätte ich dir schon zugetraut. Wie kann ein Mann ein Kreidewerk erfolgreich führen und gleichzeitig so den Schwanz einziehen? Man könnte ja meinen, du hättest Angst vor Frauen.«

Johannes senkte den Kopf, und sein Blick fiel auf die wollenen Socken an seinen Füßen. Das Gefühl der Würdelosigkeit, das ihn bei diesem Anblick abrupt überkam, kroch in ihn wie ein krankheitserregendes Bakterium. Hastig schlug er seine Beine übereinander und streckte dabei seinen Rücken so gerade, dass man meinen konnte, er versuche durch eine starre Haltung seinen Stolz zurückzuerlangen. Als unten die Tür ins Schloss fiel und kurz darauf Schritte auf der Treppe zu hören waren, hatte er sich schon wieder so weit gesammelt, dass er sich in der Lage sah, Franz' Blick standzuhalten.

»Du kennst doch deine Tochter«, sagte er schließlich mit

bemüht ruhiger Stimme. »Man muss ihr Zeit lassen. Sie lässt sich zu nichts zwingen.«
»Ja, aber etwas Zwang hat noch keinem geschadet. Und wenn du nicht bald Nägel mit Köpfen machst, dann kommt sie vielleicht noch auf dumme Gedanken«, konterte Franz, der seinen kurzen Schwächeanfall nun endgültig überwunden zu haben schien. »Klara braucht eine führende Hand, aber natürlich darf man sie das nicht so deutlich spüren lassen. Du musst sie in der Gewissheit wiegen, dass sie die Fäden in der Hand hat. Sie ist eben eine echte Dahm«, fügte er mit einem Anflug von Stolz hinzu. »Und die lassen sich nun einmal nicht so gerne etwas vorschreiben.«
»Glaub mir, ich habe die Sache mit Klara im Griff«, versicherte Johannes und versuchte dabei vor allem sich selbst zu überzeugen. »Deswegen lasse ich ihr mit dem Heiraten ja auch noch etwas Zeit. Es hätte doch keinen Sinn, wenn ich ihr jetzt die Pistole auf die Brust setzen würde. Sie weiß schon, was sie an mir hat.«
»Ich hoffe es«, sagte Franz, »ich hoffe es sehr. Nun erzähl aber von eurem Neujahrsabend. Habt ihr euch gut amüsiert?«
»Neujahrsabend?«, fragte Johannes gerade erstaunt, als Klara ohne vorher angeklopft zu haben ihren Kopf zur Tür hereinstreckte. Das Lächeln auf ihrem Gesicht gefror, als sie Johannes dort sitzen sah.
»Klara«, rief Franz erfreut, »schön, dich heute auch einmal zu Gesicht zu bekommen. Setz dich zu uns. Ich habe gerade Johannes nach eurem gestrigen Abend gefragt. Aber nun könnt ihr mir ja gemeinsam berichten.«
Klara lächelte verlegen und versuchte jeden Blickkontakt mit Johannes zu vermeiden, und auch der sah lieber dem

Schneetreiben vor dem Fenster zu, als sich nach Klara umzudrehen. Die Hände in den Schoß gelegt, rang sie nach Worten, aber mehr als ein gemurmeltes »Hm« brachte sie nicht heraus. Zum ersten Mal in ihrem Leben war sie über Nacht weggeblieben, und auch wenn nur das starke Schneetreiben sie daran gehindert hatte, zurück nach Binz zu fahren, fühlte sie sich doch schuldig, weil sie sich bei Lennart und dessen Freunden in Saßnitz wohl gefühlt hatte.

»Nicht so schweigsam, Klara, müde kannst du ja nun nicht mehr sein nach dem gesunden Schlaf, den du heute hattest. Erzähl schon. Dein alter Vater will doch wissen, was Jungverliebte heutzutage so machen.« Franz zauberte das süßlichste Lächeln auf sein Gesicht, das er hatte, auch wenn er ahnte, ja, eigentlich wusste, dass Klara alles andere als verliebt in Johannes war. Aber darauf kam es schließlich nicht an, vor allem nicht in diesen harten Zeiten, wie er fand, und so wollte er sie nur ein bisschen necken, in der Annahme, sie wisse schon um ihre Pflichten.

Statt in gewohnt leichtem Ton zu kontern, schoss binnen Sekunden Blut in Klaras Kopf und ließ ihn feuerrot werden. Ihre Hände fühlten sich feucht an und klebten auf dem dicken wollenen Stoff ihres knöchellangen Rocks, dessen Saum noch durchnässt war vom Gang nach Hause durch die tiefverschneiten Straßen. Erst jetzt fiel ihr das Verräterische daran auf, und sie versuchte ihren Rock so unauffällig wie möglich zwischen ihre Beine zu klemmen, in der Hoffnung, sie würde dadurch den dunklen Rand zum Verschwinden bringen. Zwar konnte Franz von seinem Platz aus ohnehin nur bis zu ihrem Oberkörper hinuntersehen, aber Johannes, der direkt neben ihr in einem Sessel saß, war Klaras durchnässter Rocksaum nicht entgangen.

»Verliebte machen heute nichts anderes wie zu deiner Zeit auch«, sagte Johannes nach einem ihm unendlich lang erscheinenden Schweigen bemüht gelassen, aber ein leichtes Zittern in seiner Stimme war unüberhörbar, und noch immer mied er jeden Blickkontakt mit Klara.
»Na schön, ihr wollt mir nichts erzählen. Dann soll es eben euer Geheimnis sein. Johannes, wollen wir Klara von unseren Plänen bei einer schönen warmen Suppe berichten? Marie«, rief er durch die Rufanlage, »wo zum Teufel bleibt das Essen? Willst du uns hier verhungern lassen?«
Wenig später saß Franz allein über seine Suppe gebeugt im Arbeitszimmer, aber das Essen schmeckte ihm nicht. Missmutig schlürfte er die milchige Brühe, und wenn ihm eines der weichen Brotstücke unterkam, dann kaute er so gelangweilt darauf herum, dass man meinen konnte, es stellte eine Beleidigung für seine Zähne dar. Es gefiel ihm nicht, dass Johannes plötzlich kein Interesse mehr daran zu haben schien, Klara von seinen Plänen zu erzählen. Zumindest hatte Johannes keinen Versuch unternommen, Klara aufzuhalten, als sie sich zu Franz' Erstaunen überstürzt verabschiedet hatte. Aber noch viel weniger gefiel ihm, dass Klara so hastig aufgestanden war, dass er sich des Eindrucks nicht hatte erwehren können, sie wolle vor etwas flüchten. Wenn er ihr überhaupt etwas zugutehalten konnte, dann, dass sie mit einem »später« auf den Lippen aus dem Zimmer gegangen war und dadurch wenigstens noch so etwas wie Interesse signalisiert hatte.
Johannes hatte lange mit sich gerungen, ob er Klara nachgehen sollte oder nicht. Letztendlich aber hatte er nicht an ihre Tür geklopft. Er wollte nicht noch einmal an diesem Tag Gefahr laufen, gedemütigt zu werden. Als er in der

Küche seine Schuhe schnürte, war er froh, dass er dort nicht Marie begegnete, sondern noch einen kurzen Augenblick mit sich alleine war. Noch nie in seinem Leben hatte er es als eine so große Erleichterung empfunden, festes Schuhwerk an seinen Füßen zu spüren, wie in diesem Moment in der Dahmschen Küche.

Als hätte es nie einen Zweifel an seinem Stolz gegeben, warf er sich mit einem lässigen Schwung seinen Mantel über, richtete seinen Hut auf seinem Kopf zurecht und schritt fast majestätisch den Flur zum Ausgang entlang. Am Treppenaufgang hielt er kurz inne und ließ seinen Blick nach oben gleiten. Ein Teil von ihm hatte gehofft, Klara dort vorzufinden, aber nichts deutete darauf hin, dass sie gewillt war, ihm zu erklären, wo sie die Nacht über gewesen war. Jedenfalls stand sie nicht an der Treppe und wartete auf ihn.

Klara lag, den Kopf in ihre Hände vergraben, bäuchlings auf ihrem Bett und fühlte nichts. Alles schien ihr in diesem Moment so ausweglos zu sein, dass sie am liebsten für immer so liegen geblieben wäre. Doch die Betäubung hielt nicht lange an. Gedanken stolperten in ihrem Kopf wild durcheinander, und sie hatte Mühe, überhaupt einen zu fassen zu bekommen. Als sie langsam begriff, dass die Bauchlage allenfalls für Selbstmitleid taugte, nicht aber zum Nachdenken einlud, stand sie auf, zupfte ihr Kleid und ihre schulterlangen Haare zurecht und trat ans Fenster. Der Schneefall hatte etwas nachgelassen. Hinter den Flocken tauchten die Umrisse des Familienbades auf, und sogar das Restaurant am Brückenkopf war schemenhaft zu erkennen. Die Seebrücke selbst jedoch verlor sich im Nichts. Bei gutem Wetter hätte Klara von ihrem Fenster aus Saßnitz am anderen Ende der Bucht sehen können, aber der Horizont reichte an diesem Tag nur bis kurz hinter das Kurhaus. Klara jedoch war froh, dass sie kaum mehr als die tanzenden Flocken vor ihrem Fenster sah. So konnte sie für einen Moment vergessen, dass sie in Saßnitz glücklich gewesen war, in Sagard Johannes auf sie wartete und sie ihrem Vater eine Erklärung schuldete. Sie öffnete das Fenster und sog die frische Schneeluft in sich auf.

Wie unschuldige fröhliche Kinder wirbelten die Flocken durch die Luft, nicht gewillt, den geradlinigsten Weg zur Erde zu nehmen, und es schien, als würden gerade die Umwege ihre Leichtigkeit ausmachen. Klara lächelte. Sie beugte sich weit aus dem Fenster und drehte den Kopf zur See, von wo der Wind den Schnee Richtung Land trieb. Mit geschlossenen Augen ließ sie sich die Flocken ins Gesicht wehen, bis ihre Wangen vor Kälte und Nässe zu schmerzen begannen. Schließlich schloss sie mit einem Seufzer das Fenster, nicht ohne vorher noch aus dem Schnee, der auf dem Sims liegen geblieben war, drei kleine Schneebälle zu formen, um aus ihnen einen winzigen Schneemann zu machen. Mit ihrem kleinen Finger drückte sie zwei kleine Höhlen in die oberste Kugel und nahm aus ihrem Regal, wo sie ihre Strandgutsammlung aufbewahrte, ein Stück Treibholz, das sie ihm als Nase unter die Augenhöhlen setzte. Als sie das Fenster schloss, saß der Schneemann am linken äußersten Ende des Fenstersimses und schaute ihr zu, wie sie zu ihrem Frisiertisch ging und sich mit einem Tuch die Nässe aus dem Gesicht rieb. Und als würde sie sich damit auch den letzten Rest Selbstmitleid wegwischen, betrachtete sie sich danach gestärkt im Spiegel und dachte, dass die Forderungen, die an sie gestellt wurden, doch nichts waren im

Vergleich zu all dem Leid, das denjenigen zugefügt worden war, denen sie in den beiden vergangenen Jahren im Lazarett begegnet war.
Bevor sie aufstand, um zurück zu ihrem Vater in dessen Arbeitszimmer zu gehen, strich sie fast wie aus Versehen mit einer flüchtigen Bewegung über Lennarts Kette mit dem Treibholzherz.

## 22

Franz' Erläuterungen zu den Plänen von Johannes, aus der Villa Luise ein Hotel mit Heilanwendungen zu machen, nahm Klara zu dessen Erstaunen mit größter Gelassenheit auf. Nichts deutete für ihn im ersten Moment darauf hin, dass sie nicht gewillt sein könnte, dieses Vorhaben in die Tat umzusetzen. Gewissenhaft fragte sie nach den Einzelheiten, die Franz ihr jedoch nicht nennen konnte. Weder wusste er etwas über die Geschäfte des Berliner Investors noch etwas über dessen Vorstellungen, inwiefern er sich selbst in die Führung des Hotels einbringen wollte, ganz zu schweigen von weiteren »Partnern aus dem Tourismus«, wie Johannes sich ausgedrückt hatte, die sich ebenfalls an dem Projekt beteiligen wollten.
Klara betrachtete Franz' Unkenntnis mit Sorge, und zum ersten Mal wurde ihr bewusst, dass ihr Vater nicht mehr der Vater ihrer Kindheit war. Sie fröstelte bei dem Gedanken, dass sie fortan vielleicht nur noch den alten Mann in ihm würde sehen können, nicht mehr denjenigen, der er mal

war, ein Vater, bei dem sie sich sicher und geborgen hatte fühlen können.

»Aber du musst doch wissen, was dieser Investor vorhat und woher Johannes ihn kennt«, sagte Klara schließlich erstaunt und mit tadelndem Ton in der Stimme. »Du kannst doch nicht einfach jemandem dein Haus anvertrauen und darauf hoffen, dass schon alles gutgehen wird. Ich erkenne dich nicht wieder, Vater.«

»Wie sprichst du denn mit mir? Du tust ja gerade so, als wäre ich schon alt und senil.« Franz' Augen funkelten wie die eines Ertappten. »Etwas mehr Respekt würde dir gut zu Gesicht stehen, Klara. Schließlich bin ich kein Anfänger in dem Geschäft, das dürfte auch dir nicht entgangen sein. Außerdem vertraue ich Johannes«, fügte er fast trotzig hinzu. »Das solltest du im Übrigen auch tun.«

»Entschuldige, Vater, ich wollte dich nicht kränken«, sagte Klara mit leiser Stimme, da sie seinen Zorn nicht noch mehr anfachen wollte, aber die Sorge um ihn konnte er ihr mit seinem kurzen Gefühlsausbruch nicht nehmen.

»Schon gut«, lenkte Franz ein. »Wichtig ist doch nur, dass wir uns verstehen, oder, meine Kleine? Und natürlich, dass du dich mit Johannes endlich einig wirst.« Er blickte seine Tochter lange und ernst in die Augen, bevor er den Satz aussprach, den er schon zu Beginn ihres Gesprächs am liebsten losgeworden wäre. »Klara«, sagte er mit all seiner väterlichen Strenge, die ihm noch übriggeblieben war, »ich möchte, dass du Johannes noch in diesem Jahr heiratest.«

Klara schien äußerlich ungerührt, aber innerlich erzitterte sie. Schon lange hatte sie auf den Moment gewartet, an dem sie sich nicht mehr in Ausflüchte würde retten können, sondern ein klares Bekenntnis ablegen musste, und dennoch war sie nicht vorbereitet auf diese Situation. Sie schwieg länger, als Franz es ertragen konnte, und so fügte er etwas sanfter als vorher, aber nicht weniger ernst hinzu: »Mir liegt viel daran, Klärchen, das weißt du. Bei Johannes weiß ich dich und die Villa Luise in guten Händen, und nichts wäre schlimmer für mich, als mit der Ungewissheit sterben zu müssen, was aus meinem Haus und natürlich auch aus meiner Tochter wird.«

»Ich weiß, Vater, ich weiß«, murmelte Klara. Der Tod schien ihr plötzlich so nah zu sein, dass sie es sich und ihrem Vater ersparte, ihn durch einen läppischen Satz in weite Ferne zu rücken. »Und was ist, wenn ich ihn nicht heiraten möchte?«, fragte Klara schließlich, all ihren Mut zusammennehmend.

»Du willst was?«, entfuhr es Franz erschrocken, und er richtete sich unwillkürlich auf seinem Schreibtischstuhl auf. »Das ist ganz und gar undenkbar. Denk an das Haus, Klara.«

»Das Haus«, wiederholte sie und konnte sich einen verächtlichen Ton nicht verkneifen. »Etwas anderes als das Haus scheint dich wohl gar nicht mehr zu interessieren. O nein, ich vergaß, dass dich natürlich hauptsächlich interessiert, dass du dich endlich an deiner Frau rächen kannst.« Franz sah Klara erschrocken an. So hatte er seine Tochter noch nie mit ihm reden hören, doch noch ehe er hätte aufbrausend werden können, fügte sie mit kaum hörbarer Stimme hinzu: »Entschuldige bitte, Vater. Ich weiß, du meinst es gut.«

Es herrschte Totenstille im Raum. Klara knetete ihre Hände, und Franz starrte auf Klaras immer röter werdende Finger. Für ihn gab es nur eine Lösung seines Problems, für Klara aber hätte es so viele Möglichkeiten gegeben, wenn nicht ihr Vater gewesen wäre. Sie verfluchte den Tag, an dem sie am Bett von Johannes' sterbendem Bruder gestanden hatte, und sie verfluchte ihr Mitgefühl für Johannes, der seitdem ganz ohne Familie auskommen musste. Sie verfluchte sich, dass sie nicht in der Lage war, sich unabhängig von ihrem Vater und von der Villa Luise zu machen, denn natürlich war es ihr nicht gleichgültig, was aus dem Haus wurde. Natürlich wollte sie nicht, dass Marie die Nutznießerin ihrer Entscheidung gegen Johannes war, und natürlich war es ihr unmöglich, ihren Vater zu verletzen. Für den Bruchteil einer Sekunde dachte sie dennoch daran, ihm zu sagen, dass sie in Lennart verliebt sei und mit ihm die Villa Luise später übernehmen wolle, aber sie wusste auch, dass dies nur die halbe Wahrheit war. Denn Lennart fuhr zur See und hatte kein Geld und außerdem nichts übrig für Gäste, die seiner Meinung nach nichts als Schmutz und Ärger machten.

Langsam erhob sich Klara aus dem tiefen Sessel, strich ihren Rock gerade und ging mit zögerlichen Schritten um den Schreibtisch herum zu ihrem Vater. Sie war sich nicht sicher, ob das, was sie tat, das Richtige war, aber sie schien keine andere Wahl zu haben. Franz hatte den Blick von Klara abgewandt und sah aus dem Fenster, aber sein hochroter Kopf verriet seine Erregung. Erst als er Klaras warme Arme auf seinem Brustkorb spürte und wenig später auch ihren Kopf auf seiner Schulter, kehrte wieder etwas Ruhe in ihn zurück, und ihm schien, als würde doch noch alles gut werden. Er tätschelte behutsam ihren Kopf und vergaß dabei fast die Schmerzen, die ihm diese Bewegung verursachte.

»Ich werde dich nicht enttäuschen«, flüsterte Klara den Tränen nahe. »Niemals. Das verspreche ich dir.«

# 23

Bereits am nächsten Tag fuhr Klara nach Saßnitz, ihr Versprechen wahr zu machen. Es hatte mittlerweile aufgehört zu schneien, aber links und rechts der Straßen türmte sich der Schnee. Albrecht, einer der beiden letzten verbliebenen Kutscher im Dorf, hatte sich bereit erklärt, sie mitzunehmen. Auf dem eisglatten Untergrund kamen die Pferde nur mühsam voran, und Klara, die neben Albrecht auf dem Kutschbock saß, wurde immer unruhiger.

»Was bist du denn so nervös?«, fragte Albrecht in seiner ihm eigenen, durch nichts zu erschütternden Gelassenheit. »Der wird dir schon nicht davonlaufen. Und wenn, dann ist er's nicht wert. Dat lot die mol von eenem wi mi secht sin.«

»Auslaufen, Albrecht, auslaufen, nicht davonlaufen. Sein Schiff läuft heute Abend aus.«

»Min Deern, nich trurig sin. De kümmt wedder. De sünd noch all wedder kommen, un wenn nich, dann sünd se dod.«

»Ach, Albrecht, wenn du wüsstest, wie einfach alles wäre, wenn er«, Klara schluckte, »wenn er doch nur tot wäre.« Die letzten Worte flüsterte sie gegen den Wind, in der Hoffnung, Albrecht hätte sie nicht gehört.

»Kindchen, so verzweifelt.« Albrecht legte seinen breiten Arm väterlich um ihre Schultern. »Es kommen auch wieder bessere Tage.«

Während Albrecht die beiden Pferde mit einem Arm behutsam über die rutschige Straße dirigierte, lag Klara in seinem anderen Arm und weinte zum ersten Mal seit Jahren hemmungslos. Kurz nach den Feuersteinfeldern gab es für die Pferde jedoch kein Durchkommen mehr, und Klara musste den Rest des Weges zu Fuß zurücklegen. Ihre verquollenen Augen kühlte sie mit etwas Schnee, so dass sie, als sie nach einstündigem Fußmarsch endlich an der backsteinernen Kirche vorbeikam, keine Spuren von Traurigkeit mehr verrieten. Das Haus von Lennarts Mutter lag unweit des Marktplatzes an einem kleinen Hügel, und im Sommer blühten dort die Wicken und Buschrosen und Lupinen im Vorgarten neben einem kleinen Kräuter- und Gemüseacker. An diesem trüben Wintertag jedoch lag alles unter einer tiefen weißen Schneedecke begraben, und Klara schlitterte mehr als dass sie ging den steilen Weg hinunter. Links und rechts des zweigeschossigen Hauses standen noch weitere ehemalige Fischerkaten, die vor dem Krieg als Gästeunterkünfte gedient hatten. Direkt am Marktplatz streckte der Reichshof seine Turmspitze in den Himmel, doch das einstmals stolze Gebäude wirkte wie ein trauernder Hinterbliebener eines schrecklichen Krieges. Die Fensterläden waren allesamt dicht verrammelt, und kein Laut drang aus seinem Innersten. Überhaupt beschlich Klara das Gefühl, die einzige lebende Person in dem Hafenstädtchen zu sein, so still war es um sie herum. Drang doch einmal ein Geräusch vom Hafen bis zu ihr nach oben, war es, als würde die dichte Schneedecke umgehend jegliches Lebenszeichen verschlucken.

Als Klara gerade an Lennarts Haustür klopfen wollte, hörte sie von Ferne das leise Läuten einer Fischerglocke, die der

Hafenmeister von Hans, einem altersschwachen Fischer, für eine warme Suppe mit Brot von sechs Uhr morgens bis sechs Uhr abends zu jeder vollen Stunde schlagen ließ. Sie zählte fünf Schläge, aber sie war sich nicht sicher, ob sie nicht den ersten versäumt hatte, und so pochte sie hastiger und kräftiger gegen die verwitterte Tür, als sie dies eigentlich tun wollte, doch niemand öffnete ihr. So schnell sie konnte eilte sie die schmale Gasse zum Hafen hinunter, und das Bild, das sich ihr dort bot, war genau das, das sie nicht hatte sehen wollen. Auf der Kaimauer standen ein paar wenige Frauen, meist Mütter, die mit besorgtem Blick nach oben zu der sich von ihnen langsam entfernenden Reling des Frachters schauten, wo ihre Söhne oder Freunde oder Ehemänner standen und zum Abschied winkten. Nach kurzem Suchen entdeckte Klara Lennart. Sie winkte ihm, aber er sah sie nicht, und so winkte er auch nicht zurück, als das Schiff leise und ohne einen Ton des Abschieds den Saßnitzer Hafen verließ.

»Das nenne ich aber mal eine Überraschung«, hörte sie von hinten eine sich ihr nähernde Stimme rufen, die sie, ohne sich umdrehen zu müssen, sofort erkannte. »Was treibt dich denn bei diesem Wetter hierher? Ich hätte dich eher zu Hause vor dem wärmenden Ofen bei einem heißen Tee vermutet«, sagte Johannes in zynischem Ton und legte seinen Arm besitzergreifend um ihre Schultern.

Mit vielem hatte Klara an diesem Tag gerechnet, aber nicht damit, dass sie Johannes in Saßnitz so schnell wiedersehen würde. Erst in ein paar Tagen hatte sie mit ihm reden und ihm ihre Bereitschaft eröffnen wollen, in seine Heiratspläne einzuwilligen. Das zumindest hatte sie sich fest vorgenommen. Nun aber stand sie am Hafen im eiskalten Wind und spürte Johannes' Arm wie einen Fremdkörper auf ihren Schultern. Erstarrt vor Schreck, gab sie sich noch nicht einmal Mühe, eine Antwort auf seine Frage zu finden.

»Schön, dich so schnell wiederzusehen«, sagte sie schließlich mit tonloser Stimme. »Und was machst du hier?«

»Geschäfte«, antwortete er knapp und zog dabei Klara enger an sich. »Nur Geschäfte, nichts, was dich interessieren könnte. Ich wollte aber gerade wieder nach Hause fahren. Eine schöne warme Suppe wird uns jetzt guttun. Und vom Neujahrsabend ist auch noch ein Stück Nackenkarbonade übrig«, fügte er schärfer, als er es eigentlich gewollt hatte, hinzu, und Klara meinte für einen Moment Blitze in seinen Augen zu sehen. Als hätte sie die Anspielung nicht gehört, verharrte Klara reglos unter seinem Arm und suchte nach einer passenden Antwort auf die Selbstverständlichkeit, mit der Johannes davon ausging, dass sie mit zu ihm nach Hause kommen würde. Doch noch ehe sie etwas entgegnen konnte, fuhr er auch schon fort: »Wie willst du überhaupt bei dem Wetter heute noch nach Binz kommen? Ich frage mich ohnehin, wie du es bis Saßnitz geschafft hast. Na, egal«, sagte er freundlicher als zuvor, und zum ersten Mal zeigte sich ein Lächeln auf seinem Gesicht. »Nun sind wir jedenfalls beide hier, und es wird Zeit, dass wir diesen unwirtlichen Ort verlassen.« Behutsam, aber nicht weniger bestimmend, schob er Klara in Richtung seines Wagens, der vor dem Büro des Hafenmeisters stand.

Für einen kurzen Augenblick hatte Klara mit sich gerungen, ob sie ihn bitten sollte, sie nach Binz zurückzufahren, aber dann dachte sie, dass es eigentlich egal war, ob sie heute oder in ein paar Tagen oder gar erst in Wochen mit Johannes reden würde und dass es vielleicht sogar besser wäre,

dieses Gespräch so schnell wie möglich hinter sich zu bringen. Mit diesem Vorsatz stieg sie in Johannes' Wagen ein, in dem es nicht weniger kalt war als draußen auf dem Kai, und fuhr mit ihm in sein Haus, das in der Nähe von Sagard direkt am Jasmunder Bodden lag.
In den vergangenen anderthalb Jahren war sie nur einmal bei ihm gewesen, kurz nachdem sie Johannes kennengelernt hatte. Gemeinsam mit seinem Hausmädchen hatte sie damals Decken, die noch auf dem Dachboden lagen, für die Verletzten im Lazarett zusammengesucht und eingepackt. Danach hatte sie sein Haus nie wieder betreten. Der Weg von Binz an den Jasmunder Bodden war ihr immer zu mühsam gewesen. Und dennoch erkannte sie den mächtigen Bau gleich wieder, als sie sich ihm durch eine lange Ahorn-Allee hindurch langsam näherten. Vom schweren Schnee beladen, hingen die ineinander verhakten Äste tief auf den Weg herunter, so dass sich Johannes gezwungen sah, in Schlangenlinie zu fahren, immer darauf bedacht, dass kein Zweig seine Windschutzscheibe zertrümmerte. Das fünfgeschossige Gebäude, das mit seinem Spitzdach und seiner fast quadratischen Form aus der Entfernung eine imposante Erscheinung abgab, ähnelte, je näher sie kamen, einem düsteren Koloss aus Stein. Außer den Zierdächern, die sich über jedem Fenster und über dem Eingang befanden und auf denen sich der Schnee zentimeterhoch türmte, war das Gutshaus frei von jedem romantischen Schnörkel und stand wie ein unverrückbarer Findling auf der weiten Fläche.
Als sie aus dem Wagen stiegen, sprachen Klara und Johannes kein Wort. Jeder war in seine Gedanken versunken, und so bemerkte Johannes auch nichts von dem Schrecken, der Klara durchzuckte, als sie für einen kurzen Augenblick von

einer schier überwältigenden Trostlosigkeit erschüttert wurde. Kein Licht weit und breit, das von Leben zeugte. Kein Laut, der darauf schließen ließ, dass wenigstens die Natur noch nicht gestorben war. Keine Möwe, die schrie, kein Vibrieren eines Flügelschlags. Klara fühlte die Einsamkeit, als würde sie direkt auf ihrer Haut kleben. Nur ein leises, kaum hörbares Plätschern, das verriet, dass hinter dem Haus der Jasmunder Bodden lag, beruhigte sie wieder.

Beim Gang durch die Eingangshalle war Klara bei ihrem letzten Besuch in lautes, entsetztes Gelächter ausgebrochen. Diesmal betrachtete sie die unzähligen Geweihe, die dicht an dicht an den Wänden hingen, mit wortlosem Unverständnis. Als wäre für sie mit siebzehn Jahren das Leben bereits zu Ende, ging sie hinter Johannes die breite Freitreppe nach oben und setzte sich im Salon schweigend in einen mit grünem Samt bezogenen Sessel, den er ihr zugewiesen hatte.

Die Suppe, eine mit wenig Hering und noch weniger Aal durchsetzte dünne lauwarme Brühe, die die Haushälterin missmutig zubereitet hatte, ließ Klara unangetastet vor sich auf dem schmucklosen Holztischchen stehen, das sie und Johannes trennte. Ihm schien es dagegen zu schmecken, und Klara bemerkte mit Schaudern, dass Johannes über seinem Suppenteller hing wie über einer Beute, nicht gewillt, sie je wieder freizugeben. Die erdrückende Stille, die in dem kärglich eingerichteten Raum herrschte, wurde nur ab und zu durch Johannes' Schlürfen unterbrochen. Unruhig rutschte Klara in ihrem Sessel hin und her und hoffte, Johannes würde endlich sein Mahl beenden. Doch als er gerade den letzten Löffel Suppe zum Mund geführt hatte, kam auch schon die Haushälterin ohne anzuklopfen zur Tür herein und brachte die Reste der Nackenkarbonade, auf die sich Johannes, ohne zu Klara aufzusehen, unverzüglich stürzte. Hätte Klara es nicht besser gewusst, sie hätte glauben können, Johannes habe seit Tagen Hunger gelitten.

»So«, sagte er schließlich, nachdem er aufgegessen und sich die glänzenden Fettränder an seinem Mund mit dem Handrücken abgewischt hatte, »nun könnte ich etwas von dem Whisky deines Vaters vertragen. Aber ein schöner Korn tut's auch. Möchtest du auch einen?«

»Nein, danke«, antwortete Klara förmlich und versuchte mit aller Kraft den Ekel, der sich in ihr breitmachte, zu unterdrücken. In diesem Zustand hatte sie Johannes noch nie zuvor gesehen. Wenn er in die Villa Luise kam, dann schien er die Höflichkeit selbst zu sein, jetzt aber vergaß er alle Manieren und nahm sie anscheinend nur noch als verlängerten Arm seiner selbst wahr. Sie atmete tief durch und versuchte zu ignorieren, was sie sah. »Vater hat mir von deinen Plänen für die Villa Luise erzählt«, sagte sie nach kurzem Zögern, »aber mir ist nicht so richtig klar, was das letztendlich für uns bedeutet. Vater wusste nicht viel zu deinen Geldgebern zu sagen, und ich, ich mache mir ein wenig Sorgen. Ich«, fügte sie rasch hinzu, »weiß es wirklich zu schätzen, wie viel Mühe du dir gibst, dass es mit der Villa Luise wieder aufwärtsgeht, aber«, sie hielt inne und suchte nach den passenden Worten, »vielleicht kannst du mir …«

»Ach, Klara«, unterbrach Johannes sie, »was wollen wir denn an einem so schönen Abend über Geschäfte reden. Komm, trink einen mit mir. Der wird dir guttun.« Johannes füllte sich sein drittes Glas Korn nach und stürzte es in einem Zug hinunter.

»Danke, Johannes, nein. Ich mag keinen Schnaps. Ich würde

lieber mit dir über deine Pläne sprechen«, sagte sie leise, aber bestimmt. »Erzähl mir doch mehr darüber.«

»Meine Pläne.« Johannes' Stimme klang versonnen, und in seinen Augen, die im Kerzenschein glitzerten, sah Klara, wie sich die Wirkung des Alkohols langsam entfaltete. Genüsslich und zufrieden, als könnte ihn nichts auf der Welt zur Eile zwingen, streckte er seine langen dünnen Beine von sich, so dass zwischen seinen und Klaras Fußspitzen nur noch eine Handbreit Platz blieb. Unwillkürlich zog Klara ihre Beine dichter an ihren Sessel heran, aber sie stieß bereits mit den Fersen gegen den grünen Samt. »Meine Pläne«, sagte Johannes erneut, »du willst sie also wirklich wissen?«

»Ja«, antwortete Klara etwas zu laut für diesen stillen Raum, so dass sie für einen Augenblick befürchtete, ihre Antwort könne als zehnfaches Echo von den holzgetäfelten Wänden widerhallen. »Ja, ich würde gerne mehr darüber erfahren«, fügte sie daher leiser und bemüht gelassen hinzu. »Und mein Vater auch.«

Johannes lachte laut auf. »Ja, das glaube ich gern.« Mittlerweile hatte er sein Glas zum fünften Mal nachgefüllt. »Der alte Herr macht sich wohl Sorgen, dass ich die Launen seines Töchterleins nicht mehr länger hinnehmen werde.« Als hätte er gerade in einer wohlig warmen Stube über das schlechte Wetter draußen gesprochen, legte er den Kopf entspannt in den Nacken und blickte verträumt zur Decke. »Ist dir eigentlich schon aufgefallen, dass die Holzverkleidung nicht gleichmäßig ist? Die äußeren Kästen wirken größer als die in der Mitte. Aber vielleicht bilde ich mir das auch nur ein. Was meinst du?«

»Ja, größer«, antwortete Klara, nachdem sie kurz zur Decke geschaut hatte. Die Beine noch immer fest an den Samt-

bezug gepresst, saß sie regungslos auf der vordersten Sesselkante und bemerkte entsetzt, wie Johannes ihr immer fremder wurde. Nichts war mehr übrig von dem leicht unbeholfen wirkenden, sie zwar langweilenden, aber alles in allem auch liebenswürdigen Mann, den sie zu kennen glaubte.
Als wäre Klaras Stimme gar nicht bis zu ihm vorgedrungen, sprach Johannes weiter. »Der Vater macht sich Sorgen um das Töchterlein, aber das Töchterlein wird bei Johannes gut aufgehoben sein. Reimt sich. Der Vater macht sich Sorgen um das Töchterlein, aber das Töchterlein wird bei Johannes gut aufgehoben sein. Der Vater macht sich Sorgen um das Töchterlein, aber das Töchterlein wird bei Johannes gut aufgehoben sein.« In einem immer schriller werdenden Singsang wiederholte er seinen Vers wieder und wieder, bis er erschöpft von seinem Rausch seine Augen schloss und kurz einnickte.
In Klaras Kopf schossen die Gedanken wild durcheinander. Wer war dieser Mann, der da betrunken vor ihr saß und den sie vor wenigen Stunden noch gewillt war zu heiraten? Allein die Vorstellung, sie müsste einen weiteren Abend mit Johannes verleben, schnürte ihr die Kehle zu. Sie griff nach dem Korn und nahm einen kleinen Schluck aus der Flasche, aber die ersehnte befreiende Wirkung blieb aus. Stattdessen schlängelte sich der Schnaps wie ein loderndes Feuer durch ihren Körper. Was sollte sie tun? Gehen? Bei dem Wetter? Der Alkohol machte sie unruhig, und das Sitzen im Sessel wurde zur Qual. Klara stand auf und ging an Johannes vorbei zum Fenster, aber nichts als Dunkelheit empfing sie von draußen.
»Was machst du da?«, hörte sie ihn plötzlich von hinten fragen, und seine Stimme verriet, dass er längst nicht mehr

Herr über sich selbst war. »Komm her zu mir. Na komm schon«, drängte er und streckte seinen Arm nach ihr aus.

»Ich bin müde«, log sie. »Wo kann ich mich hinlegen?«

»Komm her, Klara, bitte«, bettelte er. »Noch nicht schlafen. Es ist doch gerade so schön. Nur wir zwei allein. Lass uns noch einen trinken. Nur noch einen, bitte.« Er reckte den Kopf nach hinten und erspähte ihre Silhouette, die sich im Fenster spiegelte. »Verdammt«, rief er jetzt, »nun komm schon zu mir. Ich hab doch ein Recht darauf. Warum bist du so abweisend zu mir? Ich hab dir doch nichts getan.«

Wortlos ging Klara aus dem Raum. Hätte sie irgendeine Möglichkeit gesehen, nach Hause zu kommen, sie hätte sie genutzt. So aber musste sie diese kalte Winternacht in Johannes' Haus verbringen. Leicht benommen irrte sie durch die langen Flure auf der Suche nach einer Schlafgelegenheit, doch alle Türen, an denen sie rüttelte, waren verschlossen. Auch die Haushälterin konnte Klara nicht finden. Sie schien von dem riesigen Haus verschluckt. Erst im Erdgeschoss ließ sich eine Tür öffnen. Dahinter verbarg sich eine Bibliothek, in der das Arbeitszimmer ihres Vaters sowie der Salon der Villa Luise spielend Platz gefunden hätten. Klara setzte sich in den mit braunem Leder bezogenen Sessel, der am Fenster stand, und starrte auf die Tür. Es war still im Haus, totenstill, wie sie fand, aber sie hatte keine Angst. Ruhig, ja fast gelassen saß sie in dem alten abgewetzten Sessel und streckte die Beine weit von sich, so, wie man es tut, wenn man nach großer Anstrengung etwas Erholung sucht. Sie schloss die Augen, und kurze Zeit später sah sie Lennart, wie er auf seinem Schiff verzweifelt nach ihr suchte und nach ihr rief, sie aber nicht sehen konnte, obwohl sie direkt vor ihm stand. Immer wieder hörte sie Lennart ihren Namen rufen, aber

erst als sie durch harte Faustschläge gegen die Bibliothekstür wieder zu sich kam und immer noch ihren Namen hörte, stellte sie fest, dass nicht Lennart nach ihr rief, sondern Johannes, der betrunken vor der verschlossenen Tür stand und sich gebärdete wie ein angeschossenes Tier.
»Lass mich rein«, brüllte er in einer verwaschenen Sprache, so dass Klara außer »rein« nichts verstand. »Lass mich sofort zu dir rein. Das ist meine Bibliothek«, schrie er und hämmerte dabei wie von Sinnen gegen die schwere Eichentür. Aber Klara stellte sich taub, und nach einigen Minuten, die ihr wie Stunden erschienen, ging Johannes' Gepolter in ein weinerliches Gejammer über. »Bitte«, flehte er, »es ist so kalt hier draußen, bitte, Klara, ich erfriere hier.«
Für einen kurzen Moment empfand sie so etwas wie Mitleid mit Johannes und war versucht, die Tür zu öffnen und ihn zu sich in die Bibliothek zu lassen, aber dann erinnerte sie sich, dass Mitleid exakt das Gefühl gewesen war, das sie gehabt hatte, als sie zum ersten Mal auf Johannes getroffen war.
Der gleiche Ekel, den sie vorher in Johannes' Salon verspürt hatte, stieg wieder in ihr hoch. Selbst als Johannes längst aufgehört hatte, gegen die Tür zu trommeln, und stattdessen mit zerknittertem Hemd und halb geöffneter Hose vor der Bibliothek auf den kalten Holzdielen lag und laut schnarchte, kämpfte sie noch immer gegen ihre Übelkeit. Sie schloss die Augen und träumte von einem erfrischenden Bad im Meer, doch Johannes' Geruch haftete an ihr wie das süßlich-klebrige Sekret eines Lindenbaums, dessen durchdringender Duft ihr im Frühsommer, wenn er über die Binzer Strandpromenade wehte, seit einigen Jahren auch auf den Magen schlug.

In dieser Nacht fand Klara keinen Schlaf. Sie dachte an ihren Vater und daran, wie alt er geworden war. Sein Verfall machte ihr Angst, und Tränen stiegen ihr in die Augen. Plötzlich tauchte auch Marie in ihren Gedanken auf. Marie, deren regungsloser Ausdruck ihr immer zu sagen schien, dass sie ihr auf immer und ewig alles verzieh. Aber Klara hasste ihre Mutter für diese Großzügigkeit, die ihr wie eine maßlose Zumutung erschien. Mit Marie kam auch Rosmarie und Bruchstücke eines Satzes, den sie nicht zu ihr, sondern vor längerer Zeit einmal zu Marie gesagt hatte. Dass man selbst dafür verantwortlich sei, wie man sich abends ins Bett lege, hatte sie so oder so ähnlich gesagt, und Klara hatte damals verächtlich gelacht und gedacht, wie lächerlich es sei, etwas so Selbstverständliches mit so viel Pathos in der Stimme auszusprechen. Aber in dieser Nacht lachte sie nicht.

# *Zweiter Teil*

# 24

An jenem Morgen im Oktober 1923, an dem aus Klaras Gesicht mit einem Schlag die Restbräune des Sommers entwichen war, zogen schneeweiße Wolkenbänder über den strahlend hellen Himmel und bedeckten das Firmament mit ihren dünnen, fast durchsichtigen Schlieren. Der sanfte Wind, der vom Meer her kam, war an diesem warmen Tag kaum wahrnehmbar. Nur vereinzelt veranlasste ein zarter Windhauch ein Buchenblatt dazu, sich sanft im Rhythmus der Luft zu wiegen, so dass sich für Sekunden ein kaum hörbares Rascheln über die Binzer Strandpromenade legte. Klara stand am Familienbad, beide Hände auf ihren Bauch gelegt, und sah mit leerem Blick zu, wie die See das Wasser träge gegen den Sand spülte. Es war ein einlullendes Schauspiel, das sich ihr bot und dem sie sich bereitwillig hingab. Hätte sie nicht um acht Uhr ihren Küchendienst im Kurhaus antreten müssen und wäre es nicht schon eine halbe Stunde über der Zeit gewesen, sie hätte sich noch viel länger diesem beruhigenden Anblick überlassen. Denn kaum hatte sie sich ein paar Schritte entfernt, hallten in ihrem Kopf die Worte von Dr. Hansen wider, die sie so gern aus ihrem Innersten verbannt hätte. Am frühen Morgen hatte sie den Arzt in seiner Praxis aufgesucht, und das, was er ihr zu sagen gehabt hatte, war unmissverständlich. Sie erwartete ein Kind.

»Nun beeil dich mal, min Deern«, rief ihr der alte Gärtner

hinterher, als sie am Hintereingang des Kurhauses angekommen war. »Der neue Chef duldet keine Schlamperei.« Im Januar hatte die Gemeinde das Haus an den Kaufmann Arnold Groß verkauft, und seitdem herrschte ein anderer Wind in dem einst mondänen, mittlerweile aber ziemlich heruntergekommenen Binzer Kurhaus. Den Rissen in der Fassade waren die schweren Jahre noch deutlich anzusehen, und auch die Inneneinrichtung mit ihren verschlissenen Bezügen auf den Stühlen machte im Herbst 1923 noch nicht den Anschein, als ginge es bald bergauf. Noch immer lastete der Fluch der Inflation über dem Kurhaus wie über allen anderen Hotels und Pensionen auch.

An einem Morgen im September wurde Hotelier Bensheim erhängt in seinem Hotel gefunden, Hotelier Freese hatte bereits im Frühjahr einen Herzinfarkt erlitten, und Franz, mit seinen mittlerweile zweiundsiebzig Jahren ohnehin gesundheitlich nicht mehr ganz auf der Höhe, verließ seit langem, seit jenem Sommer 1919, als sich seine Pläne mit einem Mal in nichts aufgelöst zu haben schienen, kaum noch sein Bett. Tat er es doch, dann zitterte sein ganzer Körper. Dr. Hansen diagnostizierte mal Altersschwäche, mal ein Herzleiden. Er verbot ihm Alkohol, weil er glaubte, Franz habe Gicht, aber keines seiner Mittel half ihm wieder auf die Beine, denn mehr als sein alter Körper quälte Franz noch immer die Frage, wie es mit seiner Villa Luise weitergehen würde.

»Da bist du ja endlich«, flüsterte Malte Klara zu. Malte Kumvitz, ein junger Fischer, der mit seinen dreiundzwanzig Jahren nur ein Jahr älter als Klara war, brachte jeden Dienstag seinen fangfrischen Fisch aus Saßnitz nach Binz in die Kurhausküche und hatte Klara an diesem Morgen bereits schmerzlich vermisst. »Ich habe mir Sorgen gemacht.« Er legte seinen Arm sanft um ihre Hüfte und presste sie kurz an sich. »Ist etwas? Du siehst so blass aus.« Klara versuchte zu lächeln, während sie sich aus seiner Umklammerung befreite, aber es gelang ihr nicht. Sie sah gequält aus, wie sie mit ihrer weißen Schürze und dem blau-weiß gestreiften Tuch auf dem Kopf in der Küche am Spülbecken stand und Töpfe und Schüsseln vom Vorabend schrubbte. Die Arbeit hatte ihr noch nie Spaß gemacht, aber an diesem Morgen hätte sie am liebsten jeden einzelnen Topf genommen und ihn so lange gegen die Fliesen geschleudert, bis jeder so verbeult gewesen wäre, dass keiner mehr zum Kochen getaugt hätte. Sie hätte am liebsten das feine Porzellan gepackt und es auf dem steinernen Küchenboden zerschmettert und wäre mit Malte auf und davon. Ganz egal, wohin, einfach nur weg aus dieser lauten, stickigen und stinkenden Küche, weg aus diesem verfallenen Binz, in dem sie an jeder Ecke den Tod roch, weg aus der Villa Luise, in der ihr Vater noch immer unentwegt nach Johannes schrie und auf eine baldige Hochzeit hoffte und die ihre Mutter mit Geld, das ihr nicht gehörte, am Laufen hielt.

Seit September 1919 arbeitete Klara hier. War die Stelle anfangs noch so etwas wie ein Befreiungsschlag, wurde sie ihr mittlerweile mehr und mehr zum Gefängnis. Angetreten war sie auf Vermittlung von Marie, nachdem sich Johannes' Geldgeber zurückgezogen hatten. Im Juli 1919 überbrachte Johannes das überraschende Aus und machte das »Schanddiktat der Kriegsgewinnler« für das Scheitern verantwortlich. In Anbetracht der hohen Reparationsleistungen, die sie nach der Unterzeichnung des Versailler Vertrags zu entrichten hatten, waren den Berlinern die Investition in die Villa Luise zu riskant geworden. Während

Johannes wetterte, Franz sein Ende kommen sah, Marie ihre Freude nicht verbarg, erblickte Klara für sich eine Chance. Sie hatte als Küchengehilfin in der Kurhausküche begonnen, doch an ihrem Status hatte sich nach vier Jahren nichts geändert. Die Bezahlung war schon vor der Inflation lausig gewesen, und auch wenn sie Klara manchmal dennoch das Gefühl gab, wenigstens einen kleinen Beitrag zum Fortbestand der Villa Luise zu leisten, so konnte das wenige Geld, das sie jeden Monat ihrem Vater überreichte, ihn nicht von seinem Plan abhalten, sie mit Johannes Kerk zu verheiraten.

»Irgendetwas stimmt doch nicht mit dir, Klara«, sagte Malte jetzt eindringlich, nicht gewillt, seinen Platz neben ihr am Spülstein aufzugeben, obwohl er sich eigentlich schon längst wieder auf den Weg zurück nach Saßnitz hätte machen müssen. Er schaute sie prüfend an, aber sie wich seinem Blick aus. Und dennoch meinte er zu sehen, wie ihre Sommersprossen nervös auf ihrer schmalen Nase tanzten. Er griff nach ihrer Hand, die vom Abwaschwasser nass und aufgeweicht war und sich glitschig anfühlte. Wie ein toter Fisch, dachte er und packte beherzt zu, damit sie ihm nicht entglitt. Doch Klara ließ ihre Hand bereitwillig in seiner liegen.

Wie sie so dicht an dicht im Dampf der Kurhausküche standen und Klara für Sekunden in Maltes leuchtend blaue Augen schaute, war ihr, als sähe sie ihn zum ersten Mal. Noch nie war ihr diese Entschlossenheit in seinem Blick aufgefallen, die sie in diesem Moment bemerkte. Sein schelmisches Grinsen hatte sie schon oft gesehen, sein herzliches Lachen tausendfach gehört, seine kräftigen Hände gespürt, aber noch nie diese Entschlossenheit bemerkt. Der Blick beruhigte sie, und langsam kehrte wieder etwas Farbe in ihr Gesicht zurück.

»Es ist alles in Ordnung, Malte«, flüsterte sie und deutete dabei mit ihrem Kopf in Richtung des Küchenchefs. »Eine harmlose Magenverstimmung. Aber du solltest jetzt besser gehen, Otto wird sonst ungemütlich.«

Als er ging, hatte Klara sich wieder ihren Töpfen zugewandt, aber Malte meinte ein leises Summen zu hören, das ihn zur Tür hinausbegleitete.

»Klara«, flüsterte Franz mit heiserer Stimme, als sie sich am Abend zu ihm ans Bett setzte, »Johannes hat uns heute wieder einen Kredit verschafft.«

»Wie viel ist es diesmal?«, fragte Klara kühl.

»Zehntausend Billionen.«

»Zehntausend Billionen? Und du glaubst tatsächlich, dass uns das weiterhilft? Für mehr als ein paar Pfund Butter reicht das doch nicht«, entgegnete sie spitz.

»Das glaubst du. Liest du denn keine Zeitung, mein Kind? Der Stresemann hat eine neue Notenbank versprochen. Du wirst schon sehen, mit dem Geld können wir endlich die nötigen Reparaturen durchführen«, sagte er mit der Überzeugung desjenigen, der unter keinen Umständen gewillt ist, irgendetwas anderes zu glauben. Franz versuchte sich in seinem Bett aufzurichten, doch seine Kraft reichte dafür nicht aus.

»Bleib liegen, Vater«, sagte Klara besorgt, »du sollst dich doch ausruhen.«

»Ich habe mich lange genug ausgeruht«, protestierte Franz, bemüht, seine Stimme so tief wie möglich klingen zu lassen. »Jetzt geht es wieder aufwärts.« Er ballte seine rechte Hand zur Faust und streckte seinen Arm nach oben, als wollte er Gott und der ganzen Welt eine Kampfansage machen. »Ich muss doch das Geld gut investieren, das uns Johannes geliehen hat.«

»Ja, natürlich, Vater«, sagte Klara, aber seine Worte drangen kaum noch bis zu ihr vor. Zu oft hatte sie ihn schon von Umbauten, Reklame und neuen Angeboten reden hören, und ebenso oft waren alle seine Pläne im Sand verlaufen, dass sie zwar bereitwillig nickte, wenn er über neue Projekte laut nachdachte und ihre Zustimmung einforderte, aber im nächsten Moment vergaß sie auch schon wieder, was er soeben gesagt hatte. Längst versuchte sie jegliche Diskussion mit ihrem Vater zu vermeiden, was ihr zwar nicht immer glückte, an diesem Abend jedoch schon.

Franz' Worte glitten an ihr vorüber wie ein aus der Weite kommendes Geräusch, das sich im nächsten Moment gleich wieder in die Weite verabschiedet. Wäre Franz etwas aufmerksamer gewesen, er hätte an ihrem Blick bemerkt, dass sie nicht bei ihm an seinem Krankenbett saß, sondern irgendwo anders war, dort, wo er keinen Zugang hatte. Aber Franz redete unbeirrt vor sich hin, und es schien, als würde sein Monolog vor allem einem Zweck dienen – er musste sich versichern, dass er noch am Leben war. Als hätte sie jahrelange Routine darin, tätschelte Klara in einem gleichbleibenden Rhythmus seine Hand, und für einen Augenblick gelang es beiden auf ihre Weise, den Realitäten den Rücken zu kehren und sich forttragen zu lassen auf ihre ganz persönliche Reise.

Wie schon am Morgen sah Klara den mittlerweile dunkler gewordenen Wolken hinterher, wie sie gemächlich und von unsichtbarer Hand dirigiert über den Himmel schoben. Der

Anblick erinnerte sie an ein Puppentheater, das sie als Kind einmal im Kurpark gesehen hatte. Nur die dünnen Stäbe, auf denen die künstlichen Wolken damals gesessen hatten, fehlten, aber es hätte sie nicht gewundert, wenn sie sie auf einmal gesehen hätte. So unwirklich kam ihr plötzlich ihr ganzes Leben vor.

Sie vermisste Hanna. Seit knapp einem Jahr hatte sie sie nicht mehr gesehen, seit dem Tag, an dem sie endgültig zu ihrer Schwester nach Stralsund gezogen war. Vielleicht weiß sie ja Rat, dachte Klara. Als Lennart von seiner letzten Fahrt über den Ozean im Herbst 1919 nicht mehr zurückgekommen war, da war es Hanna gewesen, die es verstanden hatte, sie zu trösten. Nur ihr hatte sie ihre Tränen gezeigt, und Hanna hatte sie in den Arm genommen und etwas von einem Schmerz erzählt, der in jungen Jahren schneller vergeht. Doch Klara kämpfte noch immer mit ihren Gefühlen, wenn sie an Lennart dachte. Er fehlte ihr nicht, und sie hatte ihn auch nur für kurze Zeit vermisst. Sein Name war für sie unweigerlich mit dem schrecklichen Wunsch verbunden, den sie in ihrer Verzweiflung auf Alberts Kutschbock in den Wind gehaucht hatte.

»Wenn er doch nur tot wäre.« Die Worte von damals geisterten wieder in ihrem Kopf herum. Klara erschrak. Niemals wieder hatte sie diesen verhängnisvollen Satz denken wollen. Sie versuchte, sich auf ihren Vater zu konzentrieren und auf das, was er sagte, aber seine Stimme hinterließ nicht mehr als ein Rauschen in ihr. Wie ein aufdringlicher Badegast drängte sich der Satz nach vorne und ließ sich durch nichts von seinem Vorhaben abhalten, sich in die erste Reihe zu stellen. Sie starrte in Franz' Gesicht, aber der bemerkte von ihrem Entsetzen nichts. Sie starrte den Wolken hinterher, aber auch die hatten sich nicht verändert. Sie griff in ihre Haare, die zu einem Knoten zusammengebunden waren, aber auch die waren noch an Ort und Stelle. Alles war, wie es vor dieser Erinnerung gewesen war. Nur Klara fühlte sich entblößt.

»Ich lasse dich jetzt wieder etwas schlafen«, sagte sie zu ihrem Vater, als sie aufstand und wie in Trance aus dem Zimmer ging. Es war ihr unmöglich, länger in diesem Raum zu bleiben, in dem sie mit ihren Gedanken ihren Vater hätte umbringen können. Es schien ihr auch ganz und gar unmöglich, in ihr Zimmer zu gehen oder sich sonst wo in der Villa Luise zurückzuziehen, auch wenn sie kurz mit dem Gedanken gespielt hatte, ihre Mutter zu suchen und ihr alles zu erzählen. Aber kaum hatte sie ein Gespräch mit Marie in Erwägung gezogen, kam ihr diese Idee auch schon wieder lächerlich vor.

Klara trat in die Dämmerung hinaus. Ein frischer Windhauch empfing sie, und sie spürte die Feuchtigkeit des Herbstes auf ihrer Haut, die sich wie eine beschützende Schicht über sie legte. Sie ging nach links, Richtung Seebrücke, vorbei am Familienbad, vor dem sie am Morgen noch versonnen gestanden hatte, vorbei an den verlassenen Buden vor der Brücke, vorbei am Kurhaus, das sie wie den Kaiserhof achtlos passierte. Auf Höhe der Villa Sonnenschein, in der sich im ersten Stock eine Weinhandlung verbarg, die all die Jahre in Betrieb geblieben war, kamen ihr Marie und Rosmarie entgegen, die sich angeregt unterhielten. Klara verlangsamte ihre Schritte, aber sie grüßten sich nur flüchtig, und der Impuls, mit Marie zu sprechen, erstickte zum zweiten Mal im Keim, kaum dass er in ihr Bewusstsein vorgedrungen war. Statt sich nach ihrer Mutter

umzudrehen, beschleunigte sie ihren Gang. Sie lief immer schneller und schneller, bis sie meinte, kaum noch festen Grund unter ihren Füßen zu spüren. Ihr Herz raste und mit ihm ihr Atem, aber der tödliche Gedanke von vorhin schien verflogen zu sein, aufgelöst in heftigen Atemstößen, zerstoben unter dem feinen Sand, den ihre Schritte aufwirbelten. Wohin ihr Körper sie trug, das wusste sie nicht. Aber der Weg führte direkt nach Saßnitz. Sie war lange so gerannt, denn als sie wieder zu sich kam, lag vor ihr bereits das Blankenburgsche Anwesen. Wie eine dunkle Glocke legte sich die Dämmerung jetzt über die Insel, nur noch bereit, eine Art Notlicht abzugeben. Die Umrisse des Hauses waren Klara jedoch so vertraut, dass sie es auch bei tiefster Dunkelheit sofort erkannt hätte. Fast ein Jahrzehnt war vergangen, seitdem sie zum letzten Mal vom Strand aus ihren ängstlichen Blick nach oben zum Schloss gerichtet hatte, immer in der Sorge, dort ihre Mutter in Begleitung von Sophie zu sehen, aber der Anblick hatte sich ihr eingeprägt. Jetzt sah sie hinauf, und die Wut von damals kam nicht zurück. Vereinzelt flackerten dünne Lichter in den Arbeiterkaten, die Ernst von Blankenburg gleich nach Kriegsende hatte errichten lassen und in denen jetzt hauptsächlich Witwen mit ihren halbwüchsigen Kindern lebten.
Klara stemmte ihre Arme auf die Oberschenkel und keuchte. Wie sie so dastand, rechts von sich das Meer, links vor ihr das Blankenburgsche Anwesen, schlich sich eine Enttäuschung in ihre Glieder, die ihr ganz und gar fremd und nicht zur ihr gehörend erschien. Das Schloss wirkte verwaist. Kein Licht war zu sehen, keine Stimme zu hören, nur ein paar Krähen, die sich auf dem Dach ausruhten, gaben krächzende Töne von sich. Klara ertappte sich bei dem

Gedanken, dass sie gehofft hatte, Sophie würde aus der Tür treten und ihr zuwinken und sie zu sich hereinbitten. Ausgerechnet Sophie. Sophie, die in Berlin im Parlament des Reichstags saß, die Marie noch immer Briefe schrieb und die sie, Klara, aus ganzem Herzen hasste. Klara schüttelte den Kopf. Was ging nur in ihr vor? Der Wunsch, mit Marie zu reden, schien ihr der Irrtum einer momentanen Laune gewesen zu sein, für den Wunsch nach einem Wiedersehen mit Sophie hatte sie nur Verachtung übrig.

Noch immer erschöpft von der Anstrengung, setzte sich Klara mit dem Rücken zum Schloss in den feuchten Sand. Es war kühl geworden, aber auf ihrer Haut klebte noch der Schweiß. Für eine Weile hörte sie dem Plätschern der Wellen zu, dann schloss sie die Augen und legte sich in den Sand. Sie schlief bis zum Morgengrauen, aber es war ein unruhiger Schlaf, und immer wieder wachte sie für Sekunden auf, in denen sie meinte mal Johannes, mal Franz reden zu hören. »Schmachfrieden«, »Schuld«, »Ehre«, »Familie«, »Zusammenhalt«, das waren die Wortfetzen, die sich in ihrem Kopf seit Jahren festgesetzt hatten und die sich in dieser Nacht in ihren Träumen verselbständigten.

Als Klara am nächsten Morgen wieder zu sich kam, bahnten sich die ersten Sonnenstrahlen ihren Weg durch die dünne Wolkenschicht, und am Horizont waren noch die letzten Reste der Morgenröte zu erkennen. Der hellrote, fast rosafarbene Himmel erinnerte sie an die Malven und Bauernrosen, die in den verwucherten Gärten vor den kleinen Fischerkaten blühten. Sie hatte diesen Anblick immer gemocht, und in diesem Moment gab ihr diese Erinnerung ein Gefühl der Zugehörigkeit zurück.

## 25

Marie stand am Fenster, und ihr Blick fiel auf die Sanddornsträucher in ihrem Garten. Im Glanz der herbstlichen Mittagssonne gaben die Früchte ein strahlendes Leuchten ab, und es schien, als würde es bis zu ihr reichen. Sie hielt einen Brief von Sophie in der Hand, und ein Lächeln huschte über ihr Gesicht. Diesmal hatte Sophie nur eine kurze Mitteilung geschickt, in der etwas von einem klärenden Gespräch mit Ernst stand, dass sie deswegen in der nächsten Woche nach Binz kommen werde und sie gerne bei Marie Quartier beziehen würde.

In den fünf Jahren seit Kriegsende hatten sie sich nicht mehr gesehen, aber die Verbindung zwischen ihnen war vertrauter denn je. Zahlreiche Briefe hatten sie sich hin und her geschickt, in denen Sophie von ihrem Leben in Berlin berichtete, von ihrer Arbeit im Parlament und von ihrer Enttäuschung darüber, dass die anfänglich so verheißungsvolle Aufgabe doch kaum mehr als eine Verwaltung von Besitzständen war. Marie, die die Desillusionierung ihrer Freundin mit Sorge begleitete, hatte versucht, ihr Mut zu machen. Immer wieder schrieb sie ihr, wie wichtig ihr Einsatz doch war und sei und wie viel sie und ihre Genossinnen erreicht hätten im Kampf um mehr Rechte für die Frau. Ja, dass sie, Marie, erst jetzt so richtig verstanden habe, was Sophie damals gemeint habe, als sie sich zum ersten Mal an diesem Abend im Kurhaus getroffen hatten, und wie sehr sie es mittlerweile zu schätzen wisse, dass sie auch wählen dürfe. »Auch wenn hier auf der Insel die Veränderungen ansonsten nicht sichtbar sind«, schrieb sie, »fühle ich doch in meinem Inneren, dass ich ein anderer Mensch bin. Die Stärke, die ich durch Dich und Deinen Einsatz erfahren habe, lässt mich zuversichtlich in die Zukunft schauen.« Die Briefe, die sie sich schrieben, waren ohne Sentimentalitäten, sondern zeugten von einer Zuneigung, die Offenheit erst möglich machte.

Marie freute sich, Sophie nach so langer Zeit wiederzusehen, und wie selbstverständlich richtete sie ihr das schönste Zimmer im ganzen Haus her. Es gab den Blick frei aufs Wasser und glich mit seinem separaten Schlafraum und einer Kochgelegenheit mehr einer kleinen Wohnung als einem Urlaubszimmer. Mit dazu gehörte eine große Veranda, auf der schon zahlreiche Gäste der glutroten Sonne zugeschaut hatten, wie sie aus dem Meer aufstieg. Dass sie das alte schwere Bett mit einer blütenreinen Wäsche überziehen konnte, hatte sie ihrer langjährigen Wäscherin zu verdanken, die die knapp gewordene Seife wie einen Schatz unter Verschluss hielt und nur gegen Essbares eintauschte. Gegen einen Sack Kartoffeln, den Johannes bei seinem letzten Besuch mitgebracht hatte, bekam sie ein kleines Stück von dem wertvollen Gut. Nicht einen Moment hatte sie an der Richtigkeit dieses Tausches gezweifelt, denn auch wenn die Kartoffeln mindestens ebenso rar waren wie ein Stück Seife, für das Wohl von Sophie hätte sie fast alles getan. Nur für Franz, der ohnehin nicht mehr viel zu sich nehmen konnte, hatte sie ein Kilo Kartoffeln zur Seite gelegt, und Klara aß meist in der Kurhausküche. Ihr reichte das, was in ihrem Gemüsegarten wuchs, in dieser Jahreszeit vor allem Kürbis

und Bohnen, und Mehl für Brot hatte sie noch aufbewahrt.
An dem Freitag, an dem Sophie ankommen sollte, fuhr Marie am Morgen nach Saßnitz und kaufte beim Fischer Kumvitz Dorsch. Das Geld dafür hatte sie sich von Rosmarie geborgt, die sie auch sonst ab und an mit dem Wenigen, das sie selber hatte, unterstützte. Der Dampfer, der seit einem Jahr wieder regelmäßig zwischen Binz und Saßnitz verkehrte, war fast menschenleer. Noch immer kamen nur wenige Urlauber auf die Insel, und die, die kamen, waren im Oktober entweder schon wieder abgereist oder aber sie blieben nur ein Wochenende, seitdem es die Möglichkeit gab, mit dem Flugzeug von Stralsund nach Binz zu reisen.
Den alten Kumvitz kannte Marie schon lange. Vor dem Krieg hatte er regelmäßig Fisch in die Villa Luise gebracht, und oft hatte sie harte Verhandlungen mit ihm wegen der Preise geführt. Mit Kriegsbeginn hatte sie seine Lieferungen gekündigt, und seitdem war sie nur noch einmal bei ihm in Saßnitz gewesen, als sie vor einem Jahr für eine Woche eine begüterte schwedische Großfamilie zu versorgen hatte. Fisch bekam sie sonst von den Fischern in Binz. Aber für Sophie sollte es der Kumvitz-Fisch sein, den auch die reichen Gäste im Kurhaus aßen.
Als sie der Dampfer durch kleine Wellen hindurch von Saßnitz zurück nach Binz schaukelte, hatte sie nicht wie die anderen Fahrgäste im Speiseraum des Schiffes Platz genommen, sondern sich an die Reling gestellt, den Blick zurück nach Saßnitz und auf die im Schatten liegende Kreideküste gerichtet, und dachte an Klara. Malte Kumvitz, der Fischersohn, der ihr den Dorsch in Zeitungspapier eingeschlagen hatte und den sie schon als fünfjährigen Bub gekannt hatte,

hatte sie gefragt, ob mit Klaras Magen wieder alles in Ordnung sei, er sei erst gestern von einer Fangfahrt zurückgekehrt und habe sie daher noch nicht selber fragen können. Sie hatte etwas Unverständliches gemurmelt, was Malte wohl als gutes Zeichen aufgenommen hatte, jedenfalls hatte er sich damit zufriedengegeben, aber Marie war erschrocken zurückgeblieben.

Wie fremd sie sich waren, sie und Klara, dachte Marie, während sie mit ihrem Blick die schäumende Spur abtastete, die der Dampfer im Wasser hinterließ. Von keiner Magenverstimmung, von keinem Unwohlsein wusste sie etwas. Genauso wenig wie von der Tatsache, dass Malte Klara kannte, und das ziemlich gut, wie ihr schien, immerhin wusste er über ihre Tochter besser Bescheid als sie.

Zwar war Klaras Kampf mit Franz und Johannes in den letzten Jahren von ihr nicht unbemerkt geblieben, und wenn es nach ihr gegangen wäre, dann hätte sie diesen »Kreidefresser«, wie Rosmarie Johannes manchmal verächtlich nannte, am liebsten zum Teufel gejagt, erst recht, seitdem er sich als Kreisvorsitzender der Deutschnationalen Volkspartei mit Blut-und-Boden-Reden hervortat, aber dass Klara krank war, das hatte sie im Gegensatz zu Malte Kumvitz übersehen. Wie Marie so an der Reling stand und ihren Blick jetzt über den langen Sandstrand gleiten ließ, der sich von Prora nach Binz erstreckte, und noch immer an Klara dachte, kroch ein Gefühl in ihre Glieder, das sie fast vergessen zu haben schien. Sie fühlte sich schuldig, zum ersten Mal seit langer Zeit.

Maries Blick blieb kurz beim Blankenburgschen Anwesen hängen, das sich rechts von Prora fast bis in einen kleinen Hügel hinein erstreckte. Auch aus der Ferne sah es imposant aus, aber es löste keine großen Gefühle mehr in ihr aus. Als würde es längst zum Landschaftsbild dazugehören, nahm sie es mit der gleichen Selbstverständlichkeit zur Kenntnis, wie sie auch die Möwen wahrnahm, die über ihrem Kopf kreisten und nach Futter kreischten, oder wie sie das in die Länge gezogene Waldstück erblickte, das vom Wasser aus gesehen wie ein unüberwindliches Hindernis hinter dem Sandstrand lag.

## 26

Der Dorsch garte bereits in einem Sud aus Wasser, Lorbeer, Zwiebeln, Thymian und einigen wenigen Senfkörnern, die Marie in der Vorratskammer noch gefunden hatte, als mit mächtigem Getöse ein Doppeldecker-Flugzeug über die Villa Luise flog. Es landete direkt vor dem Kurhaus im Wasser und hatte nur einen Gast an Bord. Wie immer, wenn eines der Wasserflugzeuge in Binz landete, stürmte die halbe Kurhaus-Mannschaft vor zum Strand, um sich entweder das Spektakel nicht entgehen zu lassen oder aber ankommenden Gästen einen angemessenen Empfang zu bereiten.

Klara war nicht unter den Schaulustigen, vom Küchenfenster im Souterrain aus konnte sie genügend sehen. Unter großem Gejohle der vielen Kinder, die aus allen Ecken angerannt gekommen waren, sprang Sophie barfuß in das kühle Wasser und watete zum Strand. Um ihren Hals flatterte ein langer weißer Schal und verdeckte für einen kurzen Augen-

blick ihr Gesicht, so dass Klara Sophie nicht gleich erkennen konnte. Als sie bemerkte, wer diese Frau in dem dunkelroten, gerade über das Knie reichende Kleid war, die da aus dem Flugzeug gestiegen war, zitterte sie für einen kurzen Moment am ganzen Körper.
Sophie, Sophie, Sophie, raste es in ihrem Kopf, jetzt ist sie hier. Klara hielt sich am Spülstein fest und wischte sich den Schweiß von der Stirn. Keine Wut und kein Hass stiegen in ihr hoch, nur die Angst vor mächtigen Gedanken. Hatte sie sich doch vor wenigen Tagen erst in einem kurzen Moment der Schwäche gewünscht, Sophie würde sie in ihr Haus einladen und sie könne mit ihr über Franz, Johannes, Malte und ihre Schwangerschaft sprechen. Jetzt ist sie hier, dachte sie erneut und strich sich über den noch flachen Bauch, aber während sie das tat, spürte sie bereits, wie wieder die ganze Verachtung, die sie sonst für Sophie empfand, Oberhand gewann, und als sie sich über den Spülstein beugte, um die restlichen Töpfe zu schrubben, die noch im Wasser lagen, nahm sie sich vor, keinen Gedanken mehr an Sophie oder auch an Marie zu verschwenden, sondern selbst eine Lösung für ihr Problem zu finden.

»Was für ein herrliches Essen.« Sophie wischte sich mit einer leinenen Serviette die Reste des Suds von den Lippen. »Ich kann mich gar nicht mehr daran erinnern, wann ich zum letzten Mal Fisch gegessen habe. In Berlin gibt es nichts außer Kartoffeln und Bohnen und manchmal Speck und Fleisch, natürlich nur, wenn man es bezahlen kann. Aber für kein Geld der Welt kann man dort einen so köstlichen Fisch kaufen, der nach Meer und Weite und Freiheit schmeckt. In Berlin bekommt man die Enge gleich mit auf dem Teller serviert.« Sie lächelte zufrieden. »Hat sich ja gar nichts verändert hier«, sagte sie nach einer kurzen Pause und strich mit ihrer Hand über den großen Holztisch. »Noch immer recht solide alles.« Sie ließ ihren Blick über die holzvertäfelten Wände schweifen, über die Bilder, auf denen Schiffe in sturmumtoster See gegen Wind und Wetter kämpften, über den Kamin und die mit Blumentöpfen vollgestellten Fenstersimse hinaus aus einem der kleinen Fenster in den Garten bis hin zum Meer. »Wie schön es hier ist«, murmelte sie versonnen. »Ich hatte es fast vergessen.«

»Ja«, erwiderte Marie, »die Landschaft macht vieles wett.«

»Je länger ich in Berlin bin, desto besser verstehe ich Ernst«, sagte Sophie, noch immer ihren Blick aufs Wasser gerichtet. »Dass er unbedingt auf Rügen bleiben wollte, weißt du, das kam mir lange Zeit wie ein schlechter Witz vor, aber ich fange an zu begreifen, was er hier gefunden hat. In Berlin stinkt es nach Menschen, hier duftet es nach Natur.«

»Nu übertreib mal nicht.« Marie sah Sophie mit einem offenen Lächeln ins Gesicht. »Hier gibt es auch Menschen, und ich kann dir versichern, nicht alle tragen einen Blümchenduft mit sich herum.«

»Sicher, ich bin heute wohl ein bisschen sentimental.« Sophie strich sich eine Strähne aus dem Gesicht. »Ich habe mich einfach sehr darauf gefreut, dich wiederzusehen«, sagte sie ernst.

»Ich mich auch. Sehr sogar. Es ist schön, jemanden im Haus zu haben, mit dem man auch reden kann.«

»Findest du?«, fragte sie abwesend. »Reden. Weißt du, in Berlin mach ich eigentlich nichts anderes mehr. Manchmal wünsche ich mir, ich könnte einfach auch mal wieder so richtig zupacken und dann das Ergebnis direkt vor mir sehen.«

»Oh, da hätte ich bestimmt die eine oder andere Aufgabe für dich«, sagte Marie verschmitzt. »Kochen, waschen, den Garten machen, das Haus braucht einen neuen Anstrich, aber ohne Geld ... Na egal, das wird schon. Was würdest du denn gerne tun?«

»Ach, ich weiß nicht. Wieder etwas bewegen, für etwas kämpfen. Du kannst dir gar nicht vorstellen, wie langsam das in so einem Parlament vor sich geht. Und dann muss man auch immer noch darauf achten, dass man die eigene Partei nicht vor den Kopf stößt. Als ich im letzten Jahr vorgeschlagen hatte, sich jetzt endlich einmal dafür einzusetzen, dass die Frauen in den Fabriken den gleichen Lohn erhalten wie ihre Männer, da war aber der Teufel los. Jeder sah seine Besitzstände schwinden, sogar manche Frauen in meiner Partei. Die hatten Angst, dass sie ihre Identität als Frau verlieren könnten, wenn sie sich mit den Männern gleichmachen. Das musst du dir mal vorstellen. Die geben sich zufrieden mit dem, was sie haben. Schrecklich. Reden, reden, immer nur reden, ich glaube, ich will das nicht mehr.«

»Vielleicht brauchst du einfach mal etwas Ruhe«, versuchte Marie Sophie zu beschwichtigen. »Ich jedenfalls freue mich, wenn ich endlich einmal reden kann. Hier im Haus ist es so still geworden.«

»Hast du Franz etwa ruhig gekriegt?«

»Ach, Franz, der ist alt geworden, und sein Gepoltere erregt nur noch Mitleid. Reden, vernünftig reden kann man mit ihm schon lange nicht mehr. Wenn ich dir von all den Plänen erzählen würde, die in seinem Kopf rumspuken, dann würden wir nächste Woche noch hier sitzen. Und nichts von dem lässt sich verwirklichen. Zum Glück. Ich brauche keine neuen und größeren Zimmer oder mehr Angebote oder was weiß ich was. Es war doch immer gut, wie es war, und so soll es auch bleiben. Nur die Gäste fehlen eben. Aber ich bin zuversichtlich, ewig kann das ja nicht so weitergehen.«

»Wenn du Geld brauchst, dann sag es mir. In Kürze ist die nächste Rate meiner Abfindung für die Scheidung fällig. Darüber haben Ernst und ich uns schon verständigt. Ehrlich, Marie, ich sag das nicht nur so. Ich möchte dir gerne helfen, wenn ich kann.« Sophie sah Marie lange, aber nicht mehr mit dem aufgeregten Flackern im Blick, in die Augen. Aus ihrer Liebe von einst war für beide längst tiefe Freundschaft geworden.

»Danke, aber das würde Franz nie zulassen.«

»Wer redet denn hier von Franz. Es geht doch um dich und deine Zukunft. Und um die von Klara ja auch«, erregte sich Sophie. Marie sah ihre dunklen Augen funkeln, und ein Lächeln huschte über ihr Gesicht. Vor ihr saß wieder die alte Sophie, die, die sich nicht unterkriegen ließ. »Außerdem«, fügte sie etwas leiser hinzu, »muss er davon ja gar nichts erfahren.«

»Da kennst du ihn aber schlecht. Franz kann noch so krank sein und monatelang sein Bett nicht verlassen, aber die Bücher, die muss ich ihm jeden Tag vorlegen. Manchmal glaube ich, er will sie auffressen, so gierig ist er nach den Zahlen. Nein, verheimlichen kann ich ihm das nicht.«

»Dann nimm das Geld einfach und stell ihn vor vollendete Tatsachen.«

»Das verkraftet Franz nicht«, sagte Marie, und ihre Stimme verriet Besorgnis.

»Aber Mitleid ist keine gute Grundlage für eine gesicherte Zukunft. Ich denke, das weißt du.«
»Ja, aber«, Marie hielt kurz inne, »sein Herz ist so schwach. Und er wünscht sich so sehr, dass Klara Johannes heiratet.«
»Was hat das mit meinem Geld zu tun?«, fragte Sophie spitz, die überhaupt kein Verständnis erkennen ließ, dass Marie sich um Franz sorgte.
»Viel, sehr viel. Weil Johannes auch Geld besitzt. Franz denkt, wenn Johannes einen Teil seines Vermögens in die Villa Luise investiert, was er ja tut, dann ist er so sehr an das Haus gebunden, dass er auch nur das Bestmögliche will, und er glaubt, dass er so Klara dazu bringen kann, Johannes endlich zu heiraten, weil sie dadurch in seiner Schuld steht. Er hat sich vor langer Zeit in den Kopf gesetzt, dass nur Johannes und Klara gemeinsam seine Villa Luise weiterführen können, wenn er einmal nicht mehr ist. Und wenn ich dann komme und ihm sage, dass du uns Geld gibst, was ja bedeuten würde, dass Johannes nicht mehr benötigt wird, dann …«
»Schon gut«, unterbrach Sophie sie, »schon gut. Ich habe verstanden. Er will nicht, dass du das Haus bekommst. Aber mal ehrlich, ist es nicht langsam an der Zeit, dass du auch nach dir schaust. Ich meine, bei aller Liebe, du bist doch noch jung.« Den letzten Satz sprach sie wie ein Ausrufezeichen, und es fehlte nicht viel und sie hätte mit der Faust auf den Tisch gehauen, wie es Franz früher auch gerne mal getan hatte.

# 27

Während Sophie und Marie über Franz und dessen immer engstirniger werdende Weltsicht sprachen, sich aber nicht darüber einig werden konnten, welches Verhalten Franz gegenüber am angemessensten sei, während Sophie von ihrer Scheidung von Ernst erzählte und davon, wie verletzlich sie doch diese Entscheidung gemacht habe, auch wenn sie keinen Tag an deren Richtigkeit gezweifelt habe, während sie sich gegenseitig immer wieder versicherten, wie glücklich sie seien, sich endlich wiederzusehen, während sich Sophie schließlich auch nach Klara erkundigte, aber Maries Sorge nicht teilte, beendete Klara ihren Dienst in der Kurhausküche und trat auf den Kurplatz. Das Flugzeug war längst wieder Richtung Stralsund aufgebrochen, und angesichts der friedlichen Ruhe, die nun am Strand herrschte, schien es Klara kaum mehr vorstellbar, dass hier vor wenigen Stunden noch zahlreiche Schaulustige dabei zugesehen hatten, wie Sophie aus dem Flugzeug gesprungen war. Sie blieb einen Augenblick stehen und sah den Strandläufern hinterher, wie sie über den Sand flitzten.

Rosmarie kam vorbeigeradelt und winkte ihr zur, Freeses Tochter, eine junge Frau in ihrem Alter, die mit ihrem Verlobten auf dem Weg zu einem Festessen im Kurhaus war, grüßte sie mit einem abschätzigen Kopfnicken. Doch Klara nahm das, was um sie herum geschah, nur aus weiter Ferne wahr. So hörte sie auch nicht, wie Otto, der Küchenchef, ihr vom Küchenfenster aus hinterherrief, dass es kein Wunder sei, dass sie so langsam bei der Arbeit sei, wenn sie auf dem Nachhauseweg genauso trödle wie am Spülstein. Klaras Gedanken kreisten einzig und allein um Johannes und Malte und um das Kind, das seit wenigen Wochen in ihrem Bauch heranwuchs.

Die Sonne stand schon tief, aber sie besaß noch genügend Kraft, um die verdorrten Stoppelfelder auf dem Rücken des Saßnitzer Hügels in ein glühendes Feuer zu tauchen. Klara radelte so schnell sie konnte. Als sie am Saßnitzer Bahnhof vorbeikam und mit einem Mal umhüllt war von einem rötlich warmen Licht, verlangsamte sie ihr Tempo. Selbst die Kreidefelsen hinter den Gleisen, die sich normalerweise ab der Mittagsstunde von ihrer dunklen Seite zeigten, flimmerten im Glanz der untergehenden Sonne. Alles um sie herum schien wie verwandelt. Das backsteinerne Bahnhofsgebäude, ein schwerfälliger Bau, wirkte zart und einladend, und der Kreidebruch, in dem tagsüber noch so mancher unter der schweren Arbeit gestöhnt hatte, sah aus, als wäre es ein Kinderspiel, ihn zu bearbeiten. In Gedanken vertieft, radelte sie im Schutz dieses warmen Lichtes langsam hinunter zum Hafen. Klara wusste, dass das, was sie vorhatte, nicht richtig war, und sie ahnte, dass sie eines Tages dafür würde bezahlen müssen, aber ihr schien, als hätte sie keine Wahl, wenn sie Malte, den sie so sehr liebte, behalten und Johannes, den sie so verabscheute, endlich loswerden wollte.

Malte war in der Fischerstube und gerade dabei, seinen zweiten Krug Bier zu ordern, als Klara zur Tür hereinkam.

»Was treibt dich denn hierher?«, rief Malte halb erschrocken, halb freudig und sorgte sofort dafür, dass einer seiner Kollegen einen Stuhl für Klara räumte, damit sie neben ihm

Platz nehmen konnte. »Noch 'n Bier«, rief er durch den winzigen Raum, »für meine Klara.« Wie auf Kommando drehten sich die rund zwanzig Köpfe in der Schenke in ihre Richtung, aber das kümmerte Klara nicht. Sie griff nach dem Krug, der vor Malte stand, und stürzte das Bier in wenigen Schlucken hinunter.

»Hochachtung«, rief einer der Fischer ihr anerkennend zu. »Dat möt man de Diern lotten, supen künn se. Malte, de holl man got fast. De is richtig«, sagte er in die Runde und klopfte Malte anerkennend auf die Schulter. »'ne richtige Diern.«

Als wollte er ein unmissverständliches Zeichen setzen, legte Malte seinen Arm um Klaras Hüfte und zog sie näher zu sich heran. »Du hast aber einen mächtigen Durst«, raunte er ihr zu und schob ihr stolz den neuen Bierkrug hin, den der Wirt an den Tisch gebracht hatte. »Mit deinem Magen scheint ja wieder alles in Ordnung zu sein. Ich hatte mir schon Sorgen gemacht.«

»Ja, ja, alles in Ordnung«, murmelte Klara und nahm noch einmal einen kräftigen Schluck aus dem zweiten Krug. »Alles in Ordnung.« Sie schmiegte sich an Malte und legte ihren Kopf auf seine Schulter. »Macht ganz schön müde.«

»Du hast das Bier ja auch wie eine Verdurstende hinuntergestürzt«, tadelte er Klara liebevoll. »Sollen wir gehen? Ein bisschen frische Luft wird dir bestimmt guttun.«

Unter den neidischen Blicken der männlichen Gäste schoben sich Klara und Malte durch die eng gestellten Tische und gingen Arm in Arm zur Tür hinaus. »Brr, scheußliches Gesöff«, sagte Klara lachend und schüttelte sich erst einmal kräftig, bevor sie einen tiefen Schluck frischer Seeluft nahm, der sie nachdenklich zu machen schien.

»Soll ich dich nach Hause bringen?«, fragte Malte.

Klara sah ihn verunsichert an und zögerte. Noch konnte sie von ihrem Plan zurück, noch würde sie Malte ihrer Liebe wegen nicht verletzen müssen, aber sie schüttelte den Kopf.
»Nein«, sagte sie leise, »lass uns auf dein Boot gehen.«
»Auf den alten Kutter?«, fragte Malte ungläubig. »Was willst du denn dort? Da stinkt es bloß nach Fisch.«
»Das macht nichts«, flüsterte sie. »Bitte.«
Als Klara in Maltes erstauntes Gesicht sah, hätte sie ihm am liebsten die Wahrheit gesagt, aber die Wahrheit, das wusste sie, hätte zwischen ihnen alles kaputtgemacht. »Bitte«, flüsterte sie ihm daher erneut ins Ohr, »ich würde wirklich gerne mit dir auf deinen Kutter gehen.«
»Gut«, sagte Malte schließlich mit leicht zittriger Stimme und legte erneut seinen Arm um ihre Hüfte, »dann lass uns gehen.«
Auf den Booten, die dicht an dicht in dem kleinen Hafen lagen, war die Betriebsamkeit des Tages einer wohlverdienten, im Rhythmus des Wasserschlages dahinplätschernden Feierabendruhe gewichen. Hier und da hörte man lose Seilwinden klappern oder Markierungsfahnen leicht gegen die Segelmasten schlagen, aber ansonsten herrschte eine friedliche Stille über dem Hafen. Nur beim Hafenmeister, der mit seiner Familie drei Zimmer direkt neben seiner Arbeitsstätte bewohnte, flackerte noch Licht. In der Luft lag der Geruch vom Fang des Tages. Ein Fischer hätte vielleicht den Duft eines Herings von dem eines Dorsches oder einer Flunder unterscheiden können, für Klara machte das keinen Unterschied. Für sie roch es nur nach Fisch, aber sie mochte den Geruch. Er gab ihr ein heimisches Gefühl. Schon als Kind hatte sie es geliebt, wenn sie ihren Vater mit zu Harksen begleiten durfte. Und zum Erstaunen des alten Fischers

hatte sie sich beim Ausnehmen der Heringe »für 'ne lütte Diern«, wie er gesagt hatte, »nicht ungeschickt« angestellt.
»Pass doch auf«, flüsterte Malte, als Klara versehentlich an einer Eisenstange hängengeblieben war, die mit einem kräftigen Gepolter zurück auf die Bootsplanken fiel. »Wenn uns der Hafenmeister erwischt, dann sind wir geliefert.«
Um zu Maltes Kutter zu gelangen, mussten sie erst zwei andere Fischerboote überqueren, was für Klara, die mit ihrem frei schwingenden Rock alles mitriss, was sich ihr in den Weg stellte, und die auf dem schwankenden Untergrund ohnehin nicht so sicher ging wie Malte, einem kleinen Hindernislauf gleichkam.
»Ist doch schön hier, findest du nicht auch?«, hauchte sie, als sie endlich nebeneinander auf den gewienerten Planken des alten Kutters saßen, den Blick auf die Mole mit ihrem Leuchtturm gerichtet. Das Boot hatte schon viele Jahre auf dem Buckel, aber es war eines der größeren, die im Saßnitzer Hafen lagen, und verfügte als eines der wenigen über eine kleine Kajüte, in der Malte gemeinsam mit seinem Vater schon so manche Nacht auf hoher See verbracht hatte. Er kannte das Schiff wie seine Westentasche, aber in diesem Moment wurde er das Gefühl nicht los, als säße er an einem ihm unbekannten Ort. Der Kutter, den er sonst mit Netzen und Fischen und Seegang und eben anstrengender Arbeit verband, zeigte sich ihm an diesem Abend von einer Seite, die er so bislang noch nicht gekannt hatte. In der Dunkelheit und mit Klara neben sich schien es ihm, als würde sie das Boot in eine immer vertrauter werdende Nähe schaukeln. Er drückte Klara an sich.
»Ja«, flüsterte er, »es ist sehr schön hier mit dir. Sehr schön.«

Klara legte ihren Arm um Maltes Schenkel und fuhr mit ihrer Hand sanft über sein Bein. Eine absolute Stille umgab sie, und es war, als würde die ganze Insel in diesem besonderen Moment den Atem anhalten.
Malte schloss die Augen und stöhnte leise. Er griff nach ihrer Hand und legte sie um seine Hüfte, bevor er selbst seinen Arm um Klaras Hüfte schlang und sie an sich drückte. Zärtlich sah sie auf sein erregtes Gesicht, auf seine Nasenflügel, die unregelmäßig zuckten, auf seinen Mund, der unter seinem Atem vibrierte, auf seine Lider, deren wilde Bewegungen seine Lust verrieten. Als Malte kurz die Augen öffnete, blickten Klara und er tief und ernst in ihr Innerstes, dann fanden ihre Lippen zueinander, und ihre lustvoll erregten Körper verschmolzen in leidenschaftlicher Bewegung.

## 28

Das deutsche Volk krankt. Es krankt an dieser Republik, die sich wie ein Verlierer gebiert. Wer, so frage ich euch, wer hat es denn zu verantworten, dass es mit unserem Land immer weiter bergab geht? Wir etwa, die wir tagtäglich auf unseren Feldern stehen, die wir schwer arbeiten auf hoher See, die wir Kreide abbauen für das gesamte Land? Nein, meine lieben Freunde, wir nicht. Dieses Kommunistenpack in Berlin, das sich vor den Forderungen, die aus Frankreich kommen, duckt, das bereitwillig alles hergibt, was uns zusteht. Freunde«, rief Johannes Kerk mit hochrotem Kopf in die Runde, »es wird Zeit, dass wir wieder zu unseren Wurzeln finden, dass wir uns gegen diese Diktatur einer verkommenen Klasse wenden. Nieder mit dieser elenden Republik. Wir brauchen wieder eine starke Führungspersönlichkeit für unser Land. Du«, sagte er mit tiefer Stimme und zeigte mit seinem Finger auf einen der rund fünfzig Arbeiter, die an diesem Abend im Januar 1924 in den Goldenen Anker nach Binz gekommen waren, »du hast es in der Hand, dass aus unserem Volk wieder ein stolzes Volk von deutschem Wesen wird. Gib bei den Wahlen im Mai der Deutschnationalen Volkspartei deine Stimme. Zeig den Berlinern, dass wir stolze Rüganer, ja, dass wir stolze Deutsche sind. Wehrt euch gegen den Ausverkauf unserer Heimat.« Johannes machte eine Pause und blickte erwartungsvoll in die Runde. Von allen Seiten drangen jetzt zustimmende Rufe zu ihm durch.

»Nieder mit den Kriegsgewinnlern«, schallte es aus der hinteren Ecke des Raumes.

»Das Land gehört uns«, rief ein anderer und erntete lautstarken Beifall.

Nach etlichen Jahren als Kreisvorsitzender der DNVP hatte Johannes ein feines Gespür für seine Zuhörerschaft entwickelt und wusste genau, wie er die unterschiedlichen Wähler auf seine Seite ziehen konnte. Vor seinesgleichen, Großgrundbesitzer wie er, die unter den Reparationsleistungen stöhnten, trat er mit einem anderen Herrschaftsanspruch auf als vor den Arbeitern, die ihm an diesem Abend zuhörten. Bei ihnen, das wusste er, kam es vor allem darauf an, sie an der Ehre und an ihrem Stolz zu packen, sie auf ihre Heimat einzuschwören und sie an ihre Familientraditionen zu erinnern. Johannes blickte noch einmal zufrieden durch die dicken Rauchschwaden hindurch in die erhitzten Gesichter, ehe er sich an seine schwierigste Aufgabe machte, den Höhepunkt seiner Rede. Ehe und Familie, die Grundwerte, auf die sich seine Partei stützte, waren die Themen, vor denen er sich fürchtete. Auf seiner Stirn bildeten sich Schweißperlen, und seine Hände verfingen sich im Innenfutter seiner Hosentaschen, so dass er für einen kurzen Augenblick in Erwägung zog, jemand habe ihm einen Streich gespielt und seine Taschen mit Kleister beschmiert. Er räusperte sich, aber noch waren seine Zuhörer zu sehr mit sich selbst beschäftigt, als dass irgendeiner der Anwesenden darauf reagiert hätte. Noch einmal ließ Johannes seinen Blick durch den Raum gleiten auf der Suche nach einem bekannten Gesicht. Dann griff er nach dem Bierkrug, der neben dem Rednerpult stand, und nahm einen kräftigen Schluck daraus. Als würde er hoffen, das Bier könnte seine Unsicherheit hinwegspülen, ließ er das mittlerweile warm gewordene Gebräu langsam seine Kehle hinuntergleiten. Innerlich schüttelte es ihn, äußerlich aber nahm er eine entschlossene Haltung an, stützte beide Hände auf das Pult und reckte den Kopf wie zum Kampf in die Höhe.

»Heimat, liebe Freunde«, rief er in die Runde und machte erneut eine erwartungsvolle Pause, in der auch die Letzten verstummten, »Heimat ist das, was unser Leben wertvoll macht. Heimat ist Arbeit. Heimat ist Familie. Heimat sind unsere Frauen. Heimat sind unsere Kinder«, schrie er jetzt und legte in jedes einzelne Wort seine ganze Kraft. »Lasst uns gemeinsam für den Erhalt unserer Heimat kämpfen.«

Tosender Beifall schlug Johannes entgegen, und die Anspannung auf seinem verschwitzten Gesicht war gerade im Be-

griff, sich aufzulösen und einer Zufriedenheit Platz zu machen, als sich eine schneidende Stimme Gehör verschaffte.
»Dass ich nicht lache«, höhnte es vom Eingang durch den ganzen Saal. »Macht hier auf großen Max, aber hat selbst keine Eier in der Hose. Lachhaft.« Verstört ließ Johannes seinen Blick durch den Saal schweifen auf der Suche nach dem Zwischenrufer. Aber die Rauchschwaden, die mittlerweile wie dicke Nebel unter der Decke hingen, versperrten ihm die Sicht. Auch die Arbeiter hatten das Gesicht zu der Stimme noch nicht ausgemacht, als sie sich erneut erhob und voller Verachtung rief: »Glaubt diesem Möchtegernkreidekönig, dieser bemitleidenswerten Kreatur kein Wort. Wie soll denn einer für euch einstehen können, wenn er selbst noch nicht einmal in der Lage ist, eine eigene Familie zu gründen.«
Erstarrt vor Schreck nahm Johannes das Gemurmel, das lauter und lauter wurde wie das Donnergrollen eines drohenden Gewitters, wahr. Malte Kumvitz hatte sich mittlerweile einen Weg durch die Masse gebahnt und stand, die Arme in die Hüften gestemmt, direkt vor dem Rednerpult.
»Schämen würde ich mich«, rief er Johannes ins Gesicht und spuckte auf den Boden. »Schämen. Verzieh dich von hier. So jemanden wie dich brauchen wir nicht.«
»Was fällt dir ein«, raunzte ihn einer der Arbeiter, der dicht neben ihm stand, an und rammte ihm seinen Ellbogen in die Seite. »Wer bist du überhaupt?« Er packte Malte an der Schulter und stieß ihn in die Menge, die sich mittlerweile wie ein dichter Kreis um die beiden geschlossen hatte, während Johannes noch immer hinter seinem Rednerpult stand und nur langsam begriff, was da gerade um ihn herum geschah.

»Was willst du hier?«, schrie es Malte jetzt aus allen Richtungen entgegen, während er im Kreis herumgeschubst wurde wie eine Kugel.
»Macht doch die Augen auf«, sagte Malte so ruhig wie möglich und bemüht um einen gelassenen Ton, »der taugt nichts. Die ganze Partei taugt nichts.« Doch keiner der Anwesenden war gewillt, ihm zuzuhören.
»Verschwinde, du Verräter«, riefen sie ihm zu, während sie ihn immer heftiger im Kreis herumwirbelten. »Vaterlandsverräter«, »Kommunistenschwein«, »Pack«, »Saupack«, dröhnte es im Saal. »Von einem wie dir lassen wir uns keine Vorschriften machen.«
»Aufhören«, rief Johannes, aber seine zögerliche Stimme versandete in der wogenden Masse. Es war seine einzige, mehr als halbherzige Anstrengung, dem gewalttätigen Treiben ein Ende zu bereiten. Die restliche Zeit stand er tatenlos und mit einem unsicheren Lächeln hinter seinem Rednerpult und sah zu, wie Malte Kumvitz von seinen Anhängern zur Tür hinausgeprügelt wurde. Seine Anspannung lockerte sich, und als er Maltes Körper gegen das vereiste Treppengeländer vor dem Wirtshaus prallen hörte, fühlte er sich wie der Sieger einer anstrengenden Schlacht.
Als wieder etwas Ruhe eingekehrt war und jemand die Wirtshaustür mit einem lauten Knall ins Schloss hatte fallen lassen, wischte er sich mit einem Taschentuch den Schweiß von der Stirn, zupfte sich seinen Anzug zurecht und schritt wie ein König durch das Spalier seiner Untertanen in Richtung Ausgang, nicht ohne sich nach allen Seiten dankend zu verbeugen und seinen Getreuen ein aufmunterndes »der Kampf geht weiter« mit auf den Weg zu geben. An Malte, der auf dem von vielen Schuhen festgetretenen Schnee vor

dem Treppenaufgang lag und gerade dabei war, sich Blut aus dem Gesicht zu wischen, ging Johannes achtlos vorüber.

»Sich die Finger nicht schmutzig machen, aber laute Reden schwingen«, rief Malte Johannes hinterher, als der gerade die Hälfte der Putbuser Straße passiert hatte. Johannes beschleunigte seinen Schritt, aber Malte, dessen Körper sich vor Schmerz immer wieder für Sekunden wie zu einem Panzer zusammenzog, hatte ihn trotzdem schnell eingeholt. Er legte seine kräftige Hand auf Johannes' Schulter und riss ihn zu sich herum. »Schau mir in die Augen, wenn ich mit dir rede«, brüllte er ihm voller Hass ins Gesicht.

»Fass mich nicht an«, zischte Johannes.

Doch Malte dachte nicht daran, sich von Johannes etwas sagen zu lassen. So fest er konnte rüttelte er ihn an dessen Schultern, eher er ihn mit einem Laut des Abscheus von sich stieß. »Verschwinde endlich. Verschwinde aus Klaras Leben«, rief er zornig, und seine Augen funkelten im Mondlicht.

»Was geht dich das an, he? Du bist doch nur ein kleiner armer Fischer, mehr nicht. Und du glaubst, du könntest mir sagen, was ich zu tun und zu lassen habe. Entschuldige mich bitte«, Johannes räusperte sich und wischte sich mit einer betont überheblichen Geste Fussel von seinem Mantel, »aber ich habe noch zu tun.« Er drehte sich um und setzte seinen Weg die Putbuser Straße hinunter in Richtung Villa Luise gemächlich, ja, fast schon schlendernd fort.

Malte, der zwar etwas kleiner als Johannes war, aber mindestens doppelt so schwer an Muskelmasse, starrte ihm fassungslos hinterher. Nur mit Mühe gelang es ihm, seine Kräfte zu bändigen.

Vor wenigen Stunden erst hatte Klara unter Tränen erneut einen seiner mittlerweile zahlreichen Heiratsanträge ausgeschlagen, und Malte wusste genau, wer seinem und Klaras Glück im Wege stand. Mit Franz konnte er nicht reden, der ließ außer Klara, Marie und Johannes niemanden mehr an sich heran. Mit Klara hatte er schon so oft geredet, dass er längst wusste, wie sinnlos diese stundenlangen Diskussionen waren, die doch immer damit endeten, dass Klara sich davor fürchtete, sich schuldig zu machen an ihrem Vater. Nur Marie hatte ihm Mut gemacht. Sie war es auch gewesen, die ihn auf die Idee mit dem Auftritt im Goldenen Anker gebracht hatte. Noch immer stand Malte wie angewurzelt auf der tiefverschneiten Straße. Johannes' Silhouette verschwand langsam im Dunkel, aber sein Atem hinterließ Spuren in der kalten Nacht. Jetzt einfach Johannes so davongehen zu lassen, kam für ihn in diesem Moment nicht mehr in Frage. Er verstand sich darauf, Netze auszulegen, und im Winter hatte er früher auf dem Boot seines Großvaters auch schon manches Mal beim Aalstechen fette Beute gemacht. Ein Aal, nichts als ein sich windender glitschiger Aal, pochte es in Maltes Kopf, während er, seine Schmerzen vergessend, mit ausladenden Schritten Johannes' schlaksiger Gestalt folgte.

»Du lässt sie in Ruhe, hörst du«, dröhnte es Johannes mit einer tiefen Bassstimme von hinten ins Ohr, aber er drehte sich nicht um. Ungerührt ging er weiter und bog nach rechts in die Strandpromenade ab. Nur noch wenige Meter trennten ihn von der Villa Luise, und wenn er gerannt wäre, dann hätte er Malte mit seinem angeschlagenen Körper locker abgehängt, aber stattdessen verlangsamte er seinen Schritt.

»Kein Geld der Welt gibt dir das Recht, Klara unglücklich

zu machen, kein Geld der Welt«, erregte sich Malte und stellte sich Johannes mit hochrotem Kopf in den Weg. Er spürte keine Schmerzen mehr, nur noch den unbändigen Wunsch, Johannes ein für alle Mal mit einem präzisen, tödlichen Stich in seine verwundbarste Gegend zu erledigen.
»Unglücklich?« Johannes versuchte seiner Stimme eine zynische Färbung zu geben, aber der Treffer saß. »Glücklich, Malte, im Gegensatz zu dir bin ich in der Lage, Klara glücklich zu machen«, sagte er betont ruhig, bemüht, sich seine Unsicherheit nicht anmerken zu lassen. »Ein kleiner Fischer wie du hat doch nichts außer stinkender Wäsche, die er mit nach Hause bringt. Bei mir hingegen kann sich Klara wie eine kleine Königin fühlen.«
»Oho, der Herr kennt sogar meinen Namen, was für eine Ehre. Da ist es mit dem Glück aber nicht weit her. Sonst müsste er sich vor so einem armen kleinen Fischer wie mir ja wohl nicht fürchten«, säuselte Malte und tänzelte dabei von einem Fuß auf den anderen vor Johannes hin und her. »Nichts als Unglück bringst du über Klara, und das weißt du ganz genau«, erhob er erneut seine Stimme. »Klara liebt mich und nicht dich bornierten Kreidefresser.«
»Geh mir aus dem Weg«, herrschte Johannes Malte an und versuchte an ihm vorbeizukommen, aber Malte machte ihm keinen Platz.
»Niemals werde ich für dich auch nur einen Millimeter weichen, niemals, hörst du.«
»Ich muss nur einmal laut rufen, und schon eilt mir jemand zu Hilfe. Hier kennen mich die Leute. Die sind auf meiner Seite. Also pass auf, was du sagst.«
»Hilfe, der Arme braucht Hilfe. Du zitterst ja schon wie Espenlaub. So große Angst?«

»Angst? Pass bloß auf, was du sagst. Du scheinst vergessen zu haben, mit wem du es hier zu tun hast.«

»Ganz und gar nicht, mein Lieber, ganz und gar nicht. Ich denke nicht daran, dir aus dem Weg zu gehen, damit du in das Haus der Dahms spazieren kannst, um gemeinsame Sache mit dem Alten zu machen. Also, entweder du verschwindest jetzt und sofort und für immer und gehst zurück in deinen Kreidebruch und bleibst in deinem Revier, oder ...«

Schritt um Schritt hatten sich die beiden langsam der Villa Luise genähert. Jetzt blieb Malte erneut vor Johannes stehen und bäumte sich wie ein zum Kampf bereiter Stier vor ihm auf. Aus seinen Augen blitzte Hass.

»Oder was?«

Malte antwortete nicht. Es fehlte nicht viel, und er hätte zugeschlagen.

»Oder was? Na, sag schon. Dir gehen wohl die Worte aus, he?« Johannes fühlte wieder Oberwasser, und er konnte sich ein Lächeln nicht verkneifen. Wie erbärmlich er doch diesen Fischer fand. »Schlag zu, was anderes kannst du doch nicht«, provozierte er ihn und dachte, dass Klara bestimmt keinen Schläger heiraten würde.

»Du mieses kleines Arschloch«, entfuhr es Malte. »Dich ... dich ...«, stotterte er und versuchte mit aller Macht seine Wut zu beherrschen, doch die ging längst eigene Wege. Als Klara, vom Lärm auf der Promenade aufgeschreckt, aus dem Haus gerannt kam, sah sie nur noch, wie Johannes und Malte sich am Boden wälzten und Malte Johannes einen Schlag nach dem anderen versetzte.

»Hört auf, um Himmels willen hört auf!«, rief sie, packte Malte am Hemd und versuchte ihn von Johannes wegzuziehen. Aber Malte war im Rausch. Blind vor Wut drosch er auf Johannes ein, der sich nicht mehr wehrte. »Hör auf«, flehte Klara den Tränen nahe Malte an, aber erst dem Freese-Sohn, der im Haus neben den Dahms wohnte und ebenfalls vom Krach der beiden auf die Strandpromenade gelockt worden war, gelang es, Malte von Johannes wegzureißen.

## 29

Die eiskalten Hände um einen heißen Teebecher gelegt, saß Klara in der Küche und bemühte sich, ihre Gedanken zu ordnen. Wie durch eine dicke Nebelwand drang Maries Stimme zu ihr, die eine große Waschschüssel mit Wasser füllte und nach sauberen Tüchern suchte, um die Wunden von Malte und Johannes notdürftig zu versorgen. Beide waren sie in einem jämmerlichen Zustand, und nachdem Marie Malte ein Glas Schnaps eingeflösst hatte, ließ auch er sich von ihr auf eine dicke Decke vor dem Kamin in der Stube betten, dem einzig warmen Raum um diese Jahreszeit. Franz, den der Lärm aufgeweckt hatte, klingelte Sturm auf seiner Rufanlage und schrie nach Klara, doch als sie sich endlich erhoben hatte und mit schwerfälligen Schritten in das Schlafzimmer ihres Vaters gegangen war, war er bereits wieder eingeschlafen.

Es roch nach Medizin und Kamillentee in dem Raum und nach den süßlichen Ausdünstungen eines alten kranken Mannes. Seit Monaten hatte er sein Bett nicht mehr verlassen, und seine Haut lag nur noch schlaff über den Knochen.

In seinem Gesicht zeichneten sich zum ersten Mal in seinem Leben die klaren Konturen seiner Wangen ab, und die Finger seiner Hände, die wie die eines Kindes beim Zubettgehen brav auf der weißen Bettwäsche lagen, verformten sich mehr und mehr zu einer Faust. Klara schob einen Stuhl dicht an das Bett ihres Vaters heran und legte ihre Hand auf eine seiner Hände. Noch immer jagte ihr die Berührung mit den knochigen, unförmigen Händen einen Schauer über den Rücken. Sie blickte in das von Krankheit gezeichnete Gesicht ihres Vaters und strich dabei über ihren immer dicker werdenden Bauch. Mittlerweile hatte sie Mühe, ihn unter weiten Blusen und Kleidern zu verstecken, und Marie hatte bereits mehr als einmal eine eindeutige Bemerkung gemacht.

Als würde er von schweren Alpträumen geplagt, wälzte sich Franz unruhig im Bett hin und her. Mit sanfter Stimme versuchte Klara ihren Vater zu beruhigen, aber sein Stöhnen wurde immer lauter, und schließlich entriss er ihr seine Hand und drehte sich laut schnaufend zur Seite, den Kopf zur seit Jahren verwaisten anderen Hälfte seines Ehebettes gewandt. Mit leerem Blick starrte Klara auf die blütenreine Bettdecke, die wie ein verschneites Hügelland vor ihr lag.

»Warum tust du mir das an?«, flüsterte sie. »Warum?«

Franz' unregelmäßiges Schnorcheln wiegte sie in einen schwerelosen Zustand, und erst Maries warme Hand, die sich sanft auf ihre Schulter legte, führte sie zurück in das klirrend kalte Schlafzimmer.

Lautes Schnarchen drang aus der Stube, als Marie für sich und Klara in der Küche erneut einen heißen Tee einschenkte und ihre Tochter zum wiederholten Male fragte, wie es denn nun weitergehen solle mit ihr und den beiden Männern.

»Ich weiß es nicht«, antwortete Klara wieder und wieder und stützte ihren schweren, aber sich wie leergefegt anfühlenden Kopf auf ihre Hände auf. »Ich weiß es nicht.«
»Aber glaubst du denn nicht, dass es an der Zeit ist, endlich eine Entscheidung zu treffen. Sehr lange kannst du nicht mehr verbergen, dass du schwanger bist.«
Klara schluckte, aber sie sagte nichts. Noch nicht einmal mehr für Tränen hatte sie Kraft. Stumm saß sie ihrer Mutter gegenüber und schaute durch sie hindurch wie durch ein Fensterglas. Marie blickte in das Gesicht ihrer Tochter und ahnte, wie diese sich fühlte. Sie wusste, wie schwer es sein konnte, die richtige Entscheidung zu treffen, auch wenn der einzuschlagende Weg von außen betrachtet ein ganz eindeutiger war.
»Es tut mir so leid für dich«, sagte Marie leise und sah dabei Klara liebevoll an. »Ich wünschte, ich könnte dir helfen. Aber vertrau immer zuerst deinem Gefühl und dann erst deinem Verstand, hörst du?« Sie wollte nach Klaras Hand greifen, doch Klara zog sie blitzschnell zurück.
»Was weißt du schon«, zischte sie hilflos und stand auf.
In dieser Nacht machte sie kein Auge zu, und auch Marie tat sich schwer, in den Schlaf zu finden.
Am nächsten Morgen stand Klara nicht auf. Sie wollte weder auf Malte noch auf Johannes treffen, die sich feindliche Blicke zuwarfen, ansonsten aber kein Wort miteinander wechselten. Noch vor Morgengrauen verließ Malte das Haus. Bei jedem Schritt schrie sein Körper vor Schmerzen, aber das war ihm allemal lieber, als noch länger neben Johannes Kerk in der Dahmschen Stube zu liegen. Johannes, der Mühe hatte, sich überhaupt auf den Beinen zu halten, wäre am liebsten in eines der vielen Gästezimmer gegangen

und hätte sich dort ins Bett gelegt, um sich weiterhin von Marie und, wie er hoffte, auch von Klara versorgen zu lassen. Er fühlte sich wie der sichere Sieger und dachte, er habe sich am Abend zuvor nun endgültig das Recht erworben, die Villa Luise sein Eigen zu nennen. Umso unvermittelter traf ihn Maries höfliche, aber unmissverständliche Bitte, zügig das Haus zu verlassen. Ihre Haltung, ihre Gesten, alles an ihr zeigte ihm, dass sie die Chefin im Hause war. Dass sie ihm untersagte, Klara zu wecken oder mit Franz zu sprechen, verwunderte ihn daher nicht im Geringsten.

In den darauffolgenden Tagen trafen für Klara drei Telegramme und zwei Briefe ein. Die Telegramme stammten von Johannes, die Briefe von Malte. Aber keines der kurzen oder langen Schreiben konnte sie dazu bewegen, sich aus ihrem Bett zu erheben. Stumm und reglos lag sie unter der dicken Decke und fröstelte. Marie brachte ihr Suppe und Tee und versuchte ihr Mut zu machen. Einmal ließ sie sich dazu hinreißen, Johannes einen widerlichen Monarchisten zu nennen, was Klara nur ein trotziges »ist mir doch egal« entlockte. Ein anderes Mal nannte sie Malte einen ehrlichen Mann, woraufhin Klara schrie, dass er nichts weiter als ein einfacher Schläger sei.

Malte riss als Erstem der Geduldsfaden. Fünf Tage nach der Schlägerei hämmerte er am frühen Abend so laut gegen die Dahmsche Tür, dass Franz vor Schreck ein »Hilfe!« entfuhr und Klara sich mit einem Ruck kerzengerade in ihrem Bett aufrichtete.

»Klara«, rief Malte so laut er konnte in Richtung Klaras Fenster, »ich muss dich sehen. Bitte. Bitte komm runter und sprich mit mir.«

»Nich so laut, min Jung«, tadelte ihn Elsa, die im Hinterhaus eine kleine Wäscherei betrieb und die Maltes Rufen aus dem Haus gelockt hatte, »was soll'n denn do die Nachbarn denken. Klara is krank. Dat arme Kind, seit Tagen isst sie schon nich mehr richtig. Der Magen«, sagte sie und tippte sich dabei auf ihren fülligen Bauch, »is ja auch ganz schön rund geworden in letzter Zeit.«
Unbeirrt von Elsas Ermahnungen rief Malte weiter Klaras Namen.
»Ruhe!«, tönte es aus einem anderen Haus, aber in der Villa Luise blieb es still. Klara wagte nicht, sich zu rühren. Noch immer saß sie kerzengerade in ihrem Bett und hörte ihren Namen wie ein Echo über die Strandpromenade schallen.
»Ich liebe dich«, rief Malte so laut er konnte, »ich liebe dich.« Zum ersten Mal seit Tagen spürte Klara, dass sich in ihr wieder etwas regte. Die stumpfe Leere, die sie Tag für Tag begleitet hatte, wich langsam aus ihrem Körper. Sie schlug die Decke zur Seite, ging, noch etwas unsicher auf den Beinen, zum Fenster und sah Malte mitten auf dem verschneiten Weg, der zum Hauseingang führte, sitzen. Ein Lächeln zeigte sich auf ihrem Gesicht. Wie ein Mahnmal saß er da, unbeweglich und den Blick starr auf ihr Fenster geheftet. Als er Klara am Fenster stehen sah, winkte er ihr, aber sie wich sofort einen Schritt zurück und verschwand aus seiner Sicht. Noch mehrmals trat sie ans Fenster und lächelte, und genauso oft winkte er ihr, und sie zuckte wieder zurück. Beide sagten sie nichts, und eine unheimliche Stille umgab sie. Es war, als vollzögen sie eine heilige Zeremonie, und Klara fühlte sich an den ergreifenden Moment von Heiligabend erinnert, an dem sie gemeinsam mit Hanna den Gottesdienst besucht hatte und sie zu ihrem eigenen

Erstaunen Tränen unterdrücken musste, als der Pastor vom Erwachen eines neuen Lebens sprach. Jetzt, da niemand ihre Tränen sehen konnte, ließ sie ihnen freien Lauf.
Viele Stunden später, als Malte am Ende der Seebrücke stand und den im Mondlicht hell schimmernden Eisschollen hinterherblickte, die auf dem schwarzen Wasser ziellos dahintrieben, liefen auch ihm Tränen übers Gesicht.

## 30

Den nächsten Tag verbrachte Klara am Bett ihres Vaters, der in seinen wachen Momenten unentwegt nach Johannes fragte, den Vorfall vom Tag davor aber vergessen zu haben schien. Manchmal brabbelte er auch etwas von Krieg und Toten und dass sie sich schützen müsse, und manchmal legte sich ein zufriedenes Lächeln auf sein Gesicht, und er erzählte ihr wie damals, als sie noch ein kleines Mädchen war, warum er Rügen, »meine Insel«, nie mehr verlassen wolle und weshalb »in jedem Balken« dieses Hauses sein ganzes Herzblut, »mein ganzes Leben«, hänge. Wie ein Ertrinkender griff er manchmal nach ihrer Hand und flehte sie wieder und wieder an, die Villa Luise niemals im Stich zu lassen, aber Klara murmelte nur etwas Unverständliches, obwohl sie in der Nacht zuvor eine Entscheidung gefällt hatte. Am Morgen schickte sie Johannes eine Nachricht, in der sie ihn bat, so schnell wie möglich zu ihr zu kommen. Es war ihr erstaunlich leichtgefallen, die wenigen Sätze an Johannes zu schreiben, auch wenn sie spürte, dass sie Mühe hatte, sich gegen diese schreckliche Leere, die erneut von ihr Besitz ergreifen wollte, zur Wehr zu setzen. Aber sie musste sich entscheiden, auch wenn sie glaubte, eigentlich gar keine Wahl gehabt zu haben. Schließlich konnte sie es nicht mehr länger leugnen, dass das Kind, das sie in sich trug, das Kind von Johannes war.

Sie streichelte die Hand ihres Vaters, und für einen kurzen Moment überkam sie erneut eine unbändige Wut. Sie war wütend auf Franz, der so krank war, dass sie nicht umhinkonnte, sich für seinen Zustand schuldig zu fühlen, auch wenn Dr. Hansen ihr bei seinen Besuchen immer wieder erklärte, dass Franz' Krankheit das Resultat eines langen und anstrengenden Lebens war. Ihr Gefühl aber sagte ihr, dass das nur die halbe Wahrheit war. Und auch wenn sie wusste, dass es an Größenwahn grenzte, hoffte sie doch tief in ihrem Innersten, dass sich Franz durch ihre Hochzeit mit Johannes wieder erholen würde. Hanna, die Einzige, mit der sie an Weihnachten über ihre Gefühle gesprochen hatte, hatte sie in diesem Glauben bestärkt, nachdem alle Kräuter, die sie Franz verabreicht hatte, und alle Zauberpuppen, die sie in seinem Zimmer verteilt hatten, wirkungslos geblieben waren.

Der alte Mann, der vor ihr lag, war ihr fremd geworden, und Klara sehnte sich nach ihrem Vater zurück, den sie in ihren Träumen zu dem verständnisvollen Menschen machte, der er nie gewesen war. Sie hoffte auf seine ganze Liebe, wenn sie nur das tat, was er von ihr verlangte, obwohl sie ahnte, dass die Liebe, die sie bereits gefunden hatte, viel mehr wert war. Als gäbe es statt einer zwei Klaras und als gälte es noch einmal, sich gegen die eigene Entscheidung aufzulehnen, stritt sie am Bett ihres Vaters ein letztes Mal

mit sich, auch wenn sie in der Nacht eigentlich beschlossen hatte, endlich Frieden zu machen.
Rausreißen, ich muss es rausreißen, wütete es in ihr.
Niemals, sagte eine andere Stimme, niemals. Was für eine idiotische Idee.
Und wenn ich doch zu Erla gehe? Es wegmachen lasse? Andere haben das auch schon getan.
Und wenn es doch von Malte ist, durchzuckte es sie.
Von Malte? Träum weiter. Das ist unmöglich.
Aber der Abend auf dem Kutter. Es war so schön mit ihm.
Schön, aber zu spät.
Das weiß doch keiner außer mir.
Es ist von Johannes.
Sei still.
Von Johannes, von Johannes, von Johannes.
Ich kann mich gar nicht mehr genau daran erinnern.
O doch, du willst nur nicht. Weißt du nicht mehr, der Abend bei den von Klausens? Eine laue Spätsommernacht. Der Landrat war da, und endlich gab es mal wieder etwas zu feiern. Die neuen Mähmaschinen fürs Gut. Die Musik spielte, Wein floss, ein Schwein wurde geschlachtet. Du hattest dich wohl gefühlt. Alles war so unbeschwert.
Ich hab's nur für Johannes getan. Er wollte unbedingt, dass ich ihn begleite.
Du warst ganz verzückt von dieser ausgelassenen Stimmung.
Und? Ist das verboten?
Nein. Aber man sollte auch die Konsequenzen tragen.
Ich liebe aber Malte.
Von Malte bist du aber nicht schwanger.
Ich liebe Johannes nicht.

Spielt das eine Rolle? Ihr werdet euch schon arrangieren.
Ich kann mich nicht arrangieren.
Doch, du kannst. Du musst dir nur etwas Mühe geben. Was glaubst du, wie viele Menschen verheiratet sind, ohne sich zu lieben? Liebe ist nichts weiter als eine romantische Idee.
Dann bin ich eben romantisch.
In diesen Zeiten kann man sich Romantik aber nicht leisten. Du hattest deine romantischen Abenteuer. Das muss reichen. Schau dir doch deine Mutter an, reumütig ist sie zurückgekommen.
Das hat doch mit mir nichts zu tun.
Heirate Johannes. Es wird alles gut.
Ich glaub dir nicht.
Klara hätte sich noch lange so mit sich streiten können, ohne eine einvernehmliche Lösung zu finden, hätte nicht Maries schrilles »Johannes ist da« sie aus ihrem inneren Zwist hochgeschreckt. Sie strich sich ihre blonden Locken hinter die Ohren, zupfte ihren hellen Rock zurecht und ging mit festen Schritten zur Tür. Sie hatte bereits die Tür geöffnet, als sie sich noch einmal umdrehte. Franz hatte die Augen geschlossen und schien friedlich zu schlafen, aber ihr war, als müsste sie nun endgültig von ihm Abschied nehmen.
»Die Klara, die du gekannt hast, wird nicht mehr wiederkommen«, flüsterte sie, bevor sie die Tür hinter sich schloss und langsam die Treppe nach unten ging, wo Johannes schon ungeduldig auf sie wartete.
Der Streit mit Malte hatte Spuren bei ihm hinterlassen. Unter seinem rechten Auge hatte sich ein großer Bluterguss gebildet, und sein linker Arm, auf den er unglücklich gestürzt war, war bis zur Schulter in einen dicken Verband

gehüllt. Aber Klara tat so, als sähe sie diese Verletzungen nicht.
»Für dich«, sagte er und hielt ihr ein in rotes Seidenpapier eingeschlagenes Päckchen hin. »Du kannst dir nicht vorstellen, wie sehr ich diesen Augenblick herbeigesehnt habe.«
Sie zögerte. »Nun nimm schon«, sagte er bemüht zärtlich, aber in seiner Stimme schwang bereits eine Spur Ungeduld mit. »Ich trage es schon seit Jahren mit mir herum, und nun soll es endlich dir gehören.«
Etwas unsicher nahm sie das Päckchen entgegen. Es war von unmissverständlicher Form und Größe, und sie ahnte, was sich darin befand. Statt es zu öffnen, schloss sie jedoch ihre Hand um das feine Papier und murmelte: »Wie weich es sich anfühlt.«
»Willst du es nicht aufmachen?«
»Später, doch nicht hier im Flur. Lass uns erst ein paar Schritte gehen. Ich wollte mit dir eigentlich zum Schmachter See.«
»Ach Klara, da sage ich dir, dass ich seit Jahren auf diesen Moment gewartet habe, und du willst mich weiterhin auf die Folter spannen. Bitte tu mir das nicht an. Wir können ja in die Stube gehen, wenn es dir lieber ist.«
Als Klara die Tür zur Stube öffnete, glaubte sie ersticken zu müssen, so warm war es in dem Raum. Im Kamin brannte das Feuer lichterloh, und alle Fenster waren beschlagen. Sofort trat ihr der Schweiß auf die Stirn, und sie war schon im Begriff, zu einem der Fenster zu eilen, um es weit aufzureißen, da packte Johannes sie unsanft an der Schulter, zog sie an sich und küsste sie auf den Mund.
»So«, sagte er, »darauf habe ich auch lange warten müssen. Jetzt mach dein Geschenk auf.«

Verdutzt blickte sie in Johannes' zufriedenes Gesicht, aber sie sagte nichts. Stattdessen öffnete sie ein Fenster und ließ Luft in das stickige Zimmer. Das Geschenkpapier klebte mittlerweile an ihrer feuchten Hand, denn noch immer hielt sie das Päckchen fest umschlossen in ihrer Faust.
»Wie lange soll ich denn noch warten?«, fragte Johannes, der mit den Händen in den Hosentaschen am Kopfende des großen Tisches stand und Klara unverwandt dabei beobachtete, wie sie an das andere Ende des Tisches ging, sich dort langsam setzte, das Päckchen vor sich auf den Tisch legte und entgeistert auf ihre rechte Hand starrte. Durch die Hitze hatte das Seidenpapier ihre Handinnenfläche rötlich gefärbt. Ich bin gebrandmarkt wie eine Kuh, schoss es ihr durch den Kopf, und der Gedanke kam ihr so lächerlich und gleichzeitig so schrecklich vor, dass sie laut auflachen musste.
Johannes blickte sie mit ernstem Gesicht an. »Was gibt es denn da zu lachen?«
»Sieh doch, meine Hand. An ihr klebt Blut«, sagte sie kühl und zauberte ihr lieblichstes Lächeln aufs Gesicht.
»Lass den Unsinn.« Langsam wurde er ungehalten. »Mach jetzt endlich dieses verdammte Päckchen auf.«
Für Johannes' Geschmack viel zu lange hielt sie den schmalen goldenen, mit einem kleinen Brillanten versetzten Ring zwischen Daumen und Zeigefinger und betrachtete ihn von allen Seiten, bevor sie ihm über den Tisch hinweg ein »danke« zuwarf.
»Komm, ich steck ihn dir an.« Johannes trat auf sie zu, aber da hatte sich Klara den Ring bereits selber über ihren Finger gezogen.
»Schön«, sagte sie und betrachtete misstrauisch das unge-

wohnte Schmuckstück, das sich kalt auf ihrem warmen Finger anfühlte.
»Jetzt sind wir verlobt«, sagte Johannes feierlich und stellte sich wie für eine Aufnahme hinter sie.
»Wie du meinst«, murmelte Klara.
Noch am selben Abend gab Johannes in einer Berliner Druckerei die Einladungskarten für die Hochzeitsfeier in Auftrag. Er war endlich am Ziel angekommen. Klara behielt die Nachricht noch für sich. Aber bereits wenige Tage später wusste es bereits ganz Binz, und auch in Saßnitz und in Sagard hatte sich die Nachricht von ihrer Hochzeit schnell herumgesprochen. Ja, selbst auf den Gutshöfen von Boldevitz, Kartzitz und Prosnitz wusste man Bescheid. Jeden Tag trafen neue Glückwünsche ein. Die meisten schickten Telegramme, manche kamen auch persönlich vorbei. Neben Glückwünschen erhielt Klara auch Einladungen zu privaten Zusammenkünften bei einigen der einflussreichen Gutsbesitzer. »Eine Auszeichnung«, sagte Johannes stolz und präsentierte Klara wie eine Trophäe bei seinen Freunden.
Marie sagte zu alldem nichts mehr, nachdem sie noch am Abend der wenig feierlichen Verlobung auf ihre Frage, ob sie sicher sei, dass sie das auch wolle, nur ein schnippisches »das geht dich nichts an« als Antwort von Klara erhalten hatte. Rosmarie hingegen ließ es sich nicht nehmen, Klara einen kräftigen Klaps auf die Schulter zu geben und dabei zu verkünden, dass sie jederzeit nein sagen könne, schließlich sei sie ein freier Mensch, was Klara jedoch nur mit einem müden Lächeln quittierte. Sophie, die von Marie informiert worden war und schon länger Maries Sorge um Klara kannte, schickte aus Berlin ein Faltblatt, das sie selbst verfasst hatte. »Weg mit dem § 218, Freiheit für die Frau«

stand in dicken Lettern über dem engbeschriebenen Blatt, auf dem sie in kämpferischem Ton für legale Abtreibungen plädierte und gleichzeitig über Verhütungsmittel informierte. »Wie geschmacklos«, schrieb Marie ihr empört zurück und ließ ihre Botschaft unauffällig verschwinden.
Dass Johannes Klaras Schwangerschaft noch nicht bemerkt hatte, war allein mit seinem Stolz zu erklären, der ihn blind machte für alles, was Klara betraf. Zwar tat sie nach wie vor alles, um ihren dicken Bauch zu verhüllen, doch hätte er sich ihr nur einmal intensiver gewidmet, die Wölbung über ihrem Rock wäre ihm nicht entgangen. Klara aber war Johannes' Unwissenheit nur recht. Solange wie möglich wollte sie wenigstens diese Nachricht für sich behalten. Denn insgeheim hoffte sie doch noch auf ein kleines Wunder, auch wenn sie sich diesen Wunsch nicht eingestehen wollte.
Franz ging es von Tag zu Tag schlechter. Er aß nicht mehr und trank nur noch wenig, und fast täglich rief Marie jetzt nach Dr. Hansen, weil sein Fieber stetig stieg. Das Testament, das er bereits vor einigen Monaten verfasst hatte, lag im Geheimfach seines Sekretärs im Arbeitszimmer. Neben einem Notar aus Bergen, den er extra hatte kommen lassen, wusste Marie als Einzige davon. Er hatte bei der Beglaubigung auf ihre Anwesenheit bestanden. In seiner Hilflosigkeit, die ihn von Marie abhängig machte wie ein kleines Kind, hoffte er, er könnte sie demütigen, indem er ihr nicht mehr als den ehelichen Pflichtteil vermachte und Klara und Johannes zu gleichen Teilen als Erben seines Hauses einsetzte.
Der Gedanke daran erfüllte Marie mit Sorge. War ihre erste Reaktion auf Franz' Rachefeldzug nur ein trotziges Lächeln gewesen, spürte sie, dass die Stunde der Offenbarung nahte.

Immer wieder hatte sie in den zurückliegenden Monaten gehofft, sie könnte Klara näherkommen, aber alle Versuche waren gescheitert. Noch immer begegneten sie sich kühl und fast wie Fremde, und auch wenn sie manchmal glaubte, sie könnte so etwas wie Zuneigung in Klaras Augen sehen, war sie sich nie sicher, ob ihr Blick auf Klara nicht bloß einem mütterlichen Wunschdenken entsprang.

»Was soll dann aus mir werden?«, hatte sie in einem schwachen Moment Sophie geschrieben und die Antwort gleich mit dazu geliefert. »Egal, was kommt, ich werde von hier nicht weichen. Man müsste mich schon hinaustragen aus meinem Haus. Und ganz ehrlich, Sophie, das traue ich Klara nicht zu. Sie mag kalt und unnahbar erscheinen, aber ihr Herz ist warm, das weiß ich. Was Johannes betrifft, mache ich mir schon mehr Sorgen. Er scheint mir ein Chamäleon zu sein, mal charmant, mal ein Ekel, und das, was man über ihn hört, zeichnet ihn nicht gerade als edlen Menschen aus. Zu mir war er immer zuvorkommend, sicher, und auch Klara behandelt er, soweit ich weiß, gut. Und dennoch, ich traue ihm nicht über den Weg. Ach, Sophie«, schloss sie ihren Brief, »manchmal wünsche ich mir, Du wärst hier. Deine Marie.«

Einmal hatte Marie sogar versucht, Franz dazu zu bewegen, das Haus ausschließlich Klara zu vererben, aber er hatte sie nur ausgelacht. Das Testament stand, und Marie hatte keine Hoffnung mehr, dass sich daran noch etwas ändern würde. In seinem jetzigen Zustand war Franz jedenfalls nicht mehr in der Lage, auch nur einen Füllfederhalter in die Hand zu nehmen, geschweige denn eine Unterschrift zu leisten.

# 31

Nach zwei Wochen, in denen Malte keinen klaren Gedanken fassen konnte, in denen er durch Saßnitz getigert war wie ein verzweifelt Suchender, der nicht imstande schien, sein Ziel zu finden, schnappte er sich sein Fahrrad und schlitterte auf der vereisten Straße nach Binz. Als er an die Tür der Villa Luise pochte, war Franz bereits in einem so schlechten Zustand, dass Dr. Hansen einmal mehr darauf drängte, ihn ins Bergener Krankenhaus einweisen zu lassen. Doch sowohl Klara als auch Marie sperrten sich dagegen. Hanna, die selbst nur noch am Stock und unter permanenten Schmerzen gehen konnte, hatte sich, nachdem sie ein besorgniserregendes Telegramm von Klara erhalten hatte, dazu entschlossen, den mühsamen Weg von Stralsund nach Binz anzutreten. Sie teilte sich nun mit Marie und Klara die Bettwache, so dass Franz keine Minute mehr ohne Aufsicht war. Zu dritt standen sie um Franz' Bett und lauschten gerade Dr. Hansen, der über neuartige Heilmethoden referierte, die jedoch nur in der Berliner Charité ihre Anwendung fanden, als Maltes Pochen sie erschrocken aufhorchen ließ. Mit einem Schlag war wieder die Wirklichkeit in ihre kurzfristige Weltflucht eingebrochen.

»Komm rein«, flüsterte Marie, die nach unten geeilt war. »Ich werde Klara Bescheid sagen, dass du da bist, aber ich glaube nicht, dass sie dich sehen möchte. Meinem Mann geht es heute sehr schlecht.«

Malte nahm seine Mütze ab und klemmte sie unter seinen Arm. »Ich muss sie aber sehen«, sagte er und blickte dabei Marie mit Nachdruck in die Augen.
»Ich weiß«, erwiderte sie.
Der Weg von Franz' Schlafzimmer bis zum Treppenabsatz, ein kurzer, mit dickem Teppichboden ausgelegter schmaler Gang, durch den Klara schon unzählige Male gegangen war, schien ihr diesmal eine nicht enden wollende, immer schmaler werdende Röhre zu sein. Das diffuse Licht der Deckenbeleuchtung machte sie ganz schwindlig, so dass sie sich für einen Moment an der Wand festhalten musste. Die üppigen Ornamente der Tapete, deren Farbenpracht im Laufe der Jahre einen grüngelblichen Einschlag bekommen hatte, rotierten vor ihren Augen wie endlose Spiralen. Klara ging in die Knie. Während ihr Herz unregelmäßige Stoßwellen durch ihren Körper trieb, versuchte sie sich zu sammeln.
Dass sie Malte sehen wollte, stand außer Frage. Seit Tagen, seitdem sie ahnte, dass Malte von ihrer Verlobung wusste, seitdem einer von Maltes Freunden sie vor dem Kurhaus und in Anwesenheit zweier ihrer ehemaligen Arbeitskollegen eine »Verräterin« geschimpft hatte, seitdem hoffte sie einerseits, sie könne ihm alles erklären, und andererseits hatte sie nichts mehr gefürchtet als diese Begegnung.
Malte stand, die Arme verschränkt, noch immer dort, wo ihn Marie hatte stehen lassen, und starrte unverwandt die Treppe hinauf. Als er Klara in ihrem blauen Rock und der hellen schlichten Bluse langsam Stufe für Stufe nach unten kommen sah, öffnete er unwillkürlich die Arme zur Begrüßung. Eine Geste, die ihm schon kurz darauf unangemessen erschien, und so ließ er seine Hände blitzartig in seinen Hosentaschen verschwinden.

»Tut mir leid mit deinem Vater«, sagte er statt einer Begrüßung.
»Danke, aber ich habe die Hoffnung noch nicht aufgegeben«, murmelte Klara und blickte verlegen zu Boden. Sie wagte es nicht, Malte in die Augen zu sehen.
»Das ist auch richtig so. Man darf die Hoffnung nie aufgeben«, sagte er entschieden.
»Aber manchmal fällt es schwer.«
»Egal, wie schwer es ist. Wenn man aufgibt, dann ist es, als würde man selbst sterben.«
Klara schluckte. »Aber meinst du nicht, dass es ebenso wichtig ist, der Wirklichkeit ins Auge zu sehen?« Sie starrte an Malte vorbei auf ein mit Ornamenten verziertes Tischchen, auf dem im Sommer für die Gäste immer eine Vase mit Blumen stand und das jetzt etwas nutzlos wirkte, als würde es auf seine Bestimmung warten.
»Welche Wirklichkeit, Klara?«, fragte er barsch und lehnte sich mit verschränkten Armen gegen das Treppengeländer. »Weißt du, es kann stürmen und toben, und man fährt trotzdem mit dem Kutter raus, und am Ende des Tages kehrt man mit vollen Netzen zurück. Verstehst du?« Er hielt kurz inne. »Ich meine, das schlechte Wetter war dann vielleicht sogar gut. Ach, Klara, ich bin kein großer Redner«, sagte er leise und spielte mit seinen Fingern verlegen am Band seiner Mütze. »Ich will nur ... ich wollte dir nur sagen, dass es immer darauf ankommt, was man daraus macht, aus dem, was man hat. Und dass es verschiedene Möglichkeiten gibt, die Wirklichkeit zu sehen.«
»Das wäre schön«, sagte sie ungläubig und lächelte ihm flüchtig zu. »Aber gegen den Tod«, fuhr sie fort, »sind wir wohl machtlos.«

»Na ja, da hast du wohl recht. Sterben müssen wir alle mal«, sagte er mit nachdenklicher Stimme. »Aber sieh es doch mal so, dein Vater ist krank, und er leidet, und vielleicht ist sein Tod ja auch eine Erlösung. Für ihn. Und für dich«, fügte er leise hinzu.

Klara wurde kreidebleich. Unsicher tastete sie nach einem Halt und fand ihn schließlich an dem Vertiko, neben dem sie stand. Mit ungläubigen Augen erwiderte sie Maltes auffordernden Blick.

»Klara«, sagte Malte schließlich, »sicherlich ist das jetzt nicht der richtige Moment, aber ich muss es dir sagen. Ich habe extra den weiten Weg gemacht, um dich zu sehen, und ich habe mir geschworen, erst dann wieder zu gehen, wenn ... wenn ...« Er stockte kurz. »Du darfst diesen Kerk nicht heiraten.«

Er starrte in Klaras blasses Gesicht und hoffte auf eine Reaktion, aber Klara schien gar nicht gehört zu haben, was er ihr soeben gesagt hatte. Unverwandt blickte sie ihn aus ihren großen Augen an, und für einen kurzen Moment wurde Malte ihr Blick unheimlich. Ihm war nicht nur, als würde sie durch ihn hindurchschauen, er hatte plötzlich das Gefühl, dass sie ihn nicht mehr erkannte. Angst packte ihn, und er wollte schon auf Klara zustürzen und sie schütteln, als er sah, wie eine Träne über ihr Gesicht lief.

»Aber Vater«, flüsterte sie kaum hörbar und starrte ihn unverwandt an. Sie rührte sich nicht, und dennoch konnte Malte Klaras drängenden Körper mit all seinen Poren spüren. Er wollte sie gerade an sich reißen, als sich Marie oben über das Treppengeländer beugte und Klara leise, aber unmissverständlich aufforderte, so schnell wie möglich wieder in das Zimmer ihres Vaters zu kommen.

Mit besorgter Miene stand Dr. Hansen am Fußende des Bettes, seine zerschlissene Arzttasche bereits in der Hand, und sah noch einmal zu Franz, den er schon sein halbes Leben, seit mehr als dreißig Jahren, kannte, bevor er sich an die drei Frauen und auch an Malte wandte, der im Türrahmen stehen geblieben war. »Es tut mir leid«, sagte er mit der Stimme eines Arztes, der man anhörte, dass er diese unangenehme Pflicht schon viel zu oft hatte erledigen müssen, »aber ich fürchte, es geht zu Ende. Ich kann nichts mehr für ihn tun.« Seine Worte trafen auf stumme, leere Gesichter, und in Franz' Schlafzimmer machte sich eine entsetzliche Stille breit.

Nach all den Jahren ärztlicher Routine, ja, selbst nach all den unzähligen toten Soldaten, die er gesehen hatte, ließ Dr. Hansen dieses stille Entsetzen, das sich fast immer kurz vor dem Tod eines Angehörigen lähmend über alles Lebendige legte, frösteln. Als könnte er dieses Gefühl nur mit einigen tröstlichen Worten an die Umstehenden von sich schütteln, sagte er beim Hinausgehen: »So ein Abschied ist immer sehr schwer. Aber Sie, Fräulein Klara, können ja bald neues Leben willkommen heißen.«

Maltes und Hannas Blick trafen sich fast zeitgleich auf Klaras Bauch, um den sie schützend ihre Arme gelegt hatte. Das Blut, das vor wenigen Augenblicken noch aus ihrem Kopf entwichen war und sie ganz bleich hatte werden lassen, schoss mit aller Kraft zurück. Ihr roter Kopf funkelte im abgedunkelten Schlafzimmer, so dass erst einmal keiner der beiden wagte, etwas zu Dr. Hansens Bemerkung zu sagen.

Hanna sammelte sich als Erste. »Klärchen, ich wusste ja nicht.« In ihrem Gesicht waren Entsetzen und Freude zu sehen. Ein Bastard, schoss es ihr als Erstes durch den Kopf, aber sie liebte Klara noch immer wie ihr eigenes Kind, und ein Lächeln huschte über ihre Lippen. »Wie schön«, flüsterte sie schließlich. »Freust du dich?«

»Ja, sicher«, murmelte Klara und bemühte sich, Hanna in die Augen zu sehen.

»Wann ist es so weit?«

»Im Mai vermutlich«

»Och, noch so weit hin. Hoffentlich erlebe ich das noch«, sagte Hanna mit einem Anflug der Enttäuschung. »Ich habe mir immer ein Enkelkind gewünscht. Es ist dann doch auch mein Enkelkind?«

»Sicher, Hanna«, flüsterte Klara. »Es ist dein Enkelkind.«

»Weiß dein Vater davon?« Hanna strich Franz liebevoll über die eingefallenen Wangen. »Du möchtest doch sicherlich auch noch deinen Enkel in den Arm nehmen, nich, Franz?« Franz, der reglos im Bett lag, zeigte keinerlei Reaktion. Nur sein röchelnder Atem verriet, dass er noch am Leben war. »Franz«, sagte Hanna eindringlich, »du wirst Großvater. Das hättest du dir früher auch nicht träumen lassen, was? Ein Seebär wie du Großvater. Komm, Franz, mach die Augen auf. Wenn das deine Mutter noch sehen könnte, die wär stolz auf dich.«

Malte, der benommen von dieser Neuigkeit noch immer keine Worte fand, beobachtete Hannas vergebliche Versuche, Franz wenigstens ein Augenzucken zu entlocken. Aber es geschah nichts.

»Warum freust du dich denn nicht?« Hannas Stimme wurde immer erregter. »Du kannst doch nicht einfach so daliegen und so tun, als ginge dich das alles gar nichts mehr an. Klara braucht dich doch jetzt.« Tränen flossen über ihr altes, von Runzeln und Furchen gezeichnetes Gesicht, und es schien, als würde sie erst jetzt begreifen, dass Franz ihr nie wieder antworten würde.

»Lass gut sein, Hanna«, sagte Marie mit tonloser Stimme. »Ich glaube nicht, dass er dich noch hört.«

»Sei still«, zischte sie. »Natürlich hört er mich. Er hat seine Hand bewegt. Siehst du, er hat seine Hand bewegt.«

Klara legte ihren Arm um Hannas Schultern und versuchte sie zu beruhigen. Aber sie weinte so hemmungslos, dass Klara sich nicht anders zu helfen wusste, als sich neben sie zu knien und ihren Kopf in Hannas Schoß zu legen.

»Du glaubst das doch auch, Kindchen, du glaubst doch auch, dass er uns noch hört«, schluchzte Hanna, während sie zärtlich über Klaras Kopf strich.

Marie sah den beiden wie aus weiter Ferne zu, während Malte leise aus dem Zimmer ging und sich im Flur auf den Boden sinken ließ. Mit angewinkelten Beinen saß er an die Wand gelehnt und bemühte sich, seine Gedanken zu ordnen. »Ein Kind«, wisperte er, und er sah sich bereits den Säugling in seinen Armen wiegen. Mein Kind, mein Kind, mein Kind, hämmerte es in ihm, es kann unmöglich sein Kind sein. Mein Kind, sein Kind, immer wieder tauchten die gleichen Gedankenfetzen auf, und immer wieder verschwanden sie im Nichts einer dunklen Leere. Aus dem Zimmer drangen wimmernde Laute, unterbrochen von Hannas Schluchzern. Franz' Röcheln wurde stärker. Malte hörte ihn husten. Es klang wie ein krächzendes, den ganzen Körper herausforderndes Würgen. Ein Fenster wurde geöffnet, und nach kurzer Zeit streifte Malte ein kühler Luftzug, der ihn wie eine Erschütterung traf. Er zitterte.

Marie schloss das Fenster und setzte sich neben Franz auf

die leere Matratze, auf der einmal sie gelegen hatte. Sie hielt seine Hand, aber er wand sich jetzt so unruhig hin und her, dass sie ihr immer wieder entglitt. Klara hatte ihre Arme um Franz' rastlosen, schweißnassen Kopf gelegt und bedeckte mit ihrem Körper sein halbes Bett. Sie sagte nichts, niemand sagte etwas, nur Hanna wimmerte. An diesem Januarabend 1924 starb Franz Dahm.

## 32

Die Beerdigung auf dem kleinen Friedhof am Rande von Binz war friedlich und feierlich verlaufen, auch wenn neben Johannes Malte zu den Trauergästen zählte. Klara hatte es so gewollt, und Johannes wollte sich ihrem Wunsch nicht entgegenstellen. Nicht in diesem Augenblick. Aber bereits wenige Tage später forderte er von ihr, sie solle den Kontakt »zu diesem Fischer« einstellen. Er tat dies in einem Ton, den er sonst nur auf seinen politischen Veranstaltungen anschlug, doch Klara gegenüber immer vermieden hatte. Klara erschrak. Mit dieser Kälte in der Stimme hatte sie Johannes nur einmal reden hören, an jenem Abend vor vielen Jahren in seinem Haus, als der Ekel sie gepackt und sie gedacht hatte, sie könnte keinen Augenblick länger an der Seite dieses Mannes verbringen. Aber noch war sie so sehr in der Trauer um ihren Vater gefangen, dass sich über den Schreck augenblicklich ein dichter Schleier legte, der verhinderte, dass das Unbehagen bis in ihr Innerstes vordrang. Auch die Verlesung von Franz' Tes-

tament glitt an ihr vorüber wie eine fremde Landschaft vom Zugfenster aus.
Wie von unsichtbaren Fäden gezogen, ließ sich Klara von Johannes durch die Tage führen. Er sorgte dafür, dass sie morgens aufstand und genug aß und trank und dass sie die vielen Papiere unterschrieb, die so ein Erbe mit sich brachte. Er tat alles, damit Malte nicht in ihre Nähe kam, und nur wenige Tage nach Eröffnung des Testaments bestand Johannes auf einem Gespräch, das er als »Arbeitstreffen« titulierte, zwischen Klara, Marie und ihm, bei dem er Marie ein Ultimatum setzen wollte, bis wann sie die Villa Luise verlassen haben musste.
Am Tag dieser folgenschweren Unterredung schien zum ersten Mal in diesem noch jungen Jahr die Sonne. Die dichte Schneedecke, die über ganz Rügen lag, begann langsam zu schmelzen, und von den Balkonen, Veranden und Fenstern tropfte das Wasser in einem stetigen Rhythmus. Als Klara am Morgen auf die Veranda getreten war und in das helle Blau eines zarten Februartages geblickt hatte, überkam sie zum ersten Mal seit Tagen wieder so etwas wie die Vorstellung von einem anderen Leben. Unter der nur langsam zu Kräften kommenden Sonne legte der Schnee bereits sein unschuldiges, wie das sehnsuchtsvolle Begehren eines Kindes wirkende Glitzern über Binz.
Die sanfte Stimmung dieses Morgens begleitete Klara durch den ganzen Tag, und auch als sie sich am späten Nachmittag an den langen Tisch in der Stube setzte, links von Johannes und gegenüber von Marie, sah sie noch immer das leuchtende Weiß des Schnees vor sich, das sich in ihrer Erinnerung mit dem reinen Schein der hellen Kreideküste in der morgendlichen Sonne vermischte. Sie lächelte bei dem

Gedanken an diese zarte, unbefleckte Kreide, die sich so nur in den ersten Frühlingswochen präsentierte, als ginge sie gereinigt aus der kalten und rauhen Herbst- und Winterzeit mit all ihren Stürmen hervor. Bereits als kleines Mädchen hatte sie dieser Anblick beeindruckt, und für einen kurzen Moment erschrak sie, da ihr mit einem Mal bewusst geworden war, dass sie sich schon lange nicht mehr von diesem Naturschauspiel hatte überwältigen lassen.

Klara sah, wie Johannes ihr strenge Blicke zuwarf, dann hörte sie ihn etwas von »Erbe« und »wir bestehen darauf« und »so will es das Recht« sagen, aber sie erfasste den Sinn seiner Worte nicht, die nichts weiter als ein metallisch klingendes Scheppern in ihren Ohren hinterließen. Maries »niemals« drang kaum noch bis zu ihr durch. Nichts schien Klara in diesem Augenblick drängender zu sein als der Vorsatz, das erste Frühlingserwachen auf keinen Fall zu verpassen. Ein zufriedener Ausdruck legte sich über ihr Gesicht, während sie sich sanft über ihren Bauch strich. Im Kamin brannte Feuer, und sie sah den Flammen zu, wie sie sich tänzelnd nach oben schlängelten. Maries Blick traf sie, aber Klara sah sie nicht. Sie hörte auch nicht, wie Marie sie nach ihrer Meinung fragte. Dass Johannes mit gelockerter Fliege und hochrotem Kopf am Tischende saß und wild gestikulierte, entging ihr nicht.

Die Kreide der Stubnitz hatte sie an Saßnitz denken lassen, und Saßnitz und Malte waren untrennbar miteinander verbunden, und als Malte vor ihrem inneren Auge auftauchte, fing ihr Herz wie wild an zu pochen, so dass sie am liebsten aufgesprungen wäre, um sich zu beruhigen. Wo er wohl jetzt war? Seit Franz' Beerdigung hatte sie ihn nicht mehr gesehen, aber jetzt sehnte sie sich zum ersten Mal nach ihm.

Klara blickte Johannes hinterher, der mittlerweile aufgestanden war und mit unruhigen Schritten das Zimmer durchmaß. Er war groß und schlank, und es wäre ein Leichtes gewesen, ihn als attraktiven Mann zu sehen, doch Klara dachte nur, wie abstoßend er war.
Sie sah ihn an, und sie fand nichts, was ihr an ihm gefiel. Die Art, wie er ging, schnell und zackig, schien ihr so bemüht zu sein, dass sie das Gefühl nicht loswurde, er wolle damit nur eine ihn schier erdrückende Unsicherheit vertuschen. Beim Anblick seiner langen an seinem Körper baumelnden Arme musste sie unweigerlich an schlaffe Seile denken, unfähig, irgendeine Last zu tragen. Seinen gestutzten Schnauzbart fand sie affektiert, nur sein helles volles Haar hielt ihrem prüfenden Blick einigermaßen stand. Wie sie ihm so hinterherschaute und ihn dabei beobachtete, wie er durch die Stube schritt und immer wieder mit giftigem Blick laute Worte an Marie richtete, kam ihr nur das eine Wort in den Sinn – schwach. Wie schwach er war, dachte sie und fragte sich, ob ihrem Vater das früher nie aufgefallen war, damals, in der kurzen Phase, als er noch nicht von dem Gedanken besessen gewesen war, Johannes müsse sein Schwiegersohn werden.
Als Johannes sich wieder etwas beruhigt und auf seinem Stuhl Platz genommen hatte, ergriff Marie das Wort. Sie kenne ihre Rechte, sagte sie mit einer ruhigen, klaren Stimme, die Klara augenblicklich einhüllte in einen sanften Klangteppich und sie hinwegtrug von diesem unwirtlichen Ort. Um wie viel mutiger Malte im Vergleich zu Johannes war, schoss es ihr durch den Kopf, und sie dachte dabei nicht an die stärkeren Oberarme, die er hatte. Diese Heiratsanträge, diese vielen Heiratsanträge, die er ihr gemacht

hatte. Und wie viel Überwindung es ihn gekostet haben musste, sie zu bitten, Johannes nicht zu heiraten. Ein Lächeln huschte über ihr Gesicht. Wie stolz er war. Wie stolz sie auf ihn war. Sie schluckte. Woher nahm sie sich das Recht, stolz auf ihn zu sein, wo er doch gar nicht zu ihr gehörte?

Erneut schob sich das knisternde Kaminfeuer in ihr Gesichtsfeld, und voller Erstaunen bemerkte sie, mit welcher Selbstverständlichkeit sich die Flammen den Platz nahmen, den sie brauchten.

Als würde sich endlich der Schleier öffnen, der ihren Blick so lange getrübt hatte, war ihr, als sehe sie plötzlich alles ganz klar.

»Klara«, sagte Johannes mit scharfer Stimme, »bei allem Verständnis, aber du kannst nicht den ganzen Nachmittag stumm danebensitzen und so tun, als ginge dich das hier alles nichts an. Wir reden hier schließlich über unsere Zukunft, über deine und meine Zukunft. Es kann dir doch nicht gleichgültig sein, dass deine Mutter sich weigert, Franz' Testament anzuerkennen, und nicht ausziehen will. Mich würde wirklich brennend interessieren, was du darüber denkst.« Er blickte sie auffordernd an. »Also, bitte.«

»Ich bin schwanger«, sagte sie unvermittelt und blickte Johannes starr ins Gesicht.

»Schwanger?«, fragte er unbeholfen und sah sie an wie jemanden, den er zuvor noch nie gesehen hatte, mit einem distanzierten, abtastenden Blick. Seine Augen wanderten über ihr blasses Gesicht hinunter zu der kleinen Wölbung unter ihrer Bluse. Er hatte diesen kleinen Bauch in den letzten Tagen oft gesehen, aber erst jetzt fragte er sich, warum er nie auf den Gedanken gekommen war, dass Klara ein

Kind erwarten könnte. Benommen hielt er sich an seiner Pfeife fest und suchte nach Worten. »Schwanger«, wiederholte er mit bebender Stimme, und sein Blick irrte durch den Raum. »Dann sollten wir die Hochzeit vorverlegen, solange man deinen Bauch noch nicht so deutlich sieht«, fügte er eilig hinzu. »Und ich werde mich sofort nach einer zuverlässigen Amme erkundigen. Du wirst im Sommer ja die meiste Zeit hier in der Villa Luise verbringen müssen.«

Klara, die nach wie vor kerzengerade auf ihrem Stuhl saß und Johannes unverwandt in seine aufgeregten Augen blickte, sagte mit tonloser Stimme: »Es tut mir leid, Johannes, aber wir können nicht heiraten.« In ihrem Gesicht zeigte sich keine Regung, doch die kurze Atempause, die sie brauchte, hatte etwas Zögerliches an sich. »Das Kind ist nicht von dir«, log sie schließlich.

»Nicht von mir? Was soll das heißen?«, fragte er ungläubig.

»Ich erwarte nicht dein Kind, das heißt das«, sagte Klara ruhig.

»Nicht mein Kind? Nicht mein Kind? Was soll das heißen, nicht mein Kind?«, fragte er erneut mit bebender Stimme, aber Klara blieb stumm. »Antworte«, herrschte er sie an. »Antworte mir. Ich erwarte eine Antwort. Nicht mein Kind. Von wem ist es denn dann?«

»Das tut nichts zur Sache«, sagte sie emotionslos. »Ich kann dich jedenfalls nicht heiraten.«

»Das … das … kann nicht sein. Das ist ganz und gar unmöglich«, brach es aus ihm heraus. »Sag, dass das nicht stimmt«, schrie er. »Das stimmt nicht, sag es, sag es sofort.« Sein Kopf funkelte feuerrot in der hereinfallenden Sonne, doch Klara schien davon unbeeindruckt. »So rede mit mir!«, rief er und sprang von seinem Stuhl auf, aber weil er nicht wusste, wohin mit sich, blieb er wie angewurzelt am Kopfende des Tisches stehen. »Rede mit mir. Das kann nicht sein.« Die letzten Worte gingen in einem Hustenanfall unter. Viel zu ungestüm hatte er an seiner Pfeife gesogen und schleuderte sie nun voller Wut über den Tisch, so dass sie am anderen Tischende in zwei Teile zerschmettert auf den Holzdielen liegen blieb. Empört hob er die kaputte Pfeife auf und warf sie in den Kamin. »Schietkrom!«, rief er ihr voller Zorn hinterher. »Schietkrom, aus Berlin, kein Wunder.«

»So beruhig dich doch«, sagte Klara leise.

»Ich beruhig mich, wann ich will«, giftete Johannes sie wutschnaubend an. Die Hände in den Hosentaschen vergraben, stapfte er ziellos durch den Raum. Die Sonne stand jetzt so tief, dass ein schmaler Lichtstreifen schräg ins Zimmer fiel, der sich wie eine Barriere über den Tisch legte.

»Kann nicht mal jemand die Vorhänge zuziehen«, blaffte er Marie an, aber die dachte nicht daran, irgendeinen von Johannes' Wünschen zu erfüllen. Wie eine sittsame Schülerin saß sie, die Hände auf den Knien, reglos am Tisch und betrachtete stumm das ungewöhnliche Schauspiel. Die Genugtuung, die sie empfand, behielt sie für sich. Nur Klara wollte sie mit einem Lächeln zu verstehen geben, wie stolz sie auf sie war, doch Maries Lächeln erreichte sie nicht. Klaras Blick war auf Johannes geheftet. »Diese verdammte Sonne«, erregte sich Johannes, während er mit ausladenden Schritten zum Fenster ging und wütend an den beiden Stoffbahnen riss. »Wir heiraten, keine Diskussion«, sagte er schließlich in bestimmtem Ton. »Hörst du, keine Diskussion. Das Kind ist von mir. Wir heiraten nächste Woche.

Punkt.« Er hielt am Fenster inne, und seine Augen blieben an Klaras kerzengeradem Rücken hängen. »Hast du verstanden, was ich gesagt habe?«

»Ich kann dich nicht heiraten, so versteh doch«, flüsterte Klara, ohne sich nach Johannes umzudrehen.

»Und ob du kannst. Du kannst sehr gut. Dir wird gar nichts anderes übrigbleiben.« Mit unschlüssigen Schritten ging er vor dem Fenster auf und ab und rieb sich dabei die Stirn. Dann presste er seine Finger gegen die Schläfen und fing an, laut nachzudenken. »Also gut«, sagte er bemüht ruhig, »wir haben ein Problem. Also brauchen wir nur einen guten Plan, und das Problem ist beseitigt. Nehmen wir mal an, das Kind ist nicht von mir, dann muss das ja keiner erfahren, oder meinst du, diesem armen Fischer wird man mehr Glauben schenken als mir. Gut. Nehmen wir weiter an, wir heiraten nächste Woche, dann sieht noch keiner, dass du bereits schwanger bist. Man könnte die Geburt in den ersten Wochen verheimlichen. Oder, ach was, manche Kinder kommen einfach früher zur Welt. Daran wird sich schon keiner stören. Nein, daran wird sich sicherlich keiner stören. Die Leute haben zurzeit andere Probleme. Dieser Hurensohn, den mach ich fertig«, erregte er sich plötzlich. »Denkt, er könnte mir meine Frau wegnehmen, indem er seinen dreckigen Schwanz ... Nein, nicht mit mir, nicht mit mir, das lasse ich mir nicht bieten. Von so einem lasse ich mir meine Zukunft nicht kaputtmachen. Dieser dreckige Hurensohn, wenn der mir unter die Augen kommt.« Johannes hob seine Faust zum Kampf und schleuderte sie durch die Luft. »Der wird seines Lebens nicht mehr froh. Von so einem lasse ich mich doch nicht zum Gespött machen. Was sollen denn meine Parteifreunde denken. Nein,

niemals, das werde ich nicht zulassen.« Seine Augen funkelten. »Niemals«, wiederholte er. »Denk doch auch einmal an mich und meine Aufgabe. Ich muss heiraten, und ich brauche dieses Kind«, wandte er sich wieder an Klara. »Hast du denn vergessen, welche Aufgabe ich habe? Ich bin Kreisvorsitzender, Kreisvorsitzender der wichtigsten Partei Deutschlands. Ich. Und als solcher habe ich Aufgaben und Pflichten. Und zu meinen Pflichten gehört es, das Vaterland zu ehren. Ehren, hört ihr«, schmetterte er Klara und Marie in schnarrendem Ton entgegen, »ehren. Wisst ihr überhaupt, was das bedeutet, etwas zu ehren? Es ist eine Ehre, auf diesem deutschen Boden zu leben, und es ist verdammt noch mal meine Pflicht, diese Ehre weiterzugeben an meine Nachkommen. Meine Nachkommen, Klara, meine Nachkommen, meine Kinder, meinen Sohn.« Er hielt kurz inne und blickte dabei zum Fenster hinaus. Die Dämmerung hatte mittlerweile eingesetzt und tauchte die menschenleere Strandpromenade und die ruhige Ostsee in ein bläulich-violettes Licht. »Ehre, ich wette, Sie haben noch nie etwas von Ehre gehört, Frau Dahm. Und du, Klara? Findest du es ehrenvoll, mich all die Jahre zappeln zu lassen und dann mit dem Erstbesten …« Er unterbrach sich. »Aber das hätte ich mir ja gleich denken können. Mit mir konntest du ja auch nicht bis zur Hochzeit warten. Wie verblendet ich war. Wie verblendet.« Er tippte sich an die Stirn. »Was für ein billiges Flittchen du bist. Schlimmer als diese, na, wie heißt sie noch, diese Nackttänzerin in Berlin, diese Baker. Aber damit ist jetzt Schluss.«
Klara sah ihm mitleidig dabei zu, wie er mit wütenden Schritten im Raum auf und ab ging und mit sich rang. Einmal mehr schleuderte er seine Faust gegen einen imaginären

Feind, dann machte er abrupt auf dem Absatz kehrt und blieb neben Klara stehen.

»Wir werden heiraten«, sagte er entschieden, »das bin ich meiner Partei schuldig.«

»Du willst ein Flittchen heiraten?«, fragte Klara süffisant. »Denk doch mal an deine lieben Freunde, was die wohl dazu sagen werden.«

»Ach, papperlapapp, die Hochzeit ist angekündigt, viel schlimmer wäre es, alles wieder absagen zu müssen. Was glaubst du, wie die sich dann die Mäuler zerreißen würden. Und über dich erst, mit dem Bastard in deinem Bauch. Darüber solltest du auch mal nachdenken. Ein uneheliches Kind. Was für eine Schande. Du glaubst doch nicht im Ernst, dass sich auch nur ein Urlaubsgast von so jemandem wie dir bewirten lassen möchte.«

»Mach dir mal um mich keine Sorgen«, sagte Klara ruhig.

»Ich mache mir um dich keine Sorgen, ich mache mir Sorgen um mein Erbe. Du scheinst wohl vergessen zu haben, dass mir die Hälfte der Villa Luise gehört.«

»Nein, das habe ich nicht.« Ihre Stimme klang zwar bestimmt, aber bei dem Gedanken an Franz' Hinterlassenschaft durchzuckte sie ein kalter Schauer.

»Wir könnten Ihnen das Erbe auszahlen«, sprang Marie ihr zur Seite.

»Auszahlen?« Johannes schlug sich mit der Hand auf den Schenkel und tat so, als würde er sich vor Lachen krümmen. »Das soll wohl ein Scherz sein. Von welchem Geld denn?«

»Ich versichere Ihnen, Sie werden das Geld bekommen. Ich habe auch meine Quellen.«

»Und wieso musste ich dann all die Jahre mein teuer ver-

dientes Geld in dieses marode Haus stecken, wenn Sie plötzlich über Quellen verfügen?«
Marie zuckte mit den Schultern. »Das war wohl eine Sache zwischen Franz und Ihnen, nehme ich an.«
»Ja, zwischen Franz und mir«, murmelte er vor sich hin. In Gedanken versunken griff er in seine Jacketttasche und suchte nach seiner Pfeife, aber erst nachdem er sämtliche Hosentaschen durchwühlt hatte, fiel ihm ein, dass sie längst zu Asche verkohlt sein musste. Nur widerwillig gab er die Suche auf, aber es schien, als hätte ihn Maries Angebot etwas beruhigt. Mit mürrischem Blick durchschritt er zum wiederholten Mal den Raum und dachte nach.
Um Klaras Mund zeigte sich ein zögerliches, aber hoffnungsvolles Lächeln. Ihr Blick streifte den von Marie, und für einen kurzen Moment verharrten sie in diesem Augenkontakt wie zwei Verbündete, die nur ein Ziel kannten.
»Ich werde das Kind wie mein eigenes behandeln, wie mein eigenes«, sagte Johannes unvermittelt und kniete sich neben Klara. Blitzschnell griff er nach ihrer Hand. »Hörst du, wie mein eigenes. Wir werden heiraten, noch nächste Woche.« Seine Stimme klang ernst, und er blickte ihr dabei streng in die Augen.
»Ich kann dich nicht heiraten. Wie oft soll ich dir das denn noch sagen? Warum willst du das denn nicht verstehen?« Klara wurde langsam ungeduldig. Unruhig rutschte sie auf ihrem Stuhl hin und her und wand sich aus Johannes' Umklammerung.
»Du hast mir dein Versprechen gegeben«, schrie er, »dein Versprechen. Ist das denn alles nichts mehr wert.« Er sprang auf, und seine Faust donnerte auf den Tisch. »Und was ist mit Franz? Franz hat uns nicht ohne Grund gemeinsam das

Haus vermacht. Du wirst mich heiraten müssen.« Johannes' Kopf glühte erneut vor Erregung. »Es wird diese Hochzeit geben. Darüber diskutiere ich nicht.« Als gelte es, den Raum neu zu vermessen, ging er mit großen Schritten auf und ab. »Ich hätte ihn an diesem Abend umbringen sollen«, murmelte Johannes, »einfach nur umbringen.« Schweiß lief ihm von der Stirn, als er sich auf den Stuhl neben Klara setzte. Wieder griff er nach ihren Händen und umklammerte sie so schnell, dass Klara sie nicht rechtzeitig zurückziehen konnte. »Du hörst mir jetzt zu, Klara«, sagte Johannes in einem schulmeisterlichen Ton. »Dein Vater und ich, wir haben eine Vereinbarung getroffen. Du heiratest mich, und ich garantiere mit meinem Vermögen und meinen Verbindungen für den Fortbestand der Villa Luise.« Er blickte sie erwartungsvoll an, aber sie sah einfach durch ihn hindurch. »Ich ... ich brauche dich doch«, brach es schließlich mit bebender Stimme aus ihm heraus. »Glaubst du, ich hätte die ganze Zeit über Rücksicht auf dich genommen, wenn ich nicht gewusst hätte, dass du mich auch brauchst?«

»Ich brauche dich nicht«, erwiderte Klara kühl, und in ihrem Gesicht war nichts weiter als Verachtung zu sehen.

»Gut, wie du willst«, sagte er zornig und umklammerte ihre Hände noch fester. »Du wirst schon wieder Vernunft annehmen. Schließlich ist es der Letzte Wille deines Vaters gewesen, dass wir heiraten. Und den wirst du ihm wohl nicht verwehren können.«

»Lass mich los«, sagte Klara mit hasserfüllter Stimme, aber Johannes dachte gar nicht daran. Ihre Augen sprühten vor Zorn. »Lass mich sofort los.« Mit aller Kraft wand sie sich aus seinen Händen, und erst als sie sich befreit hatte, sagte sie leise: »Den Willen meines Vaters respektiere ich, das weißt du. Das wisst ihr beide.« Sie sah zu Marie, doch diesmal lächelte sie nicht. »Aber nirgendwo in seinem Testament steht, dass er unsere Hochzeit wünscht. Nirgendwo«, wiederholte sie fast trotzig, während ihr Tränen in die Augen stiegen. »Ich habe ihn geliebt, mehr als du es dir je vorstellen kannst. Aber ich lasse mich von dir nicht mit meinem Vater erpressen.« Sie sah Johannes in die Augen, dann stand sie auf und ging, gefolgt von seinem ungläubigen Blick und ohne sich noch einmal nach ihm umzudrehen, mit festen Schritten zur Tür hinaus.

Bereits auf den ersten Treppenstufen begann sie am ganzen Körper zu zittern. Als sie in ihrem Zimmer war, bebte ihr Innerstes. Es schien, als würde der Schmerz über den Verlust ihres Vaters wie Blut durch ihre Adern rasen, als würde sie erst jetzt begreifen, zwei Wochen nach seiner Beerdigung, dass er tatsächlich gestorben war. Sie hätte schreien können, so unerträglich war ihr die Erkenntnis, dass der Tod so endgültig war wie sonst nichts auf der Welt. Wie Sturzbäche rannen ihr die Tränen übers Gesicht, ihr Atem ging flach und schnell, und endlich schluchzte sie so laut wie Hanna an Franz' Todestag.

Ohne einen Gruß des Abschieds an Marie zu richten, stürmte Johannes aus der Villa Luise und jagte über die nassen, zum Teil noch schneebedeckten Straßen in sein Haus am Jasmunder Bodden. Nichts auf der Welt, dachte er, würde ihn davon abbringen, seinen Willen durchzusetzen. Auf Höhe der Waldhalle, im dunklen Stubnitzwald, geriet sein Wagen auf der glatten Straße ins Schlingern. Saßnitz hatte er soeben hinter sich gelassen, und er war erneut versucht gewesen, umzudrehen und zum Hafen hinunterzufahren, um Malte ausfindig zu machen, als sein

Wagen stehenblieb. In seinen Adern pulsierte das Blut wie das seiner Arbeiter nach einem harten Tag im Kreidewerk. Ein ums andere Mal legte er seine ganze Wut in die Anlasserkurbel, aber sein Wagen wollte nicht anspringen. Für einen Moment schien es kein Vor und kein Zurück mehr zu geben, und Johannes wirkte ratlos, wie er mit hochrotem Kopf vor seinem Wagen stand und immer wieder vergeblich an der Kurbel drehte. Als der Motor schließlich ansprang, hatte sich sein Zorn gegen alles gerichtet, was sich ihm auf seiner Fahrt in den Weg legte. Abgeknickte Äste, Eisplatten, Schneereste, sie alle bedachte er mit einer Salve von Verwünschungen.

»Dieses Flittchen, dieses verdammte Flittchen«, schmetterte er immer wieder voller Verachtung gegen die Windschutzscheibe, und auch als er längst zu Hause hinter seinem Schreibtisch saß und versuchte, an einer Rede für eine Parteiveranstaltung am nächsten Tag zu feilen, war er nicht in der Lage, etwas anderes als dieses Flittchen, dieses verdammte Flittchen zu denken.

## 33

Im Radio verhallten gerade die letzten Takte eines Marsches, als Rosmarie zu Marie in die Küche eilte und voller Empörung rief: »Wieso hast du keine Fahne gehisst?«

Marie sah sie ungläubig an. »Was ist los mit dir? Erst einmal guten Morgen.«

»Ja, guten Morgen«, erwiderte sie ungeduldig. »Weißt du denn gar nicht, was hier los ist?«
»Nein«, antwortete Marie schmunzelnd, »außer natürlich, dass ich gerade alle Hände voll damit zu tun habe, das Frühstück für meine Gäste zu richten, die fünf neuen Mädchen wegen des Mittagessens einweisen muss, außerdem noch Bestellungen für nächste Woche zu erledigen habe und mich ganz nebenbei frage, wo eigentlich Sophie bleibt, die mir heute helfen wollte.«
»Herrje, Marie!«, rief Rosmarie aus und schüttelte verständnislos den Kopf. »Manchmal frage ich mich wirklich, wo du eigentlich lebst, hier bei uns in Binz oder auf irgendeinem anderen Planeten. Bekommst du denn gar nichts mit?«
»Was soll ich nicht mitbekommen?« Marie wischte sich die vom Kartoffelschälen feuchten Hände an ihrer Schürze ab und drehte sich zu Rosmarie um. »Ich weiß ja nicht, ob es dir entgangen ist«, sagte sie mit gespielter Empörung, »aber seitdem Klara weg ist und die Saison begonnen hat, habe ich jede Menge zu tun. Nicht das«, herrschte sie eines der neuen Mädchen an, das gerade ein Gedeck in den Frühstücksraum bringen wollte, »das ist für den Herrn auf Zimmer 14. Er wünscht auf seinem Zimmer zu frühstücken. Du siehst«, wandte sie sich wieder an Rosmarie, die ungeduldig von einem Fuß auf den anderen wippte, »wenn etwas wichtig ist, dann entgeht es mir nicht.«
»Sophie ist heute Nacht verhaftet worden«, sagte Rosmarie und blickte Marie herausfordernd an.
»Um Himmels willen!«, rief Marie entsetzt. »Wieso denn das? Bist du dir sicher?«
»Natürlich bin ich mir sicher. Du hast wohl vergessen, dass ich über beste Kontakte verfüge, seitdem ich die Pressefotos

für die *Rügensche Zeitung* mache. Hans, der Bergener Lokalreporter, hat mich heute in aller Herrgottsfrühe angerufen. Er wollte ein paar Informationen.«

»Was für Informationen? Was ist denn passiert?«

»Schalt mal das Radio ab«, bat Rosmarie nervös, »diese Operettenseligkeit ist ja nicht zu ertragen.«

»Jetzt erzähl schon«, drängte Marie, während sie das Johann-Strauß-Potpourri einfach weiterspielen ließ.

»Keine Sorge, nichts Schlimmes. Hans hat seine Verbindungen spielen lassen. Am späten Vormittag kann ich sie in Bergen abholen. Aber bis dahin wäre es gut, wenn die Fahne vor deinem Haus wehen würde.«

»Welche Fahne? Rosmarie, bitte, ich verstehe überhaupt nichts von dem, was du hier gerade erzählst. Und meine Gäste warten.«

»Weißt du, welches Jahr wir schreiben?«

»Ja, 1924, warum?«, fragte sie ungeduldig.

»Und welchen Tag?«

»Meine Güte, ja, den 11. August. Was soll das?«

»11. August 1924, was sagt dir das?«

»Rosmarie, bitte.«

»Der Verfassungstag jährt sich heute zum fünften Mal. Verstehst du jetzt?«

Marie zuckte nur mit den Schultern. »Entschuldige, Rosmarie«, sagte sie ernst, »wenn du mir nicht sofort erzählst, was vorgefallen ist, dann lasse ich hier alles liegen und stehen und fahre nach Bergen, und den Verlust, den ich dadurch erleide, den ersetzt du mir. Also?«

»Schon gut. Sophie hat heute Nacht, wie soll ich sagen, ihre staatsbürgerlichen Pflichten etwas zu ernst genommen.«

»Aha. Und?«

»Sie hat beim Hotel Quisisana die Fahne vom Mast genommen.«
»Die Fahne?«
»Und das Gleiche hat sie auch beim Hotel Imperial getan und bei den Goebels und Freeses, und vermutlich hätte sie ihren Fahnenzug fortgesetzt, wenn man sie nicht dabei erwischt hätte, wie sie gerade die Freesesche Fahne im Sand vergrub.«
»Was hat sie getan? Fahnen gestohlen?« Marie musste lachen. »Sophie sollte man wirklich keine Sekunde aus den Augen lassen. Aber wieso um alles in der Welt klaut sie fremde Fahnen?«
»Sie hat sie nicht gestohlen, sie hat sie nur abgenommen und versteckt. Deswegen kann man sie ja auch nicht länger festhalten. Sie wollte ein Zeichen setzen, nehme ich an. Gegen diese ganzen Republikfeinde hier, denen nichts Besseres einfällt, als am Verfassungstag dem alten Wilhelm mit ihren schwarz-weiß-roten Fahnen zu huldigen. Auf jedes Haus sollte man sie pinseln, die schwarz-rot-goldenen Farben, damit keiner mehr vergisst, in welchem Land er mittlerweile lebt.«
Marie schüttelte den Kopf. »Das versteh, wer will. Das sind doch bloß Fahnen, meine Güte. Fahnen, nichts weiter. Die tun doch keinem weh. Sophie ist wirklich unverbesserlich.«
»Ich denke, Sophie hat recht. Du solltest heute jedenfalls die schwarz-rot-goldene hissen.«
»Für solche Kinkerlitzchen habe ich nun wirklich keine Zeit. Du siehst doch, was hier los ist. Die Cohns warten schon seit zehn Minuten auf ihr Frühstück, die Müllers wollen einen Picknickkorb für den Mittag. Das sind gute

Gäste, ich kann mir nicht leisten, sie noch länger warten zu lassen.«

»Dass du dich da mal nicht täuschst«, sagte Rosmarie nachdenklich. »Wie geht es eigentlich Klara?«, fragte sie unvermittelt. »Ich habe sie neulich in Saßnitz gesehen. Sie sah abgehetzt aus.«

»Sie wird viel um die Ohren haben mit dem neuen Gasthof und dem Kind, nehme ich an. Hat sie dir das nicht erzählt? Mit dem Geld für ihren Erbanteil hat sie die Fischerklause gekauft.«

»Nein«, sagte Rosmarie erstaunt, »das wusste ich nicht.«

Sophies »Fahnenraub« machte schnell die Runde. Sogar unter den Urlaubern im Familienbad gab es nur dieses eine Thema, das die Mehrzahl der Gäste auf ihre eigene Art beantwortete. Noch nie zuvor entstanden am Strand von Binz so viele Sandburgen, und noch nie zuvor wehten so viele kleine schwarz-weiß-rote Fahnen auf den sandigen Förmchenhügeln wie an diesem Tag. Die wenigen schwarz-rot-goldenen Fahnen, die vereinzelt neben den Strandkörben aufblitzten, entdeckte nur, wer wirklich nach ihnen suchte. Sophie hatte am frühen Nachmittag, als Rosmarie sie auf ihrem Motorrad nach Hause gebracht hatte, gerade einmal fünf Stück gezählt. Und dennoch gingen bei der Kurverwaltung im Laufe des Tages so viele Beschwerden von Republikanhängern ein, die die Entwendung ihrer schwarz-rot-goldenen Fahnen beklagten, dass sich der Verwaltungsrat am Abend dazu genötigt sah, zwei Polizisten extra für die Strandwache abzustellen.

»Was für ein Schauspiel«, sagte Sophie lachend, als sie einen der Ordnungshüter gemächlichen Schrittes an der Villa Luise vorbeimarschieren sah, den Blick geflissentlich auf den

Fahnenmast gerichtet, auf dem mittlerweile eine schwarz-rot-goldene Flagge im lauen Abendwind flatterte. »Gestern Nacht haben sie mich noch eingebuchtet, und jetzt beschützen sie mich. Ist das nicht wunderbar?« Ihre blitzenden Augen suchten die von Marie. »Was ist? Bringt dich das nicht auch zum Schmunzeln? Ach, ich liebe Rügen, diese wunderbare Insel, auf der einem so etwas widerfahren kann.«

Maries sorgenvoller Blick galt den Gästen auf ihrer Terrasse. Noch hatte sich keiner bei ihr über die Vorkommnisse des Tages beschwert, und noch sahen alle so aus, als würden sie diesen herrlichen Sommerabend bei Flunder und Speckkartoffeln ungeachtet dieser »Flaggenposse«, wie die Abendausgabe der *Rügenschen Zeitung* titelte, in vollen Zügen genießen. Die Mädchen kamen mit dem Weinausschank jedenfalls kaum nach, und manche orderten sogar Champagner zum Dessert.

»Mir wäre es trotzdem lieber, du würdest nach dem Abendessen die Fahne wieder abnehmen«, sagte Marie, nachdem sie, wie sie es immer machte, allen Gästen einen angenehmen Abend gewünscht hatte.

»Ach, du bist zu ängstlich«, erwiderte Sophie forsch. »Es hat sich doch keiner beschwert.«

»Trotzdem. Ich möchte nichts riskieren, gerade jetzt. Du weißt, wie schwer die letzten Jahre waren.«

»Sicher. Mach dir keine Sorgen«, sagte sie beschwichtigend, »morgen ist sie weg, versprochen. Aber wenn ich's mir recht überlege«, fügte Sophie mit einem schelmischen Grinsen hinzu, »kann ich doch hier eigentlich schalten und walten, wie ich will. Schließlich gehört die Villa Luise jetzt zur Hälfte mir. Rein ideell natürlich.«

»Eben, nur rein ideell«, sagte Marie lächelnd und verab-

schiedete sich mit einem freundschaftlichen Klaps auf Sophies Schulter in die Küche.
»Kommst du nachher mit zum Kurplatz? Dort spielt eine Swing-Kapelle aus Berlin. Die sind gut, ich hab die Jungs letztes Jahr schon im Pfau gehört«, rief ihr Sophie noch hinterher, aber Marie war schon im Haus verschwunden.
Mit einem tiefen Seufzer lehnte sich Sophie auf ihrem Stuhl zurück und zündete sich eine Zigarette an. Sie saß etwas abseits der Gästetische und beobachtete das Treiben um sich herum. Die meisten der Urlauber saßen noch beim Abendessen, aber die, die sich bereits für den Abend feingemacht hatten, führten ihre Garderobe auf der Strandpromenade aus. Wie in Berlin, dachte Sophie, als sie die Frauen mit ihren Bubikopf-Haarschnitten und in ihren knielangen Röcken an sich vorbeiflanieren sah, nur dass die Luft hier besser ist. Sie atmete tief durch. Sophie liebte diese Luft, diese frische klare Seeluft, die ihr so rein und unschuldig zu sein schien, dass sie sie manchmal mit ihrem Zigarettenqualm einfach »entjungfern« musste, wie sie gerne mit einem vieldeutigen Lächeln sagte. Sie nahm einen tiefen Zug, ließ den Rauch ganz langsam aus dem Mund entweichen und sah den hellen Wölkchen nach, wie sie langsam in die Abenddämmerung entschwanden.
Seit sie nach der Niederlage bei den Wahlen im Mai 1924 den Entschluss gefasst hatte, Berlin für eine Weile den Rücken zu kehren, hatte sie sich nicht mehr so lebendig und frei gefühlt wie an diesem Tag. Das Politikerleben war ihr zur Last geworden, aber erst jetzt, als sie erkannte, dass sie mit ihren vierundvierzig Jahren die Lust an der Provokation noch nicht verloren hatte, wusste sie, dass sie ihrem Leben in Binz beruhigt entgegenblicken konnte.

Der »kleine Affront«, wie sie den Coup gegen Johannes nannte, hatte ihr noch nicht als Beweis ihres streitbaren Geistes gegolten. Im Juni, kurz nachdem sie nach Rügen gekommen war und sich ihr schnell die verfahrene Situation zwischen Johannes, Klara, Marie und der Villa Luise offenbarte, hatte sie Marie den Vorschlag unterbreitet, mit Hilfe ihrer finanziellen Unterstützung doch wenigstens Klara das Erbe auszubezahlen, wenn schon Johannes zu keinem Kompromiss zu bewegen war. Seitdem war Maries Name neben dem von Johannes Kerk als Miteigentümerin im Grundbuch eingetragen.

Als Johannes davon erfahren hatte, war er so außer sich gewesen, dass er erst seine Haushälterin gefeuert und anschließend seine Arbeiter dazu verdonnert hatte, eine Tonne Kreide mehr an diesem Tag zu gewinnen. Zwei Tage später war ein Schreiben von Johannes Kerks Anwalt in der Villa Luise eingegangen, mit der Ankündigung, gegen diese »unrechtmäßige Grundbuchänderung« vorgehen zu wollen, wenn sie nicht »unverzüglich rückgängig« gemacht würde. Sophie hatte nicht lange gezögert und den Brief ohne Maries Wissen, aber in deren Namen unmissverständlich beantwortet. Von Johannes' »sittenwidrigem Verhalten« war darin die Rede, das jederzeit öffentlich gemacht werden könne, von der Möglichkeit, das Testament anzufechten aufgrund eines »nicht eingelösten Eheversprechens«, das man ihm zur Last legen würde, und dass Johannes Kerk die Folgen dieser Schritte, die sich »sicherlich negativ auf seine Karriere auswirken würden«, in aller Ruhe abwägen solle. Die Drohung hatte Wirkung gezeigt. Seitdem verhielt sich Johannes ruhig.

Als Marie sich wieder zu Sophie an den Tisch setzte, hatte

sich das Dämmerlicht wie ein dunkelvioletter Teppich über die stille See gelegt. Der Wind war mittlerweile ganz eingeschlafen, und die Fahne hing träge vom Mast herunter. Marie ließ ihren Blick nach oben schweifen, aber noch immer beunruhigte sie diese Flagge vor ihrem Haus.

»Komm«, sagte Sophie, »lass uns in die Kakadu-Bar gehen, etwas Abwechslung wird dir nach der ganzen Aufregung heute guttun.«

»Ich weiß nicht«, sagte Marie unentschlossen, »die Gäste.«

»Die kommen auch gut ohne dich aus. Außerdem ist ja auch noch Ulla da.«

»Uta.«

»Dann eben Uta.«

»Ein Absinth nur, bitte. Zu meiner Begrüßung.«

»Du bist doch jetzt schon seit über drei Monaten hier«, erwiderte Marie verwundert.

»Aber erst heute bin ich richtig angekommen. Darauf müssen wir anstoßen. Ich habe nämlich beschlossen, dass ich bleibe«, sagte sie feierlich. »Es gefällt mir hier.«

Marie blickte Sophie mit einem skeptischen Lächeln an. »Du führst doch nicht irgendetwas im Schilde, oder?«

»Wo denkst du hin?«

»Ich kenne dich.«

»Und deswegen freust du dich ja auch, dass ich da bin«, erklärte Sophie selbstbewusst.

»Ja«, sagte Marie und seufzte dabei, während sie aus dem Augenwinkel das hektische Treiben auf der Strandpromenade beobachtete. Paare, die Arm in Arm gingen, Männer, die Frauen hinterherriefen, und Frauen, die verstohlen tuschelten, Urlauber, die sich in Grüppchen zusammengefunden hatten und sich angeregt unterhielten, sie alle zogen an der Villa Luise vorbei, und Marie schien es, als könnte sie aus jedem Schritt und aus jeder Geste die Erleichterung über die überstandene Krisenzeit ablesen. Sie erinnerte sich an Zeiten vor dem Krieg, als im Sommer ebenfalls eine unbeschwerte Fröhlichkeit über Binz gelegen hatte, aber damals, dachte sie, war sie noch gar nicht bereit gewesen, sich von dieser Leichtigkeit mittragen zu lassen. Marie seufzte erneut, aber diesmal lag in dem Seufzer das ganze Wissen um eine lange und anstrengende Befreiung. »Ja«, sagte sie in ernstem Ton, »ich bin unendlich dankbar dafür, dass ich hier mit dir in dieser lauen Sommernacht vor meiner Villa Luise sitzen darf. Ich kann mir auf der ganzen Welt nichts Schöneres vorstellen.«

Sophie lächelte, dann nahm sie Maries Hand und drückte sie ganz fest. Für eine Weile saßen sie beide schweigend nebeneinander und taten nichts weiter, als ihre Blicke über die vielen fremden Köpfe hinweg in die Dämmerung entschwinden zu lassen.

## 34

In der Kakadu-Bar hing der Rauch von unzähligen Zigaretten und Zigarren in der Luft. Das dichteste Gedränge herrschte wie jeden Abend direkt am Tresen. Pierre, der eigentlich Peter hieß und aus einem Dorf in Mecklenburg stammte, hatte es unter den Gästen in Binz zu einer kleinen Berühmtheit gebracht. Sein mit plattdeutscher Färbung durchsetzter Französischakzent, den er sich mühsam antrainiert hatte, wirkte auf Frauen wie Männer gleichermaßen betörend. Seine Cocktails, bei denen er weniger auf den Geschmack als vielmehr auf einen möglichst bunten Farbenmix achtete, taten ihr Übriges dazu.

»Salut, Sophie, mein erz explodiert, wenn isch disch seh«, rief er Sophie fröhlich zu, als sie mit Marie zur Tür hereinkam. »Rosmarie war ier und at nach disch gefragt. Sie atte Hans im Schlepptau, diesen Reporter«, sagte er noch, bevor er sich umdrehte und nach der Flasche Absinth griff und den beiden unaufgefordert zwei gut gefüllte Gläser hinstellte. »Schenk isch eusch. Wegen dieses wunderbaren Amüsements, das du mir eute bereitet ast. O Sophie, mein 'erz gehört ganz dir«, flötete er, während er bereits wieder mit zwei Cocktail-Shakern jonglierte.

Sophie lächelte zufrieden, aber Marie seufzte zum dritten Mal innerhalb kürzester Zeit an diesem Abend. Der Name des Zeitungsreporters hatte sie aufhorchen lassen.

»Das ist Hans Koch!«, rief Rosmarie, die plötzlich hinter ihnen stand, mit lauter Stimme in dem Versuch, sich gegen den Lärm in der Bar durchzusetzen. Sie zeigte auf einen kleinen stämmigen Mann mit schütterem Haar.

»Angenehm«, sagte er und reichte Sophie und Marie die Hand. »Kollege von Rosmarie, Reporter bei der *Rügenschen Zeitung*«, stellte er sich knapp vor. »Sie sind also die berühmte Sophie von Blankenburg. Er musterte Sophie mit einem durchdringenden Blick, der sie zu amüsieren schien.

»Berühmt?«, fragte sie lächelnd, aber nicht ohne Stolz, während sie an ihrem Glas nippte. »Man tut, was man kann.«

»Allerdings«, entfuhr es Marie mit ärgerlicher Stimme.

»Das kann man wohl sagen«, pflichtete Hans Koch ihr bei und gab Pierre ein ungeduldiges Zeichen, sich doch mit seinem Bier zu beeilen. »Ich habe vorhin schon zu Rosmarie gesagt, dass mir in meinen vielen Jahren als Reporter noch nie eine Frau untergekommen ist, die so wenig Scheu davor hat, aufzufallen, und dabei anscheinend genau weiß, was sie tut.«

Sophie lächelte. Hans Koch hatte ihr soeben das schönste Kompliment gemacht, das sie sich vorstellen konnte. »Darauf müssen wir anstoßen«, rief sie gegen die fröhlich lärmende Menschenmasse an und hob ihr Glas. Während ihr Rosmarie und Hans Koch sofort ihre Gläser entgegenstreckten, stieß Marie nur widerwillig mit Sophie an, aber dafür hatte diese in dem Moment keinen Blick. Mit einer verschwörerischen Geste beugte sie sich zu dem Reporter vor. »Sie sind ein Mann mit Weitblick«, flüsterte sie ihm anerkennend ins Ohr, und zum ersten Mal an diesem Abend zeigte sich auf seinem Gesicht so etwas wie eine Regung.

»Rosmarie hat mir einiges über sie erzählt«, fuhr er fort. »Interessant, interessant. Aber was um alles in der Welt hat sie nach Rügen verschlagen? Ich würde einiges dafür geben, von dieser Insel endlich wegzukommen. In Berlin, da pulsiert doch das Leben. Dagegen ist das hier«, er blickte sich kurz in der übervollen Bar um, »nichts weiter als ein fröhlicher Kindergeburtstag.«

»Ach, unterschätzen sie mal die Menschen hier nicht«, sagte Sophie vieldeutig und zwinkerte Pierre hinter dem Tresen zu. »Aber was hält Sie dann hier? In Berlin werden gute Reporter gebraucht. Wenn Sie wollen, ich habe gute Kontakte.«

»Nicht nötig, danke«, winkte Hans Koch eilig ab. »Ich fürchte, wenn ich nicht täglich einen Blick aufs Meer werfen kann, bin ich innerhalb weniger Wochen erledigt. Der

Traum von Berlin ist wohl nichts weiter als der übliche Überdruss, der einen manchmal heimsucht, wenn man sein Leben lang am selben Ort geblieben ist.«

»Wie Sie meinen.« Sophie zuckte mit den Schultern. »Aber das Angebot bleibt.«

»Ich glaube, das verstehst du nicht, Sophie«, schaltete sich Rosmarie in das Gespräch ein. »Da wird man hier auf dieser Insel ausgeworfen, und erst merkt man gar nicht, dass man sich auf einer Insel befindet, so groß ist sie, aber je älter man wird, desto deutlicher werden einem auch die Grenzen einer Insel bewusst, und man wünscht sich, wegzugehen, und hat man es geschafft und ist weggegangen, dann plagt einen auch schon umgehend das Heimweh. Das ist wohl die Krankheit aller Rüganer. Das Heimweh. Nicht?« Sie blickte zu Hans Koch und Marie.

»Vielleicht«, sagte Marie, aber ihre Stimme war zu leise, als dass sie sich gegen die Geräuschkulisse hätte durchsetzen können, und so sahen Rosmarie, Hans Koch und Sophie nur ihren skeptischen Blick. Nicht, dass sie nicht gewusst hätte, wovon Rosmarie sprach. Heimweh, das war ein Gefühl, das sie nur allzu gut kennenlernen musste, damals, als sie für einige Wochen bei ihrem Vater war. Aber daran dachte Marie jetzt nicht. Noch immer traute sie dem Frieden nicht, und es war, als würde sie befürchten, Sophie könnte jeden Augenblick ihr Leben erneut in Unordnung bringen.

»Ja, ja, die berühmten Rügener Fesseln«, sagte Hans Koch, »gegen die ist man machtlos. Unsere Rügen-Urlauber scheinen mit dieser Krankheit jedenfalls nicht geschlagen zu sein.« Sein Blick schweifte über die ausgelassen tanzende Menschenmenge. »Wie entfesselt sind die ja heute.«

»Ja, nicht wahr, da stimmt es plötzlich wieder mit dem Geld, und die Leute denken, sie hätten keine Probleme mehr.« Rosmarie rümpfte die Nase. »Wie leicht es sich die Menschen doch machen.«

»Na, na«, sagte Sophie beschwichtigend und legte ihren Arm freundschaftlich um Rosmaries Schultern, »seit wann hast du denn etwas dagegen, wenn man sich amüsiert?«

»Ach«, winkte Rosmarie ab, »du glaubst ja nicht, was ich in den letzten Wochen alles erleben musste. Diese Emporkömmlinge und Schieber, die in diesem Jahr Binz bevölkern. Da benimmt sich doch einer schlechter als der andere. Vergangene Woche erst höre ich doch einen dieser fetten Spekulanten, den ich im Übrigen erst am Tag vorher gemeinsam mit seiner Gattin im Strandkorb liegend fotografieren musste, über den ganzen Kurplatz brüllen, er denke nicht daran, seine Rechnung zu zahlen, der »verdammte Jude, dieser Kriegsgewinnler« habe gefälligst an ihm noch etwas gutzumachen. Und die Leute drum herum haben Beifall geklatscht. Diese Verrohung.«

»Das sind doch Ausnahmen«, ging Marie dazwischen. »Bei uns in der Villa Luise ist so etwas noch nie vorgekommen. Alles freundliche Gäste wie immer, fast wie vor dem Krieg. Ich jedenfalls freue mich, wenn sich die Urlauber amüsieren. Da haben wir doch alle was davon. Du doch auch, Rosmarie«, sagte sie bestimmt. »Oder hast du etwa schon vergessen, wie mühsam es war, in den letzten Jahren über die Runden zu kommen?«

»Natürlich nicht«, Rosmarie schüttelte energisch den Kopf, »aber deswegen muss ja nicht alles gut sein, wie es jetzt ist.« Sie stürzte den Rest Absinth mit einem Schluck hinunter, bevor sie bei Pierre einen neuen orderte und in versöhnli-

cherem Ton hinzufügte: »Lass uns ein andermal darüber reden, hier ist es viel zu laut und zu voll, um einen klaren Gedanken …«
»Nein, nein, Rosmarie, du hast absolut recht«, schnitt ihr Hans Koch das Wort ab. »Sophie … äh … ich meine Frau von Blankenburg hat ja heute nicht umsonst für so viel Aufruhr gesorgt. Das hätte sie wohl kaum, wenn es sich um einen banalen Diebstahl gehandelt hätte. Sogar Johannes Kerk soll sich über den Vorfall genauestens informiert haben.« Er hob anerkennend sein Glas in Richtung Sophie. »Das will was heißen. Seitdem die DNVP bei den letzten Wahlen als stärkste Fraktion hervorgegangen ist, fühlt er sich eigentlich unangreifbar.«
Marie zuckte zusammen. »Wie informiert?«, fragte sie erschrocken.
»So genau weiß ich das auch nicht. Ich habe nur von einem meiner Informanten bei der Polizei gehört, dass er höchstpersönlich beim Regierungspräsidenten in Stralsund vorstellig geworden sein soll.«
»Beim Regierungspräsidenten?« Sophie lachte laut auf. »Der arme Johannes, hat wohl Angst um seine mühsam erworbenen Pfründe.« Sophie sah Maries sorgenvolles Gesicht. »Keine Bange, Marie, der kann dir nichts.«
»Mühsam erworben?« Hans Koch wischte sich mit einem Taschentuch Schweiß von der Stirn. »Mühsam erworben hat der nichts«, sagte er energisch. »Das Kreidewerk in Sagard hat er geerbt und das in Saßnitz hat er im letzten Jahr den alten Besitzern unterm Hintern weggeklaut.«
»Geklaut?«, fragte Rosmarie überrascht.
»Na ja, nicht direkt geklaut, aber da ging einiges nicht mit rechten Dingen zu. Zumindest ist der Bankdirektor, der da-

mals dem alten Besitzer einen Kredit verweigert hat, heute sein Stellvertreter im Kreisvorstand der DNVP. Darüber kann man denken, wie man will, aber für mich hat die ganze Angelegenheit einen üblen Beigeschmack.«

»Ja, sicher, da haben Sie natürlich recht«, erwiderte Marie, die bei Hans Koch auf keinen Fall den Eindruck hinterlassen wollte, als würde sie mit Johannes oder irgendeinem dieser »ungezogenen Emporkömmlinge«, wie Rosmarie manche Urlauber nannte, sympathisieren. »Wenn es sich tatsächlich so zugetragen hat, dann war das sicherlich kein sauberes Geschäft. Und dass Johannes zu so etwas fähig ist, daran zweifle ich nicht. Aber mal ehrlich, ich finde, Sie messen ihm etwas zu viel Bedeutung bei. Überhaupt, ihr alle messt allem zu viel Bedeutung bei«, sagte sie energisch und blickte herausfordernd in die Runde. »Du diesen Fahnen, Sophie, und du diesen paar wenigen vorlauten Gästen, Rosmarie, und Sie, Herr Koch, Johannes Kerk und seiner Partei. Ist es denn nicht gestattet, einfach nur in Frieden leben zu wollen und endlich sein kleines persönliches Glück zu genießen?«, fragte sie, ohne die Frage direkt an einen der drei zu richten.

»Ich möchte Ihnen Ihr Glück nicht streitig machen«, entgegnete Hans Koch in einem beleidigten Ton, »aber vielleicht ja jemand anders.« Er lächelte vieldeutig, doch Marie tat so, als sähe sie dieses Lächeln nicht.

»Ach, Marie«, seufzte Sophie und legte ihren Arm um Maries Schultern, »das hat doch nichts mit dir zu tun.«

»Natürlich hat das etwas mit mir zu tun, wenn sich Johannes nach dir erkundigt. Schließlich lebst du bei mir, und die Villa Luise gehört immer noch zur Hälfte ihm«, erboste sie sich.

»Sehen Sie«, sagte Hans Koch süffisant, »Sie messen Johannes Kerk ja auch eine große Bedeutung zu.«

»Das ist ja wohl etwas ganz anderes«, fuhr sie ihn an. »Ich muss hier meine persönlichen Interessen verteidigen.«

»Jeder verteidigt seine persönlichen Interessen«, erwiderte Hans Koch ruhig, »jeder. Nur manchmal sind sie eben als solche nicht sofort zu erkennen.«

»Schon gut, schon gut«, winkte Marie gereizt ab. »Ich gehe jetzt jedenfalls nach Hause und nehme diese dämliche Fahne vom Mast, und danach möchte ich von alldem nichts mehr hören.«

Rosmarie, Sophie und Hans Koch sahen ihr erstaunt dabei zu, wie sie sich vom Barhocker gleiten ließ und mit entschlossenen Schritten Richtung Tür ging.

»Wenn das mal so einfach wäre«, murmelte Hans Koch, als Marie in die Nacht entschwand.

## 35

Sieben Schläge hatte Klara gezählt, und der Hall der erst im Januar 1925 geweihten Kirchenglocke lag noch über Saßnitz, als sie Elisabeth, ihre zehn Monate alte Tochter, mit einem fröhlichen Summen auf den Lippen schlafen legte. Wie jeden Abend hatte sie Elisabeths Bettchen in den kleinen Raum gestellt, der an den Schankraum der Fischerklause angrenzte. Selbst wenn die Schenke über und über voll war mit angetrunkenen Gästen und das Stimmengewirr sich wie ein dicker Teppich über die Köpfe leg-

te, entgingen ihr so nur selten Elisabeths flehentliche Schreie.
An diesem frühen Abend Mitte März 1925 war es noch ruhig. Außer ein paar alten Fischern, die an einem runden Tisch direkt neben dem Tresen saßen und ihr Bier in langsamen Schlucken tranken, waren keine Gäste in der Klause. Unermüdlich reichten sie den Würfelbecher von einem zum anderen weiter, und wenn eine Runde des nur für sie zu durchschauenden Spiels beendet war, teilten sie die vor ihnen liegenden Groschen neu auf. Manchmal prostete einer der Alten Klara zu, wenn sich gerade ein besonders großer Groschenberg vor ihm auftürmte, aber am Ende des Abends gingen alle mit der gleichen Anzahl an Groschen nach Hause, mit der sie auch gekommen waren.
Klara schaute den Fischern gerne beim Spielen zu. Der gleichmütige Klang des Würfelspiels beruhigte sie, und wenn wenig zu tun war, dann setzte sie sich zu ihnen mit an den Tisch und ließ sich von deren unerschütterlichen Anwesenheit tragen. An diesem Abend glitt ihr Blick jedoch unruhig zwischen Tür und Uhr hin und her. In zwei Stunden sollte Maltes Schiff einlaufen, und Klara konnte seine Ankunft kaum erwarten. Wie viele Saßnitzer Fischer hatte auch er die Winterzeit vor Bornholm auf einem der Fischkutter verbracht und war die ganze Zeit über nicht nach Hause gekommen. Gut vier Monate war es her, dass Klara Malte verabschiedet hatte. Seitdem hatte sie allein mit der Fischerklause und dem Kind zurechtkommen müssen. Und auch wenn sie mehr als einmal vor Erschöpfung beinahe hinter dem Tresen eingenickt wäre, nicht einmal hatte sie daran gedacht, nach Binz zurückzukehren.
Binz und die Villa Luise, das war eine Welt, die ihr so weit

entfernt von ihrem jetzigen Leben schien wie vielleicht Berlin. Nach Saßnitz und in die Fischerklause, diese kleine Schenke in unmittelbarer Nähe des Hafens, da gehörte sie hin. Das hatte sie von Anfang an gedacht, und das dachte sie noch immer. Das hatte sie selbst im Februar 1924 geglaubt, als Maltes Mutter sie nicht gerade mit offenen Armen empfangen hatte, als sie, schwanger und schwerbepackt, plötzlich bei ihr in der Tür stand. Ein gutes Jahr war seitdem vergangen, und längst ging ihr die alte Frau Kumvitz zur Hand, wenn Not am Mann war. Auch Ella, die im Sommer als Zimmermädchen im Fürstenhof arbeitete, unterstützte sie, wo sie nur konnte. Rieke, die Kaufmannstochter, erledigte für sie manchmal Besorgungen, und Henriette, die alle nur Hennie riefen und die als Schneiderin ein Händchen für alles Dekorative hatte, kam fast jeden Tag vorbei und half Klara, die Fischerklause zu einem besonderen Ort zu machen.
An den Wänden hingen noch immer die Seemannsbilder, die Klara von der alten Besitzerin übernommen hatte, dazwischen aber sammelte sich allerhand Treibgut, abgewetzte Planken und Angelhaken, ein verrosteter Anker, Kompasse, Bordkarten und Markierungsfahnen, die alle ihre eigene Geschichte zu erzählen hatten. Das Fischernetz, das zwischen den Holzbalken der Decke gespannt hing, stammte vom alten Kumvitz, Maltes Vater. Bei ihrer Hochzeit im April hatte er es Klara um die Schultern und den dicken schwangeren Bauch gelegt, damit sie nie vergessen möge, wo sie hingehöre, wie er in feierlichem Ton gesagt hatte.
Links und rechts neben dem Tresen hing jeweils eine lange Kette aus Steinen, ein Geschenk von Malte und Klaras

Glücksbringer. Sie hatte es sich zur Angewohnheit gemacht, mindestens einmal am Tag über jeden einzelnen der siebenundzwanzig größeren und kleineren Steine zu streichen und dabei in Gedanken bei Malte zu sein. Auch jetzt, während sie auf ihn wartete, fuhr Klara in Gedanken versunken immer wieder über deren kühle Oberfläche. Im Hintergrund weinte Elisabeth, aber noch ehe Klara ihrer Gedankenwelt entfliehen konnte, hatte das Weinen auch schon wieder aufgehört.

Elisabeth, die von Klara meistens nur Lissy genannt wurde, sah ihrem Vater nicht ähnlich. Klaras größte Sorge war gewesen, sie könnte Johannes' spitze lange Nase geerbt haben, aber noch sah es so aus, als wäre sie klein und schmal wie die ihrer Mutter. Malte jedenfalls war sich sicher, sich in ihren Augen zu erkennen, und Klara war erleichtert gewesen, als sie sah, mit welcher Selbstverständlichkeit Malte dem Kind ein Vater war. Nicht ein Mal hatte er an seiner Vaterschaft gezweifelt, zumindest hatte er sie nie danach gefragt, und mittlerweile erschrak Klara nur noch selten bei dem Gedanken, Elisabeths Äußeres könnte ihre Herkunft verraten. Manchmal erwischte sie sich sogar dabei, wie sie dachte, dass Elisabeths Mund dem von Malte ähnlich sah, und es dauerte kurz, bis sie begriff, dass dies ganz und gar unmöglich war.

»Was brauchen die so lang«, polterte einer der alten Männer in Richtung eines anderen, »soll'n wir denn bis zur nächsten Hundertjahrfeier warten? Klara«, rief er, »bring dem Karl was zum Munterwerden, sonst schnarcht der hier, wenn die Jungs von ihrem Fang zurückkommen.« Fast angewidert schüttelte er den Kopf. »Was brauchen die aber auch, bis sie kommen«, grummelte er in seinen Bart, bevor

er sich erneut seinen Würfeln zuwandte und einen Schluck aus seinem Bierkrug nahm.
Es war bereits acht Uhr abends vorbei, als sich die Fischerklause langsam füllte. Der Tresen hatte sich binnen kürzester Zeit in ein kleines Büfett verwandelt. Große Teller mit eingelegten oder gebratenen Heringen, drei Laib Brot, reichlich Speck und Mettwurst standen für die Ankunft der Männer bereit. Klara hatte die Idee mit der Willkommensfeier, und die meisten der Fischerfrauen und -mütter waren gekommen und hatten ihre Vorräte für diesen Abend geplündert. Heinrich, der nur noch auf dem Jasmunder Bodden fischte, hatte seine Ziehharmonika mitgebracht. Kaum hatte er sich gesetzt, hatte er auch schon eine Schar von Jungen und Mädchen um sich versammelt, die ihn mit ihren Liederwünschen bedrängten. Fast ohne Unterbrechung ging die Tür auf und zu, und ein neuer Gast trat in den Schankraum, bis es schließlich so voll wurde, dass längst nicht mehr alle einen Platz zum Sitzen fanden und Klara vor lauter Rauch und schwitzender Körper kaum noch Luft bekam. Aufgeschreckt von dem Stimmengewirr, saß die kleine Elisabeth auf dem Schoß von Maltes Mutter und verfolgte das fröhliche Durcheinander mit ausdauernder Neugier.
Klara stand gemeinsam mit Hennie und Ella hinter dem Tresen, und alle drei zapften sie mit hochroten Köpfen Bier um Bier. Wie alle anderen war auch Klara die Vorfreude ins Gesicht geschrieben, und sie lachte und scherzte mit jedem, der sich zu ihr an den Tresen stellte. Als Heinrich schließlich seine Ziehharmonika auspackte und eines der Seemannslieder anstimmte, schaukelte sie im Takt der Musik und sang lauthals mit. »Sei uns gegrüßt, du Rügens Kreideküste, sei uns gegrüßt, du schöner Ostseestrand, wir leben auf der

freien Meereswüste und grüßen dich, du liebes Heimatland«, schallte es bereits zum dritten Mal durch den Raum, als sich mit tiefen Horntönen die Fischerboote ankündigten.

Auf allen Kuttern funkelten Gaslaternen zur Begrüßung, und von Ferne sah es aus, als liege über dem Hafen eine lange verschlungene Kette aus Lampions. Kaum jemand konnte sich der feierlichen Stimmung entziehen, die Saßnitz in diesem Moment umgab. Klara, die dieses Spektakel zum ersten Mal miterlebte, trieb der Anblick Tränen in die Augen. Sie wusste ihre Fischerklause und Elisabeth bei Hennie und Maltes Mutter in guten Händen und war etwas weiter als die anderen auf die Mole hinausgegangen. Noch waren die Boote nur schemenhaft in der Dunkelheit zu erkennen, aber für Klara machte es in diesem Augenblick keinen Unterschied, ob Maltes Schiff bereits angelegt hatte oder sich nur im Dunstkreis des Hafens befand. Ihr war, als fiele eine schwere Last von ihren Schultern.

Der Bruch mit Johannes, die Flucht aus Binz, die überstürzte Hochzeit mit Malte, Elisabeths Geburt, das Angebot, die Fischerklause zu kaufen, und schließlich Maltes lange Abwesenheit hatten doch mehr an ihr gezehrt, als sie sich das eingestehen mochte. Vor allem Maltes Entschluss, über die Wintermonate fortzugehen, hatte sie in den letzten Monaten immer wieder zweifeln lassen, dass er ihr tatsächlich verziehen hatte. Auch wenn er sie in seinen Briefen mit Liebeserklärungen überschüttet hatte, hatte sie sich dennoch in manchen Nächten gefragt, ob es ein gutes oder ein schlechtes Zeichen war, dass sie nie wieder über Johannes, über ihren Vater oder die Villa Luise gesprochen hatten, dass er sie nie gefragt hatte, was an jenem Tag vorgefallen war, als

sie plötzlich vor ihm gestanden hatte, und dass er sie gleichmütig hatte gewähren lassen, als sie sich entschlossen hatte, Maries Angebot anzunehmen und die Villa Luise hinter sich zu lassen.
Klaras Blick wanderte erneut über den erleuchteten Hafen. Die Stimmen all der anderen Wartenden schienen jetzt weit weg zu sein. In langen, vorsichtigen Atemzügen sog sie diese feierliche Vorfreude wie etwas Kostbares in sich auf, und noch bevor die Schiffe die Hafeneinfahrt passierten, war ihr, als hätten sich all ihre Zweifel der vergangenen Monate im Lichtermeer der Laternen aufgelöst.
Während sich laute Willkommensfreude um sie herum ausbreitete, begegneten sich Klara und Malte mit abtastenden Blicken, als müssten sie sich erst der Selbstverständlichkeit vergewissern, sich nach so langer Zeit in die Arme schließen zu können. Klaras Herz raste, und es pochte noch schneller, als sie direkt voreinander standen, schweigend und mit suchenden Lippen. Malte sah ausgezehrt aus, gezeichnet von Wind und Wetter, aber seine Augen funkelten im Glanz der Laternen. Nur ein Schritt trennte sie noch vor der ersten Berührung, aber es war, als käme es bei dieser Begegnung auf jede einzelne Geste an. Klara schenkte Malte ein unsicher-herzliches Lächeln. In seinem Gesicht zuckte die Erregung, und für einen kurzen Moment fürchtete Klara, er wollte ihr etwas sagen, doch seine Augen wanderten über ihr Gesicht wie über eine sanft geschwungene Landschaft im warmen Abendlicht. Die ganzen Monate über hatte er Klaras Bild in sich getragen, morgens, mittags, abends, beim Netzeauslegen und beim Einholen, beim Einschlafen und beim Aufwachen. Er hatte ihr Lächeln vor seinem inneren Auge gesehen, ihre weichen ihr Gesicht umschmeichelnden

blonden Locken berührt, ihre vollen Lippen auf seinen gespürt, ihren warmen Blick auf seinem Körper gefühlt, und dennoch hatte ihn nie dieser sehnsuchtsvolle Taumel erfasst wie in diesem Moment, als sein Blick auf Klaras rötlich leuchtende Wangen fiel. Wie zwei feurige Vulkane lagen sie vor ihm, jederzeit bereit, ihn hinwegzureißen unter ihrer flammenden Glut. Ihm schien, als würde der Boden wie Schiffsplanken im Sturm schwanken. Alles an ihm bebte und vibrierte, und für den Bruchteil einer Sekunde wusste er nicht, ob er sich inmitten eines herrlichen Traums befand oder ob er Klara tatsächlich gegenüberstand. Ein Schritt, und Malte hätte sich der Wirklichkeit dieses Augenblicks versichern können, aber noch überwältigten ihn seine Gefühle zu sehr, als dass er einfach seinen Arm hätte nach ihr ausstrecken können.

Gebannt gruben sich Klaras Augen in Maltes Gesicht, in seine von Adern durchfurchten hohen Wangenknochen, in seine wettergegerbte Stirn, in seinen hellen Bart, der ihm in den letzten Monaten gewachsen war und der ihm etwas Wildes und Rohes verlieh, in seine lodernden Augen, die so viel mehr zu sagen schienen als alle Worte, die über dem Hafen von Saßnitz lagen. Nichts von dem, was um sie herum geschah, nahm Klara mehr wahr. Als sie diesen einen letzten Schritt machte, war ihr, als ergriffe sie eine Sturmböe und wirbelte sie in die Lüfte, und als Malte ihren Kopf mit seinen starken Händen packte und ihre Lippen sich endlich trafen, da war ihr, als würden sie gemeinsam hoch über den flackernden Lichtern tanzen.

Malte zog sie fort, immer weiter die Mole hinaus, so weit, bis sie nur noch tiefe Dunkelheit umgab. Das Rauschen des Meeres vermischte sich mit dem schnellen Atem ihrer Körper. Malte drückte Klara gegen die Mauer, und Klara stemmte ihre ganze Erregung gegen Maltes Gewicht. Aus ihrer Kehle drang ein tiefes, immer lauter werdendes Stöhnen, das sich über die Weite des Wassers legte, bevor es schließlich in die Nacht entschwand. Ihre Körper bebten und tobten, und im Rhythmus der Lust drehten sie sich schneller und schneller.

Langsam wurde Klaras Stöhnen leiser, und auch Maltes Atem beruhigte sich. Behutsam lösten sie sich voneinander, und mit der Zeit drang sogar wieder das sanfte Plätschern der See bis zu ihnen durch.

»Herzlich willkommen«, flüsterte Klara nach einer Weile des erschöpften Schweigens und schmiegte ihr verschwitztes Gesicht an Maltes Brust. »Es ist so schön, dich endlich wieder hier zu wissen.«

Malte drückte sie an sich, bevor er sie nachdenklich und mit leiser Stimme fragte: »Weißt du, woran ich all die Monate immer wieder denken musste?«

»Woran?«

»An unsere gemeinsame Nacht auf dem Kutter.«

»Ja«, flüsterte sie, »es war wunderschön mit dir damals. Aber heute war es etwas ganz Besonderes, findest du nicht?«

»Die ganze Zeit über habe ich mich gefragt, was wohl passiert wäre, wenn du nicht schwanger geworden wärst.«

»Malte«, unterbrach ihn Klara erschrocken.

»Nein, lass«, sagte er sanft und schob sie etwas von sich. »Man hat viel Zeit auf so einem Schiff. Zu viel Zeit. Ich habe mich gefragt, ob du nicht doch lieber in Binz geblieben wärst oder bei diesem Kerk. Ich glaube nicht, dass er einfach so fortgegangen wäre.«

Klara sah ihm sprachlos in die Augen. »Was soll das? Ich dachte, du hast dich genauso über unser Wiedersehen gefreut wie ich. Es war, als …« Sie stockte.

»Ich hätte dich nicht allein lassen dürfen.«

»Ich war nicht allein«, sagte sie leicht entrüstet. »Deine Mutter hat mir geholfen, und Hennie, Rieke und Ella waren immer zur Stelle, wenn ich jemanden gebraucht habe. Wirklich. Hast du dir deswegen Sorgen gemacht?«

»Es war kein Mann im Haus«, antwortete er leise.

Klara sah ihn verständnislos an. Die Nähe, die gerade noch zwischen ihnen gewesen war, das beglückende Gefühl, der Schwerkraft enthoben zu werden, all das schien mit einem Mal in so weite Ferne gerückt zu sein, dass Klara für einen Moment dachte, er verabschiede sich gerade erneut.

»Aber, Malte«, sagte sie nach kurzem Zögern, »das ist doch nichts Ungewöhnliches. Du warst doch nicht der Einzige, der zum Fischen vor die dänische Küste gefahren ist. Das weißt du doch auch. Was glaubst du, wie viele sich heute Abend in der Fischerklause versammelt haben, um Wiedersehen zu feiern.« Sie schüttelte verständnislos den Kopf. »Und ich glaube nicht«, fügte sie fast trotzig hinzu, »dass auch nur einem deiner Kollegen ein derartig rauschender Empfang bereitet wurde.« Klara war auf vieles vorbereitet gewesen an diesem Abend, aber nicht darauf, dass sie gegen eine Wut würde ankämpfen müssen, die langsam in ihr Innerstes kroch. Sie drückte Malte an sich, aber er fühlte sich steif unter ihren Händen an. »Ich glaube wirklich, die lange Zeit auf See hat dir nicht gutgetan.« Sie gab sich alle Mühe, ihre Stimme so sanft wie nur möglich klingen zu lassen. Ihr schien, als müsste sie ihn trösten, aber sie war sich gar nicht sicher, ob er überhaupt unglücklich war. »Du und ich«, flüsterte sie, während sie ihm sanft über den Rücken strich, »ich habe mich dir vorhin so nah und vertraut gefühlt, und jetzt …«, sie unterbrach sich. »Ich verstehe dich nicht.«

»Ach, Klara«, stöhnte er, »vielleicht hast du ja recht. Diese lange Zeit auf dem Schiff.« Er griff nach ihren Händen. »Was red ich überhaupt. Vergiss, was ich gesagt habe. Vergiss es sofort, bitte. Irgendwie muss mir unser Wiedersehen zu Kopf gestiegen sein. Himmel auch«, schrie er in die Luft und tippte sich dabei an die Stirn, »ich muss ja wohl von Sinnen sein, von ollen Kamellen zu reden, wo wir doch gerade das schönste Willkommensfest gefeiert haben, das man sich nur vorstellen kann. Komm.« Er griff Klara um die Hüfte und wirbelte sie im Kreis herum. »Jetzt wollen wir mit den anderen feiern. Die vermissen uns sicherlich schon. Und Lissy. Wie geht es Lissy? Kann sie schon gehen? Sieht sie mir noch ähnlich? Was glaubst du, erkennt sie mich noch?«

Malte überschüttete Klara mit so vielen Fragen, dass ihr gar keine Zeit blieb, sich lange über seinen plötzlichen Gefühlsumschwung zu wundern. Als sie in die Fischerklause eintraten, empfing sie ein ausgelassenes Stimmengewirr, unterlegt von heiteren Akkordeonklängen und einem Gesang aus alkoholgetränkten Kehlen. In diesem Trubel der Willkommensfreude ging Klaras unvorhergesehene Missstimmung schnell unter, so dass sie, als sie gegen zwei Uhr morgens den letzten Gast verabschiedete, längst vergessen hatte, dass sie am Abend auf der Mole kurz wütend geworden war.

# 36

Die nächsten vier Jahre verliefen so harmonisch, dass sich Klara kein besseres Leben hätte vorstellen können, auch wenn die kleine Wohnung über der Fischerklause im Laufe der Zeit fast zu eng für die stetig wachsende Familie geworden war. Im November 1925 kam Max zur Welt, und Marianne, die im Februar 1927 geboren wurde, machte die Familie komplett. In dem Zimmer, in dem die Kinder schliefen, war gerade genug Platz für drei kleine Betten und eine Kommode. Die Tagesdecken für die Kinderbetten hatte Klara mit Hennies Hilfe selbst genäht. Auf Mariannes Decke hatte sie eine strahlende Sonne gestickt, auf die von Max ein Segelboot, und bei Elisabeth prangte ein Vogel auf der Decke, der einer Möwe ähnlich sah.

An Binz dachte Klara kaum. Nur manchmal, in den seltenen Nächten, in denen Malte bierselig und schnarchend neben ihr lag und sie nicht in den Schlaf fand, tauchte die Villa Luise in einer Deutlichkeit vor ihr auf, dass es ihr fast unheimlich war. Die Malvenstauden am Eingang, die Wicken und Rosen auf der Terrasse, die Sanddornsträucher im Garten blühten in ihrer Erinnerung in kräftigen grellen Farben. Der weiße Putz des Hauses blendete sie im Dunkel der Nacht, so rein leuchtete er in ihren Gedanken, und die mit reichlich Ornamenten verzierten Holzveranden zum offenen Meer knarrten im Wind.

Dass sie mit Malte in einem Zimmer schlief, das nur halb so

groß war wie ihr Zimmer in der Villa Luise, dass sie statt einer wärmenden Tapete nur eine weiß getünchte Wand umgab und dass ihr schmuckloses Bett auf abgewetzten Holzdielen stand, brachte Klara nie mit ihren träumerischen Spaziergängen durch die Villa Luise in Verbindung, die sie meist mit einem Besuch in Franz' Arbeitszimmer beschloss. An den seit Jahren verwaisten Schreibtisch setzte sie in Gedanken ihren Vater und wünschte sich nichts mehr, als dass er noch am Leben wäre. Wie gern sie ihn gemeinsam mit Malte und den drei Kindern besucht hätte, wie gern sie ihm von ihrem Glück erzählt hätte, wie sehr sie sich wünschte, er könnte sich mit ihr und für sie freuen, das spürte sie nur in diesen seltenen Momenten. Die Wehmut währte allerdings nie länger als bis zum ersten morgendlichen Kindergeschrei, und nur der Wunsch, endlich einmal wieder selber Blumen auf das Grab ihres Vaters zu legen, blieb bestehen. Seit ihrem überstürzten Aufbruch war sie nicht mehr nach Binz gekommen, und manchmal fragte sie sich, ob es tatsächlich an den vielen Pflichten lag, die sie mittlerweile in Saßnitz zu erfüllen hatte.

Die Fischerklause war im Sommer nach wie vor Anlaufpunkt für Einheimische und Urlauber gleichermaßen und im Winter Treffpunkt all jener, die nicht vor die dänische Küste zum Fischen gefahren waren. Auch Malte gehörte zu denen, die es vorzogen, den Winter über in Saßnitz zu bleiben. »Weil es hier genug zu tun gibt«, wie er sagte und damit seinen aussichtslosen Kampf gegen die Stralsunder Regierung und deren Aalreusen meinte, die vor der Saßnitzer Küste aufgestellt worden waren und die, wie er und seine Kollegen fürchteten, die Kleinfischerei dort vollends zum Erliegen bringen würden.

Klara hatte Maltes Entscheidung, nicht mehr nach Dänemark zu fahren, gelassen aufgenommen, auch wenn sie es durchaus begrüßt hätte, mehr Geld zur Verfügung zu haben. Noch überwog jedoch bei ihr der Wunsch, ihn täglich um sich zu haben, und das Bedürfnis nach einer helfenden Hand in der Fischerklause.

Die kleine Hafenstadt am Meer, deren Häuser sich so dicht an dicht an den Hängen drückten, als wollten sie alle auf einmal den besten Blick auf die See erhaschen, war ihr zur neuen Heimat geworden. Wenn sie sonnabends ihre Einkäufe auf dem Marktplatz erledigte, grüßte sie auf dem Weg dorthin, der sie über die schmale Bachpromenade führte, nach links und rechts, plauderte mit dem alten Bäcker, der so schwerhörig war, dass er jede Frage mit einem lauten »Jau« beantwortete, gab dem Zimmermannsgesellen, dessen rechtes Auge seit seiner Geburt unverwandt in den Himmel starrte, einen aufmunternden Klaps auf den Rücken, sie ließ sich von der Wäscherin ungefragt mit neuestem Klatsch versorgen und trank mit einer Selbstverständlichkeit Tee in Maltes Elternhaus, dass man meinen konnte, sie sei den Kumvitz längst zur eigenen Tochter geworden.

In diesen unbeschwerten Jahren verblasste Johannes Kerk für Klara immer mehr zu einer vagen Erinnerung. In die Fischerklause war er nie gekommen, und auch auf ihren Wegen vorbei an den Kreidetrockenschuppen, die zu Johannes' Werk gehörten, war sie ihm nie begegnet. Hatte sie sich anfangs darüber noch gewundert, war ihr Johannes' Abwesenheit mittlerweile fast zur Gewissheit geworden. Nur in Lissy erkannte sie ihn mehr und mehr. Das Kind hatte seine Lippen geerbt, schmale, dünne, fast blutleere

Lippen, die ihm selbst beim ausgelassenen Toben etwas Ernstes verliehen.
Malte, dem diese Ähnlichkeit bislang nicht aufgefallen war, entging jedoch nicht, dass mit Elisabeth irgendetwas anders als mit seinen beiden anderen Kindern war. Während der inzwischen fast vierjährige Max, alles, was er in die Finger bekommen konnte, glückselig auf dem Boden verstreute, hatte die fünfjährige Elisabeth eine Angewohnheit, die für ihr Alter alles andere als gewöhnlich war. Sie sortierte und ordnete für ihr Leben gern, leere Bierkrüge ebenso wie abgerissene Knöpfe, Stecknadeln ebenso wie Steine am Strand, und Maltes Taschentücher faltete sie exakter, als Klara das tat. Elisabeth zu beobachten, wie sie für Ordnung sorgte, entlockte Malte bisweilen ein ungläubiges Kopfschütteln und manchmal auch eine spitze Bemerkung, die er an Klara richtete.
Auch Anfang September 1929, als er einmal mehr Elisabeth dabei zusah, wie sie unermüdlich die Stühle in der Fischerklause zurück auf ihre Plätze schob, die Max und Marianne ebenso unermüdlich durcheinanderbrachten, konnte er sein Staunen über dieses Kind nicht für sich behalten.
»Woher sie das wohl hat?«, fragte er Klara kopfschüttelnd und sah Elisabeth ungläubig an.
Hätte Klara damals schon gewusst, welches Unheil sich zu dieser Zeit zusammenbraute, sie hätte hinter Maltes Frage sicherlich Argwohn vermutet. So aber lächelte sie nur und sagte spitz: »Von dir sicherlich nicht.«

# 37

Johannes wehte eine leichte Brise entgegen, als er an einem Sonntag im September 1929 frühmorgens seine Reitstiefel schnürte und vom Stallmeister seine gesattelte Lieblingsstute überreicht bekam. Der rötliche Morgenhimmel lag wie die Verheißung eines herrlichen Spätsommertages über Rügen, und Johannes jagte mit seinem Schimmel über die abgeernteten Felder vorbei an Sagard. Er trieb sein Pferd zur Höchstleistung an, und wie jedes Mal, wenn er über die Wiesen und Felder galoppierte, versetzte ihn die Geschwindigkeit in einen glückseligen Rausch. Das Gefühl, dahinzufliegen, der Schwerkraft entkommen zu sein, ließ ihn auch an diesem Morgen ahnen, was es hieß, unbesiegbar zu sein. Ein zufriedener Ausdruck legte sich über sein Gesicht, und die Aussicht, den Tag vor allem mit seinen Parteigegnern verbringen zu müssen, spornte ihn nur weiter an, seiner Stute die letzten Kraftreserven zu entlocken.

Auf der Jagdgesellschaft, zu der Herr von Plancken, ein naher Verwandter der Fürstin zu Putbus, geladen hatte, erwarteten Johannes neben Parteifreunden auch parteiinterne Widersacher, die ihn gerne als Kreisvorsitzenden der Deutschnationalen beerbt hätten. Kurz nachdem seine groß angekündigte Hochzeit mit Klara geplatzt war, hatten bereits die ersten Konkurrenten ihre Ansprüche auf seinen Posten geltend gemacht, und seitdem war sein »für die

Wertvorstellungen der Partei problematischer Familienstand«, wie es hieß, immer wieder Gegenstand zahlreicher Diskussionen. Noch genoss Johannes die Protektion des Landesvorsitzenden, der ein enger Freund seines Vaters gewesen war, aber dessen Unterstützung war an klare Forderungen geknüpft. »Nur ein Fehltritt, Johannes«, hatte sein parteiinterner Vorgesetzter gemahnt, »und ich lasse dich, ohne mit der Wimper zu zucken, fallen.«
Dass ihn Klara gedemütigt hatte, war für ihn schwer zu verkraften gewesen, dass er sich aber auch noch diesen Tadel eingehandelt hatte, brachte ihn im ersten Jahr nach der Hochzeitsabsage immer wieder an seine Grenzen. Mehr als einmal hatte er sich bei dem Gedanken erwischt, die Villa Luise in Brand zu stecken, und mehr als einmal hatte er sich bereits auf den Weg gemacht, vor lauter Hass die Fischerklause zu verwüsten. Dass er seinen Anwalt zurückgepfiffen hatte, als es darum ging, Maries Grundbucheintragung anzufechten, dass er sich nie bis in die Nähe der Fischerklause gewagt hatte, war seiner Vernunft zu verdanken, die ihn einen Tor schimpfte, sollte er seine politische Existenz aufgrund verletzter Eitelkeit aufs Spiel setzen. Im Laufe der Jahre war die Sogkraft, die von seiner politischen Macht ausging, immer stärker geworden, und das Bedürfnis nach Rache, das er anfangs noch als eine selbstzerstörerische Kraft gefürchtet hatte, verschwand mehr und mehr aus seinem Bewusstsein.
Als er den Stubnitzwald erreichte, zügelte Johannes das Tempo. Im Trab ritt er unter dem dichten, an diesem frühen Morgen noch schwach schimmernden Blätterdach des Buchenwaldes zum Schlossberg. Er war früh dran, und so entschied er sich, einen kleinen Umweg zum Steilufer zu

machen. Es war lange her, dass er sich zum letzten Mal Zeit für dieses Naturschauspiel genommen hatte, und als er die in der Morgensonne hellweiß strahlenden Kreidefelsen vor sich liegen sah, durchzuckte seinen Körper ein kurzer Schauer. Das hämmernde Geräusch eines Spechtes im Ohr, das sich mit dem gleichmäßigen Wellenschlag der ruhigen See vermischte, blieb er lange dort stehen.

Eine Hundemeute empfing Johannes laut kläffend, als er mit etwas Verspätung am Schlossberg eintraf.

»Ich dachte schon, du kneifst heute«, rief ihm Otto von Reschvitz zu, der gerade sein Pferd an die Tränke führte, wo bereits die Pferde der rund zwanzig anderen Jäger waren, die sich auf der Lichtung eingefunden hatten. Im Pulk standen sie um Friedrich von Plancken herum, dem das Jagdrevier gehörte.

»Kneifen?«, fragte Johannes erstaunt. »Warum sollte ich? Habe ich mir jemals eine Jagd entgehen lassen?«

»Ich dachte nur«, erwiderte er vielsagend lächelnd, »man hört ja so einiges.«

»Ach, was hört man denn?«

Doch noch ehe Otto von Reschvitz antworten konnte, eilte Jakob Kagelmacher, Johannes' Schatzmeister und politischer Intimus, schnellen Schrittes heran.

»Da bist du ja endlich«, sagte er erleichtert. »Ich hatte schon Sorge, du wärst aufgehalten worden.«

Johannes, der noch immer auf seinem Pferd saß, sah ihn fragend an. »Mir scheint irgendetwas Wichtiges entgangen zu sein. Erst Otto, jetzt du. Was habt ihr bloß alle? Ist etwa schon wieder eine Intrige gegen mich im Gange? Wer will sich denn diesmal als Königsmörder hervortun?«, fragte er spitz.

Jakob Kagelmacher musterte Johannes mit kritischem Blick, aber nichts schien für ihn darauf hinzudeuten, dass das ungeheuerliche Gerücht, das erst am Morgen zu ihm vorgedrungen war, Johannes bereits erreicht hatte. Er kannte seinen Freund lange genug, um zu wissen, dass er gegen viele Anfechtungen gewappnet war, aber der neuerliche Angriff, von dem er noch nicht wusste, aus welcher Richtung er kam, schien eine weitaus stärkere Kraft zu besitzen als alle anderen, die in den letzten Jahren auf Johannes abgefeuert worden waren. Sein Blick blieb wieder an Johannes' siegesgewissem Lächeln hängen, das ihm jedes Mal aufs Neue Ehrfurcht einflößte.

»Du weißt doch«, stotterte er verunsichert, »immer dieselben alten Kontrahenten.«

»Na, dann ist ja alles in bester Ordnung«, sagte Johannes von oben herab und versäumte es dabei nicht, seinen Parteifreund mit einem abweisenden Ton in der Stimme zu bedenken. Auch wenn Johannes auf Menschen wie Jakob Kagelmacher angewiesen war, für seine bedingungslos erscheinende Unterwürfigkeit hatte er an einem Tag wie diesem, an dem er sich unbesiegbar fühlte, nur Verachtung übrig. »Jetzt lass uns erst einmal den größten Hirsch jagen, den du vermutlich jemals gesehen hast. Und später setzt du mich dann über alle Vorfälle in Kenntnis, von denen ich wissen sollte, ja?«, fügte er mit versöhnlicher Stimme hinzu. »Weidmannsheil, Jakob.«

Als das Jagdhorn zum Aufbruch blies, hatte sich die Jagdgesellschaft hinter der Hundemeute versammelt.

»Haben Sie schon gehört, Herr Kerk, heute soll eine Wildsau im Angebot sein?«, flüsterte ihm Ludwig von Sternsitz verschwörerisch zu, der seinen Rappen dicht neben Johannes' Schimmel hielt. Er war neben der Fürstenfamilie Besitzer der größten Güter auf Rügen und gemeinsam mit Otto von Reschvitz Johannes Kerks stärkster Widersacher auf der Insel. Als Mitglied des Stahlhelms und als Aufsichtsratsmitglied der *Rügenschen Zeitung* verfügte er über beste Kontakte, und so war es ihm schon einmal gelungen, einen Artikel mit verleumderischen Behauptungen über Johannes Kerk zu lancieren. Von Steuerschulden war damals die Rede gewesen, doch Johannes' Beziehungsgeflecht war nicht minder imposant, so dass ein Anruf genügt hatte und der verantwortliche Redakteur entlassen worden war. Vorsicht, das wusste er, war dennoch stets geboten, wenn er von Sternsitz begegnete.

»Eine Wildsau?«, fragte er interessiert und heftete seinen Blick auf Ludwig von Sternsitz' überheblich lächelndes Gesicht. »Das wäre ja eine kleine Sensation. Soweit ich weiß, wurde seit Jahren keine mehr auf Rügen gesichtet.«

»Wirklich? Mir war gerade, als hätte ich erst kürzlich eine gesehen«, sagte Ludwig von Sternsitz kühl. »Weidmannsheil, Herr Kerk.«

Verschreckt stoben Vögel in die Lüfte, als die Hunde auf der Suche nach Beute mit wehenden Ohren durch das Unterholz preschten. In wildem Galopp folgten die Jäger der vorwärtspeitschenden Meute. Laub wirbelte auf, Zweige flogen umher, Eichhörnchen huschten auf die Bäume. Unter den dahinfliegenden Hufen vibrierte der Boden. Geschickt wich Johannes den ihm in rasendem Tempo entgegenfliegenden Ästen aus und trieb sein Pferd voran. Wie noch bei jeder Jagd ließ ihn auch diesmal die Aussicht auf Beute alles vergessen, was um ihn herum geschah. Jakob Kagelmacher musste als Erster abreißen lassen. Ein Zweig hatte ihn mit

Wucht an der Stirn getroffen, und Blut rann über sein erschrockenes Gesicht. Auch Otto von Reschvitz und die anderen Jäger konnten Johannes nicht lange folgen. Nur Ludwig von Sternsitz ließ sich nicht abschütteln. Mit entschlossenem Blick jagte er den unermüdlich vorwärtshetzenden Hunden hinterher. Fast eine Stunde dauerte diese wilde Jagd, bis urplötzlich, nur wenige Meter von ihnen entfernt, das mächtige Geweih eines Hirsches auftauchte. Zeitgleich rissen Johannes und Ludwig von Sternsitz an den Zügeln ihrer Pferde, während die Hunde das verschreckte Tier laut kläffend umkreisten.

»Was für ein kapitaler Hirsch«, murmelte Johannes vor sich hin und beobachtete das Schauspiel mit funkelnden Augen. Zitternd, den Kopf wie zum letzten Aufbegehren weit nach hinten gereckt, stieß der Hirsch einen tiefen Klagelaut aus, als ihn die tödliche Kugel traf. Laut kläffend sprangen die Hunde um das im Todeskampf zitternde Tier herum, als Friedrich von Plancken mit dem Rest der Jagdgesellschaft eintraf. Ehrfürchtig saß Ludwig von Sternsitz im Sattel und rieb sich die Hände. Wie gern wäre er abgestiegen und hätte mit seinem Hirschfänger dem Tier ins Herz gestochen. Aber es war nicht sein Jagdtag, und nur die Tatsache, dass es auch Johannes Kerk nicht vergönnt sein würde, den tödlichen Stich zu setzen, tröstete ihn. Die Jagd hatte Friedrich von Plancken für seinen jüngsten Sohn ausgerichtet, um ihn, wie er sagte, »so früh wie möglich mit den Bräuchen seines Standes vertraut zu machen«. Und so war es dem erst zehnjährigen schmächtigen, aber für sein Alter bereits recht großen Magnus von Plancken vorbehalten, zum ersten Mal in seinem Leben einen Hirsch zu töten. Mit vorsichtigen Schritten und kreidebleich näherte er sich dem verendenden

Tier, so dass für einen kurzen Augenblick nicht deutlich zu erkennen war, wer von beiden das Opfer war. Als das Tier schließlich leblos zu seinen Füßen lag, war von dem Unbehagen nichts mehr in seinem Gesicht zu erkennen. Stolz sah er zu seinem Vater auf, der keine Miene verzog.

»Psst«, zischte Johannes, als die anderen gerade von ihren Pferden absteigen wollten, um dem jungen Jäger zu gratulieren und sich das tote Tier aus der Nähe anzuschauen.

Erstaunt sahen sie Johannes dabei zu, wie er sich lautlos aus seinem Sattel gleiten ließ und in der schmalen Senke verschwand, die sich östlich von ihnen öffnete. Dann hörten sie einen Schuss, ein lautes Schnauben, wieder einen Schuss und schließlich einen dumpfen Schlag.

»Ich hab sie«, rief er triumphierend, »ich hab die Sau.« Reglos lag das Wildschwein auf der Seite, dessen beißender Geruch sich über dem Waldboden ausbreitete.

»Gratuliere, das scheint ein echtes Prachtweib zu sein, das Sie da zur Strecke gebracht haben. Wie man hört, sollen Sie darin ja Übung haben«, höhnte Ludwig von Sternsitz, der seinen Kopf über den Abhang reckte, verächtlich.

»Ich bedaure sehr, Herr von Sternsitz, aber Sie müssen schon deutlicher werden, wenn ich Sie verstehen soll«, erwiderte Johannes kühl.

Lächelnd beugte sich Ludwig von Sternsitz zu seinem Freund Otto von Reschvitz und flüsterte ihm etwas ins Ohr.

»Bedaure ebenso«, rief er kurz darauf den Abhang hinunter, »aber mir scheint hier nicht der passende Ort für derartige Unterredungen zu sein. Wir wollen die Reinheit dieser Natur doch nicht über Gebühr mit unseren menschlichen Bedürfnissen beschmutzen.«

»Unser Grund und Boden ist mir selbstverständlich heilig«,

sagte Johannes, als er, seine Flinte lässig geschultert, aus der Senke wieder auftauchte. Sein triumphierender Blick traf Ludwig von Sternsitz bis ins Mark, doch ehe er hätte etwas erwidern können, wandte sich Johannes auch schon Friedrich von Plancken zu. »Lieber Friedrich«, sagte er feierlich, »darf ich dir die freudige Mittelung machen, dass in deinem Jagdrevier die erste Wildsau seit dreißig Jahren erlegt wurde. Ein prächtiges Gebiet, das du hier hast. Es ist mir eine große Ehre, dir und deinem Sohn das Tier zum Dank für all die Jahre freundschaftlicher Zugewandtheit zu überreichen.«

Beim abschließenden Halali auf dem Schlossberg richtete sich nur Magnus von Planckens Blick nicht auf die mächtige Wildsau, die neben dem toten Hirsch lag.

»Ein echtes Prachtweib«, schmetterte Ludwig von Sternsitz Johannes noch einmal zum Abschied entgegen, bevor er Seite an Seite mit Otto von Reschvitz davongaloppierte.

Friedrich von Plancken und die restlichen Jäger, die dicht um Johannes standen und abenteuerliche Jägergeschichten zum Besten gaben, schauten den beiden verdutzt hinterher.

»Was hat er nur immer mit diesem Prachtweib?«, ereiferte sich Claus von Ott, einer von Johannes' Freunden.

»Ein Spielverderber ist der, nichts weiter. Oder hast du schon jemals gesehen, dass Ludwig einem etwas gönnen würde, was er nicht selber hat?«, erwiderte einer der anderen Jäger.

»Wir wollen uns doch an diesem herrlichen Tag nicht die Laune verderben lassen«, rief Johannes schnell dazwischen, und sein Blick streifte dabei Jakob Kagelmachers besorgtes Gesicht, der etwas abseits stand. »Oder, Jakob?«

Jakob Kagelmacher antwortete nicht.
»Oder, Jakob?«, wiederholte Johannes forsch.
»Wir müssen reden«, sagte er leise, aber laut genug, dass sich fast zeitgleich die Augen der Umstehenden neugierig auf ihn richteten.
»Schieß los«, forderte Johannes ihn auf und gab ihm einen freundschaftlichen Klaps auf den Rücken.
»Nicht hier.«
»Geheimnisse, Jakob?«, fragte Claus von Ott spitz. »Heckst du wieder eine deiner berüchtigten Schachzüge aus?«
»Nicht hier, Johannes.«
Johannes schaute ihm ernst in die Augen, aber Jakob Kagelmacher wich nicht zurück. »Gut«, sagte er schließlich zu den anderen, »ihr habt es gehört. Ich muss mich jetzt leider von euch verabschieden. Die Arbeit ruft.«

## 38

Kreidebleich blieb Johannes in seiner Bibliothek zurück, als Jakob Kagelmacher nach einer zweistündigen Unterredung das Haus verließ. Er hatte lange mit den richtigen Worten gerungen, bis ihn Johannes mit einem unmissverständlichen »spuck's schon aus« dazu genötigt hatte, mit der ganzen Wahrheit herauszurücken.
»Man behauptet, du hättest ein uneheliches Kind gezeugt«, hatte er mit so leiser Stimme gesagt, dass Johannes Mühe hatte, ihn überhaupt zu verstehen. »Du weißt, was das bedeutet?«

»Man, was heißt man?«, hatte Johannes anfangs noch selbstsicher gefragt, aber schnell wurde ihm klar, dass auch Jakob Kagelmacher nicht wusste, wer diese Behauptung, diese »ungeheuerliche Verleumdung«, wie er sich ausdrückte, in die Welt gesetzt hatte.
Am frühen Morgen hatte Johannes' treuer Schatzmeister einen anonymen Brief in seinem Briefkasten gefunden, was schon für sich genommen ungewöhnlich war. Bisherige Verleumdungen, Anklagen oder Vorwürfe hatten Johannes Kerk auf direktem Weg erreicht. Aber nicht nur dadurch unterschied sich dieses Schreiben von allen anderen. Zum ersten Mal sah sich Johannes Kerk mit einer Anschuldigung konfrontiert, von der er selbst nicht sagen konnte, ob sie der Tatsache entsprach oder nichts weiter als eine dreiste Lüge war.
Johannes saß mit dem Rücken zum Fenster in seinem schweren Ohrensessel, in den er sich sonst nur am Abend kurz vor dem Zubettgehen setzte. Machiavellis *Der Fürst* lag über Karl Marx' *Das Kapital* auf dem kleinen Beistelltisch, der neben seinem Sessel stand. Etwas abseits davon hatte er einen Gedichtband von Ernst Moritz Arndt abgelegt, der schon im Besitz seines Vaters gewesen war. Die Sonne stand tief, aber noch fiel genügend Licht in das große Zimmer, so dass er, ohne eine Lampe entzünden zu müssen, die vier Zeilen lesen konnte, die auf dem leicht zerknitterten cremefarbenen Blatt Papier standen. Wie oft er bereits nach dem Stück Papier gegriffen und wie oft er es wieder beiseitegelegt hatte, wusste er nicht mehr, als er erneut die Zeilen las, die er längst auswendig kannte.
»Johannes Kerk, Kreisvorsitzender der Deutschnationalen Volkspartei, hat einen Bastard gezeugt. Lassen Sie nicht zu,

dass er durch sein sittenwidriges Verhalten weiterhin uns und unsere geliebte Heimat beschmutzt.«

»Was für eine Infamie«, murmelte er, nachdem er die Zeilen wieder und wieder gelesen hatte. »Was für eine Infamie.« Wütend zerknüllte er das Papier und schleuderte es in Richtung Kamin, wo es jedoch auf halbem Weg mitten auf dem schweren Perserteppich liegen blieb. Er stand auf, hob das papierne Knäuel auf und versuchte erneut den Kamin zu treffen, was ihm auch diesmal nicht gelang. Die Papierkugel prallte an dem marmornen Kaminaufsatz ab und fiel zu Boden. Voll ungläubigem Zorn blickte er auf das zerknüllte Blatt, das direkt vor seinen Füßen lag, und kickte es verächtlich auf den Kaminrost.

»Infamer Lügner, dich krieg ich!«, brüllte er mit hochrotem Kopf, während er ein brennendes Zündholz an das Papier hielt und zufrieden dabei zusah, wie sich Buchstabe um Buchstabe in nichts auflöste, bis nur noch ein erbärmlich kleines Häufchen Asche als einziger Beweis für die Existenz dieses anonymen Schreibens übrigblieb. Die befreiende Wirkung dieser Vernichtung hielt allerdings nicht lange vor.

Johannes schenkte sich einen Whisky ein und ging mit dem Glas in der Hand unruhig im Zimmer auf und ab. Dann setzte er sich wieder in den Sessel, legte seine Beine auf den Schemel und tat so, als würde er nachdenken, aber ihm gingen immer wieder nur die Worte aus dem Brief durch den Kopf. In seinem Gedächtnis hatten sich diese Zeilen tief eingebrannt. »Vater eines Bastards … unsere geliebte Heimat beschmutzt«, prasselte es unaufhörlich auf ihn ein.

Sein Blick fiel auf den winzigen Ascherest, der durch den Rost auf den Kaminboden gefallen war, und mit einem Mal drang ein höhnisches Gelächter aus seiner Kehle, das lauter und lauter wurde, so laut, dass selbst Johannes' träge Haushälterin nicht umhin konnte, den Kopf durch die Tür zu stecken und nach dem Rechten zu sehen, aber Johannes schickte sie mit einem unwirschen »Tür zu« umgehend aus dem Zimmer.

Nachdem sich Johannes wieder etwas beruhigt hatte, nahm er Papier und Stift zur Hand, richtete sich in seinem Sessel gerade auf und schrieb die Namen all derjenigen auf, von denen er glaubte, dass sie ihm feindlich gesinnt waren.

An erster Stelle standen Ludwig von Sternsitz und Otto von Reschvitz, »politische Gegner« notierte er daneben. »Verdächtige Andeutungen beim Jagen gemacht!« Einige andere Namen folgten, Stahlhelm-Mitglieder wie ihre beiden Vorgänger, die es nicht gerne sahen, dass einer wie er, der nicht im Ersten Weltkrieg gekämpft hatte, die Deutschnationalen auf Rügen vertrat. Er zögerte kurz, dann schrieb er auch Marie Dahm auf die Liste, mit dem Vermerk »Erpressung« dahinter. »Will das Haus für sich haben.« Gleich hinter Marie kritzelte er den Namen von Sophie. »Erpressung«, schrieb er erneut und »unberechenbare politische Aktivistin«. Zehn Namen hatte er bereits notiert, bevor er an elfter Stelle Klara setzte. »Erpressung aus finanzieller Not«, schrieb er. Gleiches wiederholte er mit Malte. Das Wort »Eifersucht«, das er noch hinter Maltes Namen gesetzt hatte, strich er ebenso wie das Wort »Rache« und machte stattdessen beide Male ein dickes Fragezeichen.

Mit einem zufriedenen Lächeln auf dem Gesicht betrachtete er seine Liste potenzieller Täter und nippte an seinem Whisky. Der Anfang ist gemacht, dachte er, doch sein Blick blieb auf den mit schwarzer Tinte durchgestrichenen Wörtern hinter Maltes Namen hängen. Was, wenn dieser kleine Fischerlümmel gar nicht der Vater von Klaras Kind ist?, ging es ihm durch den Kopf, aber der Gedanke jagte ihm einen derartigen Schauer über den Rücken, dass er ihn umgehend mit einem kräftigen Schluck zu ertränken versuchte. Wenn er, tatsächlich er, Johannes Kerk, der ... Johannes hielt abrupt inne.

»Nein!«, rief er entsetzt. »Nein, nein, nein! Das ist ganz und gar unmöglich. Da will mir bloß jemand einen Schrecken einjagen«, versuchte er sich lautstark zu beruhigen. Ihr werdet schon sehen, was ihr davon habt, drohte er in Gedanken seinen Feinden, ihr könnt mich nicht mit einer derart infamen Unterstellung in die Ecke treiben.

Den ganzen langen Abend über blieb Johannes in seiner Bibliothek und schmiedete Plan um Plan. Einmal war er kurz davor gewesen, zu Ludwig von Sternsitz zu fahren und ihn zur Rede zu stellen. Doch er wollte nicht, dass dieser sein Erscheinen als Schuldeingeständnis missverstand. Schließlich hoffte Johannes inständig, dass es nichts zu gestehen gab. Auch die Idee, Jakob Kagelmacher um Hilfe zu bitten, verwarf er wieder. Sollte er Marie Dahm erneut mit dem Anwalt drohen? Oder Klara? Zwei seiner Vorarbeiter auf Malte ansetzen? Erst weit nach Mitternacht hatte sich Johannes mit der Erkenntnis abgefunden, dass jede Verteidigung zwecklos war, solange er selbst die Wahrheit nicht kannte.

# 39

Als wäre nichts geschehen, fuhr Johannes Kerk am darauffolgenden Tag in sein Sagarder Kreidewerk und verbrachte dort den Vormittag. Den Plan für den Rest des Tages hatte er bereits in der Nacht gemacht und alle Termine für den Nachmittag und Abend abgesagt, als das Telefon klingelte.

»Ludwig und Otto haben nach dir gefragt. Sie wollen dich sprechen. Ihre Stimmen klangen ernst«, sagte Jakob Kagelmacher am anderen Ende der Leitung zögerlich. »Wenn ich dir einen Rat geben darf, Johannes, ich glaube, es wäre gut, wenn du mit den beiden so schnell wie möglich ein Treffen vereinbaren würdest. Ich meine herausgehört zu haben, dass sie nicht zögern werden, unseren Landesvorsitzenden von«, er hielt kurz inne, »du weißt schon, unseren Landesvorsitzenden in Kenntnis zu setzen.«

»Ja, ja, schon gut. Und sonst?«

»Das war alles.«

Ohne ein weiteres Wort an Jakob Kagelmacher zu richten, legte Johannes hastig den Hörer auf die Gabel und wischte sich mit seinem Einstecktuch den Schweiß von der Stirn. Sein Atem ging schnell. Seine stille Hoffnung, alles könnte nur ein böser Traum sein, hatte sich in diesem Augenblick endgültig als Illusion erwiesen. »Ruhig, Johannes, ganz ruhig«, beschwor er sich und erhob sich langsam von seinem Schreibtisch. »Du wirst jetzt kämpfen.« Vom Fenster aus fiel sein Blick direkt auf den Kreidebruch, der am späten Vormittag noch im Schatten lag. »Das kann mir keiner nehmen«, murmelte er entschlossen, während er die zwei Stockwerke zu Fuß nach unten zu seinem Wagen ging. Den Weg, den er vor sich hatte, hätte Johannes auch im dichtesten Nebel gefunden, und dennoch nahm er einen Umweg, der ihn über Quatzendorf und Promoisel führte, so dass er für die Strecke die doppelte Zeit brauchte als üblich.

Als er in Saßnitz eintraf, stach ihm die schwarz-rot-goldene Flagge ins Auge, die über dem Rathaus im lauen Mittagswind wehte und die seinen Kampfgeist aufs Neue entfachte.

»Dieses rote Pack hier«, schimpfte er auf dem Weg zum Hafen laut vor sich hin, »und da wundern die sich, wenn Jahr für Jahr weniger Gäste kommen. Wer will schon bei Sozialisten Urlaub machen.« Angeekelt schüttelte er den Kopf. »Wird Zeit, dass hier mal jemand durchgreift.«

Seinen Wagen stellte er neben der erst vor einem Jahr in Betrieb genommenen Fischhalle ab, um die herum es von grimmig dreinblickenden Männern in Arbeitskluft nur so wimmelte. In Kisten gestapelter fangfrischer Fisch wartete vor der Halle auf seine Bestimmung und hüllte weite Teile des Hafens in strengen Fischgeruch. Weiter östlich davon hatte gerade ein Fährschiff aus Schweden festgemacht. Johannes fuhr sich durch sein noch immer volles, aber mittlerweile mit grauen Strähnen durchsetztes Haar und sah kopfschüttelnd dabei zu, wie Viehwaggon um Viehwaggon von der Fähre rollte. »Fremdes Vieh«, sagte er verärgert, »und unsere Landwirtschaft geht den Bach runter.«

Während Johannes noch am Hafen stand und in Gedanken gegen »diese heimatlose Berliner Bande« wetterte, war

Klara keine dreihundert Meter westlich davon dabei, die kleine Marianne zur Mittagsruhe zu betten. Elisabeth und Max hatte sie zum Spielen auf die Strandpromenade geschickt. Elisabeth war wie üblich direkt zum Wasser gegangen. Der steinige Strand von Saßnitz war ihr Revier. Mit einer Engelsgeduld nahm sie Stein für Stein in ihre kleine Hand, um die herauszupicken, die mit einem Loch versehen waren. Wenn sie genügend beisammenhatte, band sie sie zu einer langen Kette zusammen und bot sie den Urlaubern für ein paar Groschen auf der Strandpromenade zum Verkauf an. Max half seiner Schwester, aber seine Geduld war wie sooft schnell aufgebraucht, und er tollte lieber zwischen den Beinen der flanierenden Urlauber herum.

»Pass doch auf, wo du hinrennst«, blaffte Johannes Max an, als der ihn versehentlich am Schienbein traf.

»Pass doch selber auf«, entgegnete Max grinsend und flitzte auch schon wieder davon.

Als Johannes in die Fischerklause eintrat und den menschenleeren Raum mit festen Schritten durchquerte, ärgerte er sich noch immer über den frechen Jungen von der Promenade. »So ein Lümmel«, fluchte er leise, »dem gehört der Hosenboden versohlt. So etwas hätte es vor dem Krieg nicht gegeben.« Und nachdem er eine Weile unschlüssig am Tresen gestanden hatte, fragte er unwirsch: »Keiner hier?«

Klara, die im Nebenzimmer bei Marianne war, ließ vor Schreck fast die Milchflasche fallen. Auch wenn sie Johannes schon lange nicht mehr gesehen hatte, seine Stimme hätte sie unter Hunderten erkannt. Scharf wie Messerklingen bohrte sie sich unter ihre Haut. »Komme sofort«, rief sie mit zittriger Stimme und stellte die Milchflasche vorsichtig auf der Kommode ab.

»Guten Tag, Klara«, sagte Johannes, als sie hinter dem Tresen erschien.
»Guten Tag, Johannes«, erwiderte sie unsicher. »Was für eine Überraschung.«
»Nicht wahr?« Er musterte sie. Wie damals, als er sie zum letzten Mal gesehen hatte, umschmeichelte auch jetzt ihr lockiges blondes Haar ihr schmales feines Gesicht. »Du hast dich gar nicht verändert«, sagte er nicht ohne Anerkennung in der Stimme und ließ seinen Blick über ihre helle Bluse und den dunklen knielangen Rock hinuntergleiten.
Klara, die Johannes' eindringliche Blicke wie Nadelstiche auf ihrem Körper spürte, streifte hastig ihre Blusenärmel nach unten, die sie am Morgen in der Hektik umgeschlagen hatte.
»Bist du deswegen gekommen, um mir das zu sagen?«
»Vielleicht«, erwiderte er spitz. »Vielleicht wollte ich auch nur mal sehen, wie es dir so geht. Und wie mir scheint, bekommt dir das einfache Leben ganz gut. Nur leer ist es hier«, sagte er und blickte sich in dem dunklen Schankraum um.
»Ist ja auch noch früh am Tag. Die Leute müssen arbeiten«, erwiderte sie kühl.
»Ach ja, arbeiten, richtig. Das schöne rote Saßnitz ist ja voll von fleißigen Arbeitern. Was ist mit deinem Malte? Arbeitet er denn auch gerade?«
»Ja, natürlich«, antwortete sie kurz angebunden. Mit fragendem Blick sah sie zu Johannes, der lässig über dem Tresen hing und so tat, als wollte er nichts weiter als nur ein bisschen plaudern. Er lächelte sie an, und Klara lächelte verlegen zurück.
»Schön hier.« Seine Stimme klang jetzt weniger ironisch als noch vor ein paar Augenblicken. »Wirklich. Die vielen klei-

nen Dinge an den Wänden, der Anker, das Tau, der Haifischkopf über dem Eingang. Und alles glänzt so sauber.« Er nickte ihr anerkennend zu, obwohl er mit dekorativen Spielereien sonst nicht allzu viel anzufangen wusste. Aber in diesem Fall schienen sie ihm als Beweis zu dienen, dass sich hier die finanziellen Sorgen in Grenzen hielten und eine Erpressung aus Geldnot auszuschließen war. In Gedanken strich er Klaras Namen von seiner Liste. »Bekommt man hier eigentlich auch etwas zu trinken?«, fragte er in fast freundschaftlichem Ton.

Klara erschrak. Malte konnte jeden Augenblick nach Hause kommen. »Sicher«, murmelte sie. »Ein Bier?«

Johannes nickte.

Vorsichtiger, als sie es üblicherweise tat, stellte sie den schweren Krug auf den Tresen und schob ihn zu Johannes. Wie er so dastand, die Beine locker übereinandergeschlagen, den linken Arm zwanglos auf dem Tresen abgestützt, wurde Klara immer unruhiger.

»Warum bist du gekommen, Johannes?«, fragte sie so gelassen wie möglich, während sie ihre zitternden Hände hinter ihrem Rücken verbarg.

Johannes nahm einen kräftigen Schluck Bier. »Tut gut«, sagte er und prostete ihr zu. »Stößt du nicht mit mir an?«

»Nein, Johannes, ich stoße nicht mit dir an«, sagte sie unwirsch. »Ich würde wirklich gerne wissen, was dich nach so langer Zeit zu mir führt. Wenn du eine Entschuldigung willst«, fuhr sie zögernd fort, »dann entschuldige ich mich. Es tut mir wirklich leid, wie unschön alles gelaufen ist. Ist es das, was du möchtest?« Sie sah ihn fragend an.

»Unschön gelaufen«, wiederholte Johannes kühl, »das kann man wohl sagen. Ich glaube nicht, dass du dir eine Vorstel-

lung davon machst, welcher Häme und welchen Anfeindungen ich ausgesetzt war.« Und nach einer kurzen Pause, in der er ihr streng in die Augen sah, fuhr er fort: »Und welche Mühe es mich gekostet hat, meinen Ruf wiederherzustellen. Du glaubst doch nicht wirklich, dass es da mit einer einfachen Entschuldigung getan ist, oder?«
»Was ist es dann?«, fragte sie leise.
»Man droht mir.«
Sie sah ihn erschrocken an. »Wer droht dir?«
»Das versuche ich gerade herauszufinden.«
»Du glaubst doch nicht, dass ich ...?« Sie stockte.
»Nein, das glaube ich nicht. Aber Malte?«
»Malte?«, fragte Klara entsetzt. »Womit sollte Malte dir denn drohen?«
»Mit dem Kind«, erwiderte Johannes brüsk.
»Mit dem Kind?«, entfuhr es Klara. Unwillkürlich wich sie einen Schritt zurück. Mit zitternden Knien stand sie Johannes gegenüber und wusste nicht, was sie sagen sollte. Eine erdrückende Stille lag zwischen ihnen.
»Ja, mit dem Kind.«
»Ich habe drei Kinder«, sagte sie leise.
»Du weißt, welches Kind ich meine, Klara. Ist es ...«, er zögerte, »ist es von mir?« Die letzten Worte verschluckte er fast, so schnell hatte er sie ausgesprochen.
Sie sah ihn schweigend an.
»Ich muss das wissen«, sagte er bestimmt. »Man droht mir mit dem Kind. Es ist doch nicht von mir?«, fragte er fast flehentlich.
Klara schüttelte stumm den Kopf.
»Kann ich es sehen?«
»Es ist nicht von dir«, sagte sie mit tonloser Stimme.

»Nicht, dass ich dir nicht glauben würde. Nichts wäre mir lieber, als dir einfach so zu glauben, aber ich möchte mir selbst ein Bild von dem Kind machen, um sicher zu sein. Verstehst du? Meine politischen Gegner schrecken vor nichts zurück.«

»Was heißt, sie schrecken vor nichts zurück?«, fragte sie nervös.

»Wenn ich nicht, wie du sagst, wenn ich nicht der … Na, du weißt schon, dann musst du dir auch keine Sorgen machen«, versuchte er sie zu beschwichtigen. »Ich möchte das Kind nur kurz sehen. Versprochen. Und dann siehst du mich nie wieder. Zumindest nicht hier«, fügte er schnell hinzu, »nur noch mein Foto in der Zeitung, als neuer Regierungspräsident.« Er hielt kurz inne und lächelte. »Ja, du hast richtig gehört. Ich soll vermutlich nach den nächsten Wahlen zum neuen Regierungspräsidenten ernannt werden.«

»Gratuliere«, sagte Klara leise.

»Danke, aber dafür ist es noch zu früh. Du kannst dir sicherlich vorstellen, dass meine Chancen dramatisch schwinden, wenn etwas an dieser Behauptung dran ist. Also, kann ich es sehen, das Kind?«

Verunsichert schaute Klara dabei zu, wie Johannes einen Schluck aus seinem Bierkrug nahm.

»Ich will mich nicht an dir rächen, falls du das vielleicht denken solltest«, fügte er mit fester Stimme hinzu. »Auch wenn ich zugebe, dass ich oft darüber nachgedacht habe. Aber Rache, das ist doch nicht mehr als ein Triumph am Abgrund.« Er schüttelte angewidert den Kopf. »Klara, glaub mir, ich habe momentan wirklich andere Sorgen. Ich will nur sichergehen. In meiner Position hat man viel zu verlieren.«

»Woran willst du denn erkennen, ob Elisabeth deine Tochter ist oder nicht?«, fragte Klara vorsichtig.

»Das werde ich spüren, da bin ich mir ganz sicher. Oder glaubst du etwa nicht, dass man sein eigen Fleisch und Blut jederzeit erkennen kann?« Es wäre ein Leichtes für ihn gewesen, Klara einen seiner Vorträge über Abstammung zu halten, in denen er regelmäßig das »unverbrüchliche Band der Familie« beschwor, aber er ahnte, dass er sie damit nur noch mehr verschrecken würde, und so sah er sie nur mit drängenden Augen an.

»Vermutlich schon«, antwortete sie.

»Dann tu mir den Gefallen und hol Elisabeth. Du willst doch nicht, dass ich Malte begegne?«

Nachdenklich stand Klara an die Wand hinter dem Tresen gelehnt und fühlte sich wie die Gefangene ihres eigenen Lebens. Johannes hatte sie fest in seinem Griff. Er würde nicht gehen, ohne Elisabeth gesehen zu haben, aber würde er auch erkennen, dass er ihr Vater war?

»Warte hier«, sagte sie schließlich, nachdem sie lange überlegt hatte, ob es vielleicht nicht doch besser wäre, ihm seine Bitte auszuschlagen und damit zu riskieren, dass er auf Malte traf. »Ich komme gleich wieder.« Mit schnellen Schritten ging sie raus auf die Strandpromenade, aber auf den ersten Blick konnte sie Elisabeth nirgendwo entdecken.

»Du hast es aber mal eilig.« Malte, der wie aus dem Nichts kommend urplötzlich vor ihr stand, packte sie unter den Achseln und schwang sie mit seinen kräftigen Armen im Kreis herum.

»Wo kommst du denn her?«, flüsterte Klara ungläubig, nachdem Malte sie wieder auf dem Boden abgesetzt hatte. »Ich habe dich gar nicht gesehen.«

»Das ist mir nicht entgangen«, sagte Malte grinsend und drehte sich erneut mit ihr im Kreis. »Wo wolltest du denn hin? Ach, egal«, winkte er ab, »nun bist du bei mir, da gehörst du schließlich auch hin.« Er legte seinen Arm um ihre Schultern und zog sie eng an sich. »Komm, lass uns nach Hause gehen. Ich habe Durst und Hunger. So viele Heringe wie heute habe ich schon lange nicht mehr gefangen. Ist meine Mutter da?«

»Deine Mutter?«, fragte Klara erstaunt.

»Wer kümmert sich denn um die Fischerklause, während du dich hier herumtreibst? Hennie?«

»Soll ich dir schnell etwas zu essen machen?«, versuchte Klara das Gespräch in eine andere Richtung zu lenken. »Ich habe oben ein wunderbares Stück Speck, das mir Heinrich heute Morgen vorbeigebracht hat.«

»Später. Erst brauche ich ein schönes großes Bier.« Er griff sich an die Kehle. »Das Salzwasser.«

»Max«, rief Klara fast erleichtert, als sie den Jungen auf sich zustürmen sah. Nur wenige Schritte dahinter kam auch Elisabeth angelaufen, ihre kleine Schürze bis obenhin mit Steinen gefüllt. »Lissy. Wo habt ihr denn gesteckt?«

Freudestrahlend sprang Max in Maltes Arme, der seinen Sohn auf dessen erhitzte Wangen küsste, während sich Elisabeth an die Beine ihrer Mutter presste. Wie sie so zu viert auf der Strandpromenade dastanden, inmitten des geschäftigen Treibens, keine zehn Schritte von der Fischerklause entfernt, hätte man nicht glauben mögen, dass dieses Glück nur von kurzer Dauer war.

Malte, dessen Augen stolz in der spätsommerlichen Sonne glänzten, drückte Max noch einmal fest an sich, bevor er ihn vorsichtig auf dem Boden absetzte. »So«, sagte er, »jetzt habe ich aber wirklich Durst. Und was ist mit euch, min Lütten, ihr doch bestimmt auch? Komm.« Mit einem Lächeln forderte er Klara auf, ihm und den Kindern zu folgen.

Maltes hochroter Kopf stach Klara als Erstes ins Auge, als sie kurz nach Malte und den Kindern in den Schankraum trat. Auf der linken Seite vom Tresen stand Johannes, der Maltes wütendem Wortschwall mit einem verächtlichen Lächeln begegnete. Klara suchte nach Elisabeth, aber auf den ersten Blick sah sie nur Max, der verängstigt unter einem der runden Tische saß.

»Was sagst du dazu, Klara?«, schrie Malte ihr entgegen. »Der da«, und er zeigte mit dem Finger auf Johannes, »der stand hier einfach seelenruhig am Tresen, als wir reingekommen sind. Und dann«, er schnappte nach Luft, »und dann erdreistet sich dieser Nichtsnutz, Lissy am Arm zu packen und sie zu sich zu ziehen.«

»Wo ist sie jetzt?«, fragte Klara so ruhig sie konnte, aber da hatte sie Lissy auch schon im Türrahmen des kleinen Nebenzimmers entdeckt, aus dem Mariannes lautes Geschrei nach außen drang. Reglos und mit verstörtem Blick stand das Mädchen dort.

»Komm, Lissy«, sagte Klara liebevoll und legte ihren Arm beschützend auf Elisabeths Schultern, »ich bring dich nach oben.«

»Nein«, ging Johannes energisch dazwischen. »Das wirst du nicht tun. Du hast mir etwas versprochen.«

»Ich habe dir gar nichts versprochen«, fuhr Klara ihn mit blitzenden Augen an. »Siehst du denn nicht, wie verängstigt sie ist.«

»Ich tu ihr doch nichts«, versuchte er sie zu beschwichtigen,

»ich möchte ihr nur einmal in die Augen sehen, sonst nichts.«
»In die Augen?« Malte war außer sich. »Meiner Tochter siehst du nicht in die Augen. Niemals. Hörst du, niemals. Und jetzt verschwinde aus meinem Haus, sofort!«, schrie er ihn an und machte einen Schritt auf Johannes zu.
»Ganz ruhig«, sagte Johannes herablassend. »Immer noch der alte Kindskopf, wie ich sehe. Keine Sorge, mein Lieber, ich will dir deine Lissy schon nicht wegnehmen.«
»Zum Teufel mit dir!«, schrie Malte. »Was auch immer du willst oder vorhast, es interessiert mich nicht. Mich interessiert nur, dass du dein dreckiges Gesicht nie wieder hier blicken lässt. Hörst du? Nie wieder! Und lass die Finger von meiner Tochter. Sollte ich dich dabei erwischen, dass du sie noch einmal anfasst, dann gnade dir Gott.« Malte machte einen weiteren Schritt auf Johannes zu, aber dieser wich nicht zurück. »Verschwinde«, brüllte er erneut in Johannes' hochmütiges Gesicht.
Ungerührt ging Johannes an Malte vorbei in Richtung Elisabeth und Klara und beugte sich zu dem Kind hinunter. Mit der Hand hob er Elisabeths Kinn leicht an und schaute ihr mit kritischem Blick ins ängstliche Gesicht. »Was denkst du, wem du ähnlicher siehst?«, flüsterte er ihr zu. »Deinem Vater oder deiner Mutter?«
Malte packte ihn von hinten an der Schulter und riss ihn von Elisabeth weg. »Lass das!«, brüllte er, während er ihn mit aller Macht gegen den Tresen drückte.
»Vater sagt, ich habe seine Augen«, wisperte Elisabeth.
»Du sollst diesem Scheißkerl nicht antworten«, fuhr Malte sie an.
»Sie hat Maltes Augen«, sagte Klara ruhig, die die ganze

Zeit über stumm neben Elisabeth gestanden hatte, in der Hoffnung, Johannes würde sich damit zufriedengeben, das Mädchen aus der Ferne einer kritischen Prüfung zu unterziehen. Aber sie hatte sich geirrt. Malte hatte durch seine aufbrausende Art Johannes' Kampfgeist aufs Neue geweckt. War er vorher noch gewillt gewesen, Klaras Aussage mit einem kurzen Blick auf das Kind zu untermauern, wollte er es jetzt genauer wissen.

»Dann lass mal sehen, mein Kind«, rief er Elisabeth zu, während Malte seinen Oberkörper noch immer über den Tresen drückte.

»Was soll das?«, schrie Malte ihn an. »Was gehen dich die Augen meiner Tochter an?«

»Willst du das wirklich wissen?«, fragte Johannes kühl.

»Allerdings, allerdings.«

»Hier, Johannes«, ging Klara rasch dazwischen und schob Elisabeth vor sich her. »Sieh selbst. Sie ist Malte wie aus dem Gesicht geschnitten. Nur die Nase hat sie von mir.«

»Sag deinem Mann, er soll mich loslassen. Ich kann nichts sehen, wenn er mich so nach hinten drückt«, erwiderte Johannes betont gelassen.

»Ach, du kannst nichts sehen?«, brüllte Malte ihn an. »Du sollst auch nichts sehen. Meine Kraft reicht aus, dich hier noch stundenlang festzuhalten. Und dann werden wir ja sehen, wer als Erster nachgibt. Also pass auf, was du sagst.«

»Malte, lass ihn«, bat Klara leise. »Je eher wir ihm seinen Wunsch erfüllen, desto eher sind wir ihn auch wieder los.«

»Nicht, bevor ich nicht weiß, was hier vor sich geht«, tobte er und packte Johannes noch fester.

»Lass ihn, bitte.«

»Nein!«, schleuderte Malte ihr entgegen. »Es sei denn, du sagst mir, was das Ganze hier soll.«
»Ich weiß es doch auch nicht«, log sie und sah ihn hilfesuchend an.
»Was soll das Ganze bedeuten?«, fragte er Johannes wutentbrannt.
»Das ist ganz einfach«, sagte er ungerührt trotz der misslichen Lage, in der er sich befand. »Ich möchte mich nur vergewissern, ob deine Tochter auch tatsächlich deine Tochter ist, wie deine Frau behauptet. Man droht mir nämlich. Und ich kann keinen Ärger gebrauchen.«
»Du Schwein, du elendes Schwein!«, brüllte Malte und packte ihn so fest am Hals, bis Johannes zu röcheln begann.
»Hör auf!«, rief Klara entsetzt und versuchte Malte von Johannes loszureißen, doch der drückte nur noch fester zu. »Malte!« Sie rüttelte ihn, als müsste sie ihn von einem bösen Traum erlösen.
»Du Schwein!«, schrie er erneut, bevor er endlich von Johannes abließ und einige Schritte nach hinten torkelte. Elisabeth, die dort noch bis vor kurzem mit Klara gestanden hatte, hatte sich in der Zwischenzeit zu ihrem Bruder unter den Tisch geflüchtet. Benommen stand Malte im Raum und hielt sich an einer Stuhllehne fest.
»Setz dich«, sagte Klara leise und strich ihm unbeholfen über den Arm, aber Malte reagierte nicht.
Johannes, der noch immer leise röchelte, hatte sich in der Zwischenzeit mühsam aufgerichtet. »Du hast Glück, wenn ich dich nicht verklage«, krächzte er, eine Hand schützend um seine Kehle gelegt.
»Verschwinde«, sagte Malte mit tonloser Stimme. Er wür-

digte Johannes keines Blickes und sah stattdessen an ihm vorbei auf die leeren Bierkrüge, die unter dem Wandregal an Haken aufgereiht hingen und nur darauf warteten, am Abend wieder gefüllt zu werden.
Als Johannes die Fischerklause verlassen hatte, lag ein lähmendes Entsetzen im Raum. Malte stand nach wie vor stumm und reglos da, als würde er gar nicht hören, dass Klara mit ihm sprach. Schließlich verstummte auch sie, und nur Mariannes flehentliches Weinen durchbrach die schreckliche Stille. Klara stand auf, ging nach nebenan und nahm das Kind aus seinem Bett. Als sie mit Marianne auf dem Arm zurückkam, sah sie, wie Malte Elisabeth am Arm gepackt hatte und gerade dabei war, sie gegen ihren Willen aus ihrem Versteck unter dem Tisch hervorzuziehen. Ohne ein Wort zu sagen rückte er einen Stuhl zurecht, setzte sich und stellte sie vor sich zwischen seine Beine. Sein durchdringender Blick ängstigte Elisabeth. Erfolglos kämpfte sie gegen ihre Tränen, aber Malte ließ Elisabeths erbärmlicher Anblick ungerührt.
»Sei still«, zischte er und musterte sie von neuem. »Die Augen, grün wie meine«, murmelte er vor sich hin. »Die Nase, schmal wie die von Klara. Der Mund, ein Strich. Ein Strich«, wiederholte er und fuhr mit seinem Daumen über ihre dünnen Lippen. »Ein Strich.« Sein prüfender Blick wanderte zu Klara und zu ihren vollen Lippen, während er mit seiner Zunge seine Lippen suchte, die sich unter seinem dichten Bart versteckten. Wieder und wieder befühlte er seine breite, schon fast schwülstige Unterlippe.
»Malte, hör auf damit«, sagte Klara leise, während sie Marianne vorsichtig auf dem Boden absetzte und sich ihm und Elisabeth langsam näherte. Zärtlich strich sie über Elisa-

beths dichtes langes Haar und legte ihre Hände beschützend auf deren kleine zitternden Schultern. »Sie ist ein Kind«, beschwor sie ihn, »sie kann nichts dafür.«
Wie benommen saß Malte auf seinem Stuhl und ließ seine ungläubigen Augen erst über Klaras und anschließend über Elisabeths Gesicht wandern, bevor er seine Hände von dem Mädchen nahm, das sich weinend in die Arme seiner Mutter flüchtete.
»Nimm Max und geh mit ihm zur Großmutter«, raunte Klara Elisabeth zu und schob sie sanft von sich weg. »Nun geh schon«, sagte sie energischer, da Elisabeth sich nicht von der Stelle rührte. »Großmutter macht euch bestimmt einen Kakao.«
Zögerlich gingen die beiden Hand in Hand nach draußen. Lautes Stimmengewirr drang von der Strandpromenade in den totenstillen Raum, als sie die Tür öffneten und die Sonne für einen kurzen Augenblick ihr warmes Nachmittagslicht über den Eingangsbereich der Fischerklause legte. Um diese Uhrzeit kündigten sich normalerweise die ersten Gäste an.
»Sollen wir heute Abend schließen?«
»Kommt nicht in Frage«, brummte Malte, während er aufstand, hinter den Tresen ging und sich ein Bier zapfte. »Ich hab Durst, und die anderen haben bestimmt auch Durst.«
Während Malte den Krug an seine Lippen setzte und ihn in einem Zug leerte, wagte Klara es kaum, ihm dabei zuzuschauen. Schroff fuhr er mit dem Ärmel seines Fischerhemdes über seinen Bart und wischte den Schaum ab, der dort hängengeblieben war. Dann öffnete er erneut den Zapfhahn und schenkte sich nach.

»Ich hätte dich vorhin warnen sollen«, sagte Klara leise. »Es tut mir leid.«
Er sah ihr stumm in die Augen, während er das zweite Bier hinunterstürzte.
»Du«, sie zögerte, »du nimmst das doch nicht ernst, was er gesagt hat, oder?« Sie sah ihn hilfesuchend an, aber Malte reagierte nicht. »Ich glaube, irgendjemand möchte ihn loswerden und sucht jetzt nach einem guten Grund.« Ihre Stimme wurde immer leiser. »Er hat mir erzählt, dass er erpresst wird.«
Malte nahm eine Flasche Korn aus dem Regal und schwieg.
»Man wirft ihm vor, dass er ein Kind gezeugt hat«, sagte sie. »Aber selbst wenn das stimmt«, fuhr sie schnell fort, »es gibt viele Kinder auf Rügen.« Klara gab sich alle Mühe, so ruhig wie möglich zu erscheinen, aber ihre Augen verrieten ihre Angst. Wie gerne hätte sie ihn jetzt in die Arme geschlossen, ihm gesagt, wie schön das Leben für sie an seiner Seite sei, wie sehr sie ihn und die Kinder liebe, aber stattdessen blieb sie stumm und hoffte, dass er ihr etwas sagen würde, irgendetwas, egal, was, etwas, das sie als Zeichen dafür nehmen konnte, dass sie für ihn noch am Leben war. Doch Malte schwieg.
»Warum sagst du nichts?«
Maltes Augen glänzten bereits vom Alkohol, als er seinen vierten Korn in Folge trank. »Es gibt nichts zu reden«, fuhr er sie zornig an. »Nichts, hörst du, nichts.« Er legte den Kopf in den Nacken und setzte die ganze Flasche an.
Als wenig später Heinrich mit seiner Ziehharmonika zur Tür hereinkam, konnte Malte sich kaum mehr aufrecht halten. Klara versuchte ihn zu stützen, aber er wehrte jegliche

Hilfe ab. Auch Heinrich oder einen der anderen Fischer, die nach und nach in die Fischerklause kamen, stieß er brüsk zurück. Spät am Abend schlief er schließlich laut schnarchend inmitten des Trubels auf einer der Eckbänke ein.
Hennie, die die ganze Zeit über von Klara keine Antwort auf ihre besorgten Fragen erhalten hatte, blieb, bis der letzte Gast die Fischerklause verlassen hatte.
»Ich mache mir Sorgen, Klara«, sagte sie einmal mehr. »Warum erzählst du mir nicht, was vorgefallen ist?«
»Ich kann nicht«, flüsterte Klara. Ihren Kopf auf die Hände gestützt, saß sie erschöpft an dem Tisch, an dem sonst die alten Fischer ihrem Würfelspiel nachgingen, und vermied es, ihrer Freundin in die Augen zu sehen.
»Ich habe Malte ja heute Abend nicht wiedererkannt. Wie er dich angeschaut hat, da konnte einem ganz mulmig werden. Unheimlich, Klara«, sagte Hennie mit Nachdruck, während sie ihre Arme vor der Brust verschränkte. »Wenn ich daran denke, wird mir ganz kalt.«
»Er war betrunken.« Klaras Stimme klang tonlos.
»Betrunkene habe ich weiß Gott schon viele gesehen, das kannst du mir glauben. Und Malte habe ich auch schon mehr als einmal betrunken erlebt. Aber heute war er anders als sonst. Er war«, sie stockte, »er war nicht mehr er selbst, irgendwie so außer sich. Als wäre der Teufel in ihn gefahren.«
»Ach, Hennie, du siehst Gespenster.« Sie versuchte der Freundin ein beruhigendes Lächeln zu schenken, aber auf ihrem Gesicht war nichts weiter als Ratlosigkeit zu sehen. »Ich bin müde«, sagte sie etwas hilflos und strich sich dabei eine Strähne aus dem Gesicht.
»Vielleicht ist es tatsächlich das Beste, du ruhst dich erst

einmal aus.« Hennie musterte Klara nachdenklich. »Soll ich bei dir bleiben?«
»Danke, aber das ist wirklich nicht nötig«, antwortete Klara entschieden, bevor sie sich erhob und zur Tür ging, die sie einen Spaltbreit öffnete. Mit einem tiefen Seufzer sog sie die frische Nachtluft ein.
Als Hennie kurz darauf die Fischerklause verließ, sah sie an diesem Abend ein letztes Mal in Klaras erschöpftes Gesicht. »Ich habe Angst um dich«, flüsterte sie und drückte Klara fest an sich.

## 40

In helles, weiches Licht getaucht, lag die Ostsee am nächsten Morgen reglos vor Saßnitz. Vom Fenster aus sah Klara die Sonne am Horizont behutsam aus dem Meer aufsteigen, während etwas westlich davon zwei Fischer ihre Netze einholten. Leise öffnete sie das Fenster, reckte den Hals dem noch jungen Morgen entgegen und spürte mit geschlossenen Augen ihrem Atem nach. Wie etwas Kostbares genoss sie diesen Moment der Stille eines erwachenden Tages nach einer unruhigen, schlaflosen Nacht.
Möwen, die sich über der Strandpromenade lautstark um Brotkrumen stritten, die am Tag zuvor von Urlaubern achtlos fallen gelassen worden waren, durchbrachen jäh die Ruhe. Von Ferne drang jetzt auch das Poltern eines Fuhrwerks an Klaras Ohren, das auf dem Weg zum Hafen war.

Sie schloss das Fenster, setzte sich an den Esstisch und schrieb eine kurze Nachricht für Malte. »Bin Besorgungen machen. Komme am Nachmittag wieder.« Die Notiz klemmte sie unter die beigefarbene, mit einem dünnen Goldrand verzierte Vase, die Hanna ihr zur Hochzeit geschickt hatte. Es war Hannas letzter Gruß kurz vor ihrem Tod gewesen. Zärtlich strich Klara über die bauchige Wölbung des leeren Gefäßes, bevor sie nach kurzem Zögern erneut nach dem Stück Papier griff und mit fein geschwungener Schrift »Deine Dich liebende Klara« unter die Nachricht setzte.
Bereits vor Sonnenaufgang hatte sie den Entschluss gefasst, diesen Tag nicht wie jeden anderen zu verbringen. Statt wie sonst üblich die Kinder zu versorgen, Einkäufe zu machen und die Fischerklause zu öffnen, wollte sie diesen einen Tag ganz für sich. Eine Entscheidung, das hatte sie in der vergangenen Nacht drängender denn je gespürt, war unumgänglich geworden. Eine Entscheidung, die sie fällen musste zwischen Lüge und Wahrheit. Hennie sollte die Fischerklause übernehmen, Maltes Mutter die Kinder und Rieke nötige Besorgungen erledigen.
Von diesem Willen getrieben, war sie fast beschwingt aufgestanden, erleichtert darüber, dass sie an diesem neuen Tag ein für alle Mal ihre Angst würde besiegen können. Jetzt aber, da sie für dieses Vorhaben alle Vorbereitungen getroffen hatte und noch einmal einen Blick auf die Notiz an Malte warf, durchzuckte sie die Furcht, es könnte ihr nicht gelingen, Klarheit in ihre konfusen Gedanken zu bringen. Noch nie zuvor hatte die Schuld so schwer auf ihr gelastet wie in diesem kurzen Augenblick, in dem sie, von Panik gelähmt, bewegungslos am Tisch saß.

Als könnte sie nur durch schnelles Handeln dieses panische Gefühl niederringen, erhob sie sich ruckartig von ihrem Stuhl, ging, ohne sich noch einmal umzudrehen, aus dem Zimmer, trat an Mariannes Bett und verließ mit dem schlafenden Kind auf dem Arm das Haus. Ohne nach links und rechts zu schauen eilte sie über die noch menschenleere Strandpromenade vorbei am Fürstenhof, bog beim Strandcafé in die Bachpromenade ein, rannte die schmale Gasse hoch zum Markt, hastete durch die noch schmalere Böttcherstraße zum kleinen Kumvitzschen Haus und übergab Maltes Mutter die weinende Marianne. Mit schnellen Schritten ging sie die schmale Gasse zurück, überquerte den Markplatz, stürmte die verwitterten Stufen hoch zur Rosenstraße, holte erst Hennie aus dem Schlaf und kurz darauf auch Rieke, die etwas weiter oben in derselben Straße ein Zimmer bewohnte, und verschnaufte erst, als sie den kleinen Anstieg über die Exzellenz-Kirchhoff-Straße hoch zur Kirche bewältigt hatte.
Klaras Atem ging schnell, als sie sich erschöpft an den zerfurchten Stamm des alten Ahornbaumes lehnte, der unterhalb der backsteinernen Sankt-Johannis-Kirche stand. Sechsmal hörte sie die schwere Kirchenglocke läuten, und mit dem Hall des gleichmütigen Klangs im Ohr beruhigte sich ihr Atem langsam. Mit fast andächtigen Schritten setzte Klara ihren Weg fort. Sie ließ die Kirche hinter sich, passierte die Ziegelei, die links der gepflasterten Straße lag, und bewältigte so Schritt für Schritt den Anstieg, der sie in den Buchenwald der Stubnitz führte. Als sie den ersten Fuß auf den kargen, noch von der Nacht kühlen Waldboden setzte, empfing sie ein fröhliches Vogelgezwitscher. Klara hielt kurz inne. Sie reckte den Kopf und hörte den Amseln und Spat-

zen und Spechten zu, die ein friedliches Durcheinander in luftiger Höhe entfalteten. Mit einem Lächeln auf dem Gesicht ging sie weiter quer durch den dunklen Wald. Sie kam nur langsam voran. Immer wieder blieb sie stehen und lauschte dem Zwitschern wie einer heiteren Melodie. Die Angst, die sie am Esstisch überwältigt hatte, fiel mehr und mehr von ihr ab. Als sie das Steilufer erreicht hatte und ihr Blick auf die aufgehende Sonne fiel, die glühend über dem Wasser lag, fühlte sie sich stark genug, sich diesem, wie sie fand, alles entscheidenden Tag zu stellen.

Im hellen Schein des Morgenlichts lagen die Kreidefelsen schneeweiß zu ihren Füßen. Erneut blieb Klara stehen und sah dem glitzernden Wasser zu, wie es sich sanft auf das steinige Ufer zubewegte und sich ebenso sanft wieder davon entfernte. Sie atmete im Rhythmus der See und sog die frische Meeresluft, die sich mit dem erdigen Duft des Buchenwaldes vermischte, in tiefen Zügen ein. Wie seltsam es doch ist, dachte sie, dass man sich sonst mit Fischgeruch zufriedengibt.

Klara verweilte lange an dieser Stelle, bevor sie ihren Weg am Steilufer in Richtung Norden fortsetzte, der sie zu einer schmalen Holztreppe führte. Auf den feuchten Stufen lagen die ersten Blätter des nahenden Herbstes, und das wacklige, über die Jahre verwitterte Geländer bot nur dürftigen Halt. Mit vorsichtigen Schritten nahm sie die ersten Stufen der langen und steil in die Tiefe abfallenden Treppe. Das Laubdach der Buchenkronen schloss sich dicht über ihrem Kopf und ließ keinen wärmenden Sonnenstrahl zu ihr durch. Etliche Stufen lagen noch vor ihr, ehe sie das sonnenbeschienene Ufer erreichen würde, und so knöpfte sie ihren Mantel wieder zu, den sie erst im Angesicht der leuchtenden

Kreidefelsen geöffnet hatte. Sie fröstelte, und ihr war, als zwänge sie der kühle Schatten unnachgiebig, sich endlich ihrer Aufgabe zu stellen. Zögerlich ging sie weiter, während ihre Gedanken nur so durcheinanderschossen.
Aus Sorge, sie könnte den Halt auf der vermoderten Treppe verlieren, setzte sie sich auf eine der glitschigen Stufen. Nervös rieb sie sich die kühlen Oberschenkel und versuchte, sich wieder etwas zu beruhigen. Zu laut war die anklagende Stimme geworden, die ihr vorhielt, ein unentschuldbares Verbrechen an Malte, Lissy und auch an Johannes begangen zu haben.
»Verdammt«, rief sie zornig der gleichgültig plätschernden See entgegen, die weit unter ihr lag. »Verdammt, verdammt, verdammt. Ich weiß, dass ich einen Fehler gemacht habe. Aber ich kann ihn nicht rückgängig machen.« Ihr Kopf glühte vor Wut und Erregung, und nur langsam gelang es ihr, wieder zur Ruhe zu finden. Mit einem aufmunternden Klaps auf ihre Schenkel erhob sie sich und wischte sich die Feuchtigkeit von ihrem Mantel.
Die ersten Stufen nahm sie noch vorsichtig, aber je weiter sie sich von der Stelle ihrer Selbstbezichtigung entfernte, desto selbstverständlicher wurden ihre Schritte und desto entschiedener auch ihr Entschluss, den Blick in die Zukunft zu lenken. Sie liebte Malte, daran zweifelte sie nicht und daran hatte sie nie gezweifelt, aber sie fragte sich jetzt, ob eine Lüge eine gute Basis für ihre Liebe war. Wenn sie ihm nicht die Wahrheit sagte, würde sie sich von ihm jemals wieder herumwirbeln lassen können wie gestern auf der Strandpromenade? Aber wenn sie ihm die Wahrheit sagte, würde er sie dann jemals wieder ausgelassen herumwirbeln wollen? Klara hielt inne. Das dichte Laub lag noch immer

wie eine schützende Decke über ihr und versperrte den wärmenden Sonnenstrahlen den Weg. Und was, wenn er ihr schon nicht mehr vertraute, wenn er sie schon skeptisch beäugte? Würde er sie verlassen, wenn er die Wahrheit wüsste? Je mehr Stufen sie nahm, desto mehr Fragen türmten sich in ihr auf.

Sie hielt inne und blickte in Gedanken versunken die steile Treppe hinunter, als sie sich an ein Spiel erinnerte, das sie als Kind oft mit ihrem Vater gespielt hatte. Ihr Vater hatte es das »Wahrheitsspiel« genannt, und Klara hatte nie herausbekommen, ob er es extra für sie erfunden oder von einer seiner weiten Reisen mitgebracht hatte. Sie hatte dieses Spiel gemocht, weil es dabei nicht, wie der Titel fälschlicherweise vorgab, um richtige oder falsche Geschichten ging, sondern darum, eine Geschichte so plausibel zu erzählen, dass der andere glaubte, dass sie wahr ist, auch wenn sie eigentlich gelogen war. »Denk immer daran, Klara«, hatte er ihr damals eingeschärft, »es gibt unveränderbare Wahrheiten, die für alle Gültigkeit besitzen, und es gibt Wahrheiten, die nur für dich wahr sind. Beide haben sie aber eines gemeinsam, sie entstehen nicht aus einer Laune heraus, sondern sie sind wohlbegründet.« Damals hatte sie nicht wirklich verstanden, was er ihr damit sagen wollte, aber jetzt, da ihr seine Worte wieder einfielen, fühlte sie, wie weise dieser Ratschlag war.

Die Vorwürfe, die sie sich vorhin noch gemacht hatte und die sie all die Jahre immer wieder begleitet hatten, erschienen ihr nun in einem anderen Licht. Vielleicht ist es ja gar keine Lüge, wenn ich Malte nicht sage, dass er nicht Elisabeths Vater ist, vielleicht ist es ja nur meine eigene Wahrheit, dachte sie und nahm erleichtert ihren Weg nach unten wieder auf. Aber bereits auf der übernächsten Stufe plagte sie der Zweifel. Warum sollte meine Wahrheit die richtige sein? Die Frage ließ sie auch auf den nächsten Stufen nicht los, bis sie schließlich erneut innehielt und versuchte, Gründe für diese Wahrheit zu finden.

Er kennt Elisabeth von Geburt an, er liebt sie wie eine Tochter, sie ist seine Tochter, wenn auch nicht seine leibliche. Aber macht das denn einen Unterschied? Klara atmete tief durch. Sie kannte die Antwort auf diese Frage nicht. Vielleicht machte es einen Unterschied. Vielleicht machte es für Elisabeth einen Unterschied. Die Entscheidung war schwieriger, als sie vor wenigen Augenblicken gedacht hatte.

Klara war auf der Hälfte der Treppe angekommen, als sie sich umblickte und mit Schrecken feststellte, wie steil der Weg war, den sie bereits zurückgelegt hatte. Langsam lichtete sich der Wald, und sie war nur noch wenige Schritte von den ersten Sonnenstrahlen entfernt, denen es gelungen war, sich einen Weg durch die Baumkronen zu bahnen. Wie ein Hoffnungsschimmer lag die in strahlendes Licht getauchte Treppe vor ihr. Eilig ging Klara der Sonne entgegen, die ihr kühles Gesicht mit wärmenden Strahlen umhüllte.

Wenn ich ihm sage, wie es tatsächlich ist? Dass ich ihn liebe, aber dass er nicht Elisabeths Vater ist, dass er aber für mich ihr Vater ist, dass Elisabeth Glück hat, ihn und nicht ihren leiblichen Vater zum Vater zu haben? Er wird mir vorhalten, dass ich ihn all die Jahre belogen habe. Er wird mich hassen, er wird mich verlassen, schoss es ihr durch den Kopf. Und wenn er doch bleibt, wird er aber Elisabeth nicht mehr lieben können. Klara seufzte. Es gab keine Wahrheit, es gab keine eindeutige Wahrheit. Die einzige Wahrheit, die es gab, war die, dass Elisabeth Johannes' leibliche Tochter war. Aber was hieß das schon? »Leibliche Tochter«, flüsterte Klara und lauschte ihren Worten nach, wie sie sich im angrenzenden Gebüsch verloren. »Leibliche Tochter«, sagte sie wieder und wieder und lauter und lauter, bis sie die Worte schließlich mit kräftiger Stimme in den blauen Himmel schrie.

Dass Elisabeth, ihre Tochter, ihr eigen Fleisch und Blut, Johannes' Erbe in sich trug, schien sie in diesem Augenblick wie eine noch nie gedachte, schreckliche Erkenntnis zu treffen. »Leibliche Tochter«, flüsterte sie erneut, während sie Schritt für Schritt die steile Treppe nach unten ging, aber diesmal tat sie es so leise, dass die Worte fast in ihrer Kehle steckenblieben. Er würde verrückt werden, wenn er das wüsste, dachte Klara und sah vor ihrem inneren Auge einen vor Zorn rasenden Malte, alles zerschlagend, was ihm in die Quere kam.

Die Sonne hatte jetzt so viel Kraft entwickelt, dass Klara unter ihrem dicken Mantel anfing zu schwitzen. Hastig, als würde sie gleich ersticken, knöpfte sie den Mantel auf und legte ihn über das morsche Treppengeländer. Sie öffnete die beiden oberen Knöpfe ihrer hochgeschlossenen weißen Bluse und krempelte die Ärmel hoch. Ein zarter spätsommerlicher Windhauch umschmeichelte ihre erhitzte Haut. Klara ließ ihren Blick über die ruhige See gleiten. In der Ferne war ein Fährschiff zu sehen, das Kurs auf Saßnitz nahm, und ein Ausflugsdampfer, der dicht an der Küste entlangfuhr, zeichnete schlohweiße Rauchwolken in das himmelblaue Firmament. Noch ungefähr fünfzig Stufen, und sie war unten am Wasser angekommen. Klara legte ihren Mantel über den Arm und ging weiter.

Während sie behutsam einen Schritt vor den anderen setzte,

fuhr sie fort, nachzudenken. Ich muss meine Wahrheit finden, meine eigene, meine ganz persönliche Wahrheit. Wem ist denn damit gedient, wenn alle Welt weiß, dass Johannes Elisabeths Vater ist? Niemandem, schoss es ihr spontan durch den Kopf, aber sie wusste, dass sie sich mit dieser einfachen Antwort nicht zufriedengeben durfte. In Gedanken listete sie die Gründe dafür auf. Klara fing mit Johannes an, da sie sich mit ihm am leichtesten tat. Die Wahrheit würde das Ende seiner politischen Karriere bedeuten, dessen war sie sich sicher, und sie wusste, dass er alles daransetzen würde, um genau das zu vermeiden. Ihm war mit der Wahrheit nicht gedient. Mit dieser einen, unumstößlichen Tatsache, wie sie sich schnell korrigierte. Tatsache, wiederholte sie in Gedanken, und das Wort gefiel ihr. Es schien ihr weniger anklagend zu sein als die alles moralisierende Wahrheit.

Die Konsequenzen für sich hatte sie sich schon öfter ausgemalt. Aber diesmal nahm sie sich vor, sie so nüchtern wie möglich zu betrachten. Malte würde mir nicht verzeihen können, ich würde ihn verlieren, dachte sie. Mein ganzes Leben würde ich verlieren. Sie schluckte. Diese Vorstellung war ihr um ein Vielfaches unerträglicher als das Wissen, dass sie weiterhin mit einer Lüge leben musste. Ach, Lüge, wischte sie den Gedanken beiseite, Malte und ich und die Kinder, wir sind eine Familie, das ist die Wahrheit. Klara hielt inne. Darf es in einer Familie Geheimnisse geben? Die Frage beunruhigte sie. Sie dachte an ihre Eltern und daran, was das Geheimnis ihrer Mutter aus ihrer Familie gemacht hatte. Aber mit mir verhält es sich anders, ich liebe Malte, ich liebe Malte sehr. Das ist doch wichtiger als alles andere, wichtiger als diese Tatsache, durchzuckte es sie. Als würde dieser Gedanke noch eine Bestätigung brauchen, stampfte sie unwillkürlich mit dem Fuß so fest auf den Holzplanken der alten Treppe auf, dass das Geländer anfing zu vibrieren. »Das ist die Wahrheit und nichts anderes!«, sagte sie laut.

Als sie den ersten Schritt auf das steinige Ufer tat, war Klara sich sicher, dass es für sie nichts Bedeutenderes als ihre Liebe zu Malte gab. Erleichtert tastete sie sich über die Steine zum Wasser. Aus der Nähe betrachtet, hatte es seine kalkweiße Färbung verloren, die sich von oben gesehen wie eine große Lache im blauen Meer ergoss. Klara hatte sich so dicht ans Wasser gestellt, dass die glitzernde See beinahe ihre Stiefelspitzen umspült hätte, wäre sie nicht rasch einen Schritt zurückgegangen. Sie schloss die Augen und genoss die Unbeschwertheit des sanft plätschernden Meeres. Stimmen, die von weitem nahten, schreckten sie aus ihrer stillen Träumerei auf. Als sie sich umdrehte, erkannte sie eine kleine mit einem Picknickkorb bepackte Gruppe Ausflügler, die sich zu Fuß auf den Weg zum Königsstuhl gemacht hatte. Fröhlich grüßten sie Klara, wünschten ihr einen »wundervollen Tag« und setzten, ohne weiter auf sie zu achten, ihren Weg fort. Klara sah den Ausflüglern wehmütig hinterher. Im Gegensatz zu ihnen war sie nicht zum Vergnügen hier.

Als sie sich auf einen der zahlreichen großen Steine niedergelassen hatte, die dicht am Ufer lagen, durchströmte sie eine angenehme Wärme. Es war früher Mittag, und die Sonne stand jetzt fast im Zenit. Klara legte ihren Wollmantel neben sich und stützte sich mit ihren Armen wie zum Sonnenbaden auf. Sie blinzelte in das gleißende Licht, während ihre Gedanken zu Malte wanderten. Sie sah ihn vor sich, mit seinen kräftigen Armen und seinem bärtigen

Gesicht, seinen blitzenden Augen und seinem lauten Lachen, und die Vorstellung, ihn in Zukunft vielleicht nur noch in ihrer Erinnerung so ausgelassen erleben zu dürfen, jagte ihr einen Schauer über den Rücken. Das darf nicht sein, durchfuhr es sie wie ein Blitz. Das darf einfach nicht sein. Er würde leiden, mindestens genauso sehr wie sie, dachte Klara. Sie hatte nicht vergessen, mit welch unermüdlicher Beharrlichkeit er sich damals um sie bemüht hatte. Aber demütigen lassen, das wusste sie, würde er sich nicht. Und welche Demütigung wäre es zu erfahren, dass sein Erzfeind der Vater seiner Tochter ist.

Klara stand auf und ging ein paar Schritte. Unmöglich, es ist ganz und gar unmöglich, dass er davon erfährt, will ich nicht unser Glück aufs Spiel setzen. Sie bückte sich, griff nach einem Stein und warf ihn entschlossen in die sanft dahinplätschernden Wellen. Sie sah zu, wie der Kreis, der durch den Aufprall im Wasser entstanden war, langsam wieder verschwand. Dann bückte sie sich erneut und warf einen größeren Stein hinterher. Auch diesmal beobachtete sie dieses Schauspiel. Wie eine flache ovale Scheibe sah der Stein aus, auf den als Nächstes ihr Blick fiel. Sie hob ihn auf, und als sie spürte, wie makellos er sich in ihrer Hand anfühlte, hielt sie ihn für Sekunden so fest umklammert, als hinge von ihm ihr weiteres Schicksal ab. Viermal sprang er über den Wasserspiegel, bevor er in die Tiefe sank.

Noch lange blieb sie an diesem Tag am Strand. Erst als die Sonne hinter den Kreidefelsen längst verschwunden war, machte sie sich auf den Weg zurück. Ihre Entscheidung stand fest. Malte sollte niemals erfahren, dass Johannes Elisabeths Vater war.

# 41

»Du glaubst nicht, was der Postbote heute gebracht hat«, rief Sophie aufgeregt, als sie in eines der Gästezimmer im Anbau der Villa Luise geeilt kam, wo Marie gerade dabei war, die Möbel mit weißen Leinentüchern abzudecken. Wie jedes Jahr im Oktober war sie auch in diesem Oktober 1929 bereits seit Tagen damit beschäftigt, die Gästezimmer für den nahenden Winter zu richten. Ungerührt setzte sie ihre Arbeit fort.

Seit mehr als fünf Jahren wohnte Sophie jetzt bei ihr, und Marie kannte ihre Freundin mittlerweile so gut, dass Sophies erregte Atemlosigkeit, die jede neue Nachricht begleitete, sie so schnell nicht mehr aus der Ruhe bringen konnte. Zu viele dieser Neuigkeiten waren in den vergangenen Jahren auf sie niedergeprasselt. Angefangen damit, dass Sophies Fahnenaktion ein juristisches Nachspiel gehabt hatte und sie mit Glück nur mit einer Geldstrafe davongekommen war, bis hin zu Sophies neuestem Projekt, das sie mit Unterstützung des Reporters Hans Koch ins Leben gerufen hatte. Seit ungefähr einem halben Jahr hielt sie an einem geheimen Ort in Bergen zweimal in der Woche ihre »Sprechstunde für Frauenfragen« ab. Hinter dem unverfänglich klingenden Namen verbarg sich in Wirklichkeit nichts anderes als eine Beratungsstelle für ungewollt schwanger gewordene Frauen und solche, die es erst gar nicht werden wollten. Sophie beriet in Verhütungsfragen und vermittelte Abtreibungen unter ärztlicher Aufsicht in Stralsund.

»Marie«, rief Sophie erneut und wedelte mit einem Briefumschlag vor Maries Gesicht herum, »aufhören zu arbeiten. Ich muss dir unbedingt vorlesen, was in diesem Brief steht. Es wird dich umhauen, das verspreche ich dir schon jetzt.«

»Hat das nicht Zeit?«, fragte Marie ruhig, während sie das Zimmer verließ und nach nebenan ging, um dort ebenfalls Vorbereitungen für den Winter zu treffen. »Ich wollte heute damit fertig werden.«

»Nein«, antwortete Sophie entschieden, auch wenn sie wusste, dass sie damit bei Marie nicht gerade auf Gegenliebe stieß. »Das hat keine Zeit. Du wirst gleich verstehen, warum.«

»Schön«, sagte Marie leicht gereizt und legte das Staubtuch aus der Hand. »Dann lies mal. Ich bin ganz Ohr.«

»Nicht hier. Lass uns in die Küche rübergehen. Ich mache uns auch einen Tee.«

»Meinetwegen«, stöhnte Marie und sah kopfschüttelnd in Sophies erregtes Gesicht. »Du und deine Geschichten. Wenn ich geahnt hätte, was mir mit dir alles blüht, ich hätte wohl alle Hebel in Bewegung gesetzt, um dich daran zu hindern, nach Rügen zu kommen.«

»Ja, ja, ich weiß doch, dass du glücklich darüber bist, dass ich es noch immer mit dir in diesem langweiligen Binz aushalte«, erwiderte Sophie schmunzelnd, hakte sich bei Marie unter und zog sie sanft den Flur entlang, der den Anbau mit der alten Villa Luise verband.

Als Sophie mit theatralischer Geste den Brief aus dem Umschlag zog und ihn vor sich auf den Küchentisch legte, standen dort bereits zwei randvoll mit heißem Tee gefüllte dampfende Tassen.

»Jetzt lies schon«, sagte Marie ungeduldig, die sich noch immer darüber ärgerte, dass Sophie sie von ihrer Arbeit abhielt.

»Gut. Hör zu. Also«, sie stockte kurz und blickte zu Marie. »Du regst dich nicht auf, ja, versprochen?«

»Fang an«, sagte Marie gereizt und verdrehte dabei die Augen.

»›Sehr geehrte Frau Dahm‹«, las Sophie in einem bedeutenden Ton, »›in den vergangenen Jahren habe ich keinen Gebrauch von meinem Recht an der Villa Luise gemacht. Der Grund dafür lag sicherlich nicht in dem ›freundlichen‹ Brief, den Sie meinem Anwalt vor einigen Jahren haben zukommen lassen. Die darin enthaltene Drohung hat mir nichts weiter als ein müdes Lächeln entlockt, seien Sie sich dessen gewiss.‹«

»Drohung?«, unterbrach Marie verständnislos.

»Erklär ich dir später«, winkte Sophie ab. »›Vielmehr haben die Zeichen der Zeit meine volle Aufmerksamkeit verlangt‹«, setzte sie die Lektüre feierlich fort. »›Dass mein aufopferungsvoller Einsatz Früchte getragen hat, ist sicherlich auch Ihnen nicht entgangen. Mit Stolz möchte ich erwähnen, dass die Deutschnationale Volkspartei, deren Kreisvorsitzender ich noch immer die Ehre habe zu sein, seit einigen Jahren die stärkste Partei auf Rügen ist. Ich bin mir sicher, dass sowohl Ihnen als auch mir und unserem schönen Land mit dieser Arbeitsteilung gedient war. Leider sehe ich mich gezwungen, diese zwischen uns unausgesprochene Vereinbarung aufheben zu müssen, sollten Sie nicht unverzüglich damit aufhören, mich bei meinen Parteifreunden zu verleumden. Ich gehe davon aus, dass Sie wissen, wovon ich spreche, so dass ich den Inhalt dieser widerwärtigen Hetzjagd unerwähnt lassen möchte. Für Ihre Entscheidungsfindung hilft es Ihnen bestimmt zu wissen, dass meine Verbindungen weit reichen. Seien Sie also versichert, dass es für mich ein Leichtes ist, binnen kürzester Zeit sowohl die Villa Luise als auch die Fischerklause Ihrer Tochter mein Eigen nennen zu können. Herzlichst, Ihr Johannes Kerk.‹ Und, habe ich dir zu viel versprochen?«, fragte Sophie aufgeregt. Marie starrte mit sprachlosem Staunen auf das Blatt Papier, das Sophie verächtlich zur Seite schob.

»Der gehört doch in die Irrenanstalt, dieser Kerk.«

»Was meinte er mit dem Brief?«, fragte Marie leise.

»Ach das. Ich habe damals nur auf das Anwaltsschreiben wegen der Grundbucheintragung reagiert. Du erinnerst dich? Er muss da wohl was in den falschen Hals bekommen haben«, wiegelte sie ab.

»Was in den falschen Hals bekommen?«

»Meine Anspielung auf ein nicht eingelöstes Eheversprechen vermutlich«, antwortete Sophie mit einer Stimme, in der keine Spur von Schuldbewusstsein zu erkennen war.

»Und das hast du ohne mein Wissen in meinem Namen getan?«

»Ich hätte ja schlecht mit Sophie von Blankenburg unterzeichnen können.«

Marie schüttelte ungläubig den Kopf. »Weißt du eigentlich, dass du damit meine ganze Existenz aufs Spiel setzt?«

»Womit setze ich deine Existenz aufs Spiel? Hat er dich all die Jahre über in Ruhe gelassen oder nicht? Auch wenn er das nicht zugibt, aber ich bin mir sicher, dass ein Johannes Kerk nur diese deutliche Sprache versteht.«

»Dann sag mir lieber gleich, was du jetzt gegen ihn im Schilde führst.«

»Nichts, Marie, nichts«, beteuerte Sophie. »Ich weiß ebenso wenig wie du, wovon dieser Irre spricht.«

»Sicher?« Marie musterte Sophie mit strengem Blick.

»Sicher. Ganz sicher. Du musst mir glauben.«

»Du verstehst bestimmt, dass mir das schwerfällt«, sagte Marie nach einer längeren Pause des Schweigens, in der sie Johannes' Brief an sich genommen hatte, um sich mit eigenen Augen von der Ungeheuerlichkeit seines Inhaltes zu vergewissern.

»Marie«, sagte Sophie, »du musst mir glauben. Ich habe dich noch nie belogen.«

»Noch nie belogen?«, entfuhr es Marie. »Und was war dann das mit dem Brief?«

»Davon habe ich dir nichts erzählt, weil ich wusste, dass du mit meinem Vorgehen nicht einverstanden sein würdest. Aber angelogen habe ich dich nicht, ich habe dir nur etwas verschwiegen.«

»Nenn es, wie du willst«, wies Marie Sophies Einwand unwirsch zurück, »richtig war es jedenfalls nicht. Aber was soll's. Das soll jetzt nicht meine Sorge sein. Wir müssen etwas unternehmen. Ich werde jedenfalls nicht tatenlos zusehen, wie dieser Kerk mir meine Villa Luise wegnimmt.«

»Die kann er dir nicht wegnehmen, du hast schließlich nichts getan«, versuchte Sophie Marie zu beruhigen.

»Der kann viel, wenn er will.«

»Alles kann auch der nicht, auch wenn er in dieser verdammten DNVP Mitglied ist. Lass dich nicht so einschüchtern.«

»Was schlägst du vor?«

»Ich denke, dass es das Beste wäre, Hans einzuschalten. Er könnte sich mal umhören. Als Reporter hat er mehr Möglichkeiten als wir.«
Marie sah nachdenklich aus. »Ich weiß nicht«, murmelte sie. »Als hätte ich es die ganze Zeit über geahnt«, brach es plötzlich wütend aus ihr heraus. »Es war ja auch zu schön, um wahr zu sein. Ich konnte hier schalten und walten, wie ich es für richtig hielt, ohne mich mit Franz' Hinterlassenschaft herumärgern zu müssen. Wie dumm war ich nur«, rief sie aus und tippte sich dabei an die Stirn. »Rosmarie war da schlauer als ich. Die hat dem Frieden nie getraut. Meine Güte, so naiv.« Mit einem verbitterten Gesicht überflog Marie erneut Johannes' Brief.
»Jetzt vergiss mal Rosmarie und ihre dunklen Vorahnungen, und mit deinen Selbstbezichtigungen kommen wir auch nicht weiter. Sag mir lieber, was du davon hältst, Hans einzuweihen«, erwiderte Sophie energisch.
»Hans, Hans, Hans, was nützt mir schon dein Hans?«
Ein lauter Schlag ließ die beiden zusammenzucken. Marie und Sophie sahen sich fragend an. Was dann folgte, war ein wahres Gewitter von Donnerschlägen, das sich an der schweren Eingangstür entlud. Als Marie die Tür öffnete, sah sie erst in ein ihr fremdes Gesicht, bevor sie Johannes Kerk erkannte, der etwas abseits, versteckt hinter einem großen Sanddornstrauch, stand. Jakob Kagelmacher hielt ihr mit spitzen Fingern einen entfalteten Brief unter die Nase. Auf die Schnelle sah Marie nichts weiter als drei eng mit Schreibmaschine beschriebene Zeilen.
»Kommt Ihnen das hier nicht bekannt vor?«, fragte Jakob Kagelmacher in schnittigem Ton.
»Wer sind Sie überhaupt?«

»Wir stellen hier die Fragen«, ging Johannes energisch dazwischen. Er trat neben Jakob Kagelmacher, entriss ihm den Brief und stürmte ins Haus. Sprachlos sah Marie dabei zu, wie Johannes' Schatzmeister ihm mit hocherhobenem Haupt folgte.

Das ist mein Haus, wollte Marie den beiden noch hinterherrufen, aber sie wusste, dass Johannes alles Recht der Welt hatte, sich in der Villa Luise ebenso frei zu bewegen wie sie. Leise schloss sie die Tür und folgte den beiden. Johannes kannte sich in dem Haus noch immer bestens aus und war auf direktem Weg in den Salon geeilt, vorbei an Sophie, die er unsanft zur Seite geschubst hatte.

»Kommen Sie«, brüllte er in der Manier eines Offiziers und trommelte voller Ungeduld auf die Tischplatte, »wir haben etwas zu bereden.«

»Was glauben Sie eigentlich, wer Sie sind«, blaffte Sophie ihn an, die gemeinsam mit Marie den Salon betrat.

»Schön, dass Sie auch da sind. Da haben wir ja gleich beide Übeltäterinnen auf einem Haufen.«

»Übeltäterinnen? Was wollen Sie eigentlich?« Marie bemühte sich, ihre Stimme so ruhig wie möglich klingen zu lassen.

»Hier«, sagte Johannes barsch und hielt ihr das Stück Papier hin. »Ich denke, Sie kennen die Zeilen.«

»›Johannes Kerk, Kreisvorsitzender der Deutschnationalen Volkspartei, hat einen Bastard gezeugt. Halten Sie diesen Heuchler endlich auf! Sein sittenwidriges Verhalten darf unsere geliebte Heimat nicht weiter beschmutzen‹«, las sie laut.

»Das ist es also«, rief Sophie und brach in schallendes Gelächter aus. »Der Herr hat Sorge, niemand würde ihn und sein Blut-und-Boden-Geschwätz mehr ernst nehmen, wenn bekannt würde, dass er gesündigt hat. Es ist doch in Ihren Kreisen eine Sünde, ein uneheliches Kind zu zeugen?«, fragte sie spitz.

»Es reicht!«, rief Johannes.

»Haben Sie etwa nicht gesündigt? Er hat doch gesündigt, nicht?« Sophie drehte sich zu Marie und sah sie mit unschuldigen Augen an. »Wissen wir nicht beide, dass unser lieber Herr Kerk ein Sünder ist. Oder wie bezeichnen Sie dieses Vergehen?«

»Sophie«, zischte Marie. »Wir haben damit nichts zu tun«, sagte sie an Johannes Kerk gewandt. »Deswegen also auch der Brief heute?«

»Exakt. Deswegen meine Bitte im Guten, diese Verleumdungen einzustellen. Doch auf diesem Ohr scheinen Sie wohl taub zu sein«, brüllte er voller Zorn. »Aber Sie werden ja sehen, was Sie davon haben. Ab morgen hetze ich Ihnen meinen Anwalt auf den Hals. Freunden Sie sich also schon einmal mit dem Gedanken an, dass Sie demnächst Ihr Hab und Gut zusammenpacken können.«

»Hat er uns gerade gedroht, Marie? Glaub ihm kein Wort. Warum sollte er sich sonst die Mühe machen, extra hierherzukommen. Nicht?« Sie blickte Johannes Kerk erwartungsvoll an.

»Wir wollten Sie nur warnen«, ging Jakob Kagelmacher dazwischen.

»Warnen? Wie hübsch, edle Gestalten, die da vor uns stehen.«

»Was macht Sie eigentlich so sicher, dass wir hinter dieser Sache stecken?«, fragte Marie. »Ihre politische Karriere interessiert mich nicht im Geringsten.«

»Nein? Und was ist mit Ihrer Freundin. Über die hört man ja so allerhand. Und wenn ich mich recht entsinne, haben Sie mir bereits vor fünf Jahren mit ähnlichem Wortlaut gedroht. Hier«, sagte er und zog einen zerknitterten Briefumschlag aus der Tasche. »›Sonst sehe ich mich gezwungen, das aufgelöste Eheversprechen zwischen Klara Dahm und Johannes Kerk in aller Öffentlichkeit mit dessen sittenwidrigem Verhalten zu begründen, was sich sicherlich negativ auf seine Karriere auswirken würde …‹«, las er in lautem Ton vor. »Reicht das als Antwort auf Ihre Frage?«

»Herr Kerk«, sagte Sophie ruhig, »nun denken Sie doch mal nach. Frau Dahm und ich haben erst heute Ihren unmissverständlichen Brief erhalten, der uns, gelinde gesagt, recht ratlos zurückgelassen hat. Und jetzt halten Sie uns hier einen Drohbrief unter die Nase, den Sie gestern bekommen haben wollen. Angenommen, Sie haben recht und wir stecken hinter diesem Brief, wie hätten wir denn auf Ihre Warnung reagieren sollen, wo wir sie doch erst heute vorgefunden haben?«

»Allerdings«, warf Marie ein, »abgesehen davon, dass wir nichts, aber auch gar nichts mit dieser scheußlichen Sache zu tun haben.«

»Wie ich sehe, wollen Sie nicht einlenken.« Mit großen Schritten ging er um den Tisch herum und stellte sich neben Marie. »Wissen Sie, Frau Dahm, vor einigen Wochen habe ich Ihrer Tochter Klara in Saßnitz einen Besuch abgestattet. Wie mir scheint, ist sie sehr glücklich dort. Sie wollen dieses Glück doch nicht zerstören? Nicht noch einmal«, sagte er mit bedeutungsvoller Stimme.

»Lassen Sie Klara aus dem Spiel«, fuhr Marie ihn an.

»Wie Sie wünschen. Aber was ist mit Klaras kleiner hübscher Tochter? Wenn stimmt, was Sie behaupten, dann hat doch das arme Kind ein Recht auf ein anständiges Zuhause. Dann ist es doch nachgerade meine Pflicht, das Mädchen aus dieser ärmlichen Behausung zu holen und ihm ein anständiges Heim zu bieten, wo es in den Genuss einer angemessenen Erziehung kommen kann. Darin sind wir uns doch einig? Ein Kind braucht ein tadelloses Dach über dem Kopf.«

Elisabeth war Johannes' letzter Trumpf. Nach dem langen und unerfreulichen Gespräch mit Ludwig von Sternsitz und Otto von Reschvitz, das er zwei Tage zuvor geführt hatte, hatte er eigentlich gehofft, die Angelegenheit sei vom Tisch. Nach zähem Ringen stand eine Vereinbarung, mit der vor allem seine beiden Kontrahenten zufrieden sein konnten. Unter der Bedingung, dass die Jagd auf ihn unverzüglich beendet werden würde, hatte er das Zugeständnis gemacht, auf seine Kandidatur für das Amt des Regierungspräsidenten zu verzichten. Wie sehr ihn dieser Verzicht schmerzte, zumal er nur einen Tag später einen neuen Drohbrief erhalten hatte, bekamen Marie und Sophie zu spüren.

Fassungslos blickte Marie in Johannes Kerks kalte Augen und trat einen Schritt zurück.

»Warum sagen Sie nichts? Ich habe doch recht?« Johannes sah sie herausfordernd an. »Die Entscheidung, ob Elisabeth bei ihrer Mutter bleiben kann oder nicht, liegt ganz in Ihrer Hand, Frau Dahm. In Ihren schönen, zarten Händen«, fügte er gehässig hinzu. Nach seinem Zugeständnis, das ohne Wirkung geblieben war, vermutete er hinter der Verleumdung einen persönlichen Rachefeldzug. Marie zu beschuldigen schien ihm angesichts der Tatsache, dass sie mit Sophie von Blankenburg unter einem Dach lebte, am schlüssigsten zu sein. So wie er Sophie als Kopf dahinter vermutete, nahm er an, dass Marie die Schwachstelle in dem Vorhaben war, ihn von der Insel jagen zu wollen.

»Was kann ich …«, stammelte Marie.

»Nicht, Marie«, unterbrach Sophie sie rasch »du wirst doch bei diesem unappetitlichen Spiel nicht mitmachen wollen.« Voller Verachtung sah sie erst zu Johannes Kerk, dann zu Jakob Kagelmacher, der, obwohl er stramm wie ein Soldat zwei Schritte hinter Johannes stand, irgendwie verloren wirkte. »Und Sie, sind Sie auch der Meinung, dass man einer Mutter ihr Kind wegnehmen sollte? Verstehen Sie das unter den christlichen Werten, die Sie mit aller Macht vertreten?«

»Frau von Blankenburg«, ging Johannes Kerk dazwischen, während Jakob Kagelmacher mit ausdruckslosem Gesicht durch Sophie hindurchzusehen schien, »natürlich liegt auch mir nichts ferner, als einem Kind seine Mutter zu nehmen. Aber ich warne sie beide hiermit ein letztes Mal. Sollte ich oder einer meiner Parteifreunde noch einmal einen dieser Drohbriefe erhalten, dann garantiere ich Ihnen, dass weder Sie noch Klara ihres Lebens jemals wieder froh werden.« Er hielt kurz inne, um die Wirkung seiner Worte auszukosten. Auf Sophies Gesicht konnte er keine eindeutige Regung erkennen, aber Maries zuckende Mundwinkel sagten ihm, dass seine Drohung angekommen war. »Jakob, wir gehen.« Als die Tür mit einem lauten Knall ins Schloss fiel, war Marie noch immer fassungslos. »Ich muss Klara warnen«, murmelte sie. »Sie muss Lissy verstecken.«

»Das kommt nicht in Frage. Du wirst auf keinen Fall Klara verrückt machen. Wir werden eine andere Lösung finden.«

»Aber wie? Ich habe nichts getan, du hast nichts getan, wie

können wir garantieren, dass er nie wieder einen dieser abscheulichen Briefe erhält? Wir sind machtlos, Sophie, machtlos. Verstehst du das denn nicht? Irgendwo da draußen ist jemand, der über unser Schicksal bestimmt, und wir wissen noch nicht einmal, wer es ist«, flüsterte Marie. »Wir müssen herausfinden, wer uns das antut, hörst du? Wir müssen unbedingt herausfinden, wer uns das antut«, wiederholte sie mit ängstlicher Stimme und schlug dabei die Hände vors Gesicht. »Ich muss zu Klara, ich muss unbedingt zu Klara. Ich kann nicht noch einmal zusehen, wie Johannes ihr Leben ruiniert.«

Sophie legte ihre Hand auf Maries Schulter und versuchte sie zu beruhigen. »Johannes wird ihr Leben nicht ruinieren, das verspreche ich dir. Ich werde mich mal umhören«, sagte sie nachdenklich. »Ich habe da so eine Vermutung.«

»Eine Vermutung?«, fragte Marie erstaunt. »Wer, Sophie, wer?«

»Es ist nur eine Vermutung. Ich denke nicht, dass es richtig wäre, dir jetzt schon davon zu erzählen, so aufgewühlt, wie du bist.«

»Aufgewühlt, natürlich bin ich aufgewühlt«, entgegnete Marie erregt. »Und ich finde, ich habe allen Grund, aufgewühlt zu sein. Immerhin hat mir dieser Kerk gerade damit gedroht, mein Leben und das meiner Tochter zu ruinieren. Da kann man doch ruhig mal aufgewühlt sein, findest du nicht?« Maries Augen funkelten vor Zorn. »Und du denkst, du könntest mir einfach eine deiner Vermutungen oder Informationen oder was auch immer du hast vorenthalten. Auf welcher Seite stehst du eigentlich?«

»Du hast ja recht«, entgegnete Sophie zögerlich, während Marie bereits auf dem Weg zur Tür war. Marie, die nicht mehr zu interessieren schien, was Sophie zu sagen hatte, verließ, ohne sich noch einmal umzudrehen, den Raum. Mit schnellen Schritten stieg sie die Treppe nach oben in Klaras altes Zimmer, das sie längst zu ihrem eigenen gemacht hatte.

Nur ein Stück Treibholz, das Marie aufbewahrt hatte und das auf ihrem Frisiertisch lag, erinnerte noch an Klara. Klaras altes Bett hatte sie der Wäscherin geschenkt und sich ein neues in Stralsund gekauft. Dieses Himmelbett, das nun in Klaras altem Zimmer stand, war für Marie nicht nur die Erfüllung eines lange gehegten Traums, ihr schien das neue Bett vielmehr ein Zeichen für den endgültigen Abschied von ihrem alten Leben zu sein. Als sie sich auf das weiche Oberbett legte und zu dem mit einem Blumenmuster bestickten weißen Baldachin sah, beschlich sie zum ersten Mal die Angst, dass sie vielleicht einer Illusion aufgesessen war, dass es nicht möglich war, Altes für immer abzuschließen. Marie verschränkte die Arme unter dem Kopf und versuchte, ruhig und gleichmäßig zu atmen. Klare Gedanken, das war es, was sie jetzt am nötigsten brauchte, aber der einzige Gedanke, der wieder und wieder durch ihren Kopf geisterte, war der, dass sie unbedingt zu Klara musste.

## 42

Ein kräftiger Wind fegte über die Insel und brachte das golden schimmernde Herbstlaub unter dem kühlblauen Novemberhimmel zum Tanzen. Hellweiße Wolken, die sich bis zum Horizont schlängelten, verschwanden dort im Nichts. Die Luft war frisch geworden, und Klara fröstelte, als sie am Nachmittag aus der Tür der Fischerklause trat, um Malte am Hafen in Empfang zu nehmen. Das tuckernde Geräusch seines Kutters erkannte sie unter Hunderten, und so war ihr nicht entgangen, dass Maltes Boot in den Hafen eingelaufen war. Seit Tagen hatten sie kaum ein Wort miteinander gewechselt, und Maltes Schweigen bereitete Klara Sorgen.

Im Hafen herrschte geschäftiges Treiben. Mit Malte waren auch die anderen Fischer zurückgekommen, und auf den Decks der Boote lag die Ausbeute des Tages. Heringe, über- und übervoll mit Heringen waren die Netze gewesen, so dass auf den Gesichtern der Fischer ein zufriedener Ausdruck gelegen hatte. Sogar Malte sah man an, dass dieser Fang sein Wohlgefallen fand, doch als sich Klara ihm näherte, verdüsterte sich sein Blick.

»Ich hab zu tun«, rief er ihr barsch entgegen und fuhr unverdrossen damit fort, sein Deck zu schrubben. Den Fang hatte Hannes, sein Schiffsjunge, bereits zur Fischhalle gebracht.

»Ich will dich auch gar nicht von deiner Arbeit abhalten«, sagte sie ruhig, »ich warte, bis du fertig bist.«

»Wie du willst«, sagte Malte missmutig, ohne einmal zu ihr aufzusehen.

Klara stand an die Molenmauer gelehnt und wartete. Sie war fest entschlossen, diese eine Stunde, in der Hennie sich bereit erklärt hatte, die Fischerklause zu übernehmen und auf die Kinder aufzupassen, dafür zu nutzen, endlich mit Malte zu reden. Diese stummen Vorwürfe, die zwischen ihr und Malte wie eine undurchdringliche Mauer standen, waren für sie nicht mehr länger zu ertragen. Wenn er sie angeschrien hätte, wenn er ihr mit offenem Misstrauen begegnet wäre, wenn er ihr Vorhaltungen gemacht hätte, sie hätte ihm etwas entgegensetzen können. So aber fühlte sie sich seinen wortlosen Anschuldigungen hilflos ausgeliefert.

Malte säuberte das Deck seines Kutters gründlicher als sonst. Selbst die Holzkisten, die er an diesem Tag nicht in Gebrauch hatte, wusch er mit frischem Wasser aus. Er polierte die Glocke, die über seinem Steuerrad hing, und reinigte sorgfältig den Kompass, der neben dem Rad angebracht war. Als er schließlich die Kajüte mit einer dicken Eisenstange verriegelte und es endlich wagte, in Richtung Mole zu blicken, stand dort noch immer Klara und wartete. Ein besorgtes Lächeln huschte über Maltes Gesicht, als er sah, wie sie ihre Arme um ihren Körper schlang. Klara zitterte vor Kälte, und wäre Malte der Gleiche gewesen wie der, der er vor wenigen Wochen gewesen war, er hätte keine Sekunde gezögert und wäre zu ihr gegangen und hätte ihr seinen warmen Pullover und seinen kräftigen Arm über die Schultern gelegt, bevor er sie an sich gedrückt hätte und Arm in Arm mit ihr in die warme Fischerklause gegangen wäre. Aber Malte war ein anderer geworden, das dachte er zumindest. Er stand auf dem Deck seines Kutters und wusste nicht, was er tun sollte. Unschlüssig schaute er um sich, aber es gab für ihn an Bord nichts mehr zu tun. Er sah erneut zu Klara, die ihm zulächelte, auch wenn ihr vermutlich nicht nach Lächeln zumute war, aber er konnte sich nicht entschließen, ihr Lächeln zu erwidern. Sein Gesicht sah grimmig aus, während er einmal mehr an Johannes dachte. Wäre es nicht vielleicht doch besser, die Sache einfach zu vergessen? Schweiß lief ihm von der Stirn, und das Hemd, das er unter seinem Pullover trug, klebte an seinem Körper. Malte spürte, wie es in ihm brodelte. Er hatte an Johannes gedacht, und wenn er an Johannes dachte, begann das Feuer in ihm zu lodern.

Mit einem geübten Satz sprang er vom Deck seines Kutters auf die Mole. Die Hände in den Taschen vergraben, blieb er dort stehen. Seine stechend blauen Augen musterten Klara, die sich ihm langsam näherte.

»Hattest du einen guten Tag?«, fragte Klara vorsichtig.

»Was führt dich hierher? Hast du nichts zu tun?«, grummelte Malte.

Klara sah den Spuren seines heißen Atems hinterher, ehe sie leise, aber bestimmt antwortete: »Ich wollte ungestört mit dir sein. Hennie kümmert sich um alles, du musst dir also keine Sorgen machen. Ich ... ich dachte, wir könnten ein paar Schritte vor zum Kurplatz machen.«

»Schritte vor zum Kurplatz? Ich bin doch keiner von diesen Urlaubern«, brummte er.

»Und wenn wir den Weg weitergehen bis zur Kollicker Bucht? Bitte«, flehte sie und griff Malte sanft am Arm. »Komm, es wird sonst kalt hier.«

»Was willst du?«, fragte Malte gereizt, der sich nicht von der Stelle rührte.

»Mir dir allein sein, nur wir zwei. So wie früher.«

Malte sah Klara unschlüssig an.

»Bitte«, flehte sie erneut und ließ diesmal ihre Hand auf Maltes Arm liegen. »Bitte.«

»So wie früher«, murmelte er und senkte den Blick. »Das geht nicht. Nachher kommen die Genossen.«

»Ich weiß, aber bis dahin ist noch viel Zeit. Wir müssen

reden«, brach es aus ihr heraus. »Ich ertrage dein Schweigen nicht länger, verstehst du das denn nicht?«
»Mein Schweigen? Wer hat denn die ganze Zeit über geschwiegen. Geschwiegen und dabei gelogen? Du glaubst doch nicht, dass ich das einfach so hinnehmen kann?«
»Ich habe nicht geschwiegen. Es gab nichts zu sagen«, flüsterte sie. »Aber jetzt gibt es etwas zu sagen«, fuhr sie zögerlich fort. »Ich liebe dich.« Sie schmiegte ihren Kopf an Maltes Brust. »Komm, lass uns gehen.«
Malte spürte, wie Klara zitterte, aber statt seine Arme wärmend um ihren Körper zu legen, vergrub er seine Hände nur noch tiefer in den Taschen. Stumm und reglos standen sie so auf der Mole, und es schien, als wäre diese Form der Nähe das Äußerste, was Malte in diesem Augenblick zulassen konnte. Klara hörte Maltes Herz pochen. Sie zählte die Schläge, und eine tiefe Ruhe durchströmte sie, während sich ihr Kopf im Rhythmus von Maltes Atem auf dessen Oberkörper sanft auf und ab bewegte. Klara schloss die Augen. Für immer hätte sie so stehen bleiben mögen. Malte zu spüren war mehr, als sie sich erhofft hatte. Auch wenn er sie nicht in die Arme schloss, dass er sie nicht wegstieß, genügte ihr als Beweis seiner Liebe. Sie würde ihm Zeit lassen müssen. Sie würde so lange warten müssen, bis er von sich aus zu ihr käme, aber mit der Erinnerung an diesen Augenblick erschien ihr die Zeit bis dahin nicht mehr als unendliche Qual.
Malte, dessen Blick starr über die Molenmauer hinaus aufs offene Meer ging, wagte kaum zu atmen. Jeder Zug, den er tat, schien ihm ein Verrat an seinem Stolz zu sein. Und dennoch genoss er Klaras Nähe wie etwas lange Vermisstes. Klaras Atem kroch durch die breiten Maschen seines Pull-

overs, und ihm war, als würde er ihr Innerstes spüren, wie es sich langsam auf seiner nackten Haut ergoss.

»Malte? Malte, bist du das?«, rief eine Stimme aus der Ferne. Abrupt löste sich Klara von Malte und drehte sich erschrocken um. Sie hatte die Stimme sofort erkannt, auch wenn sie in der Dämmerung nur eine schemenhafte Gestalt wahrnahm, die auf sie zugeeilt kam.

»Mutter!«, rief Klara erstaunt aus, und auch Malte sah nicht minder verwundert Marie an, die jetzt vor ihnen stand.

»Gut, dass ich dich endlich finde«, keuchte Marie. »Ich habe schon den halben Hafen nach dir abgesucht.«

Klara sah ihre Mutter verständnislos an.

»Guten Tag, Malte.« Marie reichte Malte die Hand. »Einen guten Fang gehabt heute?«

»Ja, danke«, antworte er verdutzt.

»Was führt dich hierher? Ist etwas mit der Villa Luise?«, fragte Klara ungeduldig. »Macht Sophie Schwierigkeiten? Will sie ihr Geld zurückhaben?« Seitdem sie in Saßnitz lebte, hatte Klara ihre Mutter nur viermal gesehen, aber jedes Mal war sie in die Villa Luise gefahren. Dass sie nun zu ihr nach Saßnitz kam, beunruhigte Klara mehr, als ihr lieb war.

»Ich muss mit dir reden, Klara«, sagte Marie ernst und strich ihr zur Begrüßung vorsichtig über den Arm. Nach all den Jahren gestattete sie sich noch immer nicht mehr als diese Berührung, auch wenn sie sich wünschte, sie könnte Klara ganz selbstverständlich in den Arm nehmen, so, wie es andere Mütter mit ihren Töchtern auch taten. Unwillkürlich trat Klara einen Schritt zurück, so dass sie wieder näher bei Malte stand.

»Gut«, entgegnete sie leise, »es scheint ja wirklich etwas Wichtiges zu sein. Ich muss allerdings gleich zurück in die Fischerklause, Hennie ablösen.«
»Dann lass uns gehen«, sagte Malte rasch und legte seinen Arm um Maries Schultern. Nach anfänglichem Staunen hatte sich bei ihm Erleichterung über ihre Anwesenheit breitgemacht. Froh darüber, der schier unauflöslich scheinenden Situation mit Klara entronnen zu sein, ging er leichten Schrittes Seite an Seite mit Marie die Mole entlang. Klara, die ihnen folgte, staunte, als sie sah, mit welchem Eifer Malte mit ihrer Mutter sprach. Zwar drangen nur Bruchstücke ihres Gesprächs bis zu ihr, aber es war deutlich, dass er sich im Gegensatz zu ihr über Maries Besuch freute.

»Bist du aber groß geworden. Erkennst du mich noch?« Marie streckte ihren Arm zu Elisabeth aus, die schüchtern hinter Klaras Beinen hervorlugte. Marie saß mit Malte an einem der Tische dicht am Tresen und wärmte sich mit einem Grog.
»Antworte, wenn dich deine Großmutter etwas fragt«, sagte Malte barsch, nachdem Elisabeth stumm geblieben war.
»Ist schon gut, Malte«, versuchte Marie ihn zu besänftigen. »Sie ist schüchtern, das ist normal in diesem Alter.«
»Komm her, Lissy, sag deiner Großmutter guten Tag.« Seine Stimme klang noch immer schroff.
»Das hat Zeit, wirklich«, meinte sie beschwichtigend, aber Malte war schon aufgesprungen, hatte Elisabeth am Arm gepackt und zerrte sie an den Tisch.
»Kann ich mit Max spielen?«, fragte sie ihren Vater verängstigt, nachdem sie Marie artig die Hand gereicht hatte und sich von ihr über den Kopf hatte streichen lassen.

»Geh und hol deinen Bruder und deine Schwester. Sie sollen ihre Großmutter begrüßen.«

»Malte«, sagte Marie leise, »lass doch die Kinder.«

»Die sollen lernen, was sich gehört. Ich will keine ungezogenen Gören großziehen.«

»Sicher«, entgegnete Marie und musterte Malte. Sie kannte ihn nicht gut, aber sie kannte ihn gut genug, um zu wissen, dass er anders als früher war. Die Falten um seine Augen hatten sich mit tiefen Furchen in sein Gesicht eingegraben, und der Bart machte ihn älter, als er war.

»Die Fischerei ist härter geworden, oder?«, versuchte sie das Gespräch von den Kindern wegzulenken.

»Das ganze Leben ist härter geworden«, entfuhr es ihm spontan. »Davon werdet ihr in eurem schönen Binz vielleicht nicht so viel mitbekommen, aber hier, das sag ich dir, herrscht Kampf. Heutzutage reicht es ja nicht mehr, einfach nur anständig seine Arbeit zu machen. Weiß Gott, ich habe meine Arbeit immer anständig gemacht, aber die ertragreichsten Reusen werden seit Jahren an den Otto und den Hans verpachtet, weil die über die besten Verbindungen nach Stralsund verfügen. Buckeln muss man, will man überleben«, erregte er sich. »Aber den Arbeitern bei dem Kerk nützt selbst das nichts. Gestern hat er ihnen den Lohn für den Monat gestrichen. Börsencrash in New York.« Malte tippte sich an die Stirn. »Seit wann liegt Rügen denn in Amerika? Sagt, die Bank hätte ihm spontan alle Kredite gestrichen. Ausgerechnet ihm! Kein Wort glaube ich dem. Die Genossen werden das nicht hinnehmen. Wir kennen unsere Rechte.«

Als Malte Johannes' Namen erwähnte, hätte sich Marie vor Schreck beinahe an ihrem heißen Grog verbrannt. »Der Ton wird rauher, du hast recht, das spürt man auch in Binz«, sagte sie so ruhig wie möglich und versuchte sich nichts von ihrem Entsetzen anmerken zu lassen, aber Malte hatte sich ohnehin längst in Rage geredet.

»Die glauben, die können sich alles herausnehmen, nur weil sie am reichgedeckten Tisch sitzen. Denen wird das Lachen schon noch vergehen, wenn man ihnen erst einmal das Tafelsilber nimmt«, wetterte er gerade, als sich Klara zu Malte und ihrer Mutter an den Tisch setzte.

»Wer wird auf sein Tafelsilber verzichten müssen?«, fragte Klara und warf einen besorgten Blick auf Marie.

»Johannes Kerk zum Beispiel«, antwortete er mit blitzenden Augen. »Oder denkst du nicht, dass er noch seine gerechte Strafe erhalten wird?«

Klara zuckte mit den Schultern.

»Was? Das ist alles, was du dazu zu sagen hast?«

»Malte, bitte, meine Mutter ist sicherlich nicht hierhergekommen, um uns beim Streiten zuzusehen.«

»Ich streite mich nicht«, entgegnete er unwirsch, »ich sage nur, dass er es verdient hat, bestraft zu werden. Was meinst du, Marie? Im Gegensatz zu deiner Tochter bist du doch bestimmt nicht gut auf Johannes zu sprechen, oder?«

»Ich bin nicht gut auf ihn zu sprechen, genauso wenig wie meine Mutter«, sagte Klara rasch, bevor sie sich an Marie wandte. »Du hast etwas mit mir zu besprechen?«

»Ja«, antwortete Marie verunsichert und blickte unverwandt in Maltes zorniges Gesicht. Sein unbändiger Hass auf Johannes hatte sie nervös gemacht.

»Sollen wir nach nebenan gehen?«, fragte Klara, »Ist es dir hier zu laut?«

»Ich geh ja schon«, sagte Malte versöhnlich, »schließlich

weiß ich, was sich gehört. Außerdem kommen gleich die Genossen, und mein Magen knurrt.«

»Danke«, flüsterte Klara. »Brot und Speck sind bei Hennie hinterm Tresen.«

»Da nich für«, polterte er, während er sich von seinem Stuhl erhob.

»Und? Was gibt es so Dringendes, dass du mich in all den Jahren zum ersten Mal hier besuchst?«, fragte Klara halb vorwurfsvoll, halb ängstlich.

»Es geht um Johannes«, flüsterte Marie und sah sich nervös nach Malte um. »Er will …«, sie stockte. »Ach, Klärchen, ich weiß nicht, ob es eine gute Idee war, hierherzukommen. Malte ist so außer sich, wenn Johannes' Name fällt. Es ist besser, wenn er davon überhaupt nichts erfährt, aber ich weiß nicht, wie du das anstellen sollst.«

»Wovon soll er nichts erfahren?«, fragte Klara irritiert.

»Johannes hat mir unmissverständlich klargemacht, dass er nicht zögern würde, dir Elisabeth wegzunehmen, wenn ich nicht damit aufhören würde, diese verleumderischen Briefe zu schicken. Aber ich habe ihm diese Briefe nicht geschrieben.«

»So etwas würde er nie tun«, sagte Klara entschieden.

»Ich fürchte, Johannes hat außer seinem guten Ruf nicht mehr allzu viel zu verlieren. Weiß Malte eigentlich, dass Lissy nicht seine Tochter ist?«

»Psst«, zischte Klara und schüttelte den Kopf.

»Ich dachte nur, weil er so grob zu dem Kind gewesen ist. So kenne ich ihn gar nicht. Hat er einen Verdacht?«

»Was willst du?«

»Ich wollte dir einen Vorschlag machen. Ich nehme Elisabeth mit und bringe sie zu meiner Schwester nach Mönchgut. Dort ist sie vor Johannes sicher, und du musst dir keine Sorgen um sie machen.«

»Du willst mir meine Tochter wegnehmen?«, fragte Klara ungläubig. »Niemals.«

»Ich will dir deine Tochter nicht wegnehmen, ich will sie in Sicherheit bringen. Nur für kurze Zeit, bis ich herausgefunden habe, wer hinter diesen Briefen steckt. Du musst dir einfach nur vorstellen, sie würde in Urlaub zu Verwandten fahren.«

»Es ist aber keine Ferienzeit, wir haben November. Sie wird dort erfrieren.«

»Hast du jemals an Elisabeth gedacht? Vielleicht tut es der Kleinen ja auch mal ganz gut, nicht immer Maltes Sündenbock sein zu müssen.«

»Sie ist nicht Maltes Sündenbock«, widersprach Klara, auch wenn sie wusste, dass das nicht stimmte. Seit Johannes' Besuch ging Malte nicht gerade liebevoll mit Elisabeth um.

»Ich mache dir doch gar keinen Vorwurf«, sagte Marie ruhig. »Ich will dir doch nur helfen.«

»Ich brauche keine Hilfe.«

Marie sah mit sorgenvoller Miene in Klaras trotziges Gesicht, und für kurze Zeit fühlte sie sich um Jahre zurückversetzt. Bislang war es ihr nie gelungen, dicht an Klara heranzukommen, aber die Zeiten, da sie sich brüsk hatte abweisen lassen, die waren endgültig vorbei.

»Es geht hier nicht um dich«, entgegnete Marie energisch, »es geht um deine Tochter, um eure Tochter.«

»Ich weiß«, flüsterte Klara.

Marie, die sah, wie Klara mit den Tränen kämpfte, beugte sich vor und griff nach ihrer Hand. Sie spürte, wie Klaras

Finger unter ihren zuckten, aber zu ihrem Erstaunen zog sie ihre Hand nicht zurück. »Dich trifft keine Schuld«, versuchte sie sie zu beruhigen.

»Nein? Du weißt genauso gut wie ich, dass das nicht stimmt. Ich hätte …«, sie stockte.

»Ich hätte, Klara, ich hätte dir helfen sollen, schon viel früher, damit es gar nicht erst so weit gekommen wäre. Aber unsere Schuldgefühle helfen uns jetzt auch nicht weiter«, sagte sie leise und streichelte Klaras Hand.

»Denkst du wirklich, Johannes ist zu so etwas fähig?«

»Ich weiß es nicht, ehrlich, aber ich kann es nicht ausschließen. Und ist es dann nicht besser, es erst gar nicht darauf ankommen zu lassen?«

»Natürlich. Aber ich glaube das nicht. Er hätte doch gar nichts davon, wenn er mir Lissy wegnehmen würde. Was will Johannes denn mit einem kleinen Mädchen?«, sagte Klara. Ihr Blick streifte Maries Hand, die auf ihrer lag. Die Berührung fühlte sich gut an, und Klara erschrak kurz bei dem Gedanken, dass sie die Nähe ihrer Mutter genoss.

»Rache – hast du daran schon mal gedacht?«

»Das ist doch alles schon so lange her. Weißt du«, fügte sie zögerlich hinzu, »als ich dir damals meinen Anteil an der Villa Luise verkauft habe, habe ich das nicht getan, weil ich mein Erbe nicht antreten wollte, und schon gar nicht, weil ich den Wunsch meines Vaters nicht respektiert habe, ich habe es nur getan, weil ich gehofft hatte, so ein neues, unbelastetes Leben beginnen zu können. Und jetzt holt mich das alles wieder ein.« Die letzten Worte sprach sie mit gepresster Stimme. Erneut kämpfte sie gegen die Tränen, die sie sich mit Maries Taschentuch entschlossen aus den Augen wischte. »Es ist so aussichtslos«, schluchzte sie und sah dabei ihre Mutter hilfesuchend an. »Ist Malte schon zurück?«, fragte sie unvermittelt, als sie sah, dass drei von seinen Genossen zur Tür hereingekommen waren und an dem runden Tisch neben dem Eingang Platz nahmen.

»Nein, keine Sorge, ich habe den Tresen im Blick.«

»Und Hennie? Schafft sie alles?«

»Klara, ganz ruhig, Hennie hat alles im Griff.« Marie rückte mit ihrem Stuhl dichter an Klara heran und streichelte ihr zärtlich über den Rücken. »Nichts ist aussichtslos, hörst du. So etwas darfst du erst gar nicht denken. Du musst dich nur mit dem Gedanken anfreunden, dass man die Vergangenheit nicht ungeschehen machen kann«, sagte sie vorsichtig. »Versöhn dich, Klara, versöhn dich mit dir und dem Fehler, den du gemacht hast.«

»Wie kann man sich denn mit etwas versöhnen, wofür man sich hasst?«, wimmerte Klara und bedeckte ihre tränennassen Augen mit den Händen.

»Du hasst doch Lissy nicht«, sagte Marie beschwörend.

»Nein, natürlich nicht«, entgegnete sie schnell und sah sich ängstlich in der Fischerklause um. »Aber manchmal«, fuhr sie fort, »manchmal sehe ich Johannes in ihr. Das macht mir Angst, verstehst du? Ich habe Angst, dass ich sie nicht lieben kann. Nicht richtig, nicht so wie Max und Marianne. Zwischen Lissy und mir ist manchmal so etwas Fremdes, Kaltes.« Als wäre sie selbst erschrocken über das, was sie soeben gesagt hatte, sah Klara ihre Mutter mit großen Augen an.

Marie schluckte. »Ich weiß, dass du sie liebst«, sagte sie beschwichtigend.

»Aber ich kann sie vor Malte nicht beschützen«, flüsterte Klara. »Verstehst du? Ich kann sie nicht beschützen. Und jetzt auch noch Johannes. Wie soll ich sie denn vor ihm beschützen?« Erschrocken drehte sie sich um. »Du sagst doch, wenn Malte kommt?«

»Ja, sei unbesorgt. Er ist noch nicht da.«

»Gut.« Klara stöhnte erleichtert und strich sich eine feuchte Strähne aus dem Gesicht. Sie versuchte zu lächeln, aber Marie verfolgte mit Besorgnis Klaras qualvollen Kampf. »Ich kann Lissy nicht weggeben. Das wäre, als würde ich sie verraten.«

»Glaub mir, Klara, ich verstehe deine Angst«, sagte Marie, »aber du verrätst deine Tochter nicht, wenn du sie an einen sicheren und geschützten Ort gibst. Deine Tante ist ein guter, warmherziger Mensch, ganz anders als dein Großvater. Wir verstehen uns gut, ich habe sie in den letzten Jahren nach Franz' Tod öfter besucht.«

»Und Malte? Was soll ich denn Malte sagen? Man gibt doch als Mutter sein Kind nicht einfach so weg.«

»Du hast Angst vor ihm, nicht?«

»Ich weiß nicht«, murmelte Klara. »Angst ist wahrscheinlich nicht das richtige Wort. Es ist nur … er redet nicht mit mir. Wenn er nur mit mir reden würde, dann wäre vielleicht alles nicht so schlimm. Ich weiß einfach nicht, was in ihm vorgeht. Johannes' Auftritt neulich hat alles durcheinandergebracht.«

»Er ist stolz wie alle Männer«, sagte Marie gelassen. »Ein stolzer Fischer, der sich so leicht nicht unterkriegen lässt. Oder hast du etwa vergessen, wie unermüdlich er um dich geworben hat. Malte kämpft für das, was er will. Vielleicht stellt er sich dabei manchmal ungeschickt an, aber ich denke, er weiß, was er will, deinem Vater im Übrigen gar nicht so unähnlich. Und wenn ich ihn schon mit ihm vergleiche, dann tust du sicherlich gut daran, dich vor ihm zurzeit etwas in Acht zu nehmen, aber Angst haben muss man vor Malte bestimmt nicht.«

»Du hast recht, die Ähnlichkeit zwischen Vater und ihm ist mir noch nie aufgefallen, aber es stimmt, Malte ist genauso stur und stolz wie er«, sagte sie erleichtert.

Marie lächelte ihrer Tochter aufmunternd zu. »Stur und stolz, das trifft es genau«, entfuhr es ihr lauter, als sie eigentlich beabsichtigt hatte.

»Wer ist stur und stolz?«, fragte Malte, der genau in diesem Moment hinter dem Tresen aufgetaucht war.

»Was glaubst du?«, fragte Marie zurück.

»Ihr werdet doch nicht über mich gesprochen haben?«

»Und wenn doch?«

»Das gehört sich aber nicht.«

»Das macht man aber so zwischen Mutter und Tochter«, sagte Marie nicht ohne Stolz in der Stimme. Zwischen Mutter und Tochter, hallte es in ihr nach, und ihr schien, als hätte sie zum ersten Mal in ihrem Leben ein Gespräch mit ihrer Tochter geführt.

»Da bin ich dann wohl machtlos. Ich muss.« Er zeigte mit dem Kopf in Richtung der Genossen, die vor ihren vollen Bierkrügen am anderen Ende des Raumes saßen. »Der Arbeiterkampf kennt keine Geduld.«

»Siehst du«, sagte Marie, »eine echte Kämpfernatur.«

»Ja«, murmelte Klara und verfolgte mit Bewunderung, mit welcher Selbstverständlichkeit Malte sofort das Gespräch an sich riss, kaum dass er am Tisch seiner Mitstreiter Platz genommen hatte. Ein Lächeln huschte über ihr Gesicht, als sie sich wieder ihrer Mutter zuwandte. »Danke, dass du mich gewarnt hast«, sagte sie. »Ich werde Lissy im Auge behalten, aber ich denke nicht, dass es eine gute Idee ist, sie wegzubringen.«

»Ich will dich zu nichts drängen. Du sollst nur wissen, dass du jederzeit auf mich zählen kannst.«

Als Marie sich kurz darauf verabschiedete, umarmten Klara und sie sich lange und innig. Es war eine enge, stumme, ihnen bis dahin unbekannte Umarmung, die mehr ausdrückte als alle Worte, die sie sich zum Abschied hätten sagen können. Mit einem tiefen Gefühl der Dankbarkeit sah Klara ihrer Mutter hinterher, wie sie in die sternenklare Nacht entschwand.

## 43

»Mein über alles geliebtes Kind, liebe Lissy«, schrieb Klara, »es vergeht kein Tag, an dem ich nicht an Dich denke. Du fehlst uns hier sehr. Max fragt jeden Tag nach Dir. Aber wie ich von Tante Grete gehört habe, fühlst Du Dich bei ihr sehr wohl. Sei also weiterhin schön brav und mach mir keinen Kummer. Ich umarme Dich. Deine Mama.« Klara legte den kurzen Brief zur Seite und sah nachdenklich aus dem Fenster. Seit sie Elisabeth vor gut einem Monat, im Februar 1930, bei Schnee und Sturm nach Mönchgut gebracht hatte, verging kein Tag, an dem sie ihrer Tochter nicht ein paar Zeilen schrieb. Klara vermisste Elisabeth sehr, aber die Situation in Saßnitz war untragbar geworden. Immer wieder war Johannes vorbeigekommen, hatte nach Lissy gesucht, das Kind angestarrt und sich mit

Malte gestritten. Mit Engelszungen hatte Klara versucht, ihn dazu zu bewegen, sie endlich in Ruhe zu lassen, doch Johannes dachte nicht daran, solange er diese Briefe bekam, die ihn rasend machten.

»Ich habe gerade Lissy geschrieben. Willst du ihr nicht doch auch etwas schreiben?«, fragte Klara, als Malte zur Tür hereingepoltert kam.

»Morgen vielleicht«, brummte er, während er eine Schublade nach der anderen aufriss.

»Was suchst du?«

»Dieses verdammte Flugblatt mit unseren Forderungen drauf. Heute spricht Genosse Böhmer in Bergen. Heinrich und ich wollen sie ihm übergeben.«

Klara sah ihn besorgt an. »Aber sei bitte dieses Mal vorsichtig.« Das letzte Mal, als Malte in Bergen bei einer Wahlveranstaltung gewesen war, war er mit einem gebrochenen Nasenbein zurückgekommen, und noch immer war eine rote Schwellung auf seinem Nasenrücken zu sehen.

»Vorsichtig? Ich lass mich doch nicht von so jungen Schnöseln von der NSDAP beleidigen. Wenn die Prügel wollen.« Er hielt inne und sah Klara provozierend an. »Ich bin kein Schläger, das weißt du, aber manche Menschen verstehen keine andere Sprache. Warte also nicht auf mich.« Ohne Klara einen Abschiedskuss zu geben, ging er mit lauten Schritten nach draußen.

Den Hall seiner Fußtritte hatte sie noch lange in den Ohren. Manchmal schien es ihr sogar, dass dieser Hall das Einzige war, was ihr von Malte geblieben war. Seit Johannes sie zum ersten Mal aufgesucht hatte, hatte er sie nicht mehr angefasst, sie nicht mehr zärtlich berührt, ihr nicht mehr rasch und frech unter den Rock gefasst, ihr keine Komplimente mehr gemacht. Es war, als würde er sie als Frau ignorieren. Den Vorschlag, Elisabeth nach Mönchgut zu bringen, hatte er nur mit einem Achselzucken kommentiert. Kein Wort des Bedauerns über Elisabeths Abwesenheit war seitdem über seine Lippen gekommen. Wie er überhaupt nichts Persönliches mehr mit ihr besprach. Politik, das war das Einzige, was ihn noch zu beschäftigen schien.

Klara steckte den Brief in einen Umschlag und schob ihn in ihre Hosentasche. Ein kalter Wind blies ihr ins Gesicht, als sie nach draußen ging. Mit hochgeschlagenem Mantelkragen, die Hände warm in Handschuhe gepackt, stemmte sie sich gegen den Westwind, der die weißen Wolken über den hellblauen Himmel jagte. Der Frühlingsanfang war nicht mehr weit, das konnte sie riechen, aber zu sehen und zu spüren war davon noch nichts. Die kahlen Äste der Linden an der Promenade trugen noch keine Knospen.

Der Marktplatz schien an diesem Morgen verwaist. Die Bauern der Umgebung kamen in diesem Winter nur selten, um ihre Ware zu verkaufen. Die Ernte war im Herbst schlecht ausgefallen und die Vorräte an Kartoffeln langsam aufgebraucht. Die Hakenkreuzfahne, die seit dem letzten Sommer vor dem Hotel Reichshof wehte, wirkte in dieser Leere noch größer.

In der Einfahrt zu Johannes' Kreidewerk zeigte sich das gewohnte Bild. Eine Handvoll Arbeiter protestierte gegen ihre Entlassung. Klara, die alle kannte, nickte ihnen freundlich zu.

»Tee?«, fragte einer der Männer. »Ist kalt.«

Aber Klara schüttelte dankend den Kopf. »Ich darf den Bus nach Binz nicht verpassen.«

»Dann nich. Grüß Malte«, sagte er leicht enttäuscht. Eine

kleine Aufmunterung hätte ihm und seinen Kumpels gutgetan. So aber blieb ihnen nichts anderes übrig, als weiterhin unverdrossen im Chor »Wir wollen Arbeit!« zu brüllen.

Klara hatte Mitleid mit den Männern. Sie fand, dass sie müde und mutlos aussahen, auch wenn sie das niemals zugegeben hätten. Erst vor drei Wochen hatte man einen der Arbeitslosen an einem Baum aufgehängt vor dem Werk gefunden. Klara sah sich noch einmal um, aber die Männer waren längst wieder in ihren monotonen Gesang versunken.

Der Bus nach Binz war ausnahmsweise pünktlich. Mit ihr stiegen noch zwei Frauen und ein kleiner Junge ein, die sie nicht kannte. Der Junge sah blass aus und hustete ohne Unterlass. Still saß er auf dem harten Sitz und starrte mit leerem Blick aus dem Fenster, während eine der Frauen unentwegt in ihr Taschentuch schneuzte, das sie mühsam aus ihrem viel zu weiten Rock gezerrt hatte, der längst durch einen neuen hätte ersetzt werden müssen. Die drei sprachen nicht miteinander, aber sie saßen so dicht zusammen, dass kein Zweifel bestand, dass sie zusammengehörten.

Klara fröstelte bei ihrem Anblick. Unwillkürlich vergrub sie ihre Hände tief in ihren Manteltaschen und ließ ihren Blick über die vorbeihuschende Landschaft gleiten. Kahle Bäume, Sanddornsträucher, an denen noch einige Beeren vom letzten Sommer hingen, und struppiges Gebüsch gaben nur selten die Sicht auf das bewegte Meer im Hintergrund frei. Bis Binz stieg niemand mehr zu, so dass die vier die einzigen Fahrgäste blieben. Je näher sie ihrem Ziel kamen, desto näher kam Klara auch der Geruch der drei. Ein beißender, ärmlicher Geruch, den sie in letzter Zeit viel zu oft gerochen hatte. Sie versuchte durch die Nase zu atmen, aber sie konnte sich das Elend nicht vom Leib halten. Malte hätte diese Armut wütend gemacht, Klara machte sie Angst. Als sie endlich in Binz angekommen waren, eilte sie mit schnellen Schritten und gesenktem Kopf zur Villa Luise.

»Schön, dass du gleich kommen konntest«, begrüßte Marie sie mit einer herzlichen Umarmung und führte sie in die Stube. Es war noch frisch in dem Raum, obwohl im Kamin das Feuer bereits lichterloh brannte. Aber Marie war am frühen Morgen schon aus dem Haus gewesen, so dass sie keine Zeit gehabt hatte, es rechtzeitig anzuzünden. »Ich habe wirklich gute, nein, sehr gute Neuigkeiten für dich«, platzte es aus ihr heraus, nachdem sie Klara eine Tasse mit heißem Tee hingestellt hatte. »Du kannst Lissy wieder nach Hause holen. Der Spuk ist vorbei.«

»Vorbei?«, fragte Klara ungläubig.

»Ja, vorbei. Sophie hat herausgefunden, wer hinter diesen Briefen steckt.«

»Und wer?«

»Hans Koch. Unser braver Reporter Hans Koch. Ist das nicht unglaublich? Die ganze Zeit über hatte ihn niemand in Verdacht, nur Sophie hatte so eine Ahnung, aber beweisen kann sie es erst seit gestern.« Marie sah Klara erwartungsvoll an, aber Klara wirkte nachdenklich. »Freust du dich denn gar nicht?«

»Doch, natürlich. Aber warum?«

»Warum was?«

»Warum hat er das getan?«

»Ach was weiß ich, persönliche Rache wegen des Kreidewerks in Saßnitz, das früher wohl einem Onkel von ihm gehört hatte, oder so etwas in der Art. Das soll dir Sophie erklären. Wo steckt sie überhaupt? Sie wollte da sein, wenn du kommst. Das müssen wir doch feiern.«

»Aber wenn dieser Reporter das war, wie ...« Klara stockte. »Johannes, woher soll Johannes das erfahren?«

»Mach dir deswegen mal keine Sorgen«, sagte Marie siegesgewiss, »das habe ich alles schon erledigt.«

»Was hast du erledigt?«, fragte Sophie, die in diesem Augenblick das Zimmer betrat und Klara mit einem freundlichen Nicken begrüßte.

»Ich war heute in aller Frühe bei Johannes«, sagte Marie ruhig.

»Du warst was?«

»Bei Johannes, du hast richtig gehört. Und ich habe ihm gesagt, wer der Verfasser dieser scheußlichen Briefe ist.«

»Nein, Marie, das glaube ich nicht. Hast du eine Ahnung, was das bedeutet?«, fragte Sophie entsetzt und strich sich nervös durch ihr Haar. »Du hast Hans verraten. Du hast ihn nicht nur verraten, du hast damit sein Todesurteil gesprochen. Ist dir das bewusst?«

»Ach«, Marie winkte ab, »du malst mal wieder den Teufel an die Wand. Ich habe nur dafür gesorgt, dass ein Kind endlich wieder zu seiner Mutter kann, dorthin, wo es hingehört. Ist das so schwer zu verstehen?«

»Allerdings«, schrie Sophie sie an. »Ich wollte heute mit Hans reden. Ich wollte ihn dazu bringen, damit aufzuhören. Ich hätte nicht lockergelassen, ehe er nicht bei Johannes seine Schuld eingestanden hätte, anonym natürlich. Aber du hast ihn an diesen Dreckskerl ausgeliefert. Und der wird sich auf seine Art an Hans rächen, darauf kannst du wetten.« Sophie schüttelte den Kopf. »Wie kann man nur so naiv sein«, murmelte sie wieder und wieder, während sie mit ungläubigem Blick auf Maries Gesicht nach einem Zeichen von Schuld oder Reue suchte. Aber deren triumphierendes Lächeln war nur unmerklich verhaltener geworden.

»Warum hat er das getan, Sophie?«, fragte Klara schließlich, die die ganze Zeit über nicht recht wusste, was sie von Sophies Erregung halten sollte.

»Er wollte seine Familie rächen. Johannes hatte vor einigen Jahren dafür gesorgt, dass man Hans' Onkel keinen Kredit mehr gewährte, so dass Johannes das Kreidewerk günstig kaufen konnte«, antwortete sie. »Das kann man doch verstehen.«

»Aber warum musste er uns da mit reinziehen? Woher wusste er …?«

»Keine Ahnung, vielleicht von mir, vielleicht habe ich mich irgendwann mal verplappert.«

Klara sah Sophie prüfend an. »Verplappert«, wiederholte sie mit schneidender Stimme. »Weißt du eigentlich, was dein Hans mir und Malte und Lissy angetan hat?« Sophie antwortete nicht. »Nein, du hast keine Ahnung, natürlich nicht. Du weißt doch gar nicht, was es bedeutet, eine Familie zu haben. Du denkst doch immer nur an dich und deinen Vorteil. Hast du jemals in deinem Leben an irgendjemand anderen gedacht?«, fragte Klara wütend.

»Du tust mir Unrecht, Klara«, sagte Sophie kühl. »Wessen Geld war es denn, das dir ermöglich hat, in Saßnitz ein neues Leben anzufangen?«

»Geld«, schnaubte Klara, »Geld, was ist schon Geld. Das Geld gehörte doch ohnehin deinem Mann.«

»Ach ja? Dann zahl es doch zurück, wenn es so unwichtig ist. Und außerdem, wer hat sich denn diesen ganzen Schlamassel eingebrockt mit dem unehelichen Kind. Ist das etwa auch meine Schuld?«

»Sophie«, ging Marie dazwischen, »es reicht.«

»Du hast recht«, sagte Sophie mit eisiger Stimme. »Mir reicht es tatsächlich allmählich, dass auf dieser verdammten Insel niemand in der Lage zu sein scheint, einmal über den eigenen Tellerrand zu schauen. Immer schön die eigenen Problemchen im eigenen Süppchen verrühren, bis am Ende nichts weiter als Brei übrigbleibt. Wie mich das ekelt.« Schnaubend vor Wut stand sie auf und verließ den Raum.

»Klara, was machst du denn für ein sorgenvolles Gesicht?«, fragte Marie bekümmert. »Doch nicht wegen Sophie? Die beruhigt sich schon wieder. In all den Jahren, die sie jetzt hier wohnt, habe ich schon mehr als einen ihrer berüchtigten Wutausbrüche erlebt und noch immer alle überlebt. Sie ist unzufrieden, das ist alles.«

»Sophie ist mir egal«, sagte Klara leise. »Es ist Malte. Nur weil feststeht, wer hinter diesen Briefen steckt, ändert sich noch lange nichts zwischen uns.«

»Natürlich ändert sich etwas. Du kannst Lissy wieder nach Hause holen«, versuchte Marie ihr Mut zu machen. »Und alles andere braucht eben seine Zeit.«

»Lissy«, sagte sie nachdenklich. »Ob sie wohl sehr unter der Trennung leidet?« Klara sah ihre Mutter hilfesuchend an.

»Ich glaube nicht, nein. Bei Grete ist sie in guten Händen. Aber was machst du dir Sorgen, es ist vorbei. Du kannst sie noch heute abholen, wenn du willst.« Marie hielt inne. »Du willst doch?«

»Weißt du«, sagte Klara zögerlich, »als ich sie weggebracht habe, habe ich es eigentlich nicht getan, weil ich Angst um

sie hatte. Ich habe nie daran geglaubt, dass Johannes ihr etwas antun würde oder sie mir wegnehmen könnte. Ich habe es getan, weil ich nicht mehr mit ansehen konnte, wie Malte mit ihr umgesprungen ist. Er war so wütend auf sie.« Klara schluckte. »Und das Schrecklichste war, dass ich ihn einfach nicht dazu bringen konnte, wütend auf mich zu sein. Er sieht mich nicht. Es ist, als ob ich Luft für ihn wäre. Nicht ein Mal hat er mich gefragt, ob er Lissys Vater ist. Nicht ein Mal. Verstehst du, was das bedeutet?« Tränen stiegen ihr in die Augen. »Wenn Lissy jetzt zurückkommt, dann ... dann ... Ich weiß nicht, wie ich ihr helfen soll.«
Marie war ratlos. Mit sorgenvoller Miene sah sie, wie Klara die Tränen nicht mehr zurückhalten konnte. Sie griff nach ihrer Hand und versuchte sie zu trösten, aber alles, was Marie sagte, jeder Vorschlag, den sie machte, schien in der Flut von Klaras Tränen unterzugehen. Als Klara schließlich die Villa Luise verließ, war in ihren geschwollenen roten Augen noch immer die ganze Verzweiflung zu sehen.

## 44

Zwei Tage später, Klara hatte gerade das Frühstück gemacht, Max und Marianne tobten bereits um ihre Füße herum, fiel ihr Blick auf die *Rügensche Zeitung*, die Malte missmutig am Küchentisch las – »Toter bei Unfall zwischen Bergen und Putbus«. Sie beugte sich über Malte und las: »Am späten Nachmittag entdeckten Zeugen ein ausgebranntes Wrack in der Allee, die von Bergen nach Putbus führt. Aus dem völlig zerstörten Wagen konnte nur noch ein Toter geborgen werden. Wie wir mit Bedauern mitteilen, handelt es sich hierbei um unseren geschätzten und langjährigen Kollegen Hans Koch. Der örtliche Kommandant gab an, dass der Fahrer von der Straße abgekommen und gegen einen Baum geprallt ist.«

»Hast du das gelesen?«, fragte sie Malte entsetzt und deutete auf die kurze Meldung.

»Was?«, fragte er unwirsch zurück, obwohl er längst die wenigen Zeilen überflogen hatte.

»Der Autounfall.«

»Und? Hätte wohl besser aufpassen müssen«, sagte er mitleidlos. »Lies das hier, das sollte dich interessieren. ›Keilerei im Sonnenhof – Sozialdemokraten und Nazis beenden eine Wahlveranstaltung mit einer Massenschlägerei‹«, las er nicht ohne Stolz in der Stimme vor. »Denen haben wir es ganz schön gezeigt. Abgezogen wie räudige Hunde sind sie, diese Lackaffen. Die prügeln wir noch von der Insel, verlass dich drauf.« Versonnen rieb er sein verstauchtes Handgelenk, ohne Klara auch nur einmal anzuschauen.

»Warum müsst ihr euch nur immer prügeln?«, fragte sie so leise, als würde sie keine Antwort auf diese Frage erwarten, zumindest keine, die sie zufriedenstellen würde.

»Das verstehst du nicht«, sagte er prompt und las leise den Artikel weiter.

»Vielleicht«, murmelte sie. Nachdenklich musterte sie Malte von der Seite. Wie hart und streng er geworden ist, dachte sie und stellte mit Erschrecken fest, wie viele Falten sich auf seinem Gesicht mit seinen dreißig Jahren schon eingegraben hatten. »Ich muss mit dir reden«, sagte sie schließlich, nachdem sie ihn eine Weile beobachtet hatte. »Der Unfall«, fuhr sie fort, ohne darauf zu warten, dass Malte sich ihr endlich zuwenden würde, »Hans Koch, der Reporter, der da gestorben ist, er hat die Briefe an Johannes geschrieben. Johannes hat es vor ein paar Tagen erfahren.« Sie hielt kurz inne, aber Malte hatte seinen Blick noch immer starr auf die Zeitung gerichtet. »Hörst du?«, fragte sie eindringlich. »Er wird uns nicht mehr länger bedrohen. Wir können Lissy jetzt nach Hause holen«, fügte sie zögerlich hinzu.

Malte, der so tat, als hätte er nicht gehört, was Klara ihm soeben gesagt hatte, griff nach seiner Teetasse, nahm einen Schluck und las unverdrossen weiter.

»Malte«, flüsterte Klara in einem Ton, als wollte sie ihn aus einem tiefen Schlaf wecken, »interessiert dich das denn gar nicht?« Sie rückte mit ihrem Stuhl näher an ihn heran und legte ihre Hand auf seinen Arm.

»Lass mich in Frieden«, nuschelte er in seinen Bart.

»Vermisst du Lissy denn nicht?«, fragte sie und strich ihm dabei zärtlich über den Arm.

»Hm.«

»Wollen wir nicht heute alle gemeinsam nach Mönchgut fahren und sie holen?«

»Keine Zeit«, brummte er, »Verabredung mit den Genossen.«

»Und wenn ich mit den Kindern alleine fahre?«

»Lass mich«, sagte er ärgerlich und stand auf. »Max, komm, wir müssen das Boot streichen.« Er packte seinen Sohn bei der Hand und ging.

Klara wollte ihm noch etwas hinterherrufen, aber seine Sturheit ließ sie verstummen. Es machte sie wütend, mit anzusehen, wie Malte bereitwillig alles Schöne, das zwischen ihnen gewesen war, mit Füßen trat. Nichts an ihr schien ihn mehr daran zu erinnern, dass sie die Frau war, die er geliebt hatte. Liebte sie ihn denn noch? Klara, die es in den letzten Monaten, in denen das Leben mit Malte immer unerträglicher geworden war, tunlichst vermieden hatte, sich diese Frage zu stellen, kam in diesem Augenblick nicht umhin, darüber nachzudenken. Erstaunt, vor allem aber erleichtert stellte sie fest, dass sie darüber nicht lange grübeln musste. Sie liebte Malte. Sie liebte den Malte, den sie kannte. Der Malte, der mit ihr momentan das Ehebett teilte, den kannte sie jedoch nicht.

Ihr Blick fiel auf Marianne. Friedlich lächelnd saß sie vor dem Küchenbüfett und spielte mit einigen Steinen und Hölzchen, die sie am Strand gesammelt hatte. Im Februar war sie drei Jahre alt geworden, und Klara konnte noch nicht mit Bestimmtheit sagen, wem sie ähnlicher sah. Sicher war, dass sie ein unbekümmertes Kind war. Je älter Marianne wurde, desto deutlicher wurde Klara bewusst, wie ernst und in sich gekehrt dagegen Elisabeth war. Kann ich dieses unglückliche Kind zurück zu einem unglücklichen Vater bringen? Die Frage ging ihr wieder und wieder durch den Kopf. Will ich sie zurückholen? Ist sie dort, wo sie jetzt ist, nicht vielleicht glücklicher? Vermisse ich sie so sehr, dass ich sie unbedingt bei mir haben möchte, egal, zu welchem Preis? Klara dachte lange über die letzte Frage nach, aber sie konnte keine endgültige Antwort finden.

Sie nahm das benutzte Geschirr vom Tisch und stellte es in die Spülschüssel. Als würde sie hoffen, nicht nur die Essensreste zu entfernen, sondern ihr Gefühl, ihrer ältesten Tochter eine schlechte Mutter zu sein, gleich mit, begann sie hastig heißes Wasser in die Schüssel zu füllen und die Tassen und Teller mit einer Bürste kräftig zu schrubben.

An diesem Tag fuhr Klara nicht mehr nach Mönchgut, genauso wenig wie in den vielen Monaten danach.

## 45

Hitler über Deutschland«, stand auf den Plakaten, die seit Wochen wie Tapeten an den Häuserwänden klebten. In der Strandpromenade ebenso wie in der Bachpromenade, die zum Marktplatz führte. Klara, die überstürzt das Haus verlassen hatte und zum Bahnhof hastete, würdigte sie keines Blickes. Auch das Motorengeräusch, das an diesem Sommermorgen im Juli 1932 die trügerische Idylle jäh durchbrach, schien sie nicht zu hören. Am blassblauen Himmel über Saßnitz kreiste eine kleine Propellermaschine, aus der Flugblätter wie viel zu große Schneeflocken rieselten. »Deutschland, erwache! Wählt Hitler!«, stand in großen Buchstaben auf dem dünnen Papier, das die Gassen und Vorgärten bedeckte. Auch ihnen schenkte Klara anfangs keine Beachtung, doch das papierne Pflaster erwies sich als unsicherer Grund und verwandelte die ansteigende Bachpromenade im Nu zu einer gefährlichen Schlitterbahn. »Schietkrom!«, fluchte sie und rappelte sich wieder vom Boden auf, nachdem sie auf einem der Flugblätter ausgerutscht war. Wütend hob sie das zerfetzte Papier auf und zerknüllte es zu einer festen Kugel, die sie bis zum Bahnhof in ihrer Hand behielt. Als sie dort ankam, war der Zug gerade eingefahren. Sein Tuten war nicht zu überhören gewesen und hatte selbst das Knattern des Flugzeugs übertönt.

Ungewöhnlich lang war die Schlange, die sich vor dem Fahrkartenschalter gebildet hatte. Klara löste einen Fahrschein nach Bergen. In der Kreisstadt war sie schon lange nicht mehr gewesen, und sie hätte sich gewünscht, auch an diesem Tag nicht dorthin fahren zu müssen. Aber Heinrich hatte sie mit schlechten Nachrichten geweckt.

Malte war in der Nacht in eine wüste Schlägerei mit Nazianhängern geraten und ins Krankenhaus von Bergen eingeliefert worden. Wie es um ihn stand, wusste Klara nicht, aber dass es nicht gut aussah, hatte sie in Heinrichs Gesicht erkennen können. »Drei Tote, Klara. Ein Wunder, dass er lebt«, hatte er geflüstert. Dass er sich zum Abschied bekreuzigt hatte, hatte ihr einen zusätzlichen Schrecken eingejagt. Noch nie zuvor hatte sie diese Geste an ihm gesehen, aber sie hatte ihn auch noch nie so ratlos erlebt.

Als der Zug gemächlich über den schmalen Damm rollte, der den Kleinen Jasmunder Bodden vom Großen trennte, lagen die Gewässer still und friedlich in der Morgensonne. Doch die Ruhe täuschte. In langen Schwüngen zogen Kormorane durch die Lüfte auf der Suche nach Beute. Klara zuckte zusammen, als dicht vor ihrem Fenster plötzlich einer der Vögel im Sturzflug nach unten jagte und nach einem Fisch schnappte. Wild zappelnd hing er gefangen in dessen Schnabel. Klara wandte den Blick ab. Sie wollte an diesem Morgen nicht auch noch Zeugin eines tödlichen Naturschauspiels werden. Aber das, was sich um sie herum im Waggon abspielte, beruhigte sie ebenso wenig.

Mütter und ihre kleinen Kinder mit Hakenkreuzfahnen in der Hand, Halbwüchsige, die so laut grölten, als gelte es, eine Festung zu stürmen, Bauern in abgerissenen Hosen, die am frühen Morgen schon nach Korn und Bier stanken, eine

Gruppe von Fischern, die Klara aus der Fischerklause kannte, dazwischen junge Männer in langen Mänteln mit entschlossenen Blicken – sie alle redeten und sangen so wild und lautstark durcheinander, dass man meinen konnte, eine aufgebrachte Meute habe sich in diesem Waggon versammelt. Es dauerte eine Weile, bis Klara begriff, dass fast alle auf dem Weg nach Stralsund zu einer Kundgebung der Nationalsozialisten waren. Hitler wurde für diesen Tag erwartet, und die, die ihn dort sehen wollten, versprachen sich, dass »er uns endlich wieder Arbeit gibt«, so hallte es jedenfalls wütend durch den Wagen.
Klaras Blick fiel auf einen alten abgezehrten Mann, der mitten im Gang auf einem Sack Kartoffeln saß. Er wirkte verloren in dieser Menge, und weil sich Klara ebenso verloren fühlte, schenkte sie dem Alten ein freundliches Lächeln. Aber ihr Lächeln schien ihn nicht zu erreichen. Ungerührt starrte er ins Leere, als nähme er nichts von dem wahr, was um ihn herum geschah. Klara versuchte es erneut, doch als sie merkte, dass er nicht gewillt war, irgendetwas zu sehen, ergriff sie für einen kurzen Moment so etwas wie Neid auf diesen Mann, der irgendwann beschlossen zu haben schien, ein eingekerkertes Leben zu führen. Wie viel Leid einem wohl erspart bleibt, wenn man in seiner eigenen Welt lebt?, fragte sie sich und suchte in seinem Gesicht nach Zeichen des Glücks. Aber auch die fand sie dort nicht. Klara fröstelte. Diese aufgebrachte, trostlose Atmosphäre schien in sie eindringen zu wollen wie ein tödliches Gift.
Als der Zug endlich den Bahnhof von Bergen erreicht hatte, sprang sie erleichtert auf den Bahnsteig und eilte so schnell sie konnte durch die Gassen zum Krankenhaus. Je weiter sie sich vom Bahnhof entfernte, desto wohler fühlte sie sich,

und als sie die Pforte zum Krankenhaus passierte, schien es, als hätte sie die bedrückende Stimmung endgültig abgeschüttelt. Ihre Gedanken galten jetzt nur noch Malte, und sie hoffte, ihn in einer besseren Verfassung vorzufinden, als Heinrich ihr das zu verstehen gegeben hatte.

Schwungvoll stieß sie die Eingangstür zum Krankenhaus auf, aber der Geruch dort traf sie wie ein unerwarteter Schlag. Dieser ätzende und beißende Gestank nach Desinfektionsmittel nahm ihr für einen Moment jeglichen Halt. Klara wurde schwarz vor Augen. Taumelnd näherte sie sich einer gräulich schimmernden Wand, an der sie langsam zu Boden glitt. Ihr Atem ging schnell, während sie ihren Kopf in ihren Händen gestützt hielt.

»Ist Ihnen nicht gut?«, fragte eine der Krankenschwestern, die an ihr vorbeieilte, aber Klara gab ihr Zeichen, dass alles in Ordnung sei. Mit jedem Atemzug gewöhnte sie sich mehr an diesen alles durchdringenden Geruch, und je länger sie in diesem Eingangsflur saß, desto weniger fühlte sie sich an das Lazarett erinnert, in dem sie mit ihm zum ersten Mal in Berührung gekommen war. Erleichtert stellte sie fest, dass aus dem Flur, der zu den Kranken führte, keine qualvollen Schreie drangen, sondern nur die schnellen Schritte der Schwestern, die von Krankenbett zu Krankenbett huschten.

Noch etwas blass im Gesicht, stieß Klara die Tür zu dem Raum auf, in dem Malte lag. Ein leises Stöhnen empfing sie, das aus dem Bett gleich neben dem Eingang kam. Klara entdeckte Malte weiter hinten. Er lag am Fenster und hatte seinen Kopf der Sonne zugewandt, die ihm direkt ins Gesicht schien. Sie erschrak bei seinem Anblick. Beide Arme waren in dicke Verbände gehüllt, und sein rechtes Bein, das über der Bettdecke in einer Schlaufe hing, hatte man eingegipst. Mit vorsichtigen Schritten durchquerte Klara das Krankenzimmer, in dem die Betten wie zu einem Spalier aufgereiht links und rechts des schmalen Ganges standen. Manche Kranken blickten enttäuscht, als sie sahen, dass der Besuch nicht ihnen galt, andere nickten ihr freundlich zu. Zwei, die links des Ganges lagen, beachteten sie nicht. Malte lag rechts, und als er Klaras Schritte hörte, drehte er den Kopf unter Mühen. Sein Gesicht war zu einem großen rötlichen Ballon aufgequollen, das keine Regung zeigte. In seinen Augen aber spiegelten sich noch einige Sonnenstrahlen, und es sah so aus, als wäre er dankbar für ihren Besuch.

»Wie geht es dir?«, fragte Klara besorgt, als sie sich zu ihm auf die Bettkante setzte.

»Könnte besser sein«, krächzte Malte leise.

»Hast du Schmerzen?«

»Ich kann mich kaum bewegen«, stöhnte er und versuchte seinen Körper in eine bequemere Position zu bringen. Klara wollte ihm helfen und packte ihn unter den Achseln, aber Maltes Schrei ließ sie vor Schreck zurückweichen. »Es geht gleich wieder«, flüsterte er schließlich mit schwacher Stimme.

Hilflos saß Klara an seinem Bett und sah dabei zu, wie Maltes Schmerzen langsam schwächer wurden. »Es tut mir leid«, flüsterte sie, als er wieder ruhiger geworden war, »ich wollte dir nicht weh tun.«

»Diese Nazischweine«, schimpfte er, »wenn ich einen von denen erwische, dann …« Er stöhnte kurz. »Ich schlag sie tot, alle.«

Erschrocken blickte Klara sich im Zimmer um, aber nie-

mand rührte sich. Alle schienen viel zu sehr mit sich selbst beschäftigt, als dass sie Maltes Drohung beachtet hätten.
»Du machst mir Angst«, sagte sie leise und schaute dabei in Maltes aufgedunsenes, von Schlägen gezeichnetes Gesicht. »Heinrich sagte, dass es drei Tote gegeben hat. Du hättest auch tot sein können. Tot«, flüsterte sie und starrte dabei auf ihre Finger, die sie unermüdlich knetete. »Das ist kein Spiel mehr, Malte, verstehst du?«
»Ich weiß, Klara, ich weiß«, murmelte er. »Aber du kannst nicht von mir erwarten, dass ich tatenlos dabei zusehe, wie diese Verbrecher alles mit Füßen treten, was mir heilig ist.«
Klara schluckte. Maltes Worte hatten die Erinnerung an die merkwürdig gewalttätige Stimmung, die im Zug zu spüren gewesen war, in ihr wachgerüttelt. »Als ich hergefahren bin«, sagte sie nach einigem Zögern, »saß ich mit vielen Hitler-Anhängern im Waggon, die auf dem Weg nach Stralsund waren. Es war ein bisschen, als wäre ich gefangen unter lauter Wilden, die auf ein besseres Leben hoffen. Aber ich glaube«, sie stockte kurz, »ich denke, dass diese aufgeheizte Stimmung sich schnell wieder abkühlt, wenn nur wieder genügend Arbeit für alle da ist. Die Menschen sahen hungrig aus«, fügte sie hinzu. »Ich will nicht, dass du dein Leben riskierst«, brach es plötzlich aus ihr heraus. »Denk doch auch an uns. An mich, an Max, an Marianne und auch an Lissy«, schluchzte sie. »Ich will dich nicht beerdigen müssen, ich brauche dich. Ich brauche dich, hörst du?«
In Maltes Augen war Verwirrung zu erkennen. »Die Genossen brauchen mich auch«, sagte er zwar noch trotzig, aber seine zitternde Stimme verriet bereits seine Erschütterung.

»Die Genossen«, wiederholte Klara wütend, während ihr Tränen übers Gesicht liefen. »Du bist also bereit, für deine Genossen dein Leben zu riskieren? Sind wir dir denn gar nicht mehr wichtig?«
»Wir kämpfen für unser Land, für dein Land«, versuchte er sie zu beschwichtigen, »für euch, für euer Leben, für ein gutes Leben.« Maltes krächzende Stimme ging in seinem Stöhnen unter, als er erneut versuchte, sich in seinem Bett etwas aufzurichten.
»Hast du Schmerzen?«, fragte Klara ängstlich.
»Glaub mir«, flüsterte Malte, »ich möchte auch nicht sterben. Nicht jetzt und nicht so. Unter den Händen dieser Verbrecher. Ich habe immer gedacht, mir könnte nichts passieren, ich wäre stark genug.« Seine Stimme bebte, und als würde es ihm in diesem Moment zum ersten Mal bewusst, was geschehen war, rannen mit einem Mal Tränen über sein geschwollenes Gesicht. Malte schluchzte nicht, er weinte leise. Nur einmal, als sein ganzer Körper erzitterte, hallte sein Stöhnen durch das Krankenzimmer.
Stumm griff Klara nach seiner Hand, die reglos auf dem Bettlaken lag, und hielt sie fest. Sie wusste nicht, ob sie Malte jemals zuvor hatte weinen sehen, aber seine Tränen trafen sie bis ins Mark.
»Ich habe dich so vermisst«, flüsterte sie.
»Ich möchte nicht sterben«, wiederholte Malte.
»Ich weiß«, sagte sie und drückte sanft seine Hand, auch wenn sie ahnte, dass er nicht weinte, weil er nur knapp dem Tod entronnen war. Für einen wie ihn, der auf stürmischer See schon mehr als einmal um sein Leben gekämpft hatte, war der Tod kein fremdes Ungeheuer, das plötzlich vor einem stand.

Nachdem Klara eine Zeitlang schweigend an seinem Bett gesessen hatte, nahm sie allen Mut zusammen und fragte ihn zärtlich, warum er weine. Aber Malte war schon in einem Dämmerzustand, und als sie ihn noch einmal fragte, war er vor Erschöpfung bereits eingeschlafen.

## 46

Als Klara sich auf den Heimweg machte, lag ganz Rügen unter einer Sonnenflut begraben. Leuchtend hell strahlten ihr die abgeernteten Kornfelder entgegen, über den Bodden kreisten Möwen, und die See, die sie zu Hause begrüßte, schimmerte in einem zärtlichen Blau. Schon lange nicht mehr hatte sie Rügen so friedlich und freundlich erlebt, aber sie war auch schon lange nicht mehr so gelöst gewesen wie an diesem Nachmittag.

»Malte kommt zurück!«, rief sie Hennie entgegen, kaum hatte sie die Tür zur Fischerklause betreten.

»Geht es ihm denn schon wieder so gut?«, fragte Hennie ungläubig. »Heinrich war gerade noch einmal hier. Er sagte, Malte hätte zahlreiche Brüche. Es sei sogar unklar, ob er jemals wieder richtig gehen kann.«

»Es hat ihn ganz schön erwischt, das stimmt schon, aber so schlecht sieht es nicht aus, wie Heinrich behauptet«, beruhigte Klara sie. »Er hat geweint«, entfuhr es ihr mit einem Lächeln. »Stell dir das vor, Hennie, Malte hat geweint. Ich kann es noch immer nicht glauben.« Versonnen blickte Klara Max und Marianne hinterher, die um die Stühle im

Wirtsraum tollten. »Geweint«, flüsterte sie, während sie spürte, dass sie ihren Gefühlen gleich nicht mehr standhalten konnte. Als die Tränen unaufhaltsam über ihre Wangen flossen, lachte sie so herzlich, dass Hennie Klaras Grübchen sah.

Hennie, die den ganzen Nachmittag bei Klara blieb, wollte sie in ihrer Freude nicht bremsen, aber es fiel ihr schwer, deren Zuversicht zu teilen. Klara aber war sich sicher, dass sie nichts auf der Welt mehr davon abhalten würde, mit Malte, Max, Marianne und Elisabeth glücklich zu sein.

In der Nacht hatte sich ein fürchterliches Gewitter über Rügen entladen, so dass am nächsten Morgen ein feuchtwarmer Dampf über der Insel lag. Klara wischte sich den Schweiß von der Stirn und öffnete das Fenster in ihrem Waggon. Sie war erneut auf dem Weg nach Bergen, aber im Gegensatz zum Vortag saßen diesmal nur ein paar Urlauber und Handwerker mit ihr im Zug. Entspannt lehnte sie sich auf der harten Bank zurück und ließ den warmen Fahrtwind über ihren erhitzten Körper gleiten. Sie schloss die Augen und träumte von Malte, von seinem herzlichen Lachen, seinen strahlenden Augen, seinem muskulösen Körper, an den er sie mit seinen kräftigen Händen drückte, und von seiner zärtlichen Stimme, die sie unablässig liebkoste. Als hätte sie sich eben erst in ihn verliebt, erträumte sie sich eine Zukunft, die so phantastisch war, dass sie selbst laut auflachen musste. Aber das warme Gefühl, das sie umschloss, blieb, und mit ihm verbunden die Hoffnung, an diesem Tag stark genug zu sein, um endlich mit Malte die lang ersehnte Aussprache führen zu können.

Als sie in Maltes Krankenzimmer trat, machte sein Anblick alle ihre Wünsche für diesen Tag zunichte. Schweißperlen standen auf seiner Stirn und rannen über sein blasses, unruhiges Gesicht. Als wäre er in einem unaufhörlichen Alptraum gefangen, drang aus seinem halb geöffneten Mund mit den aufgerissenen Lippen eine leises, aber alles durchdringendes Stöhnen, während seine hektisch zuckenden Lider nur das Weiß der Augäpfel freigaben. Am frühen Morgen hatte er hohes Fieber bekommen, und es schien, als nähme er nichts mehr von dem wahr, was um ihn herum geschah. Er reagierte weder auf Klaras Stimme noch auf eine ihrer Berührungen. Klara war erschüttert, ihn so hilflos zu sehen, aber das Einzige, was sie für ihn tun konnte, war, seinen heißen Körper immer wieder mit kühlen Tüchern zu bedecken. Bevor sie ging, legte sie ihren Kopf auf seinen zuckenden Körper und zählte die Schläge seines Herzens. Es pochte schnell, aber unrhythmisch, und Klara erstarrte jedes Mal vor Schreck, wenn es mit Verzögerung schlug.

Den Weg zum Bahnhof ging sie wie in Trance. Sie nahm weder die Fähnchen schwenkenden Kinder wahr noch den grölenden Menschenzug, der ihr entgegenkam. Umso überraschter war sie, als sie auf dem Bahnsteig auf eine wild durcheinanderschreiende Masse traf, die sie unsanft aus ihrer Trance weckte. »Deutschland Sieg Heil«, gellte es über den Bahnsteig und direkt in ihr Ohr, und eine ältere Dame, die neben ihr stand, stieß ein lautes »Sieg Heil« aus.

»Eine phantastische Stimmung, nicht?«, sagte sie und schubste Klara von der Seite an. »Waren Sie auch heute Nacht in Stralsund?«

Klara schüttelte den Kopf und blickte die Frau fragend an.

»Das tut mir leid«, erklärte sie mit echtem Bedauern im Blick. »Sie haben wirklich etwas verpasst, einen großen Moment für unser Land, Kindchen, lassen Sie sich das von einer alten Frau sagen, ein großer Moment. Wie er dastand mitten in der Nacht, um drei Uhr morgens. Die Menge war begeistert. Er wird uns retten. Hitler wird dieses Land retten. Haben Sie es schon einmal erlebt, dass Tausende das Deutschlandlied singen, während über dem Meer die Sonne aufgeht? Unvergesslich. Deutschland Sieg Heil!«, schrie sie erneut aus voller Kehle und fand zahlreiche Nachahmer.

Klara, die nicht wusste, was sie sagen sollte, spürte, wie sie immer mehr in den Sog der Masse geriet, bis sie sie schließlich davonspülte und sie sich fast am anderen Ende des Bahnsteigs wiederfand. »Wollt ihr eine geknebelte, geknechtete und verachtete Nation sein?«, hörte sie einen jungen Mann brüllen, als sie wieder etwas Luft bekam. »Nein«, skandierte die Menge. »Dann wählt Hitler«, schrie der Mann. »Wir wählen Hitler«, kam es wie im Chor aus der Menge zurück.

»Und du?«, schrie sie ein Mann an. »Was ist mit dir? Bleibst du stumm?«

»Ich?«, fragte Klara verdutzt und merkte, wie ihre Knie anfingen zu zittern. »Ich will nur zum Zug«, stammelte sie und drehte sich schnell um.

»Das wirst du noch bereuen«, schrie er ihr voller Hass hinterher, als sie sich gegen die Meute stemmte, um endlich zum Gleis zu kommen.

Als die Lokomotive zum Abschied ihren Dampf in den klaren Himmel entließ, dachte Klara, sie wäre erlöst. Doch im Waggon war es fast ebenso voll wie auf dem Bahnsteig. Eingequetscht zwischen zwei älteren schwitzenden, nach Korn riechenden Männern, stand sie bis nach Saßnitz im Gang und versuchte ihre ganze Aufmerksamkeit auf die Wiesen

und Felder zu lenken, die davon unberührt in der Mittagssonne glänzten.
Die ganze Woche über war Malte nicht mehr ansprechbar gewesen. Er war erneut verlegt worden, und man hatte ihn an weitere Schläuche angeschlossen. Besorgt über seinen Zustand, wachte Klara täglich mehrere Stunden an seinem Bett. An das so sehnlichst erhoffte erlösende Gespräch war erst einmal nicht zu denken. Fast zwei Wochen stand es schlecht um ihn, doch als Klara am 2. August erneut ohne viel Hoffnung nach Bergen fuhr, fand sie einen komplett veränderten Malte vor. Er saß aufrecht in seinem Bett und diskutierte gerade mit seinem Bettnachbarn über das Wahlergebnis, als Klara die Tür zu seinem Krankenzimmer öffnete. Noch blass im Gesicht, aber mit einem Lächeln auf den Lippen empfing er sie, als wäre nichts gewesen.
»Gut, dass du kommst«, sagte er. »Hast du die Zeitung dabei? Wir wissen nicht, mit wie viel Prozent die NSDAP die Wahlen gewonnen hat. Eine Schande.« Er nickte seinem Bettnachbarn freundlich zu. »Darf ich vorstellen, meine Frau«, sagte er mit Stolz in der Stimme.
Verblüfft setzte sich Klara auf Maltes Bett. »Du bist wie ausgewechselt«, sagte sie, und als würde sie dem Frieden noch nicht trauen, musterte sie ihn mit kritischem Blick.
»Ja, ich fühle mich blendend. Wo sind die Kinder?«
»Zu Hause natürlich, bei deiner Mutter.«
»Schade. Es kommt mir vor wie eine Ewigkeit, dass ich sie nicht mehr gesehen habe. Morgen bringst du sie mit, ja? Hast du die Zeitung?«
»Nein, natürlich nicht«, antwortete Klara erstaunt. »Ich konnte doch nicht ahnen, dass es dir heute so gutgehen würde.«

Enttäuscht ließ er den Kopf zurück auf das Kissen fallen.
»Bist du müde?«
»Nein«, antwortete Malte energisch. »Ich könnte Bäume ausreißen, ehrlich.« Seine Augen blitzten im Licht.
»Seit wann geht es dir denn wieder besser?«, fragte Klara noch immer besorgt.
»Seit gestern Abend, als sie im Rundfunk von der Wahl berichtet haben«, antwortete er prompt, als ließe er keinen Zweifel daran, dass es einen Zusammenhang zwischen Hitlers Sieg und seiner Genesung gab.
Ungläubig, aber auch überglücklich streichelte Klara Maltes Arm, der nicht mehr verbunden war. »Ich bin so froh, dass es dir wieder gutgeht«, flüsterte sie und beugte sich so dicht über ihn, dass Maltes Bettnachbar, der noch immer interessiert zu ihnen herübersah, zu seinem Leidwesen nicht mehr verstehen konnte, was sie sich zu sagen hatten.
»Du weinst ja«, sagte Malte und wischte ihr zärtlich eine Träne aus dem Augenwinkel. »Du musst dir keine Sorgen mehr machen. Mir geht es wieder gut, und ich werde wieder ganz gesund.«
»Sicher?«, fragte sie leise.
»Ganz sicher.«
»Ich meine, ganz gesund. Verstehst du?«
»Ganz gesund, ja«, sagte er voller Zuversicht.
»Auch was uns angeht?«, fragte Klara zögerlich.
Erst jetzt begriff Malte, was Klara meinte. Mit ernstem Blick sah er ihr in die Augen. Er sagte nichts, aber Klara glaubte in seinem Gesicht zu erkennen, dass ihn ihre Frage erschreckte, als hätte sie ihn an etwas erinnert, was er vergessen hatte.

»Du wolltest doch die Kinder sehen«, sagte sie leise, nachdem er noch immer schwieg. »Du vermisst sie, richtig?«
Malte nickte.
»Ich vermisse Lissy«, sagte sie so ruhig wie möglich und gab sich Mühe, seinem Blick nicht auszuweichen. »Ich möchte sie zurückholen, so bald wie möglich.«
Malte atmete tief durch. Vor wenigen Augenblicken hatte er sich noch kerngesund gefühlt, jetzt spürte er, wie ihn seine Kräfte mit einem Mal verließen. Er schloss die Augen.
»Malte«, flehte Klara und rüttelte sanft an seiner Schulter, »bitte.«
Als hätte jemand Steine auf seine Lider gelegt, fiel es ihm unendlich schwer, die Augen zu öffnen. Müde sah er Klara an. »In diesen Zeiten weiß man nie, was noch alles passiert«, sagte er mit schleppender Stimme. »Wahrscheinlich ist es da besser für ein Kind, wenn es bei seiner Mutter ist.«
»Und bei seinem Vater«, fügte Klara vorsichtig hinzu.
»Bei welchem Vater?«, fragte Malte tonlos und sah an ihr vorbei zum Fenster hinaus. Eine Amsel hatte es sich vor seinem Fenster auf einem Ahornzweig bequem gemacht. Neugierig hob sie den Kopf in Richtung Krankenzimmer und pickte eifrig in eines der großen grünen Ahornblätter. Wieder und wieder hob und senkte sie den Kopf, während Malte sie beobachtete. Diese monotone Plackerei, diese gleichförmige Bewegung muss unglaublich anstrengend sein, dachte er. Und er fragte sich, wie eine Amsel wohl beschaffen sein musste, dass sie das aushalten konnte.
»Bei dem, der sie liebt«, platzte Klara in seine Gedanken hinein, aber Malte dachte noch immer darüber nach, ob es ein Zeichen von Stärke oder Schwäche war, unermüdlich das Gleiche zu tun. Als er gerade sagen wollte, dass er nicht

Lissys Vater sei, flog die Amsel davon. »Der Vater, der sie liebt«, wiederholte Klara eindringlich, und an ihrem Gesichtsausdruck war zu erkennen, dass sie diesmal nicht gewillt war, Maltes Flucht in Schweigen zu tolerieren.
Malte gab sich einen Ruck. »Gut«, sagte er in ernstem Ton und einer Stimme, die jetzt hellwach klang, »wenn du willst, dass wir alle wieder eine Familie sind, dann«, er stockte kurz, »dann musst du mir die Wahrheit sagen. Bin ich Elisabeths Vater, oder ist es Johannes?«
Klara war über Maltes Frage weniger bestürzt, als sie vermutet hatte. Die ganzen Tage, in denen sie an Maltes Bett gewacht hatte, hatte sie sich geschworen, reinen Tisch zu machen, sollte er jemals wieder aufwachen. Nun war die Gelegenheit gekommen, und dennoch fiel es ihr schwer, die richtigen Worte zu finden. Als würde sie zu einer großen Rede ansetzen, griff sie nach dem Wasserglas, das neben Maltes Bett stand, und räusperte sich.
»Du weißt«, sagte sie bedächtig und blickte ihn dabei unverwandt an, »wie sehr ich um dich gebangt habe.«
»Hm«, murmelte Malte. »Das weiß ich.«
»Dann weißt du auch, wie sehr ich dich liebe und dass ich dich niemals verletzen möchte.«
»Weiß ich«, sagte Malte ungeduldig. »Warum beantwortest du nicht meine Frage?«
Klara zögerte. »Du ahnst gar nicht, wie dankbar ich bin, dass du mir endlich diese Frage stellst.« Sie richtete einen verstohlenen Blick auf Maltes Nachbarbett. Aber der Kranke hatte sich längst umgedreht, und es schien, als würde er erst gar nicht mehr versuchen, etwas von dem zu erhaschen, was nebenan geschah. »Nichts ist schlimmer als schweigen, nichts«, sagte sie nachdrücklich, als wollte sie sich vor al-

lem selbst Mut machen. »Malte«, setzte sie an, und in ihrer Stimme war noch immer eine Spur Verunsicherung zu spüren, »ich habe dich immer als Lissys Vater gesehen, immer. Für mich bist du ihr Vater.«

»Aber?«, unterbrach Malte sie energischer, als er beabsichtigt hatte.

»Aber Johannes ist ihr leiblicher Vater«, flüsterte sie so leise, dass er sie kaum verstand.

Malte nickte wissend, bevor sich eine unheimliche Stille zwischen sie schob. Von weitem drang ein Röcheln an Klaras Ohr, das von einem der Betten, die dicht an der Tür standen, zu ihnen herüberkam. Es klang wie das erbarmungslose Ticken einer Uhr, das, je länger man ihm lauschte, zu einem höllischen Lärm anwuchs. Hätte sie in diesem Moment eine Wahl gehabt, Klara wäre am liebsten aus diesem Raum, in dem die Krankheit allgegenwärtig war, geflohen, aber sie hielt stand. Unverwandt, wenn auch mit unsicherem Blick, sah sie Malte an und hoffte auf eine Reaktion.

»Du kannst Elisabeth nach Hause holen«, sagte er nach endlosen Minuten des Schweigens mit einer Stimme, die klang, als hätte er sie von weit her geholt.

»Bist du sicher?«, fragte Klara zaghaft.

»Ja«, brummte er und wandte sich von ihr ab. Das Bett quietschte, als er sich umdrehte, aber weder Malte noch Klara achteten auf den unangenehmen Ton.

»Und was ist mit dir?«

»Was soll mit mir sein?«

»Kommst du auch nach Hause?«

»Wo soll ich denn sonst hin?«, knurrte er in sein Kissen.

»Freust du dich denn, nach Hause zu kommen? Zu uns? Zu

mir?«, fügte sie vorsichtig hinzu, aber mehr als ein grimmiges »Ja« konnte sie ihm nicht mehr entlocken.
Vielleicht war diese Antwort mehr wert, als sie erwarten konnte, sagte Klara sich, als sie auf dem Weg nach Hause war. Was hatte sie sich auch erhofft? Dass er ihr sofort verzeihen würde? Sie schüttelte den Kopf und lachte. Dann beschleunigte sie ihren Schritt und rannte wie ein frisch verliebtes junges Mädchen vom Saßnitzer Bahnhof zum Hafen hinunter.

## 47

Als Klara Lissy zum ersten Mal wieder in die Arme schloss, war es, als würde sie ein Kind an ihre Brust drücken, das sie kaum kannte. Elisabeth ragte Klara mittlerweile fast bist zur Schulter, ihre blonden Haare trug sie jetzt zu dünnen Zöpfen geflochten, und in ihrem Gesicht spiegelte sich Ängstlichkeit, die Klara als Ernsthaftigkeit missverstand. Wenige Wochen nach Elisabeth kam auch Malte zurück in die Saßnitzer Fischerklause. Die ersten Tage war er noch schwach gewesen und hatte die meiste Zeit im Bett verbracht, aber schon nach zwei Wochen fühlte er sich so weit hergestellt, dass er mit Fiete zum ersten Mal seit langem wieder zum Fischen fuhr. Zunächst fiel ihr Fang mager aus, und Malte wurde den Verdacht nicht los, man hätte die Pfründe längst verteilt, aber je näher der Herbst rückte, desto besser wurde auch sein Ertrag, und zum Ende der Heringssaison zappelten in seinen Netzen

wieder so viele Fische, dass er an manchen Tagen sogar vergaß, sich über den neuen Regierungsrat zu erregen, der seinen Günstlingen die ertragreichsten Fischgründe zugewiesen hatte. Auch Elisabeth behandelte er im Laufe der Monate nachsichtiger, selbst wenn es ihn nach wie vor viel Kraft kostete, in ihrer Gegenwart Ruhe zu bewahren. In Klaras Nähe hingegen begann er sich von Tag zu Tag wohler zu fühlen, was ihn an einem herrlichen Wintertag sogar zu dem Satz verleitete, er sei »verliebt wie am ersten Tag«. Weihnachten stellte Klara einen Karpfen auf den Tisch, der an Größe alle übertraf, die sie jemals zubereitet hatte. Er war so groß, dass er in keinen ihrer Kochtöpfe gepasst hatte, und so war ihr nichts anderes übriggeblieben, als ihn in drei Teile zu schneiden und ihn ebenso dreigeteilt zu servieren. Elisabeth, die ohnehin alles aß, was man ihr gab, beeindruckte der merkwürdige Anblick nicht, Marianne hingegen würgte vor Ekel, während Max lauthals prustete, als Klara versehentlich den Teller mit dem Endstück direkt neben dem Kopf plaziert hatte.
Weder Malte noch die Nachbarn, die Klara zu diesem Festmahl eingeladen hatte, hatten sich an ihrer Zubereitung gestört. Die meisten von ihnen wären auch dankbar gewesen, wenn sie ihnen nur die Speckkartoffeln serviert hätte, die sie nach einem alten Rezept von Hanna zubereitet hatte. Es war ein fröhlicheres und ausgelasseneres Weihnachtsfest gewesen als in den Jahren zuvor, aber später fragte sich Klara, ob es tatsächlich daran gelegen hatte, dass sie alle wieder unter einem Dach versammelt gewesen waren, sie und Malte und die Kinder. Im Nachhinein vermutete sie, dass sie die Angst zur Heiterkeit getrieben hatte. Diese unbestimmte, ungreifbare Angst, die schon damals wie ein nervöses Flir-

ren in der Luft gelegen hatte, auch wenn sie sie noch nicht bemerkt hatten.
Wenige Monate darauf, am 1. April 1933, war aus dem Flirren bereits ein lautes Getöse geworden. Hitler hatte für diesen Tag zum Judenboykott aufgerufen, was in Saßnitz in Ermangelung jüdischer Einwohner jedoch unbemerkt geblieben war, so dass Klara, als sie mit Malte und den Kindern gut zwei Wochen später, am Ostersonntag, zu Marie und Sophie nach Binz in die Villa Luise fuhr, zum ersten Mal mit Hetzparolen beschmierte Häuserwände sah, die ihr bei herrlich warmem Frühlingswetter Eiseskälte in die Glieder trieben. »Groß, du Jude, verrecke«, prangte in großen schwarzen Buchstaben am Kurhaus und ließ Klara besonders erzittern. Den umtriebigen Besitzer kannte sie noch aus ihren Kurhausjahren in der Küche.
»Hast du das gelesen?«, fragte Klara Malte mit leiser Stimme, während sie sich verstohlen nach den Kindern umdrehte, die vor sich hin summten. Seitdem sie aus dem Bus ausgestiegen waren, hatten Elisabeth, Max und Marianne nur Augen für die vielen Blumen, die in den Vorgärten der Villen blühten. Vor allem Narzissen und Forsythien tauchten die Strandpromenade in einen heiteren hellen Ton, der sich wie zum Trotz auch über das Kurhaus legte.
»Verbrecher«, schimpfte Malte in seinen Bart und packte Klara an der Schulter. »Lass uns schnell weitergehen«, flüsterte er. »Siehst du die Männer mit den langen Mänteln, die da an der Tür stehen?« Er zeigte mit dem Kopf auf Freeses Hotel, das nur wenige Meter vor ihnen auf der anderen Seite der Wilhelmstraße lag. »Die sind bei jedem Aufmarsch dabei. Ein falsches Wort, und«, er hielt kurz inne und fuhr mit der Hand über seine Kehle, »Kopf ab«, sagte er tro-

cken, ohne dabei in Klaras erschrockenes Gesicht zu schauen. »Seitdem Hitler Reichskanzler ist, herrschen andere Gesetze.«
Rasch gingen sie an den grimmig dreinblickenden Männern vorbei. Sie passierten die Villa Irene, die Villa Carmen, die Villa Sirene, auf deren Dächer Hakenkreuzfahnen wehten und deren Besitzer Klara alle aus ihrer Kindheit kannte. Als sie an der Villa Möwe vorbeikamen, sah Klara eine alte Freundin aus Schultagen, die sich dort mit ihrer Großfamilie im Garten versammelt hatte. Klara winkte ihr zu, aber die Schulfreundin grüßte sie nur mit ernstem Gesicht und ausgestrecktem Arm. Unwillkürlich reckte Klara ihren Arm ebenfalls nach vorn.
»Mach das nie wieder«, zischte Malte und schob sie unauffällig weiter.
Betroffen blickte Klara zu Boden. »Es ist unheimlich hier«, flüsterte sie und beschleunigte ihren Schritt. In Saßnitz grüßte man sich noch immer wie gewohnt, manche nickten, manche winkten, andere grummelten in ihren Bart. Und die, die das nicht taten, mit denen hatte Klara nichts zu tun. In der Fischerklause jedenfalls hatte sie noch keiner mit ausgestrecktem Arm begrüßt.
Klara war froh, als sie endlich die Villa Luise erreichten. Von weitem winkten ihnen bereits Marie und Sophie zu, die im Garten unter dem großen Ahornbaum saßen. Dort hatten sie einen langen, mit weißem Leinen bedeckten Tisch aufgestellt und ihn mit Veilchen liebevoll geschmückt. Marie hatte das Porzellan mit dem Goldrand aufgetragen und fein geschliffene Gläser dazugestellt, die aus Sophies Erbe stammten. Vor wenigen Wochen war Ernst verstorben und hatte Sophie trotz Scheidung alle seine Wertsachen vermacht. Dazu ge-

hörte auch der silberne Kühler, der nun ebenfalls samt Champagner auf dem Tisch Platz gefunden hatte.
»Gibt es etwas zu feiern?«, fragte Klara überrascht, als sie die festliche Tafel sah. »Ich meine, außer Ostern natürlich.«
Marie und Sophie sahen sich verstohlen an. »Legt erst mal ab«, sagte Marie und nahm die schweren Jacken in Empfang. Malte, der seinen einzigen Anzug anhatte, den er besaß, fühlte sich nicht wohl in seinem Jackett. Er ärgerte sich, dass Klara ihn überredet hatte, nicht wie sonst sein kariertes Hemd und die graue Hose zu tragen. Klara, die nichts anderes außer weißen Blusen und blauen Röcken besaß, sah dagegen aus wie immer. Angesichts der feierlichen Umgebung und des mit Spitzen besetzten dunkelroten Kleides ihrer Mutter schienen ihr der einfache Rock und die schlichte Bluse allerdings alles andere als angemessen zu sein. Elisabeth hingegen trug ihr mit mehreren Flicken versehenes dunkelgrünes Trägerkleid mit einer Würde, dass man meinen konnte, sie interessiere sich mit ihren fast neun Jahren nicht im Geringsten dafür, was um sie herum geschah, geschweige denn, was andere über sie dachten. Wie selbstverständlich setzte sie sich als Erste an den gedeckten Tisch, während ihre Geschwister einer Katze hinterherjagten, die sie unter einem Sanddornstrauch aufgespürt hatten, und ihre Eltern noch unbeholfen unter dem alten Ahornbaum standen, wo sie für einen Moment nicht zu wissen schienen, welcher Schritt der nächste war. Maries Aufforderung, sich doch zu setzen, folgten sie, als würde es sich dabei um eine unerwartete Regieanweisung handeln.
Marie blieb als Einzige stehen und hob ihr Champagnerglas. Zufrieden blickte sie in die Runde. »Auf euch«, sagte

sie und prostete jedem Einzelnen zu, auch den Kindern, die zur Feier des Tages Sanddornsaft bekamen. »Ihr wisst gar nicht, welche Freude ihr mir macht, dass wir hier endlich alle versammelt sind. Ihr korrigiert mich, wenn ich mich täusche, in meinem Alter kann einem das schon einmal widerfahren, aber wenn ich mich richtig erinnere, dann feiern wir heute, am Ostersonntag im Jahre 1933, so etwas wie Premiere. In diesem Jahr, das noch so jung ist und in dem sich dennoch schon so viel ereignet hat, scheint sich für uns endlich alles zum Guten zu wenden.« Sie hielt kurz inne, nippte an ihrem Champagnerglas, während sie ihren Blick nachdenklich über die bevölkerte Bucht schweifen ließ, bevor sie fortfuhr. »Malte«, sagte sie nachdrücklich, »vermutlich klingt es für dich zynisch, wenn ich in diesen Zeiten davon spreche, dass sich für uns alles zum Guten wendet, und sicherlich habt ihr auch die ein oder andere Schmiererei an den Häuserwänden hier in Binz gesehen, aber das, was ich euch mitzuteilen habe, wiegt für mich momentan schwerer als all diese unverständlichen Angriffe auf unsere langjährigen Freunde, Mitstreiter oder Konkurrenten. Ich mache es kurz«, sagte sie feierlich, »der Grund, warum ich euch gebeten habe, heute alle in die Villa Luise zu kommen, ist, dass dieses Haus endlich wieder in unseren Familienbesitz übergegangen ist.« Sie drehte sich mit ihrem Gesicht der in frisches Weiß gehüllten Villa Luise zu und zeigte stolz auf das große Haus. »Jede dieser Veranden, jeder dieser so liebevoll verzierten Balkone, der Turm mit seinen Erkern, der Anbau, das alles gehört wieder zu hundert Prozent mir.« Voller Erwartung blickte sie zu Malte und Klara, als würde sie auf eine überschäumende Reaktion hoffen, aber die beiden saßen nur stumm auf ihren Stühlen und sahen Marie erstaunt an. »Was sagt ihr dazu?«

»Und was ist mit Johannes?«, fragte Klara vorsichtig, da sie noch immer nicht einschätzen konnte, wie Malte auf den Namen reagieren würde.

»Raus«, sagte Marie stolz, »er ist raus. Man soll Gefallene nicht noch zusätzlich quälen, aber Johannes hat so ziemlich alles verloren, was ihm lieb und teuer war.«

»Selber schuld«, platzte Malte heraus und leerte sein Glas in einem Zug.

»Vielleicht«, erwiderte Marie vielsagend, »jedenfalls ist er bei den Deutschnationalen in Ungnade gefallen, und man hat ihn seines Amtes enthoben. Kein Posten, keine Verbindungen, keine Vergünstigungen. Malte, du weißt sicherlich am besten, wie das Spiel funktioniert. Vor zwei Wochen jedenfalls stand er hier vor der Tür und hat darum gebeten, ihm seinen Anteil an der Villa Luise auszubezahlen. Ich vermute, dass er finanziell ziemlich schlecht dasteht. Das Werk in Saßnitz musste er ja schon vor langem schließen, und das in Sagard scheint bedroht, das hat zumindest Sophie gehört.« Marie blickte kurz zu der Freundin, die auf ihrem Stuhl unruhig von einer Seite auf die andere rutschte. »Wie dem auch sei«, sagte sie ernst, »Sophie hat mir großzügigerweise das Geld dafür gegeben, und noch am nächsten Tag konnte ich ihn ausbezahlen. Seit gestern steht es auch im Grundbuch. Es ist also offiziell.« Erneut hob sie feierlich das Glas. »Lasst uns auf die Villa Luise und eine glückliche Zukunft anstoßen.«

»Ich freue mich für dich«, sagte Klara und prostete ihr als Erste zu. »Vater wäre darüber sicherlich auch glücklich«, fügte sie noch leise an.

»Sicher«, sagte Marie und richtete ihren Blick für den Bruchteil einer Sekunden nach oben, »sicher. Franz wäre damit bestimmt einverstanden.« Leicht verlegen schaute sie zu Sophie und lächelte.
»Gut, das mit Johannes und dem Haus, dass dieser Verbrecher hier endlich raus ist«, knurrte Malte leise. »Aber wie kannst du von einer glücklichen Zukunft sprechen? Siehst du denn nicht, was um dich herum passiert?«
»Natürlich sehe ich das«, entgegnete Marie, »natürlich. Ich habe ja schon vorhin gesagt, dass ich das ganz und gar unverständlich finde, wie mit den Juden hier umgegangen wird. Aber kann ich mich denn nicht freuen, dass für mich alles gut wird. Hier mit euch?«
Malte zuckte mit den Schultern. »Ich weiß nicht, ob das so einfach ist«, sagte er. »Hier zu sitzen und Champagner zu trinken und gleichzeitig zu wissen, dass anderswo Genossen verhaftet werden, nur weil sie anderer Meinung sind als die von der NSDAP, das fällt mir schwer.«
Klara sah Malte nachdenklich an. »Die Stimmung ist unheimlich hier«, murmelte sie.
»Hier bei mir?«, fragte Marie erstaunt.
»Nein, nicht bei dir. Es ist wunderschön, endlich einmal wieder unter diesem alten Ahornbaum zu sitzen, unter dem ich schon als Kind gespielt habe. Es fühlt sich an, als würde langsam wieder etwas ganz, was vor langer Zeit zerbrochen ist. Ich wünschte wirklich, ich könnte öfter hier sitzen und den Blick auf die Bucht und das Wasser genießen und dabei zusehen, wie die Knospen am Baum sich öffnen. Es ist so viel ruhiger hier als bei uns. Aber es ist nicht friedlich, Malte hat recht, es ist ganz und gar nicht friedlich. Der Weg hierher über die Strandpromenade, es war, als wäre ich in einem

fremden Land.« Sie zögerte und blickte unsicher zu Marie. »Verstehst du, es hat nichts mit dir und der Villa Luise zu tun. Ich freue mich wirklich sehr für dich.«

Marie schluckte. Erst jetzt setzte auch sie sich, nachdem sie die ganze Zeit über gestanden hatte. »Vielleicht liegt es daran, dass du schon so lange nicht mehr hier warst«, sagte sie. »Oder dass ich kein Gespür mehr für diese Stimmungen habe. Blind im Herzen, taub.«

Mitfühlend legte Sophie ihren Arm um Maries Schultern. Die ganze Zeit über hatte sie schweigend den Worten der anderen gelauscht. Dass sie dabei nervös war, war nicht zu übersehen gewesen, aber niemand hatte ihrer Unruhe bislang Beachtung geschenkt. »Ach, Marie, du bist doch nicht gefühllos«, versuchte Sophie sie zu beruhigen, »dein Blickfeld ist vielleicht nur ein bisschen eingeschränkt. Wie bei einem Rennpferd, das Scheuklappen trägt«, sagte sie und lachte laut auf. Aber ihr Lachen klang nicht echt, und außer Max, der sich seine Großmutter gerade als alten, trägen Ackergaul vorstellte, lachte niemand mit.

»Ihr habt doch sicherlich Hunger?«, fragte Marie unvermittelt. »Es gibt Aalsuppe und danach Flundern mit Speck und Kartoffeln. Das müsst ihr probieren, das Rezept habe ich von einem Gast im letzten Jahr bekommen. Ihr werdet sehen, köstlich. Nicht wahr, Sophie?«

»Ja«, murmelte Sophie, und ihr Blick folgte Marie, wie sie im Haus verschwand. Sie sah nachdenklich aus. Tiefe Falten gruben sich in ihre Stirn. Die letzten Jahre hatten Spuren hinterlassen. Schon seit einiger Zeit war sie nicht mehr so unbekümmert wie früher, aber erst in den letzten Monaten hatten sich diese tiefen Falten auf ihrer Stirn gebildet. Dreiundfünfzig Jahre war sie jetzt alt, und ihr Gesicht verriet, dass sie mit sich und ihrem Leben noch immer nicht zufrieden war.

Klara musterte Sophie. »Du bist heute so still«, sagte sie, und ihre Stimme klang so fürsorglich, dass Sophie schmunzeln musste.

»Du sprichst mit mir wie mit einer Kranken«, tadelte Sophie sie.

»Ich dachte nur, weil es ungewöhnlich ist, dich so nachdenklich zu sehen.«

»Ich weiß«, sagte Sophie, »es verändert sich eben mehr, als man im ersten Moment denkt.« Ihr Blick glitt über die noch lichte Hecke hinweg aufs offene Meer, das sich still an die flache Küste schmiegte. »Die Aussicht werde ich vermissen«, murmelte sie, als Marie gerade mit der dampfenden Suppenterrine zurück in den Garten kam.

»Warum vermissen?«, fragte sie erstaunt. »Jetzt können wir sie doch erst so richtig genießen, ohne Angst haben zu müssen, dass sie uns vielleicht bald schon nicht mehr gehört. Diese Frühlingsluft.« Sie sog die Luft wie etwas Kostbares ein. »Wenn man aus dem Haus kommt, dann empfängt sie einen wie ein himmlisches Versprechen.«

Sophie, die zu lächeln versuchte, sah fast beschämt dabei zu, mit welcher Freude Marie die Teller mit heller, etwas angedickter Aalsuppe füllte. Während alle aßen, war es ruhig am Tisch geworden, nur Max konnte nicht stillsitzen und quengelte, weil Klara ihn nicht zum Strand lassen wollte.

»Lecker«, lobte Malte und schlürfte den Rest Suppe direkt aus dem Teller. »Also, Sophie, du gehst weg?«, fragte er unvermittelt und zog damit fast zeitgleich die Blicke von Klara und Marie auf sich.

»Ja«, antwortete sie knapp, ohne einmal aufzuschauen.
»Ja?«, fragte Marie entgeistert.
»Ja, ich gehe. Es muss sein.«
»Es muss sein? Ausgerechnet jetzt? Gefällt es dir nicht mehr bei mir? Wir waren doch ein gutes Gespann, wir beide.«
»Das waren wir, ja«, pflichtete Sophie ihr bei. »Vielleicht nicht von Anfang an«, sagte sie mit einem Lächeln, »aber mittlerweile haben wir uns ganz gut zusammengerauft, denke ich.«
»Und«, fragte Malte forsch, »was treibt dich weg?«
»Wegtreiben?« Sophie schmunzelte. »Mir kommt es eher so vor, als würde ich hinweggerissen werden.«
»Egal, du weißt, große Worte sind nicht meine Stärke.«
»Schon gut. Mich treibt das weg, was dich im letzten Jahr ins Krankenhaus gebracht hat«, sagte sie ernst.
»Sophie, wirst du bedroht?«, fragte Marie besorgt.
»Nein, nicht direkt«, antwortete sie zögerlich, »aber ich fühle mich bedroht. Es ist wohl nur noch eine Frage der Zeit, bis sie auch mich im Visier haben. Ich bin wohl nicht gerade das Abbild einer ›pflichtbewussten deutschen Frau‹, wie die das jetzt nennen. Außerdem«, fügte sie leise hinzu, »ist es auch besser so für dich.«
»Für mich? Wieso?«, fragte Marie ungläubig.
»Na klar«, sagte Malte, »die nehmen sich jetzt jeden vor, der nicht so spurt, wie die das gerne hätten. Und Sophie, du entschuldigst, aber eine, die es mit Frauen treibt, ist denen natürlich unheimlich.«
»Aber was hat das mit mir zu tun?« Maries Stimme klang ernstlich besorgt.
»Kannst du dir das denn nicht denken? Solange Sophie bei

dir wohnt, glauben die natürlich, ihr treibt's miteinander. Ist doch klar«, sagte Malte kopfschüttelnd.
»Aber das stimmt doch nicht«, verteidigte sich Marie.
»Das weiß mittlerweile jeder hier im Ort, dass das nicht stimmt.«
»Ach, Marie«, stöhnte Sophie, »hast du in den letzten Monaten nicht selbst erlebt, wie schnell sich alles verändern kann? Das allein jedoch ist es nicht. Wenn sich alles schnell verändert, dann gäbe es ja auch eine Chance, dass sich auch alles bessern kann. Aber wie soll sich jetzt noch etwas zum Guten wenden, wenn man noch nicht einmal mehr ohne Angst seine Meinung äußern kann? Ich habe Angst, Marie«, sagte sie mit so ruhiger Stimme, dass ihre Worte noch ungeheuerlicher klangen. »Dreiundfünfzig Jahre alt musste ich werden, um zum ersten Mal in meinem Leben zu spüren, was es heißt, vor Angst nachts nicht schlafen zu können. Ist das nicht verrückt?«
Hätten sich nicht genau in diesem Moment zwei Möwen über ihren Köpfen um ein kleines Stück Beute gezankt, die Stille, die Sophies Bekenntnis folgte, wäre kaum auszuhalten gewesen. Sogar Max und Marianne verhielten sich mucksmäuschenstill, als würden sie ahnen, dass jede Regung in diesem Augenblick unpassend war.
»Sophie, aber ... ich ...«, stammelte Marie hilflos. »Warum hast du nie etwas gesagt. Ich wusste nichts von deiner Angst.«
»Ich weiß«, entgegnete sie. »Aber was hätte das genützt. Du hättest mir nicht helfen können, und unnötig beunruhigen wollte ich dich nicht. Ich will dir keinen Kummer machen, Marie, uns beiden nicht. Deswegen habe ich nichts gesagt. Der Abschied wird schon schwer genug werden.«

»Du gehst also wirklich?«, fragte Marie mit zitternder Stimme.
»Ja«, antwortete Sophie leise, »auch wenn es mir nicht leichtfällt, dich zurückzulassen, das kannst du mir glauben.«
»Wann?«
»Nächste Woche geht mein Schiff nach Schweden. Es tut mir leid«, sagte sie, als sie Maries erschrockenes Gesicht bemerkte. »Du schaffst das hier, das weiß ich, aber meine Kräfte reichen dafür nicht aus. Du bist viel stärker als ich, Marie, glaub mir. Ich weiß, dass du aus deiner Villa Luise ein ganz besonderes Haus machen wirst. Und wenn dieser Alptraum vorbei ist, dann komme ich dich besuchen, und wir setzen uns hier in den Garten unter den Ahornbaum und blicken aufs Wasser und werden uns viel zu erzählen haben. Vielleicht tollen bis dahin ja schon deine Urenkel hier herum.« Sophie versuchte zu lächeln, während unaufhaltsam Tränen über ihr Gesicht rannen.
»Sophie«, hauchte Marie mit erstickter Stimme, »ach, Sophie«, aber mehr Worte fand sie nicht. Sie weinte still.
Klara suchte Maltes Blick. Diese Angst, von der Sophie gesprochen hatte, die kannte sie auch. Als wüsste sie, woran Malte gerade dachte, schenkte sie ihm ein zaghaftes Lächeln. Mit ernstem Gesicht tastete er nach ihrer Hand. Zutiefst bewegt von diesem stummen Einverständnis, zitterte Klara am ganzen Körper. Das war es, was sie so lange vermisst hatte, dieses Gefühl, unerschütterlich zusammenzugehören. Wäre sie alleine gewesen, sie hätte hemmungslos geweint vor Trauer und vor Glück, so aber legte sie nur ihre Hand auf seine und hielt sie fest. Die tiefen Blicke, die sie sich zuwarfen, schienen eine eindeutige Botschaft zu haben.

Aber erst viel später, nachdem sie sich von Sophie verabschiedet hatten, die mit Marie zu einem letzten gemeinsamen Spaziergang in die Granitz aufgebrochen war, und sie noch einmal in die Villa Luise und in Klaras altes Kinderzimmer gegangen waren, da sprachen sie aus, was sie sich am Tisch nur durch ihre Blicke hatten sagen können.
»Ich verzeihe dir«, flüsterte Malte und drückte Klara dabei so fest an sich, als würde er hoffen, den Schmerz in Schach halten zu können, der ihn plötzlich überrollte.
»Ich verzeihe dir auch«, sagte Klara leise, schob ihn sanft auf das Bett und bedeckte sein Gesicht mit Küssen. Malte stöhnte so laut, wie Klara es noch nie von ihm gehört hatte. Spontan wich sie zurück, aber er zog sie nur noch enger an sich und presste seinen Kopf auf ihre Schulter. Klara hielt ihn so fest sie konnte, und erst als sein Schmerz weniger wurde und sein Stöhnen langsam leiser, lockerte sie ihren Griff und begann erneut seine Wangen, seinen Mund, seine Stirn mit Küssen zu bedecken, bis sie sich so leidenschaftlich küssten, dass man meinen konnte, sie hätten nur auf diesen einen bestimmten Moment gewartet, diesen Moment, in dem sich alte Sicherheiten aufzulösen begannen, um sich endlich wiederzufinden.

# *Dritter Teil*

# 48

Marianne reckte den Kopf aus dem Fenster, aber der wolkenlose blaue Frühsommerhimmel, der Ende Mai 1945 über Saßnitz lag, konnte ihre Stimmung nicht heben. Auch der fröhliche Gesang der Blaumeisen, der von überallher zu kommen schien und sich wie ein unschuldiger Klangteppich über die Straßen und Häuser und Menschen legte, vermochte nicht zu verbergen, was offensichtlich war. Aus jedem Winkel des Ortes krochen das Elend und der Tod. Auch aus der Straße, in der Marianne seit fast drei Monaten mit Klara wohnte, dieser kleinen Gasse, die unmittelbar an den Marktplatz grenzte und vor dem Krieg für Marianne nichts weiter als der Ort gewesen war, an dem für sie und ihre Geschwister bei ihren Großeltern immer eine warme Milch bereitgestanden hatte.

Milch war längst knapp geworden, ihr Großvater war vor einigen Jahren gestorben, und aus dem Kind von einst war eine junge achtzehnjährige Frau geworden. Seit drei Wochen war der Krieg beendet, aber weder von ihrem Vater noch von ihrem Bruder hatten sie und ihre Mutter neue Nachrichten erhalten. Malte war in russischer Kriegsgefangenschaft, und Max galt noch immer als verschollen. Elisabeth hatte Arbeit in Binz gefunden und wohnte bei Marie in der Villa Luise. Ihr altes gemeinsames Zuhause unten am Hafen, in dem Marianne ihr erstes Bild gemalt, Max seinen ersten Rausch ausgeschlafen und Elisabeth zum ersten Mal das Herz eines Mannes gebrochen hatte, glich einem Trümmerfeld.

Neben dem Haus ihrer Großmutter waren Flüchtlinge einquartiert worden. Drei Häuser weiter wohnte eine junge Witwe mit ihren fünf Kindern, die auch jetzt wieder so laut schrien, dass Marianne sich die Ohren zuhielt. Sie schloss das Fenster und holte ihr Tagebuch unter der Matratze hervor.

Die schwarze Kladde war ihr als einziger persönlicher Besitz geblieben, nachdem Saßnitz am 6. März überraschend von Bomben getroffen worden war. Die Leichen waren längst abtransportiert, aber noch immer lag der Gestank von verbranntem Fleisch über der Mole. Dort, wo einst die Fischerklause stand, türmte sich noch immer ein Berg aus Schutt und Asche, unter dem Klara und Marianne gemeinsam mit einigen Helfern einen Tag nach dem Angriff die Leichen von Hennie und zwei Gästen gefunden hatten.

Mit zitternden Händen schlug Marianne ihr Tagebuch auf.

»Muss ich Gott danken, dass er uns vorgestern nach Binz geführt hat?« Sie hätte den ersten Satz ihres letzten Eintrages, der vom 8. März datierte, im Schlaf aufsagen können, aber sie las ihn Tag für Tag wieder und wieder. Den Stift, der seitdem unbenutzt an dem verstärkten Schutzumschlag klemmte, ließ sie unbeachtet. Sie saß auf dem schmalen Bett, in dem sie mit ihrer Mutter schlief, und legte das Tagebuch auf ihre Knie, während ihre Augen fiebrig über die Zeilen glitten.

»Ist es meine Pflicht, ihm zu danken? So viele Tote, so viele Leichen, die noch immer im Wasser schwimmen. Ich habe mit eigenen Augen gesehen, wie Mutter heute eine Leiche aus dem Wasser gezogen hat. Sie musste sie an den Füßen packen, beide Arme waren abgehackt. Noch nie habe ich so etwas Schreckliches gesehen. Der Gestank war unbeschreiblich. Wann kommt Vater nur wieder? Und Max? Ich vermisse sie.«

Marianne schluckte wie immer, wenn sie an diese Stelle kam. Sie kämpfte mit den Tränen, aber sie brach nicht mehr in heftiges Schluchzen aus, wie sie es noch vor wenigen Wochen getan hatte. Behutsam strich sie sich ihr schulterlanges braunes Haar aus dem Gesicht und las weiter.

»Mutter ist so tapfer. Sie hat Hennie heute gewaschen und ihr das beste Kleid übergezogen, das sie in Großmutters Schrank finden konnte. Morgen ist die Beerdigung. Ich wusste gar nicht, dass Hennie keine Familie mehr hat. Sie hat so einsam ausgesehen, als wir sie gefunden haben. Diese Einsamkeit auf ihrem toten Gesicht war schlimmer als alles andere. Wer trauert nur morgen um sie? Wenn Mutter und ich trauern, dann ist es doch etwas anderes, wie wenn die eigene Familie um einen weint. Großmutter kommt nicht mit, hat sie gesagt, ihr Bein bereitet ihr wieder große Schmerzen, und sie kann kaum gehen. Vielleicht ist es besser so für sie, wenn sie zu Hause bleibt.

Wie kann ich nur richtig um Hennie trauern? Sie soll merken, dass sie nicht alleine ist. Auch wenn sie tot ist, ich glaube fest daran, dass sie noch immer etwas spürt, vielleicht nicht auf die gleiche Weise wie wir, aber ich bin mir sicher, dass sie es merken würde, wenn niemand zu ihrer Beerdigung käme. Es ist so schrecklich, alleine zu sein, ohne Familie. Ich bin froh, dass ich Mutter habe und Großmutter, aber ich will mir gar nicht ausmalen, was mit Vater und Max ist. Ich habe schreckliche Angst, einzuschlafen. Heute Nacht habe ich wieder Mutters Atemzüge gezählt. Als ich heute Morgen aufgewacht bin, konnte ich mich für einen kurzen Augenblick an nichts erinnern. Das war ein herrliches Gefühl.«

In der Hoffnung, sich diese Sekunden der Unschuld in Erinnerung rufen zu können, erneut dieses befreiende Gefühl zu spüren, das sie damals ganz erfüllt hatte, schloss sie die Augen. Aber es gelang ihr nicht. Sie fühlte nichts.

»Die Beerdigung macht mir Angst. Es gibt jetzt so viele Beerdigungen und so viele Frauen in Schwarz, dass man dem Tod gar nicht mehr entkommen kann. Gestern habe ich gedacht, dass es vielleicht schlimmer ist zu leben, als tot zu sein. Mutter würde mich ohrfeigen, wenn sie wüsste, dass ich so etwas denke. Es ist nicht gerecht, so etwas zu denken. Ich sollte dankbar sein, dass ich lebe. Aber was ist das denn für ein Leben? Ich bin doch noch so jung, und ich fühle mich schon so alt. Wie kann man denn da richtig leben? Ich meine, so richtig leben, so, wie es in den Büchern steht, mit Freunden und Festen. Ich habe das Gefühl, dass ich gar nicht weiß, wie das geht. Warum nur mussten wir vorgestern nach Binz fahren? Warum nur musste Mutter Elisabeth unbedingt ihre restlichen Sachen für die neue Stelle bringen? Elisabeth!!«

Die Zeilen, die folgten, waren von Marianne bereits einen Tag, nachdem sie sie geschrieben hatte, zigfach durchgestrichen worden, aber sie kannte noch immer jedes Wort, das auf dieser geschwärzten halben Seite stand.

»Ich hasse meine Schwester. Sie ist so unnahbar, nie weiß man, was sie denkt oder fühlt. Manchmal glaube ich, wir sind ihr alle egal. Als sie in Stralsund auf der Hauswirtschaftsschule war, hat sie uns nie zu Hause besucht, und ich habe sie auch noch nie über Vater oder Max sprechen hören. Als ob die beiden schon längst gestorben wären. Wahrscheinlich bin ich für sie auch gestorben. Warum ist sie nur so? Ich hasse sie!!«

Wie jedes Mal, wenn Marianne daran dachte, was sie damals spontan und unter dem Eindruck der Zerstörung geschrieben hatte, lief ihr auch diesmal wieder ein kalter Schauer über den Rücken, so sehr schämte sie sich noch immer für ihre Zeilen und ihren Hass.

»Ich hasse den Krieg!«, hatte sie einige Tage später in großen roten Buchstaben quer über den schwarzen Block geschrieben, und für diesen Hass schämte sie sich nicht.

»Großmutter hat mir heute Papier zum Zeichnen hingelegt. Es kommt mir so unwirklich vor, dass ich vor einer Woche noch unbedingt auf die Kunstakademie wollte. Ich glaube nicht, dass ich jemals wieder Freude am Malen haben werde. Alles ist vergiftet, selbst das Wasser sieht heute schwarz aus, und die Bäume wirken kahler als sonst im März. Als hätte man sie jeglicher Lebenskraft beraubt. Es ist unvorstellbar, dass sie bald Knospen tragen werden. Wie soll man in so einer Umgebung malen können? Zum Glück sind die alten Bilder verbrannt. Es wäre schrecklich, sich anschauen zu müssen, wie schön einmal alles gewesen ist. Aber wahrscheinlich war ich damals einfach nur blind. Ein dummes, naives, kleines Kind. Wie sonst ist es zu erklären, dass ich keinen Blick für die vielen Verwundeten hatte, die fast täglich nach Saßnitz kamen und noch immer kommen? Warum nur habe ich nicht schon viel eher begriffen, dass Saßnitz ein einziges großes Lazarett ist? Ich war wohl viel zu sehr mit mir selbst beschäftigt. Aber jetzt bin ich erwachsen und sehe die Welt, wie sie ist. Wie kann man malen, wenn man erwachsen ist? Ich wünschte, ich wäre niemals erwachsen geworden. Niemals! Mutter hat eben nach mir gerufen. Sie braucht mich jetzt mehr denn je. Ich werde versuchen ihr eine gute, erwachsene Tochter zu sein.«

Marianne klappte das Tagebuch zu und schob es auch diesmal, ohne einen neuen Eintrag hinzugefügt zu haben, zurück unter die Matratze. Der letzte Satz stand wie eine unüberwindbare Hürde auf der Seite, als hätte sie mit diesem Vorsatz bereits einen Schlussstrich unter ein Leben gezogen, das doch eigentlich erst beginnen sollte.

»Marianne«, hörte sie ihre Mutter aus der Küche in energischem Ton rufen, »beeil dich bitte. Wir müssen los.«

»Ich komme gleich«, rief sie, während sie ihre Haare zu einem Pferdeschwanz zusammenband und ein altes Hemd ihres Bruders überzog, das sie notdürftig in ihre viel zu weite Hose steckte. Etwas anderes als dieses blau-weiß gestreifte Hemd und diese dunkelblaue wollene Hose hatte sie schon lange nicht mehr getragen. Wie jeden Tag ging sie mit Klara zum Hafen hinunter.

Dort herrschte noch immer ein wildes Durcheinander. Neben den Katen und Häusern waren auch zahlreiche Boote bei dem Angriff zerstört worden. Wer noch eine intakte Seilwinde besaß, zählte bereits zu den wenigen Glücklichen. Von den meisten Booten war nicht viel übriggeblieben, und das, was noch zu gebrauchen gewesen war, war meistens von Fremden längst abmontiert. Vor allem Klara hatte sich noch immer nicht an den Anblick der vollgelaufenen, vor sich hin dümpelnden Schiffe gewöhnt. Jedes Mal, wenn sie Maltes Boot sah, das zu jenen gehörte, von denen nur noch das Kajütendach aus dem Wasser ragte, schossen ihr Tränen in die Augen. Dieses zerstörte Schiff zu sehen war für

sie noch schmerzlicher als die Tatsache, dass ihre Fischerklause in Schutt und Asche lag.
Auf der Strandpromenade türmten sich Berge von kaputten Ziegeln, daneben lagen verkohlte Balken, die einmal Dachstühle zusammengehalten hatten. Reste von Stühlen, Tischen und sonstigem Mobiliar lagen direkt an der Mole.
Ratlos blickte Klara auf die Trümmer. Noch immer hatte sie es nicht fertiggebracht, das alte Wirtshausschild, das mit einer Spitze aus dem Schutt herausragte, frei zu schaufeln. Auch Marianne hatte sie verboten, es anzurühren. Das Schild, das aus Eisen geschmiedet war und einen alten Fischer in seinem Boot zeigte, hing früher wie ein Wegweiser an der Fischerklause. Jetzt fürchtete sie, es könnte bis zur Unkenntlichkeit zerstört worden sein. Sie nahm eine Schaufel und begann weiter hinten den Schutt in eine Schubkarre zu laden, die Marianne zum ehemaligen Kurplatz brachte, der mittlerweile einer riesigen Müllhalde glich.
»Gut, dass ihr euch nicht unterkriegen lasst«, rief ihnen eine der Saßnitzer Frauen zu, die ebenfalls versuchte, ihr altes Haus wieder aufzubauen. »Oder habt ihr's noch gar nicht gesehen?«, fragte sie, nachdem sie Klaras und Mariannes erstaunte Gesichter bemerkt hatte.
»Was?«, fragten Klara und Marianne fast zeitgleich.
»Die Ziegel sind weg.«
»Die Ziegel?«
»Seht doch, was hier noch rumliegt. Nichts, was noch zu gebrauchen wäre. Alles Schrott«, stöhnte sie und stützte sich auf ihrer Schaufel auf.
»Aber gestern …«, stammelte Klara und starrte ungläubig auf den Ziegelhaufen, der tatsächlich merklich kleiner als noch am Vortag war.

»Die Russen«, sagte die Frau. »Gestern Abend haben sie alles Brauchbare auf ihre Laster geladen. Ich hab's mit meinen eigenen Augen gesehen. Ich war hinten an der Mole. Zum Glück haben sie mich nicht entdeckt.« Sie setzte sich erschöpft auf den Schrotthügel, der einmal ihr Haus gewesen war. »Zum Glück«, wiederholte sie und sah Klara und Marianne aus todmüden Augen an.

»Wieso?«, fragte Marianne. »Ich versteh das nicht. Die haben doch im Dwasiedener Schloss genügend Platz. Wozu brauchen die unsere Ziegel?«

Die Frau zuckte mit den Schultern. »Weiß der Teufel, wozu. Vielleicht wollen sie einen Geräteschuppen bauen«, sagte sie in sarkastischem Ton.

»Meine Güte«, murmelte Klara fassungslos, »wie konnte ich das nur übersehen? Mir wäre nichts aufgefallen, nichts.« Sie schüttelte den Kopf.

»Wir müssen alles, was wir noch verwenden können, an einen sicheren Ort bringen«, flüsterte die Frau und schaute sich dabei unwillkürlich um, doch hinter ihr spielten nur ein paar Kinder. »Hier ist nichts mehr sicher.«

»Aber wohin?«, fragte Klara mit tonloser Stimme und ließ den Blick über das Hafenbecken wandern. Auf den deutschen Kriegsschiffen wehten jetzt russische Flaggen. »Du siehst doch, dass sich die Russen alles unter den Nagel reißen. Hier gibt es keinen sicheren Ort mehr«, sagte sie leise.

»Papperlapapp«, unterbrach sie die Frau barsch. »Du redest schon wie meine Schwiegermutter. Die verhungert lieber, als aus dem Haus zu gehen, so groß ist ihre Angst. Wir dürfen nicht aufgeben. Du willst doch auch, dass deine Fischerklause bald wieder da steht, wo sie hingehört.« Sie nahm all ihre Kräfte zusammen und stand auf. »Kommt, lasst uns weitermachen«, sagte sie energisch und zog ein verbogenes Rohr aus dem Trümmerhaufen, das sie schwungvoll auf die Strandpromenade warf.

Den Kopf auf ihre Hände gestützt, blieb Klara auf dem Schrottberg sitzen und starrte ins Leere. Sie war aschfahl im Gesicht, und ihre Wangen wirkten noch eingefallener, als sie es ohnehin waren. Es schien, als verstünde sie erst jetzt, was in den letzten zwölf Jahren tatsächlich geschehen war, und dass sie verrückt sein musste, wenn sie glaubte, sie könnte dort weitermachen, wo sie mit Malte 1933 aufgehört hatten. »Es hat sich so viel verändert«, stöhnte Klara und legte ihren Arm um Mariannes Schultern. »So viel. Wir waren einmal so glücklich hier. Erinnerst du dich?«

»Natürlich, Mutter«, sagte Marianne leise.

»Vermisst du ihn sehr?«, fragte sie zärtlich. »Du trägst jeden Tag sein Hemd.«

Marianne nickte.

»Ich auch«, flüsterte Klara und zog ihre Tochter noch enger an sich. »Ich vermisse beide so sehr, dass ich es manchmal kaum aushalten kann. Verstehst du das?«

»Ja«, murmelte Marianne. »Manchmal habe ich Angst, dass ich nichts mehr fühlen kann.«

»Warum musste Max sich auch freiwillig melden?«, fragte Klara wütend. »Dieser Kindskopf. Ich hätte ihn davon abhalten müssen.«

»Ach, Mutter, du weißt doch, dass man Max von nichts abhalten kann, wenn er sich erst einmal etwas in den Kopf gesetzt hat«, versuchte Marianne Klara zu trösten.

Klara lächelte. »Wahrscheinlich hast du recht. Er ist ein sturer Bock. Das hat er von seinem Vater.«

»Ein starker sturer Bock.«

»Ja, ein starker sturer Bock. Wie dein Vater. Zwei starke sture Böcke, die sich nicht unterkriegen lassen werden.«
»Nein, bestimmt nicht«, flüsterte Marianne.
»Und wir lassen uns auch nicht unterkriegen«, sagte Klara entschossen. »Andere hat es schließlich viel schwerer getroffen als uns. Mit diesem bisschen Schrott hier werden wir doch wohl noch fertig werden. Was meinst du?«
»Sicher.« Marianne nickte, aber ihr Gesichtsausdruck sah wenig zuversichtlich aus.
»Was ist? Glaubst du nicht daran?«
»Doch.«
»Du glaubst nicht daran, ich weiß.« Klaras Stimme hatte mit einem Schlag ihre ganze Kraft verloren. »Aber wenn wir nicht mehr daran glauben, was bleibt uns denn dann noch?« Sie stockte. »Lange können wir so nicht weitermachen.«
Marianne sah ihre Mutter nicht an. Ihr Blick ging geradewegs aufs offene Meer hinaus. Reglos lag das dunkle Wasser unter dem leuchtend blauen Frühsommerhimmel, als würde es nur darauf warten, endlich wieder Fischerboote und Ausflugsdampfer auf seinen Wellen tanzen zu lassen.
»Glaubst du, dass Vater wieder mit seinem Boot aufs Meer hinausfahren wird, wenn er zurückkommt?«, fragte Marianne vorsichtig.
Klara zögerte mit der Antwort. »Ich weiß nicht«, sagte sie. »Ich weiß überhaupt nichts mehr. Es hat sich so viel verändert«, stöhnte sie erneut. »Kannst du dir vorstellen, dass aus diesem Hafen jemals wieder Fischerboote auslaufen werden?« Marianne schüttelte den Kopf.
»Deine Großmutter hat gestern geschrieben«, sagte Klara unvermittelt. »Sie bietet uns an, zu ihr nach Binz zu kommen.«

»Nach Binz? Und was ist mit Vater und Max?«, fragte Marianne entsetzt.

»Was soll mit ihnen sein?«, fragte Klara zurück. »Ich werde jeden Tag hoffen, dass sie unversehrt nach Hause kommen. Daran ändert sich doch nichts.«

»Aber sie brauchen ein richtiges Zuhause, wenn sie wiederkommen«, stammelte Marianne. »Vater braucht seinen Hafen und sein Boot, und Max …« Sie hörte abrupt auf zu reden.

»Ich weiß«, sagte Klara mit sanfter Stimme. »Ich wollte nur, dass du weißt, dass Großmutter uns gerne bei sich in der Villa Luise aufnehmen würde.«

»Aber ich dachte, dort hätten sich die russischen Offiziere einquartiert.«

»Es wäre trotzdem genügend Platz für uns alle. Außerdem könnte sie etwas Unterstützung gut gebrauchen, nehme ich an.«

»Mit den Russen? Lissy ist doch bei ihr. Du kannst jetzt nicht aufgeben. Nicht jetzt. Wir schaffen das.« Sie stand auf, packte die Schaufel und belud blitzschnell die Schubkarre mit Scherben von Bierkrügen.

## 49

Die Schere, die Marianne einige Wochen später unter ihrem Kopfkissen hervorholte, hatte sie in dem alten, bis auf wenige Bindfadenreste leeren Nähkästchen ihrer Saßnitzer Großmutter gefunden. Sie war lange nicht mehr in Gebrauch gewesen, so stumpf und rostig, wie sie war, aber Mariannes Entschluss stand fest. Sie stellte sich vor den kleinen eckigen Spiegel, in dem kaum mehr als ihr Gesicht zu erkennen war, und strich noch einmal über ihr glattes schulterlanges Haar, bevor sie sich eine Strähne griff und sie abschnitt. In Windeseile kürzte sie ihr Haar Schnitt für Schnitt, bis es zum Schluss fast so kurz war wie das der russischen Soldaten, die jetzt täglich über die Strandpromenade liefen. Als sie fertig war, betrachtete sie sich noch einmal von allen Seiten und nickte zufrieden. Ihre Augen wirkten jetzt größer in ihrem schmalen Gesicht und ihr Mund voller, was ihr etwas Zerbrechliches verlieh, aber sie sah auch entschlossener aus. Marianne zog ihren Gürtel fester, steckte die Schere in ihre Hosentasche und verließ das Haus.

Hellweiße, fast durchsichtige Schleierwolken bedeckten den Himmel an diesem warmen Sommertag, als sie sich auf Max' altes Fahrrad schwang und mit kräftigen Tritten den kurzen Anstieg bis zur Hauptstraße erklomm. Unterhalb der Kirche schnaufte sie durch. Die stille, warme, nach süßlichen Gräsern duftende Luft hatte ihr kurz den Atem genommen. Es war eine unheimliche, friedliche Stille, die an diesem Morgen über Saßnitz lag, und selbst das fröhliche Vogelgezwitscher, das aus den Ahornbäumen drang, konnte diesen Eindruck nicht verdrängen. Die Fenster in den Häusern waren fest verschlossen, die Türen verriegelt, nur hinter einem hellen Vorhang versteckt, bemerkte Marianne das Gesicht eines Mädchens, das sie verstohlen zu beobachten schien. Marianne kannte das Mädchen, das vielleicht drei Jahre jünger war als sie, nicht, aber es winkte sie zu sich ans Haus.

»Du musst aufpassen, die Russen sind überall. Sie nehmen sich jede Frau, die ihnen begegnet. Jede«, ermahnte das Mädchen sie im Flüsterton und machte dabei ein ernstes Gesicht. Es hatte das Fenster einen schmalen Spaltbreit geöffnet, durch den es ein langes Küchenmesser schob. »Nimm das, du kannst es mir später wieder zurückgeben«, sagte es leise.

Marianne griff in ihre Hosentasche und zeigte ihr die Schere. »Danke, ich denke, die reicht.«

Das Mädchen machte ein skeptisches Gesicht. »Ich weiß nicht, je schneller du zustechen kannst, desto sicherer bist du. Das hier ist sehr scharf. Meine Mutter hat es mir gegeben, aber sie lässt mich nicht mehr aus dem Haus. Hast du von der Toten gehört, die sie gestern wieder aus dem Wasser gezogen haben?«, fragte sie unvermittelt.

Marianne nickte, während sie sich unwillkürlich über ihr kurzes Haar strich. »Ja. Ich kannte sie. Sogar ziemlich gut. Wir sind gemeinsam zur Schule gegangen.«

»Drei meiner Klassenkameradinnen haben sich auch schon umgebracht. Meine Mutter sperrt mich ein, weil sie Angst hat, ich könnte auch ins Wasser gehen. Aber sagen tut sie das nicht. Sie behauptet, dass sie mich vor den Russen schützen will.«

Marianne musterte das Mädchen mit ernstem Gesicht. Es sah blass aus, und unter seinen Augen hatten sich dunkle Schatten gelegt. »Das darfst du deiner Mutter nicht antun, hörst du? Sie liebt dich.«

»Nimmst du das Messer jetzt mit?«, fragte das Mädchen und hielt es Marianne erneut hin.

Marianne schüttelte den Kopf. »Nein, danke, ich fühle mich sicher genug. Aber du passt auf dich auf, ja?«

Enttäuscht schloss das Mädchen das Fenster und nickte stumm.
Mariannes Weg führte unterhalb des Dwasiedener Schlosses vorbei, in dem die Russen ihr Quartier aufgeschlagen hatten. Ohne auch nur einmal nach oben zu schauen, trat sie so schnell sie konnte in die Pedale. Die Sonne brannte ihr ins Gesicht, und Schweiß lief ihr den Rücken hinunter, aber auch als sie längst das mächtige und düster wirkende Gebäude hinter sich gelassen hatte, wagte sie es nicht, anzuhalten und zu verschnaufen. Wie eine schwere Decke legte sich die Hitze auf ihre schweißnasse Haut und zog Schwärme von Mücken an, die um sie und ihr Fahrrad schwirrten. Immer wieder versuchte sie die kleinen Tiere mit wilden Schlägen zu vertreiben, aber es war ein aussichtsloser Kampf. Unbeeindruckt von ihren abrupten Bewegungen, klebten die Mücken auf ihren nackten Armen und dem feuchten Gesicht. Als sie die golden glühenden Weizenfelder passierte, erhöhte Marianne noch einmal ihr Tempo, aber die schwarze Mückenwolke begleitete sie Tritt für Tritt.
Krügers Hof befand sich am Ende des holprigen Feldweges. Umringt von Malvenstauden in allen Farben, lag die kleine Bauernkate mit ihren angrenzenden Ställen und Schuppen wie ein bunter Fleck inmitten der gelben Kornfelder. Marianne war überrascht, wie schön es hier war. So hatte sie das Gehöft nicht in Erinnerung gehabt. Mit Max war sie früher öfter hier gewesen, um Hannes zu besuchen, Max' Schulfreund, dessen Eltern der Hof gehörte, aber jedes Mal, wenn sie von diesen Besuchen nach Hause gekommen war, hatte ihre Mutter die Nase gerümpft, weil sie nach Kuhmist und Schafen gerochen hatte. Der Geruch stieg ihr auch jetzt wie-

der in die Nase, aber diesmal schien er ein paradiesisches Versprechen zu bergen.
Marianne hatte gerade ihr Fahrrad ins Gras gelegt und sich den Schweiß aus dem Gesicht gewischt, als sich ihr ein großer kläffender Hund näherte und sich wie eine schwarze Wand mit bleckenden Zähnen vor ihr aufbaute. Marianne und er standen sich unschlüssig gegenüber. Der Hund knurrte, während sie ihm mit festem Blick in die Augen sah.
»Verschwinde«, schimpfte eine Stimme aus der Ferne. »Hier gibt's für euch Gesindel nichts zu holen.«
»Frau Krüger? Ich bin's, Marianne. Die Schwester von Max, Hannes' Freund«, versuchte sie sich zu erkennen zu geben.
»Nie gehört«, polterte es zurück.
»Erinnern Sie sich nicht? Ich war früher oft hier, die Kumvitz-Tochter aus der Fischerklause.«
»Keine Ahnung. Hier läuft so viel Pack herum, da kann ich mir nicht jedes Gesicht merken.«
»Mutter«, hörte Marianne eine mahnende Männerstimme. »Marianne, bist du's?«
»Hannes?«, fragte sie noch ungläubig, aber da kam er auch schon um die Ecke gebogen und packte den Hund im Nacken.
»Keine Angst, Karl tut eigentlich keiner Fliege etwas zuleide. Er soll nur die Plünderer und Felddiebe abschrecken. Was machst du hier?«, fragte er erstaunt. »Ich hätte dich ja kaum wiedererkannt mit deinen kurzen Haaren.«
»Ja, ungewohnt«, sagte Marianne verlegen und fuhr sich mit der Hand über den Kopf.
»Ach, komm erst mal rein. Schön, dich wiederzusehen. Du hast sicherlich Durst bei der Hitze. Meine Mutter hat immer eine volle Kanne Tee auf dem Küchentisch stehen. Du

musst ihr Verhalten übrigens entschuldigen, ihr Gedächtnis ist schlecht geworden. Es waren einfach zu viele Menschen in letzter Zeit bei uns auf dem Hof, das hat sie nicht verkraftet. Erst die Zwangsarbeiter, jetzt die Flüchtlinge. Dass sie mich überhaupt noch erkannt hat, als ich zurückgekommen bin, war schon ein Wunder.« Hannes redete ohne Unterbrechung, während er Marianne sanft vor sich her schob. »Du hast Glück, dass ich nicht auf dem Feld bin. Aber heute müssen wir die Schafe scheren. Die Russen wollen von uns bis nächste Woche hundert Kilo Wolle haben. Im Sommer, stell dir das vor. Aber die lassen ja nicht mit sich reden. Wenn die sich einmal was in den Kopf gesetzt haben, dann gnade dir Gott. Das sind vielleicht komische Gesellen.« Hannes zog eine Grimasse und wackelte mit den Ohren.

»Du kannst das ja noch«, sagte Marianne lachend, und ihrer Stimme war deutlich die Erleichterung anzumerken. Noch vor wenigen Augenblicken hatte sie geglaubt, ihn nicht wiederzuerkennen. Mit seinen tiefen Furchen auf der Stirn und den Geheimratsecken wirkte er so viel älter als früher, dabei war er gerade mal neunzehn Jahre alt.

»So etwas verlernt man nicht, noch nicht einmal in allen Schützengräben dieser Welt«, erwiderte er. »Wie geht es Max?«, fragte er, nachdem sie sich an den großen Küchentisch gesetzt hatten, an dem mit grimmiger Miene auch Hannes' Mutter saß.

»Ich hatte gehofft, du wüsstest etwas«, sagte Marianne. »Zuletzt hat er im Januar geschrieben, seitdem wissen wir nicht, wo er ist.«

»Wo war er da?«

»Ich weiß nicht, irgendwo in Russland. Wir konnten kaum etwas entziffern. Der Brief war ganz durchnässt.«

Hannes machte ein nachdenkliches Gesicht. »Tut mir leid, aber ich habe die ganze Zeit über nichts von ihm gehört. Wir sind damals noch auf dem Bahnsteig getrennt worden. Herrje, waren wir naiv. Siehst du das?« Er zog sein Hosenbein hoch und zeigte Marianne eine Narbe, die quer über seinen Oberschenkel verlief. »Eine Granate. Mit etwas Pech hätte das Bein auch ab sein können.« Er versuchte zu lachen, als er Mariannes erschrockenes Gesicht sah. »Ist ja noch mal gutgegangen«, sagte er in betont flapsigem Ton. »Aber nun erzähl schon, was führt dich hierher?«

»Um ehrlich zu sein«, sagte sie, »hatte ich, das heißt, wir, meine Mutter und ich und meine Großmutter, hatten wir gehofft, ihr hättet vielleicht ein paar Kartoffeln für uns übrig oder Bohnen oder was auch immer.« Sie nippte verlegen an ihrem Tee. Aus dem Augenwinkel beobachtete sie Hannes' kantiges Gesicht und versuchte darauf eine Regung zu erkennen.

»Es sieht schlecht bei euch da unten am Hafen aus, nicht?«

Marianne nickte.

»Ich dulde keine Bettler auf meinem Hof«, giftete Hannes' Mutter und machte dabei ein noch grimmigeres Gesicht als ohnehin schon.

»Achte nicht auf sie«, sagte Hannes leise. »Ich hab's nur gehört, das mit den zerstörten Häusern. Du siehst ja, ich kann hier nicht weg.« Er zeigte mit dem Kopf über den langen Tisch hinweg auf seine Mutter.

»Raus hier. Dieses Lumpenpack wird immer frecher«, zischte sie, während sie nach einer Fliege schlug.

Hannes verdrehte die Augen. »Das war nur eine Fliege, Mutter, die gibt es auf jedem Hof.«

»Ach was, Parasiten sind das, alles Parasiten«, schimpfte sie

und streckte Hannes ihre Teetasse hin. »Und verdursten lässt du mich auch.«
Als Marianne sah, zu welch mitleiderregender Miene Hannes' Mutter plötzlich fähig war, lachte sie laut auf. »Entschuldige«, flüsterte sie und versuchte ein ernstes Gesicht zu machen, was ihr jedoch gründlich misslang. Sie kicherte in einem fort.
»Verrückte Welt, was?«, stöhnte Hannes achselzuckend und legte Marianne eine Hand auf die Schulter. »Lass uns gehen. Ich werde mal sehen, was ich für dich tun kann. Aber viel ist es nicht«, fügte er bedauernd hinzu, »ich muss meine Abgaben leisten.«
Eine verschreckte Katze huschte quer über den Hof, als Marianne und Hannes aus der Bauernkate traten. Sie war aus einem der Ställe geflüchtet, aus dem lautes Stimmengewirr und das Blöken der Schafe drang. Ihr folgte eine aufgeregte Gestalt, auf deren verschwitzter Haut überall Schafwolle klebte. Wie ein Derwisch rannte die Gestalt von einer Ecke des Hofes zur anderen, immer der Katze hinterher, die sichtlich Freude an dem Spiel hatte.
»Alles Verrückte«, murmelte Hannes, aber diesmal stimmte er mit Marianne in ihr Lachen ein. »Frederik, geht es dir gut?«
»Halt die Klappe«, giftete die wollene Gestalt zurück.
»Was ist denn passiert?«
»Ach, lass mich. Ich brauch Wasser. Das Zeug juckt vielleicht, verdammt«, fluchte er und kratzte sich an Armen und Beinen.
»Marianne, darf ich dir Frederik Ahlen vorstellen«, sagte Hannes lachend, »auch bekannt als der ostpreußische Bock.«

»Ich finde, er sieht eher wie ein Plüschteddy aus«, erwiderte sie schmunzelnd und streckte ihm die Hand hin. »Freut mich, Marianne Kumvitz, ohne Zusatz.«
Frederik stöhnte. »Ein Teddy«, wiederholte er kopfschüttelnd. »Wasser, Hannes, bitte.«
Ausgelassen wie lange nicht mehr tollten alle drei wenig später um den Brunnen des Hofes herum und spritzten sich gegenseitig nass. Als Marianne schließlich mit einem kleinen Sack Kartoffeln und ein paar Bohnen auf dem Gepäckträger nach Hause radelte, lag noch immer ein glückliches Lächeln auf ihrem Gesicht. Zu Hause angekommen, schnappte sie sich, ohne lange nachzudenken, etwas Papier und einen Kohlestift und setzte sich an den Küchentisch. Noch etwas unsicher am Anfang, ließ sie den Stift immer gekonnter über das Papier gleiten, bis unter ihren Augen das erste Bild entstanden war, das sie seit dem Bombenabwurf auf Saßnitz gezeichnet hatte. Es zeigte eine üppige Landschaft aus Kornfeldern und Malvenstauden.

## 50

Klara wartete noch immer auf Nachrichten von Malte und Max. Den ganzen heißen Sommer über hatte sie gewartet, anfangs, während sie die Ziegel für den erhofften Wiederaufbau der Fischerklause zurechtklopfte, später, als immer deutlicher wurde, dass daran so schnell nicht zu denken war, als Aushilfswäscherin für russische

Marinesoldaten, die mehr und mehr das gesamte Hafengebiet in Beschlag genommen hatten. Langsam schwand ihre Kraft. Die Essenszuteilung war nach wie vor knapp, und auch wenn Marianne regelmäßig zum Krügerschen Hof fuhr und nie mit leeren Händen nach Hause kam, reichte das, was ihnen blieb, kaum zum Leben.

Seitdem es keine Hoffnung mehr gab, die Fischerklause so schnell wie möglich wieder zu eröffnen, fehlte Klara der Strohhalm, an dem sie sich all die Kriegsjahre hindurch hatte festhalten können. An schlechten Tagen, die immer häufiger wurden, glaubte sie manchmal, den Boden unter ihren Füßen wanken zu spüren. Durch die schmalen Saßnitzer Gassen ging sie fast nur noch mit gesenktem Kopf. Wenn sie die vielen fremden Menschen sah, die meisten Flüchtlinge aus Ostpreußen, die einen ungewohnten Dialekt sprachen und jetzt ihre Nachbarn waren, durchzuckte sie der Gedanke, selbst eine Heimatlose wie sie zu sein. Sie schlief schlecht, und wenn sie schlief, dann schreckten Alpträume von zerfetzten Leibern sie auf.

Nach einer dieser durchwachten Nächte las sie Anfang Oktober 1945 zum wiederholten Mal den Brief, den sie im Januar von Malte erhalten hatte. Es war das letzte Lebenszeichen von ihm gewesen, und es war nicht gerade eins, das sie auf den ersten Blick zuversichtlich gestimmt hätte. Er hatte von Kälte und Frost geschrieben und von toten Kameraden. Und dennoch verbarg sich eine Botschaft zwischen den Zeilen, die ihr immer wieder aufs Neue Kraft zu verleihen schien. Auch an diesem Morgen, als sie endlich das tat, wofür ihr bislang der Mut gefehlt hatte. Sie setzte sich auf Hennies altes Fahrrad, um damit nach Binz zu Marie in die Villa Luise zu fahren.

Ein strenger Wind blies ihr ins Gesicht, als sie die Straße hinunter zur Schmalen Heide nahm. Schlohweiße Wolken fetzten über den klaren Himmel, und das Wasser trug schwere Schaumkronen. Klara stöhnte. Sie musste ihre ganze Kraft aufwenden, um vorwärtszukommen. Aber der vertraute Duft von Wacholder und Kiefern, der ihr auf Höhe der Feuersteinfelder in die Nase stieg und sie bis Prora begleitete, machte die Anstrengung erträglicher. Eine graue Betonwand blitzte aus der Ferne durch den lichten Kiefernwald. Erst war sie kaum zu erkennen gewesen, doch je näher Klara ihr kam, desto größer wurde das Gebäude, das sich hinter dieser Wand verbarg. Auch wenn Klara nicht zum ersten Mal diesen halbfertigen Koloss sah, sein Anblick erschütterte sie immer wieder aufs Neue. Bis in die Unendlichkeit hinein schien sich dieser Betonklotz am Strand von Prora zu erstrecken und mit ihm das Monströse, das sich hinter dieser Größe verbarg. Vereinzelt wuchsen Äste aus verwitterten Betonspalten, aber die braunen Zweige erinnerten eher an die Läufe von Gewehren, die aus Schießscharten lugten, als an eine stille Machtergreifung der Natur. Klara trat schneller in die Pedale, während die von den Nazis erbaute Häuserfront zu ihrer Linken wuchs und wuchs. Die ganze Zeit über war sie niemandem begegnet. Wie aus dem Nichts schien daher auch das Kind zu kommen, das plötzlich auf die Straße rannte und sie zwang, abrupt abzubremsen. Kaum hatte sie sich von dem Schreck erholt, sah sie weitere Kinder auf sie zustürmen, die sie umringten und ihr ihre schmutzigen Hände entgegenstreckten.

»Brot«, riefen sie im Chor, als hätten sie schon unzählige solcher Auftritte hinter sich. Manche von ihnen fischten aus

ihren zerrissenen Hosen Zigarettenstumpen hervor und hielten sie Klara hin. »Bitte, Brot, bitte«, flehten sie erneut, während sie an Klaras Jacke und Rock zerrten.
Unwillkürlich versuchte sie zurückzuweichen, aber die Kinder standen so dicht, dass sie sich kaum bewegen konnte. Sie schüttelte den Kopf. »Es tut mir leid«, sagte sie mit Bedauern in der Stimme und zeigte ihnen ihre leeren Hände, »ich kann euch nichts geben. Ich habe selber nichts.«
Die Kinder sahen sie ungläubig an. Wütend rüttelte eines an ihrem Fahrrad und schrie immer wieder nach Brot.
»Meine Mutter liegt im Sterben«, jammerte ein anderes mit schlesischem Akzent und sah Klara aus großen leeren Augen an.
»Meine auch«, kam es nach und nach aus vielen anderen Kehlen.
»Ich hab nur noch meinen Großvater«, sagte ein kleiner Junge und zeigte auf einen alten Mann, der auf einen Stock gestützt am Straßenrand stand und mit flehendem Blick zu ihnen herübersah.
Immer mehr Menschen drängten jetzt auf die Straße. Den meisten fiel das Gehen schwer. Mit gesenkten Köpfen näherten sie sich Klara und hielten ihr stumm ihre Hände hin.
»Bitte, wir sind zu schwach zum Arbeiten, und man gibt uns kaum etwas zu essen«, sagte eine ältere Frau. »Nur etwas Brot, bitte.«
Klara hielt sich am Lenker ihres Fahrrads fest und starrte auf das gesenkte Haupt der gekrümmten Frau. Sie hätte ihr gern ein paar tröstliche Worte gesagt, aber sie brachte keinen Ton heraus. Diese Menschen zu sehen, wie sie in ihren nur notdürftig geflickten Kleidern und Hosen vor ihr standen mit ihren elenden Gesichtern und den toten, ins Leere

stierenden Augen, schnürte ihr die Kehle zu. Klara hob bedauernd die Schultern und schüttelte den Kopf.

»Bitte«, flehte die Alte erneut, aber es klang resignierter als zuvor. Langsam, wie sie gekommen war, drehte sie sich wieder um und verschwand auf dem sandigen Weg, der zu der riesigen Bauruine führte. Erst jetzt begriff Klara, dass all diese Menschen in einem Teil des Nazi-Kolosses untergebracht waren, in dem ursprünglich Tausende von Menschen Urlaub machen sollten. Fast hätte sie laut aufgelacht, so schrecklich fand sie diese Erkenntnis.

»Lass das jetzt«, zischte sie einen der Jungen an, der noch immer an ihrem Jackenärmel zerrte. »Ich würde euch doch gerne etwas geben, wenn ich etwas hätte. Aber ihr seht doch, dass ich nichts habe.« Die ganze Stimmung war ihr unerträglich geworden, und langsam stieg sogar so etwas wie Wut auf diese zerlumpten Menschen in ihr auf, die ihr das Gefühl gaben, sich schuldig zu machen, wenn sie ihnen nicht half. Am liebsten hätte sie ihnen gesagt, dass sie sich ein neues Zuhause suchen sollten, wenn sie wieder glücklich werden wollten, aber sie wusste aus eigener Erfahrung, dass dies ein zynischer Ratschlag war, wenn man hungrig war. Behutsam machte sich Klara von dem Jungen los und schob ihr Fahrrad langsam vorwärts. Es zerriss ihr fast das Herz, diese Kinder zurücklassen zu müssen, aber sie schienen daran gewöhnt. Kaum war Klara aufs Rad gestiegen, verstummten ihre Klagelieder.

Binz hatte sich verändert, auch wenn das nicht gleich auf den ersten Blick zu erkennen war. Der Ort war verschont geblieben von Angriffen, und die prächtigen Villen verliehen ihm noch immer einen Glanz, der sich erst beim näheren Hinsehen als matter Abklatsch vergangener Zeiten offenbarte. Farbe blätterte in großen Stücken von den Veranden und Balkonen ab, und der einst strahlend weiße Anstrich war zu einem stumpfen Grau verkommen. Wie früher zur Hochsaison wimmelte es auch jetzt auf den Straßen von Menschen, nur dass es sich diesmal nicht um Feriengäste handelte. Russische Laute, vermischt mit fremden Dialekten, drangen aus allen Ecken an Klaras Ohr, als sie durch die Schillerstraße fuhr.

Auch an der Villa Luise war die Zeit nicht spurlos vorübergegangen. Das Holz der Balkone lag fast ungeschützt im Wind, und nur in den zahlreichen Rundungen und Ecken der kunstvollen Schnitzereien hielt sich die Farbe noch hartnäckig. Drei Männer in Uniform, die sich rauchend über eine der Balkonbrüstungen beugten, riefen Klara etwas Unverständliches zu, als sie ihr Fahrrad an die Hecke lehnte, aber Klara zuckte nur mit den Schultern und drehte sich weg.

»Feier heute Abend«, versuchten sie es in gebrochenem Deutsch und winkten Klara zu sich. »Komm, schöne Feier. Viel Spaß.« Sie lachten und prosteten ihr mit angedeuteten Gläsern zu, bevor sie unter lautem Grölen in ekstatisches Stöhnen verfielen.

Mit gesenktem Blick hastete Klara ins Haus.

»Wie hältst du es hier nur aus?«, rief sie ihrer Mutter empört zu, als sie die Tür zur Küche aufstieß.

Marie, die gerade dabei war, Kartoffeln und Kohl für einen Eintopf kleinzuschneiden, sah Klara verdutzt an. »Klara?«, fragte sie erstaunt, als hätte sie ihre Tochter nicht sofort erkannt.

»Ja, Mutter, ich bin's«, sagte Klara ungeduldig. »Das muss ja schrecklich sein mit diesen Menschen im Haus.«

Marie wischte die Hände an ihrer Schürze ab und lächelte. »Lass dich erst einmal umarmen. Du bist dünn geworden«, sagte sie besorgt und musterte Klara. »Habt ihr nicht genug zu essen?«

»Ist Lissy da?«

Marie schüttelte den Kopf. »Sie kommt später. Wie geht es euch, dir und Marianne? Ihr habt so lange nichts von euch hören lassen, ich habe mir schon Sorgen gemacht.«

»Mutter«, sagte Klara, »ich mache mir Sorgen um euch. Diese Russen, die sind gefährlich.«

Marie hob mit einem resignierten Ausdruck auf ihrem Gesicht die Schultern. »Ach weißt du, darüber mache ich mir schon lange keine Gedanken mehr. Sie sind laut und ungezogen, und man kann es ihnen nie recht machen, aber es ist immer genügend Essen im Haus. Hier«, sie stellte Klara einen Teller mit Brühe auf den Tisch. »Das wird dir guttun.«

»Fleischbrühe?«, fragte Klara erstaunt und beugte den Kopf über den dampfenden Teller. Lorbeerduft stieg ihr in die Nase, und für einen Moment fühlte sie sich zurückversetzt in die Zeit, als sie als Kind bei Hanna in der Küche gesessen hatte. Andächtig rührte sie in der Suppe und sog den Duft in tiefen Zügen in sich auf. Es roch köstlich. So köstlich, dass Klara nicht anders konnte, als die Augen zu schließen, um sich ganz diesem Genuss hinzugeben. »Wunderbar«, stöhnte sie, als sie den ersten Löffel probierte. »Einfach wunderbar.« Behutsam ließ sie die heiße Brühe über ihre Zunge gleiten, bevor sie sie hinunterschluckte. Der Geschmack von Fett und Fleisch war wie Manna für ihre Seele und versetzte ihren Körper mit jedem Schluck in einen lange ersehnten warmen und zufriedenen Zustand. Ihre Augen füllten sich mit Tränen.

»Komm mit Marianne zu mir«, sagte Marie leise, die ihre Tochter mit besorgter Miene beobachtet hatte. »Ich seh doch, wie ausgehungert du bist. Außerdem könnte ich Hilfe gebrauchen«, fügte sie nach kurzem Zögern hinzu.

Klara fehlte die Kraft, ihre Tränen zu unterdrücken. Sie stützte ihren Kopf in die Hände und weinte.

»Es ist schlimm, nicht zu wissen, was mit dem eigenen Mann und dem Sohn ist«, sagte Marie verständnisvoll und legte ihren Arm um Klaras Schultern. »Und kein Zuhause mehr zu haben.« Behutsam streichelte sie den Kopf ihrer Tochter, und Klara schluchzte laut auf. »Ach, Klärchen, glaub mir, es kommen auch wieder bessere Zeiten. Und bis dahin kommt ihr zu mir«, sagte sie so bestimmend, als würde sie keinen Widerspruch dulden. »Außerdem würde ich mich sicherer fühlen, wenn ihr hier wärt. Auch für Lissy wäre es besser«, fügte sie hinzu. »Ich bin schon zu alt, aber Lissy muss sich viel von den russischen Soldaten gefallen lassen. Es wäre gut, wenn sie nicht so alleine wäre. Ich bin ja nur ihre alte Großmutter.«

Klara hob langsam den Kopf und sah ihre Mutter nachdenklich an. Auf Maries Gesicht hatten sich tiefe Falten eingegraben, und die Haut auf ihren Armen wirkte fast durchsichtig. Marie war jetzt vierundsechzig, aber bislang hatte sich Klara noch nie Gedanken über das Alter ihrer Mutter gemacht. Umso bestürzter war sie, als sie die zahlreichen braunen Flecken auf Maries Händen sah.

»Stimmt mit Lissy denn irgendetwas nicht?«, fragte Klara, während sie sich die letzten Tränen wegwischte und ihre Mutter verstohlen beobachtete.

Marie winkte ab. »Ich dachte nur. Die jungen Mädchen heute, die leben gefährlicher als wir damals.«

»Da hast du sicherlich recht«, sagte Klara, die plötzlich meinte, auch in Maries Stimme eine Veränderung wahrzunehmen. Sie schien ihr brüchiger als sonst zu sein, wie die Stimme einer alten Frau. Klara lauschte jetzt auf jeden Ton.
»Hast du denn niemanden, der dir hier ein bisschen zur Hand geht?«
»Nein, leider nicht. Es wächst mir alles ein wenig über den Kopf, seitdem Rosmarie nicht mehr kommen kann.«
Klara sah sie fragend an.
»Das weißt du nicht? Rosmarie hatte im August einen Hirnschlag. Sie liegt noch immer im Krankenhaus, und wer weiß, ob sie jemals wieder rauskommt. Die Ärzte sagen, es sieht schlecht aus. Ihr linkes Bein und ihre linke Hand kann sie kaum bewegen.« Marie schüttelte den Kopf. »Stell dir vor, ausgerechnet Rosmarie, die nie still sitzen konnte.«
»Das tut mir leid«, sagte Klara bestürzt.
»Ja, es ist schrecklich.«
»Du könntest also wirklich Hilfe gebrauchen?«, fragte Klara.
»Natürlich. Doch ich würde mich auch sehr freuen, euch einfach alle nur um mich zu haben. Liegt vielleicht auch am Alter«, fügte Marie mit einem Lächeln hinzu. »Aber bist du nicht auch deswegen gekommen?«
Klara blickte verlegen auf den leeren Suppenteller. »Dein Gespür ist untrüglich«, sagte sie anerkennend.
»Ach«, winkte Marie ab, »mütterlicher Instinkt. Außerdem wäre ich an deiner Stelle schon längst zu mir gekommen. Hier wird es euch bessergehen, du wirst sehen.«
Klara lächelte. »Danke«, flüsterte sie.
»Und?«, fragte Marie forsch. »Wann kommt ihr nach Binz?«

»Mein mütterlicher Instinkt sagt mir, dass ich Lissy nicht mehr lange alleine lassen kann, auch wenn sie längst eine erwachsene Frau ist«, erwiderte Klara.

»Zwei Augenpaare mehr schaden jedenfalls nicht«, pflichtete Marie ihr bei. »Wenn ich ehrlich bin, mache ich mir schon etwas Sorgen um sie. In letzter Zeit kommt sie oft spät nach Hause, obwohl ich ihr schon mehrfach gesagt habe, dass es zurzeit im Dunkeln allein viel zu gefährlich ist. Aber auf mich hört sie nicht.«

»Hat sie einen Freund?«

»Ich weiß es nicht. Sie erzählt mir ja nichts«, sagte Marie kopfschüttelnd. »Sie ist so verschlossen, viel schlimmer, als du es jemals warst.«

»So schlimm?« Klara lachte und hielt Marie den leeren Suppenteller hin. »Könnte ich noch eine Kelle Brühe bekommen? Es muss eine Ewigkeit her sein, dass ich zum letzten Mal so etwas Herrliches gegessen habe.«

»Du kannst den ganzen Topf haben, wenn du willst«, sagte Marie glücklich. »Nimm, was immer du brauchst, und nimm auch etwas für Marianne mit. Die Russen werden mir schon nicht den Kopf abreißen, wenn sie heute mal keine Fleischbrühe bekommen.«

»Sicher?«

»Natürlich. Mit denen werde ich schon fertig.« Sie lachte. »Du glaubst gar nicht, wie glücklich ich bin, euch bald bei mir zu haben. In diesen Zeiten muss man zusammenhalten.«

Klara nickte. »Ja, das muss man wohl.«

Als sie sich wenig später von Marie verabschiedete, fühlte sie sich merkwürdig benommen. Das ganze Gespräch war viel besser verlaufen, als sie es sich vorgestellt hatte. Nie hatte Marie ihr das Gefühl gegeben, eine bedürftige Bittstellerin zu sein, im Gegenteil, eher war Marie es gewesen, die um Hilfe gebeten hatte, und dennoch, die Vorstellung, bald an den Ort zurückzukehren, den sie vor so vielen Jahren mit dem Vorsatz der Endgültigkeit verlassen hatte, hinterließ in ihr ein schales Gefühl. Ihr war, als hätte sie versagt, als Frau, als Mutter, ja, sogar als Bürgerin dieses Landes, in dem so kurz nach Kriegsende noch vieles hätte möglich sein können, aber nur so wenig denkbar schien. Alte Träume begraben zu müssen war ein Schicksal, das sie mit vielen teilte. Mit dreiundvierzig Jahren noch einmal im Schoß der Mutter von vorne anfangen zu müssen schien ihr hingegen wie ein Verrat an ihrem eigenen Leben zu sein.

Aber Klara fand keine Alternative zur Villa Luise, und so verabschiedeten Marianne und sie sich im November 1945 von Maltes Mutter und ließen Saßnitz hinter sich. Es war ein leiser Abschied, ohne Tränen, fast so, als würde keine der drei glauben, dass er Wirklichkeit war.

## 51

Einer schweren dunklen Decke gleich lag die Nacht an diesem Dezemberabend über Binz, als Elisabeth die Tür der Bäckerei Butt hinter sich schloss. Seitdem der russische Stadtkommandant im Haus der Butts wohnte, half Elisabeth der schmächtigen Bäckersfrau in der Backstube und beim Verkauf. Dass sie dort Arbeit gefunden hatte, hatte sie Maries alten Kontakten zu verdanken. Viele im Ort

neideten ihr diese Stelle, die mit einem frischen Laib Brot pro Tag gut bezahlt war.
Als Elisabeth durch die Zeppelinstraße zur Jasmunder Straße eilte, presste sie den Laib wie einen wertvollen Schatz an ihren Körper. Die Kapuze ihres großen grauen Mantels weit in ihr Gesicht gezogen, durchquerte sie die Dunkelheit mit langen, schnellen Schritten, vorbei an den Villen und Häusern, in denen fast ausschließlich Flüchtlinge untergebracht waren. Vereinzelt blitzte hinter den dunklen Fenstern das Flackern einer Kerze auf und in deren Schein bleiche Gesichter. Elisabeth beachtete sie jedoch nicht, genauso wenig, wie die Menschen sie wahrnahmen.
Seit einigen Wochen schon hatte sie jeden Abend dasselbe Ziel – ein Haus am Schmachter See, etwas abseits gelegen, östlich des Ufers. Die Tür zum Hintereingang ließ sich leise öffnen, aber es war so still rundherum, dass jeder Atemzug Elisabeth einen Schrecken einjagte.
Magnus von Plancken saß an einem notdürftig eingerichteten Schreibtisch in der Ecke eines Zimmers und erwartete sie bereits. Elisabeth sah ihn nicht, ihre Augen mussten sich erst an die Dunkelheit gewöhnen, aber sie hörte seinen schweren Atem in der verbrauchten kalten Luft. Obwohl sie wusste, dass sich außer dem Tisch und einem Stuhl und der Matratze, die in der anderen Ecke des Zimmers auf dem Boden lag, keine weiteren Gegenstände in dem Raum befanden, tastete sie sich nur langsam vorwärts, als würde sie jederzeit ein Hindernis fürchten. Beide schwiegen sie. Diese stumme Begegnung gehörte zu ihrem Ritual. Magnus streckte seinen Arm nach Elisabeth aus und zog sie zu sich auf den Schoß. Mit einem geübten Handgriff streifte er ihr die Kapuze vom Kopf und strich durch ihr langes lockiges

Haar. Jedes Mal aufs Neue überraschte es ihn, wie weich es war, und als könnte er doch noch hinter das Geheimnis seiner Zartheit kommen, roch er auch diesmal wieder daran wie an einem seltenen Duft. Elisabeth gab ihm einen vorsichtigen Kuss. Seitdem Magnus sich versteckt halten musste, hatte sie Angst, dass ihn jede Berührung mehr und mehr zum Verschwinden bringen könnte.

Dabei war Elisabeth gerade von seiner stattlichen Statur fasziniert gewesen, als sie sich kennengelernt hatten, damals vor mehr als zwei Jahren, als sie noch als Hausdame bei seinen Eltern auf dem Gut gearbeitet hatte. Eines Tages hatte er plötzlich vor ihr gestanden, mit stolzgeschwellter Brust und in Uniform, noch schöner und größer als auf den Fotos, die im Musikzimmer auf dem Flügel gestanden hatten. Sein Gruß war zackig gewesen wie der Gruß eines Soldaten, was Elisabeth nicht weiter beeindruckt hatte, da sie an nichts anderes gewöhnt war, aber in seiner Männlichkeit hatte eine Verheißung gelegen, von der sie bis dahin noch nicht einmal etwas geahnt hatte. Die Selbstverständlichkeit, mit der er damals um ihre Gunst geworben hatte, hätte auch leicht überheblich wirken können, doch Elisabeth hatte seine selbstsichere Art von Anfang an in ihrem Glauben bestärkt, dass sie füreinander bestimmt waren. An dieser Überzeugung hielt sie nach wie vor fest, auch wenn sich die Welt um sie herum längst verändert hatte.

Das Gut der von Planckens war eines der Ersten gewesen, das auf Anweisung des russischen Kommandanten bereits im September 1945 enteignet worden war. Dort, wo einst auf riesigen Flächen Hafer und Gerste wuchsen, teilten sich jetzt über hundert Bauern das Land. Das Gutshaus, in dem Magnus von Plancken geboren worden war, war noch immer das größte auf der ganzen Insel, aber mittlerweile wohnten so viele Menschen dort, dass es fast zu klein geworden war. Elisabeth war erst kürzlich mit dem Fahrrad daran vorbeigekommen, als sie auf dem Weg nach Bergen war, und sie hätte ihr altes Reich, das auch für sie längst Heimat geworden war, kaum erkannt. So viele Kinder, die dort herumgewuselt waren, hatte sie noch nie zuvor gesehen. Magnus hatte sie von ihrem Eindruck noch nichts erzählt, aber das Bild mit den tobenden Kindern hatte sich in ihr Gedächtnis gebrannt. Ihr war, als bewiese es, dass es keinen Schritt zurück mehr gab, auch wenn Magnus' Familie Unrecht geschehen war.

Alle, die von seiner Familie noch lebten, waren am Tag vor der Enteignung geflohen – seine Mutter, seine drei Schwestern, sein Onkel, seine Tante, die Nichten und ein Neffe. Nur Magnus war geblieben. Er hatte sich nicht mit dieser Entscheidung abfinden wollen, nicht kampflos zumindest. Dass die Russen nicht zögern würden, ihn zu erschießen, konnte er damals nicht glauben. Einen von Plancken erschießt man nicht, hatte er gedacht. Aber sie hätten ihn erschossen, hätte ihn nicht ein ehemaliger Angestellter seiner Eltern gewarnt, der acht Hektar des von Planckenschen Besitzes zugesprochen bekommen hatte.

Seitdem wechselte Magnus von Plancken alle paar Wochen sein Versteck, in der Hoffnung, so bald wie möglich seinen Besitz zurückzubekommen. Er hatte Eingaben beim Inselkommandanten gemacht, bei der Landesregierung in Schwerin, und momentan bereitete er ein Schreiben an die Sowjetische Militäradministration in Berlin vor. Ein Anwalt aus Hamburg unterstützte ihn, aber die Kommunikation war schwierig und lief über drei Mittelsmänner. Einer von ihnen

war seit einigen Tagen verschwunden, und seitdem Elisabeth davon wusste, fand sie kaum noch in den Schlaf.
Elisabeth holte das Brot unter ihrem Mantel hervor und legte es auf den Tisch. Nur zu gern hätte sie Magnus auch eine warme Suppe mitgebracht, aber der verschollene Mittelsmann hatte sie in Alarmbereitschaft versetzt, und mit einem Henkelmann durch die Binzer Straßen zu gehen schien ihr viel zu gefährlich zu sein. Es war noch immer stockdunkel in dem kleinen Zimmer, aber ihre Augen hatten sich mittlerweile so gut an die Dunkelheit gewöhnt, dass sie Magnus' Umrisse wahrnahm. Er war schmal geworden, aber sein Körper fühlte sich noch immer drahtig an, was an den dreißig Liegestützen lag, die er jeden Tag nach dem Aufstehen machte, ganz gleich, ob er zwei oder drei Stunden oder gar nicht geschlafen hatte.
Er war fest entschlossen, durchzuhalten, und hätte Elisabeth ihn nicht schon öfter dabei beobachtet, mit welcher Gier er das trockene Brot in den Mund schob, sie hätte ihm vielleicht sogar geglaubt, dass ihm dieses einsame Leben so schnell nichts anhaben konnte. Aber sie spürte seine Angst jeden Tag ein bisschen mehr, und jeden Tag beschwor sie ihn ein bisschen flehentlicher, doch endlich von seinem Vorhaben zu lassen und mit ihr zu fliehen. Auch an diesem Abend tat sie das, aber wie immer hatte sie damit keinen Erfolg. Als sie sich nach einer Stunde wieder verabschiedete, spürte sie zum ersten Mal, wie schmerzlich diese Trennung für sie war. Die ganzen letzten Wochen über hatte sie nicht einmal geweint, anfangs hatte sie fest an Magnus' Traum geglaubt und später immerhin noch an seine Stärke, aber jetzt standen ihr Tränen in den Augen. Magnus' Kampf war aussichtslos geworden, das wusste sie, und sie wusste,

dass er das ebenfalls wusste, und dennoch gab er nicht auf.
Den Weg nach Hause nahm sie wie in Trance. Noch nie zuvor war sie so verzweifelt gewesen wie an diesem Abend, als sie Magnus sogar unter Tränen angefleht hatte, doch endlich zur Vernunft zu kommen. Fassung bewahren, das war etwas, was sie immer gut gekonnt hatte. Dass sie jetzt dabei war, ihre Beherrschung zu verlieren, erschütterte sie am meisten. Und dennoch ließ sie ihren Tränen in der Dunkelheit freien Lauf, als würde sie ahnen, dass es die ersten und letzten für lange Zeit sein könnten, wollte sie nicht den Verstand verlieren.
Noch bevor sie die Tür zur Villa Luise öffnete, hörte sie bereits einige der russischen Offiziere nach Bier und Wodka grölen. Es war jeden Abend das gleiche Spiel, und Elisabeth konnte der Anblick der betrunkenen Soldaten schon lange nicht mehr erschüttern. Auch wenn sie ihr unter den Rock griffen, war ihr, als würde sie nichts spüren. Seitdem ihre Mutter und Marianne im Haus wohnten, war es jedoch noch lauter als vorher, und die Luft schien zum Zerreißen gespannt. Vor allem Klara war die Angst anzusehen, aber auch Marianne hatte sich längst noch nicht an diesen Umgang gewöhnt.
»Ah, schöne Lissy«, rief ihr einer der Russen aus dem Kaminzimmer entgegen, als sie den Flur entlangkam. »Deine Schwester, so schüchtern.« Er schüttelte missmutig den Kopf. »Zeig ihr, was Frau ist.«
»Ach, Ivan«, schnaubte Elisabeth verächtlich und näherte sich ihm in aufreizend gelassenen Schritten. »Was verstehst du denn schon von Frauen, hm?« Sie reckte ihm ihre großen Brüste entgegen und sah ihn herausfordernd an.

Gierig flackerten seine Augen, während er seinen Kameraden irgendetwas auf Russisch zurief. Wie ein Tier näherte er sich ihr, die Hand zum Zupacken bereit, doch Elisabeth entwischte ihm. Mit provozierendem Hüftschwung, den Kopf weit in den Nacken gelegt, so dass ihre Haare bis auf die Hüften fielen, ging sie einfach davon. Eine Salve russischer Flüche begleitete sie bis zur Küche.

»Wo warst du?«, fragte Klara, die wie jeden Abend auf Elisabeth wartete. Aber wie immer bekam sie keine Antwort.

»Du musst vorsichtiger sein«, sagte sie daher besorgt und musterte ihre Tochter. Sie war jetzt einundzwanzig Jahre alt und eine auffallend schöne Frau, großgewachsen, schwungvoll geformt, mit einem reifen Gesicht. Klara suchte nach Ähnlichkeiten mit ihr, nach Merkmalen, die ihre Abstammung verrieten, aber irgendwie schien es, als wäre Elisabeth eine ganz und gar eigenständige Persönlichkeit. Auch von Johannes hatte sie auf den ersten Blick nichts geerbt.

Marianne wirkte neben Elisabeth fast noch wie ein Kind, und seitdem sie ihre Haare abgeschnitten hatte, hätte man sie auch für einen Jungen halten können. »Du machst sie ganz heiß«, sagte sie kühl und verschränkte ihre Arme vor der Brust. »Willst du, dass sie uns noch alle vergewaltigen?«

»Marianne«, zischte Klara und sah ihre Tochter missbilligend an. »Was redest du denn da?«

»Das weißt du ganz genau. Du könntest ruhig etwas Rücksicht auf Mutter und Großmutter nehmen«, sagte sie an Elisabeth gewandt. »Oder findest du es richtig, dass sie sich auch noch deinetwegen Sorgen machen müssen?«

»Misch dich nicht in meine Angelegenheiten.« Elisabeths Stimme klang barsch. »Großmutter und ich sind bislang sehr gut zurechtgekommen, nicht?« Sie sah zu Marie, die am Kopfende des Küchentisches saß und sich gerade eine Tasse Tee einschenkte. »Außerdem brauche ich keinen Aufpasser. Ich habe euch nicht gebeten, hierherzukommen«, fügte sie bissig hinzu.

»Ich habe sie gebeten zu kommen«, erklärte Marie ruhig. »Man kann nie genug Familie um sich haben.«

Elisabeth lächelte. »Wenn du meinst«, sagte sie spitz.

»Was ist los?«, fragte Klara so gelassen wie möglich. Seitdem sie wieder gemeinsam unter einem Dach wohnten, verging kaum ein Tag ohne Streitereien, aber diesmal war sie nicht gewillt, sich von Elisabeth provozieren zu lassen.

Elisabeth zuckte mit den Schultern. »Nichts, was soll schon sein?«

»Hast du das Brot mitgebracht?«

»Nein. Heute gab's keins«, antwortete Elisabeth knapp und drehte sich weg.

Marianne lachte. »Heute gab's kein Brot? Was habt ihr denn dann in eurer Bäckerei den ganzen Tag gemacht? Vorgestern hattest du auch schon keins dabei und vorvorgestern auch nicht. Findest du das nicht irgendwie merkwürdig?«, fragte sie erregt. »Aber nein, für Madame ist das alles ganz normal. Und bitte, wehe, man fragt nach. Fragen strengstens verboten.« Sie knallte ihre Teetasse auf den Tisch und sah Elisabeth aus blitzenden Augen an. »Manchmal glaube ich, du denkst, du wärst allein auf dieser Welt. Ich frage mich nur, ob du weißt, was du tust, oder ob du tatsächlich so blind bist, wie es den Anschein hat. Sieh mich an«, forderte sie Elisabeth mit energischer Stimme auf, »ich bin auch noch da, deine Schwester. Und deine Mutter und deine Großmutter.« Sie zeigte auf Klara und Marie. »Und deinen Bruder und deinen Vater, die gibt es auch noch, auch wenn sie zurzeit leider nicht bei uns sind. Oder hast du sie schon vergessen?« Sie schüttelte verständnislos den Kopf. »Weißt du, was ich wirklich seltsam finde? Dass du meine Schwester bist und ich niemanden kenne, der mir fremder wäre als du. Und manchmal frage ich mich, warum das so ist, aber ich kann einfach keine Antwort finden. Und ich frage mich, ob du das überhaupt bemerkst, ob du überhaupt irgendetwas bemerkst. Ich sehe in dein Gesicht, und ich sehe nichts.« Mariannes Stimme wurde brüchig. »Warum provozierst du die Russen so, dass wir alle Angst haben müssen?«

Elisabeth schluckte. »Ich provoziere sie doch nicht, sie provozieren mich.«

»Wie nennst du es dann, wenn du vor ihnen so rumposierst? Und wenn du immer so spät nach Hause kommst, was glaubst du denn, was da in deren kleinem Hirn so vor sich geht? Die reimen sich doch alles Mögliche zusammen, was du so spät am Abend da draußen noch treibst.«

»Schluss jetzt!«, sagte Klara energisch. »Ich will davon nichts mehr hören.«

»Ach ja, aber wer macht sich denn die ganze Zeit Sorgen um sie?«, fragte sie in fast beleidigtem Ton.

»Natürlich macht sich deine Mutter Sorgen«, ging Marie dazwischen. »Ich mache mir auch Sorgen, um dich und um Elisabeth. Aber ich würde deine Schwester nie für das Verhalten dieser Russen verantwortlich machen. Und deine Mutter sicherlich auch nicht. Und du solltest das auch nicht tun«, sagte sie ruhig, während sie Marianne mit ernstem Blick in die Augen sah. »Verstehst du? Die einen sind eben lauter im Umgang mit diesen ungehobelten Burschen und die anderen leiser, aber niemand behauptet, dass das eine Verhalten besser ist als das andere. Nicht, Klara? Du solltest das doch am besten wissen. In der Fischerklause waren sicherlich auch nicht nur Unschuldslämmer zu Gast.«

»Weiß Gott nicht. Aber es war schon anders damals. Das liegt wohl an der Kultur.«

»Ach, Kinder«, meinte Marie bemüht fröhlich, »lasst uns doch deswegen nicht länger streiten. Ich kann euch gar nicht sagen, wie glücklich ich bin, euch bei mir zu haben, da stören doch diese Russen kaum. Wir sollten sie ignorieren, dann geht dieser Spuk sicherlich schnell vorbei.«

Niemand stimmte ihr zu, schließlich wussten alle nur zu gut, dass sie nicht recht hatte. Auch Marie wusste das. Aber Klara zeigte immerhin durch ihr Lächeln, dass sie dankbar dafür war, dass ihre Mutter sich immer wieder um Frieden zwischen ihnen bemühte. Marianne fühlte sich missverstanden, doch sie sagte nichts. Wortlos stand sie auf und ging. Elisabeth sah ihr fast mitleidig hinterher. Es war das erste Mal, dass Marianne in diesem Ton mit ihr gesprochen hatte, und hätte Elisabeth an diesem Abend ihre ganzen Gefühle nicht bereits aufgebraucht, sie hätte vielleicht sogar an Mariannes unbeholfenem Liebeswerben Gefallen gefunden. So aber hatte sie nur ein Kopfschütteln für ihre Schwester übrig, deren Sorgen ihr so winzig klein erschienen im Vergleich zu ihren.

# 52

Zwei Tage lang waren Max' Spuren im Schnee zu sehen gewesen, dann hatte es erneut geschneit, und dicke Flocken hatten die großen Fußabdrücke, die zur Villa Luise führten, langsam unter sich begraben. Als Klara am Nachmittag des Heiligabends gemeinsam mit ihren Kindern aus der Tür trat, war kaum noch zu erahnen, auf welchem Weg er gekommen war.

Vor einer Woche war Max zurückgekehrt, plötzlich und ohne Ankündigung, und auch wenn er sich anfangs kaum auf den Beinen hatte halten können, war er mittlerweile wieder in erstaunlich guter Verfassung. Zwar schlotterte der Anzug, den er trug, um seinen ausgezehrten Körper, aber an die Kälte war er gewohnt. Der eisige Wind, der sie auf dem Weg zur Kirche begleitete, ließ ihn als Einzigen nicht zittern.

Klara war noch immer fassungslos angesichts des unerwarteten Glücks, das sie so kurz vor Weihnachten ereilt hatte. Mit bedächtigen Schritten ging sie hinter ihren Kindern her und beobachtete mit Erstaunen, mit welcher Selbstverständlichkeit sich Marianne bei Max unterhakte. Nichts schien sich zwischen den beiden verändert zu haben. Sie scherzten wie früher, nur ihr Lachen war etwas leiser geworden. Elisabeth ging einige Schritte voraus. Sie hatte es eiliger als die anderen, in die Kirche zu kommen, und drehte sich immer wieder ungeduldig um.

Marie, die gerne mitgegangen wäre, hatte es vorgezogen, zu Hause zu bleiben. Erst am Vortag waren überraschend Flüchtlinge in der Villa Luise einquartiert worden, und nun hatte sie Angst, ihr Haus unbeaufsichtigt zu lassen. Grundlos war diese Sorge nicht. Von zahlreichen Nachbarn hatte sie Geschichten über zerstörtes Mobiliar und leer geräumte Vorratskammern gehört.

Als sie die Kirche erreichten, hatte sich bereits eine große Menschentraube vor der schmalen Eingangstür gebildet. Einheimische standen neben Flüchtlingen dicht gedrängt, und wäre nicht Weihnachten gewesen, hätten sie sicherlich mehr als nur giftige Blicke ausgetauscht. An diesem ersten Weihnachtsfest nach Kriegsende schien jedoch alle ein tiefer Wunsch nach Frieden zu verbinden, und so nickten sich die meisten trotz der angespannten Stimmung aufmunternd zu.

Max erstarrte, als er die vielen Menschen sah, die in der Kirche nach freien Plätzen auf den kalten Bänken suchten.

»Was ist los, Max? Du kannst hier nicht stehen bleiben«, sagte Marianne leise und zog ihn sanft vom Eingang fort.

»Es ist so voll hier«, flüsterte er und sah sich erstaunt in dem kargen Kirchenschiff mit seinen backsteinernen Säulen um.

»Warte, bis alle sitzen«, raunte Klara, die sein ängstliches Gesicht bemerkt hatte, ihm von hinten ins Ohr. »Wir suchen uns einen Platz am Rand.«

»Ja, ist gut«, murmelte er, aber immer wieder blickte er sich angespannt um. Als sie in der vorletzten Bank Platz genommen hatten, ging sein Atem schwer, und Schweiß stand ihm auf der Stirn.

»Du bist einfach noch geschwächt«, versuchte Klara ihren Sohn zu beruhigen, während sie ihn von der Seite sorgen-

voll beobachtete, aber sie ahnte, dass dies nur die halbe Wahrheit war.
»Die vielen Menschen«, sagte Max erneut und richtete seinen Blick starr zu Boden.
»Sollen wir wieder gehen? Lissy und Marianne werden auch ohne uns auskommen, nicht?« Die beiden nickten verständnisvoll.
»Nein, nein«, wehrte er ihr Angebot entsetzt ab und richtete sich wie zum Angriff kerzengerade auf. »Es ist alles in Ordnung.«
»Frederik!«, rief Marianne und sprang so hastig auf, dass Max vor Schreck erzitterte. Frederik Ahlen, den sie auf dem Krügerschen Hof kennengelernt hatte, saß in der Mitte des Kirchenschiffes und winkte Marianne mit einem breiten Lächeln zu. Stolz zeigte Marianne auf Max, aber Frederik verstand nicht, und so drehte er sich rasch wieder Richtung Altar.
Langsam verstummten die vielen Stimmen. Nicht nur die Kinder verfolgten mit leuchtenden Augen, wie eine ältere schwarz gekleidete Frau nach vorne trat und die Kerzen an dem Weihnachtsbaum entzündete, der neben dem Altar stand. Ein Raunen ging durch die Kirche, als auch der letzte Docht entflammt war, und die Frau gebückt, aber mit ehrfurchtsvollen Schritten wieder abtrat. Das goldene Lametta, das über den dünnen Zweigen hing, erstrahlte hell in dem warmen Glanz, und die roten Glaskugeln, die bei Tageslicht alt und beschädigt ausgesehen hatten, funkelten im Kerzenschein wie neu.
Marianne war von dieser Schönheit tief berührt. Sie griff nach Max' Hand und drückte sie fest. Als die Orgel einsetzte und die ersten Töne den Raum erfüllten, war ihr, als

würde sie einem Wunder beiwohnen. Mit bedächtigem Stolz schwangen sich die tiefen Orgelklänge in luftigere Höhen auf, und ihr schien, als würden sie alle mit diesen Tönen hinwegschweben.

Über Klaras Wangen rannen Tränen. »In dulci jubilo«, erklang es zaghaft. »Nun singet und seid froh.« Leise sprach sie den Liedtext im Rhythmus der Melodie mit, während sie in Gedanken bei Malte war. Sie rückte enger an Max heran, der lautlos seinen Mund bewegte. Keiner sah den anderen an. Auch Elisabeth wirkte abwesend. Ihr Blick schien weit über den Altar hinauszureichen.

Es war schon dunkel draußen, als sie wieder aus der Kirche traten, und dennoch war auf vielen Gesichtern der Schmerz zu erkennen, von dem die Kirchgänger während der Predigt überwältigt worden waren. Unter tief gesenkten Köpfen versuchten viele der Frauen ihre rotgeweinten Augen zu verbergen, und auch manch einer der älteren Männer wagte es kaum, den anderen in die Augen zu schauen.

Klara legte ihren Arm um Max' Schultern und drückte ihn fest an sich. Es war eine wortlose, kurze Umarmung, aber ihr schien, als wäre mit dieser Geste alles gesagt. Beide versuchten sie zu lächeln, aber bei beiden sah das Lächeln angestrengt aus.

»Darf ich euch Frederik Ahlen vorstellen«, platzte Marianne dazwischen und zeigte auf die große, hagere Gestalt ihr gegenüber. »Ich hoffe du hast nichts dagegen, Mutter, aber ich habe ihn eingeladen, mit nach Hause zu kommen. Es ist doch Weihnachten, und er hat hier sonst niemanden«, fügte sie fast entschuldigend hinzu.

»Natürlich«, erwiderte Klara, die noch immer etwas benommen wirkte, »natürlich, gern.«

»Mein Bruder Max«, sagte Marianne stolz und zeigte auf ihn. »Er ist erst vor einer Woche aus dem Krieg gekommen.«
Frederik reichte Max die Hand. Max packte fester zu als nötig, aber Frederik verzog keine Miene. Als gelte es erst eine Probe zu bestehen, musterten sich die beiden jungen Männer argwöhnisch.
»Freut mich«, sagte Max als Erster und lächelte.
»Mich auch«, erwiderte Frederik erleichtert.
»Und Lissy«, sagte Marianne, »meine Schwester.«
»Elisabeth«, korrigierte ihre Schwester sie streng, während sie ihren Blick suchend über die umstehenden Köpfe gleiten ließ.
Frederik nickte anerkennend. »Elisabeth, freut mich, Sie kennenzulernen.«
»Ich finde, es wird langsam empfindlich kalt hier«, sagte Elisabeth ungeduldig, ohne Frederik weiter Beachtung zu schenken. »Großmutter wartet bestimmt schon mit dem Essen auf uns.«
Als wäre sie mit Frederik bereits ebenso vertraut wie mit Max, hakte sich Marianne bei beiden unter. Die drei gingen voraus, während Klara und Elisabeth in Gedanken versunken mit einigem Abstand folgten.
Klara dachte noch immer an Malte. Sie hatte in der Kirche für ihn gebetet, zum ersten Mal in ihrem Leben, aber die Hilflosigkeit, die sie dabei gespürt hatte, hatte ihren Schmerz nur weiter entfacht. Mehr denn je hoffte sie auf ein Lebenszeichen von ihm. Wenn sie erst einmal wüsste, wo er war und wie es ihm ging, dann würde sie ihm auch helfen können. Dass er noch lebte, daran zweifelte sie nie.
»Magnus muss fliehen«, flüsterte Elisabeth eine Stimme von

hinten ins Ohr. Erschrocken drehte sie sich um. Ein dunkles Augenpaar blitzte unter einer wollenen Mütze hervor und starrte ihr direkt ins Gesicht.
»Sind Sie …?«, fragte sie leise, aber der Fremde unterbrach sie abrupt.
»Keine Fragen«, sagte er barsch. »Man hat ihn verraten, sagen Sie ihm das.«
»Wer? Woher? Wer sind Sie?«, stammelte Elisabeth und versuchte in der Dunkelheit etwas zu erkennen.
»Er muss fliehen. Schnell«, sagte er eindringlich, dann entschwand er in der schwarzen Nacht.
Elisabeth zitterte am ganzen Körper. Sie hatte gewusst, dass ihr jemand eine Nachricht überbringen wollte, irgendwo in oder bei der Kirche. Die ganze Zeit schon hatte sie ungeduldig darauf gewartet, aber sie hatte nicht mit dieser Art von Treffen gerechnet. Wie angewurzelt verharrte sie auf der tiefverschneiten Straße, als könnte sie nie wieder einen weiteren Schritt machen.
»Lissy?«, hörte sie ihre Mutter rufen. »Wo bleibst du?« Elisabeth konnte ihre Umrisse in der Ferne erkennen, aber der Weg bis dorthin schien unendlich weit zu sein. Als würden ihre Beine einer fremden Macht gehorchen, tastete sie sich langsam vorwärts. Kreidebleich im Gesicht, die Augen wie nach einem Alptraum weit aufgerissen, kam sie in der Villa Luise an.
»Wo warst du?«, fragte Klara besorgt, aber als sie ihre Tochter sah, ergriff sie sie nur am Arm, schob sie sanft in die Stube und setzte sie in die Nähe des wärmenden Kamins auf einen Stuhl. Elisabeth zitterte noch immer.
»Ich glaube, ich lege mich am besten hin«, sagte sie mit kaum hörbarer Stimme. Ihr starrer Blick traf auf die fragen-

den Gesichter von Marianne, Max und Frederik, die um den gedeckten Tisch standen und eigentlich nur darauf gewartet hatten, endlich mit dem Essen anfangen zu können.

»Bist du krank?«, fragte Marianne, aber Elisabeth antwortete ihr nicht.

»Hast du Fieber?«, erkundigte sich Marie, die gerade mit einer großen Schüssel Bratkartoffeln hereingekommen war. Mit ihrer Hand fühlte sie Elisabeths Stirn. »Kalt, zum Glück. Fleckfieber hast du also nicht. Ihr wisst, dass ihr aufpassen müsst?«, fragte sie Max und Marianne mit mahnender Stimme. »Die vielen Flüchtlinge schleppen uns die Seuche ins Haus.« Ihr Blick wanderte zu Frederik, der am Kopfende des Tisches stand. »Da können Sie sich nicht hinsetzen.«

»Großmutter«, sagte Marianne erstaunt, »Frederik ist unser Gast, ich habe ihn eingeladen, und Mutter war damit einverstanden. Es ist Heiligabend.«

»Er kann sich gerne einen anderen Platz aussuchen, aber der muss frei bleiben. Den habe ich für deinen Vater eingedeckt«, entgegnete sie und wandte sich erneut an Elisabeth. »Eine heiße Hühnerbrühe wird dir guttun. Die macht selbst Tote wieder lebendig.«

»Ich möchte mich lieber hinlegen«, sagte Elisabeth mit einer Stimme, die wenig überzeugend klang.

»Keine Widerrede. Erst die Hühnerbrühe, dann ab ins Bett. So habe ich es noch immer gehalten. Du wirst sehen, morgen bist du wieder auf den Beinen.«

Noch immer fühlte sich Elisabeth wie durch eine dicke Nebelwand von ihrer Umgebung getrennt, aber sie spürte, wie langsam wieder etwas Klarheit in ihre Gedanken zurückkam. Allein, dass Maries Stimme gerade heller in ihren

Ohren geklungen hatte als noch wenige Augenblicke zuvor, gab ihr Anlass zur Hoffnung. Nichts überstürzen, sagte sie sich und versuchte ihrer Großmutter zuzulächeln. »Einverstanden, erst die Hühnerbrühe, danach sehen wir weiter.«
Klara benötigte einige Zeit, um sich an den Anblick des leeren Platzes am Kopfende zu gewöhnen. Auch Marianne wagte es kaum, dorthin zu schauen. Wie ein Mahnmal stand das unbenutzte Gedeck vor dem leeren Stuhl, auf den Marie wie auf alle anderen Stühle auch ein Paar selbstgestrickte Socken gelegt hatte.
Auf Max' Platz lag noch ein alter, aber von Klara frisch gestopfter Pullover von Franz. Für Marianne hatte Klara eines seiner aus festem Leinen gewebten Hemden umgenäht, und für Elisabeth war sie in Maries Kleiderschrank fündig geworden. Ein mit Spitzen besetztes rotes Kleid, das einmal Sophie gehört hatte, hatte sie auf Knielänge gekürzt.
Marie hatte das Radio angestellt, aus dem weihnachtliche Gesänge klangen. Als ein Knabenchor »O Tannenbaum« sang, schaute Klara betreten von ihrem Teller auf und sah zu den vier mit silberfarbenem Lametta geschmückten Zweigen, die in einer Vase neben dem Kamin standen. Das Lametta musste noch aus ihrer Kindheit stammen. Sie hatte es im hintersten Winkel des ehemaligen Kolonialwarenladens gefunden, der bereits seit dem Ersten Weltkrieg als Abstellkammer diente.
»Nächstes Jahr werden wir auch wieder einen Weihnachtsbaum haben«, sagte Klara und sah erwartungsfroh in die Runde. Doch nur Marie hob kurz den Blick vom Teller und nickte ihr stumm zu. Schweigend saßen sie um den langen Tisch und aßen eingelegten Hering mit Bratkartoffeln. Elisabeth löffelte nachdenklich ihre Suppe.

»Was Vater heute wohl macht?«, durchbrach Marianne plötzlich die Stille, doch statt eine Antwort zu erhalten, sah sie nur in bedrückte Gesichter. Selbst Frederik schaute besorgt aus, und für einen kurzen Augenblick wünschte sie, sie hätte die Frage nicht gestellt.
»Er hat es bestimmt genauso warm wie wir«, antwortete Klara schließlich leise, »und er denkt bestimmt an uns.«
»Ja«, meinte Marianne zufrieden, »das glaube ich auch. Er wird an uns denken, wie wir an ihn denken.«
»Wenn er Glück hat, bekommt er einen Napf mit lauwarmer Suppe«, sagte Max.
»Ich habe euch noch gar nicht die gute Nachricht erzählt«, ergriff Marie rasch das Wort. »Meine Schwester hat geschrieben. Ihr Sohn ist letzte Woche nach Mönchgut heimgekehrt. Was ist mit Ihrer Familie, Frederik?«, fragte sie den Gast, der gegenüber von Elisabeth und zwischen Max und Marianne saß.
»Tot«, antwortete er knapp und zuckte mit den Schultern, als hätte er schon viel zu oft diese Frage beantwortet.
»Mein Beileid.« Marie nickte wissend.
»Tot?«, fragte Marianne bestürzt. »Das wusste ich nicht.«
»Meine Eltern sind schon lange tot«, sagte er in einem Ton, als müsste er sich dafür entschuldigen. »Ich bin auf dem kleinen Gut meiner Großeltern aufgewachsen. Das war ihr Schatz, das Gut, und als die Russen kamen, wollten sie es nicht verlassen. Sie waren sich einig, dort sterben zu wollen. Und so hat mein Großvater sein Jagdgewehr genommen, meine Großmutter erschossen und danach sich selbst gerichtet. Mir hat er seine Ersparnisse überlassen, damit ich fliehen konnte.«

Marianne und Klara schüttelten vor Entsetzen die Köpfe. »Wie schrecklich«, flüsterten sie fast gleichzeitig.
»Eine Geschichte von vielen«, sagte Frederik mit gelassener Stimme. »Auf der Flucht habe ich viel schlimmere Dinge erlebt. Immerhin haben meine Großeltern selbst bestimmt, wann und wo sie sterben wollten. Ich glaube, sie haben sich damit vieles erspart. Man muss sich doch nur mal die Alten anschauen, die es bis hierher geschafft haben. Abgemagert sind sie, verlaust, die Zähne fallen ihnen aus. Nein«, er schüttelt den Kopf, »in diesem Zustand hätte ich meine Großeltern nicht sehen wollen. Vielleicht halten sie noch ein Jahr durch, vielleicht auch nur noch einen Monat oder eine Woche oder einen Tag. Und wofür? Für ihre Kinder? Ihre Enkel? Ihr Land?« Frederik beugte sich erneut über seinen Teller und schob den letzten Rest Hering auf seine Gabel. Er war erst zwanzig, aber in diesem Moment wirkte er wie ein alter weiser Mann. »Ich finde es richtig, wenn man bereit ist, für seine Überzeugung zu sterben«, fügte er selbstsicher hinzu, nachdem am Tisch noch immer betretenes Schweigen herrschte.
Frederiks Äußerungen hatten Elisabeth hochschrecken lassen. Sie musterte ihn, als sähe sie ihn an diesem Abend zum ersten Mal.
»Dann finden Sie es also richtig, dass so viele Soldaten den Tod gefunden haben?«, fragte Klara mit eisigem Unterton.
»Wenn sie der Meinung waren, dass sie das Richtige getan haben, dann ja«, antwortete er. »Ich denke allerdings, dass die wenigsten eine echte Meinung haben. Die meisten werden nicht aus Überzeugung gestorben sein, sondern weil sie zu feige waren, sich Gedanken über ihr Tun zu machen. Das ist dann tragisch, aber so ist wohl die menschliche Natur.

Schmeckt übrigens hervorragend«, lobte er und nahm sich noch etwas von den Bratkartoffeln.

Frederiks Selbstsicherheit stieß bei Marie, Klara und Marianne auf stummes Erstaunen. In Max hingegen pochte die Wut. Er musste sich beherrschen, nicht auf Frederik loszugehen, so maßlos ungerecht fand er dessen Urteil über den Tod vieler seiner Kameraden. Doch noch ehe er etwas hätte sagen können, brach es auch schon aus Elisabeth heraus.

»Das ist doch purer Egoismus«, giftete sie ihn mit blitzenden Augen an. Ihr Ton war so schneidend, dass alle für Sekunden den Atem anzuhalten schienen. Selbst Frederik wirkte für einen kurzen Moment überrascht.

»Wenn Sie meinen«, erwiderte er dann mit einem breiten Lächeln auf den Lippen, während er sie betrachtete. »Aber wenn ich Sie mir so anschaue, dann glaube ich ehrlich gesagt nicht, dass Sie zu den Menschen zählen, die frei von Eigennutz sind.«

Elisabeth schluckte. Das saß. Marianne lachte spontan auf, und auch Max konnte sich trotz seines Ärgers ein Grinsen nicht verkneifen.

»Ich scheine recht zu haben«, bemerkte Frederik mit einem fast entschuldigenden Gesichtsausdruck. »Sie sollten das als Lob verstehen. Es wäre doch nicht auszuhalten, wenn man es immer allen recht machen wollte.«

»Was wissen Sie schon«, herrschte Elisabeth ihn an. »Ihr alle, ihr glaubt mich zu kennen, aber ihr wisst doch überhaupt nichts über mich«, sagte sie wütend und stand auf.

»Lissy!«, rief Klara ihrer Tochter besorgt hinterher, aber Elisabeth war schon auf dem Weg zur Tür und dachte nicht daran, sich noch einmal umzudrehen.

»Es scheint ihr jedenfalls wieder besserzugehen«, sagte

Marianne in süffisantem Ton. »Ich kenne wirklich niemanden, der so egoistisch ist wie sie.«
Frederik schmunzelte. »Dann sollten wir uns vielleicht näher kennenlernen.«
»Muss ich das als Drohung verstehen?«, fragte sie lachend.
»Ich weiß nicht«, antwortete er vieldeutig.
Max taxierte Frederik mit kritischem Blick. »Pass bloß auf«, drohte er, »wenn du meiner Schwester auch nur ein Härchen krümmst, dann bekommst du es mit mir zu tun.«
»Danke, Max, aber ich kann schon selber auf mich aufpassen«, erklärte Marianne.
»Es kommt vielleicht etwas plötzlich«, sagte Frederik nachdenklich, der Max' Worte einfach ignorierte, »aber ich hab da gerade eine Idee. Mir wurden zehn Hektar Land in der Nähe von Bergen zugesprochen, und die Fläche nebenan ist noch nicht vergeben. Wie wär's, Max? Hast du Interesse? Ich habe ein paar Kontakte, da würde sich sicherlich etwas machen lassen. Wir könnten die Flächen zusammen bewirtschaften. Mit zwanzig Hektar Land kann man mehr ausrichten als mit zehn. Ich glaube, wir wären ein gutes Gespann.«
Max sah Frederik verdutzt an. »Wir?«, fragte er erstaunt. »Wie kommst du denn darauf?«
»Habe ich im Gefühl.« Er tippte sich an die Nase. »Die hat mich noch nie im Stich gelassen. Denk mal darüber nach. Nur allzu lange solltest du nicht grübeln. Die Kommission ist gerade eifrig dabei, die Ländereien aufzuteilen.«
»Bauer … ich?«, stammelte Max, der überhaupt nicht wusste, was er von Frederiks Vorschlag halten sollte. »Ich wollte Fischer werden wie mein Vater.« Sein hilfloser Blick wanderte zu Klara, die ihn unschlüssig ansah.

»Dein Vater wäre sicherlich stolz auf dich«, sagte sie zögerlich, »aber du weißt ja, wie die Lage zurzeit ist. Sein Boot liegt auf Grund, und der ganze Saßnitzer Hafen ist noch immer für die Fischerei gesperrt. Neulich habe ich sogar gehört, dass die Russen ihn weiterhin als Militärhafen nutzen möchten. Kann man sich irgendwie gar nicht vorstellen.« Bedauern schwang in ihrer Stimme mit, und ihr Blick ging weit in die Ferne. »Da ist der Krieg endlich vorbei, aber das alte Leben scheint weiter weg zu sein denn je.« Fast resigniert schüttelte sie den Kopf.

»Ach, ich fände das wunderbar«, unterbrach Marianne sie. »Bei Hannes auf dem Hof war es immer wie in einer Oase. Abgeschieden und ruhig, wie du es magst. Fast wie auf dem Wasser, nur dass es auf dem Land nicht annähernd so gefährlich ist. Außerdem ist es doch unglaublich spannend, etwas wachsen zu sehen. Max, bitte, ich freue mich jetzt schon auf meine Zeichnungen, die ich machen werde. ›Wie ein Paradies entsteht‹ soll die Serie heißen. Du wirst sehen, das wird phantastisch.«

Frederik nickte anerkennend. »An deiner Schwester kannst du dir ein Beispiel nehmen, Max. Die scheint genau zu wissen, was sie will.«

»Künstlerin werde ich«, sagte Marianne mit versonnenem, aber entschlossenem Blick. »Künstlerin und nichts anderes.«

# 53

Elisabeth saß auf ihrem Bett, eine kleine Tasche neben sich, und wartete, bis es still im Haus war. Als sich nichts mehr regte, nahm sie ihre Tasche und ging auf Strümpfen die Treppe nach unten. Jedem Schritt folgte ein leises Knarren, aber niemand in der Villa Luise störte sich daran.

Wie eine kleine Ewigkeit waren ihr die Stunden in ihrem Zimmer erschienen. Immer wieder war sie auf und ab gegangen, hatte ihre Tasche aus- und eingepackt, von Zweifeln geplagt, ob sie nicht wenigstens ihrer Mutter von ihrem Plan erzählen sollte, ja, ob Klara nicht sogar ein Recht darauf hatte zu erfahren, dass sie entschlossen war, ihre Familie und Rügen zu verlassen. Es war Mariannes Lachen am Tisch gewesen, das sie so lange hatte zögern lassen, dieses Lachen, das Frederiks Behauptung, sie denke nur an sich, so unumstößlich gemacht hatte. Die Vorstellung, dass sich alle in ihrem Urteil über sie bestätigt fühlen müssten, wenn sie ohne ein Wort des Abschieds ging, verletzte sie zutiefst. Aber jeder Versuch einer Erklärung hätte sie nur zusätzlich verunsichert, und jede Verunsicherung schien für sie eine tödliche Bedrohung zu sein.

Zarte Schneeflocken bedeckten Elisabeths Gesicht, als sie kurz nach Mitternacht das Haus verließ. Schwarz und stumm lag die See vor ihr, und auch in den Häusern rundherum war kein Licht mehr. Nur der Schein des hell leuch-

tenden Halbmonds schimmerte als dumpfe Ahnung durch die Wolkenschicht. Es war totenstill in Binz, selbst der Hall ihrer schnellen Schritte versickerte lautlos auf der schneebedeckten Straße. Umso lauter schien Elisabeth ihr Atem zu sein. Er dröhnte in ihren Ohren, und je näher sie Magnus' Versteck kam, desto schriller wurde sein Klang.
Elisabeth öffnete die Eingangstür zum Flur und horchte. Sie meinte, Schritte zu hören, ein Flüstern, aber in der Dunkelheit konnte sie nichts erkennen. Auf Zehenspitzen näherte sie sich dem Zimmer, in dem Magnus sich versteckte. Die Tür war nur angelehnt, und durch den schmalen Spalt drang ein flackerndes Licht. Erschrocken hielt sie den Atem an. Mit zitternder Hand tippte sie an die Tür und stieß sie etwas weiter auf. Ihr Blick fiel auf einen fünfarmigen Kerzenleuchter, der inmitten des Raumes auf dem Boden stand. Der helle Kerzenschein blendete sie, und für Sekunden kniff sie die Augen zusammen. Als sie sie wieder öffnete, erkannte sie mit Entsetzen, worin der Leuchter stand. Sie schrie so laut, wie sie noch nie geschrien hatte, und aus allen Ecken des Hauses schien der schrille Ton tausendfach zu ihr zurückzukehren, noch viel lauter, als er ursprünglich gewesen war. Ihr Körper bebte.
Mit der einen Hand hielt sie sich am Türrahmen fest, die andere presste sie auf ihren Mund, während sie mit weit aufgerissenen Augen auf die rote Lache starrte, die sich um den messingfarbenen Fuß des Kerzenständers schlängelte. Elisabeth fühlte sich wie gelähmt. Sie starrte auf das viele Blut, das sich langsam einen Weg zur Tür bahnte, dann tippte sie erneut vorsichtig gegen die Tür. Sie war jetzt bis zu Hälfte geöffnet und gab den Blick frei bis in den hintersten Winkel des Zimmers.

Magnus lag, den Blick starr zur Decke gerichtet, auf der mit Blut verschmierten Matratze. Elisabeth stöhnte vor Entsetzen. Dickflüssiges Blut lief ihm aus seinem halb geöffneten Mund, und aus seinem Bauch quoll eine verschlungene, unförmige Masse. Ein großes Loch klaffte in der Brust, das aussah wie der Krater eines Vulkans. Seine Arme und Beine waren mit Schnittwunden übersät, von denen manche so tief waren, dass Elisabeth selbst aus der Ferne die darunterliegenden Knochen erkennen konnte. Ihr wurde schwarz vor Augen. Mit beiden Händen versuchte sie, ihre Schreie zu ersticken, aber die Gewalten, die in ihr tobten, ließen sich nicht unterdrücken. Sie schrie und schrie, als könnte sie damit niemals wieder aufhören. Unwillkürlich hielt sie sich die Ohren zu, aber ihre Schreie brüllten in ihr nur umso lauter.
Als sie sich Magnus mit schwankenden Schritten näherte, verschmolz das schmatzende Geräusch des Blutes unter ihren Schuhen mit ihrem Schluchzen in ihren Ohren zu einem höllischen Klang. Wie in Trance setzte sie sich zu ihm auf die durchweichte Matratze und strich ihm eine mit Blut getränkte Strähne aus der Stirn. Er war nackt, und Elisabeth hätte seinen entstellten Körper gerne zugedeckt, aber sie konnte seine Decke nicht finden. Sie griff nach dem weißen Hemd, das fein säuberlich zusammengelegt auf einem Stuhl neben der Matratze lag, und breitete es vorsichtig über seinem Becken aus.
Lautlos flossen Tränen über ihre Wangen und tropften auf Magnus' Gesicht. Sie beugte sich zu ihm hinunter und küsste ihn. Erst auf die Stirn, dann auf seine warmen, feuchten Lippen. Wie süßer Honig schmeckte sein Blut in ihrem Mund, und es schien, als könnte sie nicht genug davon bekommen. Sie küsste ihn, bis sein Blut sie ganz bedeckte, ihre

Haare, ihr Gesicht und die Kleider, die sie trug. Erschöpft legte sie sich zu ihm auf die Matratze, und als wollte sie ihr Gesicht in seine Wunde tauchen, bettete sie ihren Kopf auf seine geschundene Brust.
Es dämmerte bereits, als sie wieder zu sich kam. Erst jetzt fiel ihr Blick auf die Wand gegenüber. »Junkerland in Bauernhand« stand dort in großen Buchstaben und darunter etwas auf Kyrillisch. Erneut wurde sie von heftigem Schluchzen geschüttelt. Im Morgenlicht war Magnus' Anblick noch erschütternder. Sie zog ihren wollenen Mantel aus und bedeckt seinen Leichnam damit.
»Ich liebe dich«, flüsterte sie mit vor Schmerz erstickter Stimme, »ich werde dich immer lieben.« Dann stand sie langsam auf, nahm ihre Tasche und ging mit taumelnden Schritten aus dem Zimmer, ohne sich noch einmal umzudrehen.
Als Elisabeth durch die Binzer Straßen irrte, begegneten ihr anfangs erschreckte, ungläubige Gesichter. Die Menschen verstummten, sobald sie in ihre Nähe kam, so fürchterlich sah sie aus. Das Blut auf ihrem Rock und der Bluse war zu riesigen dunklen Flecken geronnen, auf ihren Wangen und ihrer Stirn hatten sich dicke Krusten gebildet, und ihr blondes Haar war zu einer klebrigen rötlichen Masse geworden, die schwer von ihrem Kopf hinunterhing. Elisabeth nahm keine Notiz von dem, was um sie herum geschah. Mit leeren Augen ging sie ziellos durch die Straßen, dem Spott von immer mehr Kindern ausgesetzt, die ihr unaufhörlich folgten. Auch aus den geöffneten Fenstern trafen sie jetzt mehr und mehr gaffende Blicke, und auf Höhe des Kurhauses wagte es zum ersten Mal jemand, ihr »Mörderin« hinterherzubrüllen.

»Mörderin, Mörderin«, skandierten die Kinder sofort auf ihre unnachahmlich unverhüllt boshafte Weise und schreckten damit die letzten Schlafenden hoch. Nur Elisabeth schien noch immer nichts zu begreifen. In ihren Ohren verwandelte sich das Gebrüll der Kinder zu einem gleichförmigen Rauschen, das nach und nach den sanften Klang des Wellenschlags annahm.

Als sie auf die Strandpromenade einbog, näherte sich ihr aus der Ferne eine uniformierte Gestalt und richtete das Gewehr auf sie. Wie im Rausch ging sie mit federnden Schritten geradewegs auf den Polizisten zu, als wollte sie ihn bitten, abzudrücken.

»Nicht!«, rief Frederik entsetzt, der sich erst vor wenigen Augenblicken in der Villa Luise verabschiedet hatte und Elisabeth sofort erkannte. »Nicht schießen!«, schrie er, stürzte so schnell er konnte auf Elisabeth zu und riss sie zu Boden. Als der Polizist näher trat, lag Frederik noch immer über Elisabeth.

»Alles in Ordnung«, sagte er und versuchte Elisabeth mit seinem Körper vor dem Blick des Polizisten zu schützen. »Sie ist gefallen und hat einen Schock. Sie braucht einen Arzt.«

Der Polizist musterte ihn misstrauisch. »Papiere«, blaffte er ihn an. Frederik zeigte ihm ein abgegriffenes Dokument, das ihn als Flüchtling auswies. Mit kritischem Blick überflog der Polizist das Papier, dann hellte sich seine Miene auf.

»Aus Königsberg?«, fragte er.

»Aus der Nähe davon.«

»Eine herrliche Gegend«, sagte der Polizist.

»Ja, sehr schön«, pflichtete Frederik ihm bei.

»Meine Großeltern haben da gewohnt. Ich war vor dem Krieg oft dort. Na ja, vielleicht können Sie ja bald dahin zurück«, sagte er und schenkte Frederik ein aufmunterndes Lächeln. »Passen Sie gut auf sie auf.« Er deutete mit dem Kopf auf Elisabeth, die noch immer reglos auf dem Boden lag. »Nicht, dass sie noch einmal einen Massenauflauf verursacht.«

»Keine Sorge«, beruhigte ihn Frederik, »es wird nie wieder vorkommen.«

»Weg da«, zischte der Polizist und fuchtelte mit seinem Gewehr in die umstehende Meute. »Macht, dass ihr nach Hause kommt. Hier gibt's nichts für euch.«

»Kannst du gehen?«, fragte Frederik Elisabeth leise und half ihr auf.

»Was ist passiert?«, fragte sie und sah ihn verwirrt an.

»Ich bring dich nach Hause, stütz dich auf mich«, sagte er ruhig und versuchte ihr zuzulächeln.

Ohne ein weiteres Wort miteinander zu wechseln, gingen sie mit langsamen, schleppenden Schritten die Strandpromenade entlang bis zur Villa Luise. Klara und Marie erwarteten sie bereits im Hauseingang. Wie ein Lauffeuer hatte es sich herumgesprochen, dass ein Fremder das Leben von Maries Enkelin gerettet hat.

»Um Himmels willen!«, riefen Klara und Marie fast zugleich und stürzten beide auf Elisabeth zu, aber sie zeigte keine Reaktion.

»Sie steht unter Schock«, erklärte Frederik und brachte sie ins Haus.

Als Elisabeth wieder zu sich kam, saß sie frisch gebadet in eine warme Decke gehüllt neben dem Kamin in einem Ohrensessel und blickte in ängstliche Gesichter. Wie am Vorabend waren auch jetzt alle in dem Zimmer versammelt und warteten darauf, dass sie was sagte, aber im Gegensatz zu Heiligabend machten sie sich uneingeschränkt Sorgen um sie. Selbst Marianne war die Angst anzusehen.

»Was ist passiert?«, fragte Klara zum wiederholten Mal mit sanfter Stimme, aber noch immer wusste Elisabeth nicht, was sie sagen sollte.

»Ich weiß nicht«, murmelte sie und vermied es, ihrer Mutter in die Augen zu sehen.

»Du warst über und über mit Blut verschmiert«, sagte Marianne mit noch immer ungläubiger Stimme. »Man hätte glauben können, du hättest jemanden umgebracht.«

Elisabeth brach in Tränen aus. »Die Russen«, stammelte sie, »diese russischen Barbaren, die waren es. Die sind schuld, nicht ich.« Dann erzählte sie mit stockender Stimme, immer wieder unterbrochen von Weinkrämpfen, was geschehen war. Klara und Marie nahmen sie in den Arm und versuchten sie zu trösten, und auch Marianne strich ihr sanft übers Haar. Aber keiner von ihnen wusste, was er sagen sollte, so dass sich schnell eine unheimliche Stille über sie legte, in der sich eine explosive Kraft verbarg.

Ungeduldig, als würde er auf etwas warten, ging Max als Einziger im Zimmer auf und ab. Sein Blick wanderte immer wieder zu Frederik, aber auf dessen Gesicht schien sich nichts weiter als Mitgefühl zu regen, zumindest zeigte er keine Anzeichen von Abscheu, der in Max immer größer wurde. »Was soll dieses ganze Theater eigentlich?«, platzte es schließlich aus ihm heraus. »Immer gebt ihr den Russen die Schuld an allem. Kein Essen, Schuld haben die Russen, die Seuche im Ort, schuld sind die Russen, viel zu viele Flüchtlinge in den Pensionen, die das Geschäft im Sommer verderben werden, schuld sind die Russen, und jetzt der Tod eines Junkers, natürlich sind auch daran die Russen schuld.« Er tippte sich an die Stirn. »Denkt ihr eigentlich auch nur einmal darüber nach, wer wirklich schuld an allem ist?«

Elisabeth sah ihn entgeistert an. »Natürlich waren es die Russen«, schrie sie, »oder meinetwegen ihre Helfer oder Helfershelfer, das ist doch ganz egal. Wer soll es denn sonst gewesen sein?«

»Vermutlich hast du recht«, sagte Max kühl. »Aber dein Magnus hat es ja anscheinend nicht anders gewollt. Es ist doch nur gerecht, dass die, die jahrelang geknechtet wurden, endlich zu ihrem Recht kommen. Oder wie siehst du das, Frederik?«, fragte er in herausforderndem Ton. »Du bist doch schließlich einer, der davon profitiert.«

»Sicher, und ich beklage mich auch nicht. Im Gegenteil. In gewissem Sinne sehe ich die Lage so wie du. Was man sät, das erntet man auch, hat mein Großvater oft gesagt, und ich denke, er hatte recht. Aber hier und jetzt geht es doch nicht darum, wer recht hat und wer nicht.« Er lächelte Elisabeth zu. »Nicht wahr? Du zweifelst doch sicherlich auch nicht daran, dass es von Magnus schlauer gewesen wäre, wenn er sich der Anordnung gebeugt hätte? Er war chancenlos, und ich bin mir sicher, dass er das wusste, und dennoch hat er nicht aufgegeben. Irgendwie ringt mir das auch Respekt ab.«

»Wie du sprichst«, sagte Max irritiert. »Fast wie ein Politiker. Sind alle so, die aus dem Osten kommen?«

»Ich weiß nicht. Das wird sich wohl erst in den nächsten Jahren herausstellen.«

Schon am Tag zuvor hatte sich Max wie ein Schuljunge in

Frederiks Gegenwart gefühlt, klein und unwissend, und wie ein Schuljunge ärgerte er sich auch jetzt über dessen Belehrung, aber er spürte, wie seine Bewunderung für ihn wuchs. Als wäre er bereits sein eifriger Schüler, nickte er ihm verstohlen zu, während er noch immer, die Hände in den Taschen, durch den Raum stolzierte.

An diesem Abend holte Marianne ihr Tagebuch hervor. Seitdem sie Saßnitz verlassen hatte, hatte sie es nicht wieder geöffnet. Achtlos lag es in einer der vielen Schubladen des Sekretärs, der einmal Franz gehört hatte und der nun in ihrem Zimmer stand. Ein Gefühl der Wehmut durchzuckte sie, als sie ihre letzten Eintragungen überflog, aber die Erinnerung an das Verlorene bereitete ihr keinen Schmerz mehr.

»Weihnachten 1945. Schrecken und Schönheit liegen so dicht beieinander, dass es mir heute schier das Herz zerrissen hätte. Elisabeth ist traurig, und ich könnte die Welt umarmen. Ich spüre, wie das Leben in mir pulsiert, wie es nach Aufbruch schreit, wie sich alles verändert. Ich kann es kaum erwarten, bis es endlich Frühjahr wird. Gestern habe ich zum ersten Mal bemerkt, was für ein ungewöhnlicher Mann Frederik wirklich ist, und mein Eindruck hat sich heute bestätigt. Er ist so schön und so klug und so reif für sein Alter. Ich habe noch nie jemanden getroffen, der so ist wie er. Max muss sein Angebot annehmen!«

Mit schnellen, geübten Strichen setzte Marianne Frederiks Profil unter die Zeilen. Gedankenverloren strich sie noch einmal über die Seite, bevor sie das Tagebuch zuklappte und es wie früher unter ihrer Matratze versteckte.

# 54

»Küss mich«, flüsterte Elisabeth, während sie dem Flügelschlag der Möwen hinterherlauschte, die über ihren Köpfen kreisten. Sanft schaukelte das hohe Gras im warmen Wind und kitzelte ihren nackten Körper. Aus dem Augenwinkel beobachtete sie einen Schmetterling, wie er sich auf einen Grashalm direkt neben ihre Nasenspitze setzte. Mit seiner blassen, fast durchsichtig schimmernden gelben Färbung sah er so zerbrechlich aus, dass sie kaum wagte zu atmen. Als er davonflog, schien es ihr, als würde er durch die Luft tanzen. Dann schloss Elisabeth die Augen.

Frederik kniete über ihr und streichelte ihre weichen Hüften. Ihre Arme weit von sich gestreckt, lag sie in dem hohen Gras und wartete darauf, dass sich sein Atem ihr langsam näherte. Erregt spürte sie seinen feuchten Lippen nach, wie sie vorsichtig von ihrem Bauchnabel bis hoch zu ihren Brüsten glitten, und als er mit seinem Mund ihre einladenden Brustwarzen berührte, stöhnte sie zum ersten Mal leise auf. Seine Beine rieben sich jetzt an ihren Schenkeln, und Elisabeth packte ihn fest und wölbte ihren heißen Körper gegen seine klebrig warme Haut. Frederik stöhnte. Er vergrub sein Gesicht in ihrem Hals, während sie nach seinen Händen griff. Als ihre Zunge nach seinen Fingern suchte, waren sie bereits so fest ineinander verwoben, dass ihre Körper wie selbstverständlich im Gleichklang auf der satten Wiese wogten.

Frederik lag, die Arme unter seinem Kopf verschränkt, im Gras und zog an der Zigarette, die Elisabeth ihm reichte. »Ich muss gleich los«, sagte er, während er mit seinem Blick dem Rauch folgte, der sich träge in der warmen Sommerluft verlor. »Max fragt sich sicherlich schon, wo ich so lange bleibe. Wir wollen heute den Mähdrescher auf Vordermann bringen. Und wie ich ihn kenne, sucht er wahrscheinlich schon nach mir.«

»Ist gut«, murmelte Elisabeth. »Ich bin wirklich nicht scharf darauf, dass er uns hier zusammen findet, und außerdem muss ich in einer Stunde in der Bäckerei sein.«

»Wann sehen wir uns wieder?«, fragte Frederik fast beiläufig und starrte dabei noch immer in den wolkenleeren Himmel.

»Ich weiß nicht. Warum fragst du? Bislang haben wir uns doch auch immer gefunden.«

»Ach, nur so«, erwiderte Frederik. »Manchmal frage ich mich nur, ob du nicht doch heimlich planst, das Land zu verlassen.«

»Und? Wäre das so schlimm?«

Frederik drehte sich zu ihr um und schaute sie mit einem breiten Grinsen an. »Allerdings«, sagte er forsch, während er mit seinen Fingerspitzen über ihre Taille strich. »Auf diesen weichen, prallen, wohlgeformten Körper möchte ich nicht mehr verzichten.«

»Das kitzelt.«

»Soll es auch.« Er kniff sie in die Hüfte. »Jetzt auch noch?«

»He, lass das!«, rief sie etwas zu laut, aber sie rührte sich nicht.

»Versprich mir, dass ich der Erste bin, der erfährt, wenn du gehst.«

Elisabeth sah ihn kopfschüttelnd an. »Warum sollte ich? Kann man dir denn überhaupt trauen?«
»Natürlich. Sieh mich doch an.«
»Ich sehe einen großen nackten Mann, der mitten am Tag faul im Gras liegt und seinen besten Freund im Stich lässt. Außerdem, ich meine, diese ganzen ominösen Kontakte, die du hast, da scheint mir durchaus Vorsicht geboten.« Sie lächelte ihn an. »Oder findest du das etwa nicht?«
»Doch, doch«, antwortete er schmunzelnd. »Ich würde mir ja auch nicht über den Weg trauen. Aber mal im Ernst, denkst du eigentlich noch oft an ihn?«
Mit einem Schlag verfinsterte sich Elisabeths Gesicht. »An Magnus, meinst du?«, fragte sie vorsichtig.
»Ja, natürlich an Magnus, an wen denn sonst? Oder habe ich etwas verpasst?«
»Nein«, antwortete Elisabeth schnell. »Was glaubst du denn, wer ich bin? Natürlich hast du nichts verpasst.«
»Ich weiß, war auch nur ein Spaß«, sagte er beschwichtigend, während er versuchte, die Regungen auf ihrem Gesicht zu entziffern. »Und, tut es noch sehr weh?«
Elisabeth drehte den Kopf zur Seite und schwieg. »Ja, sehr«, antwortete sie schließlich.
»Tut mir leid«, sagte er mit sanfter Stimme und streichelte ihren Rücken.
»Warum?«, fragte sie barsch. »Warum tut dir das leid?«
»Weil ich weiß, wie es ist, wenn man jemanden verliert, den man sehr geliebt hat, darum.«
Sie nickte. »Ja, das spürt man«, sagte sie nach kurzem Zögern und drehte den Kopf langsam wieder in seine Richtung. »Weißt du eigentlich, dass du neben meiner Großmutter der Einzige bist, der mich nicht wie eine Todkranke

behandelt? Manchmal frage ich mich sogar schon selbst, ob ich überhaupt noch lebe.«

»Den Beweis für deine Lebendigkeit hast du doch erst vor wenigen Minuten erbracht«, beruhigte er sie schmunzelnd.

Elisabeth lächelte zaghaft. »Ich zweifle ja auch nicht daran, dass mein Körper mich im Stich lässt. Möchtest du noch eine?« Sie hielt Frederik ihre fast leere Zigarettenschachtel hin.

»Eine letzte, dann muss ich aber los.«

»Ich auch.«

Schweigend lagen sie nebeneinander im Gras. Während der Rauch ihrer Zigaretten in den makellosen Himmel aufstieg, schmiegte sich ein letztes Mal die warme Juliluft an ihre nackten Körper. Elisabeth ließ ihre Zehen über die weichen Grashalme gleiten und genoss es, nichts weiter als das Kitzeln an ihren Füßen zu spüren.

Plötzlich hörte sie, wie ganz in ihrer Nähe ein Specht unermüdlich gegen einen Baumstamm klopfte, und als würde er sie mit seiner Arbeit an ihre Pflichten erinnern, stand sie zügig auf, schlüpfte in ihr leichtes Sommerkleid und stieg auf ihr Rad. Als sie schon einige Meter gefahren war, drehte sie sich noch einmal zu Frederik um. »Bis bald«, rief sie ihm zu, bevor sie endgültig zwischen den hohen Feldern verschwand.

Frederik winkte ihr hinterher, dann stieg auch er auf sein Rad und fuhr in die entgegengesetzte Richtung davon.

»Na endlich«, begrüßte Max Frederik in tadelndem Ton, als er wenig später den Hof erreichte. »Ich dachte, du kommst gar nicht mehr.«

»Hier bin ich schon«, sagte er selbstbewusst. »Ab jetzt gehöre ich ganz dir.«

»Das bezweifle ich allerdings«, stöhnte Max.
»Warum? Glaubst du mir nicht?«
»Du hast Besuch.«
Frederik sah ihn fragend an.
»Marianne. Sie hat gesagt, sie sei mit dir verabredet, sie hätte dich gebeten, ihr heute Modell zu sitzen.« Der Unterton in seiner Stimme klang spitz. »Vergessen?«
»Vergessen.« Er nickte schuldbewusst.
»Frederik«, mahnte Max ihn ernst, »wir müssen die Geräte richten. Ich will nicht die erste Ernte meines Lebens vermasseln, nur weil wir keine brauchbaren Gerätschaften haben.«
»Keine Sorge, Marianne wird ja wohl nicht ein Ölgemälde von mir anfertigen wollen.«
»Wer weiß. Wenn die sich erst einmal etwas in den Kopf gesetzt hat, ist ihr alles zuzutrauen. Weiber«, sagte Max und verdrehte die Augen. »Pass bloß auf, sonst hat sie dich schneller um den Finger gewickelt, als dir lieb sein kann.«
»Danke für den Ratschlag, aber ich meine mich dunkel daran zu erinnern, dass du Marianne noch an Weihnachten vor mir gewarnt hast.«
»Ach«, winkte Max ab, »ich will doch nur, dass wir ohne gestört zu werden gut miteinander arbeiten. Schließlich fange ich gerade an, Gefallen daran zu finden, Bauer zu sein, aber ohne deine Hilfe ...« Er hielt kurz inne. »Na ja, du weißt eben besser Bescheid als ich. Immerhin bist du damit groß geworden.«
»Warum sollte ich dich hängenlassen? Das hier ist nicht nur deine Zukunft, das ist auch meine. Aber ein bisschen Abwechslung zwischendurch kann ja wohl kaum schaden. Solltest du dir auch gönnen, das entspannt. Schön, dich mal

wieder zu sehen«, begrüßte er Marianne, die plötzlich hinter der kleinen Kate aufgetaucht war.
»Was entspannt?«, fragte sie mit einem Lächeln.
»Abwechslung«, antwortete Max trocken und stapfte beleidigt davon.
»Was hat der denn?« Marianne sah ihrem Bruder erstaunt hinterher.
»Er macht sich Sorgen wegen der Ernte.«
»Ach so. Alle Neubauern machen sich Sorgen wegen der Ernte. Ich war neulich bei Hannes, und du glaubst nicht, was für ein Durcheinander dort geherrscht hat. Alle wollten seine Hilfe«, sagte sie und strahlte ihn an. »Aber Max hat ja dich.«
»Eben, das habe ich ihm auch gesagt. Und ich habe ihm geraten, sich ein Mädchen zu suchen. Das wird ihn auf andere Gedanken bringen.«
Marianne stieg die Röte ins Gesicht.
»Glaubst du das etwa nicht?«, fragte Frederik in unschuldigem Ton.
»Ich weiß nicht«, antwortete sie und blickte verlegen zu ihm auf.
»Na komm, lass uns einen Platz finden, wo du mich zeichnen kannst.«
Das Land, das Frederik und Max zugesprochen bekommen hatten, lag eingebettet zwischen kleinen Hügeln. Auf einer der Erhebungen stand ein großer alter Ahornbaum, der über ein altes Hünengrab wachte. Dorthin führte Marianne Frederik. Schon seit Tagen wusste sie, dass sie Frederik nur an diesem Ort zeichnen wollte, der ihr ein Platz der Ruhe und Sicherheit war. Aus einer Mischung aus Neugier und Langeweile, weil sie nicht ihre ganze Zeit in der Villa Luise

zubringen wollte, hatte sie es sich in den letzten Monaten zur Angewohnheit gemacht, diese Hinterlassenschaften aus der Steinzeit zu erkunden, und je öfter sie einen dieser Plätze aufgesucht hatte, desto enger wurde ihre Verbindung zu diesen, wie sie fand, heiligen Orten.
Marianne, die Frederik auf dem ganzen Weg ununterbrochen Geschichten aus Binz und der Villa Luise und den vielen Flüchtlingen, die noch immer bei ihnen wohnten, erzählt hatte, wurde plötzlich ganz still, als sie bei der alten Grabstätte ankamen. Ehrfürchtig ließ sie ihren Blick über die mit Gras und Moos bewachsene längliche Kuppe gleiten, bevor sie sich niederkniete und mit ihren Fingerspitzen das warme, weiche Gras berührte.
»Was machst du da?«, fragte Frederik erstaunt.
»Pst.« Marianne legte ihren Zeigefinger auf den Mund. »Ich spreche mit meinen Ahnen.«
Frederik lachte. »Ich wusste gar nicht, dass du übersinnliche Kräfte besitzt.«
»Das ist nicht komisch«, sagte sie ernst. »Meine Mutter hat es mir beigebracht, und sie hat es als Kind vom Hausmädchen meiner Großeltern gelernt.«
»Aha.« Frederik zog die Augenbrauen nach oben. »Und wie geht das? Ich meine, nur für den Fall, dass ich auch mal die Hilfe deiner Ahnen benötigen sollte.«
»Dafür braucht man viel Übung«, sagte sie ruhig und tat so, als hätte sie den ironischen Ton in seiner Stimme nicht gehört. »Das Wichtigste ist, dass man mit dem Ort in Kontakt tritt, an dem man sich befindet. Wie du das machst, ist nicht so wichtig. Das Gefühl muss stimmen, und dafür musst du alles, was um dich herum ist, vergessen. Alles, verstehst du? Sogar das Vogelgezwitscher darfst du nicht mehr hören.«

»Und wenn ich das schaffe, dann sprechen die Ahnen zu mir?« Er grinste.
»Natürlich nicht so, wie du dir das vorstellst.« Marianne schüttelte amüsiert den Kopf. »Man spürt sich nur ganz anders in diesem Moment. Ich fühle mich dann irgendwie vollkommener als sonst, verstehst du? Es ist ein Gefühl, als wäre man ganz und gar bei sich. Man kann dann in Ruhe über sich und alles, was so geschieht, nachdenken. Und manchmal passiert es mir dann, dass ich auf Gedanken komme, die mir in dem Augenblick so weise erscheinen, dass ich glaube, die Ahnen haben mir beim Denken geholfen. Vielleicht ist es vergleichbar mit Träumen«, sagte sie nachdenklich, »oder nicht mit Träumen, sondern mit diesem Zwischenstadium, in dem man sich befindet, wenn man kurz vor dem Einschlafen ist. Ist es dir da noch nie passiert, dass dir Ideen oder Gedanken kommen, von denen du bis dahin noch gar nichts geahnt hast?«
»Ich glaube nicht«, antwortete Frederik und sah sie interessiert an. »Aber vielleicht habe ich einfach noch nie darauf geachtet.« Die Ironie aus seiner Stimme war verschwunden. Stattdessen war ihm, als nähme er Marianne zum ersten Mal wahr. »Das klingt spannend, du solltest mir mehr darüber erzählen.«
»Vielleicht«, sagte sie keck und packte ihren Zeichenblock und den Kohlestift aus. Sie setzte sich auf einen der Steine, die rings um das Hügelgrab verstreut lagen. »Wenn du dich da auf die Wurzel setzen könntest«, bat sie Frederik, »dann kommt das Licht schön von der Seite.«
Als hätte sie Frederiks Porträt schon hundertmal gezeichnet, formte sich in Windeseile sein Gesicht unter ihrer Hand. Nur selten blickte sie auf, um sich ihres Bildes zu vergewis-

sern, aber wenn sie es tat, sah sie Frederik lange und fast durchdringend an. Seine Nase war größer, als sie gedacht hatte, und sein lockiges dunkles Haar kräuselte sich wilder auf seinem Kopf, aber sonst stimmte ihre Erinnerung.

»Hat dir eigentlich schon einmal jemand gesagt, wie hübsch du bist?«, fragte Frederik, der sie die ganze Zeit über beobachtet hatte.

»Stör mich nicht, ich muss mich konzentrieren«, erwiderte Marianne etwas zu energisch, während sie mit ihren Fingern die Konturen von Frederiks Kinn verwischte, »sonst mach ich dir noch ein Doppelkinn. Und das willst du doch sicherlich nicht, oder?«

»Ehrlich, du hast einen wunderschönen sinnlichen Mund, und diese großen grünen Augen ...« Er hielt kurz inne. »Darin gibt es bestimmt unglaublich viel Schönes zu entdecken. Jetzt in der Sonne leuchten sie, aber wahrscheinlich funkeln sie erst so richtig, wenn die Dämmerung anbricht.«

Marianne wagte nicht, zu Frederik aufzuschauen. Verlegen strich sie sich durch ihr kurzes Haar und tat so, als würde sie noch immer ihre Zeichnung studieren.

»Und deine kurzen Haare, die machen dich zu etwas ganz Besonderem«, fuhr Frederik fort. »Du siehst aus wie eine echte Künstlerin. Kann ich mal sehen, was du aus mir gemacht hast?«, fragte er und stand auf.

»Nein, noch nicht«, sagte Marianne erschrocken und hielt sich den Zeichenblock vor die Brust. »Ich bin noch nicht fertig.«

»Na, komm schon«, bettelte Frederik, während er näher kam und sich neben sie stellte. »Ich habe so lange stillgehalten, ich finde, das muss belohnt werden. Bitte.«

Als Marianne seinen flehentlichen Blick sah, war ihre Schüchternheit mit einem Schlag verflogen. Unwillkürlich lachte sie laut auf. »Du findest also, du hast eine Belohnung verdient?«, fragte sie spitz und rutschte etwas näher an ihn heran.

»Allerdings.« Er stellte sich hinter sie und legte seine Hände auf ihre Schultern. »Wenn du mir nicht sofort das Bild zeigst, dann kitzle ich dich so lange, bis du es loslassen musst. Also, was ist? Ich warne dich nur einmal«, sagte er und ließ seine Fingerspitzen über ihren Rücken gleiten.

Marianne durchzuckte ein warmer Schauer. Wie Ameisen wuselten Frederiks Finger über ihren Rücken, und als hoffte sie ihre Erregung noch zu unterdrücken, kniff sie automatisch die Augen zu. Ihr war, als wäre die Welt um sie herum ganz still geworden. Nur noch das kratzende Geräusch, das Frederiks Fingerspitzen auf ihrem leinenen Hemd hinterließen, drang bis zu ihr durch.

»Na, was ist? Muss ich ernst machen?«, platzte er plötzlich in ihre träumerische Stille, während seine Hände ihren Nacken umschmeichelten.

Marianne brachte noch immer keinen Ton heraus. Jede Faser ihres Körpers schien zum Zerreißen gespannt. Kaum merklich schüttelte sie den Kopf.

»Ich kann dich leider nicht verstehen«, sagte er lachend und kniete sich hinter sie. Immer schneller ließ er seine Finger über ihren Körper huschen, bis er sich nicht mehr beherrschen konnte und anfing sie zu kitzeln.

Für den Bruchteil einer Sekunde hielt Marianne durch. Dann drehte sie sich so ruckartig um, dass Frederik vor Schreck das Gleichgewicht verlor und rücklings ins Gras fiel. Verdutzt sah sie ihn an, doch er begann so schnell zu

lachen, dass sie fast ebenso schnell in sein befreiendes Gelächter einstimmte und ihr hemmungsloses Lachen die ganze Luft erfüllte.
»Ich kann nicht mehr«, stöhnte Marianne schließlich und hielt sich den Bauch.
»Zeigst du mir jetzt das Bild?«, gluckste Frederik, während er unter Lachkrämpfen versuchte, sich die Tränen aus dem Gesicht zu wischen.
»Ich fürchte, ich werde mich geschlagen geben müssen«, antwortete sie und rückte etwas zur Seite.
Ohne zu zögern setzte sich Frederik zu Marianne auf den schmalen Stein und griff nach dem Zeichenblock. Auf dem Bild erkannte er sich sofort. Besonders seine markanten Wangenknochen, die ihm einen slawischen Einschlag verliehen, fand er gut getroffen.
»Gefällst du dir?«, fragte Marianne leise.
Kritisch neigte er den Kopf. »Ich bin wirklich verblüfft, wie man in so kurzer Zeit jemanden so treffend zeichnen kann«, sagte er anerkennend. »Du hast Talent, beeindruckend. Daraus musst du etwas machen. Es wäre eine Schande, wenn du diese Begabung ungenutzt lassen würdest. Gibt es denn niemanden, der dich unterstützen kann?«
»Du weißt doch, wie schwierig alles zurzeit ist. Ein bisschen hatte ich ja auf diesen Sommer gehofft, um erste Kontakte zu knüpfen. Vor dem Krieg soll eine Künstlergruppe die Sommermonate über in Zirkow gelebt haben. Aber in dem Haus wohnen jetzt Flüchtlinge. Überall wohnen jetzt Flüchtlinge«, sagte sie resigniert.
»Ich bin auch einer.« Frederik lächelte.
»Ich weiß, entschuldige.«
»Du wirst sehen, bald wird sich hier vieles zum Guten wen-

den. Du brauchst einfach noch ein wenig Geduld«, versuchte er sie aufzumuntern. »Darf ich das Bild behalten?«, fragte er unvermittelt.
»Möchtest du das denn?« Marianne sah erstaunt aus.
»Natürlich. Warum wundert dich das? Oder gefällt es dir etwa nicht?«
Marianne betrachtete ihre Zeichnung mit versonnenem Blick. »Doch«, sagte sie, »es gefällt mir sogar sehr.«
»Du gefällst mir auch«, flüsterte Frederik ihr ins Ohr und rückte so nah an sie heran, dass sich ihre Schultern berührten. Beide schwiegen sie, aber der Blick, den sie austauschten, verriet ihre Gedanken. Fast schüchtern legte Frederik seinen Arm um Marianne und küsste sie auf ihre zitternden Lippen.
Als Marianne an diesem Abend länger als sonst in den Spiegel sah, schlotterten ihr vor Aufregung noch immer die Knie. Frederiks Kuss war der erste Kuss ihres Lebens gewesen, und ihr war, als hätte dieser Kuss alles verändert. Ihrem schmalen, knabenhaften Körper, der zaghaft durch das ausgewaschene Leinen ihres Nachthemds schimmerte, hatte sie bislang wenig Beachtung geschenkt, aber diesmal schien sie gar nicht genug von ihm bekommen zu können, so sehr verrenkte sie sich, um ihn von allen Seiten zu betrachten. Zufrieden lächelte sie ihrem Spiegelbild zu, bevor sie sich erst leise, dann immer lauter juchzend schneller und schneller im Kreis drehte. Sie fand sich schön, und am liebsten hätte sie ihr Glück in die Welt hinausgeschrien.

# 55

Marianne war eine der wenigen, die diese Sommermonate im Jahre 1946 auf Rügen genoss. So oft sie konnte, fuhr sie zu Frederik und Max auf den Hof, half, wo es nötig war, vor allem aber zeichnete sie fast ohne Unterlass. Mit jedem Porträt, das sie von Frederik machte, glaubte sie ihn besser kennenzulernen, und als der Herbst gekommen war, zweifelte sie nicht mehr daran, dass er der Richtige für sie war.

Elisabeth traf Frederik noch immer, aber wenn sie sich sahen, dann nie auf dem Hof. Es war ihr gemeinsamer Wunsch, das, was sie teilten, niemandem zu zeigen, auch wenn sich Elisabeth immer öfter fragte, was sie eigentlich miteinander verband. An guten Tagen dachte sie, sie hätten einfach nur Spaß, an schlechten, die immer häufiger wurden, schien er ihr einziges Band zum Leben zu sein.

»Weiß jemand von euch, wo das Stück Speck hingekommen ist, das neben dem Suppentopf lag?«, rief Marie mit erregter Stimme aus der Küche in den Flur, den Klara und Elisabeth gerade schrubbten. Draußen regnete es ohne Unterlass, und der Matsch hatte hässliche Fußspuren auf dem Dielenboden hinterlassen.

»Wenn das nicht mal wieder Frau Oplanski war«, sagte Elisabeth und verdrehte dabei die Augen. »Ich könnte schwören, dass sie es war. Dieses Gesindel, das klaut doch alles, was es kriegen kann.«

Klara wrang den nassen Lappen aus und sah ihre Tochter kopfschüttelnd an.

»Was ist?«, fragte Elisabeth gereizt. »Hab ich etwa nicht recht? Ständig verschwindet hier etwas auf mysteriöse Weise, heute Speck, gestern Kartoffeln, meine Bürste kann ich auch nicht mehr finden. Das ist doch nicht normal, oder?«

»Sicher«, sagte Klara und schrubbte weiter.

»Ist das alles?«

»Soll ich sie alle auf Verdacht einsperren lassen, oder was erwartest du?«, fragte Klara mit einer Stimme, aus der ihre ganze Resignation sprach.

»Vielleicht würde sie das ja zur Vernunft bringen«, wetterte Elisabeth. »Wie kann man nur so hausen?« Sie schüttelte den Kopf. »Ich wundere mich, dass ich noch keine Läuse bekommen habe, ehrlich.«

»Ich möchte nicht wissen, was du machen würdest, wenn du an deren Stelle wärst? Stell dir mal vor, du hättest alles verloren und müsstest jetzt auf engstem Raum wohnen, draußen ist es kalt, und drinnen gibt es keine Heizung, und du hast kein Geld, und es ist nicht genügend zu essen da. Würdest du da nicht auch auf die Idee kommen, dir das Nötigste zusammenzuklauen?«

»Das heißt, du findest das also in Ordnung?«

»Ich finde es natürlich nicht in Ordnung«, sagte Klara, »aber ich kann es verstehen. Ich würde mir auch wünschen, wir könnten lieber gestern als heute das Haus auf Vordermann bringen, damit wir nächstes Jahr mit voller Kraft in die Badesaison starten können. Glaubst du, mir macht das Spaß, dabei zuzusehen, wie die Villa Luise langsam zugrunde geht und niemand sich darum schert, wann wir hier in Binz endlich wieder einmal Gäste empfangen können? Stattdessen quartieren sie immer mehr von diesen armen Menschen hier ein.« Sie schüttelte den Kopf. »Tagaus, tagein Böden schrubben, das ist nun wirklich nicht das, was ich mir für mein Leben vorgestellt habe, das kannst du mir glauben.«

»Dann tu doch endlich was dagegen«, blaffte Elisabeth sie an. »Ich kann es langsam nicht mehr ertragen, dich so zu sehen.«

»Mich wie zu sehen?«

»So verhärmt. Man könnte meinen, du hättest schon resigniert.«

Klara schluckte. »Man kann nichts tun, man kann nur abwarten«, sagte sie leise.

»Wenn du so denkst, dann kannst du dich doch gleich aufgeben«, erwiderte Elisabeth giftig. »Man kann immer etwas tun.«

»Was ist eigentlich mit dir los? Ist es noch immer wegen Magnus?«, fragte Klara, nachdem sie ihre Tochter eine Weile dabei beobachtet hatte, wie sie voller Wut den Boden bearbeitete.

»Magnus, immer nur Magnus. Glaubst du nicht, dass ich ab und zu auch mal an etwas anderes denke?«

»Natürlich, doch, sicher«, antwortete Klara. »Ich versuche doch nur, dir zu helfen.«

»Mir helfen?« Elisabeth sah ihre Mutter aus funkelnden Augen an. »Wie willst du mir denn helfen? Sieh dich doch an.«

Klara sagte nichts. Sie kannte ihre Tochter gut genug, um zu wissen, dass sie immer dann persönlich wurde, wenn sie nicht mehr weiterwusste, aber sie hatte keine Kraft mehr, sich diesen Attacken auszusetzen. Umso erstaunter war sie,

als sie sah, wie sich Elisabeths Augen mit Tränen füllten.
»Was ist los?«, fragte sie erneut und bemühte sich, ihre Stimme so sanft wie möglich klingen zu lassen.
»Nichts«, fuhr Elisabeth sie an und drehte sich demonstrativ um. »Ich halte es hier nur langsam nicht mehr aus.«
»Denkst du wieder darüber nach, wegzugehen?«
»Wohin denn?«, zischte sie.
»Dahin, wo du auch mit Magnus gegangen wärst.«
Elisabeth schüttelte energisch den Kopf. »Auf keinen Fall. Was soll ich denn dort?«
»Ach Lissy«, stöhnte Klara, »ich würde dir wirklich gerne helfen.« Vorsichtig näherte sie sich ihrer Tochter, aber Elisabeth machte unwillkürlich einen Schritt zurück. Klara musterte sie mit besorgtem Blick. »Ich habe gehört, dass sie in Schwerin noch Köchinnen suchen. Vielleicht wäre das ja eine Möglichkeit für dich?«
»In Schwerin?«, fragte Elisabeth entgeistert. »Wenn du mich loswerden willst, dann musst du es nur sagen. Ich will nicht weg, ich will ein Zuhause finden, aber das verstehst du anscheinend nicht. Weißt du, wie das ist, wenn man sich überall fremd fühlt? Es ist schrecklich. Einfach nur schrecklich«, schrie sie voller Hass und hielt sich die Hände vors Gesicht.
»Fremd?«, fragte Klara erstaunt.
»Hier kann man sich doch nur fremd fühlen, in diesem Haus mit diesen vielen fremden Menschen.«
»Aber du hast doch nach wie vor dein eigenes Zimmer hier, und das ist mehr, als viele andere haben.«
Plötzlich schluchzte Elisabeth laut auf. »Seit Magnus' Tod gehöre ich doch nirgendwo mehr hin. Bei ihm hatte ich zum ersten Mal in meinem Leben das Gefühl, dass ich zu irgend-

jemandem gehöre. Verstehst du? Zum ersten Mal dachte ich, dass ich zu Hause sein könnte. Und dann nimmt man mir das einfach weg, einfach so.« Wütend wischte sie sich die Tränen vom Gesicht.

»Du gehörst doch zu uns, zu deiner Familie«, versuchte Klara sich und Elisabeth zu beruhigen, aber ihre Tochter so zu sehen erschütterte sie mehr, als sie in diesem Augenblick zugeben mochte.

»Was für eine Familie denn?«, fragte sie in trotzigem Ton. »Ich war doch immer die Außenseiterin.«

»Wie kannst du so etwas sagen? Das ist doch nicht wahr«, wehrte sich Klara gegen Elisabeths Anschuldigung, aber ihre Stimme verriet, dass sie sich nur mit halber Kraft gegen deren Verzweiflung zu stemmen vermochte. Wie vom Donner gerührt stand sie reglos vor ihrer Tochter und wusste nicht, was sie sonst noch sagen sollte. Als wären sie beide unvermittelt einer Wahrheit auf die Spur gekommen, standen sie sich staunend gegenüber und schwiegen.

Je länger Klara in das Gesicht ihrer Tochter sah, desto deutlicher traten Johannes' Züge daraus hervor. Sie erschrak, als sie merkte, dass Johannes so plötzlich in ihr Gedächtnis zurückgekehrt war, aber noch ehe sie sich fragen konnte, was das zu bedeuten hatte, wurde die Eingangstür aufgerissen, und Marianne platzte in ihre Stille.

»Ich werde Bäuerin«, rief sie Klara und Elisabeth gutgelaunt entgegen, während sie ihre Jacke auszog. »Was sagt ihr dazu?«

Aber die beiden schwiegen nur und sahen sie mit ungläubigen Augen an.

»Ist das alles, was ihr dazu zu sagen habt?« Marianne lachte. Die Idee, die ihr eben erst auf dem Heimweg von Max und Frederik gekommen war, nahm sie noch so gefangen, dass sie gar nicht bemerkte, dass Klara und Elisabeth mit ihren eigenen Gedanken beschäftigt waren. »Ich habe mir das so vorgestellt«, sprudelte es aus ihr heraus. »Ich werde erst einmal zu Max ziehen und sehen, ob mir die tägliche Arbeit als Bäuerin überhaupt liegt, und in der Zeit können Frederik und ich uns noch besser kennenlernen und dann«, sie hielt kurz inne, »dann heirate ich Frederik und werde eine richtige Bäuerin. Mit Kopftuch und Schürze und Schwielen an den Händen. Wunderbar«, gluckste sie vor Freude. »Und? Was haltet ihr davon?«

»Wolltest du nicht Künstlerin werden?«, fragte Klara, die sich von Mariannes Überfall schneller erholt zu haben schien als Elisabeth.

»Was könnte es für ein größeres Kunstwerk geben, als dazu beizutragen, aus winzig kleinen Samenkörnern etwas Essbares für uns alle zu machen? Das ist doch Kunst, echte Kunst«, sagte sie begeistert. »Stellt euch doch nur einmal vor, es gäbe keine Bauern mehr, wovon würden wir denn dann leben? Das sind wahre Künstler der Natur, die gebraucht werden. Ich glaube, ich will auch gebraucht werden.« Marianne lächelte versonnen.

»Hier«, blaffte Elisabeth sie an und schmiss ihr den dreckigen und nassen Putzlappen vor die Füße, »wenn du gebraucht werden willst, dann kannst du dich hier gleich nützlich machen.«

»Was soll das?«, giftete Marianne zurück.

»Du fragst, was das soll? Wenn ich nicht wüsste, dass mit meinen Ohren alles in Ordnung ist, würde ich glauben, ich hätte mich gerade verhört. Wer macht denn hier die ganze Arbeit, und wer treibt sich jeden Tag draußen herum?« Sie sah Marianne herausfordernd an. »Frederik heiraten«, sagte sie mit verächtlicher Stimme und tippte sich an die Stirn. »Du glaubst doch nicht wirklich, dass Frederik eine wie dich heiraten wird.«

»Warum nicht?«, fragte Marianne unschuldig. »Er liebt mich, und ich liebe ihn.«

»Er liebt dich? Wie kommst du denn darauf?«

»Was geht dich das überhaupt an?«, fuhr Marianne sie an und suchte den Blick ihrer Mutter.

»Eine Menge«, sagte Elisabeth vieldeutig.

»Was heißt das?«

»Eine Menge heißt eine Menge«, antwortete sie mit hochgezogener Augenbraue, während sie die Arme vor der Brust verschränkte.

Marianne kannte diesen Blick, alle in der Familie kannten diesen geheimnisvollen Blick von Elisabeth, der in der Regel nichts Gutes verhieß. »Geht es genauer?«, fragte sie, aber sie erwartete nicht, eine Antwort zu bekommen. Und tatsächlich verzog Elisabeth den Mund nur zu einem überheblichen Lächeln und schwieg.

»Hast du denn schon mit Max gesprochen?«, fragte Klara schnell, um die Stille zwischen Marianne und Elisabeth nicht unerträglich werden zu lassen.

»Nein, aber was soll er schon dagegen haben?«, sagte Marianne gedankenverloren. Die weiteren Fragen, die Klara ihr stellte, drangen nicht mehr bis zu ihr durch. Sie interessierte nur eins. Unentwegt starrte sie in Elisabeths Gesicht, das sich ihr von einer fast beleidigenden Undurchdringlichkeit zeigte. »Was hast du mit Frederik zu tun?«, fragte sie in schneidendem Ton und versuchte dabei ebenso hart wie ihre ältere Schwester zu klingen.

»Das wüsstest du wohl gerne«, antwortete Elisabeth und grinste.
Die Blicke, die Marianne und Elisabeth sich zuwarfen, hätten nicht giftiger sein können. Mit entsetztem Staunen beobachtete Klara, wie ihre Töchter vor ihren Augen mehr und mehr zu Feindinnen wurden, und wie immer, wenn sie nicht weiterwusste, fragte sie sich auch jetzt, was wohl Malte täte, wäre er an ihrer Stelle. Aber der, dachte sie dann, würde vermutlich nichts sagen. Wie eine Erlösung schien ihr daher Maries Ruf zum Abendessen zu sein, der wenig später aus der Küche drang.
Als sie um den Tisch in der Küche saßen und den Eintopf aus Steckrüben und Graupen aßen, lachte Elisabeth plötzlich laut auf. »Du und Frederik – ich kann mir vieles vorstellen, aber nicht das. Großmutter, glaubst du, dass Frederik Marianne heiraten wird?«
»Das ist doch ein patenter junger Mann«, sagte Marie. »Wann wollt ihr denn heiraten?«
»Nein, da hast du etwas missverstanden. Nicht sie wollen heiraten, sondern sie will ihn heiraten«, sagte Elisabeth hämisch, indem sie jede einzelne Silbe betonte. Noch war ihrer Stimme nicht anzuhören, wie sie langsam innerlich zerbrach, aber Mariannes aufmerksamem Blick war ihr nervöses Zittern um die Mundwinkel nicht entgangen.
»Bist du in Frederik verliebt?«, fragte sie trocken.
»Nein, ganz und gar nicht«, sagte sie und lachte laut, aber ihr Lachen klang so fremd, dass sogar Marie erstaunt den Kopf hob.
»Warum gönnst du mir mein Glück dann nicht?«, fragte Marianne selbstbewusst.
Die Frage traf Elisabeth wie ein Schlag. Vergeblich versuch-

te sie den Blicken standzuhalten, die jetzt auf sie gerichtet waren. Als würden sie sich in ihr Innerstes bohren, fühlte sie mehr und mehr, wie sich dort ein Loch auftat. Sie zitterte, und je mehr sie sich gegen dieses Zittern zu wehren versuchte, desto schlimmer wurde es. Der Löffel vibrierte in ihrer Hand. Klara, die neben ihr saß, strich ihr besorgt, aber ein wenig hilflos über den Rücken, während sie den Löffel nahm und ihn auf den Teller legte. Sie war die Einzige, die ahnte, was Elisabeth bewegte.
Marianne rutschte unruhig auf ihrem Stuhl hin und her und kämpfte gegen den Wunsch an, Elisabeth mit weiteren Fragen zu löchern. »Ich verstehe dich nicht«, sagte sie schließlich und schüttelte den Kopf. »Ich habe dich noch nie verstanden.«
»Genau das ist das Problem«, schrie Elisabeth zornig. »Niemand hier am Tisch scheint mich zu verstehen.«
»Du machst es einem aber auch nicht gerade leicht«, sagte Marie.
»Ihr einem auch nicht«, zischte sie, bevor sie in erneutes Schweigen verfiel.
Niemand am Tisch traute sich mehr, etwas zu sagen, und als Elisabeth aufstand und die Küche mit unsicheren Schritten verließ, herrschte eine Stille, die so bedrückend war, dass Marianne sich wünschte, Elisabeth würde mit Türen knallen oder wenigstens polternd die Treppe nach oben gehen, um ihr die Bedrohlichkeit zu nehmen. Aber es blieb ganz ruhig im Haus.
Stunden vergingen, bevor Klara an diesem Abend Elisabeth in ihr Zimmer folgte. Lange hatte sie mit sich gerungen, ob das, was sie vorhatte, richtig war, aber ihr schien, als hätte sie keine Wahl. Zwar hatte sie Elisabeths Verzweiflung nicht

unerwartet getroffen, aber dennoch spürte sie zum ersten Mal, wie tief ihre Not war. Entschlossen klopfte sie an Elisabeths Tür, bevor sie eintrat.

Es war ein karger Raum, in dem Elisabeth wohnte. Ein schmales Bett, ein Tisch, ein Stuhl und ein Kleiderschrank standen darin. An der Wand hing ein kleiner Spiegel, und auf dem schmalen Brett, das darunter angebracht war, lagen ein roter Lippenstift und ein Kamm, in dessen Zinken noch einige ihrer langen blonden Haare hingen. Elisabeth lag auf ihrem Bett, die Arme unter dem Kopf verschränkt, und starrte an die Decke, von der die gelbliche Farbe abblätterte. Auf das Klopfen hatte sie nicht reagiert, und auch jetzt, als Klara sich an ihr Bett stellte und fragte, ob sie sich zu ihr setzen dürfe, antwortete sie nicht.

»Lissy, ich muss dir etwas erzählen«, begann Klara mit bedächtiger Stimme zu sprechen, nachdem sie den Stuhl an das Fußende von Elisabeths Bett gerückt hatte. »Es fällt mir nicht leicht, aber ich hoffe, dass du dich danach besser verstehen wirst und dich nicht mehr fragen musst, ob wir dich verstehen.« Ihre Worte klangen wohlüberlegt, und dennoch stockte sie zu Beginn öfter in ihrem Redefluss, als ihr lieb war. Sie erzählte von sich und Johannes, ihrem Vater und Malte, und je tiefer sie in ihre eigene Geschichte eintauchte, desto flüssiger wurde sie, als würde sie sich endgültig von dieser schweren Last befreien.

Nach außen schien es, als ob sich in Elisabeth nichts rühren würde, aber ihr Körper verkrampfte sich mehr und mehr, und als Klara am Ende ihrer Geschichte angelangt war, tat ihr jeder einzelne Muskel weh. Reglos blieb sie auf ihrem Bett liegen und spürte stumm dem Schmerz nach, der ihren ganzen Körper erfüllte. Als sie endlich in der Lage war, sich

aus dieser starren Position zu befreien, hatte Klara ihr Zimmer längst verlassen.
In dieser Nacht machte Elisabeth kein Auge zu. Ihre Gedanken rasten und wechselten meist zwischen Entsetzen und Erleichterung.
Als der Morgen anbrach und sie von ihrem Fenster aus verfolgte, wie sich die Sonne langsam über der stürmischen See erhob, war sie sich sicher, dass dies einer ihrer letzten Sonnenaufgänge in Binz war.

## 56

»Noch immer bin ich vollkommen sprachlos«, begann Marianne ihre Tagebucheintragung an einem Sonntag im November 1946. Es war früher Morgen, und zum ersten Mal in diesem Herbst tanzten Schneeflocken vom Himmel. In eine warme Wolldecke gehüllt, saß sie auf ihrem Bett und versuchte sich gegen den kalten Luftzug, der durch die Ritzen der morschen Fenster drang, zu schützen. Ihre Finger fühlten sich klamm an, aber das, was sich am Abend zuvor zugetragen hatte, hatte sie so verwirrt, dass ihr Wunsch, ihre Gedanken zu ordnen, die Kälte schnell vergessen ließ.
»Elisabeth ist nicht meine richtige Schwester«, schrieb sie und setzte dahinter drei Ausrufezeichen. Ungläubig, als würde sie ihren eigenen Worten nicht trauen, starrte sie auf ihr Tagebuch und schüttelte den Kopf. »Ich dachte erst, sie würde ihr übliches Spiel mit mir spielen, aber Mutter hat es

mir gestern Abend bestätigt. Sie ist das Kind eines anderen Mannes.« Marianne stockte. »Ich war fassungslos«, notierte sie nach einer kurzen Pause, »und ich bin es noch immer, aber Elisabeth wirkte merkwürdigerweise gefasst. Wenn ich doch nur einmal in sie hineinschauen könnte, um zu begreifen, wie sie denkt. Na ja, immerhin muss ich mich jetzt wohl nicht mehr darüber wundern, warum sie mir so fremd ist. Oder vielleicht doch? Schließlich sind wir zusammen aufgewachsen. Aber spielt das eine Rolle? Wer bin ich eigentlich für sie? Das alles bringt mich ganz durcheinander. Und dann noch unser Streit wegen Frederik. Wie ist es möglich, heute zu vertrauen, wenn sich morgen alles als Lug und Trug herausstellt?«

Marianne hielt abrupt inne und las erneut, was sie geschrieben hatte, aber als wären die Gedanken, die sie so mühsam zu bändigen versucht hatte, erneut im Begriff, sich selbständig zu machen, verschwammen die Zeilen vor ihren Augen. Fast trotzig legte sie den Stift zur Seite und klappte das Tagebuch zu. Sie zögerte kurz, dann streifte sie hastig ihren warmen Pullover über und schlüpfte in die viel zu weite Hose, die einzige, die sie noch besaß.

Als sie in die Küche kam, verstummte das Gespräch zwischen Klara und Marie, aber Marianne versuchte sich davon nicht beirren zu lassen.

»Wo ist Lissy?«, fragte sie so beiläufig wie möglich, während sie sich Tee einschenkte.

Klaras Blick streifte den von Marie, aber obwohl sie meinte, darin so etwas wie Zustimmung erkennen zu können, zögerte sie mit ihrer Antwort.

»Warum sagst du nichts?«

»Sie ist schon weg«, antwortete Klara schließlich.

»Weg? Willst du damit sagen, für immer weg?«, fragte Marianne mit bebender Stimme.
»Nein, sicherlich nicht«, beruhigte Marie sie.
»Ist sie bei …?« Marianne stockte.
Klara nickte, sagte aber nichts.
»Und was ist, wenn sie …«
»Wenn sie dort bleibt?«, fragte Klara vorsichtig.
»Ja«, flüsterte Marianne.
»Kindchen, du bist ja völlig durcheinander«, sagte Marie besorgt und reichte ihr ein Stück Brot. »Iss erst einmal etwas, danach sieht die Welt schon wieder ganz anders aus.«
»Elisabeth ist erwachsen«, sagte Klara, »es ist ihr Recht zu gehen.«
»Ja, schon, sicher«, stotterte Marianne und sah ihre Mutter hilfesuchend an. »Aber es ist … Ach, ich versteh das alles einfach nicht. Was wird denn dann aus mir?«
»Was aus dir wird?«, fragte sie erstaunt. »Was hat das denn mit Lissy zu tun? Wolltest du nicht vor zwei Tagen noch Bäuerin werden und Frederik heiraten?«
Marianne schluckte. »Ja«, murmelte sie, »das wollte ich.«
»Und jetzt nicht mehr?«
»Ich weiß nicht«, antwortete Marianne nachdenklich, bevor sie an ihrer Tasse nippte. »Wer ist …«, fing sie zögerlich an und verstummte.
»Wer ist was?«, versuchte Klara ihr mit sanfter Stimme zu helfen.
»Wer ist mein Vater?«, fragte Marianne so leise, dass es schien, als wünschte sie diese Frage nicht gestellt zu haben. Verlegen blickte sie zu Boden, und als sie Klaras Schritte hörte, die sich ihr langsam näherten, wäre sie dort am liebsten verschwunden.

»Das ist es also«, sagte Klara erleichtert und legte ihren Arm tröstend um die Schultern ihrer Tochter. »Du musst dir keine Sorgen machen. Hier«, sie zog ein Bild von Malte aus ihrer Schürzentasche und legte es vor Marianne auf den Tisch. »Siehst du seine Augen? Diese großen grünen Augen? Die hast du auch. Und dieser schöne weiche Mund. Zärtlich strich sie mit ihrem Finger über das Foto. »Deiner sieht genauso aus.«

Marianne versuchte zu lächeln. »Ja«, murmelte sie, »du hast recht. Es war töricht von mir.« Sie schüttelte den Kopf. »Entschuldige bitte.« Wie gebannt sah sie auf das Foto. »Er fehlt mir. Meinst du, er kommt wieder?«

»Ja, da bin ich mir ganz sicher«, antwortete Klara entschieden und strich noch einmal über Mariannes Rücken, bevor sie zurück auf ihren Platz ging.

Den Rest des kargen Frühstücks nahmen sie schweigend ein, jede in ihre Gedanken vertieft, aber als Marianne vom Tisch aufstand und ihre Tasse mit zittrigen Händen in die Spüle stellte, folgte Klara ihr mit zuversichtlichem Blick. »Du wirst schon das Richtige tun«, flüsterte sie ihr zu und lächelte. »Hab Mut.«

Als Marianne wenig später die Tür der Villa Luise hinter sich zuzog, empfing sie ein schneidender, kalter Wind, der die Schneeflocken unerbittlich vor sich herzutreiben schien. Entschlossen schlug sie den Kragen ihrer Jacke hoch und stieg auf ihr Rad. Mit aller Kraft stemmte sie sich gegen den Ostwind, und auch wenn er ihr fast den Atem nahm, hielt er sie nicht davon ab, so schnell wie möglich an den kahlen Feldern und Wiesen vorbei zu Max und Frederik zu fahren. Als sie aus der Ferne die kleine Kate sah, schien sie fast überrascht zu sein, wie einsam sie inmitten des aufgewühlten Ackers lag, der von einer zarten Schneeschicht überzogen war. Sie stieg vom Rad und lauschte kurz dem Kläffen eines Hundes nach, der die Stille durchbrach, bevor sie langsam weiterfuhr. Als würde sie nichts Gutes ahnen, schien sie plötzlich keine Eile mehr zu haben. Gemächlich näherte sie sich dem Haus, in dem sie schon so oft mit Max und Frederik gesessen hatte, und als sie vorsichtig die Tür öffnete und in dem angrenzenden Raum Max über eine Zeitung gebeugt am Tisch sitzen sah, nickte sie ihm nur unentschlossen zu, fast so, als wäre es an ihm, ihr zu sagen, warum ihr Weg sie an diesem Tag hierher geführt hatte.

»Ist heute irgendein besonderer Feiertag?«, fragte Max und grinste sie an.

»Feiertag, warum?«

»Ach, nur so«, winkte Max ab, »aber am frühen Morgen war schon Elisabeth hier, und jetzt kommst du. Da wird man ja wohl mal nachfragen dürfen.«

»Du weißt es also?«

»Was weiß ich?«

»Na das mit Lissy.«

Max schüttelte irritiert den Kopf. »Nein, ich habe sie gar nicht gesprochen, sie war bei Frederik.«

»Bei Frederik?«, fragte Marianne überrascht.

»Ja, um ehrlich zu sein, ich habe mich auch gewundert, aber … Ach, was weiß denn ich. Was gibt es denn Neues?«

Marianne sah nachdenklich aus. »Erzähl ich dir später«, antwortete sie. »Weißt du, wo Frederik jetzt ist?«

»Vielleicht bei den Hühnern. Oder in der Kirche? Es ist schließlich Sonntag«, sagte er lachend. »Nein, ehrlich, Marianne, ich überwache nicht jeden von Frederiks Schritten. Wenn du ihn sprechen willst, dann musst du ihn schon sel-

ber suchen. Ich frage mich nur, warum keine meiner Schwestern mit mir reden will. Bin ich denn ein so abscheulicher Mensch?« Er versuchte ein ernstes Gesicht zu machen, aber als er Mariannes verwirrten Blick bemerkte, prustete er laut los. »Schon gut, das soll kein Vorwurf gewesen sein. Ich wollte ohnehin gerade in Ruhe Zeitung lesen.«
»Ach Max, ich beneide dich so.«
»Seit wann denn das? Das ist ja mal etwas ganz Neues«, sagte er verblüfft und schüttelte verständnislos den Kopf.
»Stimmt doch gar nicht«, widersprach sie fast trotzig.
»Und warum, wenn ich fragen darf?«
»Du wirkst so zufrieden«, antwortete sie spontan.
»Darüber habe ich noch nie nachgedacht, aber wenn du das sagst.« Er lächelte sie an. »Was ist los mit dir? Ich erkenne dich ja kaum wieder.«
Marianne atmete tief durch. »Alles gerät irgendwie so durcheinander. Weißt du, erst dachte ich, ich werde Künstlerin, und dann war ich fest entschlossen, mit euch zusammen Bäuerin zu sein, und jetzt ... jetzt weiß ich einfach gar nichts mehr.«
Max sah sie erstaunt an. »Bäuerin? Hier bei uns? Ach Marianne, wie bist du denn auf diese Idee gekommen? Hier ist doch gar nicht genügend Platz für drei. Schau dich doch mal um. Wir haben nur diesen einen Raum, das weißt du doch.«
»Ja, ich weiß.«
»Außerdem wäre es wirklich eine Schande, wenn du dein Talent so verschwenden würdest«, sagte er streng, während er sie musterte. »Ist es wegen Frederik?«, fragte er plötzlich.
»Vielleicht«, murmelte sie.
»Frederik und du? Nein, das glaube ich nicht.«

»Und warum?«, fragte sie unsicher.
»Weil Frederik einer ist, der seine Scholle braucht, und du bist wie ein Vogel, der nach Freiheit sucht«, antwortete er wie aus der Pistole geschossen.
»Wie ein Vogel?«, fragte sie verblüfft.
»Finde ich schon. Du bist ständig unterwegs, zeichnest, malst, suchst nach schönen Plätzen, entdeckst neue Orte, na ja, irgendwie bist du eben flatterhaft, meine kleine flatterhafte Schwester. Das liebe ich an dir«, erklärte er und ließ seinen Blick über ihr erstauntes Gesicht gleiten. »Und als dein großer Bruder kann ich dir nur sagen, dass ich mir wünsche, dass du genauso bleibst, wie du bist.«
»O Max«, Marianne lächelte ihn ungläubig an, bevor sie sich ihm näherte und von hinten ihre Arme um seinen Hals legte, »du bist der beste Bruder der Welt. Das war die schönste Liebeserklärung, die ich je gehört habe.« Sie küsste ihn auf die Wange, dann umarmte sie ihn und legte ihren Kopf auf seine Schulter. »Das tut so gut«, murmelte sie versonnen, während sie sich noch immer an ihn drückte.
»Können wir tauschen, Max?«, fragte Frederik amüsiert, als er zur Tür hereinkam und sah, wie Marianne Max' Hals küsste.
Vor Schreck ließ Marianne ihren Bruder los und richtete sich auf.
»Bekomme ich auch einen Kuss?« Frederik lachte sie an und setzte sich zu Max an den Tisch.
Marianne errötete. »Wenn du willst«, sagte sie verlegen, während sie wie angewurzelt hinter Max stehen blieb.
Frederik nickte heftig. »Natürlich will ich.« Er streckte seinen Arm zu ihr aus. »Aber dafür musst du schon näher kommen.«

Zögerlich beugte sie sich zu ihm hinunter und hauchte ihm einen Kuss auf die Wange.
»Das war's schon?«, fragte er in einem Ton, als wäre er enttäuscht, und sah sie aus flehentlichen Augen an. »Bitte noch einen«, bettelte er und hielt ihr seine andere Wange hin.
Als sie sich erneut zu ihm hinunterbeugte, lag noch immer ein verlegenes Lächeln auf ihrem Gesicht, aber je länger Frederik dieses Spiel mit ihr trieb, desto sicherer fühlte sie sich, so dass sie sich nach kurzer Zeit neben ihn setzte und ihn so ausgelassen auf Hals, Wange, Stirn und Ohren küsste, bis Frederik schließlich vor Erschöpfung um Gnade flehte.
»Ich kann nicht mehr«, sagte er lachend, während er sie packte und kitzelte.
Auch Marianne lachte so laut, dass sogar Max sich von ihrem Lachen anstecken ließ, obwohl er nicht ohne Sorge seine Schwester dabei beobachtete, wie sie sich mit Frederik zu amüsieren schien.
Den Rest des Tages verbrachte Marianne bei Frederik und Max auf dem Hof, und auf den ersten Blick schien es, als hätte sich nichts verändert. Heiter wie immer war die Stimmung, und da keiner der drei Elisabeth erwähnte, schien sie auch bald vergessen zu sein.
Marianne saß am Küchentisch und zeichnete. Wie aus alter Gewohnheit ließ sie Frederiks Antlitz mit geübten Strichen lebendig werden, doch zum ersten Mal schien sie nicht zufrieden mit sich zu sein. Sie zerriss das Papier und verbrannte es im Ofen. Was es war, das sie gestört hatte, ahnte sie da noch nicht, aber als sie erneut den Stift in die Hand nahm, entstand wie von selbst eine zweite Zeichnung, auf der Fre-

derik gemeinsam mit Max zu sehen war. Und auch wenn sie wenig Ähnlichkeit besaßen, auf dem Bild sahen sie wie Brüder aus, mit dem gleichen entschlossenen Ausdruck im Gesicht. Nachdenklich betrachtete Marianne ihre Zeichnung. Sie hatte aus Frederiks Augen das Verspielte genommen. Ernst und zielstrebig sah er aus, und zum ersten Mal fragte sie sich, ob nicht dieser Frederik der wahre Frederik war, und ob Max nicht recht hatte mit seiner Vermutung, dass Frederik eine Heimat brauchte.

Als sie an diesem Abend nach Hause kam, tauschte sie Frederiks Porträt, das in ihrem Zimmer hing, gegen diese neue Zeichnung aus.

»Schönes Bild«, sagte Klara, die plötzlich in Mariannes Zimmertür stand, »aber warum zeichnest du eigentlich nicht einmal die ganze Familie?«

»Die ganze Familie?«, fragte sie erstaunt. »Wen meinst du?«

»Na uns alle.«

»Und Frederik?«, fragte Marianne spontan.

»Den natürlich auch, der gehört ja eigentlich schon mit dazu.«

»Und … was ist mit Lissy?«

Klara sah sie erstaunt an. »Was für eine Frage. Lissy ist und bleibt deine Schwester, Marianne.«

»Und Lissys Vater, der müsste dann ja auch auf das Bild«, sagte Marianne forsch und sah ihre Mutter herausfordernd an.

Klara lächelte. »Vielleicht irgendwann einmal«, erwiderte sie, »das sollte Lissy entscheiden. Wir sollten ihr Zeit lassen.«

»Wo ist sie überhaupt?«

»Bei Johannes«, antwortete Klara kurz, aber auf ihrem Gesicht war die Trauer darüber deutlich zu sehen. »Deswegen wollte ich auch kurz mit dir sprechen«, fuhr sie schnell fort. »Ich möchte, dass du etwas mehr im Haus hilfst, solange Lissy weg ist. Großmutter und ich brauchen dich jetzt.«
Marianne sah sie irritiert an. »Wie? Wie lange ist Lissy denn weg?«
»Ich weiß es nicht«, antwortete Klara kopfschüttelnd, »sie hat mir nichts gesagt.«
»Sie hat uns verlassen, ohne sich von mir zu verabschieden?«, rief Marianne mit empörter Stimme und wischte vor Wut ihren Zeichenblock vom Tisch. »Typisch Elisabeth, der ist wirklich alles egal, alles.«
»Jetzt beruhige dich, du bist doch kein Kind mehr«, sagte Klara streng. »So wie ich Johannes kenne, kommt Lissy ohnehin bald wieder. Also was ist, hilfst du mir morgen in der Waschküche?«
Marianne nickte, während sie ungläubig und so, als würde sie eine weitere Erklärung erwarten, in das fast reglose Gesicht ihrer Mutter sah.
»Mir wird sie auch fehlen«, sagte Klara schließlich sanft, der Mariannes Blick nicht entgangen war, »aber wir müssen hier weitermachen.«
»Dass Lissy ohne ein Wort gegangen ist, macht mich noch immer wütend«, schrieb sie einige Stunden später in ihr Tagebuch, »aber zum ersten Mal habe ich das Gefühl, dass ich sie verstehen kann. Was hätte ich denn an ihrer Stelle getan? Vermutlich hätte ich ähnlich gehandelt. Ich werde versuchen, ihr Zeit zu lassen, wie Mutter es gesagt hat. Wahrscheinlich muss sie sich jetzt erst einmal neu finden. Wir alle müssen das. Es ist alles so aufregend«, fügte sie

nach einer kurzen Unterbrechung mit zittriger Schrift hinzu, bevor sie mit ihrem Tagebuch in der Hand erschöpft einschlief.

## 57

Leuchtend strahlten die ersten Narzissen in der milden Frühlingssonne, als Elisabeth zwischen zwei krummen, vom Sturm gezeichneten Bäumen eine Leine zum Trocknen der Wäsche spannte. Vor ihr lag ein dichter Teppich aus Schilf, hinter dem sich der Jasmunder Bodden verbarg, hinter ihr stand Johannes' mächtiges Haus, in das sie vor einem halben Jahr Hals über Kopf eingezogen war.

Kurz nach Klaras Geständnis und nachdem sie ihren ersten Schock überwunden hatte, hatte Elisabeth Kontakt mit Johannes aufgenommen, und die Aussicht, bei ihm, ihrem Vater, das lang ersehnte Zuhause zu finden, war für sie so verlockend gewesen, dass sie nicht eine Sekunde gezögert hatte, zu ihm zu ziehen. Da hatte sie noch nicht geahnt, was für ein Mensch er war. Das erfuhr sie erst nach und nach, und manche Erkenntnis über ihren Vater war schmerzhafter, als ihr lieb war. Und dennoch hatte sie von Anfang an etwas Vertrautes zwischen sich und Johannes gespürt, das ihr bis dahin völlig fremd gewesen war und das sie bewog zu bleiben.

»Hast du auch die stabile Leine genommen?«, hörte sie plötzlich Johannes aus der Ferne fragen und musste unwillkürlich lachen. Langsam, als wollte sie ihn noch etwas auf die Folter spannen, drehte sich Elisabeth um und ließ ihren Blick in aller Ruhe über die dunkle Fassade bis ganz nach oben gleiten. Dort war Johannes' Arbeitszimmer, und dort lehnte er auch am Fenster und winkte ihr zu. »Man darf den Wind hier nicht unterschätzen, er hat schon so manches Stück mit sich fortgetragen.«

»Natürlich«, sagte sie lachend. »Denkst du, ich wüsste nicht, wie stürmisch es auf Rügen sein kann? Ich habe mein bisheriges Leben nicht in einer abgeschlossenen Kammer verbracht.«

»Ach Kindchen, ja, ich weiß, entschuldige bitte«, rief er ihr zerstreut zu. »Du musst nachsichtig mit mir sein.« Er schlug sich mit der Hand an die Stirn und lächelte. »Stört es dich, wenn ich noch eine Weile hier stehen bleibe? Ich schau dir so gerne zu.«

»Aber nein«, antwortete Elisabeth und begann die Wäsche aufzuhängen.

Mittlerweile hatte sie sich daran gewöhnt, dass Johannes sie kaum aus den Augen ließ, auch wenn sie deswegen anfangs heftig mit ihm aneinandergeraten war. Schon am zweiten Tag hatte sie ihn dabei erwischt, wie er in ihren Schubladen gestöbert hatte, und auch in den Wochen danach war sie mehr als einmal kurz davor gewesen, ihren Koffer zu packen und ihn zu verlassen, so misstrauisch war er ihr immer wieder begegnet. Dass er hinter ihrem Brief, in dem sie ihm kurz und knapp mitgeteilt hatte, wer sie war, lange Zeit eine perfide Drohung vermutet hatte, hatte er ihr erst an seinem Geburtstag vor drei Wochen offenbart. Als russische Spionin, die Beweise für seine Nazitäterschaft ausfindig machen sollte, hatte er sie verdächtigt. Unterlagen, die belegten, dass während des Krieges in seinem Kreidewerk Zwangsar-

beiter beschäftig waren, hatte er daher vorsichtshalber noch am Tag ihrer Ankunft vernichtet.
An manchen Tagen meinte Elisabeth noch immer eine Spur Misstrauen in seinem Verhalten ihr gegenüber erkennen zu können, aber sie ahnte, dass andere Gründe dahintersteckten, warum er sie zum Beispiel jetzt dabei beobachten wollte, wie sie seine frisch gewaschenen Laken aufhängte. Wie ein Vater sein neugeborenes Kind bestaunt, bestaunte auch Johannes ungläubig seine erwachsene Tochter, die er unerwartet mit sechzig Jahren bekommen hatte und an die er sich erst gewöhnen musste.
»Ich komme gleich runter«, rief er ihr von oben zu. »Mach uns doch schon mal einen Tee.«
Elisabeth nickte stumm, drehte sich aber nicht um. Der Ton, den er bisweilen anschlug und der auch jetzt wieder in seiner Stimme zu hören gewesen war, missfiel ihr ganz und gar.
»Johannes«, sagte sie, als sie wenig später gemeinsam in der Bibliothek bei einer Tasse Tee saßen, »ich weiß, dass es eine große Veränderung bedeutet, plötzlich eine Tochter zu haben, aber eine Tochter ist kein Dienstmädchen. Verstehst du, was ich meine?«
Wie er es fast immer tat, wenn er sprachlos war, rieb sich Johannes auch jetzt über seine rauhe, mit rötlichen Pusteln übersäte Glatze und sah sie erstaunt an. Seit einigen Jahren wurde er von einer Hautkrankheit geplagt, und sein einst volles Haar war mittlerweile komplett ausgefallen. Die Zeit hatte deutliche Spuren bei ihm hinterlassen. Seine Haut war faltig und grau geworden, und seine Augen sahen aus, als wären sie in tiefen Höhlen versunken. »Aber ich kann doch nicht mehr so, wie ich will«, versuchte er sich zu verteidigen

und deutete auf den Stock, der neben ihm stand. »Du weißt doch, mein Bein.«

»Ich sag ja nicht, dass ich dir den Haushalt nicht gerne mache, du kannst mich nur nicht so herumkommandieren, wie du es vermutlich früher mit deinem Dienstmädchen getan hast.«

»Kommandieren, ich?«, fragte er erstaunt.

»Ja, manchmal könnte man meinen, du wärst hier auf dem Kasernenhof«, sagte sie und sah ihn ernst an, während sich auf Johannes' Gesicht ein immer breiter werdendes Lächeln abzeichnete. »Was ist denn daran so komisch?«, fragte sie irritiert.

»Nichts«, antwortete er und lächelte noch immer. »Komisch ist daran gar nichts, ich wundere mich nur. In deinem Alter war ich genauso wie du. Ich wollte mir auch nie etwas sagen lassen.«

»Na dann verstehen wir uns ja«, entgegnete sie trocken.

»Ja, ich denke schon«, sagte er und sah sie unverwandt an. Nachdenklich, aber zufrieden schien sein Blick zu sein, und während Elisabeth noch versuchte, seine Gedanken zu erraten, fuhr er in feierlichem Ton fort: »Vermutlich kann ich dir nicht richtig vermitteln, wie dankbar ich bin, eine Tochter wie dich zu haben, Elisabeth. Du bist so stark, das gefällt mir gut. Sogar sehr gut.« Er hielt kurz inne. »Seit einem halben Jahr beobachte ich dich jetzt, und du weißt, dass ich anfangs mehr als skeptisch war, aber was hatte ich letztendlich schon zu verlieren. Sieh mich an, ich bin ein alter gebrochener Mann, dem bis vor kurzem nichts weiter als ein Kreidewerk geblieben war, das kaum noch Gewinn abwirft.«

Elisabeth wollte widersprechen, aber mit einer Handbewe-

gung gab er ihr zu verstehen, dass jetzt noch nicht ihre Zeit gekommen war.
»Ich war einsam, bevor du in mein Leben getreten bist, und wenn man lange Zeit so einsam war wie ich, dann hat man sich so sehr daran gewöhnt, dass es einem schwerfällt, plötzlich einen anderen Menschen um sich zu haben. Du hast es ja gemerkt, ich habe keine Übung darin. Deswegen vielleicht auch dieser schneidende Ton, von dem du gesprochen hast.« Er machte ein entschuldigendes Gesicht. »Mit seiner Tochter sollte man so sicherlich nicht umspringen.«
»Heißt das, du möchtest, dass ich gehe?«, fragte Elisabeth, als er erneut eine kurze Pause einlegte, aber Johannes lächelte nur und setzte seine Rede fort.
»Du bist meine Tochter, und wenn ich diese Worte ausspreche, dann klingen sie in meinen Ohren noch immer fremd, auch wenn ich mir nichts sehnlicher wünsche, als dass sie mir vertraut wären. Aber alles braucht seine Zeit. Und dennoch möchte ich dich keinen Tag mehr missen. Ein väterliches Gefühl muss sich entwickeln, aber die Verbundenheit, die ich zu dir spüre, habe ich bislang noch bei niemandem erlebt. Und vielleicht ist das ja das einzige Geheimnis, das hinter einer Vaterschaft liegt, vielleicht gehört auch noch mehr dazu, ich weiß es einfach nicht, aber ich hoffe und wünsche mir, dass wir es gemeinsam herausfinden werden. Ich habe nachgedacht«, sagte er, während er sich mühsam in seinem schweren Ohrensessel aufrichtete. »Ich möchte, dass dir alles gehört, das Haus und das Werk. Es ist nicht mehr so viel wert wie früher, aber noch ganz ordentlich. Hier«, er zeigte auf einen kleinen Stapel Papiere, »mein Notar hat alles Nötige vorbereitet. Du musst nur noch unterschreiben.«

Elisabeth schluckte. »Glaubst du, dass ich deswegen zu dir gekommen bin?«, fragte sie vorsichtig.
»Nein, nein, keine Sorge«, antwortete er und schüttelte den Kopf. »Wenn du nicht gekommen wärst, hätte ich mich schnell nach einem Nachfolger umsehen müssen, und nun wird es eben eine Nachfolgerin. Natürlich nur, wenn du willst.« Mit beschwörendem Blick sah er sie kurz an, dann fuhr er fort: »Und je schneller wir die ganze Sache hinter uns bringen, desto besser. Die Russen können jeden Tag hier erscheinen und mich enteignen. Ich wundere mich ohnehin, dass sie noch nicht gekommen sind, aber vermutlich haben sie zu viel zu tun«, sagte er in zynischem Ton.
»Wenn sie dich enteignen, tun sie das auch mit mir«, erwiderte Elisabeth kühl.
»Eben nicht«, widersprach Johannes. »Du hast nicht wie ich mit den Nazis Geschäfte gemacht. Dich können sie nicht so leicht belangen, mich schon.«
»Ein Kreidewerk«, murmelte Elisabeth nachdenklich.
»Du schaffst das, glaub mir. Du hast Verstand, kannst dich durchsetzen, und alles andere lernst du schnell.« Er nickte ihr aufmunternd zu. »Und sicherlich wirst du ja auch bald heiraten«, sagte er beiläufig.
»Heiraten? Wie kommst du denn darauf?«, fragte sie erstaunt.
»Na, ein junges Mädchen wie du, so hübsch, bei dem werden doch die jungen Männer Schlange stehen.«
Elisabeth lachte laut auf. »Schlange stehen, das ist wirklich gut. Vielleicht war das ja mal früher so, aber heute?« Sie sah ihn fast mitleidig an.
»Warum? Finden Männer eine Schönheit wie dich heute etwa nicht mehr attraktiv?«

»Nun übertreib mal nicht«, sagte sie im Ton einer Oberlehrerin und tat so, als würde sie sein Kompliment ungerührt beiseitewischen. »Junge Männer sind rar heutzutage, die meisten sind gefallen, und die, die nicht gefallen sind, sind … Ach was weiß ich.« Elisabeth stand abrupt auf.

Mit verunsichertem Blick beobachtete Johannes, wie sie vor dem Fenster auf und ab ging und ins Freie starrte. »Habe ich etwas Falsches gesagt?«, fragte er, aber sie antwortete ihm nicht. »Was würde denn ein Vater jetzt tun?«, versuchte er es erneut.

»Nichts«, entgegnete sie schroff, ohne sich nach ihm umzusehen. »Das geht einen Vater nichts an.«

»Schon gut, schon gut, ich habe verstanden.« Er erhob sich langsam und näherte sich ihr mit schweren Schritten von hinten. Als er bereits dicht hinter ihr stand und im Begriff war, seine Hand auf ihre Schulter zu legen, drehte sich Elisabeth rasch um. Auf beiden Gesichtern war Verunsicherung zu lesen, und sie standen sich unschlüssig und schweigend gegenüber.

In den letzten Monaten hatte sie sich oft Begegnungen wie diese ausgemalt, Begegnungen mit ihrem Vater, die die Chance boten, in ein stummes Einverständnis zu münden, aber jetzt, da sie ihm gegenüberstand und ihn einfach nur hätte umarmen müssen, zögerte sie. So wie Johannes nicht wusste, was es bedeutete, Vatergefühle zu haben, schien Elisabeth nicht zu wissen, was es hieß, zu vertrauen. Als Johannes vorsichtig über ihren Arm strich, erzitterte sie vor Schreck. Rasch zog er seine Hand zurück und sah sie fast schüchtern an. Er sagte nichts, auch wenn er dieses Schweigen nur zu gerne mit Worten gefüllt hätte, aber keiner der Sätze, die ihm durch den Kopf gingen, schienen passend zu sein. Elisabeth spürte seine Unsicherheit, und dennoch war es ihr unmöglich, Johannes zu umarmen, zu fremd war er ihr nach wie vor. Sie versuchte zu lächeln, und während sie sich noch fragte, wie sie beide aus dieser Situation unbeschadet herauskommen könnten, glitt auch schon ihre Hand über seinen Arm. Wie von alleine schien sie sich anfangs über Johannes' weißes Hemd zu tasten, aber als sie auf Höhe seines Ellbogens war, drückte sie ihn kurz, als wollte sie sichergehen, dass sie auch beide tatsächlich anwesend waren.

Mit einem Schlag entspannten sich Johannes' Gesichtszüge, und als sie seinen Arm losließ und er einen Schritt zurück machte, sah er sie an wie jemand, der für diese unerwartete Nähe dankbar war. Elisabeth wirkte nach dieser kurzen Berührung ebenfalls gelöst, auch wenn sie Johannes noch immer schweigend gegenüberstand. Als würden sie noch einen kurzen Moment der Stille benötigen, um zu begreifen, was gerade zwischen ihnen vorgefallen war, trafen sich noch einmal ihre Blicke. Elisabeth war die Erste, die sich aus dieser stummen Begegnung löste. Mit sicheren Schritten ging sie auf das Tischchen zu, auf dem die Papiere lagen.

»Kann ich die mitnehmen?«, fragte sie ihn, während sie den viele Seiten starken Vertrag bereits an sich nahm.

»Selbstverständlich«, sagte er erleichtert. »Wenn du Fragen hast, du weißt ja, wo du mich findest.«

# 58

Am nächsten Morgen erwachte Elisabeth früher als sonst. Die Sonne war am dunklen Horizont noch nicht zu erahnen, und nur ein helles Vogelgezwitscher, das sich wie ein dünner Film über die Luft zu legen schien, begrüßte sie. In dem großen Haus war es still wie immer, und so öffnete sie das Fenster, um wenigstens den fröhlichen Gesang der Vögel in ihr Zimmer zu lassen. Anfangs war sie fasziniert gewesen von der Ruhe, die über dem Haus lag. Im Vergleich zur Villa Luise mit den lauten Flüchtlingen schien ihr dieser Ort ein wahres Paradies zu sein. Aber je länger sie hier wohnte und je besser sie Johannes kennenlernte, desto deutlicher spürte sie auch die Last, die in dieser Stille lag. Sich hier nicht wie tot zu fühlen kostete eine besondere Anstrengung, und sie ahnte, dass sie diese Kraft nur für einen begrenzten Zeitraum aufbringen würde.

Die halbe Nacht hatte sie damit zugebracht, den Vertrag zu studieren, aber auch wenn ihr viele der juristischen Feinheiten unverständlich geblieben waren, war die einzige Frage, die sich ihr stellte, ob sie auf Dauer in dieser Abgeschiedenheit leben konnte. Ein Zuhause hatte sie gesucht, als sie zu Johannes gekommen war, und gestern schien es für kurze Zeit greifbar nah, aber seitdem war ihr auch schmerzlich bewusst, dass dazu mehr gehörte, als einen Vater zu finden. Nachdenklich betrachtete sie sich im Spiegel. Die lange Nacht hatte Spuren unter ihren Augen hinterlassen, die sie mit Make-up zu verdecken versuchte. Sie wollte heute gut aussehen, und zum ersten Mal seit langem trug sie wieder ihren Lippenstift auf. Ihr langes Haar, das, seitdem sie bei Johannes lebte, meistens zu einem Pferdeschwanz gebunden war, ließ sie weich über ihre Schultern fallen. Zufrieden strich sie durch ihre glänzenden Locken, dann stand sie auf und zog ihren dunkelgrünen Rock und einen blauen Pullover an.

Gute drei Stunden Fahrt auf ihrem alten Rad lagen vor Elisabeth, und da sie seit einem halben Jahr Sagard und Umgebung nicht mehr verlassen hatte, schreckte sie kurz vor diesem langen Weg zurück. Als sie jedoch bei Sonnenaufgang durch die zart knospende Landschaft fuhr, war ihr, als glitte sie mühelos dahin. Fast schwebend, bewegte sie sich durch die sanft geschwungenen Felder und Wiesen, durch den im Morgenlicht rötlich erleuchteten Wald, an Tümpeln und aufgewühlten Äckern vorbei, begleitet von einer Schar Krähen, die sich lautstark um Futter zu streiten schienen.

Schon von weitem erkannte sie Frederik, und ein Lächeln huschte über ihr Gesicht, als sie sah, mit welcher Selbstverständlichkeit er auf seinem Traktor saß und sein Feld bearbeitete. Sie lehnte ihr Rad an einen Baum und blieb auf der kleinen Anhöhe stehen. Sie hätte ihm zuwinken können, aber sie stand wie angewurzelt hinter einem kleinen Busch versteckt und lauschte ihrem Herzschlag, der immer schneller wurde. Unwillkürlich fasste sie sich an die Brust, aber es gelang ihr nicht, sich zu beruhigen. Auch der Versuch, tief ein- und auszuatmen, half nicht. Erst mit zögerlichen, dann mit immer sichereren Schritten ging sie ihm schließlich langsam über die abfallende Wiese entgegen.

»Elisabeth?«, rief Frederik erstaunt, als er sie auf sich zukommen sah, und stellte sofort den Motor ab. »Bist du es wirklich, oder habe ich gerade eine Erscheinung?«

»Du musst dir keine Sorgen um deine Gesundheit machen«, sagte Elisabeth und lachte. »Ich bin es wirklich.«

»Sicher? Das glaube ich erst, wenn ich es selbst überprüft habe. Komm, steig auf.« Er hielt ihr seine Hand hin und zog sie auf den schmalen Sitz neben sich. »Darf ich?«, fragte er und strich durch ihr Haar. »Tatsächlich«, tat er verblüfft, »du bist es leibhaftig. Und ich dachte schon, du hättest mich vergessen.« Er schüttelte den Kopf. »Elisabeth, dass ich dich noch einmal sehe.«

»Na, du tust ja gerade so, als wäre ich vom Erdboden verschluckt gewesen.«

»Warst du das denn nicht?«

»Nein, das weißt du doch.«

»Der böse Wolf hat dich also nicht aufgefressen?«

»Wie du siehst, bin ich noch ganz lebendig«, sagte sie lächelnd und warf den Kopf in den Nacken.

»Warum bist du nicht schon früher vorbeigekommen? Wir haben uns Sorgen gemacht.«

»Jetzt bin ich ja da«, erwiderte sie leise und sah ihn lange an. »Du hast dich gar nicht verändert.«

»Hätte ich das denn tun sollen?«, fragte er erstaunt.

»Nein, nein, ich dachte nur«, sagte sie zögerlich, während sie ihren Blick prüfend über seine Hände gleiten ließ.

»Stimmt mit denen etwas nicht?«, fragte er und hielt sich seine kräftigen Finger vors Gesicht. »Bauernhände, ja, aber die können gut zupacken«, sagte er und lachte, »doch das weißt du ja.«

»Ja, ich weiß«, murmelte Elisabeth und nickte.

»Hast du mich vermisst?«, fragte er verschmitzt, aber noch

ehe sie antworten konnte, hatte er auch schon seinen Motor angeworfen, der mit seinem lauten Knattern jedes Wort übertönte, und fuhr los.
»Was machst du?«, rief sie dennoch in den Krach hinein, aber Frederik schüttelte nur lachend den Kopf und tippte sich mit dem Finger ans Ohr.
Als sie bei Max' und Frederiks Kate angekommen waren, Frederik den Motor ausgestellt hatte und er leichtfüßig von seinem Traktor gesprungen war, hielt er ihr erneut die Hand hin. »Spring runter«, sagte er, »ich habe eine Überraschung für dich, die wird dich sicherlich freuen.«
Elisabeth sah ihn fragend an. »Hier? Bei euch?«
»Traust du dich etwa nicht?«
»Doch, natürlich«, sagte sie forsch und blickte sich prüfend um. Aber außer zwei Katzen und einem alten Schäferhund, der träge vor einem Schuppen lag, konnte sie niemanden entdecken. »Sind wir alleine?«
»Das wirst du gleich sehen«, antwortete Frederik mit verschwörerischer Miene, während er ihr noch immer die Hand hinhielt. »Nun spring schon runter.«
»Überraschung!«, rief Frederik, als er die Tür zur Kate öffnete. An dem kleinen länglichen Tisch, der beim Eintritt sofort im Blickfeld stand, saßen bereits Max und Marianne. Als Elisabeth durch die Tür trat, verstummte ihr Gespräch. Mit erstaunten Gesichtern sahen sie zu dem ungewöhnlichen Gast, und während Max sich schnell wieder fing und ihr freundlich zunickte, schüttelte Marianne ungläubig den Kopf. Auch Elisabeth verbarg ihre Überraschung nicht. Sprachlos stand sie vor ihren Geschwistern und sah Frederik hilfesuchend an.
»Du?«, fragte Marianne schließlich. Sie konnte ihren Blick

nicht von Elisabeth nehmen, und ihre Augen glitten wieder und wieder über sie hinweg, als müssten sie sich Stück für Stück ihrer eigenen Wahrnehmung vergewissern.

Elisabeth nickte nur.

»Setz dich«, forderte Frederik sie auf und schob ihr einen Stuhl zurecht. »Tee? Leider haben wir nur noch altes Brot, aber mit der Sanddornmarmelade deiner Großmutter schmeckt das gar nicht mal so schlecht. Hier, probier mal.« Er schob ihr einen Kanten Brot hin und das Glas mit dem orangefarbenen Aufstrich.

Zögerlich setzte sich Elisabeth an den Tisch, während sie Mariannes prüfende Blicke wie Nadelstiche trafen.

»Ich bin einfach sprachlos«, murmelte Marianne und schüttelte noch immer den Kopf. »Mit allem habe ich heute gerechnet, doch damit weiß Gott nicht.« In ihrem Ton schwang aber bereits ein Lächeln mit. »Ist es nicht schön?«, rief sie plötzlich freudig und blickte in die Runde. »Was heißt schön, nein, phantastisch, ist es nicht phantastisch, dass wir alle wieder zusammen sind?«

Max sah sie irritiert an, während sich Elisabeths Blick mit einem Schlag verfinsterte, aber Frederik, der noch auf einem harten Stück Brot kaute und nicht sprechen konnte, zeigte seine Zustimmung mit einem kräftigen Nicken. »Ja, das finde ich auch«, sagte er freudestrahlend, als er den Bissen hinuntergeschluckt hatte. »Es wurde aber auch höchste Zeit, nicht?« Er sah Elisabeth lächelnd an. »Nun musst du uns aber erzählen, was du die letzten Monate so erlebt hast bei deinem neuen Vater.«

Wie auf Kommando richteten sich drei neugierige Augenpaare auf Elisabeth, und zum ersten Mal an diesem Morgen senkte sie die Augen. »Später vielleicht«, sagte sie und frag-

te dann, an Marianne gerichtet, in ernstem Ton und mit durchdringendem Blick: »Was ist aus deinen Plänen geworden?«
»Meinen Plänen?«, fragte Marianne erstaunt.
»Du trägst keinen Ring«, sagte Elisabeth kühl.
»Keinen Ring?«
»Ich dachte, wenn man heiraten will, dann trägt man einen Verlobungsring«, erklärte Elisabeth.
»Du willst heiraten?«, fragte Frederik überrascht und sah in Mariannes gerötetes Gesicht.
»Lissy«, zischte Marianne, »was soll das?«
»Man wird ja mal fragen dürfen«, sagte sie ruhig und lächelte. »Als wir uns das letzte Mal gesprochen haben, wolltest du jedenfalls heiraten.«
Marianne wurde knallrot. »Das ist über ein halbes Jahr her«, entgegnete sie wütend.
»Und? Das ist schließlich keine Ewigkeit. Oder dreht sich die Welt so schnell in deinem Alter?«
Marianne schüttelte den Kopf. »Nein, das tut sie nicht, doch sie verändert sich«, sagte sie leise, aber bestimmt.
Unruhig wanderte Frederiks Blick zwischen den beiden Schwestern hin und her. Schnell hatte er begriffen, dass er es war, der im Mittelpunkt dieser Auseinandersetzung stand, und auch wenn es ihm schmeichelte, dass sich die beiden heimlich um ihn zu streiten schienen, war ihm die Situation doch sichtbar unangenehm. Hilfesuchend schaute er zu Max, aber der nippte nur gelangweilt an seinem Tee, als wollte er ihm zu verstehen geben, dass er ihm in dieser Angelegenheit nicht zur Verfügung stehen würde.
»Und inwiefern hat sich deine kleine Welt geändert?«, fragte Elisabeth in triumphierendem Ton.

Marianne sah ihre Schwester ungläubig an. »Weißt du, als du so Hals über Kopf gegangen bist, da dachte ich, ich würde dich verstehen. Plötzlich einen anderen Vater zu haben, das muss ein furchtbarer Schock für dich gewesen sein. Und ich hatte gehofft, dass es dich verändern würde, wenn du den anderen Teil deiner Wurzeln kennenlernst. Aber du bist immer noch so selbstverliebt wie früher.«

»Selbstverliebt?«, fragte Elisabeth mit funkelnden Augen.

»Du gönnst mir doch nicht ein bisschen Glück«, sagte sie ruhig.

»Das stimmt nicht«, widersprach Elisabeth heftig, dann verstummte sie.

Auch Marianne sagte nichts, und Frederik, der mit immer größer werdendem Entsetzen ihren Streit verfolgte, zögerte noch, sich einzumischen. Immer schwerer lastete die Stille im Raum, die nur Max hin und wieder mit seinem Schlürfen durchbrach.

Elisabeth war die Erste, der das Schweigen unerträglich wurde. »In deinen Augen muss ich ja ein richtiges Monster sein.« Sie ließ ihren Blick an Marianne vorbei ins Freie gleiten. Als sie sah, wie die Sonnenstrahlen das blecherne Dach des Schuppens zum Leuchten brachten, schien ihr das wie Hohn zu sein.

»Ich frage mich, warum du gekommen bist«, sagte Marianne mit eisiger Stimme.

»Ich bin ja nicht deinetwegen hier. Wenn ich geahnt hätte, euch alle hier anzutreffen …« Sie brach den Satz mittendrin ab.

»Vielleicht war es keine gute Idee von mir, dich hierher mitzunehmen«, sagte Frederik mit betont ruhiger Stimme und legte seinen Arm auf ihren Stuhl. »Aber ich hatte mich so gefreut, dich zu sehen, und ich ...« Er stockte und versuchte zu lächeln. »Ach, ich habe einfach nicht nachgedacht.«

»Es ist nicht deine Schuld«, widersprach Marianne ihm sofort. »Ich habe mich auch gefreut, wirklich, Lissy, sehr sogar, aber du bist so ... so gemein.«

»Ach Marianne, es geht hier doch nicht um Schuld«, sagte Elisabeth und musterte ihre Schwester. Noch immer trug sie ihr Haar kurz wie ein Junge, und auch wenn für Elisabeth dieser Umstand bisher kein Grund war, in Marianne nicht eine herangereifte Frau zu sehen, glaubte sie nun, darin nichts weiter als den Ausdruck eines unsteten Kindes zu erkennen. »Es tut mir leid«, erklärte sie milde gestimmt, »ich wollte dich nicht kränken.«

Auf Frederiks Gesicht machte sich schlagartig Erleichterung breit, aber er hatte nicht mit Mariannes Hartnäckigkeit gerechnet.

»Worum geht es denn dann? Um Liebe?«, fragte sie, nicht gewillt, sich mit dieser in ihren Ohren überheblich klingenden Entschuldigung zufriedenzugeben.

»Verstehst du denn etwas davon?«, fragte Elisabeth noch immer mit weicher Stimme, die sie jetzt sogar mit einem Lächeln unterstrich.

»Im Gegensatz zu dir verstehe ich einiges von Menschen und ihren Gefühlen«, antwortete sie kühl.

»Gut, wenn das so ist«, meinte Elisabeth nach einer kurzen Pause, »dann sag mir doch, welche Gefühle du in mir siehst.«

»Angst«, kam es spontan von Marianne. »Angst und Wut.«

Elisabeth erschrak. Damit hatte sie nicht gerechnet, aber noch ehe sie etwas dazu sagen konnte, fuhr Marianne auch schon fort: »Du hast Angst vor der Liebe. Und soll ich dir auch sagen, warum? Weil du nicht noch einmal so entsetzlich enttäuscht werden willst wie mit Magnus damals. Ich verstehe das, ja.« Sie nickte, als würde sie sich darüber wundern, dass sie nicht schon früher auf diesen Gedanken gekommen war. »Ja, ich verstehe das«, wiederholte sie und blickte ihre Schwester aus ernsten Augen an. »Und trotzdem finde ich dein Verhalten unmöglich, einfach nur unmöglich und mit nichts zu rechtfertigen.«

Als Magnus' Name fiel, hätte Elisabeth Marianne am liebsten angeschrien, doch stattdessen stiegen ihr Tränen in die Augen, die sie nur mühsam niederrang.

»Hör auf damit, Marianne, bitte«, sagte Frederik, der Elisabeths Kampf mit Sorge beobachtet hatte und tröstend seinen Arm um ihre Schultern legte.

»Ich bin auch schon fertig, keine Sorge«, erklärte Marianne entschieden und strafte ihn mit einem bösen Blick. »Und denk bloß nicht, dass ich dich heiraten wollte.« Sie schüttelte energisch den Kopf. »Nein, nein, eine Bäuerin, ich? Das ist ja lächerlich.«

»Es ist wohl das Beste, wenn ich jetzt gehe«, sagte Elisabeth plötzlich und erhob sich. Als sie schon in der Tür stand, drehte sie sich noch einmal um und sah zu Marianne. »Entschuldige«, flüsterte sie, »bitte.«

Frederik hatte kurz gezögert, aber dann sprang er doch auf und ging hinter ihr her.

»Ich würde dich gerne noch ein Stück begleiten.«

»Ja, das wäre schön«, erwiderte sie mit kaum hörbarer Stimme, während sie einfach weiterging.

Als sie auf den Feldweg einbogen, der zu der kleinen Anhöhe mit Elisabeths Fahrrad führte, war sie noch immer in Gedanken vertieft. »Es tut mir leid wegen vorhin. Ich hätte

nicht mit dir auf den Hof fahren sollen«, entschuldigte sich Frederik erneut, aber sie schien ihn nicht gehört zu haben, zumindest reagierte sie nicht.
Unter einem Apfelbaum, der einsam in der Landschaft stand, blieb Elisabeth plötzlich stehen. »Denkst du, dass Marianne recht hat?«, fragte sie ihn so leise und mit so ängstlichen Augen, dass Frederik es kaum wagte, ihr zu antworten.
»Ich weiß nicht«, erwiderte er nach längerem Schweigen, »ich habe vorher nie darüber nachgedacht. Aber«, er hielt kurz inne, »aber wenn ich jetzt so daran denke, was Marianne gesagt hat, dann scheint mir schon etwas Wahres daran zu sein. Oder was meinst du?«
Elisabeth blickte nachdenklich in sein verunsichertes Gesicht. »Ja, ich fürchte das auch«, flüsterte sie und wirkte trotz des schützenden Baumes mit einem Mal schrecklich verloren in der Weite der Landschaft.
Vorsichtig griff Frederik nach ihrer Hand. »Erinnerst du dich noch, wie ich euch von meinen Großeltern erzählt habe und dass ich der Meinung bin, dass es richtig ist, für seine Überzeugung zu sterben?«, fragte er sie mit ernster Stimme.
»Ich hätte dich damals erwürgen können.«
Frederik nickte. »Ich weiß, aber ich bin immer noch davon überzeugt, dass ich richtigliege. Nur trauen sich die meisten Menschen nicht, überhaupt zu einer Überzeugung zu gelangen. Aber du, Elisabeth«, beschwor er sie, »du bist anders. Ich weiß, dass du stark genug bist, selbst zu entscheiden, was du aus deinem Leben machen willst. Deine Angst ist eine andere, und diese Angst, die kann man überwinden. Glaub mir, ich weiß, wovon ich spreche. Als meine Eltern

gestorben waren, hatte ich viele Jahre Angst davor, auch noch meine Großeltern zu verlieren. Fast jede Nacht bin ich in ihr Schlafzimmer gerannt, um zu sehen, ob sie noch da sind. Ich will nicht wissen, wie oft ich sie dabei gestört habe.« Er lachte kurz auf, dann sprach er mit ernster Stimme weiter. »Aber weißt du, was das Verrückte daran ist? Richtig gespürt, dass sie immer für mich da sein würden, habe ich erst, als ich nicht mehr ständig nach ihnen sehen musste, sondern ihre Zuneigung fühlen konnte. Verstehst du, was ich meine? Die Angst macht einen blind und taub.« Er drückte fest ihre Hand.

»Ja, blind und taub«, murmelte sie. »Glaubst du, dass ich noch sehen und hören lernen kann?« Sie lächelte bereits, als sie das fragte, und Frederik erwiderte dankbar ihr Lächeln.

»Natürlich«, antwortete er. »Wenn du willst, dann helfe ich dir dabei.« Seine Augen strahlten, als er sich ihr näherte und vorsichtig seine Arme um ihre Hüften legte.

Aus Elisabeths Gesicht sprach noch die Verunsicherung, aber sie spürte bereits, dass sie nur auf diesen Augenblick gewartet hatte, und so streckte sie ihm ihren Körper entgegen. Frederik küsste sie, und auch wenn sie sich schon mehr als einmal geküsst hatten, schien für beide dieser Kuss wie ein erster Kuss zu sein. Als sie weitergingen, legte Frederik wie selbstverständlich seinen Arm um Elisabeth.

»Besuchst du mich in den nächsten Tagen?«, fragte sie, bevor sie sich verabschiedeten. »Ich würde dir gerne etwas zeigen.«

Er hielt sie fest in seinem Arm und sah sie aus leuchtenden Augen an. »Sehr gerne.«

Als Elisabeth im Abendrot bei Johannes ankam, war sein Haus in flammende Farben getaucht. So leuchtend und schön hatte sie es noch nie gesehen, und auf einmal schien ihr dieser Ort nicht mehr nur still und einsam zu sein.

## 59

Marianne kam gerade aus Putbus zurück, als sie überraschend auf eine Menschenansammlung stieß, die mit gespannter Neugier vor der Terrasse des Kurhauses auf etwas zu warten schien. Langsam schob sie ihr Fahrrad durch die Menge, und als sie etwas abseits links des Säulenganges Platz gefunden hatte, dröhnte bereits durch die Mikrofonanlage eine metallisch scheppernde Stimme, die ihr bekannt vorkam. »Im Namen aller Werktätigen unseres Arbeiter- und Bauernstaates wird mir heute die große Ehre zuteil, unser und ihr schönes Kurhaus nach Jahren der faschistischen Barbarei endlich wieder in Betrieb nehmen zu dürfen.« Frenetisch applaudierte die Menge, und Marianne nutzte die Gelegenheit, einen kurzen Blick auf den Redner zu erhaschen. Sie sah nur einen Kopf mit schütterem Haar und schwarz eingefasster Brille auf der Nase, aber dieser kurze Blick genügte ihr, um sich ihre Vermutung bestätigen zu lassen. Die Stimme, die sie aus dem Radio kannte, gehörte zu Otto Grotewohl, dem Ministerpräsidenten des noch jungen Landes.

Die Rede, die lang und zäh war und in der vor allem das »junge sozialistische Vaterland« gepriesen wurde, interessierte Marianne nicht. Dafür faszinierten sie umso mehr die Menschen, die um sie herum standen und die im Sommer

1950 mit leuchtenden Augen dem Politiker in seiner Rede folgten, als läge in jedem seiner Worte ein neuer Wohlstand verborgen. Sie schnappte sich ihren Block, der noch auf ihrem Gepäckträger klemmte, und begann die Gesichter zu zeichnen, Alte wie Junge, Frauen wie Männer, Kriegsversehrte und solche, deren Schicksal nicht auf den ersten Blick zu erkennen war, bis ihr ein Volkspolizist etwas unsanft von hinten auf die Schulter tippte.

»Min Deern, wat soll dat warden?«, fragte er und griff nach ihrem Zeichenblock.

»He«, rief Marianne spontan und hielt den Block fest umklammert, »ich zeichne nur.«

»Zeichnen?«, fragte er und schüttelte den Kopf. »Da spricht unser verehrter Herr Ministerpräsident, un de Diern hat nix andres im Kopp, als zu zeichnen?«

»Ich bin an der Kunstschule in Putbus, ich brauche die Zeichnungen für meinen Kurs«, versuchte Marianne sich zu verteidigen, aber an seinem strengen Blick erkannte sie bereits, dass sie nicht mit seinem Verständnis rechnen konnte.

»Hier wird zugehört«, sagte er, »oder gegangen, keine Diskussion.«

»Schon gut«, erwiderte Marianne kleinlaut und packte ihren Zeichenstift ein, »ich gehe ja schon.«

Als sie in der Villa Luise ankam, war es dort fast ebenso laut wie auf dem Vorplatz des Kurhauses.

»Was ist denn hier los?«, fragte sie eine der Flüchtlingsfrauen erstaunt, die ihr mit einem notdürftig geschnürten Koffer und einem Kind an jeder Hand entgegenkam, aber die Frau machte nur ein grimmiges Gesicht, eine Antwort gab sie nicht. Auch die anderen Familien, Mütter wie Väter, schenkten ihr auf ihre Frage nur einen bösen Blick. Vor der Villa Luise stapelten sich die Koffer und Taschen, aus denen die Wäsche lugte, Geschirr lag auf dem Gras, und in einem wilden Durcheinander türmten sich gebrauchte Stühle auf alten Tischen, die ebenfalls zum Abtransport bereitstanden. Marianne war die Woche über in Putbus gewesen, und so wusste sie nicht, dass am Tag zuvor überraschend die Anweisung gekommen war, das Haus unverzüglich zu räumen, um schon in wenigen Tagen den ersten Schwung Arbeiter aus dem Erzgebirge empfangen zu können.

»Diese Willkür«, schimpfte Klara lautstark, als sie Marianne zur Tür hereinkommen sah. Sie stand im Flur vor der Tür zum Speisezimmer und wachte darüber, dass keiner der Ausgewiesenen ihre Wut an ihrem Mobiliar ausließ. Zwei Vasen und ein Tischchen, die all die Jahre unbeschadet überstanden hatten, waren bereits zu Bruch gegangen. Marianne sah sie fragend an.

»Dieser Neue, der Bürgermeister, Groß oder wie er heißt, hat sich in den Kopf gesetzt, dass unser Haus für die Wismut-Kumpels von den Flüchtlingen geräumt werden soll.« Sie verdrehte die Augen. »Und das, obwohl die Villa Gisela leer steht. Begreift man das?«

»Kapitalistensau«, beschimpfte sie einer der jungen Flüchtlinge im Vorübergehen und warf ihr einen vernichtenden Blick zu.

»Siehst du«, sagte sie zu Marianne, »so geht das den ganzen Tag. Die denken, ich hätte mich darum gerissen, sie endlich loszuwerden, damit ich das große Geld machen kann.« Sie tippte sich an die Stirn. »Als ob man bei diesen Verträgen, die die einem vorlegen, reich werden könnte. Nur gut, dass ich deine Großmutter davon überzeugen konnte, dass es besser ist, wenn sie heute den ganzen Tag in der Küche bleibt. Sie soll davon so wenig wie möglich mitbekommen. Bleibst du bis Sonntag?«

Marianne nickte. »Ich nehme an, ihr könnt Hilfe gebrauchen.«

»Das kann man wohl sagen. Max kommt nachher auch noch, sobald er sich von seinem Hof loseisen kann.«

»Schön«, murmelte Marianne gedankenverloren und stieg über die Taschen und Koffer, die im ganzen Haus verstreut und auch auf den Treppenstufen lagen, nach oben. In ihrem Zimmer standen nur noch ein Bett und ein Schrank, alles Persönliche war im Putbuser Schloss untergebracht, wo sie seit zwei Jahren die Kunstschule besuchte und auch die meiste Zeit über wohnte. Nur der kleine Spiegel hing noch an der Wand und neben ihm die Zeichnung mit Max und Frederik, die sie dort vor mehr als drei Jahren angebracht hatte.

Achtlos schmiss sie ihre Tasche und den Zeichenblock auf den Boden, bevor sie sich auf ihr Bett fallen ließ und laut seufzend durchatmete. Das Fenster hatte sie absichtlich geschlossen gelassen, und auch wenn es unangenehm stickig in dem kleinen Raum war, tat ihr die Ruhe gut. Sie schloss die Augen, und für einen kurzen Moment träumte sie, sie wäre an einem verwunschenen See im Wald, allein mit sich und der Natur und nichts weiter als das sanfte Plätschern des Wassers und das Rauschen der Blätter im Ohr. Plötzlich hörte sie ein Rascheln im Gebüsch und Schritte, die sich ihr näherten, und als sie sich umdrehte, blickte sie in Frederiks blasses Gesicht, das ihr etwas zuzuflüstern schien, aber sie verstand ihn nicht. Sie erhob sich und schwebte leichtfüßig auf ihn zu, und erst als sie dicht bei ihm war, hörte sie ihn mit geisterhafter Stimme »Hochzeitskleid« murmeln.

Erschrocken fuhr sie hoch und rieb sich ungläubig die Augen. Nur zu gut kannte sie diese Traumszene. Fast zwei Jahre lang wurde sie von ihr fast jede Nacht geweckt. Aber seit mehr als einem Jahr war sie aus ihren Träumen verschwunden. Verärgert darüber, dass Frederik ihr erneut im Traum erschienen war, schüttelte sie den Kopf. Als ihr Blick auf die Zeichnung neben dem Spiegel fiel, stand sie auf und trat vor die Wand. Schon oft hatte sie davorgestanden, fest entschlossen, diese Zeichnung endlich abzuhängen, aber immer wieder war sie in letzter Sekunde davor zurückgeschreckt. Es war das letzte Porträt, das sie von Frederik gemacht hatte, und auch wenn sie für eine kurze Zeit geglaubt hatte, sie könnte in ihm einen Bruder sehen, hatte sie nach Elisabeths überraschendem Besuch schmerzlich lernen müssen, dass dies nicht möglich war.

Er war es gewesen, der sie als Erster geküsst hatte, der ihr gezeigt hatte, was es hieß, eine Frau zu sein, und auch wenn sie danach andere Männer getroffen hatte, dieses Gefühl der Unverwundbarkeit hatte sie seit diesem ersten Kuss nie wieder gespürt.

Als Marianne jetzt ihren Blick erneut über sein Gesicht gleiten ließ, meinte sie noch einmal diesen Kuss auf ihren Lippen zu spüren, aber je länger sie davorstand, desto mehr verlor er von seiner geheimnisvollen Kraft, bis er zu dem wurde, was er eigentlich gewesen war, ein zaghafter Kuss unter Freunden. Marianne wurde von ihrem eigenen Lächeln überrascht. Wie ein alter Bekannter, der ihr über die Jahre fremd geworden war, sah Frederik sie plötzlich aus seinen entschlossenen Augen an. Und als sie schließlich die Nadeln entfernte, mit denen sie die Zeichnung vor Jahren befestigt hatte, und das Blatt abnahm und es zusammenrollte, regte sich in ihr nur ein zartes Gefühl der Befreiung. Als könnte sie es selbst kaum glauben, strich sie noch einmal sanft über das gerollte Papier, bevor sie es mit einem erleichterten Schmunzeln in einem der vielen leeren Schrankfächer verstaute.

Als Marianne nach unten in die Küche kam, stand dort bereits Max mit Marie am Herd und probierte von ihrer Kartoffelsuppe. »Lecker wie immer«, lobt er sie und legte seinen kräftigen Arm um ihre schmalen Schultern. »Eine wie du fehlt mir noch auf dem Hof, aber find die mal«, sagte er und drückte seine Großmutter fest an sich. »Du solltest mal vorbeikommen.«

»Na, na«, wehrte sie ihn lachend ab. »Du findest schon noch den passenden Deckel.«

»Nur keine Eile, Max«, rief Marianne ihm gutgelaunt entgegen. »Alles braucht seine Zeit.«

»Marianne, schön, endlich! Wie lange ist es her?«

»Weihnachten. Weihnachten war das letzte Mal. Aber du schaffst es ja auch nie bis nach Putbus«, sagte sie in tadelndem Ton.

»Ich bin ja nicht lebensmüde«, erwiderte er und lachte. »Mir reicht es, wenn ich jede zweite Woche über dich und deine Künstlerfreunde in der Zeitung lesen muss, wilde Feste und so, man wähnt sich ja schon fast im alten Rom.«

»Schön wär's. Du solltest nicht alles glauben, was in der Zeitung steht«, sagte sie und nahm ihm den Löffel aus der Hand. »Lass mich auch mal probieren.«

»Also keine Orgien?«, fragte er und grinste.

»Keine Orgien.«

»Feste?«

»Kleine Feste.«

»Kleine Feste mit demoliertem Inventar am nächsten Morgen?«
»Ein einziges Mal nur, aber es ist überhaupt nicht raus, ob es jemand von uns war«, antwortete sie, während sie genüsslich den Löffel abschleckte. »Großmutter, du bist die Beste, Max hat recht, du solltest mit nach Putbus kommen.«
»Nein, mit zu mir auf den Hof.«
»Aber ich kann ihr ein Schloss bieten.«
»Und ich immerhin einen Herd und eine Spüle«, sagte er trocken und grinste.
Mit nachdenklichem Blick beobachtete Marie die beiden, wie sie sich neckten. »Kinder, Kinder«, stöhnte sie zufrieden, »ihr glaubt gar nicht, wie schön es ist, euch beide einmal wieder hier gemeinsam zu haben.« Sie schüttelte den Kopf. »Da wird das Chaos hier doch gleich wieder viel erträglicher.«
»Ja, das stimmt allerdings«, pflichtete Klara ihr bei, die gerade zur Tür hereingekommen war. »Fehlt nur noch Lissy, dann wäre meine Kinderschar komplett. Und Malte natürlich«, fügte sie leise und mit trauriger Stimme hinzu.
Niemand sagte etwas, alle drei sahen nur betreten zu Klara und nickten. Noch immer gab es keinerlei Nachrichten von ihm, und längst hatten sie es aufgegeben, sich oder Klara mit beschwichtigenden Floskeln Hoffnung machen zu wollen.
»Nächsten Monat hat er Geburtstag«, sagte Klara, »seinen neunundvierzigsten. Ihr kommt dann wieder, ja, so wie letztes Jahr?«, fragte sie Max und Marianne.
»Natürlich«, antwortete Marianne und legte tröstend ihren Arm um Klaras Schultern. »Wir lesen dann wieder seinen letzten Brief gemeinsam.«

»Ja«, flüsterte Klara und nickte, und für einen kurzen Moment legte sich eine fast feierliche Stille über die sonst so betriebsame Küche. »Sag mal, Max«, fuhr sie nachdenklich fort, »hast du etwas von Lissy gehört? Sie fehlt mir so.«

»Nicht direkt«, antwortete er und wich ihrem Blick aus.

»Was heißt das?«

»Na ja, ich habe Frederik neulich getroffen.«

»Und? Ist er noch bei Johannes im Kreidewerk?«

»Ja. Er führt es jetzt allein, soweit ich weiß.«

»Und Lissy?«

Max zuckte mit den Schultern. »Weiß ich nicht so genau«, murmelte er.

»Jetzt sag schon, Max, was ist los?«, ging Marianne energisch dazwischen, aber er sah sie nur verunsichert an und schwieg.

»Max, bitte, wenn etwas Schlimmes passiert ist, dann musst du es mir sagen, ich bin schließlich ihre Schwester.«

»Nein, nichts Schlimmes. Normalerweise jedenfalls nicht«, fügte er so leise hinzu, dass Marie ihn nicht verstand.

»Kannst du nicht lauter sprechen?«, fragte sie ihn gereizt. »Du weißt doch, dass ich nicht mehr so gut höre.«

»Ja, ich weiß, entschuldige. Na gut«, fuhr er mit lauter und deutlicher Stimme fort, »ihr habt es so gewollt. Frederik und Elisabeth werden heiraten.« Er blickte in staunende Gesichter. »Und, ist das alles, was ihr dazu zu sagen habt?«, fragte er und sah alle drei herausfordernd an.

»Wann?« Klaras Stimme vibrierte.

»Im Oktober.«

»Und sie lädt mich nicht ein?«

»Das weiß ich nicht. Ich bin ja auch nicht oder noch nicht

eingeladen. Frederik hat sich verplappert, sonst wüsste ich auch nichts davon.«

»Ach so«, sagte Klara erleichtert. »Nein, das glaube ich nicht, sie wird nicht ohne ihre Mutter heiraten, nein«, wiederholte sie und schüttelte den Kopf, während ihr Blick an dem Sanddornstrauch hängenblieb, der direkt vor dem Küchenfenster stand. »Du hast dieses Jahr noch gar keine Zweige abgeschnitten, Mutter«, sagte sie so leise, dass Marie sie nicht verstand, aber ihr abwesender Blick verriet ohnehin, dass sie mit ihren Gedanken nicht bei ihrer Mutter, sondern bei ihrer Tochter war.

»Sie wird uns einladen, da bin ich mir ganz sicher«, meinte Marie zuversichtlich und fragte sich bereits, ob sie für so einen festlichen Anlass überhaupt noch ein passendes Kleid im Schrank hatte.

»Und du, Marianne?«, fragte Max. »Was sagst du dazu?«

Sie atmete tief durch. »Überraschend kommt diese Hochzeit eigentlich nicht«, antwortete sie, während sie einen Löffel auf dem Holztisch hin und her schwingen ließ. »Ich weiß nicht. Da gibt es wohl nicht viel dazu zu sagen.« Sie sah ihn fragend an. »Oder dachtest du, ich würde einen Nervenzusammenbruch kriegen?«

»Ehrlich gesagt schon.« Max sah erleichtert aus. »Komm, wenn du dich trotzdem ausweinen willst.« Er tippte auf seine Schulter. »Die steht dir jederzeit zur Verfügung.«

Marianne lächelte. »Danke, aber du weißt ja, was Vögel tun, sie fliegen davon.«

Mit schnellen Schritten verließ sie die Küche und drängte sich durch den noch immer mit Taschen und Koffern vollgestellten Flur hinaus ins Freie. Dort, wo einst das Familienbad gestanden hatte und sich Fabrikanten und deren Ehefrauen dem sommerlichen Müßiggang hingegeben hatten, lagen jetzt vor allem Arbeiterinnen und Arbeiter in den Strandkörben und aalten sich in der Sonne. Weiter östlich, Richtung Granitzwald, war es jedoch fast menschenleer, und Marianne lief an den Fischerbooten vorbei bis zum Waldanfang, wo der Sandstreifen in einen steinigen Strand überging. Sie setzte sich auf einen umgeknickten Baumstamm und ließ ihren Blick über die weite Bucht von Binz hinweg bis hinüber nach Saßnitz und zu den Kreidefelsen gleiten. Die im Sonnenlicht glitzernde See lag wie ein blankgeputzter Spiegel vor ihr, und sie fragte sich, ob sie auf diesen Anblick würde verzichten können.

## 60

Stolz sprach aus seinem Blick, als Johannes die Braut zum Altar führte, und ebenso stolz folgte er dem frisch getrauten Hochzeitspaar aus der alten steinernen Kirche, durch das Spalier einiger Arbeiter des Kreidewerks hindurch, die extra für die Trauung nach Bobbin gekommen waren und das Paar nun respektvoll beklatschten. Vor allem Elisabeth, deren langes cremefarbenes Kleid aus Tüll und Spitze ihr wie auf den Leib geschneidert schien, erntete bewundernde Blicke, aber auch Frederik sah in seinem dunklen Frack, der einst Johannes gehört hatte, stattlich aus.
Während, angelockt vom hellen Glockenspiel der Kirche, zahlreiche Fremde am Straßenrand standen und das ungewöhnlich schöne Paar bestaunten, wie es in den geschmück-

ten Wagen stieg, wies Johannes in forschem Ton die geladenen Gäste an, nach einer von ihm festgelegten Ordnung in dem extra angemieteten Kleinbus Platz zu nehmen. Als Älteste durfte Marie zuerst einsteigen, dann folgten fünf Frauen und zwei Ehepaare, allesamt Angestellte im Kreidewerk, die im Fond des Busses Platz nahmen, Marianne sollte sich neben eine der ihr unbekannten Frauen setzen, Max neben seine Großmutter und Klara neben Johannes. Als der Fahrer laut knatternd auf die Hauptstraße einbog, waren Elisabeth und Frederik in ihrem Wagen schon so weit voraus, dass die Gäste im Bus gerade noch Elisabeths wehenden Schleier erhaschen konnten, bevor sie um eine Kurve fuhren und das Brautpaar für den Rest des Weges endgültig aus ihrem Blickfeld verschwunden war.
»Sie sahen glücklich aus«, sagte Johannes zufrieden und drehte sich zu Klara, während er sich noch mit einem Taschentuch den Schweiß von der Stirn wischte.
Klara, die mit Entsetzen festgestellt hatte, wie alt Johannes geworden war, wendete unwillkürlich ihren Blick von ihm ab und sah den rot und gelb gefärbten Blättern nach, die der Wind durch die Luft wirbelte. »Ich hoffe es für sie«, erwiderte sie.
»Bis du dir denn nicht sicher?«, fragte Johannes erstaunt.
»Ich weiß es erst, wenn ich in ihre Augen sehen kann, und sie hat die ganze Zeit ihren Schleier getragen«, antwortete Klara.
»Ach«, winkte Johannes ab, »das weiß man doch auch so. Glaub mir, die beiden sind glücklich.«
»Na, wenn du das sagst.« Klara sah ihn überrascht an.
»Sie wohnen ja schließlich bei mir. Du kannst mir ruhig glauben, ich kenne meine Tochter gut.«

Klara atmete tief durch und schwieg. Sie sah erneut aus dem Fenster. In der Ferne war zu ihrer Erleichterung bereits das bewegte Wasser des Jasmunder Boddens zu erkennen. Lange würde sie Johannes' selbstsichere Tochterliebe nicht ertragen können, und sie hoffte nur, dass sie später nicht erneut neben ihm Platz nehmen musste.

»Du glaubst mir nicht, oder?«, fragte Johannes hartnäckig.

»Spielt das denn eine Rolle?«

»Na immerhin bin ich ihr Vater«, entfuhr es ihm empört.

»Das bestreitet doch keiner.«

»Nein, aber …« Er stockte und sah sie plötzlich aus verunsicherten Augen an.

»Du willst, dass ich anerkenne, dass du ein guter Vater bist, ist es das?«, fragte sie.

»Ja, ich will, dass du mich als ihren Vater respektierst. Immerhin hast du mir über zwanzig Jahre mit ihr genommen«, sagte er fast trotzig und rieb mit seiner Hand über den silbernen Knauf seines Stockes.

Klara lächelte ungläubig. »Johannes, bitte, lass uns nicht wieder alte Geschichten aufrollen. Du bist ihr Vater, ich bin ihre Mutter, und mehr gibt es dazu nicht mehr zu sagen. Und das Einzige, was ich von dir verlange, ist, dass du mir meine eigene Sicht auf meine Tochter lässt.«

Erstaunt über Klaras deutliche Worte, musterte er sie nicht ohne Anerkennung. »Gut, einverstanden«, sagte er und reichte ihr wie zu einem Vertragsabschluss förmlich die Hand.

Klara zögerte kurz, Johannes' Hand hatte eine ungesunde rötliche Färbung und sah feucht aus, aber dann griff sie doch zu, in der Hoffnung, dieser Handschlag könnte

den Schlussstrich unter ihre gemeinsame Geschichte besiegeln.
Marianne, die zwei Bänke hinter Klara und Johannes saß, hatte von dem Gespräch nichts mitbekommen. Gedankenverloren hatte sie die Fahrt über die ziehenden Wolken am Himmel verfolgt und geschwiegen, und als der Bus in die Allee einbog, die zu Johannes' Haus führte, schien sie noch immer keine Notiz zu nehmen von dem, was um sie herum geschah.
Elisabeth stand mit Frederik vor der Eingangshalle und wartete auf ihre Gäste. Den Schleier, der ihr im Fahrtwind beinahe weggeflogen wäre, trug sie in der Hand, und so erkannte Klara sofort die Anspannung, die sich hinter ihrem Lächeln verbarg. Mit schnellen Schritten ging sie geradewegs auf ihre Tochter zu und breitete beide Arme aus, und noch ehe Elisabeth irgendetwas sagen konnte, fand sie sich auch schon in den Armen ihrer Mutter wieder, die sie fest an sich drückte. Beide hörten sie den Atem der anderen und spürten dessen Hauch in ihren Nacken, und als Klara ihre Umarmung lockerte, hielt sie Elisabeth noch für einen kurzen Augenblick fest.
»Herzlichen Glückwunsch«, flüsterte Klara ihr ins Ohr, bevor sie einen Schritt zurücktrat und ihr die Hand hinhielt.
»Ich bin so froh, dass du gekommen bist«, sagte Elisabeth, und zum ersten Mal an diesem Tag traten ihr Tränen in die Augen. »Ich hatte solche Angst, dass du mich nach allem, was war, nicht mehr sehen wolltest.«
»Was für ein Unsinn«, sagte Klara zärtlich und wischte ihr wie einem Kind die Tränen aus dem Gesicht.
Elisabeth, die nicht damit gerechnet zu haben schien, dass ihre Familie die Einladung zu ihrer Hochzeit annehmen

würde, umarmte jeden Einzelnen so innig, als hätte sie sie sehr lange vermisst, auch Marianne, die sich jedoch schneller als die anderen wieder aus ihrer Umklammerung befreite.

»Alles Gute für euch«, sagte sie, nickte Elisabeth und Frederik freundlich zu und ging rasch weiter.

Der ovale Tisch in dem mit Holz getäfelten Speisesaal war mit feinem Porzellan eingedeckt. Schon seit Jahren war dieser Raum nicht mehr benutzt worden, das letzte Mal vor dem Krieg nach einer erfolgreichen Jagd, und selbst Elisabeth und Frederik, die sich längst in Johannes' Haus heimisch fühlten, war diese herrschaftliche Umgebung anfangs fremd. Hinter jedem Gedeck stand eine Platzkarte, so dass sich schnell die Stühle um den Tisch herum füllten. Marianne, die als eine der Letzten in den Saal gekommen war, staunte, als sie die vielen Ölgemälde an den Wänden sah. Wie in einem Museum schritt sie Bild für Bild ab, bevor sie sich zwischen Max und Marie setzte.

»Ganz schön blutig hier«, flüsterte sie Max ins Ohr.

»Blutig?«

»Hast du die Bilder nicht gesehen? Alles voller Jagdszenen an den Wänden. Aber nicht schlecht«, sagte sie anerkennend, während sie nach der Speisekarte griff. »Oh, Rehrücken.« Sie lachte. »Das passt ja gut.«

»Hast du mit ihr gesprochen?«, fragte Max leise.

Marianne schüttelte den Kopf.

»Und warum nicht? Du wolltest doch.«

»Mal sehen«, erwiderte sie wie beiläufig und beugte sich zu ihrer Großmutter hinüber.

»Ich finde aber, dass du mit ihr reden solltest«, sagte Max und zog sie sanft zu sich rüber. »Hast du nicht gesehen, wie sie sich gefreut hat, dass wir alle gekommen sind? Es ist doch an der Zeit, dass wir endlich eine ganz normale Familie werden, meinst du nicht?«

»Was soll das denn sein, eine normale Familie?«

Max verdrehte die Augen. »Du weißt ganz genau, wie ich das meine.«

»Ich weiß gar nicht, was du hast, es ist doch alles ganz normal. Wir sitzen hier friedlich an einem Tisch, keiner streitet, alle lächeln, vermutlich wird Johannes gleich eine langweilige Rede halten, und wir werden alle artig Beifall spenden, dann werden wir essen und trinken, und vielleicht trinkt der ein oder andere zu viel und erzählt schlechte Witze, und dann geht jeder wieder seiner Wege. Ganz normal, findest du nicht?«

»Du bist so zynisch.«

Als wollte sie ihn in die Enge treiben, fixierte sie ihn mit einem durchdringenden Blick, bevor sie laut auflachte. »Weißt du eigentlich, dass du mein Lieblingsbruder bist?«, fragte sie fröhlich und drückte ihm einen Kuss auf die Wange.

»Du bist unmöglich«, sagte Max.

»Ich weiß.« Marianne zuckte unschuldig mit den Schultern. »Aber andererseits ist Zynismus gar keine so schlechte Angewohnheit in Zeiten, in denen uns vorgeschrieben wird, wen wir wählen sollen.«

»Keine Politik«, fuhr Max sie ungewohnt schroff an und wandte sich unvermittelt seiner Tischnachbarin zu.

Marianne sagte nichts, aber ihr Blick verriet, wie verwundert sie war. Frederik, der ihr schräg gegenübersaß, aufgrund der Größe des Tisches jedoch recht weit entfernt, hatte sie heimlich beobachtet. Als sich ihre Blicke wie zufällig trafen, hob er sein Glas und prostete ihr zu.

Wie Marianne prophezeit hatte, hielt Johannes kurz darauf eine Rede auf das Hochzeitspaar, die zwar nicht ganz so lang ausfiel, wie sie befürchtet hatte, aber auch nicht gerade vor Witz sprühte. Vor allem schien Johannes dankbar zu sein, in Frederik und Elisabeth gleich zwei Nachfolger für sich im Kreidewerk gefunden zu haben, und wie dem kräftigen Beifall der Angestellten, die mit am Tisch saßen, zu entnehmen war, war auch die Belegschaft mit dieser Wahl nicht unzufrieden. Elisabeth wirkte ein wenig verlegen, aber Frederik, der deutlich zeigte, wie glücklich er war, dass Johannes nicht nur in Elisabeth seine Tochter sah, sondern in ihm auch seinen Sohn, genoss den Beifall sichtlich. Stolz legte er seinen Arm um Elisabeth, als wollte er keinen Zweifel daran lassen, dass sie von nun an endgültig zusammengehörten.

Als der Beifall geendet und Johannes wieder Platz genommen hatte, stand plötzlich Marianne auf und hob ihr Glas. »Liebe Lissy, lieber Frederik«, fing sie mit klarer Stimme an zu reden. »Ich weiß, dass es nicht üblich ist, dass die Schwester – und auch noch die Halbschwester – der Braut eine Rede auf das Hochzeitspaar hält, und ich möchte euch damit auch gar nicht langweilen, aber es gibt etwas, das ich euch und euch allen, die ihr hier mit am Tisch sitzt, sagen möchte.« Sie holte kurz Luft, dann fuhr sie fort: »Lissy, Frederik, wir haben uns lange nicht gesehen, und es gab sicherlich gute und weniger gute Gründe dafür, aber was auch immer war, ich bin froh, dass ich heute hier sein darf. Doch das allein rechtfertigt noch nicht, hier vor allen aufzustehen und euch davon abzuhalten, endlich das Essen zu genießen. Also mach ich's kurz. Sollten wir uns auch in den nächsten Jahren nicht sehen oder vielmehr nicht sehen können, was ich vermute, dann möchte ich, dass ihr wisst, dass dieser Umstand ausschließlich äußeren Zwängen zuzuschreiben ist und nichts mit euch zu tun hat. Ich werde Rügen verlassen und auf die Kunsthochschule nach Berlin gehen. Also, auf euch und auf eine bessere Zukunft«, sagte sie und hob ihr Glas.

Klara und Max, die Marianne die ganze Zeit über besorgt beobachtet hatten, schüttelten fassungslos den Kopf. Von ihren Plänen hatten sie nichts gewusst, und nun mussten sie dabei zusehen, wie sich Marianne scheinbar unberührt wieder setzte und so tat, als wäre nichts geschehen. Auch Elisabeth wusste nicht, ob sie traurig oder wütend sein sollte. Nur Frederik lächelte und schien erleichtert.

Während des Essens trafen Marianne immer wieder verstohlene Blicke, aber sie erwiderte sie nicht, und erst als das Dessert aufgetragen worden war, hob sie den Kopf und sah zu Elisabeth, die bis dahin vergeblich versucht hatte, ihr ein Zeichen zu geben, dass sie sie im Anschluss an das Festmahl unbedingt sprechen wolle.

»Bist du jetzt zufrieden?«, fragte Elisabeth Marianne, nachdem sie gemeinsam nach draußen gegangen waren.

»Warum?« Marianne schien überrascht.

»Nach deiner Rede gab es kein anderes Thema als deine Flucht.«

»Meine Flucht?« Marianne lachte ungläubig.

»Ist es denn keine?«

»Nein, ich finde nicht.«

»Aber du verstehst, dass alle anderen das nicht so sehen? Du gehst doch in den Westen?«

Marianne nickte.

»Gehst du meinetwegen?«, fragte Elisabeth zögerlich.

Marianne sah sie lange an, aber sie sagte nichts.
»Ist es, weil ich mit Frederik glücklich bin?«
»Bist du das?«
»Sieht man das denn nicht?«
»Doch«, antwortete Marianne rasch, »entschuldige, ich wollte dich nicht kränken.«
Elisabeth schien jetzt genug von den Spielchen ihrer Schwester zu haben. »Wenn du noch immer wütend auf mich bist, Marianne, dann solltest du es mir sagen, aber dieser ironische Ton in deiner Stimme ...« Sie unterbrach sich. »Wir sind doch jetzt erwachsen, können wir nicht wie Erwachsene miteinander umgehen? Bitte.«
»Du bist wunderschön«, sagte Marianne nach kurzem Schweigen und ließ ihren Blick über das weiche, von Locken umrahmte Gesicht ihrer Schwester gleiten.
Elisabeth lächelte. »Du auch«, erwiderte sie sanft, und während sie über Mariannes kurzes Haar strich, stiegen ihr zum zweiten Mal an diesem Tag Tränen in die Augen. »Entschuldige, ich bin heute etwas nervös.«
»Das ist ja wohl normal bei der eigenen Hochzeit«, sagte Marianne. »Du wirst mir fehlen. Weißt du eigentlich, dass du mir immer gefehlt hast?«
Elisabeth konnte ihre Tränen jetzt nicht mehr zurückhalten. »Nein«, flüsterte sie.
»Ich habe mir immer eine Schwester gewünscht, eine wie in meinen Büchern, mit der man durch dick und dünn gehen kann, verstehst du? Pferde stehlen und auf Bäume klettern.« Sie lachte. »Aber du warst und bist eben meine ganz besondere Schwester.«
»Ich wollte dir nie weh tun«, sagte Elisabeth und wischte sich die Tränen aus dem Gesicht.

»Ja, ich denke, das weiß ich mittlerweile.«
»Wirklich?«
»Wirklich.« Marianne nickte.
»Und du bist nicht mehr böse wegen Frederik?«
Marianne schüttelte den Kopf. »Nein, bin ich nicht. Aber ich war lange wütend auf dich. Vor allem wegen der Art, wie du mit mir umgesprungen bist.«
»Das war nicht richtig von mir«, sagte Elisabeth und versuchte Mariannes durchdringendem Blick standzuhalten. »Verzeihst du mir?«
Marianne lächelte. »Weißt du, ich wäre so oder so gegangen, auch wenn Frederik sich für mich entschieden hätte. Rügen ist einfach zu klein für mich. Es ist alles gut so, wie es ist. Frederik und ich wären nie zusammen glücklich geworden.«
Elisabeth sah sie zärtlich an. »Ich wünschte, wir hätten mehr Zeit füreinander. Ich habe das Gefühl, wir lernen uns gerade eben erst kennen.«
Marianne lachte. »Siehst du, ich glaube, genau das unterscheidet uns. Ich habe das Gefühl, dich ziemlich gut zu kennen.«
»Ich habe wohl einiges nachzuholen«, sagte Elisabeth nachdenklich. »Meinst du, du gibst mir Gelegenheit dazu? Besuchst du uns?«
»Natürlich«, antwortete Marianne und lachte, »aber vorher erobere ich erst die Welt.«
»Einverstanden.« Elisabeth drückte Marianne fest an sich.
Als Elisabeth längst wieder ins Haus gegangen war, stand Marianne noch immer draußen im Freien und sah den Wolken nach, die in rasender Eile über den Jasmunder Bodden fegten. Das Schilf wiegte sich im Wind, und Schaumkronen

kräuselten sich auf dem Wasser, aber Marianne fühlte sich ruhig wie lange nicht mehr. Endlich, so schien es ihr, konnte auch ihre Zukunft beginnen.

## 61

Am Tag, als Marianne Rügen verließ, stellte Marie zum ersten Mal seit langem wieder einen Zweig mit hell leuchtenden orangefarbenen Sanddornfrüchten ins Fenster. Wie zur Erinnerung an vergangene Zeiten ließ sie den Zweig auch dann noch stehen, als dessen Früchte längst abgefallen waren, und erst im August, als draußen an den Sträuchern wieder frische Früchte wuchsen, tauschte sie ihn gegen einen neuen aus.

In den zwei Jahren, in denen Marie dieses alte Ritual aufs Neue pflegte, war Binz offiziell zum »Bad der Werktätigen« geworden. Und wie in vielen anderen Hotels und Pensionen auch, erholten sich in den Sommermonaten in der Villa Luise hauptsächlich sächsische und thüringische Bergarbeiter mit und ohne Frauen. Vier Zimmer waren das ganze Jahr über an Verkäuferinnen des Konsumladens vermietet, und in der Hauptsaison wohnten zusätzlich noch zwei Küchengehilfinnen im Haus.

Finanziell waren sie endlich wieder abgesichert, und dennoch dachte Marie jetzt oft mit Wehmut an die Zeit, als sie vor dem Krieg gemeinsam mit Sophie die Villa Luise geführt hatte, an die vielen Stammgäste von damals, von denen nach dem Krieg kein Einziger mehr gekommen war,

und sie fragte sich, ob es in Binz jemals wieder werden würde wie früher.
Es war laut geworden im Haus und am Strand und auf der Promenade, und auch wenn es damals nicht leise war, schien ihr der Trubel früher heiterer gewesen zu sein als diese wodkabeseelte Fröhlichkeit, die sie jetzt umgab. Immer öfter kam es zu Streit und Schlägereien zwischen den Arbeitern, die in Binz Urlaub machten, und den Polizisten, die in Prora stationiert waren. Und manchmal mischten sich auch Flüchtlinge darunter, die die demütigenden Zwangsumsiedlungen von einem Haus ins nächste nicht verwinden konnten.
Marie tat sich schwer, sich an diese neuen Zeiten zu gewöhnen, in denen für ihr Empfinden die Luft wie Blei über Binz zu hängen schien. Umso erfreuter war sie, als im Dezember 1952 eine ganz gewöhnliche Buchung für die Villa Luise einging. »Sieh mal, was gerade gekommen ist«, sagte Marie gutgelaunt und zeigte Klara die Bestellung. »Mein alter Stammgast von früher, Herr Schulte aus Berlin, kommt wieder.« Sie lachte. »Dass ich das noch erleben darf, ein ganz normaler Gast. Endlich.«

Herr Schulte traf Anfang Januar 1953 mit einem jungen Mann ein, den er als seinen Enkel vorstellte. Als er sie begrüßte, wich Klara spontan zurück. Noch nie, so schien es ihr jedenfalls, war sie von so berechnenden Augen gemustert worden, aber Marie umarmte ihn herzlich wie einen lange vermissten Freund.
»Ich habe eine Ausstellung von ihrer Enkelin in Westberlin gesehen«, berichtete er am Abend, nachdem er Marie gebeten hatte, an seinem Tisch Platz zu nehmen.

»Wie beneidenswert«, sagte sie und lächelte ihn an. »Ich wäre zu gerne hingefahren, aber Berlin ist für mich zu weit entfernt. Ich bin alt geworden.«

»Wir sind alle nicht mehr die Jüngsten«, entgegnete er, ohne eine Miene zu verziehen. »Ihre Enkelin«, fuhr er fort, »sie ist begabt. Hängen denn auch Bilder von ihr hier im Haus?«

»Ja, natürlich, in jedem Zimmer. Ich wusste gar nicht mehr, dass Sie sich für Kunst interessieren«, sagte sie erstaunt und tippte sich an die Stirn. »Mein Gedächtnis ist wohl auch nicht mehr das beste. Sie verzeihen hoffentlich.«

»Könnte ich die mal sehen? Und vielleicht liegen auf dem Dachboden ja auch noch alte Schätze«, meinte er und lachte zum ersten Mal.

»Aber verkaufen kann ich Ihnen kein Bild«, sagte Marie rasch. »Da müsste ich erst Marianne fragen.«

»Sicher. Aber ansehen kann ich sie mir doch mal?«

Marie nickte. »Ich denke schon, aber es ist besser, wenn wir meiner Tochter Bescheid sagen, ich bin nicht mehr so gut zu Fuß, und außerdem kennt sie sich mittlerweile viel besser im Haus aus als ich.«

»Ach, nicht nötig«, winkte Herr Schulte ab, »das schaffe ich auch allein. Sie geben mir einfach den Schlüssel, und ich verspreche ihnen, ich bringe Ihnen nichts durcheinander. Oder habe ich Ihnen jemals Ärger gemacht, Frau Dahm? Wir kennen uns doch eine halbe Ewigkeit.« Er lachte und nahm einen Schluck aus seinem Bierglas. »Auf die alten Zeiten.«

Marie nickte ihm zu. »Ja, das waren noch schöne Zeiten damals, als alles noch so vornehm war«, sagte sie nachdenklich.

»Ich erinnere mich noch gut an den Bohnenkaffee, den es bei Ihnen immer gab. Vorzüglich. Haben Sie welchen im Haus?«, fragte er in fast verschwörerischem Ton.
»Da haben Sie aber Glück. Meine Enkelin hat erst gestern welchen geschickt. Wollen Sie einen?«
»Danke, nein«, lehnte er ihr Angebot energisch ab und sah sie aus kühlen Augen an. »Es ist schon spät.«
»Vielleicht morgen zum Frühstück?«, fragte Marie noch, aber da war ihr Gast schon aufgestanden und verabschiedete sich mit einem kurzen Gruß.
Hätte Klara nicht einige Wochen später auf dem Dachboden nach einem alten Mantel gesucht, den sie Marianne ins kalte Berlin schicken wollte, sie hätte die Unordnung dort vermutlich nicht so schnell entdeckt. Auf dem ganzen Boden lagen verstreut alte Dokumente und Papiere, Zeitschriften und Zeitungen und sogar ein Foto, auf dem sie als Kind gemeinsam mit ihrem Vater zu sehen war. Als sie sich vom ersten Schreck erholt hatte und bereits im Begriff war, nach unten zu Marie in die Küche zu eilen, besann sie sich kurz und hob das Foto auf. Auf der Rückseite war noch der alte blassrosafarbene Stempel von Rosmarie Carl zu erkennen, und als Klara ihn sah, strich sie unwillkürlich mit ihrem Finger darüber, als würde sie etwas Kostbares berühren. Auf dem Foto lachte sie, wie nur Kinder lachen können, frei und unbeschwert, während ihr Vater mit gewichtigem Ernst in die Kamera blickte. Klara lächelte. Es war lange her, dass sie an Franz gedacht hatte, aber umso schöner fand sie es, ihn hier so unerwartet wiederzufinden.
Als sie aufgeregt in die Küche geeilt kam, stand Marie nicht wie sonst an irgendeinem ihrer vielen Töpfe, sondern saß mit hängenden Schultern und kreidebleich am Tisch.

»Was ist passiert?«, fragte Klara überrascht.
»Gerade war der alte Freese da«, sagte sie leise. »Den ganzen Tag gestern und die Nacht durch waren Polizisten bei ihm im Haus gewesen. Seine Frau haben sie gleich verhaftet und mitgenommen, Verdacht auf Wirtschaftsverbrechen. Ein halbvolles Fass mit eingelegtem Hering haben sie im Keller gefunden.« Sie schüttelte fassungslos den Kopf. »Seine Frau, die ist achtzig, du kennst sie doch.«
»Natürlich. Und er?«, fragte Klara.
»Wegen seiner Diabetes haben sie ihn noch nicht mitgenommen. Aber aus seinem Haus muss er raus.« Marie sah Klara aus leeren Augen an. »Die kommen wieder und holen ihn, das haben sie ihm wohl unmissverständlich gesagt. Die holen jetzt alle, alle, denen sie etwas nachweisen können. Und das können die. Die suchen so lange, bis sie etwas finden.« Marie sprach mit so monotoner Stimme, dass man meinen konnte, aus ihr wäre mit einem Schlag alles Leben gewichen.
»Warst du in letzter Zeit mal auf dem Dachboden?«, fragte Klara.
Gedankenverloren schüttelte Marie den Kopf.
»Aber irgendjemand war da oben, alles ist durchwühlt, alle Kisten und Schränke, die alten Papiere, die Zeitungen, die Marianne geschickt hat, einfach alles.«
»Schulte«, sagte Marie plötzlich und schreckte hoch. »Schulte, warum bin ich nicht gleich darauf gekommen? Der war nur hier, um uns auszuspionieren. Klara, jetzt sind wir dran. Jetzt holen sie uns.«
Klara sah ihre Mutter nachdenklich an und schwieg.
»Ich gehe hier nicht weg«, erklärte Marie, »niemals. Ich lasse mir von diesen Verbrechern mein Haus nicht wegneh-

men.« Mit entschlossenem Blick stand sie langsam auf und öffnete die Tür zur Vorratskammer. Alles, was darin war, Kaffee, Kartoffeln, Mehl, sogar die Sanddornmarmelade holte sie aus den Regalen und packte sie auf den Küchentisch, bevor eins nach dem anderen in einen großen Sack warf, den sie oben fest verschnürte. »Wir müssen alles wegwerfen. Die dürfen bei uns nichts mehr finden.«

»Das hat doch keinen Sinn«, meinte Klara.

»Sag so etwas nicht«, ermahnte Marie sie. »Wir müssen alles versuchen, alles, hörst du. Dieser Schulte.« Marie schüttelte erneut fassungslos den Kopf. »Es ist alles meine Schuld. Hier, nimm«, sagte sie und versuchte Klara den Sack zu reichen, aber er war so schwer geworden, dass sie ihn nicht mehr hochheben konnte. »Bitte«, flehte sie, »du hast doch noch genügend Kraft. Wirf ihn in die Ahlbeck. Das Meer wird ihn dann schon mitnehmen.«

Klara, die ahnte, dass es wenig nützen würde, ein paar Lebensmittel wegzuwerfen, nahm dennoch den Sack und verließ das Haus. Während sie mit langsamen Schritten die wenigen Meter zur Ahlbeck ging, wanderte ihr Blick über die im tristen Februarhimmel gräulich schimmernden Fassaden der anderen Häuser. Die kunstvoll verzierten Veranden und Balkone waren mittlerweile zum Großteil hinter gläsernen Fassaden verborgen, aber als sähe sie diese Vorbauten zum ersten Mal, schienen sie ihr plötzlich von einer unglaublichen Monstrosität zu sein. Fast beschämt senkte sie den Blick, bevor sie ihn zum offenen Meer hin lenkte. Doch die See plätscherte nur müde an den Strand und trug nicht ein Schiff über ihre sanften Wellen in die Ferne. Erschrocken drehte sich Klara um, als ihr plötzlich jemand von hinten auf die Schulter tippte.

»Hast du's schon gehört?«, fragte Ulla, eine ihrer Nachbarinnen.
»Was?«
»Das Kurhaus haben sie sich jetzt auch schon einverleibt. Der Groß wurde vorhin mit der Grünen Minna abgeholt. Da überlebt er die Nazis und dann das. Soll seine Schweine mit zu viel Kartoffeln aufgepäppelt haben. Was geht hier nur vor? Will dieses Land denn alles unter seine Kontrolle bringen?«, fragte sie erregt. »Weißt du schon, wann sie zu euch kommen werden?«
»Nein«, sagte Klara. »Und was ist mit euch?«
»Einer dieser jungen Polizisten hat mir vorhin zugeflüstert, dass es gut möglich wäre, dass sie in einer Woche vor der Tür stehen werden. Aber ich weiß nicht, ob ich so lange warten will. Haust du ab?« Sie zeigte auf den Sack über Klaras Schulter.
Klara schüttelte den Kopf. »Ein paar Lebensmittel.«
»Wenn du sie in die Ahlbeck werfen willst, die ist schon voll von Kaffee und Mehl«, sagte sie trocken. »Du solltest lieber gehen.«
»Geht ihr?«
»Haben wir denn eine Wahl? Ich lass mich doch nicht wegen nichts ins Gefängnis stecken, nur damit die mir mein Haus wegnehmen können. Mein Mann hat Verwandte in Lübeck, vermutlich werden wir erst einmal dort unterkommen. Schade, wirklich schade«, sagte sie, bevor sie weiterging.
Klara blickte ihr nachdenklich hinterher.
Als sie wieder auf dem Weg nach Hause war, schienen plötzlich aus allen Ecken Menschen zu strömen, die mit schweren Koffern bepackt auf dem Weg zum Bahnhof waren. Den Blick geradeaus gerichtet, gingen sie mit schnellen Schrit-

ten, als würden sie hoffen, so ihren Schmerz über ihre verlorene Heimat lindern zu können. Klara fühlte nichts als Leere, als sie diese Menschen sah, und doch beneidete sie sie auch. Sie selbst würde nicht gehen können, Marie und Malte wegen. Marie würde die Villa Luise niemals zurücklassen, das wusste Klara, und sie selbst würde niemals aufhören, auf Malte zu warten. Aber tatenlos dabei zuzusehen, wie man sie und Marie zu Verbrecherinnen machen würde, um ihnen das Haus wegnehmen zu können, schien ihr ebenso unvorstellbar zu sein.
Still war es in der Villa Luise, als sie die Tür aufschloss. Noch nicht einmal aus der Küche drang wie sonst üblich das Scheppern des verbeulten Kessels, in dem den ganzen Tag über frisches Teewasser kochte.
»Mutter? Wo bist du?«, rief Klara besorgt, während sie schnell die Treppe nach oben ging, nachdem sie Marie im Erdgeschoss nicht hatte finden können. Hastig riss sie die Tür zu Maries Schlafzimmer auf und sah sie unter dem lichten Stoff ihres Himmelbettes liegen. Auf den ersten Blick schaute es aus, als würde sie schlafen, aber Marie hatte weder Kleider noch Schuhe ausgezogen, und Klara wusste, dass das nichts Gutes zu bedeuten hatte. Mit vorsichtigen Schritten näherte sie sich ihr und beugte sich zu ihr hinunter. Marie atmete nicht mehr, und auch ihren Puls konnte Klara nicht fühlen. »Mutter«, flüsterte sie in bestimmtem Ton, als wollte sie sichergehen, dass sie nicht doch nur schlief, und rüttelte sie sanft an der Schulter. Aber Marie rührte sich nicht. Ungläubig sah Klara in ihr friedliches Gesicht und strich ihr sanft eine Strähne aus der Stirn. »Das geht doch nicht«, sagte sie leise und schüttelte den Kopf, »du kannst doch nicht so plötzlich weggehen.« Klara fuhr

aufgeregt über Maries Arm, der sich noch ganz warm anfühlte, und knetete ihn hilflos.
Nur langsam begriff sie, was in der kurzen Zeit, in der sie die Villa Luise verlassen hatte, vorgefallen war, und plötzlich beschlich Klara ein böser Verdacht. Als könnte Marie jederzeit aufwachen, blickte sie sich verstohlen in dem kleinen Zimmer nach Medikamenten oder einem Abschiedsbrief um, aber sie fand nichts dergleichen.
»Mutter«, flüsterte Klara. Vorsichtig zog sie ihr die Schuhe aus, bevor sie sich zu ihr auf die Bettkante setzte. Sie küsste sie zärtlich auf die Stirn. »Niemand wird dir jemals wieder die Villa Luise wegnehmen können.« Wie jung sie aussieht, dachte Klara, während ihr Tränen in die Augen stiegen, die erst zögerlich, dann immer schneller über ihre blassen Wangen liefen.

## 62

Zu Maries Beerdigung auf dem kleinen Binzer Friedhof waren zahlreiche Trauergäste gekommen. Klara, Marianne, Max, Elisabeth und Frederik standen dicht an dicht an dem offenen Grab und hielten sich an den Händen. Maries Nichte war mit Mann und Kindern aus Mönchgut angereist. Dahinter hatten sich all jene Hotel- und Pensionsbesitzer versammelt, denen Marie über die Jahre ans Herz gewachsen war und die noch nicht aus Binz und von Rügen geflohen waren. Niemand von ihnen sprach ein Wort, und es schien, als nähmen sie in diesem Augenblick

nicht nur von Marie Abschied, sondern ebenfalls von ihrem eigenen Leben auf Rügen. Auch der Pfarrer weinte leise, als er Marie seinen Segen mit auf ihre Reise gab.
Rosmarie, die sich von ihrem Schlaganfall nicht mehr erholt hatte, war von einer Pflegerin gebracht worden und saß, den Oberkörper leicht gekrümmt, in ihrem Rollstuhl neben Klara. Auf den ersten Blick sah es aus, als wäre aus ihr ein anderer Mensch geworden, hager, reglos und stumm. Als sie jedoch unter den vielen Kränzen und Blumen eine Schleife mit Sophies Namen entdeckte, kehrte in ihr fahles Gesicht für einen kurzen Augenblick die alte Lebendigkeit zurück. Aufgeregt tastete sie nach Klaras Hand, während sie mühsam Sophies Namen hervorpresste.
»Ja, sie hat einen Kranz geschickt«, sagte Klara leise und lächelte. »Schön, dass sie noch an uns denkt, nicht wahr?«
Rosmarie nickte und sah Klara mit fragendem Blick unverwandt hat.
»Nur schade, dass sie nicht kommen konnte. Sie gehe kaum noch aus dem Haus, ihre Augen seien nicht mehr die besten, aber solange sie noch schreiben könne, sagt sie, gehe es ihr gut. Soll ich dir ihr neuestes Buch zeigen, das sie geschickt hat?«, fragte Klara. »In Schweden soll es ein großer Erfolg gewesen sein. Es ist die Geschichte einer leidenschaftlichen, aber unerfüllten Liebe.«
Über Rosmaries Gesicht huschte ein Lächeln, während sie stumm den Kopf schüttelte.
»Du hättest es ohnehin nicht lesen können«, sagte Klara, »es ist auf Schwedisch. Das mit der Liebe weiß ich auch nur, weil sie es in ihrem Brief erwähnt hat.«
Rosmarie gluckste, während sie mühsam Sophies Namen wiederholte.

»Ja, typisch, nicht? Sie macht es einem noch immer nicht leicht, sie zu verstehen.«

Mit einem Blick, in dem alles Wissen zu liegen schien, sahen sich die beiden einen Moment lang an, bevor sich jede wieder für sich auf Marie besann.

In der Villa Luise hatte Klara ein kleines Essen vorbereitet, und jeder, der konnte, nahm ihre Einladung gerne an. Auch der alte Freese war gekommen, dem deutlich anzusehen war, wie sehr er Marie um ihren plötzlichen und schmerzlosen Tod beneidete.

»Was machst du jetzt?«, fragte Marianne ihre Mutter besorgt, nachdem die Trauergäste gegangen waren, und sie sich zu fünft in die Küche zurückgezogen hatten.

»Ich warte«, antwortete Klara. »Was sonst?«

»Aber wenn du bleibst, dann werden sie dich verhaften«, erwiderte Marianne.

Klara zuckte mit den Schultern. »Ich weiß, aber was soll ich sonst tun?«

»Komm mit mir nach Berlin. Vater wird dich finden. Wir hinterlassen überall eine Nachricht für ihn. Bitte, Mutter«, flehte sie mit erstickter Stimme. »Du kannst nicht bleiben.«

»Marianne hat recht«, sagte Max. »Du musst so schnell wie möglich fliehen.«

»Das kann ich eurer Großmutter nicht antun«, flüsterte Klara. »Sie würde mir das nie verzeihen.«

Elisabeth legte tröstend ihren Arm um sie. »Doch, das würde sie. Nur weil sie nie gegangen wäre, heißt das nicht, dass sie von dir das Gleiche erwartet hätte. Für Großmutter war die Villa Luise ihr Leben, aber für dich ist sie das nicht, oder?«

»Ich weiß nicht«, antwortete Klara mit Tränen in den Augen. »Ich hab doch sonst nichts mehr.«
»Uns hast du«, sagte Marianne und streichelte ihre Hand. »Und die Hoffnung, dass Vater wiederkommt.«
»Was ist das denn für eine Hoffnung, wenn man nicht ein einziges Zeichen in all den Jahren kriegt?«, fragte sie wütend.
»Das ist Liebe«, flüsterte Elisabeth und weinte.
Klara lächelte sie zärtlich an und nickte. »Wie geht es Johannes?«, fragte sie.
»Nicht gut. Er wartet nur noch darauf, dass wir die Nächsten sind, die enteignet werden.«
»Bleibt ihr?«
Frederik nickte. »Wir haben es ihm versprochen. Und außerdem«, er deutete auf Elisabeths Bauch, »erwarten wir ein Kind, und hier fühlen wir uns trotz allem zu Hause.«
»Ach Lissy.« Klara sah ihre Tochter kopfschüttelnd an, bevor sie sie an sich drückte. »Herzlichen Glückwunsch. Seht ihr, noch ein Grund zu bleiben. Ich will doch mein Enkelkind begrüßen können.«
»Du kannst sie doch jederzeit besuchen«, sagte Marianne.
»Glaubst du das wirklich?«
Marianne sah ihre Mutter nachdenklich an und schwieg.
»Wann kommt das Kind denn?«, fragte Klara und streichelte zärtlich über Elisabeths Bauch.
»Im Juli vermutlich.«
»Freust du dich?«
Elisabeth lächelte. »Sehr«, sagte sie stolz und blickte liebevoll zu Frederik.
Klara atmete tief durch. »Was ist das bloß für eine Zeit?« Sie ließ ihren Blick durch die Küche schweifen. »Ich kann es

einfach nicht glauben, dass ich vielleicht bald schon nicht mehr hier sitzen werde.«

Alle nickten schweigend und sahen sich betreten an.

Als Elisabeth und Frederik sich als Erste verabschiedeten, schien es für ihre Trauer kaum mehr Worte zu geben. Stumm umarmten sie sich, als wäre es das letzte Mal. Niemand weinte, aber auf jedem Gesicht war der Schmerz deutlich zu sehen.

»Pass gut auf dich auf«, flüsterte Klara mit zitternder Stimme Elisabeth zum Abschied ins Ohr, bevor sie sich langsam von ihr löste.

Marianne und Max blieben bei Klara. Fast die ganze Nacht über versuchten sie sie zu überzeugen, mit Marianne nach Berlin zu fahren, aber Klara blieb stur.

Als sich die beiden am frühen Morgen erschöpft schlafen legten, ging Klara zum Strand. Blutrot stand die Sonne am Horizont und erhob sich langsam über der See. Es war kalt, aber ohne zu zögern schnürte sie ihre Schuhe auf und lief mit nackten Füßen in das Wasser. Zwei Polizisten, die auf der Strandpromenade patrouillierten, beobachteten sie aufmerksam. Als wollte Klara jedes einzelne Sandkorn, jede Muschel und jedes Steinchen unter ihren Füßen erspüren, watete sie langsam durch das eisige Wasser, doch die Kälte nahm ihr rasch jegliches Gefühl. Vom Strand aus sah die Villa Luise hell und einladend aus, wie alle Häuser, die an der Promenade standen. Ungläubig schüttelte Klara den Kopf. Nicht ein Fleck, nicht ein Zeichen deutete auf die Schicksale, die sich hinter den freundlichen Fassaden verbargen.

Mit tauben Füßen ging sie über den Strand. Kurz vor dem Kurhaus sah sie an einem der abgebrochenen Pfeiler der

zerstörten Seebrücke einen Mann kauern. Schon von weitem konnte sie erkennen, dass es ein Kriegsheimkehrer war, so abgemagert und zerlumpt, wie er ausschaute, und Klara beschleunigte unwillkürlich ihren Schritt. Als der Mann jedoch sein knochiges Gesicht hob und sie nichts Vertrautes in ihm erkannte, blieb sie abrupt stehen.
Ohne sich noch einmal nach dem Fremden umzusehen, ging sie in Gedanken vertieft den Weg zurück. Sie fror jetzt, aber ihre Schuhe zog sie nicht wieder an. Und als sie mit ihren nackten Füßen auf die Strandpromenade trat und Passanten ihr verwunderte Blicke zuwarfen, ging sie achtlos an ihnen vorüber, als hätte sie sie nicht bemerkt.
Leise öffnete Klara die Tür zur Villa Luise. Es war still im Haus, noch stiller als an dem Tag, an dem sie Marie tot aufgefunden hatte, so schien es ihr jedenfalls. Und obwohl sie wusste, dass Marianne und Max im oberen Stockwerk friedlich schliefen, fürchtete sie in diesem Augenblick nichts mehr als diese tödliche Stille. Zwei leere Gläser, in denen noch Reste von Sanddornlikör klebten, standen auf dem Tischchen im Flur. Jemand hatte sie dort bei der Beerdigungsfeier abgestellt und vergessen. Klara nahm sie und trug sie in die Küche.
Die Morgensonne streifte das Küchenfenster und hinterließ im Raum ein zärtlich-weiches Licht. Klaras Blick fiel auf den Sanddornstrauch, den Marie vor vielen Jahren im Garten gepflanzt hatte. Dürr und grau stand er da, aber je näher Klara ans Fenster trat, desto deutlicher sah sie, wie seine schmalen Äste in der Februarsonne silberfarben schimmerten. Tränen rannen ihr übers Gesicht. Was würde von ihr bleiben, wenn sie ginge? Und vor allem von Malte, wenn er nicht mehr zurückkäme? Nachdenklich strich sie mit der

flachen Hand über den alten verschrammten Küchentisch, als wollte sie seine Spuren eines langen Lebens in sich aufnehmen. Erst war er Hannas Tisch gewesen, an dem sie als Kind gerne gesessen hatte, später wurde er zum Tisch ihrer Mutter. Aber hatte er jemals ihr gehört? Als würde sie auf eine Antwort hoffen, legte sie ihren Kopf auf die Tischplatte und schloss die Augen. Das Holz auf ihrer kalten Wange fühlte sich warm an, aber sie spürte, dass etwas fehlte. Ohne den Kopf zu heben griff sie in ihre Westentasche und zog Maltes Foto hervor. Sie legte sein Bild dicht an ihr Gesicht auf den Tisch und streichelte gedankenverloren über das abgegriffene Papier. Dann schlief sie ein.

## 63

Mutter!«, rief Marianne, als sie wenig später in die Küche kam und Klara, den Kopf auf dem Tisch, dort vorfand.

Erschrocken fuhr Klara hoch. »Was ist?«, stammelte sie und sah ihre Tochter aus schlaftrunkenen Augen an.

»Gott sei Dank«, stöhnte Marianne erleichtert. »Du hast mir vielleicht einen Schreck eingejagt. Ich dachte, du wärst tot.«

Erschöpft ließ Klara ihren Kopf wieder auf die Tischplatte sinken. »Ich lebe«, murmelte sie, während sie ihre Hand auf Maltes Foto legte.

»Das will ich auch meinen«, sagte Marianne forsch. »Hast du noch einmal nachgedacht?«

»Hm«, murmelte Klara abwesend.

»Und?«
»Ich werde heute nach Saßnitz fahren.«
»Nach Saßnitz?« Marianne sah erstaunt aus.
»Kommst du mit?«
»Was hast du vor?«
Klara zuckte mit den Schultern. »Ich muss dorthin. Begleitest du mich?« Langsam richtete sie sich auf.
Marianne sah ihre Mutter besorgt an, aber sie nickte.
Wenig später saßen sie auf ihren Fahrrädern und kämpften schweigend gegen den böigen Wind an, der sie immer wieder unsanft von der Seite erwischte und dunkle Wolken über den klaren Februarhimmel trieb. Eine Kolonne von Militärfahrzeugen, die sie kurz vor dem Anstieg nach Dwasieden passierte, wirbelte so viel Staub auf, dass sie hustend von den Rädern abstiegen.
»Die werden ja immer mehr«, stöhnte Marianne und sah erstaunt den Wagen hinterher. »Wird Rügen etwa zum Sperrgebiet?«
Klara schüttelte hustend den Kopf. »Du siehst Gespenster«, sagte sie energisch.
»Na ja, wenn man die hier so sieht.« Marianne hielt inne. »Schau mal, da hinten, da muss irgendwo der Krügersche Hof sein. Erinnerst du dich?« Sie zeigte auf eine im Schatten liegende braune Ackerfläche, die sich weit über den Hügel hinaus erstreckte.
»Natürlich.« Klara nickte.
»Ob es den wohl noch gibt? Es war immer wie im Paradies dort, und jetzt sieht alles so düster aus.«
»Dann schau doch mal den Himmel an. Unter diesen dunklen Wolken kann noch nicht einmal der friedlichste Ort auf Erden leuchten.«

»Du hast ja recht.« Marianne lächelte. »Komisch nur, dass in der Erinnerung immer die Sonne scheint.«
»Ja, immer die Sonne«, wiederholte Klara nachdenklich und ließ ihren Blick über die graue Landschaft schweifen.
»Willst du nicht doch nach Berlin mitkommen?«, fragte Marianne zaghaft. »Du könntest dir das Schöne in Gedanken bewahren.«
Klara sah sie ernst an, ohne zu antworten. »Lass uns weiterfahren«, sagte sie und stieg auf ihr Fahrrad.
Im Saßnitzer Hafen herrschte reger Betrieb. Um die Militärfahrzeuge, die eben noch an ihnen vorbeigefahren waren, wimmelte es von Soldaten, die schweres Gepäck ausluden, das sie in Reih und Glied an die Kaimauer stellten, an der zwei russische Fregatten festgemacht hatten. Etwas weiter Richtung Strandpromenade, vor der Fischhalle, stapelten sich leere Kisten, und Klara und Marianne stieg ein beißender Fischgeruch in die Nase.
»Wie früher«, sagte Klara, während sie ihr Fahrrad langsam an der Halle vorbeischob. Staunend blieb sie vor dem Fischereihafen stehen. Die Boote, die jetzt dort lagen, waren um einiges größer als die, die sie zuletzt dort gesehen hatte.
»Weißt du noch, wo Vaters Boot gelegen hat?«, fragte Marianne.
»Da hinten«, antwortete Klara und zeigte in Richtung Mole. »Siehst du das Hochseeboot da? Das große? Die Saßnitz IV? Dort hat es immer gelegen.« Klara schluckte.
»Was ist eigentlich aus ihm geworden?«
»Ich weiß es nicht, aber deswegen sind wir hier«, sagte sie.
»Wegen Vaters Boot?«, fragte Marianne verblüfft und sah ihre Mutter mit großen Augen an.
Klara nickte.

»Warum?«
»Weil ich den Gedanken unerträglich finde, dass von seinem Leben nichts auf der Insel zurückbleibt, wenn ich gehe«, antwortete sie mit gesenktem Blick.
»Du willst gehen?«, rief Marianne erregt und wäre ihrer Mutter vor Freude am liebsten um den Hals gefallen. »Und das sagst du mir erst jetzt? Du glaubst gar nicht, wie froh ich darüber bin. Ich dachte schon, du kämst nie zur Vernunft.« Sie strahlte übers ganze Gesicht.
»Ich will nicht gehen, Marianne«, erwiderte Klara. »Ich will nicht, wirklich nicht, Rügen ist mein Leben, das einzige, das ich habe. Ich bin nicht mehr so jung wie du, ich habe keine Pläne für ein neues Leben, aber ich bin zu jung, um zu sterben, und wenn ich bleibe, dann ...« Sie stockte. »Die letzten Jahre haben an mir gezehrt. Ich dachte, ich wäre stark genug, um zu kämpfen. Aber der Tod deiner Großmutter, ich ... Ich fühle mich so leer. Wenn sie mich ins Gefängnis stecken ...« Klara schluckte. »Aber ich gehe nur, wenn ich deinem Vater ein Andenken bewahren kann«, fuhr sie energisch fort. »Nur dann.«
»Und deswegen willst du sein Boot finden?«
»Zumindest etwas davon. Irgendetwas, einfach etwas, das einmal ihm gehört hat. Und das Boot war das Einzige, was ihm gehört hat. Es soll ein Zeichen sein, dass er hierhergehört und nirgendwo sonst, wie ich auch. Die ganze Welt soll sehen, dass sein Platz hier auf dieser Insel ist.« Klara lächelte. »Verstehst du, was ich meine?«
»Aber das Boot, es ist doch untergegangen bei dem Bombenangriff, und«, stotterte sie, unsicher, was sie ihrer Mutter zumuten konnte, »und vermutlich wurde es längst verschrottet.«

»Vielleicht hast du recht«, sagte Klara, »vielleicht konnte aber auch jemand etwas davon wiederverwerten. Wir müssen nur einen Fischer finden, der Malte noch kannte. Der weiß bestimmt, was aus seinem Boot geworden ist. Komm«, sie schob ihr Fahrrad langsam vorwärts, »lass uns mal zu Heinrich gehen.«

»Heinrich? Glaubst du, der lebt noch. Der war doch damals schon steinalt.«

»Marianne«, sagte Klara mit ermahnender Stimme, während sie weiterging, »dann finden wir eben einen anderen.«

Kopfschüttelnd folgte sie ihrer Mutter.

Dort, wo einmal die Fischerklause gestanden hatte, war jetzt ein Haus, das mehr einer Baracke glich. Mit schnellen Schritten ging Klara an der verschlossenen Tür vorbei, vor der sich Netze und Taue türmten. Sie sagte nichts, und auch Marianne schwieg. Vor dem Haus nebenan sah es ähnlich aus, und vor dem daneben auch. Aus der vierten Baracke kamen einige Fischer, aber sie waren zu jung, als dass Klara sie hätte kennen können.

»He, wo trefft ihr euch nach Feierabend?«, fragte Marianne einen der Jungen forsch und zwinkerte ihm zu.

»Bei Fiete«, antwortete er verdattert und grinste. »Die Promenade entlang und dann links. Kannste nich verfehlen. Kommste? Weiber hamm wer nie jenug.«

»Aus Berlin, wa?« Marianne lachte.

»Jenau«, sagte er stolz. »Ein waschechter Baliner Fischer.«

»Dann lass dich mal hier auf Rügen nicht unterkriegen. Und danke, du hast mir sehr geholfen.«

»Na dann bis später«, sagte er fröhlich und eilte seinen Kollegen pfeifend hinterher.

»Klara? Marianne?«, rief Fiete überrascht, als die beiden in den dunklen Gastraum eintraten, der am Anfang der Bachpromenade lag und mit seinem spärlichen Mobiliar wenig einladend wirkte. Die beiden sahen ihn erstaunt an. »Ich bin's, Fiete«, sagte er mit einer Selbstverständlichkeit, als würde sein Name alles über ihn verraten.
»Fiete?«, fragte Klara, doch dann dämmerte es ihr. »Maltes Schiffsjunge?«
»Genau, Maltes Schiffsjunge.«
»Gehört die Schenke dir?«, fragte Klara überrascht und musterte neugierig den Mann, der hinter dem Tresen stand. Er musste in Max' Alter sein, aber er sah um Jahre älter aus, was nicht nur an seinem Vollbart lag, der ihm fast bis auf die Brust hing. Seine Augen wirkten müde, auch wenn er sich sichtlich freute, die beiden wiederzusehen.
Er nickte und zeigte auf sein Holzbein. »Damit kann man nicht gut fischen gehen.«
»Das tut mir leid«, sagte Klara.
»Du bist lange nicht in Saßnitz gewesen, was?«
Klara schüttelte den Kopf.
»Versteh ich. Tut weh, wenn alles so in Schutt und Asche vor einem liegt. Aber es ist einiges in den letzten Jahren passiert. Wir sind jetzt offizieller Militär- und Fischereistandort, wie es so schön heißt.« Er zuckte mit den Schultern. »Na ja, Arbeit gibt's wenigstens genug. Willst du zurückkommen?«, fragte er zögerlich.
»Nein, keine Sorge. Die Fischer zu unterhalten ist jetzt deine Aufgabe«, sagte sie betont fröhlich und versuchte zu lachen. »Ich bin wegen Maltes Boot hier.«
»Wo ist Malte überhaupt? Ist er zurückgekommen?«
Klara schüttelte den Kopf. »Wir warten noch …«

»Das ist gut«, fiel er ihr ins Wort. »Das ist sehr gut. Du darfst die Hoffnung nie aufgeben. Erst letzte Woche ist der Albert heimgekommen, aber sin Fru hatte bereits einen Neuen im Bett. Du kannst dir vorstellen, was das für ein Theater gab. Nee«, sagte er und sah sie mit durchdringenden Augen an, »nicht aufgeben, Klara, hörst du.«
»Weißt du, was aus seinem Boot geworden ist?«
»Untergegangen ist es wie die meisten anderen auch, aber ich dachte, das wüsstest du.«
»Schon, aber die Boote wurden doch geborgen?«
Fiete nickte.
»Und? Was hat man mit ihnen gemacht?«
»Ausgeschlachtet natürlich. Was zu gebrauchen war, wurde gebraucht.«
»Und?«
»Was und?«
»Jetzt lass dir doch nicht alles aus der Nase ziehen«, sagte Klara fast ärgerlich. »Weißt du, wer Maltes Boot ausgeschlachtet hat?«
»Na alle, die da waren, und die Russen natürlich.«
»Und was ist mit dem Rest passiert, mit den Sachen, die nicht mehr zu gebrauchen waren?«
Er machte eine wegwerfende Handbewegung. »Verbrannt, auf den Müll. Klara, du kannst Fragen stellen. Das ist doch schon eine halbe Ewigkeit her.«
»Erinnerst du dich noch an Heinrich? Lebt er noch?«
»Der alte Heinrich?« Fiete lachte laut auf. »Gott hab ihn selig. Der liegt schon lange unter der Erde begraben.« Er sah Klara ungläubig an. »Man könnte meinen, du hättest die letzten Jahre auf dem Mond verbracht. Der Heinrich, der war doch schon früher steinalt.«

Klaras Blick streifte Mariannes Gesicht, die leise vor sich hin lächelte. »Hätte ja sein können«, sagte sie fast trotzig.
»Gibt es denn sonst jemanden, der wissen könnte, was aus Maltes Boot geworden ist?«
Fiete schüttelte träge den Kopf. »Nee, Klara, nicht dass ich wüsste. Aber nachher kommen sie alle. Vielleicht hast du ja Glück. Ein Bier?«, fragte er mit müder Stimme und bediente, ohne eine Antwort abzuwarten, den Zapfhahn.
»Gern«, antworteten Klara und Marianne wie aus einem Mund.
»Dahinten ist ein Tisch«, sagte er und deutete in den leeren Raum Richtung Tür. »Ich bring's euch rüber.«
Wären sie aus einem anderen Anlass hier gewesen, Marianne hätte sich vor Lachen kaum mehr halten können. Diese unmissverständlichen Hinweise auf das Ende einer Unterhaltung kannte sie nur von Rügen. In Berlin jedenfalls hatte sie so etwas noch nie erlebt. Als Fiete ihnen die Bierkrüge wortlos auf den Tisch stellte, kämpfte sie noch immer gegen ihr Grinsen.
»Du denkst, ich bin verrückt, was?«, fragte Klara verunsichert.
»Fiete«, sagte Marianne nur und lachte jetzt doch laut auf.
»Ach so.« Klara nickte, und dann fragte sie erneut: »Bin ich verrückt, was meinst du?«
»Nein.« Marianne schüttelte energisch den Kopf. Sie hatte sich wieder im Griff und sah ihre Mutter jetzt aus besorgten Augen an. »Verrückt ist, dass sie dir das Haus grundlos wegnehmen wollen und dich ins Gefängnis stecken werden, wenn du hierbleibst.«
»Ich weiß«, murmelte sie.
»Aber was machst du«, Marianne zögerte kurz, »was ist,

wenn …« Klaras erschöpftes Gesicht ließ sie ins Stocken geraten. »Was hast du mit Vaters Boot eigentlich vor?«

»Ich wollte das, was ich finden kann, in den Garten stellen, wie eine Skulptur, in die Nähe von Großmutters Sanddornstrauch.«

Marianne blickte sie erstaunt an. »Wie eine Skulptur«, wiederholte sie und nickte anerkennend. »Die Idee gefällt mir. Ich könnte doch aus Schiffsplanken eine gestalten«, sagte sie spontan.

»Das wäre nicht das Gleiche.«

»Aber wenn wir sie Vater widmen, dann würde sie auch ihm gehören«, erwiderte Marianne.

Klara schüttelte den Kopf. »Das wäre nicht das Gleiche, und das weißt du.«

»Ja, aber …«

»Kein Aber«, fiel Klara ihr ins Wort.

»… es wäre ein richtiges Denkmal für Vater«, vollendete Marianne ihren Satz.

»Ich will kein Symbol, ich will etwas, das tatsächlich ihm gehört hat.«

»Und was machst du, wenn du nichts findest?«, fragte Marianne. »Lässt du dich dann einsperren?«

Klara schüttelte den Kopf.

»Das heißt, du gehst dann trotzdem weg?«

Wieder schüttelte Klara den Kopf.

»Was dann?«, fragte Marianne ungeduldig.

»Ich warte«, flüsterte Klara.

»Sie werden dich ins Gefängnis stecken.«

Klara zuckte mit den Schultern. »Dann warte ich eben dort. Ich muss warten, verstehst du das denn nicht?«

Marianne nahm einen Schluck Bier und atmete tief durch.

»Aber du musst auch an dich denken«, sagte sie schließlich leise.
»Ich denke an mich, die ganze Zeit«, erwiderte Klara mit fester Stimme, »und ohne dass dein Vater weiß, dass ich ihn nicht vergessen habe, werde ich nicht von dieser Insel gehen. Niemals. Dafür haben wir gemeinsam viel zu viel durchgemacht, als dass ich mich jetzt einfach so verabschieden könnte. Du bist zu jung, Marianne, du verstehst das nicht.«
»Ich mache mir Sorgen um dich«, sagte Marianne und strich ihrer Mutter über die Schulter.
»Ich weiß, und das zerreißt mir das Herz, aber ich muss an mich denken.« Sie nickte ihr zärtlich zu. »Du hast dein eigenes Leben, meines gehört zu deinem Vater.«
»Vielleicht finden wir ja noch jemanden, der weiß, was aus Vaters Boot geworden ist«, sagte Marianne rasch und wischte sich eine Träne weg.
»Ich bin auch traurig.« Klara legte ihren Arm um Mariannes Schultern und drückte sie fest an sich. »Sehr traurig«, wiederholte sie erschöpft, während sie über das kurze Haar ihrer Tochter strich. »Aber ich schaffe das, vertrau mir.«
Mariannes Kehle fühlte sich wie zugeschnürt an. »Ja«, presste sie mühsam hervor.

## 64

Auch in dieser Nacht fand Klara nicht in den Schlaf, und als sie am frühen Morgen endlich etwas zur Ruhe gekommen war, schreckte sie ein lautes, durchdringendes Stimmengewirr unsanft auf. Noch ehe sie wusste, woher der Lärm kam, hörte sie jemanden gegen die Tür der Villa Luise pochen. Hastig schlüpfte Klara in den Rock und die Bluse, die sie in der Nacht achtlos über einen Stuhl geworfen hatte, und rannte nach unten.

»Klara, komm schnell, bitte!«, rief ihr Ina, Freeses Tochter, mit der sie gemeinsam zur Schule gegangen war, aber die sie seit Jahren nicht mehr gesehen hatte, aufgeregt zu. »Wir wissen nicht mehr, was wir tun sollen. Vater dreht durch. Vielleicht kannst du ihn beruhigen«, keuchte sie, während sie mit Klara zu Freeses Haus eilte. »Du hattest doch in den letzten Jahren Kontakt zu ihm.«

Klara nickte. »Was ist passiert?«

»Er ist völlig außer sich, seitdem sie meine Mutter verhaftet haben. Mein Mann und ich sind gestern aus Leipzig gekommen. Wir wollten ihn mitnehmen, aber er weigert sich«, sagte sie, während sie nach Luft rang.

»Hol die Polizei«, hörte Klara den alten Fresse brüllen, als sie gemeinsam mit seiner Tochter ins Haus eintrat. »Hol sie endlich, die sollen mich kennenlernen.«

Erschrocken hielt Klara im Türrahmen zur Wohnstube inne. Der alte Freese stand in der hintersten Ecke des Zimmers und fuchtelte mit einem Gewehr in der Luft herum.

»Hol sie, verdammt, du bist doch mein Schwiegersohn«, herrschte er Inas Mann an, während er das Gewehr auf ihn richtete.

»Vater, beruhige dich, bitte, wir wollen dir doch nichts Böses«, schluchzte seine Tochter verzweifelt und ging einen Schritt auf ihn zu.

»Komm mir nicht zu nahe«, fauchte er sie an. »Ich will mit der Volkspolizei sprechen.«

»Ich hab Klara mitgebracht, vielleicht möchtest du mit ihr sprechen.«
»Nein, die Polizei, sofort. Die sollen sehen, dass sie mich nur tot aus dem Haus schaffen können. Nur tot. Wie deine Mutter, Klara, wie deine Mutter«, sagte er zornig und schlenkerte das Gewehr erneut bedrohlich über seinem Kopf hin und her.
»Ich weiß nicht mehr, was ich tun soll«, flüsterte seine Tochter Klara verzweifelt zu. »Wenn er so weitermacht, steht die Polizei tatsächlich gleich vor der Tür, und dann …« Sie brach ab und schlug die Hände vors Gesicht. »Ich will doch nur, dass er mit uns kommt. Leipzig ist schön, Vater«, sagte sie laut. »Dort gibt es auch viel Grün.«
»Dort stinkt's«, zischte er. »Ich gehöre hierher, hierher. Das ist mein Haus, das lasse ich mir von niemandem wegnehmen. Niemand kann mir meine Heimat nehmen. Niemand, hört ihr.«
Als spiegelte sich in der Verzweiflung des alten Freese auch ihr eigener Schmerz, stand Klara stumm neben Ina und wusste nicht, was sie sagen sollte. Hilflos sah sie mit an, wie er nicht nachgab in seinem Zorn, mit welcher Entschlossenheit er bereit war zu kämpfen. Dieser Mann hatte alles zu verlieren, und das machte ihn so unnachgiebig. Erschrocken wich Klara zurück, als er plötzlich die Waffe auf sie richtete.
»Geh, Klara, geh!«, rief Ina entsetzt und packte sie am Arm, um sie aus dem Zimmer zu ziehen, aber Klara blieb wie angewurzelt stehen.
»Ich habe keine Angst«, flüsterte sie, und tatsächlich spürte sie nur, wie eine unendliche Traurigkeit in ihr aufstieg. »Er tut mir so leid.«

»Er ist zu allem fähig«, sagte Freeses Schwiegersohn. »Gehen Sie, ich will Sie nicht auf dem Gewissen haben.«
Klara bewegte sich jedoch nicht von der Stelle.
»So gehen Sie endlich!«, herrschte er sie an, während er sie unsanft aus dem Zimmer schob. »Gehen Sie, hier ist niemand mehr sicher.«
»Polizei!«, hörte sie Freese wieder und wieder rufen, als sie wie durch eine dichte Nebelwand den Flur entlang zum Hauseingang ging. Die Tür stand offen, aber als sie nach draußen trat, war ihr, als beträte sie ein fremdes Land. Den Blick in weite Ferne gerichtet, ging sie nach links, an der Villa Sirene vorbei, und schien die Schar von Polizisten, die ihr entgegengerannt kam, gar nicht zu bemerken. Auch auf die Menschen, die aufgeschreckt durch das Stakkato der schnellen Schritte aus allen Richtungen auf die Strandpromenade strömten, achtete sie nicht. Zielstrebig ging sie bis zur ehemaligen Seebrücke und setzte sich an einen der zerstörten Pfeiler, die noch aus dem Sand herausragten.
Am Ufer stritten aufgeregte Möwen um ihre Beute, und als Klara den Kopf hob, nahm sie zum ersten Mal an diesem Morgen wahr, welch klares und helles Licht an diesem Februartag über Rügen lag. Fast durchsichtig schien der wässrig blaue Himmel zu sein, der am Horizont auf die schwarz schimmernde See traf. Wellen kräuselten sich auf dem Meer, und Klara wiegte den Kopf im Rhythmus der Schaumkronen.
Sie dachte an Freese. Wie unerträglich es für diesen alten Mann sein musste, seine Heimat zu verlieren, wenn doch auch sie sich kaum vorstellen konnte, auf diesen Anblick verzichten zu müssen.
Langsam wurde das Stimmengewirr im Hintergrund leiser

und vermischte sich mit dem Kreischen der Möwen zu einem betörenden Rauschen. Klara schloss die Augen und gab sich ganz diesem Klang hin. Für einen Moment dachte sie, dass sich so vielleicht Sterben anfühlen müsste, doch ein lauter Knall schreckte sie aus ihrer paradiesischen Träumerei auf.

Lärmendes Getöse machte sich über dem Strand breit, aus dem sich nach und nach bestürzte Schreie herauskristallisierten, die nach Freese riefen. Klara nickte. Es war vorbei. Fast erleichtert stand sie auf und ging mit langsamen Schritten und in Gedanken versunken am Wasser entlang nach Hause.

Auf der Strandpromenade wimmelte es jetzt von Menschen, und Klara hob erst wieder den Blick, als sie auf den schmalen Weg einbog, der zum Eingang der Villa Luise führte. Erschrocken blieb sie stehen. Bis auf die Knochen abgemagert, wartete dort jemand auf sie, den sie unter Tausenden wiedererkannt hätte.

»Malte«, flüsterte sie, als müsste sie sich selbst davon überzeugen, dass er tatsächlich vor ihr stand. Mit zittrigen Knien näherte sie sich ihm.

Malte blieb reglos stehen und sah sie aus großen leeren Augen an. Er schien etwas sagen zu wollen, aber als Klara vor ihm stand und seine Hände nahm, brachte er keinen Ton heraus. Sein Gesicht war unter einem verfilzten Bart verborgen, und dennoch meinte Klara ein zaghaftes Lächeln erkennen zu können. Vorsichtig, als würde sie etwas Zerbrechliches berühren, strich sie ihm über seine eingefallenen Wangen, dann nahm sie ihn an der Hand und führte ihn ins Haus.

Schweigend kochte sie Tee, während er danebensaß und sie

still beobachtete. Immer wieder blickte Klara sich nach ihm um und lächelte ihn ungläubig an. Auf Maltes Gesicht regte sich nichts. Hastig trank er den heißen Tee und schwieg. Und auch Klara schien keine passenden Worte für das zu finden, was in ihr vorging. Stumm saß sie neben ihm und wagte nicht, ihn zu berühren. Erst als Marianne in die Küche kam, schreckten sie aus ihrer tiefen Begegnung auf.

»Vater?«, rief sie und stürzte auf ihn zu.

»Marianne«, flüsterte er mit heiserer Stimme, während sie ihre Arme um ihn schlang.

»Endlich«, sagte sie und brach in Tränen aus.

»Ja, endlich«, wiederholte Klara leise, während auch ihr jetzt Tränen in die Augen stiegen.

Max, der aufgeschreckt von Mariannes Aufschrei nach unten geeilt war, blieb fassungslos im Türrahmen stehen, als er seinen Vater wie einen Fremden zwischen den weinenden Frauen sitzen sah. Mit zögerlichen Schritten näherte er sich ihm, aber als er seine Hand auf die knochige Schulter seines Vaters legte, konnte auch Max seine Tränen nicht unterdrücken.

Von draußen fiel ein zartes Licht auf Maltes Gesicht, das ihn noch verletzlicher zu machen schien. Nervös blinzelte er gegen die Sonne und rutschte unruhig auf seinem Stuhl hin und her. Klara legte ihre Hand auf seinen Arm und versuchte zu lächeln, aber Malte in diesem Zustand zu sehen brach ihr schier das Herz.

»Jetzt gibt es keinen Grund mehr, hierzubleiben«, sagte Marianne und sah ihre Mutter an.

Als hätte Klara ihre Tochter nicht gehört, richtete sie ihren Blick wie zum Gebet in den weiten, klaren Himmel und schloss für einen Moment die Augen. Sanft ruhte das weiche Licht auf ihrem Gesicht, und sie musste an Freese und diesen kurzen Augenblick am Strand denken, als sie glaubte, dass auch sie bereit sei zum Sterben. Sie atmete tief durch, und als sie die Augen wieder öffnete, rannen ihr Tränen übers Gesicht.

Auf Rügen zu bleiben kam für Klara nicht mehr in Frage. Malte brauchte Ruhe und sie ihre ganze Kraft, um sich um Malte zu kümmern. Und dennoch fiel ihr der Abschied von der Villa Luise, von Binz und von Rügen so schwer, dass sie es am nächsten Morgen, als sie mit dem Zug über den Rügendamm fuhren, kaum wagte, sich ein letztes Mal nach ihrer Insel umzudrehen. Als sie es doch tat, war sie erleichtert, Rügen in ein zartes, weiches, rötlich schimmerndes Licht getaucht zu sehen. Dieses letzte Bild, das sie fest in sich einschloss, ließ sie nie aufhören zu hoffen, eines Tages doch zurückkommen zu können.

## *Rügen 2003*

Als Marianne nach fünfzig Jahren zum ersten Mal wieder vor der Villa Luise stand, traute sie ihren Augen kaum. Auf den ersten Blick hatte sich wenig verändert. Wie in ihrer Kindheit leuchtete das Haus in strahlendem Weiß unter dem tiefblauen Sommerhimmel. Über der Tür, durch die man früher zur Rezeption gekommen war, die jetzt aber zu einer der vielen Gästewohnungen und -apartments führte, prangte der Name in großen geschwungenen Buchstaben. Vergessen geglaubte Erinnerungen stiegen mit einem Mal in ihr auf, und für einen kurzen Moment war sie unsicher, ob es richtig gewesen war, der Einladung zu der Familienfeier zu folgen.

Nach der Flucht 1953, die sie gemeinsam mit Klara und Malte über Berlin nach Hamburg geführt hatte, war es ihre erste Reise in die alte Heimat, der sie hauptsächlich auf Drängen ihres Mannes zugestimmt hatte. Er, ein pensionierter Lehrer wie sie, der sich im Gegensatz zu ihr immer Kinder gewünscht hatte, wollte endlich ihre große Familie kennenlernen.

Etwas zittrig auf den Beinen, hakte sich Marianne bei ihrem Mann unter, und gemeinsam gingen sie durch das weiße Gartentor, das an diesem Tag ausnahmsweise offen stand. Im Garten empfing sie eine lange weiß gedeckte, mit Blumen geschmückte Tafel, um die herum Kinder sprangen. Ein Lächeln huschte über Mariannes Gesicht. Die letzten

Tage in Binz hatten sie geprägt, und während ihre Mutter die Hoffnung nie aufgegeben hatte, eines Tages nach Hause zurückkehren zu können, war sie stets unsicher gewesen, ob sie Rügen, Binz und die Villa Luise überhaupt wiedersehen wollte.

Klara, die nach Maltes Tod 1958 eine kleine Mietwohnung in Mariannes Nähe bezogen hatte, hatte es sich bis zu ihrem eigenen Tod 1987 zur Angewohnheit gemacht, auf Flohmärkten und in Antiquariaten nach Rügen-Erinnerungen zu suchen. Am Ende ihres Lebens war ihre Sammlung beachtlich gewesen und ihre Wände über und über mit Fotos und Bildern aus der Heimat geschmückt. Mit Kopfschütteln hatte Marianne diese unerschütterliche Rügensehnsucht begleitet, aber jetzt, da sie sich inmitten dieses Idylls wiederfand, schien sie zu ahnen, was die Leidenschaft ihrer Mutter über all die Jahre genährt hatte.

Ein leises Stimmengewirr drang zu Marianne vor, und ihr Blick fiel auf eine kleine Gruppe von Menschen, die in der Nähe des Terrassenaufganges vertraut beieinanderstanden. Marianne kannte sie nicht, aber eine junge Frau winkte ihr wie selbstverständlich zu, und Marianne winkte zurück.

Gebeugt und auf einen Stock gestützt trat Max aus dem Haus. Sein Anzug, der aussah, als hätte er ihn schon zu seiner Hochzeit vor mehr als vierzig Jahren getragen, schlotterte um seinen gebrechlichen, von einem harten Arbeitsleben gezeichneten Körper. Im ersten Moment erschrak Marianne, ihn so zu sehen, aber als sich ihre Blicke trafen und sie sich kurz darauf in die Arme schlossen, war es, als wären keine fünfzig Jahre vergangen, sondern nur fünf Tage seit ihrem letzten Wiedersehen. Sein Lachen war jungenhaft geblieben, und seine Augen strahlten stolz wie früher.

Die junge Frau, die Marianne zugewinkt hatte, näherte sich ihnen und legte ihren Arm um Max' Schultern. Sie war eins seiner fünf Enkelkinder, und kaum hatte sie sich vorgestellt, kamen immer mehr Menschen dazu, bis sich eine Traube aus Enkeln, Urenkeln und Kindern um Marianne und ihren Mann gebildet hatte, die sie alle herzlich begrüßten.

Nur eine fehlte. Fragend sah Marianne zu Max, der sofort verstand und sie aus der Menge zog und an die lange Tafel führte. Von ihr unbemerkt hatte dort bereits Elisabeth am Tischende Platz genommen und mit einem Lächeln die jüngere Schwester beobachtet, die es sichtlich genossen hatte, für einen kurzen Augenblick der Mittelpunkt dieser Großfamilie zu sein.

Elisabeth war fülliger geworden, und ihre Hände, die sie Marianne entgegenstreckte, zitterten. Von den drei Geschwistern hatte sie das Schicksal am härtesten getroffen. Frederik und sie waren enteignet worden, und während Frederik wenig später wieder im Kreidewerk als Betriebsleiter arbeiten konnte, hatte man ihr bis zu ihrer Pensionierung nur gestattet, als Erntehelferin tätig zu sein. Vier Kinder hatte sie geboren. Eines war kurz nach der Geburt gestorben, aber die drei, die lebten, erfüllten sie mit Stolz.

Marianne griff nach Elisabeths zittrigen Händen und hielt sie umklammert. Ohne ein Wort zu sagen tasteten sich die Schwestern mit ihren Blicken ab, ehe sie sich in die Arme fielen, als hätten sie die letzten fünfzig Jahre nur auf diesen Moment gewartet. Während des ganzen Nachmittags wich Marianne nicht von Elisabeths Seite. Wieder und wieder versicherten sie sich, wie glücklich sie seien, und fast ungläubig strichen sie sich über die Wangen.

Auch Frederik war bewegt, Marianne nach all den Jahren

wiederzusehen. Sein jüngster Sohn hatte die Villa Luise im Jahre 2000 von einem westdeutschen Investor erworben und sie von Grund auf renovieren lassen. Wie Elisabeth war auch er stolz auf seine Kinder, aber an diesem Tag hatte er nur Augen für Marianne. Und während er nicht aufhörte, ein Foto nach dem anderen von ihr zu machen, freute sie sich schon darauf, ein Familienbild zu zeichnen.

Die Skizze dazu machte Marianne noch in der Nacht, und am nächsten Abend, als sie mit Blick auf das Wasser im Garten saß und den Möwen lauschte, die über der ruhigen See kreisten, war das Bild bereits fertig.

**Ausgewählte Leserstimmen zu**
***Das Leuchten des Sanddorns:***

Eine wunderbare deutsche Familiensaga!
Und ein Stück deutscher Geschichte.

*– Angelika Zwang –*

Der Roman lädt ein, sich mit auf
die Terrasse zu setzen und am Leben
der Menschen dort teilzunehmen,
wie ein Gast.

*– Kornelia Schulte –*

Ein wunderschönes Buch,
das mich sehr bewegt hat.

*– Tina Benkö –*

**www.buchselect.de/testleser**

Von Lesern empfohlen!
www.buchselect.de/testleser